Jana Maria Lüpke

Laser Blue 2.0
Echtzeit Synchronisation

Roman

PIPER

Mehr über unsere Autorinnen, Autoren und Bücher:
www.piper.de

Wenn Ihnen dieser Roman gefallen hat, schreiben Sie uns unter Nennung des Titels »Laser Blue 2.0 – Echtzeit Synchronisation« an empfehlungen@piper.de, und wir empfehlen Ihnen gerne vergleichbare Bücher.

Wir produzieren nachhaltig
www.piper.de

ISBN 978-3-492-50498-0

Dieses Werk wurde vermittelt durch LöcherLawrence Literarische Agentur (München)
Redaktion: Franz Leipold
Satz auf Grundlage eines CSS-Layouts
von digital publishing competence (München)
mit abavo vlow (Buchloe)
Covergestaltung: Emily Bähr, www.emilybaehr.de
Covermotiv: Freepik (upklyak, kjpargeter, upklyak);
Shutterstock (vvital, Sergey Nivens, Triff)
Printed in Germany

Jana Maria Lüpke
Laser Blue 2.0
Echtzeit Synchronisation

Jana Maria Lüpke, geboren 1985, schreibt seit frühester Kindheit Geschichten, Kinderbücher und Romane. »Laser Blue« ist ihr erster Jugendroman. Für Pro7Sat.1 Media schrieb sie die Hörspielreihe »Maxi's Zeitreisen«. Sie hat Psychologie studiert und als Dozentin für kreatives Schreiben an diversen Designschulen in Deutschland gearbeitet.

Phase 1; Eingangssignal

Port Hope, 23.02. 2090

Liebe Violetta,

Ich bin 18. Volljährig. Erwachsen. Yay.

Hier, mitten im tiefsten kanadischen Winter, feiere ich meinen Geburtstag und ehrlich gesagt, fühle ich mich gerade verdammt alleine. Deshalb schreibe ich dir. Einen richtigen Brief – auf Papier und mit der Hand. Wenn du wüsstest, wie scheiße das aussieht. Da ich absolut keine Ahnung habe, wo du gerade bist, kann ich dir diesen Brief natürlich nicht schicken. Deshalb wird dir der Anblick meiner fürchterlichen Handschrift hoffentlich erspart bleiben.

Ich sitze hier in meinem winzigen Zimmer, habe mir eine Kerze angezündet und für mich gesungen. Natürlich ganz leise, denn ich wollte nicht, dass es jemand mitbekommt. Irgendwie erscheint es mir nicht richtig, diesen doch eher unbedeutenden Tag zwischen all die harten, bedeutsamen Tage der Menschen in Port Hope zu drängen, die (zu Recht) einen Scheiß auf Volljährigkeit oder die Geburtstage irgendwelcher verwöhnter Siedlungsjungen geben. Erwachsen ist man hier, wenn man sich erwachsen verhält: verantwortungsbewusst, fair und auf das Wohl der Gruppe bedacht.

Ich frage mich schon den ganzen Tag, was Erwachsenwerden für mich bedeutet. Was es mir hier in Port Hope bedeutet und was es bedeutet hat, als ich noch in Berlin gelebt habe, zusammen mit meiner Familie, kontrolliert und bevormundet von einem System, das mich niemals als richtigen Erwachsenen betrachtet hätte, nicht einmal an meinem 90. Geburtstag. Und natürlich höre ich deine Stimme in meinem Ohr, die behauptet: »Das hab ich dir doch damals schon gesagt, Laser. Du wolltest es aber nicht hören.«

Was soll ich sagen? Du hattest recht. Wie immer.

Damals in der Platte ging es beim Erwachsenwerden um Freigaben, um Altersbeschränkungen und um ein paar eher scheinbare Freiheiten in meinem beschränkten Leben. Es ging darum, sich der Kontrolle meiner Mutter zu entziehen, meinen MediaCon U-Account für mich alleine zu haben, ihr den Zugriff auf meine Daten, Bilder und E-Mails verwehren zu können.

Als ich gerade darüber nachgedacht habe, musste ich so heftig lachen, dass ich dabei den Kerzenstummel auf meinem Schoß ausgeblasen habe. Es hat einen Moment gedauert, bis ich im Stockdunklen die Streichhölzer gefunden habe, um ihn wieder anzuzünden. Selbst Licht anschalten dauert in Port Hope ewig.

Was ich eigentlich sagen wollte, in Port Hope ist man mit 18 Jahren wahlberechtigt. Allerdings nur, wenn sich die Menschen des Wahlkreises einig sind, dass man eine verantwortungsvolle Person ist, die mit ihrer Stimme verantwortungsbewusst umgehen kann. Schließlich darf hier nicht jeder Depp wählen. Richtige Deppen gibt es hier aber gar nicht. Nicht so wie bei uns zu Hause. Deshalb kriegen die meisten Volljährigen ihre Wahlerlaubnis ohne Probleme. Freiheiten, so wie die, die mich damals interessiert haben, jucken hier kaum jemanden. Freiheit bedeutet in Port Hope etwas ganz anderes. Und genau deshalb musste ich gerade so lachen.

Ich will unbedingt ein verantwortungsbewusster Erwachsener sein, jemand, der weiß, was gut für ihn ist. Jemand, der sich um andere sorgt, der erst an die Gemeinschaft denkt und dann an sich selbst. Deshalb feiere ich meinen Geburtstag auch alleine. Und nicht nur das! Heute habe ich beschlossen, wieder gesund zu sein. Ich habe beschlossen, keine Albträume mehr zu haben; ich will niemandem mehr auf der Tasche liegen. Ich will nicht mehr um dich trauern, Violetta. Und auf keinen Fall will ich mich länger verstecken.

Genau das mache ich hier nämlich. Ich habe eine scheiß Angst davor, mich dem zu stellen, was da draußen abgeht. Und wenn ich ehrlich bin, habe ich auch eine scheiß Angst davor, mich dir zu stellen.

Wahrscheinlich wird er es dir mittlerweile bereits selbst erzählt haben, aber nur ein paar Tage nach unserer Ankunft in der unabhängigen Siedlung am Lake Ontario, mitten in der kanadischen

Wildnis, ist Richard hier aufgetaucht. Richard Mouse. So nenne ich ihn wegen seinem Avatar, den er in eurem komischen Teta-3-Clubhaus benutzt hat. Dein ehemaliger Mentor Richard, dein Ex, der andere Typ, mit dem du geschlafen hast (dieser Gedanke macht mich total wahnsinnig), Albert Einstein (so nenne ich ihn auch manchmal), der in meiner Fantasie immer steinalt und eine absolute Flasche gewesen war. Ein Greis. Ein Arschloch. Dumm nur, dass dein Richard weder aussieht wie Micky Mouse noch wie Albert Einstein. Und wirklich alt ist er auch nicht. Du hast mir da einige Details verschwiegen, meine Liebe. Aber weißt du, ich muss dir sagen, dein Männergeschmack ist wirklich nicht der Beste. Ich nehme mich jetzt mal aus (obwohl, irgendwie habe ich gerade nicht das Gefühl, dass ich eine besonders gute Wahl bin), aber was Richard betrifft: Mit dem Arschloch habe ich absolut recht behalten. Der Typ ist unerträglich!

Schon als er aus dem Helikopter gesprungen ist, mit dem er über den See geflogen kam (natürlich ist er die Kiste selbst geflogen), und mitten auf der verschneiten Wiese vor der Stadt gelandet ist, war ich mir sicher, gegen jemanden wie ihn kann ich auf keinen Fall anstinken. Was zur Hölle willst du mit mir, wenn du ihn haben kannst?

In waschechter Piloten-Montur, mit verspiegelter Sonnenbrille und Dreitagebart kam er auf uns zugerannt, total aufgebracht, besorgt und super dankbar für alles, was jeder von uns getan hat, um dir das Leben zu retten. Richard wollte dich sofort sehen. Und natürlich hat er einen Arzt mitgebracht. Einen richtigen Arzt. Nicht so einen schlecht ausgerüsteten Quacksalber wie der Franzose, der hier in Port Hope für die Kranken verantwortlich ist. Einen Arzt mit Injektoren, Pillen und verdammten Antibiotika.

Neben Richard kam ich mir vor wie der allerschlimmste Versager. Ich habe mich so beschissen gefühlt, ich wäre am liebsten einfach abgehauen.

Richard ist in dein Krankenzimmer gerannt und hat sich vor deinem Bett förmlich auf die Knie geschmissen. Mir kommt jetzt noch die Kotze hoch, wenn ich daran denke. Er hat mich so betroffen angesehen mit seinen stahlblauen Augen, hat meine Hand genommen, hat fassungslos den Kopf geschüttelt und mich dann ganz fest an sich gedrückt. »Danke, Laser, dass du sie gerettet hast«, hat er gesagt und es blöderweise auch noch so gemeint. Das habe ich gespürt. »Du bist ein ganz schön harter Brocken, ein richtiger Dickschädel, aber das hast du wohl von deiner Mutter geerbt.« Die Tatsache, dass er zu feige gewesen ist, selbst nach dir zu suchen, und mich die ganze Drecksarbeit hat alleine machen lassen, schien in diesem Moment keine Rolle mehr zu spielen. Ich habe dich gesucht und gefunden, ich habe dich hergebracht, aber Richard war es, der dich retten würde. Er würde dich zu meiner Mutter bringen und gemeinsam würden sie dir das Leben retten. Ich war ab jetzt überflüssig.

»Bambi will dich unbedingt sehen, Laser«, hat Richard mir ausrichten lassen. Klar wollte sie das. Aber ich wollte Bambi nicht sehen. »Aber es ist absolut okay, wenn du dir noch etwas Zeit lassen willst. Du hast echt einiges erlebt, Junge. Vielleicht ruhst du dich noch ein bisschen aus. Mach dir keine Sorgen, wir passen gut auf Violetta auf.«

Daran bestand kein Zweifel. Dir würde es sicherlich an nichts fehlen. Nicht mit jemandem wie ihm an deiner Seite. Richard und sein verdammter Arzt. Ich habe stumm genickt und ihm gesagt, dass du dich melden sollst, wenn es dir besser geht. Das hast du bis jetzt immer noch nicht getan. Und ich bin fast zwei Monate hier. Ich denke, dir sollte es mittlerweile besser gehen. Jedenfalls so gut, dass du irgendwie Kontakt zu mir aufnehmen könntest. Wenn du es denn wollen würdest.

Der Schmerz hat mich ganz klein gemacht, Violetta. Ich habe es nicht einmal fertiggebracht, mich von deinem leblosen Körper zu verabschieden, den ich mit der Injektion, die ich dir im Drachenflügel verabreichte, irgendwie kurz ausgeschaltet habe. Richards Arzt-Kumpel hat gesagt, dass ich nur verhindert habe, dass du sofort an deinen Verletzungen stirbst. Ich habe dir Zeit verschafft. Richtig geheilt hat das Zeug dich allerdings nicht. Auch der französische Quacksalber hat es nicht geschafft, dich gesund zu machen. Anscheinend hattest du mehrere gebrochene Rippen und innere Blutungen. Nichts, was man hier in Port Hope richtig behandeln kann. Obwohl ich jeden Tag in Port Hope bei dir gesessen und stundenlang mit deinem schlafenden Körper geredet habe, schaffte ich es am Tag deiner Abreise nicht, dir Lebewohl zu sagen.

Ich habe die Tür hinter mir abgeschlossen und bin ins Bett gekrochen. Ich wollte nichts sehen und nichts hören. Es hat mich nicht interessiert, was draußen los war, in Toronto, Berlin oder sonst wo. Ich wollte auch nicht wissen, wo mein Vater ist. Für mich war er in diesem Moment genauso schuldig wie alle anderen. Nur wo Mama war, hätte ich gerne in Erfahrung gebracht, aber das wusste Richard nicht. Oder er tat so, als wüsste er es nicht. Er hat versprochen, sie nicht zu vergessen und sich nach ihnen zu erkundigen, sobald etwas Ruhe eingekehrt sei. Ich hoffe, er hat Wort gehalten und mittlerweile herausgefunden, wo meine Familie ist.

Als ihr weg wart, bin ich in ein Loch gefallen. Tiefer und schwärzer, als ich es mir je hätte träumen lassen. Trotz allem kam ich nicht darum herum, Pflichten zu übernehmen. So läuft das eben in Port Hope. Die Stadt versorgt sich selbst. Und das schon seit Jahrzehnten. Ich bin sicher, du weißt, wie Port Hope gegründet wurde. Du wusstest sicher auch von den ganzen anderen unabhängigen Siedlungen, die es überall auf der Welt gibt. Klar wusstest du das. Schließlich hast du für diese Teta-Leute gearbeitet. Für mich war das alles neu. Ich hätte niemals gedacht, dass es tatsächlich Leute gab, die sich damals vor über dreißig Jahren geweigert haben, MediaCon ihr Land zu verkaufen. Darüber haben sie in der Schule niemals ein Wort verloren. Ich weiß, was du jetzt sagen würdest: »Die wollten nicht, dass wir das wissen. Man könnte ja auf dumme Gedanken kommen.« So wie Bambi und der Rest ihrer Organisation. Oder so wie du und die Tetas.

Die Menschen hier in Port Hope sind komplett isoliert. Um das Gelände ist weitläufig ein Stromzaun errichtet worden. Sie konnten ihre Siedlung niemals verlassen. Sie haben niemals von den Vorteilen des Systems profitieren können. Aber sie wissen, dass man sich nicht zwingend vom Staat und von einem Medienkonzern diktieren lassen muss, wie man lebt. Und sie wollen es gar nicht mehr anders. Sie nennen uns Metros, weil wir in den Metropolen leben. Dass es einen Unterschied gibt zwischen den Bewohnern der Siedlungen und denen des inneren Rings, davon wissen sie nichts. In ihren Augen sind wir alle gleich dumm.

Ich habe mir fest vorgenommen, ab jetzt ein besserer Mensch zu sein. Ich will endlich Verantwortung übernehmen, erwachsen werden. Ich glaube, ich habe begriffen, dass die Welt sich ab jetzt nicht mehr um mich drehen wird. Auch wenn sie das eine lange Zeit getan hat. Sie hat sich um mich gedreht, und somit hat sie auch irgendwie meinen Weg bestimmt. Jetzt steht alles still. Und wenn ich etwas an meiner Situation ändern möchte, dann werde ich mich wohl oder übel selbst bewegen müssen.

Ich werde Port Hope bald verlassen. Ich werde meine Familie selbst suchen gehen. Und ich werde mich meiner Mutter stellen. Also Bambi. Und wenn ich schon dabei bin, werde ich auch dir einen Besuch abstatten. Ich habe absolut keine Ahnung, was mich erwartet. Vielleicht bist du ja froh, dass ich bisher noch nicht aufgetaucht bin. Vielleicht hast du mich gar nicht vermisst. Ich rechne einfach mal mit dem Schlimmsten.

Aber egal, wie es um uns steht, ich muss endlich ein aktiver Bewohner dieses Planeten werden, ich muss meine eigenen Entscheidungen treffen und nicht mehr länger nur von einem komischen Zufall zum nächsten stolpern. Ich werde mein Schicksal ab jetzt selbst in die Hand nehmen. Das habe ich schließlich schon einmal überlebt. Und auch wenn ich in gewisser Weise daran zerbrochen bin, war das die einzige Möglichkeit, mich zu einer besseren Person wieder zusammenzusetzen. Ich habe mich upgegraded. Ich bin ab jetzt Laser Blue 2.0. Und ich bin echt gespannt, was du von dieser Person hältst.

Violetta, jetzt habe ich 25 Seiten in mein Notizbuch geschrieben, mal sehen, ob ich mich traue, dir mein Gekritzel irgendwann zu zeigen. Bis dahin ... ich liebe dich. Aber ich glaube, das weißt du.

Laser Blue

Phase 2; Aufwärtskompatibel

Ich öffne die Augen und starre erschrocken in die Dunkelheit. Ein Geräusch hat mich geweckt. Etwas, das ich schon lange nicht mehr gehört habe: Vogelgezwitscher. Aufgeregt fiepen und pfeifen sie in den Bäumen vor meinem Fenster, und ich weiß, er ist da – der verdammte Frühling, auf den ich so lange gewartet habe. Mittlerweile ist es Anfang April. Die Vögel haben also endlich ihren Weg zurück in die Heimat gefunden. Wurde auch langsam Zeit. *Ich werde demnach bald aufbrechen*, denke ich mit klopfendem Herzen. Zurück nach Toronto. *Und dann?*

Der Schnee ist komplett weggetaut – seit ein paar Wochen schon. Allerdings ist Matti der Meinung, der Schein könne trügen. Man wisse nie so genau, ob es im April nicht noch einmal anfängt zu schneien und der ganze Mist von vorn losgeht. Ich kann den verdammten Schnee nicht mehr sehen. Er hängt mir zum Hals raus. Ich will nicht, dass es *wieder von vorn losgeht*. Mir ist sowieso schon ständig kalt. Seit ein paar Tagen funktionieren die Heizungen in Mattis Haus nicht mehr. Die Solaranlagen spinnen, der Strom geht an und aus, wie er will; und meistens will er nicht. Außerdem tut mir immer noch der ganze Körper weh von der beschissenen Schneeschipperei. Und leider lassen sie mich hier in Port Hope keine anspruchsvollere Tätigkeit übernehmen. Schneeschippen im Winter und jetzt, wo es langsam wärmer (ein winziges bisschen wärmer) wird, stehe ich den ganzen Tag mit Hacke und Spaten bewaffnet auf dem Feld und buddle in der halbgefrorenen Erde rum.

Ich will nicht mehr frieren. Ich will nicht mehr jeden Morgen aufwachen, eingepackt in all meine Klamotten, zugedeckt in dreißig verdammte Schichten Decken, unter denen ich mich begraben und beengt fühle und kaum in der Lage bin zu atmen. Der beschissene Winter kotzt mich an. Kanada kotzt mich an. Ich friere seit Monaten. Ich weiß überhaupt nicht mehr, wie sich echte Wärme anfühlt.

Langsam strecke ich mich unter dem enormen Gewicht meiner Trutzburg aus Daunen und Schafswolle. Kalte Luft strömt herein, und ich erschaure. Mein Nacken tut weh, mein Rücken tut weh – alles tut weh. Meine frisch verheilten Narben brennen. Noch immer wie betäubt, fasse ich mit der Hand nach meinem linken Oberarm. Die Hörnerkatzen haben tiefe Spuren in meiner Haut hinterlassen. Rosafarbene Spuren. Dicke wulstige Narben. Meistens in der Früh brennen die Male an meinem Arm und meinem Bein wie die Hölle.

»Laser?«, ruft es freundlich aus der Küche, durch die geschlossene Zimmertür hindurch. »Bist du wach?« *Ein Hoch auf meine innere Uhr*, denke ich und lasse von den brennenden Bissspuren ab. Ich wache jeden Morgen genau fünf Minuten bevor Matti mich ruft auf.

»Ja, ich bin wach«, rufe ich zurück. Er tut das jeden Tag. Jeden Tag seit drei Monaten. Nicht einmal am Wochenende lässt er mich schlafen. Ausschlafen ist in Port Hope verboten.

Ich rolle mich von meiner unbequemen Matratze herunter, die bestimmt so alt ist, wie meine Omma war, bevor sie gestorben ist, und taste im Dunkeln nach den dicken hässlichen Vorhängen, die ich kraftlos zur Seite ziehe. Kein Sonnenstrahl ist weit und breit zu sehen. Der Wald hinter Mattis Haus ist noch grau, fast schwarz. Vor meinem Fenster wird es immer als Letztes hell. Unter dem Türspalt scheint ein orangefarbener Schimmer durch. Matti hat Kerzen angemacht. Seufzend öffne ich die Tür und verlasse die Abstellkammer, die ich hier in Port Hope mein Zimmer nennen darf. Viereinhalb Quadratmeter Privatsphäre. Ein Bett und eine klapprige Kommode, vor die ich mich nicht einmal knien kann, wenn ich was rausholen will, denn der Zwischenraum zwischen Bettgestell und Tür ist zu schmal. Ich muss mich also auf das Bett legen und blind mit den Händen zwischen meinen wenigen Habseligkeiten herumwühlen. Eigentlich hätte ich das unschöne Ding gar nicht gebraucht. Ich verstecke aber mein

Notizbuch darin. Das kleine Papierbuch mit dem roten Einband, das ich auf dem Spielfeld gefunden habe. Das Buch und die Landkarte. Diese beiden Dinge habe ich aufgehoben. Wahrscheinlich werde ich sie für immer und ewig in irgendwelchen Schränken aufbewahren, so wie die Omma ihren ganzen alten Schrott bis zum Ende ihres Lebens gehortet hat. Ich bin wohl doch irgendwie ein Potlowski, schießt es mir durch den Kopf, und ich muss schmunzeln. *Ich bin so ein sentimentales Weichei,* denke ich und schüttle über mich selbst den Kopf. *Schlimm.* Ohne Violettas T-Shirt-Brief, den ich in meinem Kissenbezug verstecke, kann ich nicht mehr schlafen. Soweit ist es mit mir also gekommen. Wenn Bullet und Danger, meine Kumpels aus Berlin, das wüssten, die würden mich so hart auslachen.

Im abgetragenen Schlafanzug, mit Wollpulli und Socken, natürlich alles *second-hand (wahrscheinlich eher third- oder fourth-hand),* schlurfe ich raus in die kleine Küche. Es ist *ein bisschen* warm im Haus. Ein winziges bisschen. Matti hat ein Feuer im Ofen gemacht und Kaffee gekocht. Schmerzhaft sticht es mir in den Magen. Der Geruch, das weiche Licht, der frühe Morgen, der warme Lufthauch, der sich nur langsam in der alten Küche verbreitet, die komplett aus Holz gebaut ist und nach all den Jahren über keinerlei Farbanstrich mehr verfügt. Hier drinnen ist es bestimmt nicht schön, aber so behaglich, dass ich nicht anders kann, als diesen Raum irgendwie mein Zuhause zu nennen.

Kaffee gibt es erst seit Kurzem. Solange die Strombarriere, die Port Hope wie ein unsichtbarer tödlicher Wall umgab, die Menschen abschottete – von allem, was draußen in der Welt geschah –, gab es nur das, was man selbst anpflanzen und herstellen konnte. Und Kaffeebohnen gehören nicht unbedingt zu den Gewächsen, die in Kanada heimisch sind. Nachdem der Strom ausgefallen war, begannen die Bewohner der Stadt, das Spielfeld der Kampagne zu durchsuchen; dabei fanden sie einige Dinge, die sie entweder noch nie oder schon verdammt lange nicht mehr gesehen hatten. Unter anderem Kaffeebohnen. Und einen Drachen.

Der ist leider ein paar Tage, nachdem Violetta und ich gerettet wurden, verendet. Keiner wusste so recht, was mit dem Ungetüm geschehen sollte; schließlich hatten die Menschen in Port Hope keine Ahnung von moderner Chip-Technologie. Richard ist mit seinem Helikopter aufs Spielfeld geflogen, um den Kadaver zu untersuchen. Er hat ihm natürlich den Chip entnommen und gemeint, er würde ihn zu Bambi bringen. Niemand hatte was dagegen. Warum auch?

Der Vorrat an Kaffeebohnen jedenfalls ist nicht groß, deshalb gibt es auch nur am Sonntagmorgen Kaffee. Jedenfalls hier bei Matti. Ich lasse mich müde auf einen der wackeligen Holzstühle plumpsen und lege den Kopf in den Nacken.

»Was ist, Junge? Hast du wieder nicht geschlafen?«, fragt Matti und stellt mir eine Tasse vor die Nase.

»Doch. Irgendwann schon.« Ich blicke auf, sehe den Riesen an, der mich seit Wochen beherbergt und so nett zu mir ist, dass ich mich manchmal frage, ob Bambi ihn heimlich dafür bezahlt. Matti ist älter als ich. Vielleicht fünf oder sechs Jahre älter. Ich habe ihn noch nicht gefragt. Er trägt einen Vollbart – rötlich blond und so dicht, dass man glatt neidisch werden könnte. Er sieht genau aus, wie ich mir einen Wikinger vorstelle. Einen mit Axt und schwarzen Zähnen, wobei Mattis Zähne nicht schwarz sind. Im Gegenteil. Matti hat tolle Zähne.

Michael King hat irgendwann mal eine Kampagne im Norden gezockt. Da haben sie historische Wikinger-Schlachten nachgestellt unter möglichst realistischen Bedingungen. Matti hätte da wirklich gut reingepasst.

Manchmal denke ich an Michael King, frage mich, ob er seinen Freund Jay in Toronto gefunden hat. Ob er überhaupt noch lebt oder ob er im Wald von irgendwelchen mutierten Viechern zerfleischt worden ist. Ich seufze laut. Bambi hat alles durcheinandergebracht.

»Wir gehen heute aufs Kartoffelfeld. Das wird dich schon müde machen. Ich schwöre dir, heute Nacht schläfst du wie ein Baby.« Matti reißt mich aus meinen Gedanken und setzt sich mir gegenüber. Er schlürft geräuschvoll aus einer missgestalteten Tasse aus Ton, die seine Nichte Mardi für ihn getöpfert hat. Mardi hat mir mal gezeigt, wie man das macht: Geschirr töpfern. Ich mochte das

Gefühl des feuchten Klumpens in meinen Händen. Trotzdem scheine ich nicht besonders talentiert zu sein, denn meine Tassen sahen noch beschissener aus als Mardis.

»Übrigens: Kimba hat gestern ihr erstes Wort gesprochen. Hund.« Matti versucht, mich in ein Gespräch zu verwickeln. Das tut er jeden Morgen. Mein Körper will sich aber irgendwie nicht an diese unmenschlichen Zeiten gewöhnen. Zu Hause sind wir nie früh aufgestanden. Ich bringe vor zehn Uhr meistens keinen geraden Satz heraus. Heute Morgen allerdings erscheint es mir dringend notwendig, denn ich will Matti etwas sagen. Ich traue mich aber nicht wirklich.

»Hund?«, frage ich deshalb müde zurück, anstatt damit rauszurücken, was mir wirklich auf dem Herzen liegt.

»Ja. Lindas zahnlose alte Töle sitzt den ganzen Tag an ihrem Bett und passt auf sie auf. Das scheint die arme Kimba wohl beeindruckt zu haben.«

Kimba ist die Frau, die ich halb tot im Bordell in Folkstone gefunden habe. Die Frau, deren Chip Violetta entfernt hat. Jedenfalls glaube ich, dass es Violetta war. Sicher weiß ich es nicht. Am Tag meiner Ankunft hier habe ich den Leuten von ihr erzählt, und sofort sind sie mit dem Jeep losgefahren und haben nach der Frau gesucht. Ich habe sie Kimba genannt, weil ich glaube, sie ist der weibliche Char, von dem die beiden Typen im Berliner Flughafenklo gesprochen haben. Vielleicht ist sie es auch nicht, aber dann hat sie wenigstens einen Namen. Kimba war tatsächlich noch am Leben. Sie ist zwar ewig nicht aus ihrem Tiefschlaf erwacht, hat wochenlang zwischen den Welten geschwebt, irgendwann aber hat sie die Augen geöffnet. Seitdem sitzt sie den ganzen Tag in ihrem Bett und glotzt die Wand an. Linda hat sie aufgenommen. Linda ist Mattis Nachbarin und sehr nett. Sie hat keine eigene Familie, also hat sie Kimba zu sich genommen.

»Gut für sie«, kommentiere ich Mattis Neuigkeiten.

»Willst du sie nicht mal besuchen? Nach der Arbeit? Sie freut sich bestimmt, dich zu sehen.«

Warum sollte sie? Kimba Glue hat keine Ahnung, wer ich bin. Nervös beschließe ich, jetzt das Thema zu wechseln.

»Matti«, beginne ich vorsichtig. »Matti, ich werde gehen.«

»Wohin?«, fragt er ein wenig verwirrt.

»Nach Toronto. Ich will meinen Vater suchen. Und dann meine Mama und meine Geschwister. Es macht mich fertig, nicht zu wissen, wo meine Familie ist. Ich kann so nicht weitermachen.«

Matti nickt. Er trinkt noch einen großen Schluck aus seiner Kaffeetasse und räuspert sich geräuschvoll.

»Das dachte ich mir schon. Allerdings war ich mir sicher, du würdest noch ein bisschen länger brauchen, um dich zu entscheiden.« Matti rutscht mit seinem Stuhl nach hinten und legt ein Bein auf den Tisch. Das Holz knarzt unter dem enormen Gewicht. »Hast du einen Plan?«

»Nein«, gestehe ich. Ich puste in meinen Kaffee und trinke einen kleinen Schluck. Kaffee schmeckt mir nicht besonders. Aber er macht wach, ist warm und riecht gut.

»Du brauchst einen Plan, Laser. Wer weiß, was draußen passiert ist! Vielleicht haben sich die Metros längst gegenseitig die Köpfe eingeschlagen. Du wärst bescheuert, wenn du einfach so alleine in die Stadt spazierst.«

»Ich wollte eigentlich reiten«, gestehe ich kleinlaut. Mir war von Anfang an klar, dass Matti mich für diese Idee auslachen würde. Aber ich mag mein Pferd. Ich weiß nicht, ob ich es übers Herz bringen würde, Van Gogh hierzulassen. Er ist schließlich mein Freund. Andererseits, in Toronto gefällt es ihm bestimmt nicht. Ich stelle mir vor, er steht bei Papa in der Wohnung. Wahrscheinlich würde er in Papas Wohnklo gar nicht reinpassen.

»So ein Schwachsinn! Den Gaul mitnehmen«, entgegnet Matti. »Auf keinen Fall.« Er scheint weniger belustigt, als ich dachte. Anscheinend hat er angefangen, ernst zu nehmen, was ich sage. »Das Pferd bleibt hier.«

»Ich habe keine andere Wahl. Soll ich laufen? Ich hätte gehen sollen, als ich die Chance dazu hatte. Ich hätte Richard *Dumbass* begleiten sollen. Im Helikopter. Zusammen mit Violetta. Dann könnte ich mir den ganzen Scheiß jetzt sparen.«

Jetzt grinst Matti doch. Seine kleinen blauen Augen blitzen belustigt unter den buschigen Augenbrauen. Er mag Richard auch nicht. Keiner hier mochte Richard. Allerdings aus anderen Gründen als ich.

»Vielleicht hättest du das tun sollen«, erwidert Matti und zuckt mit seinen Schultern, die so breit sind, als hätte er einen Besenstiel verschluckt. Quer. »Du kannst es nicht mehr ändern. Du bist geblieben und hast etwas gelernt. Etwas über das richtige Leben. Es wird dir irgendwann nützlich sein, Laser. Im Gegensatz zu diesem aufgeblasenen Affen hast du erlebt, was es bedeutet, ohne die Hilfe eines Regimes zu überleben. Davon erzählst du deiner Mutter, wenn du sie irgendwann triffst, klar? Erklär ihr ganz genau, wie das funktioniert, Laser. Ich glaube nämlich nicht, dass Bambi kapiert hat, worum es eigentlich geht.«

»Ich erzähle es ihr. Wenn ich unterwegs nicht draufgehe.« Die Wahrscheinlichkeit ist und bleibt ziemlich hoch. Und der Gedanke, meine richtige Mutter zu treffen, stimmt mich nicht unbedingt fröhlich. »Ich suche meine Familie und besuche Violetta. Dann komme ich zurück – und du kannst mich doch noch zum Gärtner ausbilden. Vielleicht bringe ich Mama und meine Geschwister einfach mit. Ich bin nämlich ganz gerne hier. Eigentlich.«

Das bin ich tatsächlich. Auch wenn ich ein bisschen gebraucht habe, um mich an die Umstände zu gewöhnen. Nach siebzehn Jahren in einer sterilen Blase ohne Unannehmlichkeiten, Beschwerden oder Krankheiten, aber auch ohne Verantwortung, ist die Umstellung auf ein autonomes Leben in der Wildnis kein Zuckerschlecken. Ich konnte anfänglich gar nicht mehr aufhören zu niesen. Der Staub, der Dreck, die Tiere überall – mein Körper ist völlig durchgedreht. Das ging dem lieben Richard übrigens genauso. Er allerdings konnte nicht aufhören, sich über die widrigen Umstände zu beklagen, die Bewohner Port Hopes wegen ihrer Lebenssituation zu bemitleiden oder seine absurden Verbesserungsvorschläge zum Besten zu geben (warum nicht Bettlaken an die Fenster hängen, um den Staub draußen zu halten?). Das hat ihn nicht unbedingt beliebt gemacht.

Ich war in erster Linie einfach nur dankbar. Dankbar, dass man mich aufgenommen, gerettet und in Ruhe gelassen hat. Obwohl es mir verdammt schwergefallen ist, den allgegenwärtigen Dreck als einen Teil meines neuen Lebens zu akzeptieren. Ich habe aber nicht ein einziges Mal etwas dazu gesagt. So ist es eben. Das ist die Realität. Ich habe das Essen nicht vertragen, Hautausschläge von der kratzigen Wolle bekommen und Pickel, schon beim Gedanken an all das Ungeziefer, das sich im Winter genauso gerne in trockenen Räumen aufhält wie wir Menschen auch. Mattis Katze Marie löst heute noch ungeahnte Ekelgefühle in mir aus. Überall verliert sie ihr Fell. Überall sind Haare. Wenn ich nicht aufpasse und vergesse, die Tür zu meinem Zimmer zuzumachen, legt sich das Mistvieh mit Vorliebe in mein Bett, und zwar mit ihrem Hinterteil auf mein Kopfkissen. Manchmal habe ich das Gefühl, als steckten mir ihre verdammten Haare im Hals. Und überall stinkt es. Fast schon wie bei der Omma damals. Der Geruch hat sich in meiner Nase festgefressen. Ich werde ihn kaum noch los.

»Wirklich. Ich fühle mich sehr wohl hier«, beteuere ich erneut. Es stimmt trotz allem, obwohl ich das selbst manchmal nicht ganz begreifen kann.

»Du weißt, dass du jederzeit wiederkommen kannst. Wobei ich glaube, deinem Püppchen wird es hier nicht besonders gut gefallen. Sie ist wahrscheinlich nicht gemacht für das öde Landleben. Ich bezweifle also, dass du in Port Hope sesshaft werden wirst.« Wieder grinst Matti.

Das plötzliche Aufreißen der Hintertür bewahrt mich davor, über Violetta sprechen zu müssen. Und darüber, wie sehr ich mich davor fürchte, sie wiederzusehen. Es ist Luke. Er stampft mit dreckigen Stiefeln in die Küche und runzelt die Stirn.

»What's this like? A nice little Teaparty?«, fragt er und sieht uns irritiert an. »We do have a date, right? Kartoffelfeld?«

»Sorry«, nuschelt Matti. Er deutet mit dem Kinn auf den Ofen, auf dem die Kaffeekanne steht. »Es gibt etwas zu besprechen.«

Anscheinend hatte Matti Luke direkt aufs Feld zitiert.

»What's the craic?«, fragt Luke und nimmt sich eine Tasse aus dem Küchenschrank. Er ist oft hier. Eigentlich ist er immer hier. »What are you talkin' about?« Luke mustert mich skeptisch von oben bis unten. »You look like shit, mate!« Er spielt wohl auf meinen äußerst stylishen Schlafanzug-Wollpulli-Look mit Augenrändern und Zottelkopf an.

»Ich habe beschlossen zu gehen. Ich will meine Familie suchen«, antworte ich, und tatsächlich fällt es mir schwer, Luke meine Entscheidung mitzuteilen. Ich werde ihn sehr vermissen.

»So soon?«, fragt er überrascht, und wie immer auf Englisch zurück. Luke versteht Deutsch, sehr gut sogar. Schließlich lebt er seit Jahren mit Mattis Familie, mit Georg und Sybille, zusammen, deren Eltern vor Jahren aus Deutschland hierherkamen. Er spricht nur nicht gerne Deutsch, weil er sagt, er klinge dabei wie ein Idiot. Luke ist eine Waise, seit seinem neunten Lebensjahr. Mattis Familie hat ihn in gewisser Weise adoptiert, ihn aber weiter im Haus seiner verstorbenen Eltern wohnen lassen. Das wollte Luke unbedingt. Das Haus steht nur ein paar Straßen weiter, deshalb lassen sie ihn dort schlafen. Auch wenn es das Einzige ist, was er dort tut.

»Ja, so früh«, erwidere ich. »Es ist Frühling. Der beschissene Schnee ist fast weg. Worauf soll ich denn noch warten?«

Luke holt sich einen Hocker aus dem Wohnzimmer und stellt ihn in die Küche.

»We need at least a week to get the Jeeps engine ready«, sagt er an Matti gerichtet.

»Welchen Motor? Ich reite«, frage ich verwirrt.

»Haven't you told him yet?« Luke trinkt einen Schluck Kaffee und unterdrückt ein Schmunzeln. Er zwinkert Matti zu.

»Told me what?«, frage ich verwundert. Was soll Matti mir gesagt haben?

»We're comin' with you, you stupid moron. What did you expect?«

Sie wollen mitkommen? Das klingt, als hätte ich mir so etwas in der Art eigentlich denken müssen. Dabei haben die beiden Port Hope noch nie verlassen. Also noch nie richtig.

»Ihr wollt ernsthaft mitkommen? Aber …« Ich bin sprachlos. »Why?«

»Wir dachten uns schon, dass du früher oder später losziehen willst, um nach deiner Familie zu suchen. Wir wollten nur sichergehen, dass du selbst entscheidest, *wann.* Deshalb haben wir nichts gesagt. Wir wollten dich nicht unter Druck setzen.«

»Right. And it only took you three and a half month to decide. Not too shabby, man. I thought you'd be cryin' around for the next three years at least, to be honest with you! But fine. We can fix the car next week, can't we? The weather is gonna be fine, isn't it?«

Luke ist ein Großmaul. Er lässt keine Gelegenheit aus, sich über mich lustig zu machen oder mich zu verarschen, mich als Heulsuse, Weichei oder Pussy zu bezeichnen. Ich lasse ihn. Er braucht das. Und ich brauche dringend einen Freund.

»Not sure about the weather«, grübelt Matti. »You can never know.«

»Warte mal!«, werfe ich ein. »Vielleicht will ich ja gar nicht, dass ihr mitkommt.«

»Bullshit«, entgegnet Luke.

»Du glaubst doch nicht, dass wir dich alleine auf deinem Gaul nach Toronto reiten lassen? Mach dich nicht lächerlich, Laser.« Matti nimmt die Füße vom Tisch und setzt sich auf. Er verschränkt die Arme und beugt sich zu mir vor. »Du hast keine Ahnung, was da draußen vor sich geht.«

»Genau deshalb will ich nicht, dass ihr mitkommt. Das könnte gefährlich werden. Ich bin mir sicher, die suchen nach mir. Es ist besser, wenn ich allein gehe.« Mir gefällt der Gedanke natürlich, die beiden an meiner Seite zu wissen. Gerade Matti. Trotzdem ist mir nicht wohl dabei, sie einfach so aus ihrem Leben herauszureißen. Die beiden haben noch nie etwas anderes gesehen als Port Hope und das dämliche *MediaCon*-Spielfeld um die Ecke. Sie kennen nur das, was sie hier zum Leben haben. Ich bezweifle, dass sie sich in der Metropole zurechtfinden würden. Schon gar nicht in diesen Zeiten. Nicht einmal ich weiß, was auf mich zukommen wird.

»You're not gonna make it alone. No fuckin' way«, kommentiert Luke meine Worte. Es wird schwer werden, ihm diese fixe

Idee wieder auszureden. Seitdem ich in Port Hope aufgetaucht bin, löchert er mich tagtäglich. Er will alles wissen. Wie wir leben, was wir haben, wie was funktioniert, wie wir denken – einfach alles. Er lauscht meinen Ausführungen mit einer seltsamen Mischung aus Faszination und Abscheu. Ich weiß aus eigener Erfahrung, das kann sehr reizvoll sein. Er will es selbst sehen – das ist mir klar, aber jetzt gerade ist vielleicht nicht der günstigste Zeitpunkt für einen Crashkurs in Sachen *Metro-Leben.*

»Giuseppe braucht ein paar Ersatzteile für die Solaranlagen. Wir haben alles abgesucht, das ganze Spielfeld auf den Kopf gestellt, aber nichts Brauchbares gefunden. Ich muss gehen. Sie haben schon entschieden, dass ich dich begleiten soll. Wir haben sonst nicht genügend Strom für alle.«

Beschissene Demokratie. Sie stimmen wegen jedem Scheiß ab. Niemand hier würde es wagen, etwas über die Köpfe der anderen hinweg zu entscheiden.

Nachdem der Strom ausgefallen und die Strombarriere erloschen ist, sind die Bewohner sofort raus aufs *MediaCon*-Gelände und haben angefangen, nach nützlichen Dingen zu suchen. Gerade die technischen Geräte, die Solarzellen, Kabel und Generatoren, die allesamt natürlich so platziert waren, dass man sie im Fernsehen niemals gesehen hätte, haben es den Leuten hier angetan. So sehr, dass sie zwischen all den Leichen herumgewühlt haben, die den ganzen Winter über festgefroren im Schnee lagen und noch immer von niemandem abgeholt wurden. Ich drifte gedanklich ab, frage mich, ob die Bewohner Port Hopes sich wohl selbst darum kümmern würden, bevor die Leichen anfangen, in der Frühlingssonne zu verwesen. Mich überläuft ein Schauer, als ich an all die erfrorenen Körper denke und an den verwesenden Fleischhaufen, der mal ein Drache war. Diese Bilder verfolgen mich noch immer jede Nacht bis in meine Träume. Wahrscheinlich werde ich diese furchtbaren Bilder nie wieder los.

»Don't think you're the shit, mate!« Lukes unzufriedenes Geschimpfe holt mich zurück.

»Es ist beschlossen, Laser. Wir kommen mit. Ob du willst oder nicht.«

Ich habe keine Ahnung, was genau sie brauchen, aber ich weiß, wenn die ganze Stadt dafür ist, dass Matti mit mir nach Toronto geht, dann würde Matti mitkommen. Mein Protest würde nicht ins Gewicht fallen.

»Schön. Dann komm halt mit, Matti. Aber du nicht, Luke. Du bleibst hier, Alter.«

»Fuck you!«, zischt er und trinkt seinen Kaffee mit einem großen Schluck aus. »You can't tell me what to do.«

Ich verschränke die Arme vor der Brust und sehe ihm ernst ins Gesicht. Luke ist irischer Abstammung. Ich wäre niemals drauf gekommen, irgendwie dachte ich, alle Iren sind rothaarig und blass. Luke allerdings sieht aus wie ein haariger Waldgeist. Er ist ein Jahr jünger als ich, ein paar Zentimeter kleiner, aber dafür doppelt so stark behaart. Ich weiß wirklich nicht, woher die Männer hier in Kanada ihre Bartbehaarung nehmen. In der Platte hatte eigentlich keiner einen Bart. Ich glaube ja, es liegt an dem ganzen Scheiß, den das System uns ins Essen gemischt hat. Oder an der Seife und dem Enthaarungszeug – auch wenn ich mir das niemals ins Gesicht geschmiert habe. Lukes Arme sind so dicht behaart, dass man die Haut darunter kaum erkennen kann. Er war schockiert und fasziniert gleichzeitig, als er das erste Mal meine Arme gesehen hat, die durch die jahrelange Behandlung mit unserer Kosmetik weich wie die eines Mädchens waren. Nach über drei Monaten ohne die Creme wächst ein bisschen was bei mir. Ein heller Flaum. Überall. Golden und irgendwie nicht sehr männlich. Jedenfalls wenn es danach geht, was man hier in Port Hope darunter versteht. Ich ekle mich ein bisschen vor meinen neu erworbenen Achselhaaren. Nicht nur vor *denen* – doch hier in Port Hope habe ich keine Chance, meinen ungebetenen Busch wieder loszuwerden. Außer ich versuchte es mit einem Rasiermesser. Ich fürchte aber, ich könnte mich versehentlich damit kastrieren.

Lukes Haare sind pechschwarz und lockig. So gar nicht irisch. Er aber meint, es gäbe viele Iren, die aussähen wie er. Es ist nicht klar, woher genau er das weiß, er ist schließlich der einzige Ire in Port Hope. Er hat noch *nie* andere Iren gesehen, außer seine Eltern natürlich. Aber gut. Ich will ihm seinen überzogenen Nationalstolz nicht ausreden. Sein Akzent jedenfalls ist einzigartig. Und obwohl sich die ganze Stadt ständig über ihn lustig macht, redet Luke Englisch, als wäre er gerade aus einem Topf voll Gold gestiegen, den irgendein irischer Kobold hinter dem nächstgelegenen Regenbogen vergessen hat.

Ich kann es zwar nicht wirklich beurteilen, aber ich glaube, Luke sieht ziemlich gut aus. Das sehen die Mädchen hier ähnlich. Er kann sich kaum retten vor all den bewundernden Blicken und dem verstohlenen Gekicher. Albern, wie ich finde. Hier in Port Hope geht aber nicht wirklich mehr als dämliches Gekicher. Die Leute sind ziemlich streng. Gefummelt wird hier erst nach der Hochzeit. Schließlich gibt es hier keine Verhütungsmittel, die einem ins Essen gemischt werden. Da mir in den letzten drei Monaten aber kein bisschen nach Fummeln war, habe ich mich bisher noch nicht darüber aufgeregt. Luke allerdings beschwert sich tagtäglich darüber.

Jetzt gerade blickt mich mein großmäuliger Kumpel ziemlich finster aus irisch grünen Augen an, und mir wird klar, dieser Kampf wird ein harter werden. Ich höre die Eingangstür. Leise. Jemand kommt rein und läuft über die knarzenden Dielen durchs Wohnzimmer.

»I'm comin' with you. End of conversation«, zischt Luke.

»Wohin gehst du?«, fragt Sybille Breuer, die dick eingepackt mit Mütze und Schal in die Küche stapft. Schnaufend stellt sie ihren Korb auf der Arbeitsplatte ab und zieht sich die Mütze vom Kopf. Ihre Wangen leuchten mit den krausen roten Haaren, die sie unordentlich auf dem Kopf zusammengedreht hat, um die Wette.

Luke antwortet nicht gleich. Sybille küsst ihren Schwager Matti auf die Wange, dann mich. Als sie auf Luke zugehen will, bedeckt dieser hastig sein Gesicht mit dem Ärmel. Sybille lacht und gibt ihm einen Klaps auf den Hinterkopf. Er steht nicht so auf ihre Liebesbekundungen.

»Ist Mama schon wach?«, erkundigt sie sich und zerrt an ihrem meterlangen Wollschal.

»Nein. Bisher noch nicht.« Matti steht auf und setzt einen Kessel mit Teewasser auf. Sybille holt ein paar Gefäße aus dem Korb.

»Warum sitzt ihr hier noch rum? Ich dachte, ihr geht aufs Feld heute.«

»We're talkin' fuckin' shit«, beschwert sich Luke.

»Jetzt hör doch mal auf zu fluchen, Mann!«, schimpft Matti. Er räumt Sybilles Korb weg und holt eine Schüssel aus dem Schrank.

»Fine«, grummelt Luke.

»Ich will nach Toronto. Meinen Vater suchen. Bambi suchen. Meine Familie ...«, antworte ich. Sybille hält inne, runzelt die hohe Stirn und presst die Lippen aufeinander.

»Jetzt schon?«, fragt sie besorgt. »Meinst du nicht, das ist ein bisschen früh?«

»Ich halte es nicht mehr aus.« Ich zucke mit den Schultern.

Sybille lehnt sich mit dem Rücken gegen die Arbeitsplatte. Sie nimmt Matti die Tasse ab, die er ihr reicht, und nippt an dem Kaffee.

»Verstehe. Würde ich auch nicht aushalten. Herrgott, Laser! Ich möchte wirklich nicht in deiner Haut stecken.«

»Ich auch nicht«, murmele ich und reibe mir über das Gesicht.

»Ich gehe Mama wecken«, seufzt Sybille und stößt sich ab. Sie läuft die Treppe hoch, und ich höre, wie sie die Tür zum Schlafzimmer von Georgs und Mattis Mutter öffnet. Eigentlich ist Oma Helene noch gar nicht so alt, aber sie hatte einen Schlaganfall vor ein paar Jahren und kann seitdem kaum das Bett verlassen. Sybille kommt jeden Tag und kümmert sich um sie.

»Frag sie, Mann«, zischt Matti in Lukes Richtung. »Bitte sie um Erlaubnis, hast du gehört, Luke? Geh nicht einfach so. Du brichst ihr das Herz.« Matti rührt Oma Helenes Frühstück zusammen und gießt ihren Tee auf.

»Warum muss Sybille gefragt werden, ich aber nicht?« Ich hasse es, so übergangen zu werden. Hier traut mir anscheinend keiner zu, dass ich es schaffe, meinen Scheiß alleine zu regeln. Na ja ... was sollen sie auch anderes denken. In ihren Augen bin ich tatsächlich zu nichts zu gebrauchen.

»I don't need her permission. I don't need anyone's permission. I go wherever the fuck I want.« Luke nuschelt in seinen Pullover. Eigentlich möchte ich gerne, dass er mitkommt. Aber ich glaube, es wäre unverantwortlich, es ihm *nicht* zu verbieten.

»Darum geht es nicht, Mann! Sie wird es dir nicht verbieten. Du bist wie ein Sohn für sie. Das hat etwas mit Respekt zu tun, verdammt.« Matti schüttelt genervt den Kopf.

Matti ist wie ein Fels. Er reagiert nie über. Er streitet nicht, lästert nicht, trinkt nicht und behält immer einen kühlen Kopf. Manchmal fühle ich mich total überdreht, fast schon hysterisch in seiner Gegenwart. Matti freut sich selten, und wenn, dann merkt man es kaum. Er wird nicht wütend und ist so wahnsinnig geduldig, dass ich manchmal schreien möchte. Nur weil er es nie tut. Lukes Gehabe gerade geht ihm aber wohl doch ein wenig auf die Nerven.

»Von mir aus«, nuschelt Luke nun auf Deutsch. Offensichtlich extra schlecht ausgesprochen.

Als Sybille die Treppe wieder runterkommt, um Oma Helenes Frühstück abzuholen, dreht er den Kopf in ihre Richtung.

»I go with Matti and Laser to Toronto. Is that alright with you, Billie?«

»Are you out of your mind? Du gehst nirgendwohin«, antwortet Sybille prompt, ohne auch nur eine Sekunde nachzudenken. Luke reißt demonstrativ die Arme hoch.

»See?«, fragt er Matti und zeigt auf Sybille.

»Du bleibst hier. So weit kommt es noch.« Billie schüttelt entrüstet den Kopf.

Luke springt auf.

»You can't tell me ...«, beginnt er wütend, doch Matti schneidet ihm das Wort ab.

»So nicht!«, befiehlt er, für seine Verhältnisse sogar recht laut und mit ordentlich Nachdruck. Er bedeutet Luke, sich wieder hinzusetzen.

»Hast du ihm das erlaubt?«, fragt Sybille und stellt Omas Schüssel und ihren Tee auf ein Tablett. »Ich glaube ja, du spinnst, Matti!«

»Again folks, I don't need your fuckin' …«

Wieder unterbricht Matti Lukes wütende Verteidigungsrede. Diesmal nur mit einer genervten Geste. »Wenn du es ihm verbietest, haut er ab. Lass ihn, Billie.«

Sybille schüttelt immer noch den Kopf und greift sich das Tablett. »Das könnt ihr vergessen. Ich lass dich da nicht hin, Luke. Nicht zu diesen ganzen geisteskranken Vollidioten. Das ist viel zu gefährlich«, sagt sie im Vorbeigehen. Wieder läuft sie die Treppe hoch. Diesmal wesentlich geräuschvoller als vorher.

»See? I told you. She doesn't get it.« Luke steht wieder auf und beginnt, in der Küche herumzustampfen.

Ich sitze auf meinem Stuhl, beobachte die streitende Familie und sehne mich schmerzlich nach meiner. Mehr denn je. Ich bin seit Monaten bloß der stille Beobachter. Sie mögen mich, sie kümmern sich um mich, und ich bin hier herzlich willkommen – doch ich gehöre nicht dazu.

»Ich habe gesagt, du sollst fragen. Du hast nicht gefragt. Du hast sie vor vollendete Tatsachen gestellt.«

»I *asked* if she's alright with it. That's a bloody question, isn't it?«

»Luke?«, frage ich.

»What?« Er funkelt in meine Richtung.

»Können wir kurz alleine reden? Draußen?«

Matti nimmt sich seinen restlichen Kaffee und verlässt den Raum.

»Nicht nötig. Ich geh schon mal vor. Wenn ihr zwei fertig seid, könnt ihr gerne nachkommen. Wir haben verdammt viel zu tun.« Er trinkt aus und stellt die Tasse auf dem Küchentisch ab. Dann zieht er sich seine Jacke an und verlässt das Haus. Es wird still in der Küche.

Luke steht vor seinem Hocker, die Hände in den Hosentaschen, und guckt mich finster an, die pechschwarzen Brauen tief ins Gesicht gezogen.

»Hör mal, ich würde mich echt freuen, wenn du mitkommst. Aber es wäre nicht richtig, dich in meinen Scheiß reinzuziehen.

Am Ende passiert dir was. Damit käme ich echt nicht klar, Mann.«

»You sound like a fuckin' pussy, mate.«

Mehr hat er dazu anscheinend nicht zu sagen. Er schweigt eisern und durchbohrt mich mit seinen irischen Koboldaugen. Ich kann sagen, was ich will. Er wird es sich nicht ausreden lassen. Also seufze ich frustriert und stehe schließlich auf.

»Fine. Come then.« Dann soll er halt. Ich habe ihn gewarnt. Mehr kann ich nicht machen. Ich öffne die Tür zu meinem winzigen Zimmer und sammle meine Klamotten vom Fußboden auf.

»We should talk about a farewell party«, beschließt Luke pragmatisch, wie er eben so ist. Als gäbe es sonst nichts Wichtigeres, worüber wir sprechen müssten. Eine Abschiedsparty. Er sieht sofort freundlicher aus. Anscheinend war es nur meine Zustimmung, die ihm wichtig war. Sybille würde es ihm damit sicherlich nicht so leicht machen. Das scheint Luke aber keineswegs zu belasten. Er grinst breit und folgt mir bis zur Badezimmertür, hinter der ich mich umziehe und mir die Zähne putze.

»Ich weiß nicht, ob ich Lust auf eine Party habe«, entgegne ich mit meiner improvisierten Zahnbürste im Mund.

»Aaaah«, ruft Luke gequält. »Pussy's talkin' *again!*« Er redet durch den Türspalt. »I am not talkin' to the pussy, mate. I am talkin' to you!«

Er unterrichtet mich darüber, dass er schon genau weiß, wie und wo er uns was zum Rauchen besorgen kann. Und nicht nur das, er würde seinen Abschied aus Port Hope gebührend feiern. Da er nicht vorhabe wiederzukommen, plane er einen denkwürdigen Abschied. Mit allem, was dazugehöre.

Ich kann weder seine Ambitionen noch die Raucherei nachvollziehen. Ich finde den Gestank widerlich. Mein gesunder Menschenverstand verbietet mir, verbrannte Sachen zu inhalieren. Und schon gar nicht, wenn das Kraut in Papier gewickelt und angezündet wird. Egal, ob es high macht oder nicht.

Ich fühle mich ziemlich beschissen. Lukes detaillierte Partypläne, seine Freude, Port Hope zu verlassen, all das macht die Sache nicht besser. Er ist ganz aufgeregt. Anscheinend denkt er schon eine ganze Weile darüber nach, mich zu begleiten. Es muss schlimm für meinen mitteilungsbedürftigen Kumpel gewesen sein, nicht mit mir darüber reden zu können. Für Luke ist die Reise nach Toronto ein Abenteuer. Ein Ausbruch. Für mich könnte dieser Trip der Anfang vom Ende sein. Ich könnte alles verlieren – oder schon alles verloren haben. Leider weiß ich das nicht so genau.

Wir gehen aufs Feld, bevor Sybille wieder runterkommt. Luke sagt, er würde ihr in Zukunft einfach aus dem Weg gehen. Er verspricht mir, dass sie das Auto so schnell wie möglich startklar machen würden. Zu wissen, dass ich nicht alleine sein werde auf meiner Reise, entspannt und verspannt mich zugleich.

Mit Bauchschmerzen laufe ich durch die grauen Gassen Port Hopes. Ich bin zerrissen. Und ich weiß, ich werde mich erst wieder besser fühlen, wenn ich da bin, wo ich hingehöre. Wo genau das allerdings ist – ich habe verdammt noch mal keine Ahnung.

Phase 3; Output

Ich sitze auf einem Baumstamm, habe mein rotes Notizbuch und ein angespitztes Stück Kohle in der Hand und beobachte Kimba Glue, wie sie in sich zusammengesackt in Oma Helenes Sessel hängt, den Matti ihr vor die Tür ans Lagerfeuer geschleppt hat. Sybille hat die stumme Frau mit den riesigen blauen Augen warm eingepackt, ihre Beine mit Decken umwickelt und ihr eine Wollmütze auf den Kopf gesetzt. Sie wirkt verloren in dieser Montur. Obwohl ich keinerlei Gefühlsregung in ihrem Gesicht erkennen kann und sie aussieht, als läge sie im Wachkoma, leuchten ihre Augen mit den sprühenden Feuerfunken in der Dunkelheit um die Wette. Ich hätte dieses Leuchten in ihren Augen gerne eingefangen. Sie genauso gezeichnet. Leider reichen meine bescheidenen Fertigkeiten bloß für eine grobe Skizzierung der Szenerie aus.

Wahrscheinlich mag Kimba Glue den Trubel. Vielleicht hat sie erst heute Abend begriffen, dass sie noch am Leben ist. Ich suche nach einem Lächeln, nach irgendwas in ihrem Gesicht. Nichts. Vielleicht hat sie es auch nicht begriffen. Wer weiß das schon. Schließlich sagt sie nichts außer *Hund,* und das etwa alle zwei Minuten. Ganz leise. Das Wort bildet sich langsam auf ihren dünnen Lippen, die sie sonst immer zu einer feinen Linie zusammenpresst. Besagter Hund liegt zusammengerollt auf Kimbas Schoß. Sie hat ihre behandschuhten Hände in seinem Fell vergraben und streichelt ihn fast bewegungslos. Ich habe das Gefühl, als gefalle ihr unsere Party. Ob *ich* es gut finde, dass sich etwa fünfzig Leute vor Mattis Haus auf improvisierten Sitzgelegenheiten im Vorgarten fläzen, selbst gebrautes Bier trinken und unseren Abschied feiern, weiß ich noch nicht so genau. Ich glaube, ich wäre gern einfach abgehauen. Mitten in der Nacht, ohne dass es jemand bemerkt.

Ich male ein paar überflüssige Striche, Schatten, und lausche Sybille, die laut über den Fortlauf der Welt sinniert. Kimba ist das perfekte Modell. Sie bewegt sich nicht.

Billie spricht Deutsch, fällt mir auf. Sie unterhält sich mit den deutschen Nachbarn, einem Förster und seinem Lebensgefährten, und mit ihrem Mann Georg, der neben ihr sitzt und seinen Fuß gedankenverloren hinter Sybilles Wade geschoben hat. Sein Stiefel streichelt Billies Bein genauso unmerklich, wie Kimbas Hand das Pudelfell. Ich denke an Violetta. Daran, wie ich tagelang an ihrem Bett gesessen und ihren Arm gestreichelt habe. Stunden über Stunden. Ob sie sich überhaupt daran erinnern kann?

»Das Schlimme ist, wir könnten den Metros helfen. Wenn wir bereit wären, alles das hier aufs Spiel zu setzen. Wir könnten den Menschen in den Metropolen zeigen, wie man ohne fremde Hilfe lebt. Ohne Versorgung, ohne Netzwerke, Roboter und Chemiefraß«, sagt Sybille. Sie hat die Arme auf die Oberschenkel gelegt, hält den Kopf gesenkt und sieht erst auf, als sie ausgesprochen hat. Die Leute in Port Hope haben ihre Informationen über die Welt außerhalb ausschließlich von mir bezogen. Sie hatten so viele Fragen, vieles davon konnte ich gar nicht beantworten. Wo der Chemiefraß hergestellt wird zum Beispiel. Ich habe keine Ahnung, wo die Pampe herkommt. Ich weiß auch nichts über internationale Beziehungen, weiß nichts über Importe oder Handelsabkommen. Ich hab ihnen erklärt, dass die Welt von zwei Pfeilern regiert wird, einmal von *MediaCon,* die die Interessen ihrer Kunden vertreten, und zum zweiten von dem jeweiligen Parlament, das dafür verantwortlich ist, dass die Interessen der *MediaCon*-Kunden auch umgesetzt werden können. Dafür bezahlt *MediaCon* das Parlament. Die Bewohner Port Hopes waren über dieses System schockiert. Wenn *MediaCon* das Parlament bezahle, dann sei die Regierung befangen und könne gar keine objektiven Entscheidungen mehr treffen. Ich habe nur mit den Schultern gezuckt. Leider konnte ich ihnen nur erklären, was ich selbst wusste. Und viel mehr weiß ich eben nicht. Woher auch?

»*Wenn* wir bereit wären, unsere Gemeinschaft hier aufs Spiel zu setzen«, antwortet der Förster. Er betont das Wort *wenn* so extrem, dass er sich den Rest des Satzes eigentlich hätte sparen können. »Sind wir aber nicht. Wieso sollten wir für diese unfähigen Vollidioten unseren Frieden riskieren? Was haben die denn jemals für uns riskiert? Scheiß kapitalistische Scheiße.«

»Ganz deiner Meinung«, bekräftigt sein Freund. »Wir sollten versuchen, den Stromzaun wieder in Gang zu setzen. Nur für den Fall, dass diese Irren kommen und bei uns leben wollen. Wir haben keinen Platz hier für diese verweichlichten Großstadtaffen.«

Mir zieht sich ein bisschen der Magen zusammen. Auch ich bin ein verweichlichter Großstadtaffe. Irgendwie scheine ich aber schon so sehr in Port Hopes Gemeinschaft integriert zu sein, dass keiner mehr Rücksicht auf meine Gefühle nimmt, wenn sie über die Menschen in den Metropolen herziehen.

»Mach mal halblang, Rütger«, beschwichtigt Georg den aufgebrachten Freund vom Förster. »Die Menschen in den Metropolen haben nie etwas für uns getan, weil sie gar nicht wussten, dass wir existieren. Ihr könnt ihnen schlecht die Schuld dafür geben.«

»Klar kann ich!«, schimpft der Förster weiter und nimmt einen großen Schluck Bier, bevor er weiterspricht. »Wenn ich etwas wissen will, Georg, dann beschaffe ich mir Wissen – egal, wie. Verstehst du? Deshalb sind wir hier gelandet, wir alle. Deshalb sind unsere Großeltern und Eltern damals hergekommen. Weil sie keinen Bock mehr hatten, sich von anderen vorschreiben zu lassen, was man wissen soll, wie man leben soll und was man haben soll. Diese ganzen Idioten in den Städten, die hätten doch auch ohne Bambi und ihre Organisation einen Aufstand proben können. Schon viel früher. Haben sie aber nicht. Und weißt du auch warum? Weil sie sich absolut freiwillig verkauft und selbst versklavt haben.« Er hebt seinen Krug in Georgs Richtung.

»Das ist Schwachsinn«, nuschle ich in mein Buch. Ich versuche immer noch vergeblich, Kimbas Augen zum Leuchten zu bringen.

»Ach ja?«, sagt Rütger und wendet sich mir zu. Auch der Förster guckt jetzt zu mir rüber.

Verdammt. Eigentlich wollte ich gar nicht mitreden.

»Sie wissen es nicht besser, Mann«, verteidige ich meine Leute. Meine Leute? Sind sie das denn? Ich denke einen Moment darüber nach, höre Rütgers Erwiderung gar nicht und drifte ab. Meine Leute. Ich glaube, ich gehöre nicht mehr zu ihnen. Aber sie gehören irgendwie immer noch zu mir. Ich habe das Gefühl, sie sind an mich gebunden. Die ganze verdammte Welt hängt an meinem Rücken. Wieso denn eigentlich? Warum denn schon wieder ich? Vielleicht, weil ich es jetzt besser weiß? Weil ich es nicht mehr fertigbringe, mich dumm zu stellen?

»Jetzt weißt du nicht mehr, was du sagen sollst, hö?«, fragt der Förster. Ich zucke zusammen.

»Sorry ... was habt ihr gesagt?«

»Sklaven des dreckigen Kapitalismus, habe ich gesagt! Ihre grenzenlose Geldgeilheit hat sie alle ins Verderben gestürzt.«

»Ich hatte noch nie Geld. Noch nicht einen Cent. Noch nie in meinem ganzen Leben«, antworte ich. Das stimmt sogar. Bis heute hatte ich nicht mal einen Geldschein in der Hand. Selbst für die Leute außerhalb der Siedlungen sind die Dinger rar. Jeder zahlt nur noch online – oder zahlte nur noch online. Wir in der Platte hatten wenn überhaupt Gutscheine.

»Du vielleicht nicht. Aber deine Großeltern, diejenigen, die das System unterstützt haben, diejenigen, die zu verblendet waren und sich nicht gewehrt haben.«

»Ich glaube, die hatten auch schon keine Kohle mehr«, murmle ich. Die Omma hat immer erzählt, sie habe keine großen Sprünge machen können. Der Urlaub in Ägypten sei das Krasseste gewesen, was sie sich jemals geleistet habe.

»Aber sie hätten gern welches gehabt! Diese kapitalistischen Egoschweine! Nur an den eigenen Arsch haben die gedacht. Hauptsache, sie fahren ein geiles Auto. Hauptsache, sie haben geile Klamotten an.« Rütger wird immer lauter.

Georg reagiert verstimmt auf das Gezeter der beiden und zieht die Brauen ins Gesicht.

»Hört mal, ich glaube, Laser kann am allerwenigsten was für die Lage der Metros. Reg dich mal nicht so auf, klar?«

Rütger grunzt verstimmt, schweigt aber. Der Förster legt ihm beschwichtigend die Hand auf die Schulter. Er will Georg anscheinend nicht verärgern.

»Es tut uns leid, Laser ... aber du wirst verstehen ...«, beginnt Sybille stammelnd, doch ich unterbreche sie gleich.

»Ist schon okay, Billie. Ich weiß, das System hat euch damals in diese Kacksituation gebracht. Ich weiß auch genau, wer es verkackt hat. Du brauchst dich nicht bei mir zu entschuldigen. Ich habe mir nichts vorzuwerfen, also ist es mir egal, was ihr über die Metros sagt.«

Billie lächelt mir zu. Rütger und der Förster halten vorerst die Schnauze, und Kimba fallen die Augen zu. Na toll! Wahrscheinlich schläft sie gleich ein. Ich klappe mein Notizbuch zu, als Luke von der Straße her zu uns in den Vorgarten kommt, stumm in die Runde nickt und sich neben mich auf den Baumstamm setzt.

»Look at that! The Irish Boyscout«, flötet einer von links.

»Wenn Matti und Luke zurückkommen, dann wissen wir mehr über die Lage in der Stadt«, sagt Georg bestimmt. »Dann können wir immer noch überlegen, ob wir helfen oder nicht.«

»*Wenn* die beiden zurückkommen«, nuschelt Rütger pessimistisch in sein Bier. Der Förster stößt ihm seinen Ellenbogen in die Seite. Anscheinend geht er ihm auch langsam auf die Nerven.

»Sei still jetzt«, schimpft Sybille. Dann dreht sie demonstrativ den Kopf weg.

Luke und Billie reden kaum miteinander. Sie ist stinksauer auf ihn. Er tut so, als würde es ihn nicht interessieren, und besteht vehement darauf, dass es ihm hart auf den Sack gehe, wie Billie ihn bemuttert. Ich hatte eigentlich gehofft, dass sie sich vertragen, bevor wir morgen früh aufbrechen. Anscheinend wird daraus aber nichts werden.

Luke ignoriert die anderen gekonnt, tut so, als wären sie gar nicht da, und wartet, bis die Leute am Feuer wieder angefangen haben, sich zu unterhalten. Dann beugt er sich zu mir rüber.

»Wanna get high?«, fragt er leise.

Ich schüttle den Kopf. Danke, nein. Nicht jetzt. Nicht heute. Vielleicht nie wieder. Dank meines versehentlichen Rausches im *MediaCon*-Prime bin ich vorsichtig geworden, was bewusstseinserweiternde Substanzen betrifft. Luke lässt mir das natürlich nicht durchgehen.

»Don't be a fuckin' pussy, mate. Come on. Everybody is waitin' for you. Let's make this our night, not theirs.« Luke deutet mit dem Kinn auf die Erwachsenen vor Mattis Haus.

»Fine. Ich komme mit. Aber ich schwöre dir, Alter: Ich werde nichts rauchen und nichts trinken, klar?« Ich flüstere so leise, ich weiß gar nicht, ob er mich verstanden hat. Aber er hat. Hastig nickt er.

»Still a pussy though – but cool. Come on«, Luke steht schon wieder auf.

»Wo geht ihr hin?«, fragt Billie, die uns eindeutig beobachtet hat.

»None of your f…«, antwortet Luke. Ich stoße ihn hart in die Seite. Er kann es einfach nicht lassen.

»Wir treffen uns mit den anderen. Noch ein bisschen abhängen, bevor ich morgen weg bin«, übernehme ich das Reden.

»Macht keinen Scheiß«, ermahnt uns Georg. Ich nicke hastig. Sybille guckt beleidigt auf den Boden. So ein Mist! Luke ist echt ein Arsch. Und das werde ich ihm auch gleich sagen. Er soll froh sein, dass er jemanden hat, der sich um ihn sorgt. Fürs Erste zieht er mich aber von der Feuerstelle weg auf die dunkle Straße.

Um diese Uhrzeit brennen in Port Hope nicht einmal mehr die Straßenlaternen. Luke holt eine Taschenlampe aus der Jackentasche und knipst sie an. Kaum sind die Gespräche vom Haus abgeklungen, hüllt uns eine allesumfassende Stille ein. Die Nacht ist glasklar und klirrend kalt. Die Sterne über unseren Köpfen sind so hell, so deutlich zu erkennen, als würden sie jede Sekunde auf uns runterfallen.

»Du musst dich mit ihr vertragen, bevor wir gehen«, sage ich. Luke schnaubt schon protestierend, kaum habe ich ausgesprochen. »Im Ernst, Mann! Du kannst Billie so nicht stehen lassen. Das ist arschig.«

»I don't care. She's not my mother!«

»Arsch«, sage ich leise. Luke antwortet nicht mehr. Er biegt links ab, läuft aufs Feld, und ich folge ihm. In der Ferne kann ich bereits eine Feuerstelle erkennen. Die anderen sitzen hinter dem

Geräteschuppen von Granny McDough. Da treffen wir uns eigentlich immer.

»Sei froh, dass du sie hast, Mann! Sei verdammte Scheiße froh, dass du eine Familie hast.« Ich gebe nicht auf. Ich wünschte, *ich* könnte mich für ihn entschuldigen. Kann ich aber leider nicht.

»You're a fuckin' sissy, Laser.« Er stampft ein paar Schritte vor mir durch das hohe Gras und knipst die Taschenlampe aus, als wir das Lagerfeuer erreichen, um das unsere Freunde herumsitzen. Es sind etwa zehn Leute. Unter ihnen auch Mardi, Sybilles und Georgs Tochter. Sie sitzt dick eingepackt im Schneidersitz und hat eine alte Wolldecke über ihrem Schoß ausgebreitet.

»Da ist er ja!«, ruft sie, als sie mich erkennt. »Hast du dich vor uns versteckt, Laser?«

Alle lachen. Irgendwie habe ich mich tatsächlich versteckt.

»He's a fuckin' sissy«, wiederholt Luke seine Anschuldigung zum hundertsten Mal und lässt sich neben Mardi auf einer Decke nieder.

»Jaysis! Shamrock's talkin'«, rufen die anderen Jungs, Lukes irischen Akzent verarschend. Er zeigt ihnen den Mittelfinger.

Ich reibe mir mit der flachen Hand über das Gesicht. Meine Finger sind eiskalt.

»He's a fuckin' dickhead, isn't he?«, kontere ich genauso irisch, den Singsang imitierend. Das ärgert ihn. Gut.

»Everyone knows that«, grinst Mardi. Sie legt ihren Arm um mich, kaum sitze ich, und lehnt ihren Kopf gegen meine Schulter. »Ich bin froh, dass du noch gekommen bist.«

Ich lächle ein bisschen unsicher und bin froh, als sie ein paar Sekunden später etwas frustriert von mir ablässt, da ich ihre Umarmung nicht erwidere. Ich mag Mardi wirklich sehr, allerdings überfordert mich ihr offensichtliches Interesse an mir. Ich glaube, sie steht auf mich. Ich kann das absolut nicht nachvollziehen. Aber was weiß ich schon?

»So what's the craic, lad?«, wendet sich Pierre, ein dunkelhäutiger Junge französischer Abstammung, an Luke. »Did you get it?«

Luke nickt und wühlt in seiner Manteltasche herum. Seitdem die Leute Port Hopes Zugang zum *MediaCon*-Gelände haben, laufen die Jungs alle in Lederhosen und langen Mänteln herum, die sie in den Häusern und Städten des Spielfeldes gefunden haben. Sie stehen voll auf die mittelalterlichen Kluften, die die Spielfiguren der *Dragonslayer*-Kampagne getragen haben. Ein paar von ihnen schleppen neuerdings sogar Schwerter und Bögen mit sich herum. Wenn man bedenkt, dass die Leute hier anziehen, was andere für sie nähen, stricken und weben, kann ich den Wunsch nach etwas Abwechslung gut verstehen. Luke jedenfalls sieht heute Abend aus wie ein waschechter Schurke. Wenn mich nicht alles täuscht, hat er sich sogar Kohlestaub unter die Augen geschmiert. Sein Blick ist düster und geheimnisvoll. Jetzt zieht er einen kleinen Beutel aus der Tasche und hält ihn hoch.

»That was hard work, I'm tellin' ya«, behauptet er und wirft Pierre das Ding zu.

»Was ist das?«, frage ich Mardi. Eigentlich will ich es gar nicht wissen. Den begeisterten Ausrufen nach zu urteilen, befindet sich in dem Beutel ein Haufen Gras, den Luke bei Lieutenant Commander Jackson geklaut hat. Der Lieutenant ist natürlich kein richtiger Soldat, sondern ein komischer alter Kauz mit Schnauzbart und Zahnlücken, der in Port Hope für die riesige Hanfplantage zuständig ist. Er sammelt Militärabzeichen bzw. hat sie so lange gesammelt, bis er alle gefunden hat, die in der Umgebung existieren. Der Kerl ist seltsam. Wahrscheinlich liegt es an seinem Dauerrausch. Natürlich ist der Hanf offiziell nicht zum Rauchen gedacht. Wie ich hier gelernt habe, ist Hanf eine der vielseitigsten Pflanzen, die es auf der Welt gibt. Die Leute hier machen fast alles aus Hanf. Sogar Klamotten, Papier, Seile, Öle – ich war wirklich beeindruckt. Rauchen tun sie es natürlich auch. Allerdings sehen sie es nicht gerne, wenn der jugendliche Nachwuchs es ihnen gleich tut. Ich kann das nicht ganz nachvollziehen. Aber anscheinend hat das was mit bekloppten Erziehungsmaßnahmen zu tun. Jedenfalls hat Luke es so erklärt. Der Lieutenant betreut jedenfalls die komplette Produktion. Die Jugendlichen hier wechseln sich ab, was die verbotenen Beschaffungsmaßnahmen betrifft. Heute war wohl Luke mit Klauen dran.

»Wirst gleich sehen, was das ist«, antwortet Sybilles Tochter. Sie greift schnell wie der Blitz nach meinem Notizbuch, das ich neben mich gelegt habe. Ich kann nicht rechtzeitig reagieren. Ich will eigentlich nicht, dass jemand sieht, was ich den lieben langen Tag so vor mich hin kritzele. Mardi dreht mir sofort den Rücken zu. Ich mache ein paar halbherzige Versuche, ihr mein Tagebuch wieder abzunehmen, aber sie weicht mir aus. Ich fange an zu schwitzen. Es ist mir wahnsinnig peinlich. Die Unterhaltungen meiner Freunde rücken in den Hintergrund. Das passiert übrigens viel leichter, wenn man eine Sprache noch nicht richtig beherrscht. Sobald ich mich auf das Englisch um mich herum nicht mehr richtig konzentriere, werden die Worte zu Brei und rauschen einfach nur noch an mir vorbei.

Mardi knipst Lukes Taschenlampe an und blättert vorsichtig die Seiten um.

»Wehe, du sagst was!«, drohe ich Mardi. Gerade meine ersten Zeichnungen sind es wirklich nicht wert, dass jemand sie ansieht. Ich erinnere mich noch genau an den Abend, an dem ich zum ersten Mal etwas gezeichnet habe. Zum ersten Mal in meinem Leben. Ich habe in den ersten Tagen hier in Port Hope oft bei Matti am Kamin gesessen, das Buch auf dem Schoß, und habe die leeren Seiten angestarrt. Ich wollte sie so gerne mit irgendetwas füllen, etwas schreiben oder malen. Ich wusste nur nicht wie. Matti hat mir irgendwann ein Stück Kohle angespitzt. Ich habe mich lange nicht getraut, den ersten Strich zu machen. Ich hatte das Gefühl, ich würde das Buch beschmutzen. Also habe ich auf den Steinplatten hinter dem Haus geübt. Irgendwann habe ich dann angefangen, alles aufzuschreiben und aufzuzeichnen, das mich hier beschäftigt oder beeindruckt hat. Mittlerweile ist das Buch fast voll.

»Bin ich das?«, fragt Mardi neugierig und deutet auf eine Zeichnung, die ich heimlich von ihr gemacht habe, als sie bei uns zu Hause auf dem Sofa gesessen hat.

»Mit viel Fantasie«, antworte ich und möchte das Bild am liebsten rausreißen und ins Feuer werfen. Es ist schlecht. Ihr Kopf ist viel zu klein.

»Das ist richtig gut geworden. Irgendwie erkenne ich mich darin.«

»Ja, weil du weißt, dass du es sein sollst.«

»Jetzt sei nicht so kritisch. Dafür, dass du vor drei Monaten kaum deinen Namen schreiben konntest, sind deine Bilder richtig gut.«

Mardi ist so wahnsinnig nett. Das liegt wohl in der Familie. Ich seufze laut.

»Ich konnte sehr wohl meinen Namen schreiben! Bloß nicht mit einem Stück Kohle.«

Mardi blättert weiter. Ich sehe kurz auf, bemerke, dass das Beutelchen mittlerweile durch die Runde geht. Es ist gerade bei Giuseppina und Cosimo angekommen, den italienischen Zwillingen, deren Eltern die Solaranlagen warten und reparieren. Sie schütten sich etwas vom Inhalt in die Handflächen und riechen daran. Beide ziehen angewiderte Gesichter. *Was ist das?* Gras ist es nicht, das kann ich sogar im schwachen Feuerschein erkennen.

»Du hast sie viel hübscher gezeichnet, als sie wirklich ist.« Mardi hält meine Zeichnung von Violetta auf dem Schoß. Ich wende den Blick vom Beutelchen ab und sehe ihr wieder über die Schulter. Ich habe Violetta aus dem Gedächtnis gemalt. Das war wirklich schwierig.

»Woher willst du das wissen, Mardi?«, frage ich und nehme ihr das Buch schließlich ab.

»Hey!«, protestiert sie.

»Du hast sie bloß krank im Bett liegend gesehen.«

»Trotzdem«, behauptet Mardi bissig.

Ich schiebe mir das Buch unter die linke Pobacke in der Hoffnung, Mardi würde keinen weiteren Versuch starten, es mir wegzunehmen.

»Du hast echt was drauf, Laser«, sagt sie dann und verschränkt die Arme um die Knie.

»Wenn du meinst.« Ich kann mir kaum vorstellen, dass sie das wirklich so sieht. Mardi hat nachdenklich die Stirn gerunzelt und starrt ins Feuer.

»Ich wollte auch erst mitkommen nach Toronto«, sagt sie dann.

Ich unterdrücke erfolgreich ein überraschtes Keuchen. *Das wäre ja noch schöner!* Vielleicht nehme ich sie einfach alle mit. Die ganze Familie Breuer.

»Ach ja?«, frage ich und versuche, so zu klingen, als würde ich Mardi ernst nehmen.

»Sie haben es mir aber nicht erlaubt. Matti hat gesagt, ich bin zu jung.«

»Ich glaube, da hat er recht«, sage ich schnell. Mardi sieht mich von der Seite an. Ihre Augen werden zu kleinen wütenden Schlitzen.

»Luke ist nicht viel älter als ich. Und er kann mitgehen. Vielleicht haue ich einfach ab und laufe euch hinterher.«

»No, you're not«, meldet sich Luke zu Wort, der anscheinend seinen Namen gehört hat.

»What do you care, asshole?«, fragt Mardi patzig. »Ich finde es zum Kotzen, dass ihr mich einfach hierlasst.« Sie seufzt laut. »Ich will auch sehen, wie es in der Stadt aussieht.«

»Mardi, du musst für mich auf Van Gogh aufpassen. Er mag dich so. Wenn ich ihn schon nicht mitnehmen kann, dann brauche ich dich hier, damit er sich nicht so alleine fühlt«, versuche ich, sie zu versöhnen.

»Schwachsinn! Du willst nur nicht, dass ich mitkomme. Wegen ihr.«

»Hör auf damit.« Ihre kleinen Sticheleien ärgern mich. Sie tut das schon, seitdem ich hier bin. Warum muss sie sich ausgerechnet für mich interessieren?

»Okay, lads«, meint Luke und fängt den Beutel auf, den ihm Marisa von links zu wirft, direkt über mich und Mardi hinweg. »Enough talkin'! Laser, you have to try these«, sagt er und drückt mir mit theatralischer Geste das Ledersäckchen in die Hand.

Ein wenig unsicher öffne ich es und schütte mir den Inhalt in die Handfläche, genau wie es die anderen vor mir getan haben.

Heraus kullern ein paar braune undefinierbare Brocken. Oder Stückchen. Ich hebe eine Augenbraue und sehe Luke fragend an.

»Was ist das?«

»Mushrooms!«, freut er sich. Mushrooms? Pilze? Getrocknet? Wollen die mich verarschen? Aus meinem verwirrten Blick schließt Mardi, dass ich keine Ahnung habe, was die ganze Aufregung um ein paar getrocknete Gemüsebrocken soll.

»Das sind keine richtigen Pilze. Also schon, aber keine, mit denen man kocht. Das sind *Magic Mushrooms*. Man wird high davon.«

»Was? Von Pilzen? Ihr habt sie doch nicht mehr alle!«, sage ich wütend, lass die Bröckchen in den Beutel zurückfallen und reiche ihn Luke.

»What's wrong, man? You didn't wanna smoke or drink anythin'. That's what you said, right?«, fragt er grinsend. Stimmt. Das habe ich gesagt. Ich will nichts rauchen und nichts trinken.

»You didn't say anythin' about eatin' stuff.« Er gibt mir den Beutel zurück. Ich schüttle den Kopf. Ich will auch nichts essen. Um mich herum fangen sie an zu buhen.

»Guys, I don't wanna get high.« Ich hebe abwehrend die Hände. »Not after that weird party where this french guy put drugs in my drink.« Mit Bauchschmerzen denke ich an Cactus Fortune und seine fiese Masche, mit der er mich zu einem Interview zwingen wollte.

»Aaaah!«, ruft Pierre begeistert. »That was a pretty good story, lad! You should tell it again.« Er macht eine Kunstpause. »*After* you ate the mushrooms.« Jetzt lachen sie alle.

»Jetzt komm schon Laser«, drängt Mardi. Sie hängt sich an meine Schulter. »Ich mach es auch. Ist wirklich nicht schlimm.«

»Listen to the girl, mate. Don't be a ...«

»Shut up, Luke«, unterbreche ich ihn wütend. Ich will das Zeug nicht essen. Ich will meinen klaren Kopf behalten. Wer weiß, wie es mir morgen geht.

Auf einmal reden sie alle auf mich ein. Versichern mir, dass die Pilze ganz natürlich wirken, dass die Indianer vor tausend Jahren schon solche Pilze gegessen haben, dass ich mit Sicherheit keinen Kater bekommen werde – und, und, und. Ich schüttele immer nur den Kopf. Dann einigen sie sich darauf, dass wir entweder alle gemeinsam Pilze essen oder keiner von uns. Also wenn ich nicht mitmache, gibt es gar keine Party. *Wundervoll*, denke ich und vergrabe mein Gesicht hinter meinem Jackenärmel. Diese beschissenen Demokraten machen mich wahnsinnig. Sie blicken mich erwartungsvoll an, hoffen, dass ich dem Druck, der nun auf mir lastet, nicht gewachsen bin. Und sie haben verdammt noch mal recht. Ich bin dem nicht gewachsen. Mardi zerrt an meinem Arm, Luke beschimpft mich unentwegt als Memme, Jammerlappen und Spielverderber, und der restliche Pulk buht mich gegen die Wand. Was soll ich sagen? Mir gefällt mein Image als das Weichei der Stadt sowieso schon nicht.

Ich schütte die Pilze noch einmal in meine Handfläche und rieche daran. Der leicht säuerliche Geruch erinnert mich an etwas. Ich weiß nur nicht genau an was. Ich bestehe darauf, nur einen winzig kleinen Brocken zu essen. Die anderen jubeln und klatschen mir Beifall.

Ich habe plötzlich eine Idee. Ein kleiner schlauer Schachzug, der mir meine Entscheidung ein bisschen einfacher macht.

»Luke«, beginne ich und blicke meinen Kumpel eindringlich an. »Ich esse die Pilze nur, wenn du mir versprichst, dich bei Billie zu entschuldigen.«

Luke furcht seine dichten schwarzen Brauen.

»No way!«, antwortet er nicht weniger entschlossen. Mardi neben mir grinst verschlagen.

»Gut.« Ich gebe ihm das Säckchen wieder. »Dann bin ich eben eine Pussy.«

Luke beißt die Zähne zusammen. Er hasst mich. Ich sehe es ihm an. Aber egal. Es dient schließlich dem guten Zweck. Lange hält er es sowieso nicht durch, mich zu hassen. Dafür mögen wir uns viel zu sehr.

»You're fuckin' blackmailin' me!«, schimpft er. Die anderen wissen nicht, worum es geht. Keiner außer Luke und Mardi versteht Deutsch.

»Ja, ich weiß. Das ist Erpressung. Und das ist noch nicht alles. Ich will, dass du Deutsch mit mir redest. Für genau eine Woche.« Die Chancen, dass er jetzt kneift und mir die Pilze erspart bleiben, stehen nicht schlecht. Luke sieht aus, als würde er mir das Beutelchen gleich an den Kopf werfen. *Tu es!*, bettle ich stumm. Lukes Mundwinkel zeigen wütend nach unten. Stumm fummelt er zwei Brocken aus dem Sack heraus und drückt sie mir energisch in die Hand.

»Fur jede Versprechen eine Pilz«, sagt er brav auf Deutsch. Wenn auch so genuschelt, dass man ihn kaum versteht. Ich nicke. Die anderen fragen Mardi neugierig, was da zwischen uns läuft. Sie zuckt nur mit den Schultern und grinst verschwörerisch in die Runde.

Ich seufze und stecke mir das Zeug in den Mund.

»Kauen«, befiehlt Luke und macht es mir nach.

Jetzt, da ich die Pilze im Mund habe, weiß ich auch, woran mich der Geruch erinnert hat. Ich habe das Gefühl, als kaute ich auf einem Ledergürtel herum. Es ist so ekelhaft, dass ich gerne alles wieder ausgespuckt hätte. Diese Blöße möchte ich mir aber doch nicht geben. Luke reicht mir fies grinsend sein Bier, um den Geschmack runterzuspülen.

»Und jetzt?«, frage ich, nachdem ich endlich geschluckt habe.

»Jetzt musst du warten.« Mardi lehnt sich gegen die Wand des Geräteschuppens und schließt die Augen.

Na wundervoll. Ich werde nervös. Irgendwie glaube ich, den genauen Weg der Pilzbrocken durch meinen Körper nachvollziehen zu können. Ich spüre sie noch in meiner Speiseröhre. Angespannt lausche ich den Gesprächen der anderen, beobachte sie und werde doch, obwohl ich mich gerade gar nicht wohlfühle, ein klein wenig sentimental. Diese Runden am Feuer, ihre vertraute Art, miteinander umzugehen – all das werde ich vermissen. Obwohl ich immer nur wie ein Zuschauer dabeigesessen habe. Am Anfang habe ich sie kaum verstanden. Diese Nähe aber, ihre Zusammengehörigkeit konnte ich spüren. Ganz deutlich. Wieder kommen mir Bullet und Danger in den Sinn. Und obwohl ich oft an sie denke, mich immer wieder frage, was wohl aus den beiden geworden ist, komme ich nicht umhin zu bemerken, dass wir drei niemals so waren wie die Leute hier in Port Hope. Sie funktionieren nur miteinander. Hier geht nichts ohne den anderen. Sie fühlen sich verantwortlich füreinander und wissen alles voneinander. Sie reden miteinander. Ernsthaftes Zeug. Über ihre Gefühle und so. Das schafft Vertrauen. Keine Ahnung, ob ich mit Bullet und Danger jemals über etwas Ernsthaftes geredet habe. Ich glaube eher nicht.

Auch mich haben sie gelöchert. Tagelang. Sie wollten alles von mir wissen. Aufgrund der Sprachbarriere haben wir es leider nicht geschafft, uns wirklich kennenzulernen. Ich wollte auch gar nicht alles über mich erzählen. Ich hatte bloß meine Geschichte. Mein Abenteuer. Davon habe ich ausführlich berichtet. Mardi oder Luke haben übersetzt, bis ich irgendwann für mich selbst sprechen konnte. Anfangs dachten sie wohl, ich bin so etwas wie ein Superheld. Später allerdings, als sie mich beim Schneeschippen, Holzhacken und Angeln beobachtet haben, waren sie in erster Linie enttäuscht. Sie haben bis heute nicht verstanden, wie jemand wie ich einen solchen Trip überleben konnte. Obwohl sie mich für einen verweichlichten Metro halten, haben sie mich in ihrer Gemeinschaft aufgenommen. Sie sind immer freundlich zu mir gewesen. Trotzdem ist der Funke bis heute nicht übergesprungen. Sie kamen nie wirklich an mich ran.

Luke und ich, wir sind uns nahe. Aber nur, weil er sich einfach in mein Leben gedrängelt hat, ohne meine anfängliche Scheu und Unsicherheit zu beachten. Er saß einfach jeden Abend bei uns rum und hat mich ausgequetscht. Er war für mich da, obwohl ich in den ersten Wochen hier selbst gar nicht wusste, wie dringend ich einen Freund gebraucht habe. Er, der selbst ernannte Außenseiter in Port Hope, der Junge ohne Familie, der einzige Ire, hat wahrscheinlich nur darauf gewartet, dass ein anderer Außenseiter kommt, mit dem er sich zusammentun kann.

Besagter Ire protzt gerade lautstark damit, wie furchtlos er bei Lieutenant Commander Jackson eingestiegen ist, um die Pilze zu klauen. Er behauptet, er hätte sie aus seiner Nachttischschublade entwendet, während der Alte geschlafen habe. Ich glaube ihm kein Wort. Die anderen scheinen sich auch nicht so sicher zu sein, ob das der Wahrheit entspricht, und Lukes Geschichte wird von permanenten skeptischen Zwischenrufen und Gelächter untermalt.

Mardi neben mir grinst nur stumm vor sich hin. Ob das Zeug bei ihr schon gewirkt hat? Ich merke gar nichts, aber Mardi ist immer etwas schweigsamer als die anderen. Sie hört lieber zu, als dass sie redet. Ihre Hand liegt neben meinem Bein. Man sieht nur wenig von ihr. Die kleinen weißen Hände und ein bisschen was von ihrem Gesicht, das im Feuerschein rötlich schimmert. Der Rest ist von einem riesigen Wollschal und der dazu passenden Mütze verdeckt. Ihre Haare sind genauso feuerrot wie die ihrer Mutter. Deshalb nennen sie Mardi hier auch Ginger. Sie hasst das. Alle sind der Meinung, sie solle Luke heiraten. Ginger und Shamrock – das passe perfekt zusammen. Wahrscheinlich würde Luke Mardi sogar gerne heiraten. Ich bin ja der Meinung, er ist seit Längerem in sie verknallt. Er allerdings behauptet, sie sei wie seine Schwester. Und Mardi steht überhaupt nicht auf ihn. Das ist ganz offensichtlich. Damit ist Mardi wahrscheinlich das einzige Mädchen in Port Hope, das Lukes schelmischem Charme nicht hoffnungslos erlegen ist. Deshalb gibt Luke nicht zu, dass er sie mag. Einen Korb von Mardi würde er höchstwahrscheinlich gar nicht gut verkraften.

Ich lache über dieses Dilemma. Ziemlich laut und hysterisch. Wo kommt das denn her? Erschrocken halte ich mir die Hand vor den Mund. Ich sehe mich um. Keiner scheint es bemerkt zu haben. Sie reden laut, lachen laut, manche kommen sich näher, fassen sich an, liegen mit ihren Köpfen auf den Schößen der anderen. Ich fühle mich isoliert. Ich sitze wie festgewachsen auf meiner Decke und bemerke, dass ich mich seit einer Ewigkeit nicht mehr bewegt habe. Ob ich es noch kann? Langsam neige ich meinen Kopf zur Seite. Es geht. Gut.

»Und?«, höre ich Luke fragen. Er stößt mich an. Ich schwinge. Er schubst den Planeten an, auf dem ich mich befinde, und ich drifte langsam davon. Weg vom Feuer, weg von den anderen, die irgendwie eins sind. Ich bin nur einer. Einer alleine.

»Laser?«, fragt er wieder. Ich befehle mir, zu antworten.

»Ja. Krass. Ja.«

Luke freut sich. Er kichert.

»Was ist los mit deine Kopf, Alter?«

Mein Kopf. Stimmt. Da war ja was. Ich bewege meinen Kopf zurück in seine ursprüngliche Position.

Dann passiert etwas Seltsames. Wenigstens bemerke ich noch, dass etwas Seltsames passiert. Das beruhigt mich. Wenn man nicht einmal mehr merkt, was seltsam ist und was nicht, dann ... dann ist man echt krass drauf. Ganz selbstverständlich, so als hätte ich es schon tausend Mal gemacht, steige ich aus meiner Brust. Erst mit einem Bein, dann mit dem anderen. Ich setze mich vor mich und blicke mich um. Da bin ich wieder!

Irritiert betrachte ich Lukes Gesicht, das direkt vor meinen Augen verläuft. Die schwarzen Stellen in seinem Gesicht tropfen über die hellen, vom Feuer beschienen Stellen.

»Scheiße, Luke! Dein Gesicht! Was ist denn mit deinem Gesicht passiert?«, rufe ich erschrocken aus und beuge mich vor, um ihn anzufassen. Luke schlägt meine Hand weg.

»Don't talk shit about my Face, mate!«

Ich sehe ein, dass das nicht nett war. Ich nicke einsichtig und beschließe, mich zurückzuziehen. Die anderen reden mittlerweile wild durcheinander. Ich verstehe sie nicht mehr. Vielleicht, weil sie zu weit weg sind. Ob sie gerade über mich reden? Die reden bestimmt über mich. Können sie auch sehen, wie Lukes Gesicht schmilzt? Wahrscheinlich nicht. Ihre Gesichter schmelzen schließlich auch munter vor sich hin, und keiner sagt etwas dazu. Oder doch? Soll ich ein Schild malen und hochhalten? Sie tropfen den ganzen verdammten Boden voll mit ihren Gesichtern. Kranke Scheiße.

Ich mache die Augen zu und kippe nach hinten. Glücklicherweise ist der Schuppen da, um mich aufzufangen. Ich drücke mich eng gegen Mardi, die sich seit Ewigkeiten nicht mehr gerührt hat. Mit geschlossenen Augen fliege ich durch beeindruckende Farbschläuche und beschließe: Dieser Pilzrausch ist nicht schlecht, wenn man denn nicht gezwungen ist, den anderen beim Verlaufen zuzusehen. Und wenn man damit leben kann, interplanetarisch komplett abgeschieden zu sein, eröffnen sich einem sehr ansprechende Farbkombinationen.

Gerade als ich meinen Flug durch das Universum ein wenig entspannter fortsetzen will, beißt mich etwas. Erschrocken reißt es mich zurück, und ich sehe meine Hand an. Da rein hat es mich gebissen. Um genau zu sein: in meinen kleinen Finger. Irritiert stelle ich fest, dass Mardi der Übeltäter war. Sie hat mich angefasst. Seit wann können Hände beißen? Wahrscheinlich seitdem Gesichter einfach so zerfließen können, ohne dass es jemand bemerkt. Ich mache die Augen sicherheitshalber wieder zu. Abgeschottet in meiner leuchtenden Dunkelkammer, umgeben von Tönen, die wohl Sprache sind, und Lichtern, die in meinem Kopf entstehen und vor meinen Augen platzen wie kleine Luftblasen. Nein, eher wie dicke rote Luftballons. Während ich mich noch darüber wundere, woher dieser Gedanke kommt, warum ich auf einmal weiß, wie sich ein Ballon anfühlt, wie die pralle Oberfläche, das gespannte Gummi sich an meinen Fingern reibt, obwohl ich noch nie einen Luftballon angefasst habe, beißt mich Mardis Hand noch einmal. Diesmal fester. Ich ignoriere sie angestrengt, konzentriere mich auf den roten Ball und den langen Fingernagel, der sich spitz gefeilt fest in das nachgiebige Material drückt. Peng! Er platzt. Ich sehe es immer und immer wieder. Mardi rückt näher. Ihr Körper liegt schwer auf meinem. Ich kämpfe um Kontrolle, will mich wieder aufrichten, will nicht auf dem Boden liegen ohne den Schuppen, der mich hält. Ihr Gesicht ist über meinem. Und alles was ich sehe, ist der rote Ballon. Peng! Wieder geplatzt.

Warum tut sie das? Mardi küsst mich. Ich kneife die Augen zu. Verdammt, sie soll das lassen! Peng! Die Luft wird weniger. Wärmer. Peng! Der Nagel bohrt sich in Zeitlupe in die rote Gummihaut. Ganz langsam. Peng! Jetzt riecht es. Faulig. Der Geruch kommt von überall her. Die Omma erscheint kurz vor meinen geschlossenen Augen. Ich sehe sie tot und schlaff in meinen Armen liegen. Nur ganz kurz. Dann verschwindet sie wieder, so als gehöre sie nicht hierher. Ich öffne die Augen, um dem Ballon zu entkommen. Mardis Gesicht ist direkt über mir.

»Hey«, flüstert sie, dann hebt sie ihren Arm und verdunkelt den Himmel über uns. Sie sperrt uns ein in einen heißen Tunnel, in dem ich anfange zu schwitzen. Ich kann kaum atmen, was wohl damit zu tun hat, dass Mardi ihre Lippen erneut auf meine drückt und ich zu paralysiert bin, um ihren Kuss zu erwidern. Ich will sie ja auch gar nicht küssen. Ich muss ihr das irgendwie sagen. Meine Lider fallen zu. Peng! Ich zucke zusammen.

»Alles klar?«, will sie wissen. Ich mache ein Geräusch. Das hätte alles heißen können.

Ich sehe den Finger. Ganz deutlich. Jetzt muss ich nur wissen, wem der Finger gehört. Ich verfolge ihn bis zum Handgelenk. Daran hängt eine goldene Uhr. Weiter oben entdecke ich eine weiße Bluse und einen Hals. Ein Ohr. Einen goldenen Ohrring. Mehr kann ich nicht sehen, denn der scheußliche Geruch wird immer schlimmer. Ich kann es kaum noch aushalten. Mein Herz rast. Mardi ist schwer, sie drückt mir meinen Brustkorb ein. Meine Rippen sind weich wie gelbe Vitaminpampe. Ganz plötzlich verschwindet der Ballon. Er schrumpelt zusammen, fliegt durch die Luft und landet auf dem weiß gefliesten Boden eines Raumes, der mir bekannt vorkommt. Wo bin ich? Der Gestank wabert dick und undurchdringlich zwischen den hellen Wänden.

»Laser?«, fragt Mardi wieder. Ganz leise in mein Ohr.

»Mmh?« *Lass mich in Ruhe, Mardi!*, denke ich. Ich will wissen, wo ich bin. Woher der Geruch kommt.

»Ist alles in Ordnung? Du zitterst ja. Soll ich aufhören?«

Was soll ich sagen? *Ja, hör auf! Du störst mich! Ich muss wissen, wo ich bin?* – Das wäre äußerst unhöflich. Ich schüttle hastig den Kopf. Damit sie mir glaubt, lege ich meine Hand auf ihren Rücken. Ich kralle meine Finger in ihre Jacke, damit die Hand nicht runterfällt. Dann verabschiede ich mich schnell wieder von meinem unfreiwillig küssenden Körper und lasse mich zurückreißen in den Raum mit den Überresten des Ballons auf dem Fußboden. Der Gestank kommt vom Bett. Ganz eindeutig. Zum ersten Mal in meinem Leben komme ich der Ursache dieses lästigen Übels näher. Ich muss wissen, was da drin liegt. Wenn ich herausfinde, was da so stinkt, dann – und da bin ich auf einmal absolut sicher – kann ich es auch kontrollieren.

Ich blicke nach oben, verfolge die glänzenden Füße des Bettgestells mit den Augen und bleibe auf Höhe der Matratze hängen. Verdammt bin ich klein! Warum bin ich denn so klein?

»Laser?« Mardi gibt nicht auf. Was will sie denn, verdammt?

»Laser, ich glaube, ich habe mich in dich verliebt«, flüstert sie in mein Ohr.

Was? Spinnt sie denn jetzt total? Ich grunze irgendwas Unverständliches und suche dann mit meinem Mund ihren Mund, damit sie aufhört zu reden. Es klappt. Sie schweigt.

Ich bin klein. Ich bin ein Kind. Ich habe weiße Lackschuhe an. Darauf glitzern kleine gelbe Sonnenblumen. Ich laufe an dem Bett entlang und sehe einen Arm.

Der Arm ist es, der stinkt. Oder das, was dranhängt. Daher kommt der Geruch nach Tod und Verderben. Ich begutachte den faltigen weißen Arm. Die Adern darauf treten deutlich hervor, sind dunkelblau, und die ganze Haut ist voller Flecken. Ich berühre den Arm mit meinen kleinen Händen. Ich habe rosa Lack auf meinen winzigen Fingernägeln. Peng! Wieder platzt der Ballon. Nicht jetzt, verdammte Scheiße! Ich schlage um mich. Überall platzende Ballons. Ich muss mir den Weg frei fuchteln, um wieder das Bett sehen zu können. Der Arm bewegt sich nicht. Kein bisschen. Ich drehe ihn, will die Hand nehmen, die daran hängt, und dann bemerke ich etwas: einen Schriftzug, der sich über die blasse dünne Haut zieht. Es sind Buchstaben, Zahlen und Symbole. Fünfer, Dreier, Neuner, ein Dreieck, ein Kreis und eine Welle. Ganz klein, ganz viele.

»Dein Großvater möchte sich von dir verabschieden, Schatz. Geh und sag Lebewohl. Aber beeil dich, hier drinnen stinkt es erbärmlich.« Peng! Peng! Peng!

Wer hat das gesagt? Ich öffne erschrocken die Augen. Mardi war es ganz sicher nicht. Sie hat ihre Zunge tief in meinen Mund geschoben und ihre eiskalte Hand unter meinen Pulli gesteckt. Was zur Hölle?

Die Stimme war so laut, so deutlich. Auf einmal ist alles weg. Der Ballon ist weg. Der Arm ist weg. Ich schiebe Mardi von mir runter. Ich kriege keine Luft mehr. Panisch richte ich mich auf. Sie hat uns zugedeckt. Ich trete den Stoff weg, zerre an meiner Jacke, ziehe sie aus und stecke meinen Kopf zwischen die Knie. Atmen. Ich muss atmen.

»Geht es dir nicht gut?«, fragt Mardi.

»Passt schon«, zische ich.

»Es tut mir leid. Das war zu viel, oder?« Mardi streicht mir über die Haare, die sich aus meinem Zopf gelöst haben und von dem ganzen Herumgewälze auf dem Boden wirr in mein Gesicht hängen.

»Ja.« Mehr kann ich nicht sagen. Mir ist schlecht, alles dreht sich. Die Farben wirbeln um mich herum, und ein unangenehmer Schweißfilm legt sich über meinen Rücken.

»What's wrong with Mister Shamrock over there?«, fragt jemand und lacht hysterisch auf, verstummt dann aber so abrupt, als hätte ihn jemand ausgeschaltet.

»Ich habe die Pilze ausgespuckt. Ehrlich gesagt, ich habe das bisher immer so gemacht. Hat noch nie jemand bemerkt.« Mardi kichert verlegen. »Das ist alles nichts für mich.«

Für mich auch nicht. Ich versuche, den Kopf zu heben, nach Luke zu sehen, erhasche aber nur noch einen Blick auf seinen Körper, der hinter dem Schuppen verschwindet. Den darauffolgenden Geräuschen nach zu urteilen, kotzt er sich dort die Seele aus dem Leib. Schwerfällig richte ich mich auf. Der Weg verschmilzt mit dem Feuer, das nur noch schwach flackert. Ich kann nicht genau erkennen, wo ich hintreten muss.

»Wo willst du hin? Es war doch gerade so schön.« Mardi blickt irritiert zu mir auf.

»Nein«, rufe ich. Ich kann mich jetzt nicht unterhalten. Wirklich nicht. Ich stampfe los, bin mir nicht sicher, ob ich schwanke oder ob die Erde bebt. Ob ich mich bewege oder ob sich der Boden bewegt. Alles ist möglich. Ich weiß es nicht genau.

»Laser! Bleib lieber hier«, ruft Mardi mir nach.

Außer Mardi bemerkt mich keiner. Sie liegen rum wie die toten Kakerlaken in Mattis Geschirrschublade. Ich halte mich am Schuppen fest und schleiche um die Ecke.

»Luke? Bist du *allright?«,* frage ich in die Dunkelheit. Die Bäume machen mir Angst. Sie sehen aus wie große schwarze Riesen. Wenn ich zu lange hinsehe, leuchtet da was zwischen den Ästen. Scheiße. Ich drehe mich weg, suche Luke, den ich nur hören, aber nicht sehen kann.

»Fuck!«, ruft er aus.

Ich schleiche weiter und stolpere fast über ihn. Zu meiner Verwunderung richtet er sich blitzschnell auf und knipst seine Taschenlampe an. Er leuchtet mir direkt ins Gesicht. Ich kneife die Augen zu.

»Fuck!« Luke rennt weg.

»Was?«, frage ich, reibe mir die schmerzenden Augen und wundere mich über sein komisches Verhalten. Keine Zeit zum Wundern, ich muss hinterher. Ich folge dem Schein der Taschenlampe. Irgendwie bin ich schneller als er. Ich kriege ihn zu fassen, packe ihn am Kragen und reiße ihn zurück. Wir fallen beide auf den Boden, mitten im Wald.

»Wir gehen jetzt heim, klar?«, schreie ich ihn an. Er windet sich auf dem Boden, strampelt mit den Beinen und versucht, nach mir zu schlagen.

»Wir gehen jetzt heim!«, befehle ich erneut, und meine Stimme klingt wie eine kreischende Flöte. Ich rapple mich auf, zerre ihn hoch und schleife ihn hinter mir her. So eine bekackte Idee. Luke hat ausschließlich bekackte Ideen. So jemanden kann ich doch nicht mit nach Toronto nehmen.

»Wo geht es lang?«, frage ich und sehe mich um. Lukes Taschenlampe hängt irgendwo rum, genau wie sein Arm, und malt helle Kreise auf den Boden.

»Wo geht es lang?«

Die Taschenlampe schießt in die Luft und zeigt nach links. Sehr gut. Ich schleife Luke nach links, er stolpert hinter mir her. Ein paar Mal kotzt er noch, während er läuft. Ich achte kaum noch darauf. Ich will nur noch raus aus dem Wald. Ich will ins Bett. Auf der Straße treffen wir Mardi wieder. Sie kommt besorgt auf uns zu, scheint dabei über dem Boden zu schweben wie ein Gespenst und verzieht missbilligend das blasse Gesicht, in das Luke ihr leuchtet. Wahrscheinlich weil er so ekelhaft nach Kotze riecht. Wenn ich nicht eben gerade wieder einmal am eigenen Leib erfahren hätte, wie Tod und Verderben riecht, fände ich ihn wohl auch widerlich.

»Scheiße, ihr könnt doch nicht einfach abhauen! Nicht so, wie ihr gerade drauf seid.«

Sie schnappt sich meine Hand und führt mich und den stolpernden Luke, der ständig irgendwelche unverständlichen Dinge brabbelt, die Straße entlang nach Hause. Anscheinend hält sie es für angemessen, Luke mit zu sich zu nehmen. Der hört nämlich überhaupt nicht mehr auf mit dem Gekotze. Mardi schüttelt nur den Kopf über ihn, beschwert sich darüber, wie verantwortungslos und bescheuert er ist. Vor dem Haus der Breuers hält sie an. Es scheint keiner da zu sein. Georg und Sybille sitzen wohl noch bei Matti vor dem Haus und feiern. Mardi öffnet die Tür, die nie abgeschlossen ist, und schiebt Luke rein.

»Kommst du mit?«, fragt sie mich.

»Nein. Ich muss ins Bett.«

»Bist du sicher?« Ihre Stimme klingt traurig. Ich will Mardi nicht traurig machen, aber ich muss verdammt noch mal ins Bett. In mein Bett.

»Ja.«

»Gut. Dann schlaf gut. Trink was. Wasser. Bis morgen.«

Sie macht die Tür zu.

Ich schwanke die Straße entlang, bis ich das Lagerfeuer vor Mattis Haus sehen kann. Sie sind alle noch da. Georg hat seine alte Gitarre ausgepackt und spielt Songs von Bands, die vor hundert Jahren irgendwie schon geahnt haben, dass die Welt bald untergehen wird. Die ganze Meute singt grölend mit, und ich habe keine Ahnung, wie ich an denen vorbeikommen soll. Ich muss hinten rum. Von der Küche aus direkt ins Bett. Sofort. Meine Beine werden immer schwerer, ich kann kaum noch laufen. Langsam taste ich mich im Dunkeln hinter dem Haus entlang, finde die Treppe, gehe sie hoch. Ich öffne die Hintertür. Nein, die Hintertür öffnet sich von selbst. Das verwirrt mich.

»Hast gedacht, du könntest dich einfach so reinschleichen, was?«, fragt Matti. Er stemmt die Hände in die Seiten und mustert mich kritisch. In der Küche brennt Licht. Ein kleines Öllämpchen.

»Ja, dachte ich.« Ich schwanke jetzt schon beim Stehen.

»Habt ihr gesoffen?«, fragt Matti und schließt die Tür hinter mir.

»Nein.«

»Mmh«, macht Matti. »Ich will es gar nicht wissen. Sind die anderen okay?«

»Ja. Nein. Luke kotzt die ganze Zeit. Mardi hat ihn mitgenommen.«

»Ich sag Billie Bescheid. Geh ins Bett. Wir müssen morgen raus. Und trink was! Wasser.«

Als ob das die Lösung für alles wäre. *Wasser.* Ich nehme mir ein Glas, schenke Wasser ein – wobei, erst mal gieße ich den vertrockneten Fußboden, dann schenke ich mir Wasser ein. Ich trinke das Glas in einem Zug aus und gehe dann in mein Zimmer. Ich falle einfach um, kaum bin ich drin. Gut, dass es diesmal mein Bett ist, das mich auffängt. So ein Glück. Ich schlafe ein, nachdem ich durch meine Brust wieder zurück in mich reingestiegen bin. Ich mache den Reißverschluss zu und verspreche mir selbst, nie wieder rauszukommen. So ein beschissener Schwachsinn, das braucht doch kein Mensch.

Phase 4; Demodulation

Matti zieht die Gurte auf der Ladefläche des alten blauen Jeeps fest, springt wendig zurück auf den Fußboden und öffnet die Beifahrertür. Einladend streckt er den Arm aus und bedeutet mir einzusteigen. Ich drehe mich zu Billie, Georg und Mardi um, die vor dem Haus stehen, lange Gesichter machen und wirklich nicht so aussehen, als falle es ihnen leicht, mich und Matti zu verabschieden.

»Guys«, sage ich und setze ein schiefes Grinsen auf. »Danke für alles.«

Billie lächelt. Sie kommt auf mich zu und nimmt mich ganz fest in den Arm. Sie küsst meine Stirn und meine Mütze, die sie für mich gestrickt hat. Sieht gar nicht schlecht aus. Besser als die Bommelmützen aus der Platte.

»Du bist hier immer willkommen, Laser. Wirklich. Du und deine Familie, ihr könnt jederzeit wieder nach Port Hope zurückkommen. Georg wird sich nach einem passenden Haus für euch umsehen. Nur für den Fall.« Sie wischt sich eine Träne weg, als sie mich wieder loslässt, nickt und schiebt mich weiter zu Georg. Billies Mann, der Matti zum Verwechseln ähnlich sieht, nur dunklere Haare hat und tatsächlich noch ein paar Zentimeter größer ist, klopft mir so fest auf die Schulter, dass ich beinahe zusammensacke. Ich habe heute Morgen keine Kraft für so was.

»Mach's gut, Laser! Meldet euch über Funk, wenn ihr könnt.«

»Danke, Georg. Danke für alles.« Auch er drückt mich so fest, dass ich glaube, mir brechen die Rippen.

Mardi blinzelt mir mit feuchten Augen entgegen. Wir haben heute früh kurz gesprochen. Ich habe mich bei ihr für mein merkwürdiges Verhalten gestern entschuldigt und meine plötzliche Bereitschaft, ihr körperlich näherzukommen, auf die dämlichen

Pilze geschoben. Am Ende war das ja nicht mal gelogen. Traurig hat sie zur Kenntnis genommen, dass ich ihre Gefühle nicht erwidere. Ich musste es nicht einmal laut aussprechen; das hätte ich wahrscheinlich gar nicht über mich gebracht. Mardi hat neben mir im Bett gesessen, die Knie mit den Armen umschlungen, und hat mit den Tränen gekämpft. Sie hat gesagt, dass sie mich sehr vermissen würde. Ich sagte, ich würde sie auch vermissen. Ich habe versprochen, nach Port Hope zurückzukommen. Mardi meinte, dass sie nichts dafür könne. Dass es einfach passiert sei. Man könne sich schließlich nicht aussuchen, in wen man sich verliebt. Das habe ich abgenickt. Sie wusste, was ich meine. *Wen* ich meine. Mardi hat sich entschuldigt, dafür, dass sie mich einfach geküsst hat. Dann haben wir uns lange in den Armen gelegen – das Mindeste, was ich tun konnte, nach allem, was sie für mich getan hat. Es war wirklich schrecklich. Die arme Mardi. Ich verstehe immer noch nicht, warum sie sich ausgerechnet mich ausgesucht hat. Die Jungs hier in Port Hope haben wirklich einiges mehr zu bieten. Bärte und so. Aber gut. Irgendwie schmeichelt es mir ja doch. Sie aber so traurig zu sehen, das geht nicht spurlos an mir vorbei.

»Tschüss, Laser«, schnieft sie jetzt in mein Ohr.

»Sei nicht traurig, Mardi. Pass gut auf Van Gogh auf. Sag ihm, dass ich bald wiederkomme, ja?«

»Ich sag's ihm«, Mardi drückt meine Hand und lacht unter Tränen. Dann dreht sie sich hastig um und geht zurück ins Haus.

Ein bisschen hilflos sehe ich Georg und Billie an, die wohl genau wissen, was da zwischen uns läuft.

»Ist schon gut. Mach dir keine Sorgen. Sie kommt drüber weg«, sagt Billie.

Ich hoffe es. Ich winke noch mal. Matti ruft schon aus dem Wagen.

Traurig steige ich ins Auto. So schlimm habe ich mir meinen Abschied aus Port Hope nicht vorgestellt.

Bevor wir losfahren, werden drinnen im Haus Stimmen laut. Georg und Billie drehen sich um. Die Tür geht auf, und ein vollkommen übernächtigter Luke stürmt heraus. Er hat seinen Rucksack in der Hand, stolpert vor lauter Eile und stürzt fast die paar Treppenstufen der Veranda herunter.

»Shit«, murmelt Matti. »Er hat es gemerkt.«

Unser Plan, ihn einfach hier zu vergessen, seinen rauschbedingten Tiefschlaf auszunutzen, um Billie das Leben ein wenig leichter zu machen, ist wohl an seinem irischen Sturkopf gescheitert.

Matti meinte heute Morgen, Luke sei ein hirnloser Volltrottel. Sich vor so einer wichtigen Reise abzuschießen. Besser er bleibe hier. Irgendwie war ich ein bisschen traurig darüber, aber ich wusste, dass es so wahrscheinlich am besten war.

»You stupid motherfuckin' shitheads!«, ruft Luke in unsere Richtung und drängelt sich an Billie und Georg vorbei, als wären sie gar nicht da.

»Warte, Luke«, sagt Billie und will ihn am Arm packen. Luke bleibt stehen, baut sich vor ihr auf und sagt laut und deutlich in mäßigem Deutsch:

»Billie, es tut mir leid, dass ich so eine undankbare Blödmann war. Du bist wie meine Mama und ich weiß, ich musste dich eigentlich erst frage sollen, ob du etwas dagegen hast, wenn ich mit diese beide Arsche«, er zeigt auf Matti und mich, »nach Toronto fahre. I love you Billie. Wirklich. Bye, Billie!« Er küsst sie schmatzend auf die Wange. »Tschuss, Georg, Tschuss Mardi, eúch liebe ich auch.« Damit dreht er sich um und lässt die arme, total verwirrte Billie einfach stehen. Georg schnappt nach Luft, will wohl was sagen, kriegt es aber irgendwie nicht raus. Luke schmeißt seinen Rucksack in den Fußraum des Jeeps und setzt sich neben mich.

»Luke«, beginne ich und fühle mich auf einmal total beschissen.

»Schnauze, Laser, ich will nix horen.«

Matti schüttelt nur den Kopf und lässt den Motor an. Wir fahren los und winken. Billie weint jetzt auch. *Na toll.* Georg legt seinen Arm um ihre Schultern. Ich zwinge mich, geradeaus zu sehen, sonst heule ich auch noch los.

»Du sprichst Deutsch? Wie kommt es? Schlechtes Gewissen? Oder waren es die scheiß Pilze, die du gestern in dich reingestopft hast, als wären es Butterbrote?«, fragt Matti. Er klingt immer noch stinksauer.

»Das geht dich nichts an, du Verräter«, antwortet Luke pissig und stellt seine schlammverschmierten Stiefel auf das Armaturenbrett. Ich fühle mich eingezwängt zwischen den beiden. Hoffentlich geht das nicht die ganze Fahrt so weiter. Ich weiß genau, warum er Deutsch spricht. Ich weiß auch, warum er sich bei Billie entschuldigt hat. Mein Verdienst. Das Opfer, das ich dafür bringen musste, steckt mir immer noch in den Knochen. Mein armer Körper!

Ich habe Kopfschmerzen. Wenn es hochkommt, habe ich zwei Stunden geschlafen. Die restliche Nacht über habe ich halluziniert, grüne Enten und gelbe Frösche beim Kämpfen beobachtet und immer wieder den roten Ballon gesehen, der mich verdammt noch mal nicht mehr loslässt. Ich frage mich, ob es das wert war. Matti und Luke zicken sich weiter an, und ich wünschte, sie täten es auf Englisch, dann könnte ich mich einfacher ausklinken. So starre ich vor mich hin, sehe mir noch ein letztes Mal die Straßen Port Hopes an, die etlichen Schlaglöcher, die natürlich nicht ausgebessert werden können, die Häuser, die irgendwann einmal aus Stein gebaut worden waren, mittlerweile aber alle Anbauten aus Holz haben. Man kann sich immer noch gut vorstellen, wie das Ganze mal ausgesehen hat. Die modernen Bauten, damals auf dem neuesten technischen Stand. Alles solarbetrieben. Die Isolierung perfekt, die Wasserleitungen an die Brunnen angeschlossen, die Geräte umweltfreundlich, nachhaltig, alles so konstruiert, dass man möglichst gut und möglichst lange damit auskommen kann. So war es jedenfalls gedacht. Das hat mir Georg erzählt. Und Oma Helene. Sie hat es jedenfalls versucht. Das meiste musste Billie übersetzen. Ihre Mundwinkel hängen seit dem Schlaganfall so komisch runter. Sie kann kaum reden. Ich war wirklich beeindruckt davon, wie die Leute hier es fertiggebracht haben, fast dreißig Jahre ohne fremde Hilfe auszukommen. So viele Kinder, die hier geboren wurden. Ohne *MediBots* und richtige Ärzte. Dass lässt mich irgendwie hoffen, dass es Mercury und ihrem Baby im Bauch gut geht. Wo auch immer sie gerade sind.

Noch müsste das Baby drin sein. Billie hat gesagt, wenn sie im Dezember drei Monate schwanger war, dann käme das Kind im Juni. Bis dahin muss ich sie gefunden haben.

Matti winkt aus dem Fenster und hupt, als er jemanden auf dem Dach erkennt. Der Jemand, den ich nicht kenne, erschrickt, lacht dann aber und winkt zurück. Überall laufen sie rum, machen irgendwas; irgendwas Wichtiges. Sie tun selten etwas aus Spaß. Es gibt viel zu viele Dinge, an die man denken muss. Zu viel, das passieren kann. Deswegen gibt es hier für jeden Scheiß eine Regel. Irgendwie auch nicht anders als zu Hause in Berlin. Nur dass man hier darauf aus ist, einem die Laune zu verderben, während sie bei uns in der Siedlung alles gegeben haben, um uns bei Laune zu halten. Ich habe fast schon vergessen, wie es ist, Spaß zu haben. Den Kopf frei zu haben.

Luke neben mir scheint ernsthaft zu glauben, dass das, was vor uns liegt, in irgendeiner Form unterhaltsam werden wird. Er betont das seit einer Woche jeden Tag mehrmals. *Was ein Vollidiot,* denke ich. Unterschiedlicher könnten wir zwei nicht sein. Ich seufze laut, und sie hören kurz auf, sich zu streiten, und sehen mich an. Beide gleichzeitig.

»Was ist?«, fragt Matti.

»Ich war gerne hier«, antworte ich ausweichend, weil ich nicht weiß, wie ich ihnen erklären soll, dass ich nach fast vier Monaten in Port Hope kaum noch glauben kann, dass wir derselben Spezies Mensch angehören.

»Sure?«, fragt Luke. »Du hast, seitdem ich dich kennengelernt habe, nicht eine Mal so ausgesehen, als wärst du glucklich hier.«

Wieder seufze ich. Er hat recht. Anscheinend hängt das bei mir nicht unbedingt zusammen.

»Ich dachte, er geht mit seinem Mädchen mit. Mit dieser Pappnase Richard. Ich hätte meinen Arsch darauf verwettet.« Matti lacht, als wir die Strombarriere passieren, die mit mehreren roten Pfosten gekennzeichnet ist. Hier hört die Straße auf. Wir fahren jetzt über offenes Gelände. Der Jeep rumpelt. Matti hat eine uralte Karte studiert und gemeint, wir müssten bloß immer am Lake Ontario entlang. Er hat mir die Karte mal gezeigt und nachverfolgt, wie ich wohl gelaufen oder auch geritten bin. Hat mir die Berge gezeigt, und den genauen Ort, an dem sie mich und Violetta gefunden haben. Port Hope liegt genau wie Toronto am Lake Ontario. Es ist gar nicht so weit. Nur gibt es eben kaum befestigte Straßen. Lediglich Abschnitte. Man hat die Straßen irgendwann einfach nicht mehr gebraucht, und so ist alles außerhalb der vorgegeben Wege verwildert.

»Ich wusste, er geht nicht mit«, behauptet Luke, während er den einen Arm über die Augen gelegt und den anderen um seine Körpermitte geschlungen hat. Anscheinend bekommt ihm das Gerumpel nicht. Der Jeep sinkt mit den Vorderreifen regelmäßig in Matschpfützen ein und kracht in Erdkuhlen. Matti fährt langsam und konzentriert.

»Mit diese aufgeblasene Penner wäre ich auch nicht mit. Egal, wie hubsch die Mädchen ist.«

Ich antworte nicht. Auch meinem Magen gefällt die Strecke nicht. Noch schlimmer aber als der unebene Boden sind die riesigen Bäume, die sich am Wegrand entlangreihen wie Tausende von Soldaten. Ich fühle mich plötzlich zurückversetzt. Fühle mich bedroht vom Horizont, den ich seit Monaten nicht mehr gesehen habe. Die Häuser der Stadt haben mir das Gefühl gegeben, in Sicherheit zu sein. Hier draußen lassen sich die Erinnerungen an meine Reise nicht mehr länger verdrängen. Ich denke an Van Gogh. Er fehlt mir jetzt schon unglaublich. Irgendwie hat er dazugehört zu den Bäumen, den Bergen und dem unendlichen Himmel, der sich in Grau und Weiß über uns erstreckt und mir wieder einmal begreiflich macht, wie winzig ich eigentlich bin. Wie schwach und unbedeutend!

Luke schimpft weiter auf Richard. Meint, er hätte sich aufgeführt wie ein Riesenarschloch. Dass er ihm diese nette, übertrieben besorgte Masche von Anfang an nicht abgekauft hätte.

»This guy, Richard, er stinkt, Laser. Ich erkenne eine Lugner sofort.«

Matti nickt nur stumm. Er scheint zu beschäftigt zum Sprechen. Er reißt das Lenkrad hastig von einer zur anderen Seite und versucht, die ganz tiefen Löcher zu umfahren.

Wieder sage ich nichts. Mache bloß ein zustimmendes Geräusch. Wir haben schon oft darüber gesprochen. Ich glaube, Bambi wollte, dass ich so lange in Port Hope bleibe und mich dort abquäle und vom Schneeschippen und von den Katzenhaaren irgendwann so abgefuckt bin, dass ich freiwillig zu ihrer bescheuerten Basis komme, von der keiner weiß, wo sie ist. Noch nicht einmal Richard Mouse. Richard Mouse, der irgendwie den Eindruck gemacht hat, als sei er froh darüber gewesen, dass ich ihn nicht begleiten wollte.

»Vielleicht hat er was mit deiner Mutter.«

Matti streckt seinen langen Arm hinter meinem Nacken vorbei und klatscht seine Hand gegen Lukes Hinterkopf. Der hat das nicht kommen sehen, da er noch immer total verkrüppelt im Sitz kauert, die Augen mit dem Arm bedeckt.

»Hey!«, brüllt er und richtet sich hastig auf.

»Halt die Schnauze, Luke!«, zische ich.

»Ist doch wahr, Mann!« Luke reibt sich entrüstet den lockigen Hinterkopf. »Jaysis! Bloody Bastard.«

»Erst denken, dann reden. Sonst setze ich dich im Wald aus, und du kannst nach Toronto laufen.«

»Dass ihr beide immer gleich so eine Stress machen musst«, beschwert sich Luke und lehnt den Kopf nun gegen die geschlossene Fensterscheibe.

»Die sind alle so, oder? Wie Richard«, fragt Matti. »Die Metros, meine ich.«

»Ich hab keine Ahnung. Ich weiß nicht, wie sie jetzt sind. Richard ist eben ein Arsch. Ärsche gibt's doch überall.«

»Natürlich gibt es überall Ärsche. Das meine ich nicht.« Matti biegt plötzlich links ab. Er hat irgendwas gesehen. Irgendeinen Baum, keine Ahnung. Ich habe noch nicht ganz kapiert, woran er sich hier draußen orientiert. Er hält an. Luke guckt sich verwirrt um.

»Sie werden denken, wir haben sie nicht mehr alle, stimmt's? Die denken, wir sind irgendwelche ungebildeten Hinterwäldler.« Matti zieht die zerfledderte Karte aus der Ablage in seiner Tür und faltet sie auf dem Lenkrad auseinander.

»Keine Ahnung. Ich dachte das nicht«, antworte ich. Aber das ist eigentlich gelogen. Ich dachte schon, dass die Leute in Port Hope irgendwie zurückgeblieben sind. Aber nicht lange. Irgendwann war mir klar, dass ihre Art zu leben die natürlichere ist. So sollten Menschen miteinander leben. So und nicht anders. Auch wenn ich nicht lange genug dort war, um mich richtig zu integrieren.

Matti studiert konzentriert den Kartenabschnitt und kratzt sich dabei am Bart.

»Vielleicht gibt es ja gar keine Metros mehr. Vielleicht haben sie sich längst selbst weggebombt. Wobei, das hätten wir gehört oder? Wie laut ist denn so eine *Atomicbomb?«*, fragt Luke.

Matti blickt kopfschüttelnd zu ihm rüber, antwortet aber nicht.

»Wir hätten es gehört«, sage ich.

Matti faltet die Karte wieder zusammen und packt sie weg. »Wir sind richtig. Noch ein paar Kilometer über die Wiese, und dann kommen wir auf einen befestigten Straßenabschnitt. Larry war schon mal hier. Vor ein paar Wochen. Weiter hat er sich aber nicht getraut.«

»Wie lange dauert es bis Toronto?«, fragt Luke.

»Weiß nicht. Kommt drauf an. Ein paar Stunden bestimmt. Schauen wir mal.«

»Weißt du, wo genau deine Vater wohnt, Laser?«, fragt Luke.

»Nein. Nicht genau. Irgendwo im Norden der Stadt. Wenn ich es sehe, erkenne ich es bestimmt wieder.«

»Great. Vielleicht leben ja seine Nachbarn noch. Die konnen wir nach ihm fragen.«

»Ich glaube, seine Nachbarn kennen ihn nicht.«

»Nicht? Why not?«

»Das ist eben so in der Stadt. Die Leute interessieren sich nicht besonders für ihre Nachbarn.«

»Aber du hast erzählt, ihr kanntet eure Nachbarn gut. Wie heißen die gleich? Koch... Kotz...« Luke überlegt.

»Koschwitz. Ja. Aber in der Platte war das anders.«

»Komische Metros.«

Ich widerspreche ihm nicht. Das, was ich in der Metropole erlebt habe, war einfach viel zu krank, als dass ich ihm widersprechen wollte. Luke fragt mich weiter aus. Er fragt nach meinem Vater. Das hat er schon oft getan. Anscheinend will er die Details aber noch einmal hören. Will wissen, wie das Haus aussah, im wievielten Stock Papa wohnt, ob es irgendwelche besonderen Bauwerke in der Umgebung gibt. Straßennamen. Irgendwas. Ich antworte so gut ich kann. Luke scheint sich alles genau einzuprägen. Schlau von ihm. Irgendwann streckt Matti den Zeigefinger aus.

»Da!«, ruft er. »Da ist die Straße!«

Und tatsächlich. Der Jeep rumpelt auf den Lake Ontario zu, den man in der Ferne sehen kann. Davor zieht sich eine ordentlich asphaltierte Straße entlang. Der See glänzt dunkel im grauen Tageslicht. Die Wolken hängen tief. Ich liebe diesen See. Ich habe oft am zugeschneiten Strand gestanden, Eisschollen ins halbgefrorene Wasser gekickt und mich darüber gewundert, dass so ein riesiges Gewässer überhaupt noch als See bezeichnet werden darf. Hätten wir ein Boot, hätten wir von Port Hope aus nach Toronto segeln können. In Port Hope gibt es aber nur kleine Fischerboote, und die könne man nicht für so etwas benutzen, meinte Matti. Dabei hat er gelacht. So wie er immer lacht, wenn ich irgendetwas total Bescheuertes vorschlage. Etwas, wovon eigentlich jedes Kind weiß, dass es nicht möglich ist.

»Gib Gas«, befiehlt Luke, kaum haben die Vorderreifen des Jeeps den Asphalt erklommen.

»That's better«, seufzt mein Kumpel, kaum hat das Gerumpel aufgehört. »Hoffentlich geht die Straße bis Toronto.«

»Wenn wir Glück haben.« Matti lehnt sich nun entspannt in seinem Sitz zurück, nimmt eine Hand vom Lenkrad und legt sie auf seinen Oberschenkel. Wir sitzen lange so da, gucken aus dem Fenster und reden nicht. Luke nickt ein, den Kopf gegen die Tür gelehnt. Er hatte eine schreckliche Nacht, möchte ich meinen. Als ich heute Morgen nach dem Aufstehen zu Billie und Georg rüber bin, hat er so tief geschlafen, dass ich es nicht geschafft habe, ihn zu wecken. Das war der Moment, als Matti wütend beschlossen hat, ihn einfach da zu lassen. So eine Scheiße könne er wirklich nicht brauchen. Irgendwie hatte er ja recht. Ich habe einfach gar nichts dazu gesagt. Ich weiß nicht, wie viele Pilze Luke gegessen hat, aber mir haben bereits die zwei winzigen Bröckchen ordentlich zugesetzt.

Auch ich schließe jetzt die Augen. Es wird immer schwieriger, mich gegen die Müdigkeit zu wehren, die mich überkommt. Das Summen des Motors lullt mich ein, und kaum hat sich mein Gehirn heruntergefahren, taucht der Ballon wieder auf. Diesmal als Erinnerung. Genau wie der Arm. Es ist eine Erinnerung an etwas, das mir heute Nacht passiert ist, obwohl es mir heute Nacht nicht passiert ist. Denn ich bin nicht dieses kleine Kind, ich habe keine Ahnung, wer da im Bett liegt und so widerlich stinkt, dass ich fluchtartig meine Gedanken verlassen will. Aber wer ist das Mädchen dann? Und warum fühlt es sich an wie eine waschechte Erinnerung? Warum musste ich erst ein paar getrocknete Pilzbrocken zerkauen, um zu wissen, wie sich ein Luftballon anfühlt? Verrückt. Ich schlafe nicht ein, lasse mich nur von meinen Gedanken treiben, sehe Mardi und Van Gogh über die Wiesen reiten und freue mich, dass ich das Pferd wenigstens in guten Händen zurückgelassen habe. Ich verliere mein Zeitgefühl, die Bilder werden immer verwaschener, mein Kopf immer schwerer, und irgendwann reißt Matti das Lenkrad herum, schreit laut auf und tritt dann so hart auf die Bremse, dass Luke und ich nach vorn geschleudert werden.

»Was zur Hölle«, schreit Matti der Frontscheibe entgegen, die Luke und ich fast mit dem Gesicht berührt haben, bevor wir wieder zurück in unsere Sitze geflogen sind. Ich blinzle verwirrt. Was ist passiert?

Vor uns auf der Straße stehen fünf Leute. Vier Männer und eine Frau. Sie tragen grelle Jacken, Pelzmützen, komische Stiefel und ganz offensichtlich Waffen. Um genau zu sein, Armbrüste. Diese haben sie auf uns beziehungsweise auf unsere Reifen gerichtet. Die Leute blicken finster hinter ihrem wirren Haar hervor.

»What the hell?«, fragt Matti noch einmal auf Englisch, als würde das die Situation irgendwie verändern.

»Die sind nicht aus der Stadt, oder?«, fragt Luke.

»Keine Ahnung. Ich glaube nicht«, behaupte ich und schüttle verwirrt den Kopf. Wer sind die und was wollen die hier mitten auf der Straße?

Matti lässt das Fenster herunter und streckt vorsichtig den Kopf raus.

»Sorry guys«, ruft er, »would you kindly get off the street please?«

Luke klatscht sich mit der flachen Hand gegen die Stirn. »Oh, Matti«, stöhnt er.

Die Typen gucken nun noch finsterer, kommen ein Stück näher, die Finger am Abzug. Ob die Bolzen die Fensterscheibe durchschlagen können? Mein Herzschlag beschleunigt sich.

»Get the fuck off!«, brüllt jetzt Luke aus dem Fenster. Matti tastet nervös nach der Schrotflinte, die zwischen meinem und seinem Sitz klemmt. Das Ding ist für genau einen Schuss geladen. Wunderbar. Bevor Matti die Flinte aus der Ritze gezogen hat, stampft einer der Typen aus der Reihe raus und kommt auf Mattis Fenster zu. Er streckt die Spitze seiner Armbrust zu uns rein.

»Get off the vehicle!«, ruft er. Sein Gesicht ist zu einer wütenden Grimasse verzogen, die aber irgendwie unnatürlich wirkt, so als hätte er den Ausdruck vor dem Spiegel einstudiert.

»Why?«, fragt Matti irritiert.

»Get the fuck off that fucking vehicle I said!« Die Spitze des Bolzens berührt fast schon Mattis Nase.

»Fine.« Matti schnallt sich ab. Luke und ich auch.

»Hands above your head!«, zischt einer von den anderen Knallköpfen, die unsere Bewegungen mit ihren Armbrüsten verfolgen. Ich kriege weiche Knie. Trotz der offensichtlichen Bedrohung aber will sich eine wirkliche Panik, die richtig echte Todesangst, die ich hier in Kanada wahrlich schon kennengelernt habe, nicht einstellen. Die Leute wirken irgendwie lächerlich, die Art, wie sie die Waffen halten, wie sie sich bewegen, ihre Gesichter – irgendwie sehen sie aus wie eine Horde schlechter Darsteller aus dem *RealityChannel.* Matti und Luke scheinen das nicht zu bemerken. Matti hebt vorsichtig die Arme über den Kopf. Luke auch, allerdings weniger folgsam. Eher bockig und erst, nachdem ihn einer ungelenk mit dem Fuß angestoßen hat.

»Hey! Dude! Your hands!«, brüllt mich der offensichtliche Anführer an, denn ich beobachte wie erstarrt die groteske Szenerie. Ich blinzle ihm verwirrt entgegen, lege dann aber doch meine Hände in den Nacken.

Dann schubsen sie uns von der Straße runter, vom See weg, wieder rein in den Wald. Zwei von ihnen steigen ins Auto. Ich blicke mich um und beobachte sie, wie sie versuchen, das Auto zu starten. Ganz klar, sie wissen nicht wie. Tatsächlich rutscht der Typ am Lenkrad auf seinem Hintern hin und her, als könnte er so den Wagen anschieben. Der andere schreit den Jeep an und gibt Sprachbefehle, als würde das hier draußen funktionieren. Ich fange unwillkürlich an zu grinsen. Wer auch immer diese Typen sind, sie haben keine Ahnung von alten Autos.

Wir gehen nicht weit, nur ein Stück zwischen den Bäumen durch. Unsere Entführer sprechen kein Wort. Zwei gehen vor uns, drei hinter uns. Ich habe bloß Angst, dass einer von ihnen aus Versehen den Bolzen löst und uns in den Rücken schießt. Gleich hinter dem kleinen Waldstück liegt eine riesige Lichtung und darauf befinden sich drei Glaskuppelbauten, umzäunt von einem metallisch glänzenden Gitter. Das Gelände erscheint mir sehr weitläufig. Zwischen den Kuppeln sind noch weitere Dächer zu erkennen. Vor dem geöffneten Tor hängt ein Schild. *Natural-Grown Farm.*

»Gewächshäuser«, murmle ich.

»Shut the fuck up!«, brüllt der Typ hinter mir.

Sie schubsen uns weiter vor sich her, als wären wir zu blöd, selbst zu gehen. So langsam werde ich sauer. Was soll denn der Scheiß. Hinter den Toren entdecken wir weitere Menschen. Sie tragen alle ähnliche Klamotten: ehemals grell, dreckig und stellenweise zerschlissen. Ihre Frisuren sind unordentlich, aber doch noch als solche zu erkennen. Ihre Gesichter sind unbehaart, ihre Haut eher blass und ein bisschen gerötet von den ersten Strahlen der Frühlingssonne. Genau wie meine. Hier auf der Farm wohnen eindeutig Metros. Und zwar noch nicht lange. Ich sehe Pfosten, die einen Stromzaun markiert haben, der jetzt natürlich nicht mehr funktioniert. Vor dem Blackout aber hat er das. Länger als drei Monate können sie also noch nicht hier sein. Dass sie hier wohnen, ist unverkennbar. Es gibt einen Platz mit windschiefen Zelten aus Planen und Decken, die sie wahrscheinlich von zu Hause mitgenommen haben. Hin und wieder sehe ich eine neonfarbene Bommelmütze aufleuchten. Hier draußen wirken die Dinger noch viel grotesker als in der Stadt.

Luke, Matti und ich werden unsanft durch eine rostige Metalltür gestoßen, rein in einen Raum, von dem ich nur kurz sehen kann, dass darin Stromkästen hängen. Danach wird es hinter uns schwarz. Sie knallen die Tür zu und drehen an einem Schloss, das geräuschvoll einrastet. Es folgt ein kurzer Moment absoluter Sprachlosigkeit.

»Was sind das denn für Schwachköpfe?«, fragt Matti, und ich höre wie er den Reißverschluss seiner Jacke öffnet.

»Rate«, zische ich.

»Metros? Das sind Metros?« Luke klingt aufgebracht. Sein Atem geht stoßweise. Das kann ich hören. Ich glaube, er hat Schiss. Natürlich würde er das nie zugeben, schon gar nicht am ersten Tag unserer Reise.

»Auf jeden Fall.«

»*What the hell* machen die hier?«

»Keine Ahnung. Die wohnen wohl hier. Aber sicher noch nicht lange.«

Es zischt und dann wird es ein bisschen heller im Raum. Matti hat Streichhölzer in der Jackentasche.

»Und warum sperren die uns hier ein? Was soll das? Sind die Metros immer gleich so ... *aggressive?«* Lukes Augen sind weit aufgerissen und rot unterlaufen.

»Nein. Mach dir keine Sorgen. Das sind Amateure. Die wissen nicht, was sie tun«, behaupte ich. Matti öffnet die Stromkästen und sieht sich die Sicherungen und Schalter an. Das Streichholz brennt langsam ab. Er zündet ein neues an.

»Da wäre ich mir nicht so sicher. Die sahen ganz und gar nicht aus wie Amateure.«

Matti hat die Augen zusammengekniffen und studiert angestrengt die Schalter. Luke zappelt nervös neben mir rum. Der Raum ist winzig. Die Decke niedrig. Dementsprechend dick ist die Luft. Dann macht es ein Klickgeräusch, und das Licht an der Decke geht zuckend an. Matti grinst.

»Die Sicherung war raus. Hier sind irgendwie alle Sicherungen raus.«

»Bestätigt meine Theorie«, murmle ich und sehe mich um. Tatsächlich hängen die Wände voll mit Sicherungskästen. Von außen sind sie als solche nicht zu erkennen. Im Schrank sind die Schalter mit Kürzeln beschriftet. Matti hat den Schalter mit *FB* umgelegt. Ich weiß nicht warum. Er anscheinend schon.

»Now what?«, fragt Luke.

Matti zuckt mit den breiten Schultern.

»Mach sie alle an«, sage ich und grinse.

»Und dann?« Matti scheint anscheinend immer noch nicht verstanden zu haben, dass wir es hier mit absoluten *Noobs* zu tun haben. Aber woher soll er das auch wissen.

»Mach mal. Erschreck sie ein bisschen.«

»Wieso sollten sie sich erschrecken, wenn ich den Strom anschalte?«

Ich schiebe ihn vorsichtig zur Seite und mache es selbst. Ich lege einen Kippschalter nach dem anderen um. Tatsächlich: Draußen wird es sofort laut. Sie rufen und rennen.

»Matti, die Typen haben keine Ahnung, was ein Sicherungskasten ist. Sie wissen nicht, dass die Schalter was mit dem Strom zu tun haben. Die leben wahrscheinlich schon seit Wochen hier und sind nicht ein einziges Mal auf die Idee gekommen, diese Schränke hier aufzumachen.«

Luke guckt mich mit vor der Brust verschränkten Armen an.

»Meinst du echt?«

Wie zum Beweis schalte ich alles wieder ab. Außer unserem Deckenlicht natürlich. Jetzt wird der Terror noch lauter. Ich grinse stumm vor mich hin, male sie mir aus, wie sie total verstört durch die Gegend stolpern und keinen Plan haben, was da vor sich geht.

»Und woher sollen die jetzt wissen, dass wir das machen?« Luke öffnet den Schrank neben mir und fummelt genau wie ich an den Schaltern rum.

»Das sagt Matti ihnen jetzt. Hau mal gegen die Tür, Matti.«

Matti sieht mich ein wenig schräg an; anscheinend glaubt er immer noch nicht, dass ich recht haben könnte. Trotzdem macht er, was ich sage. Er drischt wie ein Wahnsinniger gegen die Tür. Es dauert etwa zwei Minuten. Dann schließt tatsächlich wer auf und öffnet aufgebracht die schwere Tür. Es ist der Brüllaffe mit der Armbrust – diesmal allerdings unbewaffnet.

»What is ...«, beginnt er wütend. Er hält allerdings inne, als er das eingeschaltete Deckenlicht bemerkt. Verblüfft starrt er auf Luke und mich, wie wir grinsend an den Schaltern herumfummeln und wahllos Dinge an- und ausschalten.

»You did this?«, fragt er total verstört.

Ich sehe Matti an, dass er dem mittlerweile unbewaffneten Typen gerne ins Gesicht gesprungen wäre. Die Tatsache, dass der Kerl unsere Tür aufgemacht hat, ohne an seine Armbrust zu denken, bestätigt meine Vermutung hinsichtlich seiner Weitsicht. Das sieht jetzt auch Matti ein. Deshalb hält er sich zurück.

»Let's talk«, schlage ich vor und lasse vom Sicherungskasten ab. »Luke, mach mal alles wieder an.«

Luke nickt und klickt.

Ohne auf eine Antwort des entgeisterten Typens mit der Fellweste zu warten, gehen wir einfach an ihm vorbei, wieder raus aufs Gelände. Das Ende einer sehr kurzen Gefangenschaft.

Draußen stehen Männer, Frauen und Kinder mit erstaunten Gesichtern in der Gegend herum; es macht den Eindruck, als hätten sie in ihrem ganzen Leben noch keine brennenden Lampen oder leuchtenden Schilder gesehen. Der Fellkragentyp fragt stotternd, wie das möglich sei. Warum wir den Strom anschalten konnten, wenn es doch außerhalb von Toronto gar keinen Strom mehr gäbe. Matti deutet mit dem Finger gen Himmel, zeigt auf die bereits tief stehende Sonne, die ein kleines bisschen hinter den dunkelgrauen Wolken hervorlugt.

»But ...«, stammelt sein Gegenüber.

Matti erklärt ihm, dass auf den Dächern Solarzellen angebracht sind, die Sonnenlicht in Strom umwandeln, und dass dieser dort – er deutet auf die dunklen Röhren, die an der Fassade entlang laufen –, gespeichert wird. Er sagt, dass die Sicherungen durch den weltweiten Stromausfall wohl rausgefallen seien und man sie einfach nur wieder einschalten müsse. Dass das Gelände auch ohne Strom vom Hauptversorger mit Solarenergie versorgt werden könne.

»How do you know that?«, fragt der Fellkragen skeptisch.

Matti erklärt es ihm. Er erzählt von Port Hope und davon, dass man sich dort ausschließlich mit Solarenergie versorge. Luke und ich stehen neben Matti, und ich spüre, wie die Anspannung Stück für Stück, mit jedem Wort, das er sagt, von mir abfällt. Diese Leute werden uns ganz sicher nichts tun.

Ich sehe mich um, bemerke die provisorisch zusammengeschusterten Unterstände, die windschiefen Zelte und das absolute Fehlen von Feuerstellen oder Kochplätzen, die sogar die Metros hier aus dem Fernsehen hätten kennen müssen.

Mein Fazit – und ich freue mich über mein frisch erwachtes, kombinationsfreudiges Gehirn –: die Leute wissen nicht, wie man Feuer macht. Wusste ich ja auch nicht damals. Ich hatte vor meiner Zeit in Kanada noch nie ein Streichholz in der Hand, hatte noch nie ein Feuerzeug gesehen. Es gab keinen Grund dafür. Dinge, die man anzünden muss, sind in den Siedlungen verboten. Zu gefährlich. Ich beginne mich zu fragen, was die Leute hier essen. Energyriegel vom Spielfeld? Das kann ich mir kaum vorstellen. Ich zähle die Gestalten, komme auf über zwanzig. Und ich habe bestimmt ein paar übersehen, die noch irgendwo herumwuseln.

Matti bittet den Fellkragen, ihm das Gelände zu zeigen. Er will sich die Gewächshäuser ansehen. Die Technik.

»You know that place?«, fragt Herr Brüllaffe irritiert. Er hat sich immer noch nicht namentlich vorgestellt. Keine Manieren, diese Metros. Ich schüttle den Kopf. Dann trete ich selbstbewusst einen Schritt vor.

»Whats your name, dude?«

»I am the fucking captain here. Why do you ask, little man?«, grunzt er empört, als wäre es irgendwie unangebracht, nach seinem Namen zu fragen.

Ich erkläre ihm, dass es nett wäre zu wissen, mit wem wir es zu tun haben, bevor wir anfangen, *ihnen* zu erklären, wie die Gerätschaften funktionieren, mit denen sie anscheinend nichts anfangen können. Der Captain schnaubt entrüstet und guckt mich mit heruntergezogenen Brauen an. Er ist groß und breit. Ein leichter Bartschimmer ziert sein markantes Kinn. Irgendwie wirkt er verkleidet, als trüge er seine Verwilderung wie ein Kostüm. Und das weiß ich, seitdem ich Matti kenne. Seitdem ich weiß, wie man aussieht, wenn man nicht von außen beeinflusst wird. Wenn man tatsächlich natürlich lebt und natürlich altert.

»I am Laser Blue Potlowski from Berlin«, stelle ich mich vor und reiche ihm die Hand. Der Captain zieht mühsam einen Mundwinkel nach oben. Er ignoriert meine ausgestreckte Hand, nickt einmal mit dem Kopf und sagt, wir sollen ihn auch weiterhin einfach den Captain nennen. Wirklich sehr originell. Ich stecke meine Hand zurück in die Hosentasche. Auch Matti und Luke stellen sich vor. Luke spuckt seinen Namen eher aus, als dass er ihn sagt, und sieht dem Captain dabei ganz bewusst nicht in die Augen. Er ist wohl immer noch beleidigt. Irgendwie hat er ja recht. Da ich hier so schnell wie möglich wieder verschwinden möchte, um meinen Papa zu suchen, sehe ich die ganze Situation etwas pragmatischer. Mit Rumzicken wird das sicher so schnell nichts werden. Dem Captain scheint Lukes Verweigerung nicht besonders gut zu schmecken. Er mustert meinen irischen Kumpel abschätzig mit verschränkten Armen und äußerst verkniffenem Blick.

Nachdem sich die Menschen hier auf der *NaturalGrown Farm* an dem neu erworbenen Licht sattgesehen haben, rücken wir drei in ihr Aufmerksamkeitsspektrum. Sie kommen ein bisschen näher und hören zu, was der Captain und Matti miteinander bereden. Matti erzählt, wohin wir unterwegs sind. Er sagt, dass ich meinen Vater suche. Mehr müssen die Leute hier nicht wissen. Die Erwähnung von Port Hope lässt die Leute stutzen. Der Captain meint, er hätte noch nie von einem solchen Ort gehört, und behauptet sogar, Matti würde lügen. Er vermutet, wir hätten irgendwo einen besseren Unterschlupf gefunden und würden ihnen diesen nicht verraten wollen. Matti runzelt die Stirn. Anscheinend ist es ihm zu blöd, darauf einzugehen.

»Show me around, would you, Captain?«, bittet Matti schließlich, um dieses unangenehme Frage-Antwort-Spielchen zu beenden. Der Captain grunzt und geht los. Luke und ich laufen hinterher. Die Traube Menschen um uns herum auch.

»Ich will wissen, was die mit unsere Jeep gemacht haben. *We have to get the hell out of here!* Die haben sie doch nich' mehr alle. Die haben uns behandelt ... *like bloody outlaws!*«, zischt Luke mir aufgebracht ins Ohr.

»Wahrscheinlich haben sie den Jeep gegen den nächsten Baum gefahren. Sah nicht so aus, als wüssten die, wie man ein Auto fährt. Und schon gar nicht so ein altes Modell wie unseres«, gebe ich zu bedenken.

»Fuck. So wie ich die Sache sehe, wissen die nich' mal, wie man eine verdammte Feuer macht.« Luke deutet auf einen Typen, der vor einem Stapel Holzscheite sitzt und offensichtlich verzweifelt ein paar Steine darüber zusammenschlägt. Das hätte auch ich sein können vor ein paar Monaten. Hätte Michael King mir nicht gezeigt, wie ich die Feuersteine benutzen muss, die wir gefunden haben, hätte ich mich genauso zum Affen gemacht wie der Kerl, der nach jedem Fehlversuch das gestapelte Holz umpositioniert, als ob das irgendetwas bringen würde.

»Bei uns in den Siedlungen gibt es keine Streichhölzer. Auch keine Feuerzeuge. Die gibt es kaum noch in den Städten. Für was auch«, entgegne ich.

»Habt ihr keine Kerze? Oder ...«, Luke überlegt. Anscheinend wird ihm gerade klar, dass wir Feuer überhaupt nicht mehr gebraucht haben. Er weiß ja, wie alles bei uns zu Hause funktioniert hat. Ich habe es ihm des Öfteren erläutern müssen. Von der Mikrowelle bis zur Heizung. Vom Haartrockner über die *Supplybox* bis hin zum *MediaSystem*. Ein Feuerzeug hätte in diesem geschlossenen System aus ferngesteuerter Elektrik einfach keinen Sinn ergeben.

»Keine Kerzen«, antworte ich. »Am Ende hätten wir noch die Siedlungen abgefackelt. Zu riskant.«

»Hast du nich' mal gesagt, dass deine Mama raucht?«, fragt Luke und schüttelt immer wieder den Kopf über den ehrgeizigen Feuerteufel, dem es einfach nicht gelingen will, einen Funken zu schlagen.

»Sie raucht Vaps. Die funktionieren mit Akku. Kann man einfach wieder aufladen. Außerdem brennen die Dinger nicht. Die verdampfen bloß. Ich hab ja gesagt, ihr seid bescheuert, brennendes Zeug zu inhalieren. Das macht man doch seit Jahren nicht mehr.«

Luke gibt einen unzufriedenen Laut von sich und zuckt mit den Schultern. Wir laufen quer übers Gelände und steigen dann die Stufen zum Gewächshaus hoch. Die Menschentraube hinter uns bleibt vor der knarzenden und scheppernden Metalltreppe stehen. Matti begutachtet den riesigen Glaskasten vor uns mit glänzenden Augen. Der Captain erklärt, dass es hier drinnen immer warm sei. Seine Leute und er würden hier drinnen schlafen. Matti vermutet, dass es anscheinend zwei unabhängige Stromkreisläufe gibt, sodass die Gewächshäuser vom Stromausfall nicht betroffen waren – dass die Solarzellen die restliche Elektronik sozusagen als Notstrom speisen. Deshalb waren die Sicherungen draußen. Der Captain glotzt Matti an, als spreche er Chinesisch. Er nickt nur verwirrt, will sich wohl vor seinen Leuten keine Blöße geben und öffnet hastig die Tür.

Drinnen ist es schwülwarm. Die Luft ist feucht, und ich kann mir nicht vorstellen, dass es angenehm ist, hier drinnen zu übernachten.

»Jaysis!«, keucht Luke und zerrt an seinem Kragen, als bekomme er jetzt schon keine Luft mehr. Er legt den Kopf in den Nacken und staunt über die riesige Glaskuppel und das endlose Grün der Gewächse, die in langen Kästen ordentlich gepflanzt wurden.

Matti fragt den Captain, ob er weiß, was hier angebaut wird.

»Food«, antwortet dieser ganz selbstverständlich. »Natural grown food.«

Matti seufzt. Er geht durch die Reihen und sieht sich die Pflanzen an. Er befühlt sie, riecht daran und wühlt ein bisschen in der Erde. Als er eine Tomate vom Strauch pflücken will, brüllt der Captain, er solle sofort seine Finger wegnehmen, das Essen gehöre ihnen. Matti zieht seine dichten Brauen ins Gesicht, pflückt die überreife Tomate trotz seines Geschreis und beißt rein.

»Don't you dare, you ...«, röhrt der Captain, doch Matti fällt ihm ins Wort. Kauend erklärt er, dass die Tomaten in ein bis zwei Wochen wahrscheinlich ungenießbar seien. Dass man sie so schnell wie möglich ernten und einkochen müsse. Oder trocknen. Irgendwie haltbar machen. Sonst sei die Ernte verschwendet.

Der Captain blinzelt. Anscheinend hat er nicht gewusst, dass Gemüse verderben kann. Woher auch. Vor meinem Trip nach Kanada hatte ich noch niemals eine Tomate gesehen. Ich wusste schon, dass es Tomaten gibt, aus dem Fernsehen, aus Games; dass Essen auch verderben kann, darüber habe ich vorher jedoch nie nachgedacht. Wieso auch. Hatte ich nichts mit zu tun. Der Captain anscheinend auch nicht.

»What do you mean by, it spoils?«, fragt er noch einmal, um sich zu vergewissern.

Matti geht weiter durch die Reihen, sieht sich das Gemüse und die Früchte an und schüttelt immer wieder den Kopf, über die Verschwendung, die hier betrieben wird. So viel können zwanzig Leute nicht essen, bevor es schlecht wird.

Luke übernimmt nun das Wort und erklärt dem Captain, dass Obst und Gemüse nach einer gewissen Zeit verfault und man es dann nicht mehr essen kann. Dass man davon krank wird. Der Captain hat einen sichtbaren Geistesblitz. Seine verkniffenen Augen werden plötzlich groß, und er nickt heftig.

»That's what happened to the people, who ate the hairy berries.«

»Hairy berries?«, wiederhole ich und ahne, was der Captain damit meint. Haarige Beeren. Ich verziehe angeekelt das Gesicht. Er erzählt von roten Früchten, er glaubt, es waren Erdbeeren. Sie

hatten Haare und schwarze Flecken. Die Leute hätten Mutproben gemacht. Hätten gewettet, wer sich traut, die Dinger zu essen, weil sie so komisch ausgesehen haben. Alle hätten stundenlang davon gekübelt, berichtet er.

»*Jaysis, stupid folks*«, zischt Luke leise und vom Captain abgewandt.

»You must not eat rotten stuff«, ermahne ich den Captain mit erhobenem Zeigefinger. Er nickt eifrig. Hoffentlich merkt er sich das.

Matti kommt zurück zu uns, in der Hand eine Gurke, die schon nicht mehr ganz so frisch aussieht. Er wedelt mit dem runzligen Ding in der Luft herum und hält dem Captain eine Standpauke, die sich gewaschen hat. Normalerweise gleichen Mattis Standpauken einer freundlichen Lehreinheit. Diesmal aber scheint er sich wirklich zu ärgern. Er fragt den Captain, ob er denn wisse, wie wertvoll diese Gewächshäuser seien. Dass hier dringend nachgepflanzt werden müsse, dass alles verfaule und man so mit Lebensmitteln nicht umgehen dürfe. Der Captain, dessen Schultern bis vor ein paar Minuten noch stolz nach hinten gezogen waren, hockt mittlerweile auf der obersten Treppenstufe des Podestes, auf dem wir stehen und auf das grüne Meer aus blühenden Pflanzen und kleinen Setzlingen hinunterblicken, und lässt gedemütigt den Kopf hängen.

»I didn't know«, murmelt er immer wieder. Die Tatsache, dass man Gemüse neu einsähen, also immer wieder nachproduzieren kann, verwirrt ihn am meisten. Er sagt, er hätte versucht, alles so einzuteilen, dass man lange davon leben kann. Sie wüssten ja nicht, wie lange sie noch hierbleiben müssten. Matti ist ernsthaft erschüttert. Er sieht immer wieder zu mir, blickt mich an, als könne er nicht glauben, dass auch ich von diesen Affen abstamme. Ich beschließe, es zukünftig einfach zu leugnen. Ich schäme mich ein bisschen für den Captain mit. Luke dagegen sieht aus, als hätte er hart damit zu kämpfen, nicht laut loszulachen. Mir tun die Leute furchtbar leid. Trotz aller Schande, woher hätten sie das alles denn wissen sollen? Niemand weiß so etwas. Jedenfalls niemand aus den Siedlungen einer Metropole. Ich denke kurz an meine Mutter. An Bambi. Frage mich, ob sie nicht doch ein bisschen recht hatte. Anscheinend sind wir Metros wirklich absolut nicht in der Lage, ohne fremde Hilfe zu überleben.

Matti nimmt sich jetzt die Elektronik und die Bewässerungsanlagen vor. Er will aufs Dach und die Solarzellen begutachten. Er weist Luke und mich an, dem Captain zu zeigen, wie die vergammelten Pflanzen und Früchte zu erkennen sind, wie sie heißen und was davon man essen kann. Wenn wir schon dabei wären, könnten wir ihm auch gleich erklären, welches Gemüse man wie haltbar machen könne.

Ich fürchte ja, Letzteres ist überflüssig. Ich glaube kaum, dass hier irgendwer etwas einkochen, einlegen, pökeln oder trocknen kann. Wahrscheinlich haben sie nicht einmal Gefäße, geschweige denn Töpfe. Matti scheint so außer sich, so entsetzt über die Zustände im Gewächshaus, dass er dieses unwichtige Detail wohl nicht beachtet hat. Er stampft los und sucht den Technikraum. Luke und ich nehmen den Captain in die Mitte und gehen nach unten.

Luke erklärt lustlos; man merkt, er tut es nicht besonders gerne. Mein nachtragender Freund nimmt den Metros ihre Armbrustattacke immer noch übel. Nachdem er den Anführer der unfreiwilligen Camper über das meiste Obst und Gemüse in diesem Gewächshaus aufgeklärt hat, fragt er ihn unverblümt, wo denn unser Auto sei und wann wir es zurückhaben könnten. Sofort verdunkelt sich der Blick des Captains. Wir könnten es so lange nicht zurückhaben, bis wir ihnen geholfen hätten, in diesen beschissenen Zeiten zu überleben. Er wolle mehr über Port Hope wissen, im besten Fall sogar eine Eskorte dorthin bekommen. Luke erklärt ihm, dass wir keine Zeit hätten, sie nach Port Hope zu bringen. Und dass sie nicht einfach dort einfallen könnten in der Hoffnung, man baue ihnen ein Haus und schenke ihnen ein Auto – vor allem nicht, nachdem sie unseres geklaut hätten.

Der Captain und Luke fangen lauthals an zu streiten. Ich halte mich zurück. Ich glaube nicht, dass es besonders schwer werden wird, diesen Typen irgendwie zu entkommen. Ohne Auto würde es allerdings schwer werden, nach Toronto zu gelangen. Wobei –

so weit dürfte es gar nicht mehr sein. Die Metros hatten den Weg anscheinend auch zu Fuß gemeistert. Trotzdem denke ich, wir sollten uns erst einmal gut stellen mit den Campern. Schließlich will ich wissen, was genau in Toronto passiert ist, nachdem der Strom ausgefallen ist. Sie werden es mir sicher sagen können. Wir müssen herausfinden, wo unser Jeep steht, und dann irgendwie abhauen.

Ich beschließe, die beiden alleine zu lassen, um mich auf eigene Faust ein wenig umzusehen. Ich laufe durch den schmalen Gang zum anderen Ende des Gebäudes und verlasse es durch die Hintertür. Niemand hindert mich daran. Gierig sauge ich die frische Luft ein, nachdem ich die Tür ordnungsgemäß wieder hinter mir geschlossen habe. Ich schwitze unter meiner wetterfesten Kleidung.

Das Gelände der Farm erstreckt sich hinter den Gewächshäusern noch über mehrere hundert Meter. Flache Bauten mit schmalen Fenstern, nicht größer als Luftschächte, reihen sich aneinander und hintereinander, bilden sozusagen ein Rechteck aus Rechtecken. Ich sehe keinen der Metros hinter den Gewächshäusern; niemand ist hier, und doch höre ich Geräusche: vereinzeltes Brüllen, Quieken. Ich erschrecke erst, beginne aber zu verstehen, als mir hinter dem ersten Rechteckgebäude plötzlich eine Kuh über den Weg läuft. Ich sehe nicht nur Kühe, sondern auch ein paar Schweine und etliche Hühner, die allesamt ziemlich zerrupft aussehen. Anscheinend wurde auf der Farm nicht nur Gemüse angebaut, sondern man hielt auch Tiere. Dass Kühe harmlos sind, weiß ich mittlerweile. Die gibt es in Port Hope schließlich zur Genüge. Sogar welche mit Zottelfell. Trotzdem habe ich einen Heidenrespekt vor den Viechern, daher laufe ich mit gebührlichem Abstand über die total zugeschissenen Wege. Es stinkt wie die Hölle, und ich frage mich, warum die Metros hier nicht mal sauber machen. Ob sie auch Angst haben vor den Kühen? Ich gucke in die Ställe rein, sehe keine Gitter, keine Zäune; ich vermute, dass auch die Tiere mittels Strombarrieren gefangen gehalten wurden. Wer aber die Türen zu den Ställen geöffnet hat, weiß ich nicht. Wahrscheinlich waren es die Metros selbst. Ich werde sie fragen.

»Laser!«, ruft es plötzlich von hinten. Ich drehe den Kopf und entdecke Matti, der oben auf dem Dach des Gewächshauses steht. Er deutet mit dem Finger auf die Tiere, die überall herumwuseln, anscheinend auf der Suche nach Futter. Viel ist hier nicht zu holen. Nur ein bisschen Grün hat sich durch die Steinplatten gekämpft, mit denen der Weg ausgelegt ist. Ansonsten ist alles zubetoniert. Dünn sind die Tiere aber nicht, weder die Kühe noch die Schweine. Irgendwo muss es also was zu fressen für sie geben. Matti greift sich an den Kopf, gibt mir mit wilden Gesten zu verstehen, dass er nicht glauben kann, was hier passiert. Ich zucke mit den Achseln, die Nase tief in den Kragen meiner Jacke gebohrt, und hebe hilflos die Handflächen. Wenn er das hier schon nicht glauben kann, will ich nicht wissen, wie er guckt, wenn wir in Toronto ankommen.

Phase 5; Systemübergreifend

Abends sitzen wir am Lagerfeuer, und die Stimmung ist richtig beschissen. Mir ist schweinekalt, obwohl die Metros uns unsere Decken und Rucksäcke aus dem Jeep geholt haben, damit wir uns auf etwas drauf setzen können. Es gibt auf dem ganzen Gelände bloß einen Stuhl, einen ziemlich üppigen Bürostuhl aus cremefarbenem Leder, und auf dem sitzt natürlich der Captain. Wer weiß, wie lange er da noch draufsitzt und den Anführer spielt, frage ich mich und lausche seufzend der lautstarken Diskussion, die hauptsächlich zwischen den Metros stattfindet.

Das Problem ist folgendes: Wir sind zu dritt, die Metros zu vierzigst. Die Kinder nicht mit eingerechnet. Egal, was die von uns wollen, wir befinden uns nicht unbedingt in der Position, ihnen ihre Wünsche abzuschlagen. Zwar haben sie aufgehört, mit ihren Armbrüsten vor unseren Nasen herumzufuchteln; allerdings, und das betont der Captain in jedem zweiten Satz, würden sie keine Sekunde zögern, diese wieder herauszuholen, wenn es denn sein müsste. Die restlichen 39 Metros nicken zustimmend mit ihren zerzausten Köpfen. Sie wollen, dass wir bleiben und ihnen helfen, dieses Gelände bewohnbar zu machen. Dass wir ihnen alles erklären. So wie wir ihnen erklärt haben, wie man Feuer macht.

Luke hat den verzweifelten Feuerteufel gegen Abend von den Scheiten weggestoßen und mit ein bisschen trockenem Gestrüpp und Mattis Streichhölzern ein Feuer gemacht. Das war ein schlimmer Moment – nicht nur für den geschändeten Feuermacher. Die Leute haben begonnen, hinter dem Rücken des Captains über ihn herzuziehen, dass er anscheinend doch nicht so viel Ahnung hat, wie er immer behauptet. Wieso der Junge Feuer machen könne, und der Captain nicht? Wieso wir den Strom angeschaltet hätten, der Captain aber nicht einmal gewusst habe, dass es den Kasten mit den Schaltern überhaupt gibt? Als Matti ihnen dann noch gezeigt hat, wie man eine Kuh melkt und wo man die Eier findet, die die Hühner legen, war endgültig Schluss mit lustig. Der Captain wurde öffentlich ausgebuht. Das Einzige, was er jetzt noch tun kann, um seine Position nicht zu verlieren: Er muss mit lautstarken Drohungen dafür sorgen, dass wir ihnen nicht auch noch abhauen und wenigstens weiterhin mit unserem Wissen zur Verfügung stehen.

Matti hat ihnen angeboten, sie nach Port Hope zu bringen, was nach einiger Diskussion aber abgelehnt wurde. Hier waren die Metros schließlich in der Überzahl, in Port Hope würden sie es nicht mehr sein. Matti solle mit dem Captain und noch jemandem nach Port Hope fahren und ihnen alles besorgen, was sie bräuchten, um sich hier auf der Farm etwas aufzubauen. Matti solle bleiben und auf der Wiese Zäune für die Kühe bauen, damit sie dort blieben und nicht mehr überall rumliefen. Ich glaube, die Leute haben Angst vor den Tieren. Sie haben nach ihrer Ankunft die Türen der Ställe geöffnet und sind dabei von den Kühen und Schweinen über den Haufen gerannt worden. Seitdem trauen sie sich nicht mehr in deren Nähe. Vermutlich haben die Tiere sich irgendwie selbstständig Zugang zu den Futtervorräten verschafft. Gerade die Schweine, das habe ich selbst erlebt, sind alles andere als dumm.

Die Leute wollen außerdem, dass Luke und ich als Geiseln bleiben, damit der Captain auch garantiert unverletzt wieder zurückkommt. Ich kann über dieses dumme Geschwafel nur den Kopf schütteln. Ich komme mir vor wie in einer schlechten Realityshow. Luke wirft ein, dass wir keine Zeit haben, hier die Lehrer zu spielen. Wir hätten unsere eigenen Pläne. Matti schweigt, starrt ins Feuer und kaut auf seiner Backe rum. Irgendetwas hat er. Irgendetwas, das er den Metros nicht sagen will. Noch nicht. Die Leute wollen Töpfe von uns. Und Decken. Und Teller. Und Seife. Sie brüllen uns ihre unbefriedigten Bedürfnisse entgegen, so als wären wir ihre neue *Supplybox*. Als müssten wir es irgendwie richten – denn irgendwer müsse es ja schließlich richten. Was sie denn sonst machen sollten, jetzt wo klar sei, dass das Gemüse nicht ewig halte? Sie müssten ja sonst verhungern. Als eine der jüngeren Frauen fragt, ob wir nicht jemanden aus Port Hope schicken könnten, der für sie alle kocht, platzt mir der Kragen. Ich springe von meinem Rucksack auf und frage die dämliche Kuh, ob sie sie noch alle hat.

»Seriously, what the fuck is wrong with you guys?«

Die Metros verstummen, alle glotzen mich an. Ich habe bisher noch nicht viel zur Diskussion beigetragen. Wahrscheinlich dachten sie, ich sei stumm oder zu blöd zum Reden.

Ich frage sie, warum sie so scheiße unfreundlich sind. Ob sie glauben, dass man sich so Freunde macht. Wieso sie so verdammt vermessen sind, zu glauben, sie dürften in die Hände derjenigen beißen, die sie füttern könnten. Ob es nicht vielleicht klüger gewesen wäre, ohne ihre beschissenen Armbrüste unser Auto anzuhalten. Freundlich zu fragen, wo wir denn herkämen. Uns herzlich willkommen heißen in ihrem Kackloch und dann verdammt noch mal freundlich um Hilfe bitten.

Luke grinst hinter seinem Arm. Auch Matti scheint es nicht für nötig zu halten, mich in meiner Rage zu bremsen. Ich fuchtle wütend mit den Armen und weise die Metros daraufhin, dass es das System, das sie jahrelang versorgt hat, nicht mehr gibt. Dass es total dumm sei, sich einzubilden, man könne sich einfach ein neues System suchen, um dann wieder tatenlos die Füße hochzulegen.

»It's not working anymore. You have to work for yourselves«, zische ich wütend.

Ich weise sie nachdrücklich darauf hin, dass es an der Zeit ist, sich Freunde zu machen. Und wenn sie weiterhin versuchen würden, über unsere Köpfe hinweg zu bestimmen, uns hier gewaltsam festhielten, dann würde es nichts als Unstimmigkeiten geben, und vielleicht sogar irgendwann Krieg zwischen ihnen und Port Hope. Denn irgendwie würden wir schon einen Weg finden, unseren Freunden dort von ihrer beschissenen Masche hier zu erzählen. Ob es möglich sei, dass sie sich jetzt zusammennähmen und wie intelligente Wesen mit uns über die Zukunft ihrer Farm sprächen, oder ob sie sich weiterhin benehmen wollten wie dumme hirnlose Affen.

Das sitzt. Keiner sagt mehr was. Ich lasse mich mit klopfendem Herzen zurück auf meinen Rucksack plumpsen. Luke klatscht mir Beifall und pfeift begeistert durch die Zähne. Matti nicht. Er ist da wesentlich diplomatischer. Ist aber okay. Schließlich liegt es jetzt an ihm, uns hier aus der Scheiße zu ziehen.

»Give us a minute, would you?«, fragt Matti an den verstummten Captain gerichtet, der unzufrieden in seinem Sessel herumlümmelt. Er macht eine scheuchende Handbewegung, und Matti signalisiert Luke und mir, uns kurz ein wenig von der Gruppe zu entfernen. Natürlich werden wir weiterhin mit Adleraugen überwacht. Meine Rede hat sie vielleicht ein wenig eingeschüchtert, aber bestimmt nicht zur Vernunft gebracht.

»Hört zu«, flüstert Matti und zieht uns nah zu sich heran. »Die haben auf den Dächern der Gewächshäuser genau die Ersatzteile für die Solaranlagen, die wir in Port Hope so dringend benötigen. Ohne diese Teile brauche ich gar nicht nach Hause zurückzukehren.«

»Na dann, *go and get them!*«, zischt Luke.

»Ja, klar! Ich steige da hoch, baue das Zeug ab, und wir rennen damit übers Feld zurück nach Port Hope. Wir schenken ihnen den Jeep und vergessen Lasers Plan, nach Toronto zu gehen.« Matti schnalzt mit der Zunge. »Denk doch mal nach, Junge!«

»Was sollen wir also tun, Matti?«, frage ich, um die Situation ein bisschen zu entschärfen.

»Ich muss mich mit diesen Leuten gut stellen. Ob ich will oder nicht. Die Gewächshäuser sind Gold wert. Nicht nur das. Auch das Vieh. Ich muss sie dazu bringen, dass sie mit uns zusammenarbeiten. Mit uns handeln. Wir tauschen Technik gegen Töpfe und Teller. Was weiß ich. Port Hope braucht diese Farm. Und diese Idioten brauchen uns.«

»Das alles zu organisieren dauert doch ewig. Ich kann nicht länger warten, Matti. Ich muss nach Toronto«, werfe ich ein.

»Ich weiß, Laser. Ich weiß.«

»*What about* du gehst zurück nach Port Hope and schickst *somebody*, der die Sache für dich regelt?«, fragt Luke.

»Genau das dachte ich auch. Obwohl ich die Sache gerne selbst in die Hand genommen hätte.«

»Matti!«, schimpfe ich. »Ich gehe alleine weiter. Wenn du das hier regeln willst, dann regle es.«

»Forget it, man! Er hat doch schon gesagt, dass er dich nicht ohne uns gehen lässt. Hor doch ma auf jetzt damit!« Luke stößt mich an. Ich taumle ein Stück zur Seite.

»Wir müssen ihnen das ganz vorsichtig beibringen. Am Ende denken die noch, wir wollen sie verarschen. Laser, deine Ansprache eben war sehr …«, Matti zögert kurz und reibt mit dem Handrücken über sein Kinn, »inspirierend. Aber bitte, überlasst das Sprechen ab jetzt mir. Klar?«

Luke murrt unzufrieden. Ich nicke.

»Gut. Dann lasst uns mal versuchen, die Metros auf unsere Seite zu ziehen.«

Wir gehen zurück zu unseren Plätzen.

»Okay, Captain. That's what we're proposing«, sagt Matti und eröffnet ihm unseren Plan. Matti fährt den Captain nach Port Hope und sucht einen stellvertretenden Verhandlungspartner. Der fertigt eine Liste mit Dingen an, die hier dringend benötigt werden. Matti entscheidet, was als Gegenleistung dafür verlangt wird. Es findet ein Austausch statt. Der stellvertretende Verhandlungspartner fährt mit dem Captain zurück hierher und bleibt ein paar Tage, um ihnen hier zu erklären, wie die Farm auf Vordermann gebracht werden kann. Matti fährt hinterher, sammelt uns ein, und wir verschwinden nach Toronto.

Der Plan klingt super. Die meisten Metros nicken zustimmend. Einige Unverbesserliche aber beschweren sich weiterhin darüber, dass sie sich dieser Herausforderung nicht gewachsen fühlen. Der Captain allerdings bringt sie lautstark zum Schweigen. Dann wendet er sich an Matti.

»No«, sagt er. »It's not acceptable.«

»Why not?«, fragt Luke, wirft aufgebracht die Hände in die Luft.

»Matti is not leaving. Matti has to stay with us. We don't talk to anyone else.«

»I can't stay. I promised Laser to take him to his father's house. I won't turn him down«, entgegnet Matti. Er bleibt ruhig. Ich bewundere ihn so sehr. Ich wär schon längst ausgeflippt und hätte diesen dämlich Fellkragen-Blödmann in der Luft zerrissen.

»The boys are free to leave. You stay.«

Matti beteuert, dass wir beide alleine den Weg nach Toronto nicht finden würden. Ich glaube sehr wohl, dass ich es schaffen könnte, sage aber nichts. Schließlich will ich die Verhandlungen nicht stören.

»We send one of us, to guide them to Toronto. You stay.« Der Captain sieht nicht so aus, als wäre er bereit, noch weiter über diese lästige Angelegenheit diskutieren zu wollen.

Matti schüttelt beharrlich den Kopf.

»That's not working for us, man.«

»Than we have no deal. All of you stay. We make you stay. You know we can.«

Toll. Frustriert reibe ich mir die Augen. So kommen wir nicht weiter. Die Metros sind total verängstigt, auch wenn sie versuchen, ihre Panik zu überspielen. Sie wollen Matti an ihrer Seite wissen. Wollen, dass er für sie spricht, dass er entscheidet. Wenn er nicht einlenkt, wird das hier in einer Katastrophe enden.

»It's okay, Matti. I go by myself. Stay here«, sage ich leise. Mattis Kopf saust herum, und er funkelt mich wütend an. Ich bin ihm in den Rücken gefallen.

»*Shut up, Laser*! Du gehst nirgendwohin, klar?«

»Doch. Toronto ist mein Plan. Mein Problem. Du bleibst und regelst alles. Bring die Leute zusammen. Ihr braucht euch. Mich braucht ihr nicht.« Ich klinge trotz meiner Frustration gefasst. Der Captain und seine Truppe sehen uns fragend an. Sie merken wohl, dass wir uns uneinig sind.

»Noch ein Wort, du kleiner Scheißer, und ich verhau dir deinen winzigen Arsch!« Matti zischt die Worte zwischen den Zähnen hindurch, und ich muss fast lachen.

»*Laser's right.* Wir gehen alleine«, schließt sich Luke mir an.

Ich habe den Eindruck, ihm scheint das alles gar nicht so unrecht zu sein. Mit Matti wäre er nun auch noch den letzten Teil seiner anhänglichen Familie losgeworden, hätte sich dem letzten bisschen lästiger Kontrolle entzogen. Nur er und ich. Zu Fuß nach Toronto – das muss ihm alles äußerst aufregend vorkommen. Ich bin da ein wenig verhaltener. Trotzdem stehe ich zu meinem Entschluss.

»Ich lasse euch nicht alleine gehen. Das könnte euch so passen. Billie schießt mir eigenhändig ein Loch in den Kopf, wenn sie davon erfährt.«

»Laser and I, we will leave tomorrow mornin'. Matti stays«, bestimmt Luke, und der Captain nickt zufrieden. »But we take the car.« Die Mundwinkel des Anführers fallen so schnell wieder herunter, wie sie vorher in die Höhe geschossen sind.

»No, you don't«, sagt er.

»We need the fuckin' car!«, protestiert Luke.

»Can't have it. You walk. They'll take it from you anyway.«

»Who?«, frage ich. »Who's gonna take our car?« Wer würde uns das Auto abnehmen? Ich wittere meine Chance, endlich mal ein paar Fragen stellen zu dürfen, die mir und *meiner* Mission nutzen.

»The metropolitan patrol. What do you think?« Der Captain sieht ein wenig irritiert aus. »They won't let you boys driving around in a Jeep like nothing ever happened.«

Es gibt also so etwas wie eine Metro-Polizei. Gut zu wissen. So etwas gab es früher nicht. Jedenfalls nicht in Berlin. Die komplette Überwachung der gesamten Bevölkerung hat jegliche ausführende Gewalt überflüssig gemacht. Jetzt ist sie wohl doch wieder nötig. Das habe ich mir fast gedacht. Es könnte also sein, dass wir Probleme kriegen. Matti scheint so etwas in der Art zu befürchten und lässt nicht locker. Er versucht abwechselnd den Captain dazu zu bringen, auch ihn gehen zu lassen, oder uns davon abzuhalten, alleine gehen zu wollen. Armer Matti. Er hasst es, die Kontrolle zu verlieren. Leider habe ich keine Zeit, um auf seine Gefühle Rücksicht zu nehmen. Ich muss gehen. Egal, wie.

Wir sitzen noch bis tief in die Nacht am Feuer und streiten. Jeder mit jedem und alle wild durcheinander. Irgendwann nehmen die ersten Metros ihre Decken und verschwinden in die Gewächshäuser. Auch mir fallen langsam die Augen zu. Schweigend mache ich mir ein Bett vor dem Feuer. Mir ist arschkalt. Ich sollte wahrscheinlich auch lieber drinnen schlafen, allerdings stimmt mich die Aussicht auf eine Nacht im stickigen Gewächshaus zwischen den Metros und schimmeligem Gemüse nicht unbedingt froh. Also wickle ich mich in meine Decke, lege den Kopf auf meinen Rucksack und schließe die Augen.

Die Stimmen der anderen verstummen. Ich bin so müde, dass ich kaum mehr etwas wahrnehme. Die Kälte kenne ich schon. Sie ist wahrscheinlich für immer ein Teil von mir geworden. Ich bilde mir ein, sogar in der Wüste noch frieren zu können, und schlafe über diesen Gedanken ein. Irgendwann legen sich Luke und Matti zu mir, es wird still. Ich weiß nicht, wie oft ich kurz an die Oberfläche meines Bewusstseins zurückkehre, sei es aufgrund eines Geräuschs oder eines Steins, der sich mir unangenehm in den Rücken bohrt. Erholung ist anders, aber damit muss ich wohl leben. Ich habe mich mein Leben lang erholt, mich geschont und weichgespült. Meine erste Reise, mein Trip hierher, die furchtbaren Tage auf dem Spielfeld, die Monate in Port Hope, die Narben und Kratzer, all das hat mich verändert. Ich spüre den harten Schutzwall, den ich um mein verweichlichtes Wesen herum aufgebaut habe, ganz deutlich. Sollen sie mich nur drücken, die Steine. Sie sind mir sowas von egal. Ich muss meine Familie finden. Um jeden Preis. Das ist alles, was zählt. Tapfer schlafe ich weiter, trotz der Windstöße und Mattis lautem Schnarchen, und erkläre mich erst bereit aufzustehen, als die Sonne aufgeht und es mir endlich sinnvoll erscheint.

Mattis Warnungen allesamt überhörend, packen Luke und ich unsere Sachen zusammen. Wir wollen so schnell wie möglich los. Die glotzenden Blicke der Metros gehen uns auf die Nerven. Der Captain kommt irgendwann aus dem Gewächshaus geschlurft und schiebt einen Typen, etwa in Mattis Alter, auf uns zu. Er teilt uns mit, dass der Typ T-Rex heiße und uns nach Toronto bringen würde. T-Rex ist mit einer Armbrust bewaffnet, steht äußerst gerade und starrt über Luke und meinen Kopf hinweg, als wären wir gar nicht da. Vielleicht ist er ja eine Art Roboter. Er bewegt sich jedenfalls abgehackt und irgendwie unmenschlich. Wir suchen Matti, um uns zu verabschieden. T-Rex folgt uns schweigend.

»Wir wollen los«, informiere ich den bärtigen Port Hopeler, der gerade ein zweites Feuer macht und den Grillrost aufbaut, um das Frühstück zuzubereiten und vielleicht auch Eier zu braten. Matti hat nämlich auch eine Pfanne aus dem Auto geholt. Das Auto steht ein paar Meter hinter der Farm. Jetzt, wo Matti nicht mehr damit droht, von hier abzuhauen, hat der Captain ihn zum Jeep gelassen, damit er das ganze Zeug holt, das wir mitgebracht haben. Luke und ich haben uns Gurken und Tomaten aus dem Gewächshaus geklaut und in unsere Rucksäcke gepackt. Wir würden schon nicht verhungern. Unsere Wasserflaschen sind mit Wasser aus dem Farm-eigenen Brunnen gefüllt, und wir sind bereit für den langen Fußmarsch nach Toronto.

»Hier. Packt das ein, bevor es jemand sieht.« Matti drückt uns das eingepackte Brot in die Hand, das Billie für uns gebacken hat. Luke stopft es schnell in seinen Rucksack. Am Ende beanspruchen die komischen Metros es noch für sich.

»Passt auf euch auf«, grummelt Matti. Er ist immer noch sauer. Ich kann es nicht ändern.

»Wir kriegen das schon hin«, sage ich und umarme ihn. Obwohl er mich wohl lieber erwürgt hätte, drückt er zurück.

»Du bist ein fürchterlicher Dickschädel, Laser Blue«, zischt er und klopft mir mit seinen riesigen Pranken auf die Schulter.

»Sieh zu, dass du diese Laden hier aufräumst«, sagt Luke und drückt Matti kurz. »And don't you even think about takin' them to our place!«

Matti schüttelt den blonden Kopf.

»Nur über meine Leiche.«

Wir grinsen ein wenig verlegen, dann machen wir uns auf. T-Rex hat die ganze Zeit hinter uns gestanden. Er wird wohl auch gesehen haben, dass wir ein Brot eingesteckt haben. Seinen gierigen Blicken nach zu urteilen, hätte er davon gerne etwas ab. Wollen wir mal sehen, wie nützlich er wirklich ist. Vielleicht werfen wir ihm nachher ein paar Krümelchen davon zu. Ich grinse fies und stapfe davon.

Wir verlassen die Farm. Matti begleitet uns bis zum Tor und winkt so lange, bis wir ihn nicht mehr sehen können. Luke macht einen geradezu beschwingten Eindruck auf mich. Als wäre Matti eine zusätzliche Last gewesen, von der er sich endlich befreit hat, schwenkt er die Arme beim Laufen und wirkt unangemessen motiviert. Mir geht es nicht so. Ich mag Matti sehr. In seiner Gegenwart habe ich mich immer sicher gefühlt. Ohne ihn wirkt alles hier noch größer, noch weiter und gefährlicher. Mich drängt es zurück, ich kriege mehr und mehr Angst, je weiter wir uns von der Farm entfernen. Ich frage mich, ob Luke mir und dem stummen Armbrustträger, der vor uns hermarschiert, einen vorspielt, oder ob er unserer weiteren Reise wirklich so unbekümmert entgegensieht.

Luke fragt T-Rex, wie lange wir ungefähr laufen müssen. Er sagt, wir würden einen ganzen Tag brauchen. Und dann noch einen halben. Je nachdem, wie schnell wir liefen. Man könnte die Strecke auch an einem Tag schaffen, aber dann dürfte man keine Pause machen. Luke und ich nicken. Wenigstens wissen wir jetzt, dass der Typ sprechen kann. Ich beschließe, das auszunutzen. Während wir durch das Waldstück zurück zur Hauptstraße gehen, frage ich ihn nach dem Stromausfall. Ich will wissen, was genau in der Stadt passiert ist. T-Rex redet geradeaus. Er dreht sich nicht zu uns um, während er spricht. Ich muss mich wirklich anstrengen, ihn zu verstehen.

Der Robotermann berichtet, er hätte gerade die Übertragung der Michael-King-Kampagne geschaut, als der Strom ausgefallen sei. Er hätte wie alle anderen tagelang nichts anderes im Kopf gehabt als Michael und den Drachen. Und dann, ganz plötzlich, gerade als das Feuerwerk zum Start des Games erloschen sei, wäre alles um ihn herum schwarz geworden. Nicht nur schwarz, sondern auch totenstill. Es hätte kurz gedauert, dann wäre das Geschrei losgegangen. Das ganze Haus habe geschrien. T-Rex erzählt, er sei zum Fenster gelaufen und habe nichts mehr gesehen draußen. Gar nichts mehr. Keine Lichter. Nur Dunkelheit.

»Fucking scary«, kommentiert Luke die Ausführungen des bemützten Metros. Ich erinnere mich noch sehr gut an diesen Moment. Ich stand direkt vor dem Spielfeld und sollte gerade festgenommen werden, als mir der Stromausfall fast schon das Leben gerettet hat. Nicht nur mir, sondern auch Violetta. Ohne den Stromausfall hätte sie ihre kurze Zusammenarbeit mit *MediaCon* wohl nicht überlebt. Ich frage mich noch immer, wie sie es geschafft hat, sich ihren Chip zu entfernen. Laut Matti hat Richard behauptet, er sei es gewesen. Er hätte die Verbindung unterbrochen. Ich kann mir das irgendwie nicht vorstellen. Vielleicht will ich es mir auch einfach nicht vorstellen. Ich habe Richard Mouse nicht danach gefragt. Aber ich werde Violetta fragen, wenn ich sie endlich wiedersehe.

T-Rex berichtet weiter, dass das Licht nach etwa einer Stunde wieder angegangen sei. Allerdings nur das Licht auf den Fluren der Siedlungen und die Heizkörper in den Wohnungen. Es wäre kein Wasser mehr aus der Leitung gekommen, und auch der Fernsehempfang hätte nicht funktioniert. Sie alle hätten die ganze Nacht darauf gewartet, dass ihnen irgendwer erklärt, was das solle. Aber niemand sei gekommen. Wer auch? Die *Heepsis* hätten geschwiegen, genau wie die Bodyscanareas und die Fernsehsender. Am nächsten Morgen hätten er und sein Bruder vollkommen verzweifelt vor der *Supplybox* auf ihr Frühstück gewartet. Es gab aber kein Frühstück. Nicht an diesem Tag, und auch nicht am nächsten.

»I have never been hungry in my entire life. We didn't know what to do. The whole house was starving. The whole estate was scared and confused.«

T-Rex tut mir plötzlich leid. Nicht nur er, sondern die ganzen Metro-Trottel auf der Farm. Nachdem Luke und ich es geschafft haben, uns aus ihren gierigen Fängen zu befreien, löst sich meine Wut auf sie in Luft auf. Aktuell richtet sich mein Zorn auf Bambi. Sie ist nämlich daran schuld, dass die ganzen Siedlungen in Toronto nichts mehr zu essen hatten. Wenigstens sind die Bewohner auf die Idee gekommen, den Schnee einzuschmelzen, um etwas trinken zu können. Ich darf gar nicht an die armen Kinder denken.

T-Rex erzählt, dass er und ein paar Kumpels am Tag 2 in Richtung Innenstadt aufgebrochen seien. Sie wollten wissen, was passiert ist. Die Barrieren waren außer Betrieb, und er und seine Jungs waren nicht die Einzigen, die aus den Siedlungen raus wollten, um sich irgendwie Nahrungsmittel zu beschaffen. Zu Hunderten haben sie den inneren Ring gestürmt und lautstark nach Hilfe und Aufklärung geschrien. T-Rex erzählt, es hätte da so ein Auto gegeben. Auf dem Dach wäre ein Lautsprecher befestigt gewesen. Daraus hätte jemand gebrüllt, sie sollten ruhig bleiben. Man versuche gerade, die Netzwerkverbindungen wiederherzustellen. Solange könne man sich Essenspakete an den Fabriken außerhalb der Stadt abholen. Also seien alle wieder zurückgerannt. Diesmal schneller. Das Chaos war perfekt. Alle hatten Angst, nichts mehr abzubekommen, und so hätten sie sich fast gegenseitig totgeprügelt, als sie vor den Hallen ankamen und klar wurde, dass es nicht genug Essenspakete für alle gab. Noch nicht. Die Herstellung der Lebensmittel war durch die fehlenden Netzwerkverbindungen und den spärlichen Notstrom nur eingeschränkt möglich. Alles musste neu einprogrammiert und die Maschinen manuell bedient werden.

»That's where I met the Captain«, sagt T-Rex und dreht sich zum ersten Mal zu uns um. Er grinst und entblößt eine Reihe strahlendweißer, kerzengerader Zähne.

Der Captain habe wohl versucht, ein wenig Ordnung in die aufgebrachte Menge zu bringen, und vehement darauf bestanden, dass die Frauen und Kinder als Erstes mit Essen versorgt werden sollten. Die wenigen menschlichen Mitarbeiter der Fabrik, so T-Rex, hätten sich einen Scheiß um die Leute gekümmert. Sie hätten die Pakete einfach vor die Tür geworfen; anschließend hätten sie die Türen verschlossen und seien abgehauen. Ich denke, die hatten Angst vor der wütenden Menge. Hätte ich auch gehabt.

»They gave a shit about what the captain said and so he started a fight. I joined him, because I thought he was right to feed the little ones first. You see that on television all the time: Women and children first!«

Luke sieht ihn mit skeptisch hochgezogenen Brauen von der Seite an.

»Und das musste ihm die Fernseher sagen?«, zischt er mir leise zu. Ich zucke bloß mit den Schultern. Wenn du dich verdammt noch mal nie darum kümmern musstest, wo du was zu essen herbekommst, dann hast du im Ernstfall halt keine Ahnung. Wenn Tausende von Menschen zusammen und zur selben Zeit keine Ahnung und viel Hunger haben, endet das wohl unweigerlich in einer Katastrophe. Gut, dass wenigstens ein paar geschaltet haben. T-Rex meint, sie hätten sich lange und hart geprügelt und wären dann vertrieben worden. Ohne Essen, aber als Gruppe von etwa zwanzig Leuten hätten sie beschlossen, die Stadt zu verlassen und im Wald nach Essen zu suchen. Es müsse da sicherlich was geben. Tiere. Das hätten sie schließlich auch oft genug in Games gesehen und selbst gezockt. Auf dem Weg aus der Stadt hätten sich noch ein paar Leute mehr angeschlossen. Sie seien geflüchtet. Hätten bloß ein paar Sachen aus ihren Wohnungen mitgenommen, Decken und so. Mehr hätten sie schließlich nicht gehabt. Der Captain wäre ganz automatisch ihr Anführer geworden. Er hätte einfach alles entschieden. Er wüsste auch am meisten, sagt T-Rex.

Jetzt fängt Luke an zu glucksen. Ich boxe ihm in die Rippen und halte meinen Zeigefinger vor die Lippen.

»Hör auf, Mann! Es ist nicht ihre Schuld, okay?«

Luke greift sich bloß an den Kopf, verbeißt sich aber mir zuliebe weiteres Gekicher. Wir verlassen gerade das Waldstück und erreichen die asphaltierte Straße, als T-Rex plötzlich stehen bleibt. Ich bremse abrupt ab, um nicht in ihn hineinzulaufen.

»It's that way.« T-Rex zeigt mit dem Finger einmal über den See. Die Straße führt immer am Ufer entlang bis nach Toronto. Ich kann die Türme als graue Schatten in der Ferne sehen. Ganz klein.

»I'm not coming all the way, guys. I can't.«

Luke und ich sehen uns an. Er will nicht mit? Der Captain hat es ihm aber doch befohlen.

»Why not?«

»To scared. I'll wait here. I'll go back tomorrow.«

»No problem, man!«, ruft Luke, jetzt doch wieder kichernd, und haut ihm auf die Schulter.

Also doch nur Luke und ich. Wenn das mal kein Ruf des Schicksals ist. Diese Vorstellung beruhigt mich ein bisschen. Vielleicht soll es so sein.

»Wanna have some bread?«, frage ich. T-Rex nickt mit aufgerissenen Augen. Wahrscheinlich ist er nur deswegen so weit mit uns mitgekommen. Ohne die Aussicht auf feste Nahrung hätte er uns mit Sicherheit am erstbesten Trampelpfad stehen gelassen.

Luke scheint meine Teilfreude nicht so zu schmecken, trotzdem holt er die Kante aus seinem Rucksack und bricht ein Stück ab.

»Thanks, guys. Sorry again. You can't miss the city, really. It's just over there.« Er fuchtelt Richtung Westen. Dann zieht er seinen Fellhut aus, legt ihn auf den feuchten Asphalt und lässt sich darauf nieder. Er knabbert an der Brotkante herum, als wäre es eine waschechte Kostbarkeit, und scheint innerhalb von zwei Sekunden vergessen zu haben, dass Luke und ich überhaupt existieren.

Mit dem Wind im Gesicht, auf gutem Untergrund und endlich wieder unter uns, laufen Luke und ich die Straße entlang. Matti fehlt mir jetzt schon. Ich schäme mich ein bisschen für meinen unkontrollierten Egoismus. Wenn ich eines gelernt habe in Port Hope, dann das: Es kommt nicht auf den Einzelnen an. Es geht um die Gemeinschaft. Und Matti wird an anderer Stelle dringender gebraucht.

Luke zieht sich die Kapuze seines Mantels über, als es anfängt zu regnen. Er sieht aus wie aus einer anderen Zeit in seiner schwarzen Kluft und mit dem handgemachten Lederrucksack, den er auf dem Rücken trägt. Er beginnt zu quasseln, erzählt von der Farm und darüber, dass er daran zweifelt, ob die Metros es jemals schaffen würden, ohne ihr System auszukommen. Ich widerspreche ihm, weil ich das Gefühl habe, dass es meine Pflicht ist.

Schließlich habe ich es auch geschafft. Wir reden pausenlos, sprechen über alles Mögliche, nur nicht darüber, dass wir uns eigentlich vor Angst in die Hosen scheißen. Oder darüber, dass wir keine Ahnung haben, was uns in Toronto erwartet. Dass wir im Prinzip keine Chance haben, uns gegen eine Horde wildgewordener Metros zu wehren.

»Was war das eigentlich mit dir und Mardi?«, fragt Luke irgendwann nach einer kleinen Pause. Mein Magen macht einen aufgeregten Satz. Ich hatte so gehofft, dass er nicht mitgekriegt hat, wie Mardi mich unter der Decke geküsst hat. Ich habe ein schlechtes Gewissen. Schließlich weiß ich, dass er während unserer Abschiedsfeier gerne in meiner Haut gesteckt hätte. Im Gegensatz zu mir.

»Öh ... nichts Besonderes. Wieso?«, frage ich, um herauszufinden, was genau er gesehen hat. Vielleicht kann ich ihm ja einreden, dass er sich unsere Knutscherei bloß eingebildet hat.

»Lugner. Ich habe genau gesehen, dass ihr unter die Decke gefummelt habt.«

»Sie hat gefummelt! Ich habe gar nichts gemacht. Vor allem, ich dachte, du stehst nicht auf sie? Warum beschwerst du dich auf einmal?«

»Because you have a girlfriend.«

»Ich habe bloß ... ich konnte mich ja nicht mal wehren. Und alles nur wegen diesen scheiß Pilzen, die du mir angedreht hast.« *Peng!* Ich zucke zusammen. Hört das denn gar nicht mehr auf?

»Und du sagst immer, ich bin eine Arsch. Du bist auch eine Arsch, Laser.« Er guckt seine Füße an.

»Wirklich. Ich schwöre es. Ich habe Luftballons gesehen. Ganz komische Sachen. Ich ... ich kann es nicht erklären.« Ob ich es mal versuchen sollte? Vielleicht würde es mir helfen, meine Erinnerung an das kleine Mädchen zu verstehen, wenn ich mit jemandem darüber spreche. Und ich möchte wirklich gerne das Thema wechseln. Also erzähle ich Luke von meiner Omma und dem komischen Geruch. Daran, dass sie so ekelhaft gestunken hat, dass ich es bei ihr zu Hause kaum ausgehalten habe. Ich beginne gerade von meinem Trip zu sprechen, von dem roten Ballon, als Luke mich verwirrt anblinzelt.

»*You're a weirdo, dude.* Erzähl nich' so eine Scheiße, nur weil du mit Mardi rumgemacht hast, obwohl du eine Freundin hast. Obwohl ...«, er spricht nicht weiter.

»Ich erzähl keine Scheiße. Ach, was weiß ich. Außerdem weiß ich nicht einmal, ob Violetta noch meine Freundin ist.«

»Du bist auch eine *asshole.* Sag nie wieder, dass ich eine bin. Wie heißt das, wer in die *glasshouse* sitzt, soll nich' mit die Steine werfen.«

Ich muss über seine ungelenke Formulierung lachen. Er schubst mich. Wir schubsen uns gegenseitig auf der Straße rum und beschimpfen uns ein bisschen. In der Ferne werden die Häuser Torontos von einer dicken Nebelschicht eingehüllt und sind kaum noch zu erkennen. Wir gehen immer die Straße entlang, treffen keinen Menschen, sehen kein Auto, nur ab und an ein paar Rehe, einmal auch einen Hirsch, der einige Meter vor uns die Straße überquert. Mir ist warm vom Laufen, ich schwitze sogar unter meinen Kleidern. Ich denke viel an den Ballon und daran, wie ich herausfinden kann, was diese Halluzination zu bedeuten hat. Ob sie überhaupt etwas bedeutet? Der Nieselregen sprüht ohne Unterlass in unsere Gesichter, bis wir irgendwann beschließen, eine Pause zu machen. Wir setzen uns unter einen Baum und essen den Brocken Brot, der noch übrig ist. Dazu gibt es Gurken und Tomaten. Gurken und Tomaten gibt es in Port Hope im Winter eigentlich nicht.

»So schlecht ist das gar nicht«, bemerke ich kauend.

»What is?«, fragt Luke. Es fällt ihm immer schwerer, das Deutsch beizubehalten. So als wäre sein Sprachakku leer. Ich schiebe es auf seine allgemeine Nervosität, die er nur schwer verbergen kann.

»Der Deal mit den Metros. Wenn Matti es schafft, die Freaks und die Port Hopeler zusammenzubringen, gibt es bei euch demnächst auch im Winter Tomaten.«

Luke nickt und schluckt.

»Righ'.«

»Technik ist eigentlich nichts Schlechtes. Ich sag es dir, Mann. Die Menschen sind schlecht. Die, die Technik für Scheiße missbrauchen.«

»Weise Worte, weiser Mann.« Luke lacht und trinkt aus seiner Flasche. »Aber *what do you think,* haben die Freaks uns zu bieten, außer ihre *greenhouses*? Und die haben sie nicht einmal selbst gebaut.«

»Muskelkraft? Keine Ahnung. Matti wird schon was einfallen.«

Wir essen zu Ende, stehen ächzend auf und setzen unseren Weg fort. Ich hasse die Vorstellung, dass wir noch mindestens fünf Stunden laufen müssen. Am Stück. Wir haben entschieden, dass wir kurz vor der Stadtgrenze übernachten. Es würde wahrscheinlich nicht sinnvoll sein, mitten in der Nacht in die Stadt zu marschieren, ohne zu wissen, was uns erwartet.

Wir laufen und laufen, bis es irgendwann dunkel wird, dann machen wir ein Feuer im Wald. Der Sprühregen schafft es kaum durch das dichte Blätterdach der Bäume, und so werden wir nur ein bisschen nass. Eigentlich spielt es aber gar keine Rolle. Trocknen würden unsere Kleider sowieso nicht mehr. Zitternd sitzen wir am Lagerfeuer, eingehüllt in unsere Decken, und hoffen, dass die Nacht möglichst schnell vorbeigeht. Das feuchte Holz raucht und knallt wie bekloppt und ich habe Angst, dass wir irgendwen auf uns aufmerksam machen. Luke plappert seine Furcht wie immer in Grund und Boden und fängt wieder an, über Mardi zu reden.

»Denk nich, dass es mich stort ja? Es stort mich nicht. *I really don't give a fuck.*«

Und wie es ihn stört. Er hasst es. Aber gut. Ich hätte sein Gesicht ins Feuer halten müssen, damit er es zugibt. Also schüttle ich nur nachdenklich den Kopf.

»Weißt du, was komisch ist?«

»What?«, fragt Luke.

»Der Ballon. Ich konnte ihn richtig fühlen.«

»Ah«, winkt Luke ab. »Normal. Auf Pilze kannst du deine eigene Gedanken fuhlen. Ich wunschte, ich hätte noch welche hier. Wurde uns die Nacht bestimmt einfacher machen.«

»Ich habe noch nie vorher einen Luftballon angefasst«, nuschle ich zwischen meine Knie, die ich angezogen und mit den Armen umfasst habe. Es wird immer kälter. »Ich habe mich erinnert. Irgendwie war ich ein Mädchen. Ich hatte rosa Fingernägel. Jedes Mal, wenn ich die Augen zumache, erinnere ich mich wieder.«

Luke fängt laut an zu lachen.

»*Jaysis*, Laser. *You're mental.* Ich wusste ja schon immer, dass du eine Pussy bist, aber dass du träumst davon, eine Mädchen zu sein, das hätte ich nicht gedacht.«

Ich schnaufe frustriert und beschließe, ihm nie wieder etwas anzuvertrauen, das irgendwie gegen mich verwendet werden kann. Allerdings habe ich nach wie vor das dringende Bedürfnis, darüber zu reden. Violetta würde es interessieren. Ich stelle sie mir vor, wie sie beim Zuhören erstarrt. Wie sie die Augen zusammenkneift und ihre Lippen schmal werden. Man kann es dann in ihrem Kopf regelrecht arbeiten sehen. Ich vermisse sie. Sie hätte mir erklären können, wie genau die chemische Zusammensetzung von Pilzsporen die Hirnwindungen auf eine bestimmte wissenschaftliche Art und Weise durchwurschtelt, sodass am Ende Luftballons dabei herauskommen. Dann wäre ich beruhigt und wüsste, dass ich nicht verrückt bin. Und sie würde sagen: »Laser Blue Potlowski, du hast echt keine Ahnung von gar nichts. Du solltest hin und wieder mal etwas Gehaltvolles lesen und nicht immer nur irgendeinen Scheiß auf dem *ActionChannel* glotzen.« Ich würde sie dann küssen, damit sie die Klappe hält und aufhört, so über mich zu reden. Ich seufze und schalte das kunterbunte Programm in meinem Kopf wieder aus. Es tut weh.

Luke ignoriert meinen starren Blick und plappert einfach weiter. Er erzählt Geschichten über den Lieutenant und sein Gras. Über verschiedene Züchtungen, die er heimlich anpflanzt, und über die scheinheiligen Erwachsenen, die ihnen verboten haben, zu rauchen, obwohl sie selbst ständig breit waren. Ich höre kaum zu, schweife in Gedanken immer wieder ab, betrachte den roten Luftballon vor meinem geistigen Auge so lange, bis ich mich irgendwann mal nicht mehr halten kann und einfach einschlafe. Im Sitzen.

Phase 6; Abgesicherter Modus

Den ganzen Morgen haben wir Toronto wachsen sehen. Mit jedem Schritt werden die riesigen Glasfronten, der CN-Tower und die Kastenbauten der Siedlungen vor unseren Augen größer. Mir tun die Füße weh in meinen abgenutzten Sneaker, die mir der Schuster in Port Hope notdürftig geflickt hat, als ich im Januar dort gelandet bin. Ich habe die Schuhe so ausgelatscht, dass ich sie normalerweise kaum noch spüre, wenn ich sie trage. Meine Schuhe und ich sind miteinander verwachsen. Nach dem Gewaltmarsch der letzten 24 Stunden habe ich jedoch an jeder Zehe mindestens zwei Blasen. Ich kann es kaum erwarten, endlich die Stadtgrenze zu erreichen.

Als plötzlich eine Schranke wie aus dem Nichts vor mir auftaucht, meine ich, die Stadt an genau der gleichen Stelle schon einmal betreten zu haben. Damals war es dunkel. Ich war kaum noch bei Sinnen, fast erfroren und hatte eine solche Angst, dass ich mir die Details nicht gut genug eingeprägt habe. Vielleicht irre ich mich, aber irgendwie kommt mir diese Stelle bekannt vor. Um die zwei Wachtürme, in denen natürlich keiner sitzt, hat sich damals eine Strombarriere gezogen, sodass jeder, der in die Stadt wollte, gezwungen war, durch die Schranke zu gehen. Schließlich musste das System einen genauen Überblick darüber haben, wer sich wann wo aufhielt. Jetzt ist von dem verräterischen Flimmern in der Luft natürlich nichts zu sehen. Die Schranken sind geschlossen; heute wird keiner bemerken, wenn wir einfach unten durchgehen. Die Kameras sind tot.

»That's a bloody joke, right?«, fragt Luke verwirrt und stützt sich schnaufend auf die weiße Metallstange, die uns am Übertreten der Stadtgrenze zu hindern versucht. »Das ist alles? Eine blode Schranke?«

»Normalerweise wird das Gelände überwacht. Sie sehen, wenn du drübersteigst. Sie erfassen dein Gesicht und wissen sofort, wer du bist«, erkläre ich.

»Dann gehe ich eben außenherum!« Luke schüttelt fassungslos seinen schwarzen Lockenkopf. »Fuckin' eejits!«

»Dann würdest du gegrillt. Wobei, jetzt wohl nicht mehr.« Ich untersuche das Wachhäuschen und sehe schwarze Displays und tote Kameralinsen. Die Kameras vor der Schranke, diejenigen, die ich während meiner letzten Ankunft mit meinem Schraubenzieher demoliert habe, sind wieder ganz. Oder es sind andere Kameras, und ich war nie hier gewesen. Ich sehe mich um. Vielleicht sehen alle Grenzpunkte so aus.

»Ich glaube, ich war schon mal hier. Ich bin mir aber nicht sicher. Es war dunkel. Ich habe die Kameras erstochen.«

»Erstochen?« Luke gluckst.

»Ja, Mann! Mit einem Schraubenzieher.« Ich vollführe erstechende Bewegungen vor der Linse hinter der Schranke.

»Weißt du dann, wo es langgeht?«, fragt Luke hoffnungsvoll und hängt seinen Oberkörper über die Schranke. Er baumelt mit dem Kopf nach unten. Der Rucksack rutscht runter und prallt gegen seinen Hinterkopf.

»Nein. Mein Vater hat mich hier eingesammelt. Ich habe die komplette Fahrt verschlafen. Keine Ahnung. Aber ich denke, wir sollten erst mal einfach geradeaus, bis wir zu den Siedlungen kommen.«

Mit einem Schwung kommt Luke wieder hoch. Er springt über die Schranke, betont lässig, stützt sich nur mit einer Hand ab, während sein langer Mantel aufgebauscht hinter ihm her flattert. Ich bevorzuge den Weg unten durch. Solche waghalsigen Sprünge vollziehe ich nur, wenn niemand zuguckt – so etwas kann unglaublich peinlich enden.

Wir marschieren weiter. Mit jedem Schritt habe ich das Gefühl, ich laufe auf Glasscherben. Es tut so weh. Trotzdem gehe ich weiter. Zielstrebig auf die grauen Hauskästen zu. Es sieht fast aus, als würde ich nach Hause kommen. Nach Berlin. Die Häuser sehen sich sehr ähnlich. Nur die Art der Fenster ist eine andere. Sie sind größer, die Rahmen heben sich farblich von der Fassade ab. Außerdem sind die Solarzellen auf den Dächern hier auffälliger angebracht.

»*Very* hässlich«, bemerkt Luke. »*Honestly, dude*: Hast du das jemals hubsch gefunden? Diese ...«, er sucht angestrengt nach einem passenden Wort, während er mit zusammengekniffenen Augen die Außenwände der Siedlungshäuser hinaufblickt. »... herzlose Steinbrocken?«

»Nein. Aber es war mir egal.«

»Es gibt gar keine Garten. Wo sind die Bäume? Laser, hier gibt es keine einzige verdammte Baum. Es ist alles mit Beton!«

Luke kann es kaum glauben. Ich kann mir gut vorstellen, wie das alles auf ihn wirken muss. Kahl, trostlos und steril. Ich kann das *jetzt* auch sehen. Ich verstehe, was er meint. Aber trotzdem fühlt sich dieser Ort hier für mich richtig an. Richtiger als Port Hope in all seiner strahlenden Schönheit. Ich stelle fest, dass richtig nicht immer gleich gut sein muss. Leider bringt diese Erkenntnis mein Gefühlschaos nicht unbedingt wieder in Ordnung. Mein Herz klopft laut, als wir das erste Haus erreichen, vor dessen Eingang stehen bleiben und auf die unterste Treppenstufe plumpsen wie zwei nasse Säcke. Pause.

Ich habe solchen Durst, aber keinen Tropfen Wasser mehr in meiner Flasche. Schon seit Stunden nicht mehr. Natürlich hat es heute auch noch nicht geregnet. Wobei, aus einer Pfütze würde ich höchstwahrscheinlich noch nicht trinken. Es ist zwar schlimm, aber so schlimm dann doch wieder nicht.

»*And now what?* Wo sind die Leute?«, fragt Luke und sieht sich fasziniert um. Es gibt tatsächlich nichts zu sehen außer Hauseingängen, Fassaden und Fenstern. Weiß, hellgrau und dunkelgrau. Zwischen den Hochhäusern lugt hier und da ein Fleckchen strahlend blauer Himmel hervor, wolkenlos und weitaus hübscher anzusehen als die tristen Bauten um uns herum. Die Fenster sind dunkel. Dahinter ist niemand zu sehen. Wie erwartet, ist auch vor den Häusern keine Menschenseele.

»Ich weiß es nicht. Lass uns weitergehen«, schlage ich vor und richte mich seufzend auf. Meine Füße scheinen mich anzuschreien. Befehlen mir, mich sofort wieder hinzusetzen. Ich gehorche, falle stöhnend zurück; dann reiße ich fluchend an der Lasche meiner Turnschuhe und ziehe sie aus.

»Ich kann in den Dingern nicht mehr laufen, verdammt!« Ich ziehe die Socken aus und stopfe sie zusammen mit den ausgelatschten Tretern in meinen Rucksack. Ab jetzt gehe ich barfuß. So kalt ist es schließlich auch nicht. Meine Füße sind weiß und rot und sehen total ungesund aus. Irgendwie schrumpelig, als käme ich gerade aus dem Wasser. Ich habe die Schuhe tatsächlich seit drei Tagen nicht mehr ausgezogen. Erleichtert wackle ich mit meinen blutigen Zehen und stehe auf. Der Boden ist scheiße kalt, aber besser als mein schmerzendes Fußgefängnis erscheint es mir allemal.

»Fuck, Mann! Du hast recht!« Luke tut es mir gleich. Mit wesentlich weniger Schmerzen gehen wir weiter, zwischen den Gebäuden hindurch, bis wir irgendwann Stimmen hören. Erst leise, dann immer lauter. Ich bleibe stehen und berühre Luke an der Schulter.

»Warte. Lass uns erst mal vorsichtig gucken, was da abgeht.« Ich drücke mich an die Hauswand neben mir, laufe eng daran gepresst bis zur Hausecke und spähe in die Richtung, aus der die Geräusche kommen.

»Was soll da schon abgehen? Metro *problems.* Wie langweile ich mich ohne meine Fernseher am schnellsten *to death.*« Luke steht neben mir, wartet, scheint meine Bedenken aber nicht zu teilen.

»Sehr witzig, Mann«, erwidere ich ironisch und schnaube.

Das Erste, was ich sehe, ist eine Plane. Eine schwarze Zeltplane aus Kunststoff, direkt zwischen zwei Häuserfronten gespannt, sodass sie in dem schmalen Gang eine Art Zelt bildet. Ich erkenne nur das Dach. Davor stehen Leute an, ziemlich viele sogar, in zwei ewig langen Schlangen. Darum herum noch mehr Menschen. Der ganze kleine Platz vor mir und auch die schlauchartigen Wege und Gänge sind vollgestopft mit Leuten. Sie stehen und sitzen überall. Manche haben sogar ihre Möbel nach draußen geschleppt und auf ihren Sofas vor dem Haus Platz genommen.

»Wahrscheinlich gibt es in die Zelt was zu futtern. Wir mussen uns auch anstellen. Ich habe eine scheiße Hunger.« Luke macht Anstalten, sich an mir vorbeizuschieben, um zu den Leuten hinzulaufen.

»Warte mal, verdammt«, sage ich und halte ihn zurück. »Lass mich noch ein bisschen gucken. Du solltest nicht einfach in die Menge reinlatschen. Weißt du, wie du aussiehst? Die wissen doch sofort, dass du keiner von ihnen bist. Nicht, dass die denken, du kommst aus dem inneren Ring. Am Ende schlagen sie dich zu Brei, nur weil sie die Reichen nicht mehr leiden können. Was weiß ich.«

»Was du dir immer für eine Scheiße ausdenkst, Mann!« Luke geht einen Schritt zurück. »Als ob die irgendwas kapieren wurden. Die haben ihre Wohnzimmer vor die Tur getrage. Guck mal, die reden nicht mal miteinander. Die Stimmen kommen von die Zelt da druben. Die hier vorne glotzen bloß dumm in die Gegend rum.«

Jetzt, wo Luke es sagt, fällt es mir auch auf. Die Metros auf den Sofas, auf den Treppenstufen und in den Hauseingängen sprechen nicht. Sie starren alle bloß vor sich hin, eingehüllt in ihre Winterjacken und mit neonfarbenen Bommelmützen auf ihren Köpfen. Die Eingereihten stehen regungslos in den Schlangen und bewegen sich nur dann, wenn sich die Schlange bewegt. Das Ganze wirkt ziemlich komisch. Irgendwie unecht. Als wären sie Roboter und keine Menschen. Ein bisschen wie T-Rex. Allerdings konnte der am Ende ja dann doch sprechen.

»Irgendwas ist da faul, Luke. Ich weiß nicht, vielleicht sollten wir einfach abhauen. Schnell in die Innenstadt, meinen Vater suchen«, schlage ich vor. Ich habe auf einmal ein ziemlich beschissenes Gefühl im Bauch.

»No fuckin' way«, murmelt Luke und geht los, direkt auf die Leute zu. »Ich habe Durst, verdammt. *Who knows*, wie weit wir noch laufen mussen. Ich will erst wissen, ob die hier was zu trinken haben.«

»Shit!«, fluche ich leise. Dieser Trottel. Mit klopfendem Herzen gehe ich ihm nach. Zu meiner absoluten Verwunderung scheint uns kein Schwein zu bemerken. Sie sehen nicht einmal Luke an, der in seinem schwarzen Ledermantel so deplatziert wirkt wie der Captain im Gewächshaus. Die Leute starren einfach irgendwohin, manche sogar direkt in unsere Richtung. Aber kein Schwein sagt etwas. Luke marschiert direkt auf die Schlange zu und stellt sich hinter einer Frau mit pinken Haaren und orangefarbener Bommelmütze an. Er tippt ihr auf die Schulter. Ihre Jacke sieht tatsächlich genau aus wie meine ehemalige Jacke, die damals am Berliner Flughafen in der Mülltonne verendet ist. Modell Seestern.

»Sorry«, sagt Luke. Die Frau dreht sich langsam um. Sie blinzelt uns müde entgegen und sieht dabei aus, als könne sie die Augen gerade so offen halten.

»Gibt's hier was zu trinken?«, fragt er versehentlich auf Deutsch und lächelt freundlich.

Die Frau ist in etwa so alt wie meine Mama. Sie sieht ziemlich fertig aus, hat Augenränder bis unter die Knie und wahnsinnig schlechte Haut. Ihr Gesicht ist eine starre Maske, und so wundert es mich nicht, dass sie erst einmal kein Wort herausbringt.

»Oh!«, meint Luke und greift sich an den Kopf. *»This is driving me nuts.«* Er versucht es noch einmal. Dieses Mal in der richtigen Sprache. »Mam? Do they have anything to drink here?« Er spricht ganz langsam, als hätte er es mit einem Schwachsinnigen zu tun. Langsam nickt die Frau.

»Get in line. Be quiet.« Ihre Stimme klingt brüchig. Sie legt ihren Zeigefinger an die Lippen und macht einen leisen Zischlaut.

»Thanks, Mam.« Luke zuckt mit den Schultern, als die Frau sich wieder umdreht.

»Scheiße, Mann. Irgendwas stimmt hier nicht. Wie sehen die denn aus?«, flüstere ich in Lukes Ohr. Ist das normal? Sind die Metros in Kanada so? War ich auch so? So teilnahmslos? Ich bin mir nicht mehr sicher.

»Wir trinken was, und dann hauen wir ab, *allright?* Die tun uns schon nichts.«

Davon gehe ich aus. Die tun nämlich rein gar nichts. Wahrscheinlich nicht einmal blinzeln.

Wir stehen bestimmt zwanzig Minuten in der Reihe. Alles geht ganz furchtbar langsam. Vor uns hören wir Leute im Zelt sprechen, Anweisungen geben, Fragen stellen, Leute abweisen. Ganz ruhig. Niemals aufbrausend. Die Leute aus den Siedlungen sagen kein Wort. Luke und ich sprechen nur ganz leise miteinander, um nicht aufzufallen. Trotzdem dreht sich die Frau mit der Bommelmütze noch ein paarmal zu uns um und macht *scht.* Sprechen ist wohl neuerdings verboten in Toronto. Vielleicht ist sie auch wirklich verrückt. Vielleicht sind sie alle verrückt.

Ich trete unruhig auf der Stelle, denn meine Füße sind kalt. Die Blasen an meinen Zehen sind nun sichtbar geworden und reiben schmerzhaft gegen ihre Nachbarblasen. Ich beschließe, meine Schuhe wieder anzuziehen, wenigstens so lange, wie ich hier nur herumstehe und mich nicht bewegen muss. Dazu setze ich mich einfach auf den Fußboden und beginne, in meinem Rucksack herumzuwühlen. Luke blickt zu mir herunter und scheint genauso die Vor- und Nachteile der Fußbekleidung abzuwägen wie ich zuvor. Er entscheidet sich aber dagegen, bleibt stehen und wartet weiter. Die Schlange schiebt uns nun in den schmalen Gang hinein, in dem das Zelt errichtet worden ist. Meine Schulter berührt die Häuserfront neben mir. In regelmäßigen Abständen gehen die abgefertigten Metros, mit Paketen beladen, durch die Mitte zwischen den beiden Menschenschlangen hindurch zurück. Ihre Gesichter sehen nicht anders aus als zuvor.

Kurz bevor wir das Ende der Schlange erreicht haben, nur noch drei Leute stehen vor uns, können wir endlich einen Blick in das Innere des Zeltes werfen. Plötzlich höre ich jemanden rufen.

»Sorry! I am so sorry! Please ... could you ... could you move please?«

Ich drehe mich um und sehe einen Mann, der versucht, sich in der Schlange vorzudrängeln. Die Metros hinter uns wollen ihn aber nicht durchlassen. Sie stellen sich ihm in den Weg, machen *scht,* murmeln, gucken irritiert, zeigen aber keinerlei Interesse an seinen Beweggründen, die mir durchaus dringlich erscheinen.

»Please! Guys, I need water. It's for my daughter. She is sick.« Er gibt nicht auf, drängelt sich zwischen den Hauswänden hindurch, bis er es direkt zu uns geschafft hat. Die Umstehenden versuchen, ihn wieder zurückzuschieben. Aber nur mit wenig Elan. Sie scheinen eher verwirrt über seine merkwürdige Verhaltensweise als über die Tatsache, dass er sich vordrängelt.

Der Typ im Zelt, derjenige, der die Lebensmittelpakete überreicht und den Metros, das kann ich jetzt sehen, jedes Mal vorher einen Tropfen Blut entnimmt, wird auf den Drängler aufmerksam.

»Mister, get in line and be quiet«, befiehlt er. Der verzweifelte Drängler schüttelt hastig seinen ebenfalls bemützten Kopf. Er sagt, dass seine Tochter krank sei, Fieber habe und dringend Wasser bräuchte.

Luke beobachtet das Geschehen mit offenem Mund. Keiner zeigt eine angemessene Reaktion, niemand sagt etwas. Die Leute im Zelt scheint es schlichtweg nicht zu kümmern, dass es sich hier anscheinend um einen Notfall handelt.

»I need meds. Something. Water. Please, Sir!«, fleht der besorgte Vater und schiebt sich gewaltsam bis zum Tresen durch. Zwischen ihm und uns steht jetzt nur noch die Frau mit den pinken Haaren, die nervös an ihrem Daumennagel kaut. Beunruhigt tapst sie um den Mann vor ihr herum, so als wolle sie gleich über ihn drübersteigen.

»Line up. Wait for your turn«, brummt der Ausgeber genervt.

»It's fine«, mischt sich Luke plötzlich ein. »We don't mind.« Er packt die Dame an den Schultern und schiebt sie in den Mittelgang. Dort kommt gerade ein Metro mit Paket von der zweiten Schlange und schubst sie einfach raus aus dem Gang, zurück bis fast ans Ende der Schlange. Es sieht aus, als hätte er sie gar nicht gesehen.

Der Ausgeber runzelt skeptisch die Stirn, betrachtet Luke für einen Moment, sagt aber nichts. Etwas ungehalten, wirklich nur ein winziges bisschen, schnappt er sich die Hand des Dränglers, pikst mit einem stiftähnlichen Gerät in seinen Finger und betrachtet dann das rote Licht, das nur eine Nanosekunde später auf dem kleinen Display aufleuchtet.

Er fragt den Drängler, ob er heute schon mal da war. Der Mann nickt. Er sagt, er war schon da, aber das Wasser würde nicht reichen. Die Medizin sei aus, und eigentlich würde er auch erst morgen wieder welche bekommen. Er bräuchte sie aber jetzt. Der Ausgeber schüttelt langsam den Kopf.

»Come back tomorrow.«

Jetzt wird der verzweifelte Vater laut. Er beschimpft den Ausgeber wütend, meint, seine Tochter würde vielleicht sterben, wenn er erst morgen Medikamente und Wasser bekäme. Sie sei noch ein Baby. Er wolle jetzt welche. Und wenn er ihm keine geben würde, dann müsste er sie sich wohl einfach nehmen. Luke und ich sehen uns an. So wie die Sache aussieht, gibt es in Toronto trotz fehlender Netzwerkverbindungen noch eine Art Registrationssystem. Ich glaube kaum, dass wir auf normalem Weg hier Wasser oder etwas zu essen bekommen. Ich darf auf keinen Fall zulassen, dass mir der Kerl Blut abnimmt. Damit würde ich mich wahrscheinlich sofort verraten. Wir sollten also besser verschwinden, solange der Drängler die Aufmerksamkeit auf sich zieht. Ich blicke nervös zu der Dame, die die andere Schlange bedient. Sie guckt hin und wieder zu uns rüber, lässt sich aber offenbar nicht ablenken.

»Wir gehen, Luke. Jetzt.« Ich will mich schon umdrehen, doch in diesem Moment ringt sich einer der Metros dazu durch, den Drängler an den Armen zu packen, um ihn davon abzuhalten, einfach über die Theke zu steigen. Es wird immer enger. Wie Zombies rücken die Siedlungsbewohner weiter nach vorn, scheinbar darauf aus, ihn daran zu hindern, sich unrechtmäßig Lebensmittel und Medikamente anzueignen, die ihm nicht zustehen. Der Typ schreit jetzt immer lauter, schlägt wie wahnsinnig um sich, fragt, ob sie alle bescheuert seien, was denn hier los sei, sein Kind werde sterben, er bräuchte Wasser. Keinen interessiert es, sie wollen ihn einfach nur loswerden.

»Hey!«, schreit dann Luke, und der Typ verstummt. »What the fuck is wrong with you people? He needs water. Just water. Give him water!«, befiehlt er dem erstarrten Ausgeber. Der schüttelt langsam den Kopf.

»Stupid folks«, flucht Luke. »Come on, Laser!« Er steigt über die Theke. Der Ausgeber greift nach ihm, doch Luke stößt ihn einfach zur Seite.

Scheiße. Ich kann mich nicht bewegen, die Metros zerquetschen mich fast. Das kann nicht gut ausgehen, das weiß ich jetzt schon. Ich rutsche immer weiter nach hinten, denn die Körper kommen von allen Seiten, schieben und drücken an dem Mann herum, der sich stumm und mit aufgerissenen Augen zu wehren versucht und dabei Luke beobachtet, der auf die Pakete zustampft, sie aufreißt und zwei Flaschen Wasser rausholt. Er wühlt in den Kisten, wirft mit Flaschen nach dem Ausgeber, der halbherzig und ganz offensichtlich überfordert immer wieder zu ihm hingeht, sich dabei unentwegt umsieht, als müsse er gleichzeitig kontrollieren, was in der Menschenschlange passiert. Luke kramt weiter. Er findet Injektoren. Er hält einen hoch.

»Meds?«, fragt er.

»Yes!«, ruft der verzweifelte Vater. Ich sehe immer weniger. Ich stoße Leute weg und versuche, wieder nach vorn zu kommen. Luke nimmt ein paar Injektoren, wirft sie in eine offene Kiste, packt Wasserflaschen dazu und geht zurück zur Theke. Der Ausgeber will ihm die Kiste abnehmen. Er grapscht danach, greift aber in die Luft, denn seine Reflexe sind miserabel. Jetzt wird auch endlich die Dame an der anderen Ausgabestelle aufmerksam. Sie gehen beide auf Luke los, der sich irgendwann nicht mehr anders zu helfen weiß und den Kerl einfach niederschlägt. Er holt aus und haut ihm mit aller Kraft gegen den Unterkiefer. Ich schreie auf, greife mir verzweifelt an den Kopf und kann es nicht fassen. Was macht er denn da? Luke wirft dem fuchtelnden und winkenden Vater die verschlossene Plastikkiste zu, die ihm aber entgleitet und auf den Boden fällt.

»Laser! Come over«, ruft Luke. Er will wohl auf der Rückseite des Zeltes raus.

»Stop! What the hell is going on here?«, schreit plötzlich eine eindringliche Stimme von hinten. Die Metros stürzen sich jetzt alle auf das heruntergefallene Paket. Ich schiebe mich hartnäckig zwischen ihnen durch, um Luke zu erreichen, der Wasserflaschen in seinen Rucksack stopft. Außerdem Essenspakete und Injektoren.

»Stop! Be quiet!«, brüllt die Stimme. Keiner scheint zu hören, bis plötzlich ein lauter Schuss fällt und alle erstarren. Inklusive mir.

»Nobody moves!« Es sind zwei unterschiedliche Stimmen. Ich stehe mitten in der Masse, noch sieht mich keiner. Nicht von ganz hinten. Mit zitternden Knien stürme ich vor. Ich muss hier raus. Wir müssen hier weg. Luke muss weg. Ich springe mit einem Satz über den Tresen, werfe mich gegen Luke; wir preschen durch die Kartons und rennen los.

Es knallt. Ich erschrecke. Trotzdem laufe ich weiter durch den Gang, bis wir irgendwann das Ende der zwei Häuserfronten erreicht haben.

»Stop! Stop right there you scumbags!«, schreit die Stimme, und ein weiterer Schuss fällt. Die Kugel schlägt ganz in meiner Nähe ein.

»Fuck!«, brüllt Luke und rennt wie der Teufel. Wir schlagen Haken nach links, dann gleich wieder nach rechts. Schüsse krachen und schlagen neben uns ein. Mein Kopf ist kurz vor dem Explodieren. Adrenalin pumpt durch meinen Körper. Obwohl ich jeden Moment damit rechne, getroffen zu werden, ja darauf schwören würde, renne ich so schnell wie noch nie zuvor. Ich drehe mich nicht um, will gar nicht wissen, wer da schießt und brüllt – ich renne, als gäbe es keinen Morgen mehr. Ich will nicht wissen, wie weit der Schütze von uns weg ist, ob er uns eingeholt hat oder nicht. Ich folge einfach nur Lukes nackten Füßen, die kaum noch den Boden zu berühren scheinen. Er biegt wahllos in enge Gassen ein, rennt an Hauseingängen vorbei und schreit dabei unentwegt *fuck, fuck, fuck.* Sein lächerlicher knöchellanger Ledermantel flattert im Wind, und der Lederrucksack auf seinem Rücken hüpft panisch auf und ab. Es knallt noch mal, diesmal etwas weiter weg. Ich beschleunige mit letzter Kraft. Schneller kann ich nicht. Wir verlassen die Siedlung, bewegen uns auf offenes Gelände zu. Schlecht. Verdammt schlecht.

Luke kennt zwar keine Metros, keine Plattenbauten und auch keine Injektoren, aber er weiß, dass es nicht besonders schlau ist, vor einem schießenden Irren wegzulaufen und dabei nichts zu haben, wohinter man sich verstecken kann. Er schlägt also sofort einen Haken und rennt auf die Baumreihe zu, die die Siedlung einrahmt. Wir rennen zwischen zwei *Highvoltage*-Schildern durch, passieren die Grenze, deren Stromleitungen glücklicherweise ausgeschaltet sind, und schlagen uns in den Wald. Wir rennen und rennen, springen über Äste, kratzen uns an Büschen und erst als wir eine gefühlte Ewigkeit keine Schüsse mehr hören, werden wir langsamer. Nur langsamer. Wir halten nicht an.

»What the fuck? What the ...«, ruft Luke. Er keucht und schnauft wie eine verdammte Westerneisenbahn, gerät ins Stolpern und klappt irgendwann einfach auf dem Boden zusammen. Ich klappe mit, hilflos, mit schmerzender Lunge und stechenden Kopfschmerzen. Jetzt fürchte ich mich nicht nur vor dem verrückten Typen und seinem verfickten Schießding, ich habe auch Angst vor einem Herzinfarkt. Japsend liegen wir auf dem feuchten Waldboden und warten auf den sicheren Tod. Kopfschuss oder Herzversagen.

»What the fuck?« Anscheinend ist das alles, was Luke einfällt. Aber wenigstens lebt er noch. »They shot at us! They really tried to kill us!« Er kann es nicht fassen. Seine Stimme überschlägt sich, klingt schrill und absolut nicht cool.

»Ja was dachtest du denn, du Volltrottel?«, frage ich zurück und kämpfe mich auf alle viere. Noch bin ich nicht gestorben, also kann ich ihn auch noch ein bisschen zusammenscheißen. »Natürlich haben die auf uns geschossen! Das ist doch kein beschissenes Game hier. Was dachtest du denn? Das wir einen netten Ausflug nach Toronto machen, um meinen Vater zu besuchen? Hier ist die Kacke am Dampfen, verdammt! Hier ist die beschissene Hölle los!«

»Schrei mich nicht an, Mann!« Luke quiekt.

»Klar schreie ich dich an! Ich habe gesagt, wir hauen ab! Bevor der Irre angefangen hat zu ballern. Und was machst du? Kletterst einfach über die scheiß...« Luke unterbricht mich hysterisch kreischend.

»Der Mann hat Wasser gebraucht!«

»Ja und? Bist du die beschissene Mutter Theresa, oder was?«

»Who?«

»Egal. Scheiß drauf.«

Wir sitzen. Wir halten uns die Köpfe und lauschen in die Stille.

»Now what?«, fragt Luke.

»Weiter. Wir müssen weiter.«

Luke nickt, reißt seinen Rucksack auf, holt erst seine Socken und Schuhe raus und dann zwei Flaschen Wasser, die er eingesteckt hat. Er wirft mir eine zu. Dann zieht er sich die Schuhe an. Hätte er das bloß mal vorher getan. Seine Füße bluten. Ich sage nichts. Wird schon irgendwie gehen.

Ich öffne die Flasche und trinke sie in einem Zug fast leer. Ich weiß nicht, ob ich jemals in meinem Leben so einen Durst gehabt habe. Es ist die reinste Befreiung und bestimmt der beste Moment des Tages. Ach Quatsch! Der letzten Woche. Wenn nicht des letzten Jahres. Nein. So gut auch wieder nicht. Violetta schiebt sich in meine Gedanken. Nackt, warm und weich. *Wie unpassend*, denke ich seufzend und setze die Flasche ab. Mein Hals brennt noch immer, trotzdem glaube ich, das Schlimmste vorerst überstanden zu haben. Vielleicht sterben wir doch nicht. Luke lässt genau wie ich einen Schluck übrig, und wir packen die Flaschen zurück in den Rucksack.

»*Allright.* Weiter. Welche Richtung?«, fragt er und sieht sich um.

»Richtung Innenstadt. Besser durch den Wald, solange es geht. Der Typ hat bestimmt Verstärkung geholt.« Oh Gott, bitte nicht. Keine Verstärkung. Nicht noch mehr schießwütige Metropolizisten. Nicht jetzt schon. Ich rapple mich auf und will los, als ich mich plötzlich umentscheide und mich wieder hinsetze. Luke sieht mich irritiert an.

»What is it?«, fragt er.

»Nichts. Nur kurz.«

Irgendwie habe ich einen komischen Geschmack im Mund. Süßlich. Irgendwas klebt an meinem Gaumen. Ich reibe mit meiner Zunge daran herum, kriege den Film aber nicht weg. Luke steckt den Kopf zwischen die Knie und brummt etwas.

»Nur kurz«, wiederhole ich und reibe mir das Gesicht. Es wird schon keiner kommen. Wir sind schließlich ziemlich weit gerannt. Ich kann mir nicht vorstellen, noch einmal so zu rennen. Ich möchte lieber sitzen. Sitzen ist gut.

»Hat vorher schon mal jemand auf dich geschossen?«, fragt Luke.

Ich schüttle den Kopf.

»Nein. Nur fast.«

»*It's fucked up, man.* Echt beschissen.«

Ich nicke. Echt beschissen, ja. Wobei. Jetzt gerade schießt ja keiner mehr. Warum auch? Wir haben eigentlich nichts gemacht. Und wenn jemand nichts gemacht hat, gibt es auch keinen Grund, auf ihn zu schießen. Plötzlich fühle ich mich sicher. Warum bin ich da nicht schon vorher drauf gekommen? Wenn wir hier sitzen bleiben, genau hier, dann kann uns eigentlich gar nichts passieren. Verdammt guter Plan, Laser, Glückwunsch. Du bist ein verkanntes Genie. Ich spüre ein zufriedenes Lächeln auf meinem Gesicht und schließe entspannt die Augen. Ich sitze wie auf Watte. Mein Kopf fühlt sich angenehm leer an. Er arbeitet nicht. Hat kein Arbeitsmaterial mehr. Produktionsstopp. Alles steht still. Sogar der Wind, der die dünnen Äste der noch recht kahlen Bäume schüttelt. Ich lache über diesen unsinnigen Gedanken. Mir fällt auf, dass Luke auch noch da ist. Er hat immer noch den Kopf zwischen die Knie geklemmt. Sein Rucksack sieht in dieser seltsamen Haltung aus, als wäre er Lukes verknautschter brauner Runzelkopf.

»Laser?«, krächzt er. »Laser, *what the fuck is going on here?* Meine Kopf dreht durch, Alter. Irgendwas ist ... *in the water.«* Er presst die Worte raus wie etwas verflucht Dickes durch etwas scheiß Dünnes. Das Wasser. Ich denke nach. Lange. So lange, bis es irgendwann dunkel wird um uns herum. Das kann übrigens nicht echt sein, stelle ich während des anstrengenden Denkens fest. So schnell wird es nicht dunkel. Niemals. Höchstens auf dem Mond. Aber wir sind ja nicht auf dem Mond. Jedenfalls waren wir bis gestern noch nicht dort gewesen. Ich bin mir nicht ganz sicher, wo wir sind.

»Laser! *Shit, man.* Jetzt sag doch mal was. *The fucking water.* Da ist irgendeine Scheiße drin. Ich kann mich nicht bewegen, *god damn it!*«

Das Wasser. Genau. Das Wasser. Ich habe Durst. Ich muss noch mehr Wasser trinken. Vorher könnte ich ein bisschen schlafen. Schlafen wäre mir angenehmer. Trinken würde bedeuten, ich müsste an Lukes Rucksack. Dazu müsste ich mich aufrichten. Ich müsste meinen Arm ausstrecken und ... nein. Das ist es nicht wert. Noch nicht.

»Laser! Wirst du jetzt endlich mal deine Maul aufmachen? *Say something, man!*« Luke klingt immer hysterischer. Warum regt er sich denn so auf. Wir haben es doch nicht eilig. Ich sag ja was. Gleich sag ich was. Erst muss ich liegen. Und zwar auf dem Rücken. Ich muss den Himmel ansehen, der immer dunkler wird. Und die Sterne, die vielleicht die Erde sind. Und den Mond, der einen Zwilling hat. Wo ist er denn? Er taucht über mir auf. Ein Schatten. Ein Mondschatten mit Mondgesicht. Punkt, Punkt, Komma, Strich ...

»Alter? Hey!«, spricht es. Englisch oder Deutsch. Keine Ahnung. Es tritt mich. »Was ist mit dir, du Penner?«

»Der ist voll mit Valium. Bis oben hin. Der andere auch.«

Luke ist der andere – *der andere auch.* Ich muss aufstehen. Ich muss verdammt noch mal aufstehen. Ich beiße die Zähne zusammen. Fest. Dann sacke ich erschöpft wieder zusammen. Ich kann nicht.

»Hey, ihr zwei Penner. Seid ihr aus den Rattenlöchern gekrochen?«, fragt der Mond. »Glaubst du, die sind aus den Platten? Der eine sieht so aus. Irgendwie. Aber irgendwie auch nicht.«

»Bestimmt, Mann. Die sind voll drauf, die beiden. Guck dir den mal an! Ich glaube, der hat sich in die Hosen gepisst. Ekelhaft.«

Über wen reden die beiden denn? Ich versuche wieder, mich zu bewegen. Es will einfach nicht gehen. Viel zu anstrengend. Unmöglich.

»Schnapp dir die Rucksäcke. Dann hauen wir ab.«

»Was? Einfach so?«

»Ja, was denn sonst?«

»Wir könnten noch ein bisschen spielen. Puppenspielen.«

»Du perverser Bastard! Fick dich doch, Mann. Ich nehm den Rucksack und hau ab!«

»Guck mal, er winkt dir.«

Meine Hand bewegt sich vor meinem Gesicht hin und her. Der Mond lacht. Bin ich er?

»Ich könnte dem kleinen Wichser hier mitten ins Gesicht pissen, und er würde es nicht mal merken.«

»Sag mal, bist du total bescheuert? Lass uns abhauen.«

»Mal schauen, wie weit sein Finger in sein Nasenloch passt. Wie weit, bevor es anfängt zu bluten?«

»Ich bin weg, Alter. Ekelhaft. Scheiß ekelhafter Wichser, du!«

»Oh, Fuck! Das war zu weit. Shit.«

Warm. Mein Mund wird warm. Alles ist kalt, nur der Mund ist warm. Irgendwie verschlafe ich den Rest der Mondgeschichte. Es hört alles einfach auf und fängt erst wieder an, als ich Jahre später die Augen aufmache und glaube, mich trifft der Schlag.

Phase 7; Verlaufshistorie

Das Erste, was ich wieder bewusst wahrnehme, ist mein enormes Körpergewicht. Ich fühle mich so schwer, ich wurde entweder gemästet oder mit einer Decke aus Steinen zugedeckt. Beides ist nicht der Fall, wie ich feststelle, als ich mich ruckartig aufrichte und sehe, dass ich in einem Bett liege, gar nicht zugedeckt und definitiv normalgewichtig. Ich glotze einen Moment meine nackten Beine und Füße an und frage mich, was zur Hölle passiert ist.

Neben mir liegt Luke. In Unterhosen. Er hat sich zusammengerollt wie ein Igel und anscheinend die Decke weggestrampelt, mit der wir beide zugedeckt waren. Sie liegt zerknäult am Fußende seiner Bettseite und glänzt silbrig, genau wie das Laken, auf dem ich sitze. Auch ich trage bloß Shorts. Fremde Shorts. Schwarze, hauchdünne, samtweiche Shorts. Verdammt. Wo sind wir?

Vorsichtig sehe ich mich in dem quadratischen Raum um, in dem kaum etwas steht außer dem riesigen Bett, in das uns irgendwer gelegt und ausgezogen hat. Es ist fast dunkel hier drinnen, nur die Decke leuchtet, übersäht mit funkelnden Sternen. Oberflächenprojektion, denke ich. Wir sind wohl in der Innenstadt gelandet. Wie auch immer. Das Fenster hinter dem Bett ist verdunkelt. Ich habe keine Ahnung, wie spät es ist. Wo waren wir, bevor ich das Bewusstsein verloren habe? Im Wald. Ich kann mich gut erinnern. An unsere Flucht, an den Typen, der uns schießend verfolgt hat, und an die komischen, teilnahmslosen Metros in der Siedlung.

Plötzlich trifft es mich wie ein Schlag auf den Kopf. Ich zucke zusammen. Das Wasser. Luke hat es ständig wiederholt, aber irgendwie habe ich es nicht richtig kapiert. Jetzt verstehe ich auch, warum. In dem Wasser sind Beruhigungsmittel. Deshalb waren die Menschen in den Siedlungen auch so komisch drauf.

»Luke«, zische ich und rüttle an seiner Schulter. Er brummt leise, wacht aber nicht auf. Ich rüttle noch ein bisschen fester, bis er irgendwann die Augen aufschlägt. Genau wie ich vorher braucht er ein paar Sekunden, bis er kapiert, dass er *irgendwo* ist, in *irgendeinem* Bett. Halbnackt. Luke schießt in die Höhe. Sein Kopf wirbelt panisch in alle Richtungen und bleibt mit aufgerissenen Augen an der Decke hängen.

»What ... what ... *what?*«

»Oberflächenprojektion«, krächze ich.

»What is that? Why? *What?*« Er reibt sich verzweifelt die Augen. »What the fuck is going on here?«, hechelt er, weil er wohl kaum atmen kann. Armer Luke. »Where are we?«

»Weiß ich nicht. Ich dachte, du könntest dich vielleicht erinnern.«

Luke denkt einen Moment nach. Ich vermute, er denkt, denn sein Kinn fällt ruckartig auf seine Brust, während er regungslos Löcher in die Luft glotzt.

»Das Wasser«, beschließt er schon nach ein paar Sekunden und sieht mich an. Ich nicke und fühle mich bestätigt. »Da war was drin. Ganz sicher. Irgendeine *Tranquilizer. I couldn't stand up, man. And you! You've been even worse. This is a fucking big Scheiße we got us in, man.*«

»Deswegen waren die Metros so komisch. Die sind alle voll bis oben hin mit Beruhigungsmitteln. Der Typ mit dem kranken Baby hat in den letzten Tagen wahrscheinlich selbst kaum was getrunken und alles seinem Kind gegeben. Deswegen war er als Einziger nicht wie betäubt und hat Stress gemacht.«

Luke nickt. Ich kralle wütend die Hände in die seidene Bettdecke. Das darf doch nicht wahr sein! Die Regierung setzt also die Menschen in den Siedlungen unter Drogen, damit sie keine Aufstände mehr proben? So weit ist es schon gekommen?

»We have to get out of here. Come on. Ich will wissen, wer uns hierher gebracht hat. Und wo verdammte Scheiße meine Sachen sind. Schon an die erste Tag so eine *fuckin'* Scheißedreck!« Luke schwingt die Beine aus dem Bett.

»Alter, was hast du denn erwartet? Kindergeburtstag?«

»Nein. *Of course not.*« Er klingt ein bisschen zu bockig, als dass ich ihm glauben kann. Ich habe es ihm ja gesagt. Wäre er mal lieber zu Hause geblieben. Im Moment aber bin ich heilfroh, dass er nicht in Port Hope geblieben, sondern mit mir zusammen in diesem Schlafzimmer gelandet ist.

Luke bestaunt die Beschaffenheit des Teppichs, in dem seine schmutzigen Fußzehen versinken, und dann erneut die Schönheit des funkelnden Himmels über unseren Köpfen.

»Light!«, rufe ich ein wenig unsicher. Vielleicht klappt es ja. Im Hotel war das Licht sprachgesteuert. Tatsächlich funktioniert die Technik in diesem Haus trotz fehlender Netzwerkverbindung. Der Himmel wird immer heller, rötlich, rosa, lila und dann irgendwann blau. Die Jalousien ziehen sich automatisch auf und eröffnen uns einen Blick aufs triste Grau der Stadt. Der Himmel verblasst, und Lukes Kinnlade ist nun vollständig heruntergeklappt.

»This is the shit, man!«, flüstert er ehrfürchtig. Er vergisst vollkommen, dass er den Raum eigentlich verlassen, sich anziehen und wissen wollte, wo wir sind. Stattdessen stürmt Luke zum Fenster und klebt keine zwei Sekunden später mit der Nase an der Fensterscheibe. Das Zimmer, in dem wir aufgewacht sind und immer noch nicht wissen, warum überhaupt, liegt gefühlt einen Kilometer über der breiten Hauptstraße, auf der aber nur vereinzelt ein paar Autos herumfahren. Winzige kleine Punkte.

»*Jaysis bloody hell*, ist das hoch!« Luke sucht einen Griff oder etwas Ähnliches, um das Fenster zu öffnen, findet aber nichts. Meine Fresse – ist der bescheuert? Will er rausklettern oder was?

»Das geht nicht auf. Keine Chance«, sage ich und bin ganz froh darüber.

»Aber, woher kommt denn der Luft?«

»Klimaanlage.« Es ist warm, aber nicht stickig. Obwohl ich lediglich Unterhosen trage, ist mir nicht kalt. Ich fühle mich ein bisschen komisch, wie ich hier herumstehe, halb nackt und total belämmert dabei zusehe, wie Luke die Hochhäuser anstarrt, als hätte sie der liebe Gott höchstpersönlich gebaut. Ich schiebe es auf die Nachwirkungen des *Tranquilizers*. Ich habe immer noch nicht wirklich das Gefühl, als wäre ich in Gefahr. Obwohl ich weiß, dass ich es durchaus sein könnte. Mein Puls geht ganz normal. Ich bin überhaupt nicht nervös oder aufgekratzt. Im Gegenteil. Ich könnte mich gleich wieder reinlegen in dieses bequeme weiche Bett und noch ein bisschen weiterschlafen. Mein Kopf allerdings teilt mir unmissverständlich mit, dass dafür jetzt wirklich keine Zeit ist. Mehr allerdings gibt das durchgeschleuderte Ding auf meinem Hals im Moment nicht her.

Ich stehe neben Luke am Fenster und sehe raus. Es regnet. Der Himmel ist wolkenverhangen, neblig, und eine graue feuchte Masse wabert träge um die Spitzen der Häuser herum. Die Fenster der anderen Wohnungen uns gegenüber leuchten, die Anzeigetafeln an den Fassaden strahlen hell, zeigen aber weder Hologramme noch Werbefilme. Auch in den Geschäften unten auf der Straße brennt Licht. Aber niemand geht hinein oder kommt heraus. Fußgänger sieht man keine. Niemand ist unterwegs. Außer den paar Autos, die hin und wieder über die Straße fahren. Fahren – nicht schweben.

Es gibt also wieder Strom. Ist ja auch klar. Schließlich hat jedes Haus Solarzellen auf dem Dach, und überall im Land stehen Windräder. Viel anfangen können die Metros mit dem Strom allerdings nicht, wie ich sehe. Die vorher so lebendige Stadt wirkt trostlos und wie ausgestorben. Ich runzle die Stirn und stoße mich dann von der Scheibe ab, die so hoch ist wie der ganze Raum.

»Komm schon, Luke.«

Er zögert, kann aber anscheinend nicht genug bekommen von der beeindruckenden Metropole, die er noch nie in seinem Leben gesehen hat. Als ich das erste Mal in den inneren Ring Berlins gefahren bin, kannte ich die Stadt wenigstens schon virtuell. Luke kennt Städte nur aus Filmen. Aus alten Filmen. Er guckt für sein Leben gerne Filme. Manche Port Hopeler haben alte Fernseher in ihren Häusern. Nicht mehr viele davon funktionieren, ein paar aber schon. Sie haben Blu-ray-Player, alte Konsolen, deren Bedienung mir so lächerlich kompliziert vorkam, dass ich mich das erste Mal, als ich eine Playstation sah, fast weggeschmissen habe vor Lachen. Man fuchtelt mit Controllern rum oder drückt auf Plastikknöpfe. Lukes Lieblingsfilme fand ich allesamt todlangweilig und so schlecht gemacht, dass ich kaum hingucken konnte. Lukes Filmstädte haben nichts mit dem Toronto zu tun, in dem wir uns gerade befinden. Und verdammt noch mal immer noch nicht wissen, warum eigentlich. Und in welchem Haus und von wem.

Ich zerre ihn vom Fenster weg. Jetzt ist echt Schluss. Gerade als wir die Tür öffnen wollen, die über einen Berührungssensor gesteuert wird, fliegt sie wie von selbst auf, und zwei Typen tauchen auf. Unser Alter; im Gegensatz zu uns aber vollständig bekleidet. Für einen Moment stehen wir vier uns gegenüber, starren uns an, keiner rührt sich. Mir kommen die beiden seltsam bekannt vor. Sie haben Stapel in den Händen. Gefaltete Kleidungsstücke. Ich mustere angestrengt das rundliche Gesicht des einen, der erschrocken die Augen aufgerissen hat. Schweißperlen bilden sich auf der glatten Oberfläche seiner breiten Stirn. Er schluckt schwer, und ich sehe seinen Adamsapfel panisch auf und ab hüpfen. Der Typ neben ihm interessiert mich irgendwie nicht. Ich verschwende keinen Blick an ihn, starre bloß den speckigen an, der gerade den Mund aufmacht, um etwas zu sagen – und dann fällt es mir wieder ein. Ich berühre kurz meine Nase, schnaufe wütend und fange an zu schreien.

»Du beschissenes Arschloch!«, brülle ich und gehe auf ihn los. Ich weiß nicht so genau, was in mich gefahren ist, aber ich hole aus und schlage ihm meine Faust direkt ins Gesicht. Ich treffe seinen Kiefer so heftig, dass ich glaube, mir brechen die Fingerknöchel. Ich schreie erschrocken auf. Obwohl ich meine Hand am liebsten zwischen die Oberschenkel gesteckt und heulend im Kreis gehüpft wäre, bin ich vor blinder Wut absolut bereit, den Schmerz zu verdoppeln, in dem ich diesem Penner noch eine verpasse. Und zwar auf *seine* beschissene Nase. Ich springe auf ihn, wir fallen in einen Flur ohne Teppichboden auf harte Fliesen, und ich versuche hartnäckig, noch einmal das Mondgesicht des blöden Arschlochs zu treffen, das mir im Wald seinen Finger in die Nase gesteckt hat. Er wehrt sich, schreit, schlägt nach meinen

Händen, und irgendwie komme ich nicht mehr an ihn ran. Ich gebe aber trotzdem alles.

»Hör auf, Mann! Hör auf, verdammt!«, schreit er unter mir. Ich kann aber nicht aufhören. Ich werde erst aufhöre, wenn ich ihm seine beschissene Nase blutig geschlagen habe. Erst wenn er auch blutet, werde ich aufhören. Luke ruft meinen Namen. Mehrmals. Ich glaube sogar, er versucht, mich von dem Mondgesicht runterzuziehen. Er schafft es aber nicht. Ich kann ganz schön hartnäckig sein, wenn ich muss.

»Stop it!«, brüllt es plötzlich ein paar Oktaven tiefer. Der Boden scheint unter der lauten Stimme zu erzittern. Ist mir egal, wer da brüllt. Dieser kleine Pisser, der sich unter mir windet wie ein Regenwurm, hat sich an meinem betäubten Körper vergangen. Dafür möchte ich ihn auf der Stelle töten. Doch bevor ich dazu komme, durch das wilde Gefuchtel hindurch einen weiteren Schlag zu platzieren, packt mich etwas Großes und zerrt mich in die Luft.

»Will you stop it right now, you crazy little jerk?«, sagt jemand. Ich trete und schlage weiter, bis mich derjenige umklammert wie ein riesiger Affe und ich keine Chance mehr habe, mich zu bewegen. Das elende Mondgesicht auf dem Boden versucht, sich aufzurappeln. Wenigstens blutet seine Lippe.

»I am sorry, man«, nuschelt er, und wenn mich nicht alles täuscht, wischt er sich über die Augen, als müsse er gleich heulen. »I am *sorry*!« *Kleine scheiß beschissene Pussy*, denke ich zornig.

»What the fuck is going on here?«, fragt der Jemand hinter mir. »Are you out of your fucking mind, Laser?« Ich kenne seine Stimme. Erschrocken drehe ich den Kopf. Hinter mir steht Michael. Michael King.

»Michael? Was zur Hölle machst du denn hier?«, krächze ich. Luke, der wie erstarrt im Flur steht und anscheinend absolut keine Ahnung hat, was er sagen, tun oder denken soll, neigt verwundert seinen zerzausten Wuschelkopf. Der andere Typ, der schlaksige nichtssagende Kerl, hilft dem Mondgesicht auf die Beine.

»Listen, kiddo. You stay calm. Alright? Will you promise me to stay calm?«, fragt Michael. Ich nicke hastig.

Warum ist Michael hier? Und wie verdammt nochmal kann es sein, dass ich ihn so schnell gefunden habe? Oder hat er mich gefunden? Ich habe ihn schließlich gar nicht gesucht. Michael lässt mich los. Sofort schnelle ich herum. Michaels Augen sind zu winzig kleinen Schlitzen verkniffen. Ich mustere ihn fassungslos von oben bis unten und dann noch mal von unten bis oben, weil ich es absolut nicht fassen kann. Michael King sieht ... total beschissen aus. Fix und fertig, irgendwie viel zu dünn und krank. Mein erschrockener Blick verrät mich. Michael wirkt fast ein bisschen verlegen, legt mir seine enorme Hand auf die Schulter und sagt leise, dass wir uns was anziehen und ins Wohnzimmer kommen sollen. Er würde mir alles erklären. Wie in Trance nehme ich den Klamottenstapel, den der Schlaksige mir reicht. Die Sachen hat er vorher vom Fußboden aufgelesen. Das feige Mondgesicht ist durch eine der Türen verschwunden. Luke bückt sich, sammelt ein Paar Socken auf und hält sie mir hin.

»Luke, das ist Michael King«, sage ich und finde, dass das irgendwie total unrealistisch klingt. Wie geht denn so was?

»Yeah. Great. Cool«, stammelt Luke und grinst komisch.

»Get dressed. We talk in a minute.« Michael dreht sich um und geht den Flur entlang. Er biegt links ab und verschwindet durch eine der vielen Türen, die sich surrend öffnet und surrend wieder schließt. Ich höre ihn schimpfen, kaum ist die Tür zu. Wahrscheinlich scheißt er jetzt das Mondgesicht zusammen.

»Michael King, verdammt noch mal! Das ist doch nicht zu glauben, oder?«, frage ich Luke, der aussieht, als wäre er irgendwie eingefroren.

»Yeah. Great. Cool.«

»Was ist denn mit dir?«, frage ich und trage die Sachen zurück in das Zimmer, in dem wir aufgewacht sind. Ich falte das Zeug auseinander und identifiziere es als teure Metroklamotte. Ein bisschen groß für mich, noch größer für Luke. Aber die Sachen scheinen über diverse Funktionen zu verfügen, denn ich fühle eine Art Knopf am Kragen des Shirts. Luke scheint sich allerdings überhaupt nicht für die Kleider zu interessieren.

»Laser ... du bist wie eine Verruckte auf diese Typ draufgegangen! Ich habe dich noch nie so ... du hast ihn fast die Zähne ausgeschlagen.« Er ist ernsthaft entrüstet. Ich halte inne, stecke mit einem Arm schon im Shirt, mit dem anderen noch nicht.

»Er hat es verdient, Alter. Erinnerst du dich daran, was er mit mir gemacht hat?«, frage ich empört. Ich beschließe, ihm sofort noch eine zu verpassen, wenn ich sein blödes Gesicht das nächste Mal sehe.

»*Yes. I do. But* ... ich wusste gar nicht, dass du so bist ...«, ihm fehlen die Worte.

»Zieh dich an, Mann. Ich will wissen, wo wir sind, warum Michael hier ist und wer die beiden Arschgesichter sind, die uns anscheinend hierhergebracht haben.«

Ich berühre mit dem Finger den kaum fühlbaren Knopf am Kragen, woraufhin sich das Kleidungsstück zusammenzieht, sodass es sich mit einem Mal perfekt an meinen Oberkörper anschmiegt. Luke macht große Augen.

»That's awesome«, gibt er zu.

Ich ziehe die Hose an, die sich ebenfalls am Bund in der Größe regulieren lässt. Mein Herz trommelt immer noch total aufgebracht in meiner Brust herum. Das Adrenalin in meinem Blutkreislauf ist noch nicht ganz verebbt, und ich befinde mich ehrlich gesagt in einer Art Hochstimmung. Ich habe das Gefühl, als könnte mir heute keiner mehr was.

Luke reibt sich mit dem Handrücken langsam quer über das kalkweiße Gesicht. Dann zieht er sich als Erstes die Socken an, die er die ganze Zeit festgehalten hat; skeptisch betrachtet er das restliche Zeug, das Michael für ihn rausgesucht hat. Die Farben sind beißend, genau wie bei mir.

»Looks like girls' clothes«, zischt er unzufrieden. Finde ich nicht. Absolut nicht. Aber ich stehe ja auch nicht auf Lederkluft und Fellkragen. Die Hosen und Shirts sind sehr körperbetont geschnitten, nicht gedacht, um etwas zu verstecken – vielleicht ein bisschen übertrieben, das gebe ich zu. Doch so sehen die Klamotten halt aus heutzutage.

»Kannst du auch bei mir diese Knopf drucken?«, fragt Luke, denn er scheint ihn selbst am Kragen des Langarmshirts nicht zu finden. Dass liegt daran, dass der Knopf seines Oberteils in den Ärmel genäht ist. Ich drücke, und die Fasern ziehen sich zusammen. Auch der Hosenbund lässt sich regulieren. Luke ist nur halb zufrieden mit seinem Aufzug. Wenigstens stehen wir nicht mehr in Unterhosen rum. Ich zucke mit den Achseln, und wir verlassen den Raum. Luke folgt mir unsicher.

Michael läuft aufgebracht im Wohnzimmer vor dem Sofa hin und her, auf dem Mondgesicht und Schnakenhals sitzen. Sie sehen aus wie begossene Pudel und hören sich schweigend die Predigt an, die er ihnen lautstark um die Ohren haut. Als Luke und ich reinkommen, verstummt Michael King abrupt und bleibt stehen.

»There you are. Come in«, sagt er und klingt gleich ein wenig freundlicher. Er wedelt mit seinen riesigen Pranken und bedeutet uns so, näher zu kommen. »Come. Sit.«

Trotz dieser netten Geste schaffen Luke und ich es nicht, uns zu bewegen. Wir nicken zwar, bleiben aber stehen wie festgewachsen. Ich habe ehrlich gesagt gar keinen Bock, mich neben die beiden Scheißtypen zu setzen.

Der Raum ist beeindruckend. Rund gebaut, komplett verglast und genauso spartanisch eingerichtet wie das Schlafzimmer nebenan. Es gibt kaum Möbel hier drinnen. Keine Deko. Kein Kitsch. Nicht wie in Port Hope. Eher wie bei uns zu Hause in Berlin. Die wenigen Dinge aber wie das Sofa, der hauchdünne Bildschirm, die dicken Teppiche und die schimmernden Wände wissen durchaus zu beeindrucken. Luke fallen fast die Augen aus dem Kopf, aber er sagt nichts. Er sieht sich staunend um und zuckt zusammen, als er ein komisches graues Ding entdeckt, dass hinter dem Sofa von der Decke hängt. Sieht aus wie ein Flugzeug oder so.

»Go and get them something to eat«, ordnet Michael an, und die beiden Jungs stehen ohne Widerworte auf. »Something clean, do you understand?« Sie nicken. Mit gesenkten Blicken schieben sich die beiden an Luke und mir vorbei. Die Tür surrt, und sie verschwinden.

Michael schüttelt ungläubig den Kopf. Ob der Schlaksige das Mondgesicht wohl verraten hat? Ob Michael weiß, dass der Typ an mir rumgespielt hat?

»I didn't expect to see you again, Laser Blue«, sagt Michael fast schon ehrfürchtig. Er kommt auf mich zu und nimmt mich in den Arm. »You changed, boy. You changed a lot. Look at you!« Er befühlt anerkennend meinen Oberkörper, haut mir auf den Rücken und küsst mich dann schmatzend auf die Backe. Ich bin mir nicht ganz sicher, ob ich das gut finden soll oder nicht.

»Hard work«, murmle ich verlegen, um meinen verbesserten körperlichen Zustand zu erklären, und bin froh, als Michael sich von mir abwendet, um Luke seine Hand entgegenzustrecken.

»And you are?«, fragt er.

»Luke O'Mara.«

»An Irisch boy?«, fragt Michael, und sein Gesicht hellt sich auf. Luke nickt zögerlich. Michael lässt die Hand nicht los, freut sich und grinst immer breiter. »Really? Where exactly are you from, lad? Dublin?« Michaels Akzent verwandelt sich plötzlich, und er klingt immer mehr so wie Luke.

»Limerick.«

»Jaysis bloody hell!«, ruft Michael. Auf einmal wird mir klar, dass er wohl auch von der grünen Insel stammt. Luke scheint das noch nicht ganz geschnallt zu haben, denn hätte er es kapiert, wäre er Michael bestimmt schon längst um den Hals gefallen. Endlich nicht mehr der einzige Ire auf der Welt. »Stab City! Is it still called that way?«

Luke zuckt mit den Schultern. Er sieht ein bisschen hilflos zu mir rüber.

»I didn't know that there are still people livin' in that ugly shithole. I thought *MediaCon* bought it a couple of years ago. For some Golfin' shit. I don't know how that turned out.«

Luke befreit seine Hand aus Michaels Hand und scheint absolut nicht zu wissen, was er antworten soll. Er war noch nie in Limerick, kennt die Stadt nur von Fotos und aus Filmen. Und er weiß sicher nicht, für was *MediaCon* die Stadt gekauft hat und ob die dort gespielten Golf-Kampagnen erfolgreich waren oder nicht.

»He has never been there, Michael«, sage ich leise. »He doesn't know.«

»Oh!« Er räuspert sich ein wenig verlegen. »That's sad. Maybe one day, mmh?«

Luke sagt immer noch nichts. Er sieht ein bisschen traurig aus.

»So«, beginnt Michael von Neuem, wechselt schnell das Thema und grinst ein bisschen schief. Er drückt auf einen Schalter hinter sich, und aus dem Boden schießt ein langes schmales Regal. Luke weicht erschrocken zurück. Wenigstens reißt ihn das aus seiner Schockstarre.

»These to little pricks«, Michel nickt Richtung Tür, »found you boys somewhere in the woods. High as a kite.« Er öffnet eine Schublade und holt einen Plastikbehälter heraus. Dann fährt er das Regal per Knopfdruck zurück in den Boden und reicht mir die Box.

»Put one in, Laser«, sagt Michael. Ich öffne die Box und finde eine Reihe *AudioIns.* Ohrenstöpsel aus Silikon. »Your Englisch got better, I noticed, but its important, for us to understand each other completely.«

Er nimmt sich einen und steckt ihn in sein Ohr.

»Are they working? There is still no Internetconnection, right?«, frage ich und tue es ihm nach.

»No. They don't need to be online. It's all saved on an hard drive. Of course the Audios are only working in here. But that should be fine. We don't have to leave the house.«

Ich gebe Luke einen Stöpsel. Er sieht mich fragend an.

»Ein *Translator.* Das Ding übersetzt alles, was du sagst, für uns. Und alles, was ich sage, für dich. Die funktionieren wohl auch ohne Internet, solange wir das Haus nicht verlassen.«

»Aber du sprichst doch gut *English*«, sagt Luke und mustert das kleine Ding äußerst skeptisch. »Ich verstehe dir immer. Egal, ob du *English* oder *German* sprichst.«

»Es ist einfacher. Ist nicht so anstrengend. Probier's doch mal!«

Mit gefurchten Brauen stopft Luke den *AudioIn* in sein Ohr. Es funktioniert sofort. Ich glaube, die Stöpsel aktivieren sich von selbst, sobald man sie der Körpertemperatur aussetzt.

»Test, Test, Test«, sagt Luke. Ich höre ihn sprechen und gleichzeitig die Stimme einer freundlichen Dame, die mir direkt ins Ohr redet.

»Setzt euch, Jungs«, sagen Michael auf Englisch und die Frauenstimme auf Deutsch im Chor.

»Wo sind wir hier, Michael?«, frage ich.

Luke muss lachen.

»Scheiße, *that's funny.* Du redest wie eine Mädchen, Laser.« Kichernd plumpst er auf das übergroße Sofa und sieht Michael und mich erwartungsvoll an. Er wartet darauf, dass ich weiterrede. Auch wenn ich mit diesem System der Kommunikation schon vertraut bin, ist es für mich anders als beim letzten Mal. Ich verstehe Michael ja im Prinzip. Natürlich gibt es immer noch haufenweise englische Worte, die ich nicht kenne. Meistens verstehe ich aber zumindest den Zusammenhang. Michaels eigene Stimme nun auszublenden und nur der Dame in meinem Ohr zu lauschen ist anfangs wirklich nicht einfach.

»Wo wir sind? Das ist die Wohnung von Jays Agentin Tina.«

Luke runzelt die Stirn.

»Jay ist sein Gamer. Und sein Freund. Ich hab dir doch erklärt, wie das mit den Games funktioniert.«

»Und wo ist diese Agentin? Ist sie nicht hier?«, fragt Luke.

Michael schüttelt den Kopf. Er senkt den Blick, denkt kurz nach und seufzt dann laut.

»Ich hätte nicht gedacht, dass ich dich noch einmal wiedersehe, Junge. Ich war mir sicher, du überlebst deine Reise nicht.« Anscheinend will er nicht über Jay reden. Da ich nicht weiterbohren will, grinse ich also nur und zucke mit den Schultern.

»Was ist mit deinem Mädchen? Hast du sie gefunden?«, will Michael wissen.

Ich nicke. Gerne hätte ich es mit stolz geschwellter Brust getan, mich ein bisschen gerühmt damit, dass es mir tatsächlich gelungen ist, Violetta mitten in der verdammten Eiswüste ausfindig zu machen. Die Tatsache aber, dass ich es doch jemand anderem überlassen musste, ihr das Leben zu retten, macht mich traurig. Und so bleibt es bei einem kleinen Nicken, das Michael anscheinend auf den falschen Gedanken bringt.

»Im Ernst? Wo? Oh mein Gott ...« Er nimmt meine Hand. »Sie hat es nicht geschafft, oder?«

»Doch. Sie lebt.«

Michael lacht schallend auf und schlägt mir so fest auf die Schulter, dass ich glaube, das Sofa unter mir kracht zusammen. »Du bist wirklich ein zäher kleiner Bastard, Laser. Wo ist sie dann? Sie hat dich doch wohl nicht sitzen lassen? Nicht, nachdem du wegen ihr so einen Aufriss gemacht hast.«

»Nein«, antworte ich.

»Doch«, behauptet Luke. Er hält sich das linke Ohr zu. Im rechten steckt der Stöpsel.

»Nein, hat sie nicht! Sie war krank, verdammt! Violetta war kaum bei Bewusstsein. In Port Hope wäre sie gestorben. Es ging nicht anders, Mann«, verteidige ich meine angekratzte Ehre.

»Sie hätte sich ruhig mal melden können. Ist schließlich nicht erst gestern gewesen.«

»Wie denn? Anrufen? Nachricht schreiben? *MediaCon U?*«, frage ich provokant. Doch tief in meinem Inneren weiß ich, dass Luke recht hat. Sie hätte sich verfickte Scheiße echt mal melden können. Irgendwie. Per Funk oder so. Ich kenne mich damit nicht aus, trotzdem glaube ich, dass es möglich gewesen wäre, wenn sie es nur gewollt hätte.

»Port Hope?«, unterbricht uns Michael interessiert. »Wo ist das denn?«

Ich durchbohre Luke mit meinem Blick, versuche, ihm zu signalisieren, dass er jetzt die Klappe halten muss. Mir das Reden überlassen.

»Eine unabhängige Siedlung«, antworte ich. »Etwas über hundert Kilometer außerhalb der Metropole.«

Michael King runzelt die Stirn. Seine geschwollenen Augen werden noch kleiner.

»Seit wann gibt es denn so etwas?« Seine Haltung versteift sich. Ich muss vorsichtig sein. Ich will mich auf keinen Fall mit Michael King anlegen. Es ist wichtig, dass wir Freunde bleiben.

»Seit dreißig, nein fünfzig Jahren. Ich bin mir nicht ganz sicher. Luke?«

»Seit fünfzig Jahren gibt es Port Hope. Aber erst seit dreißig Jahren leben wir unabhängig vom System.«

Michaels Ausdruck verfinstert sich zunehmend.

»Kommt er von da?«, fragt er und deutet mit dem Kinn auf Luke. Ich nicke zögerlich. »Hat eure *unabhängige Siedlung«,* Michael betont die Worte abfällig, ich verstehe nicht ganz warum, »etwas mit diesen Terroristen der Organisation zu tun?«

Luke schüttelt gleich den Kopf. Er erklärt ihm, wie Port Hope entstanden ist, wer dort lebt und warum.

Anscheinend ist Michael King nicht besonders gut auf meine Mutter und ihre Leute zu sprechen. Kein Wunder. Sie hat ihn seine Karriere gekostet und ihm seinen Gamer und Lebenspartner entrissen. Selbst ich finde sie scheiße. Ich kann mir kaum vorstellen, wie angepisst Michael darüber sein muss.

»Und warum seid ihr dann hier, Jungs? Klingt doch nach einem netten Plätzchen zum Überleben. Besser als hier in dieser dreckigen Hölle, die sich eine zivilisierte Metropole schimpft.« Michael lehnt sich resigniert schnaufend nach hinten gegen das unfassbar weiche kirschrote Polster der Couch. Er verschränkt die Arme vor seiner breiten Brust.

»Ich suche nach meinen Vater. Er lebt hier. Wir wurden getrennt, nachdem ich damals an Silvester einfach auf das Spielfeld gelaufen bin.«

»Wo wohnt dein Vater?«

»Ich weiß es nicht genau«, antworte ich verlegen. »Irgendwo im Norden der Stadt. Ich habe ihn erst einmal besucht.«

Michael findet diese Antwort komisch. Das sehe ich ihm an. Doch er geht nicht weiter darauf ein.

»Ihr hättet nicht herkommen sollen. Hier ist nichts mehr so, wie es einmal war. Die Stadt ist zum Schlachtfeld geworden. Ein verdammtes Spielfeld. Nur, dass es keine Gamer mehr gibt.«

»Was war in dem Wasser drin?«, fragt Luke.

»Beruhigungsmittel. Valium. Das kriegt man momentan an jeder Ecke. Anscheinend hat der letzte verbleibende Rest der Regierung beschlossen, die Aufwiegler aus Zone 3 vorsichtshalber ruhigzustellen.«

»Warum? Was ist passiert?«

»Diese Idioten sind völlig ausgetickt. Haben den Inneren Ring gestürmt. Tausende. Sie haben vor dem *MediaCon*-Gebäude gestanden, gebrüllt und randaliert. Als ob *MediaCon* etwas dafür könnte, dass diese mörderische Organisation die Netzwerke lahmgelegt hat.«

Luke und ich sehen uns kurz an. Michael hat uns seine politischen Ansichten gerade sehr gut verdeutlicht. Wir sind beide nicht seiner Meinung. Luke aus Prinzip nicht, und mir fallen plötzlich ziemlich viele Gründe ein, warum *MediaCon* sehr wohl etwas dafür konnte, dass die Organisation ihnen das Internet abgestellt hat. Ich hoffe, man sieht es uns nicht an. Wir schweigen. Michael hat uns gerettet. Er kann uns vielleicht sogar helfen, meinen Vater zu finden.

»Wer sind die beiden Typen?«, fragt Luke, um vom Thema abzulenken. Schlauer Luke. »Sind das deine Kinder?«

Michael macht ein ziemlich verwirrtes Gesicht. Ich muss lachen. Diese Frage ist so unfassbar abwegig. Aber woher soll Luke das auch wissen? Er hat ja keine Ahnung, wer Michael ist. Er weiß nicht, dass er einmal einer der bekanntesten Menschen dieses Planeten war und dass jeder alles über ihn wusste. Dass massenhaft Frauen ihre Ehemänner verschenkt hätten, um eine Nacht mit Michael King zu verbringen. Dass Michael all diese Frauen aber keinen Deut interessiert haben und er immer nur Augen für seinen Gamer Jay hatte, auch darüber weiß Luke nicht Bescheid.

»Nein. Diese beiden Idioten sind nicht meine Kinder. Ich habe keine Kinder. Haben die Leute in diesem Port Hope denn keinen Fernseher?«, fragt Michael an mich gerichtet.

»Nein.«

»Verrückt. Er hat also absolut keine Ahnung, wer ich bin?«

»Nein.«

Michael schüttelt ungläubig den Kopf. So etwas ist ihm anscheinend noch nie passiert.

»Ich habe Hans und Bertram hier in dieser Wohnung gefunden. Jays Agentin und ihr Mann sind abgehauen. Vielleicht zurück nach Deutschland. Keine Ahnung. Es sind glaube ich seine Kinder. Nicht ihre. Die beiden haben wohl versehentlich vergessen, die Jungs mitzunehmen. Vielleicht hatten sie auch einfach keine Lust dazu. Hätte ich wahrscheinlich auch nicht gehabt. Die beiden waren vollkommen zugedröhnt, als ich sie hier gefunden habe, es hat Tage gedauert, bis sie wieder nüchtern und ansprechbar waren.«

»Stimmt, die beiden haben Deutsch gesprochen«, fällt mir auf.

»Sie kommen aus München. Also Jays Agentin Tina ist Amerikanerin, der Vater ist Deutscher. Sie sind bisher immer mit Jay mitgereist, waren also während des Stromausfalls hier in Toronto. Ich habe Jay nicht gefunden, als ich vom Spielfeld zurück in die Stadt gekommen bin. Er war nicht beim Sender und auch nicht in seiner Wohnung. Also bin ich hierhergekommen, wollte wissen, ob Tina eine Ahnung hat, wo er stecken könnte. Ich hab aber niemanden außer den beiden Knallköpfen angetroffen. Sie lagen hier im Wohnzimmer auf dem Boden. Als ich sie später gefragt habe, meinten sie, sie hätten keine Ahnung, was passiert sei. Sie wüssten auch nicht, warum ihr Vater ohne sie gegangen sei. Wo Jay ist, wussten sie natürlich auch nicht.«

»Wo ist Jay?«, frage ich, glaube aber bereits zu wissen, dass Michael es nicht herausfinden konnte.

»Ich habe eine Vermutung. Nein. Eigentlich bin ich mir ziemlich sicher, dass diese Wichser von der Organisation ihn entführt haben. Ihn und noch ein paar Leute, die vor dem Blackout mit Brownie Jr. zu tun hatten. Von der ganzen Führungsebene des Senders ist nicht eine einzige Person noch hier in Toronto. Sie sind alle wie vom Erdboden verschluckt.«

Was? Meine Mutter soll Michaels Freund Jay entführt haben? Das klingt ziemlich abwegig. Ich versuche, meine Ungläubigkeit hinter einem finsteren Gesichtsausdruck zu verbergen. Michael soll lieber nicht wissen, dass ich über die Pläne der Organisation Bescheid wusste.

»Im Ernst? Warum sollten die so etwas machen?«

»Ganz einfach. Sie wollen *MediaCon* noch weiter unter Druck setzen. Dazu brauchen sie Geiseln. Möglichst einflussreiche Leute. Sie wollen verhindern, dass der Sender die Server wieder hochfährt. Ich habe mich mit verschiedenen Leuten unterhalten; keiner weiß, wo Brownie ist. Sie bekommen ihre Befehle von diesem Kitty Jones. Anscheinend hat die eine Hälfte der Regierung kurz nach dem Stromausfall fluchtartig die Stadt verlassen, und die andere Hälfte hat sich in ihren Villen verkrochen. Es gab niemanden mehr, der für Ordnung gesorgt hat. Kitty Jones hat die Kontrolle über die Stadt übernommen.«

»Kitty Jones? Der Vorsitzende der Chipping-Industrie? Der Kerl, der mit seiner komischen Frau in einem Puppenhaus wohnt?« Ich kriege eine Gänsehaut, als ich mich an Kitty Jones und seine Frau Kitty Jones erinnere. Die beiden waren bei Weitem das gruseligste, was ich jemals gesehen habe.

»Ja, genau der. Ich habe ihn seit dem Stromausfall nicht mehr in Toronto gesehen. Es gibt nur wenige Leute, die mit ihm in Kontakt stehen. Er lebt an der Küste, ein paar Stunden von hier. Seine Leute fliegen mit dem Helikopter in die Stadt rein und raus.«

»Und er weiß auch nicht, wo Jay und die anderen *MediaCon*-Leute sind?«, frage ich.

»Seine Leute behaupten, sie wüssten es nicht. Alles spricht dafür, dass sie entführt wurden. Jay ist wie vom Erdboden verschluckt. *Keiner* weiß, wo er ist.«

»Hat denn jemand gesehen, wie er und die anderen Leute entführt wurden?«, fragt Luke ganz pragmatisch.

»Natürlich nicht, Junge. Diese feigen Arschlöcher von der Organisation zeigen ihre Gesichter nie. Diese verfluchten Terroristen haben die ganze verdammte Welt zerstört.« Michael schüttelt fassungslos den Kopf. »Seht euch doch nur um! Die Stadt ist wie ausgestorben. Wir sind vollkommen abgeschnitten. Nichts funktioniert mehr richtig. Nirgendwo geht mehr irgendwas. Keiner verlässt mehr das Haus. Alle haben Angst und sind krank. Wir leben hier wie die Tiere im Käfig.«

Luke furcht seine dichten Augenbrauen und blickt skeptisch zu Michael King auf. Er scheint das anders zu sehen. Doch ist er schlau genug, ihm nicht zu widersprechen. Wir müssen vorsichtig sein. Michael wirkt aufgekratzt, und ich bin mir plötzlich nicht mehr sicher, ob es gut war, dass wir ausgerechnet hier gelandet sind. Wenn er rausfindet, wer meine Mutter ist, glaube ich kaum, dass er so freundlich bleiben wird.

»Ich halte die Augen und Ohren offen. Ich habe gehört, ein paar Leute aus dem Parlament sind nach Detroit abgehauen. Vielleicht gehe ich dorthin und versuche, mit ihnen zu reden. Vielleicht wissen die was. Sobald ich herausgefunden habe, wo sich diese Terroristen verstecken, hole ich Jay da raus. Und ich sag euch eines, Jungs, das Ganze wird sicherlich nicht freundlich ablaufen!«

Luke und ich nicken vorsichtig.

»Wie hast du uns eigentlich gefunden?«, frage ich, um vom Thema abzulenken. Michael stutzt kurz, überlegt und reibt sich dann mit der Hand über die geschwollenen Augen. Er sieht aus, als hätte er seit Tagen nicht geschlafen.

»Habe ich das noch gar nicht erzählt?« Er beugt sich vor, greift unter den Tisch, der vor dem Sofa steht, und holt einen vergilbten Stofffetzen darunter hervor. Mein Herz macht einen Satz. Violettas T-Shirt-Brief. Ohne zu überlegen, reiße ich das ekelhafte Ding an mich. Es steht vor Dreck und Schweiß. Niemand soll das anfassen. Niemand außer mir.

»Wo hast du den her?«, frage ich und klinge wohl ein bisschen aggressiv, denn Michael legt mir beruhigend seine Hand auf den Arm und fordert mich auf, ruhig zu bleiben.

»Mach dir nicht ins Hemd, Junge. Jetzt hast du den Fetzen ja wieder. Ich habe das Shirt in deinem Rucksack gefunden. Ich bin mit den beiden Hohlköpfen sofort zurück in den Wald und tatsächlich, ihr beiden lagt dort im Matsch herum wie totgeschossen. Wir haben euch hergebracht und ins Bett gelegt. Eure Klamotten habe ich entsorgt. Das Ganze war ein bisschen widerlich, wenn ich ehrlich bin.« Ich ahne, was er damit meint, beschließe aber, den Gedanken nicht zu Ende zu denken. Selbstschutz.

»Was ist das?«, will Luke wissen. Er beäugt neugierig, was ich so hartnäckig gegen meine Brust drücke und partout nicht zeigen will.

»Nichts«, antworte ich prompt und stopfe mir den verschlissenen Stoff unter meinen Pulli.

»Ein reichlich geschmackloser Liebesbrief«, brummt Michael, und sein versteinertes Gesicht verzieht sich zu einem winzig kleinen Lächeln.

»Von wem?«, fragt Luke.

»Von wem wohl?«, frage ich genervt zurück.

»Warum schreibt sie ihre Klamotten voll? Hätte sie kein Papier nehmen können?«

»Nein, Mann! Hätte sie nicht«, fauche ich und schlage seine Hand weg, die vorschnellt, um das Shirt unter meinem Pulli zu fassen.

»Jedenfalls hat mich der dreckige Lappen geradewegs zu euch geführt. Ihr hattet Glück.«

»Hat das scheiß Mondgesicht dir erzählt, was er mit mir gemacht hat?«, frage ich an Michael gerichtet. Der nickt mitfühlend.

»Er hat es mir gebeichtet, nachdem klar war, dass ich dich kenne. Hatte ein verdammt schlechtes Gewissen. Allerdings sind die beiden immer schon morgens breit wie die Hauptstraßen von Toronto. Er hat es nicht böse gemeint, da bin ich mir sicher«

»Warum sagst du ihnen nicht, dass sie sich nicht zudröhnen sollen. Du bist doch ihr Chef, oder nicht?«

Wieder sieht Michael Luke an, als käme er von einem anderen Planeten.

»Sie arbeiten für die scheiß Drogen, die sie sich reinziehen. Und verdammt noch mal, ich kann es verstehen. Wie soll man denn in dieser Hölle hier überleben, ohne sich regelmäßig auf andere Gedanken zu bringen?«

Verständnislos blickt Luke sich um, betrachtet die hochmoderne Einrichtung des Penthouses, streicht über die samtweiche

Oberfläche des Sofas, auf dem wir sitzen, und kann ganz offensichtlich nicht verstehen, wie man diesen Luxus als Hölle bezeichnen kann. Er starrt wieder das graue Flugzeug an, das an unsichtbaren Nylonfäden aufgehängt als einzige Dekoration im Raum herumschwebt und öffnet kurz den Mund, als wolle er etwas sagen, tut es aber dann doch nicht.

Wir schweigen einen Moment. Mir ist die Stille sofort unangenehm, und auch Michael scheint nicht unbedingt scharf darauf, mit seinen Gedanken allein gelassen zu werden. Ich frage mich, ob er das wirklich alles so meint. Ob er wirklich glaubt, dass es okay ist, die Kinder von irgendwelchen bekloppten Metros für ihren täglichen Drogenkonsum arbeiten zu lassen. Ob er wirklich glaubt, *MediaCon* sei unschuldig und die Organisation der einzige Bösewicht in diesem kranken Spiel. *MediaCon* hat Michael sein halbes Leben lang praktisch versklavt. Ruhm und Ehre hin oder her. Ich habe das Gefühl, dass er es im Grunde seines Herzens nicht okay findet. Oder ich wünsche mir einfach, dass er es nicht okay findet. Damit ich ihn weiterhin gut finden kann.

Michael steht nervös auf und holt uns was zu trinken. Luke und ich weichen unbewusst ein Stück zurück, als er uns die Wasserflaschen hinhält, die exakt so aussehen wie diejenigen, die sie in der Siedlung verteilt haben.

»Keine Angst, die sind sauber«, brummt er. »Also gut, Laser. Genug gequatscht. Ich will wiedergutmachen, was die beiden Schwachköpfe mit euch gemacht haben. Du willst also deinen Vater finden und hast keine Ahnung, wo er wohnt. Erzähl mir, an was du dich erinnerst. Wie sah das Gebäude aus, in dem er lebt? Ich und die Jungs bringen euch hin.«

Ich öffne den Verschluss der Wasserflasche und trinke einen großen Schluck. Mein Mund ist unangenehm trocken. Auch das Wasser scheint dagegen nicht zu helfen. Ich berichte über alles, an das ich mich erinnern kann. Ich erzähle von der Inneneinrichtung der winzigen Wohnung, vom Flur, von der Hauptstraße, von der Ringbahn, die ein paar Straßen entfernt entlanglief, dass man von dort aus den Tower sehen konnte und wie ich damals aus der Stadt gefahren bin. Michael hat die ganze Zeit über die Augen geschlossen, als würde er im Kopf alle potenziellen Stadtteile durchgehen, die infrage kommen. Vielleicht ist er auch einfach eingeschlafen. Ich kann es nicht sicher sagen. Dann regt er sich aber glücklicherweise wieder und sagt:

»Ich glaube, ich weiß, wo dein Vater wohnt. Ist ein gutes Stück, und wir werden zu Fuß gehen müssen. Ihr solltet vorher etwas essen.«

Wie gerufen, kommen Hans und Bertram von ihrer Mission zurück und lassen schweigend einen Haufen Energyriegel auf den Wohnzimmertisch fallen. Die Blicke haben sie weiterhin reumütig auf ihre Schuhe gerichtet, die schlammig und nass im weichen Flor des Teppichs stecken. Michael bemerkt es und schickt sie lautstark aus dem Zimmer – Schuhe ausziehen! Und sie sollten diese Schweinerei gefälligst wegmachen. Die beiden schrubben also auf allen vieren mit einem Lappen den Schlamm aus dem Teppich, während Luke und ich etwas verlegen an unsern Riegeln kauen.

»Habt ihr nichts besseres gefunden?«, fragt Michel die Jungs.

»Wir haben gestern alle Pakete gegen *light blue* getauscht.« Hans zuckt mit seinen speckigen Schultern. Michael brummt nur und nimmt sich auch einen Riegel.

»Übrigens«, setzt Bertram an und sieht zu mir auf. »Die Bilder in dem roten Notizbuch ... die sind ziemlich gut.«

Ich weiß nicht, ob ich mich über das Kompliment freuen oder darüber ärgern soll, dass dieser Blödmann in meinen Sachen herumgewühlt hat. »Aber das, was du geschrieben hast, wer soll das denn lesen können?«

Fuck. Die Tagebucheinträge. Wenn Michael die gelesen hätte, wären wir jetzt am Arsch. Gott sei Dank hat Bertram es nicht für nötig befunden, Michael mein Notizbuch zu zeigen. Ich antworte einfach gar nicht auf seinen Kommentar. Bertram schrubbt peinlich berührt weiter den Teppich. Er hatte sich wohl mehr von seinem diplomatischen Vorstoß erhofft. Wenigstens ein freundliches Lächeln oder so. Kriegt er aber nicht.

»Mr. King, ich habe eine Frage«, unterbricht Luke dann überraschend höflich die wieder aufgekommene unangenehme Stille. Er hat gerade runtergeschluckt und die Verpackung des Energyriegels zwischen den Fingern zusammengeknüllt. »Dieser Millennium Falke, der dort hängt, gehört der ihnen?« Er deutet auf das graue Raumschiff an den Fäden. Michael schüttelt irritiert den Kopf.

»Dieser was?«

»Das da. Das ist der Millennium Falke. Han Solos Raumschiff aus *Krieg der Sterne.*«

Ich bin einen Moment verwirrt, da der Translator die englischen Begriffe ins Deutsche übersetzt und ich deshalb erst nicht weiß, wovon Luke da spricht. Dann begreife ich. Luke hat mir viel von diesen Star-Wars-Filmen erzählt, die er so liebt, und mich gezwungen, den ersten Teil dieser nicht enden wollenden, unfassbar schlecht produzierten Filmreihe mit ihm anzusehen. Ich bin nach fünf Minuten eingeschlafen. Lukes Eltern haben ihn nach einem Ritter aus diesen uralten Filmen benannt. Einem mit Lichtschwert und Superkräften: Luke Skywalker. Sie vergötterten diese Filme und haben sie immer zusammen auf ihrem alten Fernseher angeschaut. Für meinen Kumpel war das damals wohl das Größte. Michael hat leider absolut keine Ahnung, wovon Luke redet, und schüttelt nur unverständlich den Kopf. Bertram blickt erneut vom Fußboden auf und sagt leise:

»Mein Vater war ein großer Fan von diesem alten Zeug. Das Raumschiff da ist aus diesem einen Film von vor über 100 Jahren oder so. Jedenfalls hat er das immer behauptet. Er sagt, es sei unbezahlbar. Vielleicht stimmt es auch nicht. Keine Ahnung.«

Lukes Augen werden groß.

»Original aus ... aus den Filmen? Aus welchem? Darf ich es anfassen?« Er spricht urplötzlich eine Oktave höher, und sein Gesicht läuft rot an.

Michael zuckt mit den Schultern.

»Von mir aus kannst du das Ding mitnehmen. Ich habe keine Ahnung, warum manche Leute so einen alten Scheiß aufheben. Ich glaube nicht, dass wir dieses verstaubte Relikt an irgendwen verkaufen können. Dafür interessiert sich momentan keine Sau. Und Hans und Bertram haben sicher nichts dagegen – oder?«

Die beiden schütteln die Köpfe. Was hätten sie auch sonst tun sollen? Luke ist sprachlos. Er steht auf und geht wie hypnotisiert auf das Falken-Raumschiff zu. Er will die Hand danach ausstrecken, stellt aber etwas angeekelt fest, dass die kompostierbare Verpackung des Energyriegels sich in seiner vor Aufregung schwitzenden Hand aufgelöst hat und nun seine Finger zusammenkleben. Er überlegt kurz und sagt dann, dass er erst Hände waschen wolle, bevor er den Millennium Falcon berührt. Sehr untypisch für meinen Kumpel, der es normalerweise für ausreichend hält, sich einmal die Woche einen Eimer kaltes Wasser über den Kopf zu schütten. Kaum ist er aus dem Zimmer, brummt Michael, Luke sei ein komischer Vogel. So einen hätte er noch nie gesehen. Ich erwidere, dass Luke wohl dasselbe über uns denkt. Ich frage mich, wie Luke es schaffen will, das Ding in seinen Rucksack zu stopfen. Es ist viel zu groß. Er kann das Raumschiff doch nicht durch ganz Toronto tragen? Den enthusiastischen Schritten nach zu urteilen, mit denen er kurze Zeit später wieder zurückkommt, hat er wohl genau das vor, und für die nächste halbe Stunde ist er nicht mehr ansprechbar, während er das Raumschiff ganz vorsichtig von den Fäden befreit und es in seinen vor Dreck stehenden Ledermantel wickelt, den Michael eigentlich hatte wegwerfen wollen. Ich bringe es nicht übers Herz, ihm sein Vorhaben auszureden. Wenn man die Menschen nicht bei sich haben kann, an denen das Herz hängt, dann muss man sich halt mit albernen Dingen begnügen, die zu den abwesenden Menschen gehören – wie eklige Stofffetzen zum Beispiel, die man sich unter den Pulli stopft, weil man sie am liebsten jede Sekunde ganz nah an seinem Körper haben möchte. Oder halt sperrige Raumschiffe aus Kunststoff. Als Ersatz. Wie könnte ich es wagen, Luke für sein irrationales Verhalten zu verurteilen, wenn ich selbst keinen Meter besser bin! Und solange *ich* diesen komischen Falken nicht quer durch die Stadt tragen muss, ist es mir egal, ob er ihn mitnimmt oder nicht. Ich bin froh, dass ich hier nicht das einzige sentimentale Weichei bin.

Phase 8; Malware

Wir laufen durch die leeren Straßen Torontos wie ein Action-Squad durchs Kriegsgebiet. Michael an der Spitze, Hans und Bertram flankieren ihn links und rechts, und Luke und ich gehen in der Mitte. Zu unserem Entsetzen hat Michael vor unserem Aufbruch drei Pistolen aus einem Safe im Schlafzimmer geholt und sich selbst und die beiden Vollidioten Hans und Bertram damit ausgerüstet. Auf die Frage, woher er die Waffen habe, wollte Michael nicht wirklich antworten. Er meinte bloß ausweichend, die Leute, die er beliefere, hätten sie ihm gegeben. Es wäre in diesen Zeiten sicherer, welche zu haben. Als ich ihn fragte, wen er denn mit was beliefere, gab er mir keine Antwort mehr. Ich vermute, Michael steckt bis zum Hals in irgendwelchen krummen Geschäften. Jedenfalls kommt es mir so vor. Wahrscheinlich ist das aktuell der einzige Weg, sich irgendwie durchzuschlagen. Jedenfalls für jemanden wie ihn: *Arbeitsloser Actionheld mit Identitätskrise.*

Obwohl wir gerüstet scheinen für einen mittelschweren Bürgerkrieg, begegnen wir in Wirklichkeit keiner einzigen Person. Der innere Ring Torontos ist wie ausgestorben. Gerade mal zwei Taxis fahren an uns vorbei, beide ohne Insassen, und ein glänzender schwarzer Wagen mit verdunkelten Fensterscheiben. Ansonsten herrscht absolute Stille. Unzählige Autos sind an den Straßenrändern geparkt, und alles deutet darauf hin, dass niemand mehr so wirklich seine Wohnung verlässt. Der Regen sprüht in unsere Gesichter und auf unsere Köpfe, während unsere Körper dank der modernen Kleidung, die wir tragen, warm und trocken bleiben. Die Jacken, die Michael uns gegeben hat, sind akkubetrieben und voll aufgeladen. Für ein paar Stunden kann uns der feuchte kanadische Frühling also nichts anhaben.

Luke und ich sind äußerst verwundert über das übertrieben vorsichtige Gehabe der drei Metros, die vor uns her huschen, als ginge es tatsächlich um Leben und Tod. Wir folgen ihnen schweigend und betrachten beim Laufen fasziniert die Häuserfassaden mit den leuchtenden Fenstern. Manchmal sieht man ein Gesicht hinter den Glasscheiben der riesigen Gebäude, die hier im inneren Ring bis in den grauen Himmel hinaufschießen. Meistens aber sieht man niemanden. Die Straße, auf der wir gehen, ist so breit, dass wir uns fast verloren fühlen. Luke trägt ungewöhnlich still seinen Millennium Falcon vor der Brust; er wirkt geblendet und total überfordert von all den Eindrücken. Ich mache mir ein bisschen Sorgen um ihn. Wahrscheinlich liegen ihm die vergangenen vierundzwanzig Stunden genauso schwer im Magen wie mir. Ich will gerade anfangen und ihn noch einmal darüber aufklären, dass unsere Reise nicht unbedingt ungefährlicher werden würde und dass ich nicht wüsste, was sonst noch alles passieren könnte, als Luke sich aus heiterem Himmel bei mir entschuldigt. Es scheint ihm so wichtig, dass er sogar stehen bleibt, während er verkündet, es tue ihm ernsthaft leid, dass er mich in Port Hope immer wieder als Pussy beschimpft habe. Ich sei keine Pussy. Im Gegenteil. Ich wäre sogar ein ziemlich krasser *motherfucker.* Voll *bad ass.* Und ich könne verdammt schnell rennen. Das hätte er nie im Leben gedacht.

Ich weiß nicht so genau, was ich dazu sagen soll.

»Äh ... thanks, man«, stammle ich nur und werde etwas verlegen. Eine Entschuldigung aus Lukes Mund – absolut keine Selbstverständlichkeit. Daran wird einer eine Weile herumgekaut haben. Natürlich rudert er direkt nach dem Eingeständnis wieder ein paar Meter zurück und sagt, ich sei schon irgendwie eine Pussy, aber halt nicht immer. Nicht hier in Toronto. Nickend beschließe ich, ihm nicht zu widersprechen.

Dann schweigt auch Luke wieder, läuft einfach weiter und streichelt mit dem Daumen abwesend den Millennium Falcon in seinen Armen. So viel ist passiert in den letzten Stunden, ich hatte kaum Zeit, darüber nachzudenken. Wahrscheinlich ging es meinem Kumpel genauso. Deshalb ist ihm auch jetzt erst aufgefallen, dass ich gar nicht so verweichlicht bin, wie alle immer denken.

Obwohl sich unsere anfänglichen Schwierigkeiten fürs Erste erledigt haben, habe ich absolut keine Ahnung, was wir tun sollen, wenn mein Vater nicht wie vermutet in seiner Wohnung anzutreffen ist. Würden wir trotzdem weiter nach ihm suchen? Oder sollte ich mich bemühen, Bambi direkt zu kontaktieren? Und wenn ja, wie könnte ich das anstellen? Hat Michael ein Funkgerät? Hat überhaupt wer in der Metropole ein Funkgerät? Es war Glück im Unglück, dass wir Michael getroffen haben. Obwohl er mir nicht ganz stabil erscheint, sollten wir mit ihm wenigstens vor wahnsinnig um sich schießendem Wachpersonal sicher sein. Wobei, von diesen Metro-Polizisten waren hier im inneren Ring keine zu sehen. Wohl nicht nötig. Schließlich scheinen alle Metros hier brav in ihren Wohnungen zu bleiben und niemanden zu belästigen. Aber wie schaffen die Menschen es, in ihren Wohnungen zu überleben? Auch ihre *Supplyboxen* mussten stillstehen. Alle Geschäfte, an denen wir vorbeigehen, sind geschlossen. Nur in manchen brennt Licht, aber drinnen ist keiner. Woher bekommen die ihr Zeug? Von Michael vielleicht?

Irgendwann biegen wir links ab. Michael führt uns in eine kleinere Seitenstraße. Bevor Luke und ich abbiegen dürfen, rennt Michael geräuschlos zur Straßenecke und späht in die Straße hinein. Er winkt Hans und Bertram stumm zu, die vorstürmen und mit ihren Pistolen in die menschenleere Gasse zielen. Erst als sie ihre behandschuhten Daumen in die Luft strecken, dürfen Luke und ich ihnen folgen. Ob Michael vielleicht gar nicht anders kann, als diese theatralisch wirkende battle-action abzuspulen, die für ihn jahrelang Routine war? Anders kann ich mir das hier nicht erklären. Oder ist er vielleicht auch auf Drogen? Vielleicht sieht er Sachen, die wir nicht sehen. Ich habe ja jetzt am eigenen Leib erfahren, wie sich das anfühlt.

Luke guckt mich an, als müsse er sich das Lachen verbeißen. Ich finde dieses Schauspiel eher verstörend. Wahrscheinlich hat Michael den Verlust seines Gamers noch immer nicht richtig verkraftet. Als ich ihn damals auf dem Spielfeld getroffen habe, schien er kaum zu wissen, wie er sich ohne die Befehle und Anweisungen seines Gamers verhalten soll. Vielleicht braucht er dieses strukturierte, einstudierte Verhalten, damit er sich sicher fühlt. Keine Ahnung. Ich will eigentlich nicht über ihn urteilen. Leider ist das nicht immer eine Frage des Wollens. Und jetzt, da Luke neben mir anfängt zu kichern, kann ich mich auch nicht mehr länger zusammenreißen. Ich bin dankbar, dass Michael die ganze Zeit starr geradeaus blickt und nicht sieht, dass Luke und ich uns hinter ihm kaputtlachen.

Nachdem wir eine weitere gefühlte Ewigkeit hinter der Möchtegern-Spezialeinheit hergelaufen sind, die vor jeder Straßenecke einen Aufriss veranstaltet, als warte dahinter ein fünfzig Mann starkes Erschießungskommando, erkenne ich plötzlich die Straße wieder. Das ist Papas Straße! Aufgeregt sehe ich mich um.

»Michael, it's here! This is where my dad lives!«

Er fährt herum und hält sich mit einer aufgebrachten Geste den Finger an die Lippen. Ich soll leise sein. Aber wieso denn? Hier ist doch kein Schwein. Ich rolle genervt die Augen und deute stumm auf das graue Hochhaus ein paar Meter vor uns auf der linken Seite. Michael nickt. Wir nähern uns dem Gebäude, in dem mein Vater wohnt. Ich erinnere mich ganz genau. Mein Herz macht einen hoffnungsvollen Satz. Ich hoffe so sehr, dass mein Papa da ist. Dass er ein paar Antworten für mich parat hat. Nicht nur das, ich hoffe auch, mich ein ganz kleines bisschen weniger alleine zu fühlen, wenn wir wieder zusammen sind. Wenigstens ein bisschen Familie. Auch wenn ich meinen Vater im Grunde gar nicht wirklich kenne.

Die Eingangstür des riesigen Wohnhauses schwingt plötzlich auf, und zwei Typen mit tief ins Gesicht gezogenen Kapuzen in Tarnfarben und großen Rucksäcken auf den Rücken kommen raus. Sie lachen über irgendetwas, laufen auf die Straße und scheinen uns erst gar nicht zu bemerken. Michael, Hans und Bertram richten ihre Waffen auf sie.

»Freeze!«, ruft Michael, und die zwei sind so geschockt, dass sie einen Satz nach hinten machen und fast übereinander stolpern. Und dann rennen sie. Und zwar so schnell auf Luke und mich zu, dass wir beide hastig zur Seite springen müssen, damit sie nicht einfach über uns drüber walzen. Ein Schuss ertönt. Der Knall hallt durch die leeren Straßen und von den Wänden der Häuser wider, und zwar so laut, als schlüge ein Blitz direkt in meinen Kopf ein. Michael hat dem einen in die Wade geschossen, und der Typ geht heulend zu Boden. Luke schreit erschrocken auf und lässt beinahe den Falcon los. Der andere Kapuzen-Kerl rennt einfach weiter und guckt nicht mal. Er wirft seinen Rucksack panisch hinter sich, worauf Hans und Bertram die Waffen wieder senken. Michael deutet mit dem Kinn in die Richtung des fallen gelassenen Rucksacks, und Hans stürmt vor, um das Gepäck des Geflüchteten einzusammeln. Der andere Kapuzen-Typ windet sich auf dem feuchten Asphalt; er umfasst mit den Händen seinen blutigen Unterschenkel und stöhnt laut vor Schmerz. Bertram nimmt auch ihm den Rucksack ab. Dann fangen Hans und er an, die Taschen zu durchsuchen. Der Angeschossene flucht und schimpft in einer Sprache, die ich erst nach einigen Sekunden als Französisch erkenne. Luke steht wie angewurzelt mit seinem Raumschiff im Arm neben mir und starrt den Verletzten an. Und weil es irgendwie sonst keiner macht, geht er schließlich auf den Franzosen zu und kniet sich neben ihn auf die Straße. Michael hat immer noch die Waffe auf den Verletzten gerichtet, als könne uns der heulende Typ am Ende doch noch irgendwie gefährlich werden. Luke fragt etwas auf Französisch. Ich glaube, er fragt, ob es ihm gut geht.

Was ist das denn für eine blöde Frage? Ihm geht es ganz klar nicht gut. Vielleicht wusste Luke nicht, was er sonst sagen soll. Der Typ jedenfalls rastet daraufhin vollkommen aus, richtet sich ruckartig auf und beginnt, fluchend um sich zu schlagen. Luke weicht erschrocken zurück, die Arme weiterhin fest um den Millennium Falcon geschlungen. Michael brüllt den Franzosen an, er solle sich wieder hinlegen und gefälligst stillhalten, sonst würde er ihm auch noch ins andere Bein schießen. Ich zweifle absolut nicht daran.

»They have food«, berichtet Hans und zieht ein paar Essenspakete aus dem Rucksack. Michael nickt. Bertram wühlt weiter in dem anderen Rucksack, schüttelt aber nur unzufrieden den Kopf. Er holt eine grüne Teedose heraus und dann eine rote Tasse mit der kanadischen Flagge darauf. Michael brummt unzufrieden. Er befiehlt Hans, die Essenspakete direkt auszuliefern, bevor jemand kommt und ihnen die Beute wieder abnimmt. Hans nickt, steht auf und schultert den erbeuteten Rucksack. Er rennt zurück in die Richtung, aus der wir gekommen sind. Und während ich diese Szene beobachte, mit aufgerissenen Augen die Teedose und die Kaffeetasse anstarre, begreife ich, was hier gerade geschieht. Luke sitzt in einer Pfütze auf dem Boden neben dem Franzosen, der vor Schmerzen jammert und schimpft, und versteht die Welt nicht mehr, während Michael die Pistole auf den Kopf des Verletzten gerichtet hält und Bertram weiter in dessen Rucksack kramen lässt, aus dem dieser ausschließlich Dinge zieht, die ganz offensichtlich meinem Vater gehören.

»Papa!«, rufe ich aus, als ich es endlich geschnallt habe. Und dann bin ich es, der losrennt. Ein bisschen habe ich ja Angst, dass Michael mir auch in die Wade schießen könnte. Doch er tut es nicht. Er ruft mir irgendwas hinterher, aber ich kann ihn nicht mehr verstehen. Ist mir auch egal, was er sagt. Diese Typen haben meinen Vater ausgeraubt. Und dann hat Michael die Räuber ausgeraubt. Was ist das denn schon wieder für ein *crazy shit* hier? Ich haste in den Aufzug und drücke, nein, hämmere auf den Knopf mit der Fünfzehn. Es dauert eine gefühlte Ewigkeit, bis ich oben bin und der Fahrstuhl sich wieder öffnet. Die Wohnungstür am Ende des Ganges steht offen. Im Türspalt liegt mein Papa. Ich renne auf ihn zu und werfe mich über ihn, obwohl ich mich noch nicht ganz in Reichweite befinde. Den letzten Meter zu ihm hin schlittere ich auf den Knien über den glänzenden Linoleumboden. Papas Gesicht ist voller Blut. Sein rechtes Auge ist geschwollen, er bewegt sich nicht.

»Papa!«, schreie ich. »Papa, hörst du mich?« Ich rüttle an seinen Schultern. Er stöhnt auf. Vor Erleichterung entweicht mir ein unkontrolliertes Seufzen. Er ist nicht tot. Wenigstens ist er nicht tot.

»Laser?«, krächzt er. »Shit ... was machst du denn hier?«

Was ist das denn für eine bescheuerte Frage? Es klingt fast, als freue er sich nicht, mich zu sehen. Wobei, Papas Gesicht sieht aus wie eine blutige Maske, und seine Stimme klingt leise und kratzig. Man kann schlecht sagen, ob er sich freut oder nicht.

»Papa, alles wird gut. Michael King ist hier. Er weiß bestimmt, wie man dir helfen kann. Du hast nur ein paar Blutergüsse und Beulen, glaube ich.« Das behaupte ich einfach so. Keine Ahnung, ob das stimmt. Aber ich hoffe es so sehr, denn mein Vater sieht wirklich schlimm aus. Er beginnt, am ganzen Körper zu zittern. Ich packe Papa an den Schultern und versuche, ihn festzuhalten. Was soll ich denn jetzt machen? Er braucht ein *MediKit* oder einen *MediBot.*

»Du hättest nicht kommen dürfen«, krächzt Papa. »Du hättest ...«, seine Stimme bricht, und er atmet geräuschvoll ein.

»Was? Warum? Ich bin wegen dir hier«, entgegne ich traurig. Warum sagt er das? Ich dachte, er ist froh, mich zu sehen. So wie das letzte Mal. Papa antwortet mir nicht mehr. Er ist anscheinend ohnmächtig geworden. Dann fällt mir ein, dass ich seinen Körper nach Wunden absuchen sollte. Vielleicht hat ihm auch jemand in die Wade geschossen. Vielleicht ist das hier in Toronto so ein Ding: *Hey Buddy, wie geht's dir? Warte, ich schieß dir mal in Wade. Ich mag dich nämlich nicht. Boom!* Papas Wade ist glücklicherweise unverletzt. Und auch sonst blutet er nirgendwo. Nur im Gesicht. Ich wische das Blut mit meinem Ärmel ab. Während ich das tue, höre ich Schritte. Ich fühle mich hilflos und weiß nicht, was ich machen soll. Schon wieder nicht. Immer wenn irgendwas passiert, sitze ich nur dumm daneben und weiß nicht, was ich machen soll. Ich habe nichts bei mir, womit ich meinem Vater helfen könnte. Kaum habe ich das gedacht, fällt mir ein, dass wir ja nicht irgendwo in der Wildnis sind, wie ich es im Winter mit Violetta war – Papas Wohnung befindet sich direkt vor mir. Ich muss ihm gar nicht mit meinem schmutzigen Ärmel das Gesicht abwischen, sondern kann ein sauberes Tuch mit Wasser benutzen. Ich will gerade aufspringen, als es hinter mir klickt und jemand spricht:

»Step away, Laser!« Michael steht hinter mir. Er hat seine Pistole jetzt auf mich gerichtet. Ich sehe ihn entsetzt an.

»What? Why?«, stammle ich.

»Step away from that fucking terrorist!« Michael ist wütend und presst die Worte zwischen den Zähnen hervor. Ich habe plötzlich Angst vor ihm. Ich befürchte, er könnte mich tatsächlich einfach erschießen, wenn ich nicht tue, was er sagt. Anscheinend ist er total verrückt geworden. Aber wie könnte ich meinen Vater einfach loslassen? Wer macht denn so was? Ich kann mich nicht von ihm weg bewegen. Im Gegenteil, meine Hände krallen sich noch fester in Papas Schultern. Langsam schüttle ich den Kopf. Michael knurrt mich an.

»You lied to me«, behauptet er. Das stimmt nicht. Ich habe nicht gelogen. Ich habe ihm nur nicht die ganze Wahrheit gesagt. Ich schüttle weiter den Kopf. Ich muss aufstehen und Tücher holen. Und Wasser. Und Medikamente. Vielleicht hat Papa Medikamente. Luke hat Medikamente! In seinem Rucksack! Michael soll die Pistole runternehmen und mich in Ruhe lassen.

»Hey man, could you ... äh ... Mr. King ... put that thing down, would you mind? Laser is your friend. I ...«, höre ich Luke stammeln. Er steht hinter Michael im Flur und hat seine Hände ausgestreckt, als wolle er Michael die Waffe höchstpersönlich abnehmen. Wo hat er denn sein Raumschiff gelassen?

»Fuck off«, entgegnet Michael und zielt weiter auf meinen Kopf. Würde er das wirklich tun, würde er mich wirklich erschießen? Ich habe ihm sein verficktes Leben gerettet. Was geht denn hier ab? Ein heißes Brodeln durchzuckt meinen Bauch. Ich werde wütend.

»Luke, geh rein und such saubere Tücher und Wasser. Das Bad ist hinter dem Regal. Man kann es aufschieben«, ordne ich mit zitternder Stimme an. »Du hast einen Injektor in deinem Rucksack, oder? Aus der Siedlung.« Michael versteht uns nicht. Seine Augenbrauen zucken. Es ist offensichtlich, dass ihm das gar nicht gefällt.

»Nein. Michael hat sie aus meine Rucksack rausgenommen.«

»Shit«, fluche ich.

»Laser, I fucking mean it. Step aside. This man is a fucking terrorist and he knows where Jay is.«

»This man is my father! And he is no fucking terrorist!«, schnauze ich Michael an. Luke tritt von einem Fuß auf den anderen und traut sich nicht an Michael vorbei. Verständlich. Trotzdem, er muss sich jetzt zusammenreißen. Keine Zeit für logisches Denken.

»Geh schon, Mann!«, rufe ich im selben Atemzug Luke zu. Er tut es, er geht. Michael weiß nicht, was Luke vor hat, und richtet deshalb die Waffe auf ihn. Luke zuckt zusammen und stolpert gegen die Hauswand. Er hält sich die Hände vors Gesicht und schreit, Michael solle verdammte Scheiße nicht schießen. Ich schreie, dass ich Michael umbringe, wenn er Luke erschießt, und Michael schreit, dass wir zwei kleinen Pisser aufhören sollen, so eine Show abzuziehen, und dass ich endlich von meinem Vater weggehen soll. Es ist ein lautes Durcheinander. Keiner tut, was er soll; alle brüllen nur rum. Luke rutscht mit dem Rücken die Wand runter und bleibt in der Hocke sitzen, den Kopf zwischen die Knie gesteckt. Ich glaube, er hyperventiliert. Ich beteuere immer wieder, dass mein Vater kein Terrorist ist. Michael behauptet, der angeschossene Typ hätte gesagt, er sei es doch. Keine Ahnung, woher *der* das wissen will.

»You fucking lied!«, sagt Michael immer wieder. »You said, that you didn't work for them!«

»He doesn't«, versucht es jetzt wieder Luke, der wirklich komisch atmet und ziemlich blass aussieht.

Michael ist nicht zu überzeugen. Irgendwann scheint er genug zu haben. Er kommt auf mich zu, packt mich am Kragen und schleudert mich einfach zur Seite. Ich knalle mit dem Kopf gegen den Türrahmen. Er rüttelt an meinem Vater herum, versucht, ihn aufzuwecken, was allerdings nicht richtig funktioniert. Papa stöhnt bloß gequält auf. Ich springe auf Michael drauf, um ihn von meinem Vater wegzustoßen. Ich will nicht, dass er ihm noch mehr wehtut. Michael wehrt mich ab, als wäre ich nur eine lästige Fliege. Vor Wut fange ich an zu heulen und zu schreien, weil ich mich so scheiße hilflos fühle. Ich gebe nicht auf, zerre an Michaels Arm, während der Papa auf die Wange schlägt, um ihn irgendwie aus seiner Ohnmacht zurückzuholen. Michael ist wütend, weil Papa nicht aufwacht und weil ich ihn ständig störe und weil Luke hysterisch rumkreischt und das alles in dem viel zu engen Flur passiert, in dem keiner wirklich Platz hat. Irgendwann knallt es neben meinem Ohr, und ich schreie erschrocken auf. Michael hat in den Türrahmen geschossen. Direkt neben meinen Kopf. Jetzt ist er total durchgedreht. Ich bin taub. Ich höre nichts mehr.

»Stop it!«, formen Michaels Lippen. Er scheint komplett die Geduld mit mir verloren zu haben. Seine Hand zittert.

»It's not him. It's his mum!«, heult Luke zwischen seinen Händen hervor. Ich vernehme seine Stimme wie unter Wasser. Mein Ohr fiept. Das hat er jetzt nicht wirklich gesagt, oder? Scheiße, Luke.

Michael sieht mich irritiert an.

»Your mum? What about her?«

Ich atme tief ein. Mir ist schwindelig, und ich glaube, in meinen Ohren ist ernsthaft etwas kaputtgegangen. Aber darum kann ich mich jetzt nicht kümmern.

Ich verspreche Michael, ihm alles zu erzählen, wenn er mich meinen Vater verarzten lässt und endlich aufhört, mit der scheiß Knarre vor meinem Gesicht herumzufuchteln. Er zögert einen Moment. Ich hoffe, dass er sich trotz seines vernebelten Kopfs daran erinnert, dass ich ja doch irgendwie sein Freund bin und dass ich ihm das Leben gerettet habe. Und wirklich: Er steckt die Waffe weg und steht auf. Vor Erleichterung sacke ich zusammen. Ich hätte das keine Sekunde länger ausgehalten.

Ich wische mir mit meinem blutverschmierten Ärmel übers Gesicht und rapple mich auf. Mein Herz rast, ich spüre seine Schläge bis in die Schläfen. Meine Ohren pfeifen, und mir ist so schlecht, dass ich fürchte, jeden Moment hier in den Flur zu kotzen. Aber ich muss mich jetzt um Papa kümmern. Keine Zeit für meine eigenen Probleme. Ein Blick auf den Fußboden, und ich bemerke, dass ich mich eigentlich auch um Luke kümmern müsste. Der scheint das alles hier nämlich auch nicht besonders gut wegzustecken.

»Komm Luke, hilf mir«, fordere ich ihn auf und versuche, meinen Vater an den Schultern in seine Wohnung zu ziehen. Bevor Luke aber aufstehen kann, um mir zu helfen, signalisiert Michael mir, dass ich aus dem Weg gehen und ihn das machen lassen soll. Eigentlich möchte ich nicht, dass er Papa noch einmal anfasst. Aber mein Protest kommt zu spät, er hat Papa schon hochgehoben und trägt ihn in das winzige Zimmer mit dem Hochbett. Luke zögert kurz. Er sieht sich nervös über die Schulter.

»Was?«, frage ich und stütze mich am Türrahmen ab. Ich kann nicht stehen. Meine Knie sind weich wie Butter. Michael King, du beschissener verrückter Freak!

»Die Falcon«, schnieft er und wischt sich mit dem Ärmel über seine Nase. »Meine Millennium Falcon, I left it in the elevator.«

»Go«, fordere ich ihn auf. Er rennt denn Gang runter. Ich folge Michael in Papas Wohnung. Mehr Platz haben wir durch diesen Ortswechsel zwar nicht gewonnen, aber dafür habe ich wenigstens nicht mehr das Gefühl, beobachtet zu werden. Michael sieht sich nach einem Platz um, wo er Papa ablegen kann – es gibt aber leider keinen. Er kann ihn schließlich nicht wie ein Brett auf das Bett unter der Decke schieben. Wir würden nicht mehr an ihn ran kommen, um ihn zu versorgen. Ich überlege kurz, zerre dann die Matratze vom Hochbett und werfe sie auf den Boden. Luke kommt zurück, quetscht sich mit seinem Raumschiff durch die Tür an Michael vorbei und schiebt dann mit dem Fuß alle Gegenstände, Behälter, Klamotten und Bücher zur Seite, die überall auf dem Boden herumliegen. Die beiden Kapuzentypen haben hier oben alles verwüstet. Michael legt meinen Vater auf die Matratze und sieht mich dann auffordernd mit vor der Brust verschränkten Armen an.

»Give him a fucking break, man!«, zischt Luke. Er holt tief Luft, atmet geräuschvoll wieder aus, stellt den Falcon neben sich und Papa auf der Matratze ab und beginnt mit zitternden Händen, meinen Vater zu untersuchen. Ich vertraue ihm, denn er hat sicher schon viel mehr Verletzungen gesehen, die von Prügeleien stammen, als ich. Wir brauchen Tücher und Wasser, erinnere ich mich, steige über die Matratze und quetsche mich an Michael vorbei zum Bücheregal. Ich löse den Verschluss und schiebe das Regal zur Seite. Dahinter befindet sich Papas winziges Bad. Hier drinnen ist alles ordentlich, es sieht so aus, als hätten die Kapuzen-Typen diesen Raum in Papas Wohnung nicht entdeckt. Ich zerre ein paar Handtücher aus dem Regal und werfe sie Luke zu. Dann öffne ich den Wasserhahn, doch es kommt kein Wasser raus. Ich erinnere mich ... verdammte Kacke! Ich sehe mich um, doch es sind nirgendwo Wasserflaschen zu sehen. Alles gestohlen.

»Ich hab noch Wasser in meine Rucksack«, sagt Luke und zieht eine volle Flasche Wasser daraus hervor. Er beginnt, das ganze Blut von Papas Gesicht zu wischen, während ich die Schränke im Bad untersuche. Als hinter dem Spiegel ein Regal mit etlichen Pillendosen auftaucht, keucht Michael überrascht auf. Mit einem riesigen Schritt steht er neben mir und schiebt mich mit dem Arm zur Seite. Ich stoße gegen die Kloschüssel und kämpfe mit dem Gleichgewicht. Wieder kocht Wut in mir hoch. Das Pfeifen in meinen Ohren wird lauter. Dieses Riesenarschloch! War er schon immer so scheiße – oder ist er erst in den letzten Monaten so geworden? Ein bisschen von beidem vermute ich. Hektisch holt er eine Pillendose nach der anderen aus dem Schrank hervor und liest sichtlich erregt die Etiketten. Sucht er etwas Bestimmtes? Eines der Döschen wirft er zu Luke auf die Matratze, gefolgt von einer Sprühflasche. Wahrscheinlich für meinen Vater. Die anderen Dosen steckt er in seine Jackentasche. Die letzte Dose, die er mit einem erleichterten Seufzen zur Kenntnis nimmt, öffnet er, schüttet sich einen Haufen rosa Pillen in die Handfläche und schluckt sie gierig runter. Ohne Wasser.

»Michael ... what the fuck is wrong with you?«, frage ich kopfschüttelnd, doch er reagiert gar nicht auf mich. Ich höre meine eigene Stimme viel zu laut und alles um mich herum viel zu leise. Michael sieht sich kurz im Spiegel an, zieht die Augenbrauen zum Nasenrücken und wendet sich dann wieder ab. Er geht zurück zur Eingangstür und lehnt sich dagegen. So als wolle er mir schweigend signalisieren, dass ich hier nicht mehr rauskomme, bevor ich ihm nicht von Bambi und der Organisation erzählt habe. Während ich Luke dabei zusehe, wie er Papas Gesicht sauber macht und die Wunden mit dem Desinfektionsspray einsprüht, überlege ich, was ich ihm erzählen soll und was nicht. Am Ende erscheint es mir aber am sinnvollsten, ihm einfach die Wahrheit zu sagen. Ich glaube kaum, dass es noch schlimmer werden kann.

»Sie haben ihn auch in die Bauch getreten, diese *bloody wanker*!«, meldet sich Luke, zieht Papas Unterhemd hoch und zeigt mir die dunkelblauen Verfärbungen.

»Ich hoffe, er hat keine Verletzungen in seine Körper drin, das wäre wirklich eine riesige Scheiße.«

Ich frage Michael, wer diese Typen waren. Er sagt, es seien Stichs Männer gewesen. Sie arbeiten in der gleichen Branche wie er und die beiden Vollidioten Hans und Bertram. Da ich immer noch nicht ganz kapiert habe, was für eine Branche das genau sein soll, frage ich ihn, was er eigentlich macht und was das für ein beschissener Job ist, bei dem man flüchtenden Leuten in die Beine schießt. Michael grunzt nur belustigt, weist mich im gleichen Atemzug aber darauf hin, dass er mir einen Scheiß erzählen würde, bevor ich ihm nicht ganz genau erklärt habe, wieso ich mit der Terroristen-Organisation, die die ganze verdammte Welt zerstört hat, unter eine Decke stecke. Da Luke weiterhin mehr oder weniger kompetent meinen Vater versorgt – er studiert gerade gewissenhaft den Text auf der Pillendose –, beschließe ich, nun mit meiner Geschichte zu beginnen. Je früher ich anfange, desto früher habe ich es hinter mir. Ich setze mich neben Papa aufs Bett und nehme seine Hand. Sie ist eiskalt. Shit. Das bedeutet nichts Gutes.

»He's gonna make it, boy. It's not that bad. I can tell«, brummt Michael. Er scheint mir meine Furcht im Gesicht abgelesen zu haben. Seine Worte beruhigen mich ein bisschen. Ich glaube, dass ich Michaels Urteil wenigstens in dieser Hinsicht noch vertrauen kann. Luke nickt zustimmend. Anscheinend ist er auch der Meinung, mein Vater kommt durch. Er hält über alle Maße beeindruckt die Pillendose hoch.

»That's the shit man!«

Während Luke zwei hellblaue Pillen mit dem Griff seines Taschenmessers zerdrückt und das Pulver in der Wasserflasche auflöst, beginne ich mit meiner Geschichte. Ich fange einfach ganz von vorne an. Ich erzähle Michael von den Systemfehlern in meiner Siedlung, davon, wie ich Violetta kennengelernt habe und wie wir gemeinsam nach Toronto geflogen sind. Zu Beginn meiner Erzählung wird Michaels Gesichtsausdruck ein wenig weicher, als er begreift, welches Risiko ich damals eingegangen bin, nur um ihn zu treffen und den Start seiner Kampagne live mitzuerleben. Als wir uns das erste Mal getroffen haben, war mein Englisch noch nicht gut genug, um ihm zu erklären, dass ich eigentlich schon mein Leben lang sein größter Fan bin. Ich habe es ihm nie erzählt. Schließlich hatte ich ganz andere Probleme, Violettas Leben retten zum Beispiel. Weiter berichte ich, dass ich vor dem Black Out nichts wusste über Bambi und über ihre Organisation. Dass ich vorher erst ein einziges Mal mit meiner richtigen Mutter gesprochen hatte, und zwar genau hier in Papas Wohnung. Online. Ich berichte, dass ich sie angeschrien habe, weil ich nicht fassen konnte, welche Pläne sie verfolgte, und dass ich nichts anderes wollte, als Violetta vom Spielfeld zu holen. Während ich erzähle, werde ich wieder emotional, da mir schlagartig bewusst wird, wie wenig ich trotz all der Strapazen eigentlich erreicht habe. Dass ich zwar Violettas Leben gerettet habe, sie aber trotzdem nicht bei mir ist. Ich konnte auch den Stromausfall nicht verhindern, ich habe keine Ahnung, wo Mama und meine Geschwister gerade sind, und mein armer Vater liegt neben mir und gibt noch immer keinen Mucks von sich, weil er von irgendwelchen Arschlöchern in seiner eigenen Wohnung zusammengeschlagen wurde. Und der Mann, von dem ich eigentlich dachte, er würde mich beschützen, hat gerade auf mich geschossen. Na ja, er hat neben mich geschossen. Trotzdem! Ich scheine tatsächlich immer noch ein hoffnungsloser Fall zu sein. Egal, was ich versuche: Es endet immer in irgendeiner Katastrophe.

Ich erkläre Michael, dass Papa und ich mit dieser ganzen Scheiße überhaupt nichts zu tun haben. Wir sind da mit reingezogen worden. Gerade mein Papa, mein armer Papa, der sei gar nicht der Typ für terroristisches Zeug, behaupte ich, und mir kommen wieder die Tränen. Ich ringe sie nieder und reiße mich zusammen. Das ist so unfair. Wie kann man nur so viel Pech haben?

Als ich mit Erzählen fertig bin, schweigt Michael lange. Dann fragt er ohne jegliches bisschen Mitgefühl in seiner Stimme:

»And where is Jay?«

Was? Kapiert der denn gar nichts? Ich habe gerade eine halbe Stunde lang bis ins kleinste Detail erzählt, was ich weiß und was ich erlebt habe, und Michael scheint es trotzdem nicht begriffen zu haben. Ich möchte schreien.

»I don't know«, schnaufe ich stattdessen und rolle genervt die Augen.

»He really doesn't know«, bestätigt Luke meine Aussage und will gerade die Pillendose in seinen Rucksack stecken, als Michael vorschnellt und sich die Medikamente schnappt, bevor sie in der Tasche verschwinden. Luke hebt abwehrend die Hände.

»Sorry man«, murmelt er, und das bisschen Farbe, das in sei Gesicht zurückgekehrt war, verflüchtigt sich in Sekundenschnelle.

»I don't believe you«, knurrt Michael, ohne Luke weiter zu beachten. Er steckt die Dose zu den anderen in seine Jackentasche. Er glaubt mir nicht? Denkt er, ich habe mir das alles nur ausgedacht? »You have to know where he is. I won't let you out of here until you tell me«, fährt Michael fort und sieht mich finster an. Wieder positioniert er sich vor der Tür und versperrt uns den Weg hinaus.

Was zur Hölle geht in Michael Kings Kopf vor? Nicht mehr allzu viel, fürchte ich. Gerade habe ich ihm berichtet, dass ich meine Mutter, die Anführerin einer Geheimorganisation, deren Stützpunkt niemals jemand gesehen hat, noch nie persönlich getroffen habe und dass sie höchst wahrscheinlich einen Teufel tun würde, ihrem ungeliebten Sohn die Liste ihrer Kriegsgefangenen auszuhändigen. Woher soll ich denn bitte schön wissen, wo sein verdammter Freund steckt? Ich beteuere noch einmal, dass meine

Mutter sicher nicht der Typ ist, der Geiseln nimmt. Das sei nicht ihr Stil. Aber Michael scheint noch immer nicht zufrieden mit meiner Antwort. Er schüttelt nur den Kopf.

»If you don't know where he is, you'll find out.«

Ich greife mir an den Kopf. Ich soll es also herausfinden, ja? Wie denn, bitte? Brieftaube? Telepathie? Stille Post?

Plötzlich regt sich mein Vater neben mir. Er stöhnt auf, und seine schlaffe Hand zuckt in meiner

»Papa?«, ich beuge mich über ihn. »Papa? Kannst du mich hören?«

»In die Tablette sind eine Haufen Schlafmittel. Deine Vater wird heute bestimmt nicht mehr aufwachen, Laser.«

Ich frage mich, woher Luke sich plötzlich so gut mit Inhaltsstoffen von Medikamenten auskennt. In Port Hope gibt's nicht mal Kopfschmerztabletten. Enttäuscht lasse ich von Papa ab. Er sieht nicht mehr ganz so schlimm aus, nachdem das Blut abgewaschen ist. Ich decke ihn zu, damit er nicht friert. Ob Papa wohl auch der Meinung ist, dass Bambi nicht der Typ ist, der Unschuldige entführt? Ist sie es vielleicht doch, und ich will es einfach nur nicht wahrhaben? Ich wende mich wieder Michael zu. Der steht noch immer wie ein Felsbrocken vor der Eingangstür und hat das Gesicht zu einer finsteren Miene verzogen.

»Listen, it's not that easy. I don't know how to get in touch with them«, erkläre ich Michael verzweifelt. Ich hatte gehofft, Papa wüsste, wie man Bambi erreicht. Papa schläft aber tief und fest und ist ungefähr genauso hilfreich wie ich in Mattis Werkstatt. Es sieht so aus, als würden wir warten müssen, bis Papa aufwacht. Und wenn ich ganz ehrlich bin: dass Papa überhaupt noch hier ist, in Toronto in seiner winzigen Bude, bedeutet wahrscheinlich, dass auch er keine Ahnung hat, wie man Kontakt zur Organisation aufnimmt. Hätten sie ihn sonst nicht schon längst abgeholt?

»So, we'll wait until your father wakes up«, beschließt Michael. Ich seufze. Was soll ich sagen? Ich fürchte, er könnte wieder anfangen, auf uns zu schießen, also teile ich Michael meine Bedenken nicht mit. Ich beschließe einfach gar nichts mehr zu sagen.

Im Gegensatz zu mir scheint Luke sich etwas beruhigt zu haben. Die Aufgabe, meinen Vater zu verarzten, hat ihm wohl vorerst über den schlimmsten Schock hinweggeholfen. Er zittert nicht mehr. Trotzdem wirkt er nach wie vor nervös und aufgekratzt. Luke steht auf und beginnt, sich in Papas zehn Quadratmetern umzusehen. Die Wohnung hat sich nicht verändert, seit ich das letzte Mal hier war. Der einzige Unterschied ist die fehlende Internetverbindung, die im Winter noch für die prompte Lieferung von heißem Tee und frischem Wasser gesorgt hat. Jetzt ist die *Supplybox* leer, die neben der Eingangstür angebracht ist. Trotzdem untersucht Luke sie neugierig, öffnet den Deckel und steckt seine Hand hinein. Michael beobachtet ihn mit skeptisch gerunzelter Stirn.

»Da ist nichts drin, Luke«, erkläre ich ihm. Mein Kopf tut weh. Ich stütze das zentnerschwere, schmerzende Ding in meine Hände. Wenn ich nicht so viel Angst davor hätte, wieder im Land der Ballons und Mondgesichter zu landen, würde ich Michael ebenfalls um eine der rosa Pillen bitten. Es ist aber sicher besser, wenn ich bei klarem Verstand bleibe. Wenn das überhaupt noch möglich ist. Luke zuckt nur mit den Achseln und meint, es hätte ja sein können, dass jemand was darin vergessen hat oder so. Er duckt sich und untersucht nun den Bereich unter Papas Bett. Geräte, Kabel und Papierbücher liegen auf dem Boden verstreut. Luke entdeckt Papas XP-Brille, die er das letzte Mal benutzt hat, als ich hier war, um online zu gehen, die jetzt aber rot blinkt, um zu verkünden, dass sie keine Verbindung nirgendwohin hat und genauso tot ist wie die *Supplybox* und der Rest dieser verfickten Stadt. Trotzdem zieht Luke die Brille auf und scheint sogar etwas darin zu sehen, denn er zuckt erschrocken zurück, stolpert über Papas Schuhe und fällt rückwärts taumelnd in den Sessel hinein – Papas einzigem Sitzmöbel, das vollgeladen ist mit Klamotten und einer dicken Winterjacke. Ich muss schmunzeln. Das sieht echt bescheuert aus, wie Luke da hängt, den Mund weit aufgerissen, und erstaunte Laute aushaucht. Was er wohl sieht? Es kann sich nur um den Startbildschirm des Gerätes handeln. Plötzlich dringen aus den Lautsprechern lautes Geschrei und Geschepper. Luke reißt sich erschrocken die Brille vom Kopf. Michael hält sich die Ohren zu.

»What the fuck? My ears!«, schreit Luke und sieht sich angsterfüllt um.

Jaulende Gitarren und ein wütend kreischender Typ donnern aus den Boxen und prügeln auf unsere Gehörgänge ein.

»Mach das aus!«, brülle ich dem Lärm entgegen. Meine Ohren haben heute schon genug gelitten. Das Pfeifen hatte gerade aufgehört. Luke aber hat keine Ahnung, was er gemacht hat und wie er es wieder wegmachen soll. Er sieht mich nur mit großen Augen an. *Rape me!,* brüllt es immer wieder aus den Boxen, die unter dem Hochbett an die Stützpfosten montiert sind. *Rape me, my friend!* Ich greife hastig nach der Brille, die Luke von sich geschmissen hat, ziehe sie auf und fixiere mit den Augen das schwarze Quadrat im *MusicPlayer,* den Luke wohl versehentlich geöffnet hat oder der schon geöffnet war. *Stop.* Das scheppernde Brüllen verstummt. Welch eine Wohltat! Das unangenehme Pfeifen in meinen Ohren allerdings ist zurück.

»Was war denn das?«, fragt Luke entsetzt und lässt sich prompt wieder in Papas Klamottenhaufen fallen.

»Nirvana«, antworte ich. »Papas Lieblingsband.« Ich dachte, wenigstens Luke hätte davon schon mal gehört.

Aber weder er noch Michael können fassen, dass es sich bei diesem Krach tatsächlich um Musik gehandelt haben soll. Sie schütteln nur irritiert die Köpfe. Ich habe gehofft, der Lärm könnte meinen Vater aufgeweckt haben, aber er liegt weiterhin regungslos neben mir.

Angestachelt von der Aussicht auf ein Stück fortgeschrittene Technologie, will Luke nun wissen, wie die Brille funktioniert. Ich erkläre es ihm. Ich erkläre aber auch, dass er ohne eine Verbindung ins Internet wohl nicht viel damit anfangen kann. Außer Papas grausame Playlist abzuspielen, die keiner von uns gerne noch einmal hören möchte. Luke will die Brille trotzdem wieder aufziehen. Er hat so eine Technik schließlich noch nie gesehen. Ich reiche ihm die Handschuhe mit den Sensoren für die Fingerkuppen, damit er besser steuern kann. Für die nächste halbe

Stunde sagt Luke kein Wort mehr. Michael ist auch nicht mehr sehr gesprächig. Ich frage mich, ob er im Stehen eingeschlafen ist. Seit er den Haufen Tabletten geschluckt hat, wirkt er irgendwie ruhiger. Mir tut die Ruhe gut. Ich brauche sie, um mich einigermaßen zu sammeln.

Es klopft an der Tür. Michael zuckt erschrocken zusammen.

»Who is it?«, fragt er barsch.

»I'ts me. Bertram.«

Stimmt. Da war ja was. Hans und Bertram habe ich vollkommen vergessen. Michael öffnet die Tür ein Stück, und Bertram steht davor. Er zwängt sich durch die Tür, die sich aufgrund der Matratze, auf der Papa liegt, nicht ganz öffnen lässt, und stellt sich rechts an die Wand. Dort befindet sich das einzige Stück Fußboden, auf dem man noch stehen kann, ohne etwas zu zertreten. Luke ist vollkommen vertieft in die XP-Brille und registriert gar nicht, dass jemand gekommen ist.

Michael fragt Bertram nach dem angeschossenen Kapuzentyp, und er berichtet, dass Stichs Wagen ihn vor zwei Minuten abgeholt hätte. Sie hätten den Typen angeschrien, weil die ganze Beute jetzt weg sei, und sie wollten Michael dafür umbringen. Bertram sagt, er habe sich hinter der Hausecke versteckt und alles beobachtet. Michael nickt. Hans sei noch nicht zurückgekommen, und Michael entgegnet, dass das sicher auch noch ein paar Stunden dauern würde, schließlich gäbe es einige Kunden zu beliefern. Er zieht eine von Papas Pillendosen aus seiner Jackentasche hervor, öffnet sie und zählt fünf blaue Pillen in seine Handfläche. Die rosafarbenen will er wohl selbst behalten. Er hält sie Bertram hin. Dann beauftragt er ihn, damit zum *Bunker* zu gehen. Er würde dafür sicher mehrere *Stags* und *Boxes* bekommen. Er solle alles hierherbringen. Wenn was fehle, so versichert ihm Michael, würde er ihm den Arsch aufreißen. Bertram nickt wie in Zeitlupe. Seine Augen sind starr auf die Pillen gerichtet.

»Light Blue«, flüstert er ehrfürchtig. Das sind die Pillen, die Luke meinem Vater gegeben hat. Soweit ich das sehe, schläft man davon wie ein Stein und sonst nichts.

Michael warnt Bertram, nicht einmal daran zu denken, eine davon selbst zu nehmen. Wenn alles nach Plan liefe, so würde er vielleicht später eine entbehren. Ansonsten wüsste er genau, wie viele *Stags* und *Boxes* man für fünf Pillen *Light Blue* bekäme. Bertram solle also ja nicht versuchen, ihn zu verarschen. Dieser nickt sichtlich unzufrieden und meint, dass er noch mal pinkeln müsse. Michael nickt und deutet mit dem Kinn Richtung Regal. Bertram steigt über die Matratze und geht ins Bad. Man hört, wie drinnen Schränke geöffnet und geschlossen werden. Bertram flucht, und Michael lacht leise. Er schimpft ihn einen Idioten.

Es dauert einen Moment, bis ich kapiere, was hier vorgeht. Anscheinend hat Bertram gehofft, in Papas Bad noch weitere Pillendosen zu finden, die Michael nicht entdeckt hat. Dem ist aber nicht so. Bertram betätigt nun die Klospülung, um den Schein zu wahren, er wäre wirklich pinkeln gewesen. Wer soll das denn glauben? Bei dem Lärm, den er vorher gemacht hat? Und wieso funktioniert die Klospülung in Papas Wohnung, wenn es kein Wasser mehr aus der Leitung gibt? Ich weiß so wenig über die Welt.

Frustriert kommt Bertram wieder aus dem Bad, steigt mit unzufriedener Miene über die Matratze und quetscht sich ohne ein Wort des Abschieds an Michael vorbei zurück in den Flur. Michael schließt die Tür hinter ihm, lässt sich dann seufzend davor nieder und zieht die Knie an. Wahrscheinlich hat auch er eingesehen, dass er nicht ewig vor der Tür herumstehen kann. Vielleicht tun ihm auch einfach nur die Füße weh.

»Where is he going?«, frage ich.

»To the bunker.«

»What's the bunker?«

»It's where you get food.«

»How?« Ich frage mich, warum Michael mir nicht einfach erzählt, wie die Dinge hier in Toronto jetzt laufen. Seine Einsilbigkeit nervt mich. Sowieso bin ich von seinem Gehabe total angekotzt. Ich bitte ihn so freundlich, wie es mir noch möglich ist, zu erzählen, woher das Essen kommt, wer es produziert und wie es ohne *Supplybox* seinen Weg in die Münder der Bewohner Torontos findet.

»They manage somehow. But it's never enough. So people have to find ways to get more. I'll provide them with everything they need.«

Aha. *They manage somehow. Irgendwie* kriegen die es also hin, Toronto mit Lebensmitteln zu versorgen. Plötzlich fällt mir auf, dass ich vor ein paar Monaten auch nicht wusste, wie mein Essen in die *Supplybox* gekommen ist und dass es mich auch so lange nicht interessiert hat, wie es einwandfrei funktionierte.

»We're working in gangs. There are few people like me out there. People who used to have a gamer. Stich«, sagt Michael und deutet mit dem Kinn zur Tür, als ob besagter Typ dort stehen würde. »He was supposed to fight alongside with me against the dragon. But he couldn't. His Synchronisation didn't work properly. So he never started the game in the first place. Lucky Bastard. Today we're enemies. We get stuff, you know. And then we trade. That's how it works. The Metropolitan Patrol is guarding the factories outside town. They give the bad food to the people in zone 2 and 3 and save the good stuff for us. Like Bertram. He brings them pills and they give him clean food and clean water in return. And then we trade the food with the rich folks for other stuff. Like meds or clothes.« Es gibt also noch mehr arbeitslose Chars in Toronto, die *stuff* besorgen und tauschen? Das hätte ich mir denken können. Viele von ihnen sind auf dem Spielfeld außerhalb der Stadt umgekommen. Aber nicht alle Spielcharaktere haben an der Kampagne teilgenommen. Natürlich gibt es noch ein paar, die nicht vom Blackout betroffen waren.

»These two little fuckers who robbed your father, they work for Stich.«

Plötzlich taucht ein Bild vor meinen Augen auf. Ich kenne diesen Stich. Er flimmerte zu Hause in Berlin hin und wieder über unsere Bildschirme. Der Typ hat fast nur Mittelalterkampagnen gemacht. Und jetzt führt er ebenfalls eine Gang aus jugendlichen drogenabhängigen Metros an. Wahrscheinlich sind die auch alle bewaffnet und schießen sich bei erstbester Gelegenheit die Waden in Fetzen. Und weil die Metropolizei zu beschäftigt damit ist, in den Fabriken aufzupassen, dass das Essen nicht gestohlen wird, können sie die Gangs nicht kontrollieren. Ich schätze, sie haben einfach zu wenige Polizisten. Vor dem Blackout gab es schließlich kaum noch Menschen in den Behörden und schon gar keine bewaffneten Einsatzkräfte.

»I keep what we need to survive.« Michael verschränkt die Finger auf seinen Knien.

Er behält also, was er und die beiden Hohlköpfe Hans und Bertram zum Leben brauchen. Rosa Pillen zum Beispiel, von denen er anscheinend ganze Haufen in sich reinstopft, und hellblaue, von denen mein Vater immer noch schläft. Wenigstens Michael hat sich durch die Tabletten ein bisschen beruhigt und schreit nicht mehr nur die ganze Zeit rum. Auch die Knarre hat er nicht einmal mehr angefasst, seitdem er die Medikamente genommen hat.

»And how exactly do you *get stuff* to trade?«, frage ich und bemerke, dass ich ziemlich provokant klinge. Eigentlich will ich das gar nicht. Aber Michaels bescheuerte Masche geht mir auf den Zeiger. Kann er nicht einfach sagen, dass er Leute beklaut, um deren Medikamente und Essensvorräte dann bei den Reichsten der Stadt gegen Drogen und Waffen zu tauschen? Er hat mir schließlich fast in den Kopf geschossen, da kann man doch sicher ein wenig mehr Ehrlichkeit erwarten.

Michael beantwortet meine Frage nicht. Er schweigt einfach und beobachtet Luke, der immer noch jenseits von Gut und Böse in virtuelle Welten versunken ist und total selbstvergessen mit seinen behandschuhten Händen in der Luft herumfuchtelt. Was tut er denn da? Im Einstellungsmenü browsen? Ich kann mir kaum vorstellen, welche Funktionen die XP-Brille offline überhaupt haben kann. Aber ich bin froh, dass Luke beschäftigt ist. Ich fühle mich so unfassbar schlecht, dass ich ihn in diese ganze Scheiße reingezogen habe.

»I have no choice, you know«, brummt Michael nach einer gefühlten Ewigkeit. Bevor ich aber etwas darauf antworten kann, beginnt Luke auf seinem Sessel plötzlich zu sprechen.

»This is PH 123 Shamrock. PH 123 Shamrock. PH 0, can you hear me?«

Michael und ich sehen uns verwundert an. Mit wem redet er?

»PH 0, this is PH 123 Shamrock. Do you copy me?«

Dann rauscht es plötzlich aus den Lautsprechern. Was ist das denn?

»Luke, was machst du da?«, frage ich verwundert.

»Funk«, sagt er und beginnt von Neuem, seinen Text aufzusagen.

Funk? Über Papas XP-Brille? Ich bin verwirrt. Es rauscht und rauscht, bis plötzlich eine total undeutliche Stimme zu hören ist. Durch das Kratzen ist es kaum möglich zu verstehen, was gesagt wird. Lukes Finger bewegen sich wieder durch die Luft. Das Rauschen wird weniger. Die undeutliche Stimme tritt etwas mehr in den Vordergrund.

»This is PH 0. PH 123 Shamrock, this is Napoli. I hear you. Do you copy?«

»I hear you, Napoli! Loud and clear.«

Na ja, laut und deutlich klingt anders, aber tatsächlich spricht eine kratzige Stimme aus Papas Lautsprechern und fragt:

»Shamrock, are you okay?«

»Äh ... I guess so. We are in Toronto now. Laser and I are ... kind of safe. We are at his fathers place. Did you hear from Matti?«

»Oh, yeah. He came back this morning and brought a bunch of crazy people.«

»Who the fuck is he talking to?«, fragt Michael und richtet sich auf.

Ich zucke mit den Achseln. Wahrscheinlich spricht Luke mit jemandem aus Port Hope. Matti hat den Captain und ein paar andere von den verrückten Metros wohl dorthin gebracht.

»Hey, kid! Luke ... who the hell are you talking to? It's impossible ...«

»PH 0 I have to go. Talk to you later. Say *Hy* to Billy and the rest of the Breuer family, will you?«

»Roger that.«

»Thanks, Napoli. Over and out«, antwortet Luke und zieht sich dann die Brille von der Nase.

»How did you do that?«, fragt Michael ungläubig.

Luke erklärt ihm, dass in der Brille irgendwie ein Funkgerät eingebaut ist. Das wäre *mega krass*, behauptet er beeindruckt, in Port Hope seien die Funkgeräte nämlich riesige Metallkästen mit Kabeln und Drähten, und man brauche eine Antenne auf dem Dach. Er hätte das Programm in der Brille zwischen den ganzen anderen Symbolen entdeckt und geglaubt, es könne so etwas wie ein Funkgerät sein. Luke sagt, dass er alle Frequenzen auswendig kenne, auf denen Port Hope erreichbar ist, und er hätte sie eben alle ausprobiert, bis er ein Signal empfangen habe. In Port Hope sitze immer jemand am Funkgerät. Er hätte auch manchmal Dienst gehabt.

Michael sieht nicht so aus, als wüsste er, wie ein Funkgerät funktioniert. Genau wie ich hat er sein Leben lang alles online gemacht. Er fragt nicht genauer nach – will sich wohl nicht die Blöße geben und möchte lediglich wissen, ob man damit auch jemanden anrufen könne. Luke schüttelt den Kopf.

»That's not how it works.« Jeder, der eine bestimmte Frequenz kannte, könnte hören, was darüber gesendet würde. Man könne Frequenzen zwar auch verschlüsseln, aber er wisse nicht, wie das geht. Port Hope sende unverschlüsselt, um sich mit den anderen freien Siedlungen in Kanada auszutauschen. Das hätte bisher immer gut funktioniert.

Michael zieht ungläubig die Brauen zusammen.

»I guess I heard of that.« Michael will jetzt natürlich, dass ich meine Mutter per Funk kontaktiere. Luke erklärt ihm, dass er keine Frequenz kenne, über die Bambi erreichbar wäre. Er könne aber noch mal nachfragen. Michael nickt. Und so funkt Luke erneut mit PH 0, der ihm erklärt, dass er nicht wisse, wie man die Organisation erreichen könne. Aber er würde sich erkundigen gehen.

Es dauert eine geschlagene Stunde, in der ich mehrere Male kurz davor bin einzuschlafen, mich aber immer wieder hastig umpositioniere und möglichst unbequeme Haltungen einnehme, um wach zu bleiben. Dann hören wir endlich eine Stimme über die Lautsprecher. Mattis Stimme. Er klingt aufgeregt und erleichtert darüber, Luke am Apparat zu haben. Er erzählt, dass er den Captain nach Port Hope gebracht habe und sie nun über eine mögliche Zusammenarbeit verhandeln würden. Luke fragt Matti Löcher in den Bauch, will wissen, wie die Port Hopeler auf die komischen Metros reagiert haben, aber Michael gefällt dieser nette Plausch gar nicht. Er unterbricht das Gespräch und fordert Luke auf, zur Sache zu kommen. Also fragt Luke, ob Matti wisse, wie man die Organisation über Funk erreichen könne. Matti glaubt, Richard hätte sich damals bei *ihnen* gemeldet und sein Kommen angekündigt. Nicht anders herum. Er wüsste es nicht genau, aber er könne sich noch mal umhören und sich später wieder melden. Michael rollt die Augen. Er ist genervt und ungeduldig. Ich kann ihm da leider auch nicht helfen. In Port Hope ticken die Uhren eben langsamer. Da muss Matti jetzt erst mal durch das ganze Dorf laufen und herausfinden, wer damals mit Richard kommuniziert hat und wie das Ganze vonstattengegangen ist. Das dauert eben. Luke bedankt sich bei Matti und beendet das Gespräch. Er richtet noch mal Grüße an alle aus, und ich sehe in seinen Augen, dass er Heimweh hat.

Michael steht auf. Mürrisch dreinblickend geht er aufs Klo.

»Laser, was machen wir denn jetzt?«, flüstert Luke, kaum hat Michael die Regale hinter sich zusammengeschoben, und beugt sich zu mir runter. »Sollen wir *forever* hier rumsitzen mit diese komische King Typ? Deine Vater weiß doch auch nicht, wie man Bambi erreicht. Was ist, wenn diese *crazy motherfucker* uns einfach erschießt, *because we don't know shit?*« Er holt aus seinem Rucksack eine weitere Flasche Wasser, die er wohl unauffällig aus Michaels Wohnung entwendet hat. Luke trinkt einen Schluck, beobachtet dabei gebannt die Regaltür und reicht mir das Wasser weiter. Ich beeile mich und trinke gierig. Ich fürchte ebenfalls, dass Michael uns die Flasche wegnimmt, wenn er sie sieht.

»Er wird uns nicht erschießen. Ich glaube, die Pillen, die er vorhin genommen hat, haben ihn runtergefahren. Er ist nicht mehr so ... wütend. Keine Ahnung, was mit ihm abgeht.«

Luke packt die Flasche wieder ein und verschließt den Rucksack.

»Er ist *completely nuts,* diese scheiße Penner«, zischt er. »Total auf Drogen. Genau wie die andere *dudes. We have to get out of here. This is so fucked up.«*

Ich schüttle den Kopf.

»We can't. Mein Papa ...«

Michael kommt zurück und informiert uns darüber, dass die Klospülung jetzt nicht mehr funktioniert. Ich frage mich erneut, warum sie überhaupt jemals funktioniert hat, verwerfe den Gedanken aber schnell wieder, denn mein Vater neben mir fängt an, sich wieder zu bewegen.

»Laser ...«, krächzt er. »Laser, du musst hier verschwinden.«

»Alles gut, Papa. Wir sind in Sicherheit. Uns passiert nichts. Michael King ist hier«, rede ich beruhigend auf ihn ein. *Michael King ist hier, und wenn wir nicht brav sind und machen, was er sagt, dann knallt er uns alle ab.*

»Du musst ... abhauen ...« Papa macht jetzt die Augen auf. Ein Auge. Das andere Auge ist so zugeschwollen, dass die Lider nicht auseinandergehen. Er sieht mich an.

»Sie kommen ... sie ... du ... warum bist du ...? Shit ...« Und damit verabschiedet er sich wieder in die nächste Ohnmacht. Mein Herz fängt an, laut gegen meine Brust zu schlagen. Wer kommt? Und warum verdammt noch mal scheint mein Vater so unglücklich darüber zu sein, dass ich hier bin? Meine Fragen beantworten sich von selbst. Leider nicht unbedingt zu meiner Zufriedenheit. Wäre zur Abwechslung aber mal ganz nett gewesen.

Als Erstes wird die Eingangstür aufgestoßen. So hart, dass sie Michael gegen den Hinterkopf schlägt. Er taumelt einen Schritt nach vorn, stolpert über die Kante der Matratze und landet auf allen vieren über meinem Vater und halb auf mir drauf. Luke springt schreiend vom Sessel hoch und stößt sich den Kopf an den Balken des Hochbetts. Im Türrahmen stehen plötzlich zwei uniformierte Metropolizisten mit Helmen und Gewehren, die sie auf uns gerichtet haben. Michael fährt herum, will seine Waffe ziehen, ist aber zu langsam. Er hat anscheinend nicht damit gerechnet, dass uns jemand hier findet. Die beiden Polizisten brüllen, er solle sich nicht bewegen. Michael friert ein. Auf mir drauf.

»Laser Blue Potlowski?«, fragt einer der beiden und blickt zwischen mir und Luke hin und her. Soll ich die Wahrheit sagen? Natürlich sage ich die Wahrheit. Luke hat mit der ganzen Sache nichts zu tun. Ich muss sicherstellen, dass ihm nichts passiert. Also nicke ich vorsichtig.

»Stand up!«, werde ich harsch aufgefordert. Ich kann nicht aufstehen. Michael sitzt auf meinem Schoß.

»What do you want with him?«, fragt Michael mit erhobenen Händen.

Der Metro-Polizist sagt, das gehe Michael einen Scheiß an. Er solle die Schnauze halten und sie ihre Arbeit machen lassen. Michael rührt sich nicht vom Fleck. Ob er trotz der ganzen Pillen wohl noch in der Lage ist, nachzudenken? Ich versuche, ihn von mir runter zu schieben. Der Metro-Polizist schreit Michael an, er solle verdammt noch mal zur Seit gehen. Obwohl er es ja irgendwie verdient hätte, will ich nicht riskieren, dass Michael etwas passiert.

»It's fine, Michael. Let me go«, sage ich tapfer und kämpfe mich hoch. Michael protestiert und packt mich am Unterschenkel. Ich mache mich los und überlasse mich dem uniformierten Metro-Polizisten, der mir grob den Arm auf den Rücken dreht. Ich schreie erschrocken über die plötzlichen Schmerzen auf. Was soll das? Der Wichser greift sich auch noch meinen anderen Arm und fesselt mich an den Handgelenken mit einer Art Kabelbinder aus Metall. Dann fordert er Michael auf, seine Pistole auf den Boden zu werfen. Zähneknirschend tut Michael, was man ihm sagt.

»Ben Potlowski?«, fragt der Metro-Polizist als Nächstes und deutet mit der Gewehrspitze auf Papa.

»No«, presse ich durch meine zusammengebissenen Zähne hervor.

»Mmh …«, macht der Typ. Der andere quetscht sich umständlich an uns vorbei, um irgendwie in die Wohnung zu gelangen. Jetzt, da wir alle stehen, ist es noch enger. Bevor Michael auch nur mit dem Augenlid zucken kann, wird er daran erinnert, dass man ihn ohne Weiteres erschießen würde, sollte er sich auch nur einen Millimeter in die falsche Richtung bewegen. Metro-Polizist zwei holt einen Stift aus der Tasche seiner Weste, sticht ihn meinem Vater in den Arm und wartet. Nach zwei Sekunden leuchtet ein grünes Licht am Stift auf.

»It's him.«

Was haben sie gemacht? Haben sie ihm Blut abgenommen? Was ist das für ein komisches Ding? Das haben die Typen an der Essensausgabe in der Siedlung auch benutzt.

»Fuck«, antwortet der Typ, als sei er mit dem schlechten Zustand meines Vaters und dessen eingeschränkter Transportfähigkeit äußerst unzufrieden. Er überlegt einen Moment. Dann befiehlt er Michael, meinen Vater aufzuheben und nach unten zu tragen. Michael fragt erneut, was das soll und wo sie uns hinbringen wollen.

Ich sehe zu Luke. Er hockt kalkweiß unter Papas Bett und beobachtet mit aufgerissenen Augen das Geschehen. »Who is he?«, fragt der Kerl, der mich weiterhin grob festhält, und deutet mit der Spitze seines Gewehrs unters Bett.

Michael antwortet prompt. »He's with me.«

Luke will protestieren. Das sehe ich sofort. Michael greift nach Lukes Arm und zieht ihn zu sich hoch, wie um seine Besitzansprüche zu verdeutlichen. Lukes ganzer Körper versteift sich. Ich durchbohre ihn mit meinen Blicken. *Sag jetzt nichts!*, brülle ich ihn in meinen Gedanken an. Lukes Mund öffnet sich. Seine Augen füllen sich mit wütenden Tränen. Er ballt die Hände zu Fäusten. Ich weiß, er will mich beschützen. Er würde ohne zu zögern mit mir gehen, egal, wohin sie mich bringen. Luke ist verdammt noch mal der Beste. Der treueste und beste Freund, den man sich wünschen kann. Und er ist schlau. Deshalb sagt er nichts, obwohl er sich fast die Zunge abbeißt. Er steht regungslos neben Michael, der ihn um Längen überragt und mit eisernem Griff seinen Oberarm umfasst hält. In meinem Kopf bedanke ich mich tausend Mal bei ihm. Das war Michael mir schuldig.

Nachdem der Metro-Polizist ihn noch einmal lautstark dazu auffordert, lässt Michael Luke los und hebt meinen Vater hoch.

Mühelos wirft er ihn sich über die Schulter. Wir sollen die Wohnung verlassen und ihnen folgen, befehlen sie. Es bleibt uns nichts anderes übrig, als zu tun, was sie sagen. Der Metro-Polizist, der mich an meinen Fesseln gepackt hält, geht hinter Michael und der andere geht hinter Luke. Ich sehe mich um und stelle erleichtert fest, dass Luke den Falcon mitgenommen hat. Das ist gut so. Dann ist er wenigstens nicht ganz alleine, wenn ich gleich weg bin. Auf dem Weg zum Aufzug erklärt Michael den Polizisten noch einmal lautstark, wer er ist und dass er gute Kontakte zu Jay Morrison und Brownie Junior habe. Er könne sich nicht vorstellen, warum man einfach so einen unschuldigen Jungen und seinen Vater abführen dürfe. Natürlich kann er sich das vorstellen, nachdem er meine Geschichte gehört hat. Trotzdem setzt er sich für mich ein. Er würde sich an höchster Stelle über dieses beschissene Verhalten beschweren. Die Metro-Polizisten reagieren nicht auf das, was er sagt. Im Aufzug achten sie angespannt darauf, dass keiner von uns eine falsche Bewegung macht. Ich sehe in Michaels Gesicht, dass er fieberhaft überlegt, was er tun kann, um zu verhindern, dass diese Typen uns festnehmen. Er kann aber nichts tun. Die beiden Polizisten scheinen äußerst kompetent, und ich fürchte, dass sie nicht eine Sekunde zögern würden, Michael oder Luke zu erschießen, wenn sie sich ihnen in den Weg stellten.

Für mich fühlt sich diese ganze Situation irgendwie unecht an. Ich spüre zwar, wie mir die Armfessel in die Haut schneidet, wie der harte Griff des Polizisten meine Schulter umfasst und wie meine Knie immer wieder anfangen zu zittern, obwohl ich alles gebe, um einigermaßen stabil zu stehen. Ich rieche das Adrenalin im Aufzug, den Gestank unserer Angst, und trotzdem erlebe ich alles wie durch einen Schleier. Vielleicht, weil ich seit Monaten befürchte, dass so etwas passieren könnte. Weil ich mir eine solche Situation schon tausend Mal ausgemalt habe und irgendwie meine, dass es in meinem Fall nur logisch ist, irgendwann von der Regierung erwischt zu werden.

Luke laufen wütende Tränen übers Gesicht. Ich weiß, gerade hasst er mich. Er hasst mich bis aufs Blut, weil ich ihn nicht helfen lasse. Und er hasst sich selbst, weil er im Grunde seines Herzen weiß, dass er gar nicht helfen kann und jetzt auch noch hier im Aufzug steht und heult wie ein Mädchen. Ich kenne dieses Gefühl nur zu gut. Wahrscheinlich ist er sogar ein bisschen froh darüber, dass ich keine Hilfe von ihm erwarte und er einfach abhauen kann, ohne dafür erschossen zu werden. Und diese Tatsache macht ihn noch wütender. Ich verziehe die Mundwinkel zu einem kleinen Lächeln. Ich will ihm sagen, dass es okay ist. Absolut okay. Ich will ihm sagen, dass er zurück nach Port Hope gehen und Mardi heiraten soll. Er soll genau da weitermachen, wo er aufgehört hat, bevor ich bescheuerter Typ in sein Leben gestolpert bin. Es kostet mich einiges, aber es klappt. Ich nicke ihm vorsichtig zu und hoffe, er versteht mich.

Luke wendet den Blick ab und starrt den Falken an. Er versteht es nicht. Mit dieser Zurückweisung werde ich leben müssen. Oder sterben. Ich weiß ja nicht, was die mit uns vorhaben. Ich bin froh, dass mein Vater diese ganze Scheiße nicht mitbekommt. Wahrscheinlich hätte er versucht, den Helden zu spielen. Obwohl Papa diese Rolle wirklich nicht liegt. Ich will nicht wissen, was passiert wäre, wenn er bei Bewusstsein gewesen wäre.

Jetzt trägt Michael den schlaffen Körper meines Vaters aus dem Aufzug und nach draußen. Es ist bereits dunkel, die Straße ist nur spärlich beleuchtet. Es regnet. Die Pfützen schimmern im Licht der Scheinwerfer des Geländewagens, der vor dem Eingang zu Papas Haus steht. Der Motor läuft, und ein dritter Metro-Polizist sitzt am Steuer des Wagens.

»Put him in there«, befiehlt der Typ, der mich festhält.

Michael öffnet die Tür und setzt meinen Vater so vorsichtig es geht auf der Rückbank ab. Papas Kopf fällt gegen die Scheibe, und er sackt in sich zusammen.

Dann schubst mich der Metro-Polizist daneben. Er stopft mich regelrecht ins Auto rein.

»Michael! You take care of him! Do you hear me!«, rufe ich, während ich unsanft auf den Rücksitz geschoben werde. »You bring Luke home!«

Luke steht regungslos neben Michael.

»I will«, verspricht Michael tonlos. »I am sorry, Laser«, formen seine Lippen.

Gut. Ich hoffe, er hört jetzt auf damit, so ein blödes Arschloch zu sein, und kümmert sich um Luke. Der Metro-Polizist quetscht sich neben mich und Papa und schließt dann die Tür. Der andere steigt vorne ein. Ohne ein weiteres Wort fahren wir los. Ich drehe ruckartig den Kopf und blicke durch die Heckscheibe zurück. Luke geht auf Michael los. Er wirft den Millennium Falcon nach ihm, der an Michaels breiter Brust abprallt. Das Raumschiff fällt auf den nassen Asphalt. Fuck. Luke rennt los und will uns hinterher, aber Michael holt ihn ein und hält ihn fest. Luke tritt nach ihm, prügelt auf ihn ein, doch Michael ist stärker. Der Millennium Falcon liegt ganz klein und zu einer undefinierbaren grauen Masse geschrumpft im Regen. Michael umklammert Luke mit seinen Armen und lässt ihn nicht gehen. Ich höre, dass er meinen Namen ruft. Es kann aber auch sein, dass ich mir das einbilde. Auf meine Ohren ist kein Verlass mehr. Jetzt muss ich auch heulen. Wegen Luke. Weil er der verdammt noch mal beste Freund auf der ganzen Welt ist. Und ich bin ein egoistischer Scheißkerl. Ich hätte ihn niemals mitnehmen dürfen. Ich wusste, dass das hier früher oder später passieren würde. Ich habe als Erwachsener vollkommen versagt. Es tut mir so leid. Schlimmer hätte ich es nicht verkacken können.

Laser Blue, du beschissener Vollidiot. Anscheinend bin ich der einzige verdammte Mensch auf diesem Planeten, der nichts aus seinen Fehlern lernt.

Ich glotze so lange aus dem Fenster, bis es plötzlich schwarz wird. Der Metro-Polizist neben mir hat mir einen Sack über den Kopf gezogen. Ich will das Ding abschütteln, aber es geht nicht. Er lässt mich nicht. Mit der Dunkelheit löst sich der Nebel auf, der meine Wahrnehmung getrübt hat, und die Angst schlägt mit eiserner Faust in meinen Körper ein. Wer sind diese Scheißtypen, und was verdammt noch mal haben sie mit uns vor?

Phase 9; Transfer

Ich wache erschrocken auf und atme tief ein. Die Luft ist feucht. Es braucht nicht viel Klarsicht, um zu spüren, dass sie kaum noch Sauerstoff enthält. Mir ist übel. Eine Hand berührt mich sanft am Bein. Es ist Papa. Es muss Papa sein, denn er sitzt links von mir. Mein Vater sagt nichts, er drückt nur vorsichtig meinen Oberschenkel. Ich lege erleichtert meine Hand auf seine. Sie ist jetzt warm und fühlt sich nicht mehr an wie die Hand eines Toten. Das beruhigt mich ein bisschen.

Niemand im Auto spricht ein Wort. Ich bin eingehüllt in die Dunkelheit des Stoffsacks über meinem Gesicht, der mich nur spärlich atmen lässt, und zittere schon wieder wie Espenlaub. Ich kann nichts dagegen tun. Mein Körper ist eingequetscht zwischen meinem Vater, der sich eben das erste Mal gerührt hat, seit wir losgefahren sind, und dem uniformierten Metro-Polizisten, der jede meiner Bewegungen zur Kenntnis nimmt und penibel darauf achtet, dass ich weder meine Fesseln löse (was ich auf keinen Fall geschafft hätte) noch den Sack vom Kopf schüttle. Ich soll am besten gar nichts tun. Ich soll still sitzen und nichts sagen. Jeder Versuch, mit den Polizisten zu sprechen, wurde von ihnen im Keim erstickt.

Sie haben mir Wasser gegeben, als ich Durst hatte, und mich pinkeln lassen, als ich gesagt habe, dass ich muss. An die darauffolgende Prozedur will ich nie wieder auch nur einen Gedanken verschwenden. Blind und ohne meine Hände zu benutzen, mitten in der Nacht an den Straßenrand zu pinkeln, mit der Hilfe irgendeines Arschlochs, der dir dabei die ganze Zeit ein Gewehr in die Fresse hält, ist wirklich nichts, woran man sich im Nachhinein gerne erinnern möchte.

Die verdammte Zeit scheint irgendwie stillzustehen, während das Auto gefühlt immer nur geradeaus fährt. Ich rieche meinen eigenen Angstschweiß und bekomme kaum Luft. Es hat ewig gedauert, bis ich mich auch nur ansatzweise beruhigen konnte. Wahrscheinlich nur, weil ich so verdammt müde war, dass ich irgendwann einfach eingenickt bin. Ich konnte mich nicht dagegen wehren, ich war einfach zu erschöpft. Das ganze Adrenalin hat meinen Körper komplett ausgelaugt. Jetzt ist die Angst zu einem dauerhaften Unwohlsein verschwommen und flammt nur noch in kurzen Panikattacken auf, die mich auch noch im Schlaf erreichen. Ich sehe wirre Bilder, sobald ich die Augen schließe, sehe den Luftballon und die Lackschuhe des Mädchens, das ich in meinen Träumen bin. Ich sehe wieder den alten Arm mit den tätowierten Zeichen, und diesmal hängt ein Mann an dem Arm dran. Ein toter alter Mann. *Großvater* hat die Frau mit den Ohrringen ihn genannt. Sein Gesicht ist gelb und aufgedunsen. Er stinkt so furchtbar, dass ich fürchte, ich müsse mich in den Sack über meinem Kopf erbrechen.

Wir fahren immer weiter. Immer weiter. Ich bin kurz davor durchzudrehen.

Wieder kriege ich einen Schluck Wasser. Auch Papa scheint in der Lage zu sein, etwas zu trinken, denn die Flasche wird über mich weitergereicht. Ich nicke noch ein paar Mal ein, allerdings nur für wenige Sekunden, wie ich glaube. Ich bin froh, dass das Wasser, das sie uns geben, nicht mit Beruhigungsmitteln versetzt ist. Aber auch ohne Drogen werde ich das Bild von dem roten Luftballon nicht mehr los. Seit meinem Pilzrausch hat es sich in mein Hirn gefressen. Zwischen den Ballon mischt sich jetzt auch noch Lukes Gesicht. Sein Zorn. Sein Hass. Michaels Furcht und das ewig währende Rumpeln des Autos. Der Typ neben mir informiert den Fahrer darüber, dass er abbiegen soll. Ich zucke zusammen. Er hat seit Ewigkeiten nichts mehr gesagt. Seine Stimme hört sich unnatürlich laut an. Ich glaube, meine Ohren funktionieren wieder normal.

»You're sure?« Der Fahrer klingt nicht sehr überzeugt.

»Yes. I know where he lives, man. It's right there.«

Das Auto wird langsamer, dann biegen wir rechts ab. Wir fahren jetzt über unebenes Gelände. Wenn ich nach unten schaue, sehe ich einen Lichtrand unter der Kapuze blitzen. Straßenlaternen? Oder ist es schon hell geworden? Wie lange verdammt noch mal soll die Fahrt denn noch dauern? Ich kann nicht mehr. Die Übelkeit wird schlimmer.

Es dauert noch. Es dauert und dauert. Papa richtet sich neben mir auf. Er scheint jetzt richtig wach zu sein. Ich spüre seine Körperspannung. Er versucht, die Beine etwas zu bewegen, positioniert sich um, so gut es geht, spricht dabei aber kein Wort. Er versucht auch nicht, sich den Sack vom Kopf zu ziehen, obwohl seine Hände nur auf seinem Schoß zusammengebunden sind. Ich an seiner Stelle hätte vor Panik wahrscheinlich das ganze Auto zusammengebrüllt, wenn ich aus einer Ohnmacht erwacht wäre, das Gesicht in einen Sack gesteckt, in irgendeinem Auto, mit irgendwelchen Leuten, die ich nicht kenne. Ich glaube aber, dass auch Papa geahnt hat, dass so etwas früher oder später passieren würde; deshalb ist er nicht komplett ausgeflippt. Wenn ich nur irgendwie mit ihm sprechen könnte. Ich fürchte allerdings, die Metro-Polizisten hätten sicherlich einiges dagegen.

»Over there«, sagt der Mann neben mir. Das Auto bremst hart ab und fährt erneut eine enge Kurve. Mein Körper wird unsanft gegen Papas gepresst. Er stöhnt auf vor Schmerzen.

Wir halten an. Der Polizist neben mir greift in seine Tasche. Seine Hand verharrt dort, und es fühlt sich an, als würde er etwas umfassen.

»Here?«, fragt eine andere Stimme.

»Yes.«

»But this is not Mr. Kitty's house. This is …« Die Hand schnellt aus der Tasche, zischt an mir vorbei, ich höre ein komisches knisterndes Geräusch, und der Fahrer des Wagens schreit auf. Es klingt, als ob der Körper des Beifahrers gegen die Scheibe prallt. Er bewegt sich hektisch, dann höre ich ein Zischen, Fluchen, Husten und wieder das Knistern. Endlich ist es still. Es riecht komisch unter meiner Kapuze. Was zur Hölle passiert hier?

Die Kapuze wird mir vom Kopf gezogen. Ich blinzle irritiert in das grelle Sonnenlicht, das mir schmerzhaft in die Augen scheint. Ich sehe den behelmten Kopf des Metro-Polizisten. Er nimmt auch Papa die Kapuze ab.

»Es tut mir so leid«, keucht er. »Es ging nicht anders.« Er rutscht rückwärts aus dem Wagen raus. Ich sehe wie paralysiert zu Papa rüber. Sein Auge ist immer noch dunkellila angelaufen, aber nicht mehr so stark geschwollen. Sein Mund steht offen, und er blickt sich mit seinem gesunden Auge im Auto um. Hat der Scheißkerl eben Deutsch gesprochen? Und wo sind wir hier? Und warum hängen die beiden anderen Metro-Polizisten wie die nassen Säcke auf den Vordersitzen des Wagens und bewegen sich nicht mehr? Papas Autotür wird geöffnet. Der Scheißkerl hilft Papa beim Aussteigen und löst seine Fesseln mit dem Daumen. Dann fordert er mich auf, ebenfalls aus dem Auto zu steigen.

»Los, Junge. Wir müssen hier weg. Komm raus da.« Er zieht seinen Helm ab. Hervor kommt ein dunkelhäutiger Typ in Papas Alter, dessen kurz geschorenes Haar an den Schläfen bereits ergraut ist. Er schmeißt den Helm ins Auto, hängt sich sein Gewehr um und signalisiert uns mit einem hektischen Wink, ihm zu folgen. Ich bin total perplex, rutsche vom Sitz und krabble aus dem Geländewagen. Meine Beine scheinen mich kaum tragen zu wollen. Alles tut weh, mein Kopf dreht sich. Was wird hier gespielt?

»Hey!«, brülle ich verzweifelt und mache ihn auf meinen Rücken aufmerksam, auf dem noch immer meine Hände zusammengebunden sind. Meine Schultern fühlen sich an, als wäre jemand draufgetreten.

»Oh. Shit. Ja. Warte!« Der Typ macht auf dem Absatz kehrt, kommt zurück und löst auch meine Fesseln, die klirrend auf den Boden fallen. »Noch mal ... es tut mir so leid. Laser, ich ...«, er seufzt, hebt die Fessel auf, guckt reumütig und läuft wieder los.

Wie betäubt fallen meine Arme nach vorn. Ich kann sie kaum bewegen. Sie fühlen sich an, als gehörten sie nicht mehr zu meinem Körper. Schmerzhaft fängt das Blut wieder an, ungebremst durch meinen Oberkörper zu zirkulieren. Ich verziehe gequält das Gesicht. Ich kann nicht rennen, ich kann ja nicht mal richtig stehen. Papa nimmt vorsichtig meine Hand und versucht, mich zum Gehen zu motivieren.

»Wer bist du? Was soll das alles«, schreie ich gegen den eiskalten Wind, der mir ins Gesicht weht. Es riecht salzig und irgendwie nach Fisch. Ich blicke zum ersten Mal, seit ich ausgestiegen bin, in die Ferne und sehe das Meer. Mein Herz macht einen kleinen Satz. Das Meer? Ich war noch nie am Meer! *Das spielt jetzt keine Rolle,* ermahne ich mich stumm. Mein Gehirn weigert sich zu begreifen, was hier gerade passiert. Erst ist es stundenlang stockdunkel und dann plötzlich so hell, dass ich kaum etwas erkennen kann.

»Ich bin Tom. Bambi schickt mich, um euch abzuholen. Ich erkläre euch gleich alles. Die beiden Typen im Auto werden sicher bald wieder zu sich kommen. Bis dahin müssen wir hier verschwunden sein. Bitte, könnt ihr mir einfach folgen, ja?«

Bambi? Meine Mutter hat ihn geschickt, um uns zu entführen? Geht's noch? Mein Papa neben mir atmet erleichtert auf. Er drückt meine Hand. *Jetzt wird alles gut,* sagt sein Händedruck. Ich befürchte, seine Hand hat absolut keine Ahnung von gar nichts, und schlage sie weg.

Die Welt beginnt von Neuem, sich um mich zu drehen. Der blaue Streifen am Horizont verschwimmt mit der grauen Betonfront vor uns. Der viele Sauerstoff und die frische Luft machen mich ganz schwindelig. Was soll ich machen? Nein sagen? Stehen bleiben? Einfach nicht mitgehen? Papa läuft los, nimmt meinen Arm und zieht mich einfach hinter sich her. Ich habe schlichtweg keine Kraft, mich zu wehren. Wir folgen Tom über ein heruntergekommenes Hafengelände irgendwo am Arsch der Welt. Verfallene Betongebäude mit beschmierten Wänden und zerschlagenen Fensterscheiben rahmen das glitzernde Hafenbecken ein, auf das wir uns zielsicher zubewegen. Ich kann nicht schnell genug folgen. Tom flitzt wie ein wendiges Eichhörnchen voraus und späht in alle Ecken und Spalten, das Gewehr vor sich haltend, so wie Michael es heute Morgen in Toronto getan hat. Hier ergibt das Ganze irgendwie Sinn.

»Was soll denn diese *fucking shit show*, Papa?«, frage ich keuchend. Meine Lunge brennt, wenn ich laufe. Das tut sie sonst nie. Ich bin ein guter Läufer. Papa ist kein guter Läufer. Das sieht man ihm sofort an. Sein Gesicht ist knallrot angelaufen und bildet einen merkwürdigen Kontrast zu den bunten Blutergüssen. Er zuckt schnaufend die Schulter. Wahrscheinlich kann er nicht mehr sprechen. Wieso macht mein Vater einfach so, was Bambi sagt? Beziehungsweise, was Tom sagt. Wobei, im Moment ist das glaube ich irgendwie dasselbe. Als ich Papa das letzte Mal gesehen habe, hat er nicht ein gutes Wort für meine Mutter übrig gehabt.

»Was geht denn, verdammte Scheiße, in Bambis Kopf vor? Wieso macht sie so was mit uns?«, frage ich weiter. Papa rennt und schnauft und keucht, und ich tue es ihm nach.

Wir umrunden alte Kräne und Container, die am Pier stehen und anscheinend seit Jahren nicht mehr in Gebrauch sind. Über unseren Köpfen fliegt kreischend eine Schar Möwen und landet auf den Spitzen der Metallgestelle.

»Ich habe nicht den blassesten Schimmer, was deine Mutter vorhat«, antwortet mein Vater etwas verspätet. Er ringt nach Atem und stolpert ungeschickt über eine herumliegende Metallstange. Glücklicherweise fängt er sich wieder und läuft weiter. Papa bleibt kurz stehen und hält sich mit verzerrtem Gesicht die Seite. Ich glaube, er hat Schmerzen.

»Ich werde Bambi so was von zusammenscheißen, wenn ich sie sehe. Wie konnte sie uns das nur antun? Ich dachte, verfickt noch mal, ich muss sterben! Hätte sie nicht einfach einen Hubschrauber schicken können, um uns zu holen – meinetwegen auch einen mit Richard Mouse drin? Oder ein Taxi? Musste es denn gleich ein vermummtes Überfallskommando sein?«

»Alles wird gut, Laser«, beschwichtigt mich Papa und drückt mich trotz seiner schlechten Verfassung kurz an sich. »Krieg dich wieder ein, ja? Sie wird ihre Gründe gehabt haben. Und wir können froh sein, dass sie uns überhaupt geholt hat.«

Ich versuche es. Mich wieder einzukriegen. Leider ist das nicht so einfach, wie Papa vielleicht denkt. Wir folgen Tom, der um den nächsten Stapel verrosteter Container herumgeht und dann mit scheppernden Schritten über einen Metallsteg läuft: Dieser führt über das Hafenbecken zu einem Schornstein, der aus dem Wasser ragt.

»Ein U-Boot?«, keuche ich erstaunt. Bambi wohnt in einem U-Boot?

Tom öffnet eine Luke und winkt uns zu.

»Seid vorsichtig beim Drübergehen! Der Steg ist rutschig. Schön langsam gehen, ja?«

Papa geht vor. Ich fürchte ein bisschen, er könnte ins Wasser fallen. Er geht ganz langsam, schwankt gefährlich, kommt aber heil auf dem Deck des dunkelgrauen U-Boots an. Tom hilft ihm bei den letzten Schritten und hält ihn dann für mich fest. Mein Vater sieht aus, als würde er gleich wieder ohnmächtig werden. Ich gehe als Nächstes und betrete vorsichtig den metallenen Untergrund. Das U-Boot ist geformt wie der Rücken eines Wals, gegen den sachte das dunkle Wasser des Hafenbeckens klatscht. Ich sehe mich beeindruckt um. Was für eine komische Wendung das Ganze schon wieder genommen hat. Dafür, dass ich gerade noch dachte, man würde mich und Papa in die tiefsten Folterkeller von *MediaCon* transportieren, um dort gewaltsam Bambis Aufenthaltsort aus uns herauszuprügeln, befinde ich mich nun in einer gar nicht mehr so unangenehmen Position, auf dem Deck eines grauen Unterseeschiffs, und mir scheint die warme Frühlingssonne ins Gesicht. Ich fühle mich dezent verarscht.

»Mei?«, ruft Tom in die Luke hinein.

Eine Frauenstimme antwortet aus dem Inneren des Bootes. Wir verstehen sie nicht. Das U-Boot unter uns beginnt zu vibrieren. Wahrscheinlich hat die Frau die Motoren angelassen. Das leichte Schwanken des Untergrunds, auf dem wir stehen hat etwas Beruhigendes. Ich schließe kurz die Augen und genieße die Sonnenstrahlen in meinem Gesicht. Nur kurz.

»Rein mit euch«, befiehlt Tom. Ich öffne die Augen wieder, und wir steigen folgsam die Leiter ins Innere des Bootes hinab. Ich zuerst, hinter mir Papa. Er klettert ganz langsam, und Tom hält ihn fest, so lange, bis er außer Reichweite gestiegen ist. Dann stütze ich Papa von unten und passe auf, dass er nicht von den Sprossen abrutscht. Unter Deck empfängt uns eine dunkelhaarige Frau mit Zopf. Sie trägt eine schwarze Uniform, einen Overall, und scheint nicht viel älter als ich zu sein. Mitfühlend verzieht die junge Frau das Gesicht, als sie meinen Vater sieht. Er sieht auch wirklich schlimm aus. Sie heißt uns auf Englisch an Bord der *Sub 42-F* willkommen. Ihr Englisch klingt etwas seltsam. Woher sie wohl kommt, frage ich mich. Sie sieht definitiv asiatisch aus. Hinter ihr, vor einem Pult mit unzähligen Bildschirmen, sitzt noch eine Frau. Sie schaut nicht von ihrer Arbeit auf, sondern hebt nur kurz die Hand zum Gruß.

»I am Mei. And that's Sarah. She's the captain. Come with me guys, I show you your cabin.« Mei bedeutet uns, ihr zu folgen, während Tom oben laut die Luke schließt und verkündet, wir seien *ready* und es könne losgehen. Captain Sarah greift sich ein Funkgerät und beginnt, Zahlen-Codes hineinzusprechen. Bevor ich länger zuhören kann, schiebt Mei uns in einen sehr schmalen Gang voller Rohre, Schalter, Hebel und blinkender Lichter hinein. Es ist verdammt eng hier unten. Sie öffnet eine niedrige Tür, die in eine winzige, fensterlose Kabine mit zwei schmalen Betten führt, und bittet uns, hier drinnen zu warten, bis wir abgetaucht sind. Tom würde uns dann holen kommen und alles erklären. Wir hätten es nur wirklich sehr eilig.

»Make yourself comfortable. It's gonna take a while.« Sie lächelt wieder und schließt dann winkend die Tür hinter sich. Papa und ich stehen wie belämmert in der kleinen Kajüte rum. Glücklicherweise sind wir beide nicht übermäßig groß.

Ich kann immer noch nicht ganz glauben, dass ich in einem U-Boot bin. Eben saß ich noch mit einem Sack über dem Kopf in einem Geländewagen, jetzt stehe ich in einer U-Boot-Kajüte und warte darauf, dass wir *abtauchen*. Es rumpelt unter unseren Füßen, und ich habe das Gefühl, wir bewegen uns. Woher weiß man überhaupt, dass man abgetaucht ist? Es gibt ja gar keine Fenster hier drinnen. Und was ist, wenn das U-Boot undicht ist und irgendwo Wasser eindringt? Oder wenn uns die Luft ausgeht? Mit wird schwindelig. Verdammt noch mal, ich kann nicht schwimmen! Ich glaube, ich will lieber wieder raus. Es ist fruchtbar eng hier drinnen. Draußen war es schöner. Ich denke an die frischen Windböen und habe plötzlich das Gefühl, die Luft ist viel zu dünn. Die vergilbten Wände kommen auf mich zu, und ich fürchte, sie könnten mich erdrücken. Schwitzend zerre ich am Reißverschluss meiner Jacke.

»Laser?«, fragt Papa. »Alles klar? Du bist ganz blass, Junge.«

»Mir ist das zu eng hier drinnen. Ich weiß nicht. Ich glaube, ich …«, ich atme tief ein, habe aber das Gefühl, als komme der Sauerstoff nicht in meinen Lungen an. Jedenfalls nicht genug davon. Ich kriege Panik. Mein Herz schlägt bis zum Hals; es dröhnt in meinen Ohren, und tanzende Lichtblitze zucken durch mein Sichtfeld.

»Komm, setz dich.« Papa drückt mich aufs Bett und zieht mir meine ausgelatschten Sneaker aus. Er stopft Kissen unter meine Beine.

»Du musst langsamer atmen, Laser. Versuch's mal. Bis vier zählen beim Einatmen, und dann bis acht beim Ausatmen.« Mein Vater zählt vor, und ich atme. Ich verstehe nicht so genau, was gerade mit mir passiert. Mir wird abwechselnd eiskalt und dann wieder scheiße heiß. Das U-Boot bewegt sich nun merklich; ich glaube, körperlich genau nachvollziehen zu können, wie es untertaucht. Unter Wasser. Das gefällt mir nicht.

»Atmen, Laser. Alles wird gut. Versuch, dich zu entspannen.« Papa sieht sich in unserer Kabine um und entdeckt eine Flasche Wasser und zwei Essenspakete. Außerdem zwei Riegel und eine Banane. Papa drängt mich, etwas zu trinken und zu essen. Er meint, mein Kreislauf sei wahrscheinlich total im Keller. Ich tue, was er sagt. Ich trinke und atme. Dann esse ich die Banane und atme wieder. Und wenn mir nicht so komisch wäre, dann wäre ich wirklich begeistert über den Geschmack dieses exotischen Obstes, das ich vorher noch nie gegessen habe. Nach der Banane geht es mir tatsächlich etwas besser. Ich beruhige mich ein bisschen, zwinge mich, nicht darüber nachzudenken, wo ich gerade bin und was alles passieren könnte. Ich stelle mir vor, wir sind in einem winzigen Hotelzimmer oder in der Besenkammer vom *Me-*

diaCon Prime. Das würde besser klappen, wenn nicht alles um uns herum vibrieren, zischen und surren würde. Papa sitzt neben mir und streichelt geistesabwesend meine Stirn. Er sieht furchtbar fertig aus, und ich bekomme ein schlechtes Gewissen. Eigentlich hätte ich mich um ihn kümmern sollen. Stattdessen liege ich herum und habe Platzangst.

»Bist du okay, Papa?«

»Es geht mir gut, Laser. Mach dir um mich bitte keine Sorgen.« Papa lässt seufzend von mir ab und steht auf. »Ich könnte ein Aspirin gebrauchen. Mir brummt der Schädel.« Ich sehe ihm zu, wie er mit zitternden Händen die Schränke öffnet, die oberhalb der Betten angebracht sind. Er stöhnt vor Schmerz, als er die Arme hebt, um an die Verschlüsse zu gelangen. Vielleicht haben diese Arschlöcher ihm die Rippen gebrochen.

»Kanntest du die Typen, die dich verprügelt haben?«, frage ich. Papa zieht schwarze Overalls und Unterwäsche aus den Schränken.

»Nein. Das waren irgendwelche Scheißer, die im inneren Ring Wohnungen ausräumen und dann alles, was sie finden, auf dem Schwarzmarkt verhökern oder in den Fabriken gegen Lebensmittel tauschen. Sie haben mich wahrscheinlich dabei beobachtet, wie ich im Haus nebenan Vorräte getauscht habe. Sie sind mir ins Haus gefolgt und haben mich zusammengeschlagen. Ich glaube aber, sie wussten, dass ich mit dir und deiner Mutter in Verbindung stehe. Sie haben mich einen Terroristen genannt. Irgendwer hat sie mir auf den Hals gehetzt. Als Bonus haben sie mir dann noch die Bude ausgeräumt«, er betrachtet den dunklen Stoff in seiner Hand und scheint den Überfall in Gedanken noch einmal zu erleben. Er kneift verzweifelt die Augen zusammen und wischt sich mit der Armbeuge über das Gesicht. »Verdammt noch mal, ich habe so gehofft, dass du nicht in die Stadt kommst, Laser. Es ist die Hölle in Toronto. Seit dem Blackout ist nichts mehr wie vorher. Deine Mutter hat ganze Arbeit geleistet.« Er wirft die Overalls achtlos aufs Bett. Dann öffnet er die zweite Tür in der Kabine. Dahinter verbergen sich eine Toilette und eine winzige Dusche. Sofort kriege ich feuchte Augen vor lauter Sehnsucht. Ich habe seit Tagen nicht geduscht. Und seit Wochen nicht mehr mit warmem Wasser. Ich kann mich kaum erinnern, wie sich das anfühlt.

»Hättest du dir nicht denken können, dass ich früher oder später komme, um nach dir zu suchen?«, frage ich, drehe mich auf die Seite und betrachte sehnsüchtig den glänzenden Duschkopf und den Seifenspender. Ich denke an mein erstes Bad im *MediaCon* Prime Hotel. Das war wie der Himmel auf Erden. Papa schließt die Tür wieder. Ich seufze enttäuscht. Da geht sie hin, die schöne Dusche. Er untersucht jetzt die Schubladen unter unseren Betten.

»Ich habe es befürchtet. Dabei hast du doch mit Port Hope das große Los gezogen. Es gibt momentan wohl kaum einen besseren Ort auf der Welt zum Leben. Als ich gehört habe, dass du es dorthin geschafft hast, war ich überglücklich. Und du hast nichts Besseres zu tun, als dein verdammtes Glück bei nächstbester Gelegenheit wieder aufs Spiel zu setzen und nach Toronto zu marschieren.« Er zieht einen Verbandskasten und eine weitere Decke hervor. »Du scheinst richtig scharf darauf zu sein, dich in Schwierigkeiten zu bringen.«

»Hast du wirklich gedacht, ich halte es aus, nicht zu wissen, was mit dir und Mama passiert ist? Mit Mercury und Blast?«, frage ich verwundert. »Ich bin nicht wie du. Ich hätte es nicht länger ertragen, einfach nur rumzusitzen und nichts zu tun.« Das war gemein. Ich merke es, kaum haben die Worte meinen Mund verlassen. Papa öffnet grimmig den Verbandskasten und durchsucht ihn. Als er eine Dose Schmerztabletten findet, schraubt er erleichtert den Deckel ab, nimmt gleich zwei Pillen und trinkt einen Schluck Wasser. Er breitet die zweite Decke noch zusätzlich über meinen Beinen aus und legt sich dann endlich auch hin. Er hat kaum noch Farbe im Gesicht und sieht aus, als würde er jeden Moment einfach umkippen.

»Ich weiß, dass du nicht wie ich bist.« Das klingt irgendwie trotzig. Kann ich verstehen. Ich würde es auch nicht so geil finden, wenn mein Sohn eine so schlechte Meinung von mir hätte. Aber was soll ich machen? »Erzähl mir, was passiert ist, Laser.

Wie hast du mich gefunden? Und wer waren die anderen zwei Männer, die du mit in meine Wohnung gebracht hast? Ich kann mich an kaum etwas erinnern; ich weiß nur, da war noch jemand. Ein großer und ein kleiner.«

Ich erzähle ihm meine Geschichte. Ich bin sogar ganz froh darüber, denn es lässt mich vergessen, wo ich bin. Während ich spreche, hält Papa die ganze Zeit über die Augen geschlossen. Er runzelt manchmal die Stirn oder stöhnt empört auf. Er hat nicht gewusst, dass die Menschen in den Siedlungen unter Drogen gesetzt werden, damit sie keine Aufstände proben. Als ich erzähle, wie Luke und ich vor dem schießenden Metro-Polizisten davongelaufen sind, bedeckt Papa sein Gesicht mit dem Unterarm und schüttelt den Kopf.

»Mensch, Junge, das darf doch alles nicht wahr sein. Du bist doch noch viel zu jung für diese ganze Scheiße.«

Das mag sein, denke ich. Allerdings kann man sich die Scheiße halt nicht immer aussuchen, in die man gerät. Man kann sich entscheiden, das Haus nicht mehr zu verlassen, ja. Aber dann passiert halt auch nichts. Wobei ... Papa konnte sich vor der Scheiße auch nicht retten, obwohl er sich seit Jahren verbarrikadiert. Ich erzähle unbeirrt weiter. Von Michael und den komischen deutschen Jungs. Ich erwähne nicht, was Hans mit mir gemacht hat, als er Luke und mich im Wald gefunden hat. Wahrscheinlich würde Papa damit überhaupt nicht klarkommen. Ihm geht's sowieso schon schlecht. Auch von Michaels Ausraster und dem Schuss in den Türrahmen erzähle ich nichts. Das würde Papa sicherlich nicht verstehen. Ich verstehe es ja selbst nicht. Obwohl ich scheiße wütend auf Michael bin, weiß ich tief in meinem Inneren, dass er mir niemals etwas getan hätte. Und auch meinem Papa nicht. Michael ist verzweifelt und hat Angst. Seit dem Stromausfall hat Michael komplett die Kontrolle über sich und sein Leben verloren. Je länger ich darüber nachdenke, desto mehr Mitgefühl habe ich für ihn.

»Luke ist jetzt bei ihm. Ich hoffe, Michael bringt ihn nach Port Hope zurück.«

»Das wäre das Klügste«, seufzt Papa.

»Ich muss ihnen unbedingt sagen, dass wir okay sind. Luke wird bestimmt wahnsinnig vor Sorge!« Ich würde es. Ich denke daran, wie es mir ging, als ich nicht wusste, wo Violetta ist und ob sie noch lebt.

»Vielleicht zeigt deine Mutter ausnahmsweise mal Erbarmen und nimmt Kontakt mit Port Hope auf, wenn du sie darum bittest. Anscheinend hat sie das ja schon einmal getan, um Violetta von dort abzuholen.«

Meine Mutter. Ich kann immer noch nicht glauben, dass wir auf dem Weg zu Bambi sind. Wenn das überhaupt der Plan ist. Ich wage es nicht mehr, mich festzulegen. Vielleicht werden wir ja gleich von einem riesigen Walfisch verschluckt und in der Sahara wieder ausgespuckt. Oder wir werden von einem unterirdischen Vulkan aus dem Wasser geschleudert und in den Dschungel katapultiert. Mich würde so schnell nichts mehr aus dem Konzept bringen. Ich kann also nur *vermuten,* dass uns das U-Boot zu Bambi und ihrer Organisation bringt.

Auch nach einer gefühlten Stunde Rumliegen in dieser Kabine ist Tom noch nicht aufgetaucht, um uns darüber zu informieren, was dieser beschissene Pseudo-Überfall sollte und woher Bambi überhaupt wusste, wo wir sind. Ich bin wirklich gespannt, wie die beiden das erklären wollen. Der Gedanke, meiner Mutter gegenüberzutreten, erfüllt mich nicht unbedingt mit Freude. Im Gegenteil. Er macht mir Angst. Nicht, weil ich Angst vor Bambi hätte. Ich fürchte mich davor, meine Wut nicht länger im Griff zu haben. Ich bin schon einmal völlig ausgerastet, damals, als wir uns virtuell im Clubhaus der verrückten Teta-3-Mitglieder getroffen haben. Ich erinnere mich noch genau daran, dass ich Bambi am liebsten umgebracht hätte. Ich war noch nie in meinem Leben so wütend gewesen. Alles, was in den letzten Tagen passiert ist, hat meine Wut auf sie nicht unbedingt heruntergekühlt. Im Gegenteil. Wie soll ich mit ihr in einem Raum sein, ohne sie erwürgen zu wollen? Und wenn Violetta bei ihr ist? Ich kann doch nicht meine Mutter erwürgen, während Violetta dabei zuschaut. Ich zwinge mich, nicht an Violetta zu denken. Sie ist aktuell mein geringstes Problem.

Ich schließe mit klopfendem Herzen die Augen. Papa auf dem Bett neben mir ist eingeschlafen. Er schnarcht ein bisschen. Ob ich wohl jemals wieder schlafen kann, frage ich mich. So ganz normal, ohne Panikattacke, gefrorene Leichen im Schnee oder rote Luftballons. Ich fürchte nicht. Ich bin so aufgekratzt und von Gefühlen übermannt, ich komme nicht zur Ruhe, auch wenn mein Körper vor Erschöpfung schon ganz krank ist. Mir ist weiterhin abwechselnd kalt und heiß. Ich decke mich auf und zu, drehe mich von rechts nach links und trotzdem schlafe ich nicht ein. Das Gefühl, mit dem Gesicht wieder in diesem Sack zu stecken, überkommt mich jedes Mal, wenn mein Geist an den Rand des Wachseins stößt. Dieses U-Boot erscheint mir auch nicht besser als der Sack. Ich bin gefangen und irgendwie kann ich nicht richtig atmen. Zu allem Überfluss sehe ich wieder den roten Ballon, der vor meinem Gesicht zerplatzt. Der tote Arm hängt schlaff vom Rand eines metallenen Bettgestells herunter. *Dreieck, Kreis, 5, 8, Welle, Welle, Dreieck.* Ich versuche, mir die Zeichen zu merken, die in verblichener Farbe in die gelbliche Haut gestochen sind. Da sind noch mehr. Bevor ich die Zeichen aber lesen kann, schlafe ich ein. Endlich. Das wurde aber auch Zeit. Die gleichförmigen Geräusche, das Dröhnen und Vibrieren hat mich letztendlich doch eingelullt. Während ich einschlafe, fällt mir auf, dass ich einschlafe, und ich bin das erste Mal seit Tagen zufrieden mit mir und der Welt. Zufrieden und ohne Furcht.

Kaum habe ich die Augen geschlossen, höre ich jemanden meinen Namen sagen. Ich werde wach. Es ist dunkel um mich herum. Erschrocken richte ich mich auf. Mein Kopf tut weh. Im schummrigen Licht des Türspalts sehe ich eine Person stehen.

»Laser? Ben? Wir sind bald da. Ich dachte, wir könnten uns noch kurz unterhalten, bevor wir die Basis erreichen.«

Was? Wir sind fast da? Wohin sind wir denn gefahren? Zur nächsten Hafenkneipe um die Ecke?

Das Licht geht an. Papa richtet sich ebenso verwirrt wie ich auf dem schmalen Bett auf und blinzelt Tom verschlafen entgegen.

»Wir haben es nicht übers Herz gebracht, euch zu wecken. Ihr habt den ganzen Tag geschlafen und ...«

Ich soll den ganzen Tag geschlafen haben? Es kommt mir vor, als wären es bloß fünf Minuten gewesen.

»Wo sind wir?«, fragt mein Vater dazwischen.

»Äh ... das kann ich euch nicht sagen, aber ...«

»Natürlich nicht.«

»Sorry. Befehl von ganz oben und so.« Tom wirkt etwas verlegen. »Bambi hat es nicht so gern, wenn wir über den Standort unserer Basis sprechen.«

»Schon gut. Gib uns einen Moment, ja?«

»Oh ja! Natürlich. Nach allem, was gestern passiert ist. Ich wollte noch mal sagen, wie leid es mir tut. Ich hatte das alles so nicht geplant.«

»Ein paar Minuten, okay?«, unterbricht Papa Toms Entschuldigung. Dieser nickt nur unsicher.

»Funktioniert die Dusche?«, frage ich.

»Oh. Ja. Klar. Und die Overalls sind auch für euch. Ihr wollt euch sicher umziehen. Die Crew isst gleich zu Abend. Captain Sarah würde sich freuen, wenn ihr dazukommt. Ihr müsst einfach den Gang hier entlanggehen und dann kommt ihr automatisch in die Offiziersmesse.«

Was für eine Messe?

»Okay.« Papa reibt sich das müde Gesicht. Das Auge ist abgeschwollen. Er hat jetzt dunkelgrüne Verfärbungen überall. Tom nickt und schließt dann vorsichtig die Tür. »Bis gleich«, höre ich ihn noch sagen.

Wir haben also den ganzen Tag geschlafen. Mit schalem Geschmack im Mund, voller Blase und einem riesigen Loch im Bauch schäle ich mich aus meinen durchgeschwitzten Kleidern, die nach Angst und Panik stinken, und entscheide mich, Angst und Panik jetzt sofort von mir abzuduschen. Letzte Nacht war grausam. Unbeschreiblich grausam. Aber letzte Nacht ist vorüber. Mir ist nichts passiert. Niemand hat mich erschossen, niemand hat mich gefoltert, und Bambis Feinde haben mich nicht in die Finger bekommen. Noch nicht. Ich glaube fest daran, dass Luke und Michael okay sind. Ich kann mich also wieder beruhigen und versuchen, meinen vormals klaren Kopf wiederzuerlangen. Papa sieht mir kurz nach, als ich in Unterhosen mit entschlossenem Schritt in das winzige Bad gehe, um zu duschen. Er sieht schockiert aus. Wahrscheinlich hat er meine Narben gesehen. Oder meine Körperbehaarung. Oder beides, wer weiß. Ich habe mich jedenfalls selten so sehr über ein Klo und eine Dusche gefreut.

Da ich mir im Bad reichlich Zeit lasse – Angst und Panik kleben doch fester an mir, als ich dachte –, brauchen Papa und ich über eine halbe Stunde, bis wir endlich aus unserer Kabine heraustreten und den niedrigen Gang entlang zur *Offiziersmesse* gehen. Ich bin gespannt, was das sein soll. Ich bin nach wie vor kein Fan von dieser U-Boot-Situation. Ich habe mich zwar irgendwie an die Geräusche gewöhnt und an die merkwürdigen Bewegungen, ganz geheuer ist mir dieses Gefährt allerdings immer noch nicht. Fliegen war da doch eher mein Ding. Als ich das erste Mal vor einem Bullauge stehe, sehe ich nichts, nur schwarz. Mir wird schlagartig wieder übel. Wir sind wirklich unter Wasser. Unter Wasser in einem Metallkasten, der ununterbrochen Geräusche macht, die ich nicht zuordnen kann. Ich denke daran, wie ich auf Van Goghs Rücken durch den Wald in Port Hope geritten bin, und frage mich, wie ich nur so blöd sein konnte, mein Pferd gegen eine Fahrt in dieser scheiß beengten, stickigen Sardinenbüchse einzutauschen. Papa schiebt mich weiter den Gang entlang. Er sagt, ich soll nicht rausgucken. Bringt ja sowieso nichts.

Bis zur Offiziersmesse sind es nur ein paar Schritte. Es stellt sich heraus, dass es sich um die Küche oder bessergesagt das Wohnzimmer des U-Bootes handelt. Tom, Mei und Captain Sarah sitzen auf schmalen Bänken um einen kleinen Tisch herum. Rechts von ihnen sehe ich eine Küchenzeile. Das war's. Mehr ist da nicht. Einen Schritt rein in die Küche, einen Schritt raus aus der Küche. Sie verstummen, als sie Papa und mich bemerken. Alle drei stehen auf. Jedenfalls soweit es die Schränke über ihren Köpfen zulassen. Die Geste ist aber klar, auch wenn sie mit ihren eingezogenen Köpfen und krummen Rücken eher albern aussehen. Captain Sarah streckt die Hand aus und reicht sie meinem Vater.

»Welcome on board, Mr. Potlowski. I hope you found the condition of your cabin to be satisfying.« Papa schüttelt die Hand und nickt etwas irritiert. »My name is Captain Sarah. This is my first commander Mei and Tom. Tom is ... äh«

»Das Mädchen für alles«, lacht Tom verlegen und reicht nun auch meinem Vater die Hand. Tom ist also das Mädchen für alles, ja? Im Notfall auch mal für Geiselnahme und Polizistenbeseitigung zuständig und stets bestens geeignet zur Verbreitung von Angst und Schrecken. *Ha, ha!* Und warum zum Teufel schütteln die alle meinem Vater die Hand? Auch Mei macht jetzt mit und lächelt die ganze Zeit, als gäbe es ernsthaft irgendetwas, worüber man sich in dieser scheiß Blechkiste freuen könnte. Ich balle die Hände zu Fäusten. *Beruhige dich, Laser,* sage ich zu mir selbst. *Nicht schon wieder außer Kontrolle geraten.* Ich habe doch gerade erst den ganzen Mist von mir runter geduscht, und es war unfassbar gut. Obwohl das heiße Wasser eher aus der Dusche getropft ist – ich bin sauber, trage frische Unterwäsche und einen ziemlich coolen Overall, der mir verflucht gut steht (im Bad gibt's einen Spiegel) und stehe mit Bärenhunger vor einem mit Essen vollbepackten Tisch. Ich sollte mich jetzt nicht unnötig aufregen und alles zunichtemachen, nur weil mir keiner die Hand schütteln will.

»Laser?« Papa stößt mich mit dem Fuß an. Ich sehe auf. Captain Sarah hält nun auch mir ihre Hand hin. Ich schüttle kurz und sehe beschämt weg. Ich sollte nicht immer so ungeduldig sein.

»Es ist uns allen eine Ehre, euch kennenzulernen!«, sagt Tom. »Ich kann mich nicht oft genug dafür entschuldigen, was gestern Nacht passiert ist. Wir hatten wirklich keine andere Wahl.«

»Es wäre ziemlich geil, wenn ihr uns mal kurz erklären könntet, was für eine bekloppte Scheiße sich meine Mutter da schon wieder ausgedacht hat«, knurre ich und sehe Tom direkt in die Augen. Das gefällt ihm nicht.

Mein Vater stöhnt und rollt die Augen. Mei lächelt und Captain Sarah runzelt die Stirn. Sie verstehen kein Deutsch.

»Laser, ich habe wirklich versucht, euch das Schlimmste zu ersparen.« Toms Stimme zittert ein bisschen. Wenigstens scheint es ihm ernsthaft leid zu tun. Ist mir aber egal. Dann soll er halt nicht für meine bekloppte Mutter arbeiten.

Alle setzen sich wieder. Papa und ich bleiben stehen, weil es für uns keinen Platz auf den Bänken mehr gibt. Als den dreien das auffällt, springt Tom wieder auf und rutscht hastig von seinem Platz. Er weist mich an, mich neben Mei zu setzen. Ich tue es. Papa setzt sich neben Captain Sarah. Ich frage mich, wie man so essen soll. Wenn ich meinen linken Ellenbogen auf den Tisch lege, hängt er in Meis Schüssel.

»I understand your confusion, Laser. Tom will explain it all to you guys. I have to get back to work, sorry. I expect us to arrive in about three hours. I need you to get back to your cabin as soon as you finished dinner. Thank you.« Und damit erhebt sich Captain Sarah erneut. Papa hat sich gerade erst hingesetzt. Jetzt muss er wieder aufstehen. Es kommt mir vor, als bestünde die Welt außerhalb Port Hopes und meiner Siedlung in Berlin ausschließlich aus beengten Räumen, in denen man sich kaum bewegen kann. Als wir endlich alle sitzen, fällt Tom auf, dass er unser Essen vergessen hat. Er holt Papas und meinen Teller aus einer Art Mikrowelle und stellt sie, eine Entschuldigung nach der anderen murmelnd, zwischen die Fischdosen und den Algensalat auf dem Tisch ab. Grauer Brei also, stelle ich fest. Na schön. Ich habe sowieso keinen Appetit, also ist es auch egal, was ich esse. Hauptsache, der quälende Hunger hört auf.

»Ich habe den Funkspruch deines irischen Kumpels abgefangen.«, beginnt Tom dann seine Erklärung. Ich stecke mir einen Löffel Brei in den Mund. Schmeckt okay. Wie zu Hause. »Seit ihr beide vorgestern die Siedlung am Stadtrand aufgemischt habt, weiß ich, dass du in die Stadt gekommen bist. Ich bin schon eine ganze Weile *undercover* in Toronto unterwegs. Ich konnte mich in einer dieser Gangs positionieren, die in Toronto die Lebensmittel- und Medikamentenverteilung organisieren. Als ich gehört habe, dass zwei Unbekannte in den Siedlungen Essenspakete und Injektoren gestohlen haben, dachte ich mir schon, dass du das sein könntest. Ich habe einen von Stichs Jungs losgeschickt, um Bens Wohnung zu beobachten. Wisst ihr, in Toronto gibt es aktuell keinen Unterschied mehr zwischen den Einsatzkräften der Regierung und des Senders, die sich die *MediaForce* nennen, und den ganzen kriminellen Gamechars, die sich arbeitslos in den Straßen tummeln. Toronto war nicht vorbereitet auf die Ausschreitungen in den Siedlungen. *MediaCon* hat jeden bewaffneten Vollidioten dankbar zum Polizisten erkoren; Hauptsache, irgendjemand hat die Aufständischen von der Straße geholt. Es war also nicht schwer, mich unter die Einheiten der *MediaForce* zu mischen. Ich durfte nur nicht auffallen. Ich dachte, wenn ich einen von Stichs Jungs schicke, um mich über die Aktivitäten in der Wohnung auf dem Laufenden zu halten, kann ich euch einen Vorsprung geben, wenn ihr tatsächlich dort auftaucht. Ich habe ihm erzählt, dass ich vermute, Ben könnte etwas mit der Organisation zu tun haben. Ich habe angeordnet, das Gebäude zu überwachen und mich über jede Person zu informieren, die das Haus betritt. Leider haben die beiden Junkies meine Befehle ignoriert.« Er sieht mitfühlend meinen Vater an. »Es tut mir leid. Ich hätte mir denken können, dass sie die Gelegenheit nutzen und gleich die ganze Wohnung ausräumen.«

»Jetzt verstehe ich auch, warum der eine mich als Terroristen beschimpft hat und meinte, er wüsste, wer ich bin.«

Tom nickt.

»Als die Jungs nicht zurückgekommen sind, habe ich angefangen, den Funk abzuhören. Ich habe gehofft, etwas aus deiner Wohnung zu empfangen, Ben. Und tatsächlich. Ich habe gehört, wie der irische Junge über Laser gesprochen hat. Leider ist dadurch auch der Rest der *MediaForce* inklusive ihres Bosses auf die Idee gekommen, dass Laser in der Stadt sein könnte. Obwohl ich wirklich nicht gedacht hätte, dass von diesen Leuten auch nur einer weiß, wie man ein Funkgerät benutzt. Anscheinend hat ihr Chef Kitty Jones angeordnet, sofort einen Trupp loszuschicken, um dich festnehmen zu lassen. Ich habe gemeldet, dass ich schon an der Sache dran bin. Sie haben mir zwei Kollegen zur Seite gestellt. Ich sollte die Wohnung durchsuchen und Ben und dich festnehmen. Sie wollten euch verhören.«

Ich hätte mir ja denken können, dass es keine gute Idee war, aus Papas Wohnung irgendwelche Funksprüche abzusetzen. Ich muss in Zukunft vorsichtiger sein. Natürlich hört *MediaCon* den

Funk ab. Nicht nur die, auch dieser wahnsinnige Kitty Jones scheint hier irgendwie seine Finger im Spiel zu haben.

»Ich durfte auf keinen Fall auffallen. Alles musste so aussehen, als würde ich euch wirklich festnehmen wollen. Ich sollte dich und deinen Vater zu Kitty Jones in seine Villa bringen. Laut Gerüchten befindet sich aktuell die gesamte Elite *MediaCons* in seinem Haus.«

»Ich kann den Typen nicht leiden«, knurre ich.

Tom nickt bestätigend. »Er ist ein riesiges Arschloch. Und ein ziemlich mächtiges dazu. Er ist der Chef der Chipping-Industrie. Es geht das Gerücht um, er versuche gerade, die ganzen unbenutzten Körper in seinem Keller zu Elite-Soldaten umzuprogrammieren. Er will sie von Gamern steuern lassen.«

Beim Gedanken an Kitty Jones' nackte goldene Soldaten, die gegen die Organisation kämpfen sollen, verziehe ich unwillkürlich das Gesicht. So eine absurde Vorstellung. Macht dieser eklige Scheißkerl das wirklich?

Tom fährt fort: »Ich habe also Sarah und Mei über Funk mitgeteilt, dass sie in Nova Scotia auf uns warten sollen. Sie lagen dort sowieso vor Anker und haben auf mögliche Befehle aus Toronto gewartet. Seit wir befürchten müssen, das *MediaCon* den Funk abhört, verständigen wir uns nur noch über Codes. Bisher ist *MediaCon* mit der Entschlüsselung noch zu langsam. Sie hinken immer etwas hinterher. Unser Glück«, beteuert Bambis Mädchen für alles, und ich sehe einen kleinen Anflug von Stolz in seinen dunklen Augen.

»Kitty Jones' Villa befindet sich in der Nähe von Nova Scotia. Es galt also, zehn Stunden lang den Schein zu wahren, ich sei ein Metro-Polizist und ihr wäret meine Gefangenen. Ein falsches Wort, und der ganze Plan hätte in die Hose gehen können. Wenn die beiden anderen Verstärkung gerufen oder euch etwas getan hätten«, er seufzt laut und schüttelt betroffen den Kopf. »Ich durfte das nicht riskieren. Ich weiß, ihr hattet furchtbare Angst. Mir ging es nicht viel besser. Ich musste aufpassen, dass ihr nichts sagt, nichts preisgebt. Ich wusste nicht, was ihr wisst und was nicht. Es tut mir wirklich leid.«

Mit Entsetzen nehme ich zur Kenntnis, dass es gar nicht Bambis beschissener Plan war, meinen Papa und mich auf eine so unschöne Art hierher zu eskortieren. Es war Toms beschissener Plan gewesen. Leider scheint er uns so davor bewahrt zu haben, *MediaCon* und diesem widerlichen Kitty Jones in die Hände zu fallen. Er hat uns tatsächlich gerettet. Ich hasse es. Auf wen soll ich denn jetzt noch sauer sein?

»Wir haben wirklich Glück gehabt. Wir sind der Meinung, niemand hat uns gesehen und niemand verfolgt uns. Die kennen jetzt zwar mein Gesicht in Toronto, aber ich hatte sowieso nicht vor, so schnell wieder dorthin zurückzugehen.«

Während Tom berichtet, sitzt Mei die ganze Zeit über schweigend neben mir und hört zu, obwohl sie ganz offensichtlich kein Wort versteht. Aber wahrscheinlich kennt sie Toms Geschichte schon. Wieder umspielt ihre Lippen dieses merkwürdige freundliche, aber total unangebrachte Lächeln. Ich fühle mich beobachtet. Ich frage mich, ob Tom ihnen erzählt hat, dass er dabei zugesehen hat, wie ich mit auf den Rücken gefesselten Händen, ohne etwas sehen zu können, an den Straßenrand gepinkelt habe. Ob Mei mich deswegen die ganze Zeit so anstarrt? Ich atme tief ein, um mich zu beruhigen.

Mein Vater versichert Tom, dass er ihm nicht böse sei. Er wüsste es zu schätzen, dass Tom so ein großes Risiko eingegangen sei, um uns aus Toronto rauszuholen. Ich finde, mein Vater ist viel zu weich. Trotzdem komme auch ich nicht umhin, ein klein wenig Dankbarkeit zu verspüren. Tom nickt erleichtert und beginnt dann, den Tisch abzuräumen. Mein Vater meint, er könne nach all dem Chaos auch eine Dusche vertragen. Er hat sich zwar den schwarzen Overall angezogen, den alle hier an Bord zu tragen scheinen, kam dank meiner ausschweifenden Badorgie aber noch nicht dazu, sich seine Angst und Panik vom Körper zu waschen. Und obwohl wir den ganzen Tag geschlafen haben, sieht Papa immer noch todmüde aus. Er steht seufzend auf und rutscht von der Bank. Langsam und steif wie ein Brett schlurft Papa aus der Kombüse, bedankt sich für das Abendessen und verschwindet zwischen den Rohren und Schaltern. Tom fragt mich, ob ich

Nachtisch will. Ich zucke mit den Achseln. Keine Ahnung. Ich bleibe sitzen und warte. Tom stellt mir eine weitere Schüssel vor die Nase.

»Pudding«, sagt er. Nichts Besonderes. Aber hier an Bord gäbe es nie etwas Besonderes. Ich mag Pudding. In Port Hope gab es den auch manchmal.

»Ich muss Luke und Michael wissen lassen, dass es Papa und mir gut geht«, sage ich zu Tom, der unsere Teller gerade mit Wasser abspült.

»Ja, das habe ich mir schon gedacht. Wir können von hier unten keinen Funkspruch absetzen. Aber sobald wir da sind, sollte sich sicher irgendetwas machen lassen.« Er klingt zuversichtlich. Ich glaube, dieser Tom wird mir nie wieder im Leben irgendetwas abschlagen. »Ich wünschte wirklich, ich hätte irgendetwas anders machen können. Ehrlich. Dein Kumpel, er ...«

»Ja, ist schon gut«, unterbreche ich ihn. Ich will nicht an Luke denken. Und er soll auch nicht an Luke denken. Wir schweigen einen Moment. Ich löffle in meiner Schüssel herum und frage mich, wo Luke und Michael wohl gerade sind. Zurück in der Wohnung von Jays Agentin? Oder haben sie sich direkt auf den Weg nach Port Hope gemacht? Dann spricht mich Mei an und reißt mich aus meinen Gedanken.

»It's so cool to finally meet you in person.« Ich sehe überrascht von meiner Schüssel auf. »V talked a lot about you. But she never mentioned that you're actually pretty cute.« Sie kichert. »I am really sorry what happened to you and your dad. Tom is a decent man. I am sure he did everything he could.« Sie legt mitfühlend ihre Hand auf meinen Arm. Ist *V* Violetta? Sie hat über mich geredet? Mit Mei? Mei kennt Violetta?

»How do you know Violetta?«, will ich mit klopfendem Herzen wissen. Was auch immer sie jetzt sagt, es sollte alle meine Fragen beantworten.

»We're roommates. Sorry, I thought you knew. I didn't understand what you guys were talking about earlier.«

Zimmergenossinnen? Sie und Violetta?

»V told me what you did for her. I must say, I was a bit jealous.« Wieder dieses Gekicher. Ich weiß nicht, ob ich das sympathisch finden soll oder nicht.

»Nobody ever did something like that for me.«

Aha. Violetta hat also der kichernden Mei viel von mir erzählt und ihr berichtet, was ich für sie getan habe? Darüber nachgedacht, sich mal bei mir zu melden, hat sie aber anscheinend trotzdem nicht. Mei scheint irritiert über meinen mürrischen Gesichtsausdruck. Anscheinend hat sie gedacht, ich würde mich über das Kompliment freuen. Ich beschließe, das Thema zu wechseln. Mei macht mir einen weniger abgebrühten Eindruck als die anderen beiden Crew-Mitglieder, also beschließe ich, mein Glück zu versuchen und frage:

»Mei, can I ask you something? Where exactly are we going?«

Jetzt guckt sie noch verwirrter.

»To the HQ. Where else would we go?«

Ja, das weiß ich schon. Das hat Tom uns bereits gesagt. Aber wo verdammt noch mal ist dies Basis der Organisation?

»And where is that?«

»We can't tell you that, sorry. It's top secret.« Schade. Ich dachte, Mei würde sich erweichen lassen. Bambi hat ihre Untertanen gut dressiert.

»Is Bambi there?«

Mei nickt.

»Of course. Your mother never leaves the Headquarter.«

Tom und Mei wechseln fragende Blicke. Anscheinend dachten sie, ich wüsste das alles. Einen Scheiß weiß ich. Ich habe all das vermutet. Dachte, es sei nur logisch, dass Richard Violetta in die Basis der Organisation bringt, dass meine Mutter als die Chefin dieses Haufens dort die Stellung hält und dass ich dorthin muss, wenn ich Bambi treffen will. Aber wirklich gesagt hat mir das bisher keiner.

Also wenn wir nicht gerade seit zwölf Stunden im Kreis fahren, dann muss sich die Basis tatsächlich irgendwo am Arsch der Welt befinden. Ich stelle mir eine Weltkarte vor, während ich die letzten Puddingreste aus der Schale kratze. *Nova Scotia* hat Tom gesagt. Von dort sind wir losgefahren. Es muss die Atlantikküste gewesen sein. Man kann nicht in einer Nacht mit dem Auto von Toronto auf die andere Seite des Kontinents fahren. Oder doch? Fahren wir in die Karibik? Oder an den Nordpol? Verdammt. Ich hasse diese ganzen geheimniskrämerischen Organisationsmenschen. Ich gehe jetzt. Mei sieht so aus, als hätte sie sich gerne noch ein bisschen weiter mit mir unterhalten. Dann ertönt ein kurzer Pfeifton über das Intercom. Mei zuckt zusammen.

»Fuck«, flucht sie. Es klingt irgendwie schmutzig aus ihrem Mund. Mei springt auf. »It's Sarah! I have to go. You better get back to your cabin, Laser. Tom!« Tom räumt noch schnell meine Puddingschüssel in das Spülbecken und läuft dann Mei hinterher Richtung Offiziersbrücke. Ich seufze und schlurfe zurück in unsere Abstellkammer, in der mein Vater gerade aus der Dusche steigt. Ich erschrecke ein bisschen über den überdimensional großen blauen Fleck auf seinem Oberkörper.

»Ist nicht so schlimm. Tut schon fast gar nicht mehr weh«, beteuert er, doch ich glaube ihm kein Wort.

»Wohnt Bambi am Nordpol? Wie der Weihnachtsmann?«

Mein Vater verzieht den Mund zu einem kleinen Lächeln.

»Vielleicht. Wir werden sehen.«

Bevor wir aber etwas anderes sehen als unsere winzig kleine Kammer, dauert es noch ein bisschen. Papa und ich liegen auf unseren Betten rum, und er fragt mir Löcher in den Bauch. Er fragt mich nach Mama und meinen Geschwistern. Er fragt nach der Omma und nach meinem Leben vor dem Black out. Alles erscheint mir so weit weg. Die Person, die ich noch vor einem halben Jahr war, ist mir fremd geworden. Während ich erzähle, bemerke ich aber dennoch, dass ich mich nach der Leichtigkeit meines alten Lebens sehne. Nach der Sorglosigkeit. Papa betont immer wieder, es sei nicht richtig, dass ich so tief in diesen Konflikt hineingezogen wurde. Er ist der Meinung, ich solle unbedingt nach Port Hope zurückkehren, sobald ich Bambi getroffen und den Verbleib meiner Berliner Familie geklärt habe. Er überlegt laut, ob man uns nicht alle dorthin verfrachten könne. Und natürlich finde ich diese Überlegung irgendwie verlockend. Im Grunde hat er recht. Trotzdem kotzt es mich an, dass mein Vater so feige ist und sich am allerliebsten aus allem heraushalten will. Nicht, dass mich Bambis bescheuerter Krieg besonders interessiert, aber er kann doch nicht einfach so tun, als hätte er überhaupt nichts damit zu tun. Ich sag ihm das aber nicht. Ich will mich nicht auch noch mit ihm streiten. Ich bin ja doch froh, dass er da ist. Ich bin froh, dass ich Bambi nicht allein gegenübertreten muss.

Irgendwann beginnt unser U-Boot zu rumpeln. Dann werden die Geräusche leiser. Ich glaube, wir bleiben stehen. Ein Ruck geht durch die Wände. Das Metall zittert, der Boden vibriert und ich höre, wie sich eine Luke öffnet, dann wieder schließt. Sind wir da? Die Motoren stehen still. Es klopft. Tom steckt seinen Kopf durch den Türspalt.

»Wir haben angedockt. Jetzt muss nur noch das Wasser in der Schleuse abgepumpt werden, dann könnt ihr von Bord gehen. Dauert ungefähr eine halbe Stunde. Wenn ihr wollt, könnt ihr in der Kombüse warten. Mei hat Kaffee gekocht.«

Mein Magen macht einen Satz. Wir haben angedockt. Ich trinke jetzt einen Kaffee und dann steige ich aus und sehe Bambi. Und Violetta. Wobei die Aussicht, meiner richtigen Mutter zum ersten Mal in meinem Leben gegenüberzustehen, das Wiedersehen mit meiner Freundin (ist sie das denn eigentlich?) absolut in den Hintergrund rücken lässt. Ich will das nicht wahrhaben, ich will, dass Bambi mir total egal ist. Leider scheint es keine Rolle zu spielen, wie sehr ich das will. Ich atme tief ein, befehle mir, mich zusammenzureißen. Dann gehe ich zurück in die U-Boot-Wohnküche. Als ich dieses Mal an dem Bullauge vorbeilaufe, ist das Wasser um uns herum hell, und ich sehe Algen und anderes Zeug an den Glasfenstern vorbeischwimmen. Ich kann so etwas wie ein Metallgerüst unter Wasser erkennen. Mei und Tom stehen an die Küchenzeile gelehnt, Tassen in der Hand, und unterhalten sich. Der Geruch nach frisch gebrühtem Kaffee erinnert mich an Mattis Haus. Papa kriegt sich kaum ein vor Freude. Er hat ewig keinen Kaffee mehr getrunken. Ich bin gerade nicht sicher, ob ich meinem sowieso schon aufgebrachten Körper die Dosis Koffein antun möchte. Bevor ich aber ablehnen kann, hat Mei mir schon eine Tasse in die Hand gedrückt. Sie verbeugt sich ein bisschen vor mir, als sie mir das Getränk reicht. Als ich diese Geste sehe, beginne ich zu glauben, dass sie Japanerin ist. Das erklärt auch ihren seltsamen Akzent. Mei deutet nach draußen und meint, wir befänden uns in einer Unterwasser-Dockingstation. Man würde das Wasser aus der Schleuse pumpen, damit Passagiere aus dem U-Boot aussteigen können. Ich verstehe den Sinn nicht ganz. Warum steigen wir nicht einfach wieder oben aus der Luke raus? Mei lacht und sagt, dass wir genau das tun würden, aber eben erst, wenn das Wasser aus der Station rausgepumpt sei. Sonst würden wir ja ertrinken oder die ganze Basis mit Wasser fluten. Ich kapier es immer noch nicht ganz. Egal. Jetzt ist es auch zu spät, mich mit dieser ganzen U-Boot-Technik auseinanderzusetzen. Ich hoffe, ich muss nie wieder in einen solchen schwimmenden Metallkasten einsteigen. Wir beobachten durch das Bullauge, wie der Wasserspiegel langsam absinkt. Sehr langsam. Papa und Tom sprechen über die Herausforderung, auf so engem Raum miteinander zu leben, manchmal über mehrere Wochen hinweg. Papa lacht und sagt, er sei das gewohnt. Alle haben irgendwie gute Laune. Mir geht es furchtbar. Der Kaffee tut meinem Magen nicht gut und schmeckt scheiße. Trotzdem trinke ich, damit ich etwas zu tun habe, während ich aus dem Bullauge starre und immer mehr Angst kriege, auszusteigen. Wenn wir am Nordpol sein sollten, brauche ich eine Winterjacke. Bei dem Gedanken an tonnenweise Schnee und Eisberge überkommt mich blankes Entsetzen. Nicht schon wieder. *Bitte kein Schnee!* Davon habe ich so was von die Schnauze voll. Ich hoffe auf die Karibik. Oder sind wir vielleicht nach Deutschland gefahren? Mein Herz tut ein paar laute aufgeregte Schläge. Nein, nicht in ... was? Fünfzehn, sechzehn Stunden. Wie schnell fährt so ein U-Boot eigentlich? Ich frage Mei.

»Something around 100 knots«, antwortet sie.

»Ungefähr 200 Kilometer die Stunde«, erklärt Tom hastig. Mmh. Das reicht nicht, um uns zurück nach Deutschland gebracht zu haben. Also doch die Karibik? Oder ganz was anderes?

Captain Sarah meldet sich über das *Intercom.* Wir sind bereit auszusteigen.

Ich will nicht. Das ist zu viel für mich. Ich will Bambi nicht sehen. Ich hasse Bambi. Am liebsten hätte ich mich einfach wieder ins Bett gelegt. Da aber jetzt alle aus der Wohnküche zur Offiziersbrücke laufen und mich einfach mit durch den engen Gang schieben, scheine ich keine Wahl zu haben. Captain Sarah nickt Papa und mir von ihrem Kommandopult aus freundlich zu. Wir sollen unser Gepäck nicht vergessen. Ich hab kein Gepäck. Mein Rucksack ist in Papas Wohnung geblieben. Mitsamt meines Notizbuchs und Violettas T-Shirt-Brief. Ich bin offiziell besitzlos. Und meine mit Angst und Panik vollgesifften Metro-Klamotten von gestern kann Captain Sarah gerne benutzen, um hier unten das Klo zu putzen. Die nehme ich sicher nicht mehr mit. Egal, wohin ich gehe. Ich will keine Erinnerungsstücke an diese Nacht mitnehmen.

Mei steigt die Leiter zur Luke hoch und öffnet sie. Sie steigt aus. Wir müssen unten warten. Es dauert ein paar Minuten, in denen über uns Metall über Metall geschoben wird. Ich schwitze. Hier unten ist es unerträglich heiß. Aber besser hier unten in der U-Boot-Sauna herumstehen als oben auf Bambi treffen. Papa ist da wohl anderer Meinung. Er stöhnt genervt und tritt nervös von einem Fuß auf den anderen.

Mei kommt zurück. Sie gibt uns ein Zeichen, und ich steige mit weichen Knien die Leiter hoch. Wir klettern aus der Luke und gehen auf einem Metallsteg über das riesige Becken, in dem das U-Boot schwimmt. Wir sind in einer Halle, von deren Wänden Wasser tropft. Das Gerüst, auf das wir klettern, ist mit Algen und Muscheln bewachsen. Mei geht vor uns, quatscht dabei ausgelassen auf Japanisch mit einem jungen Mann, der oben wartet und den gleichen schwarzen Overall trägt wie wir. Er begrüßt uns, verbeugt sich und lächelt ähnlich bedingungslos wie Mei. Als Papa, ich und Tom drüben sind, öffnet er mittels seines Fingerabdrucks eine Tür. Captain Sarah scheint nicht mitzukommen. Ich überlege, sie zu fragen, ob ich nicht einfach bei ihr bleiben kann. Vielleicht bildet sie mich zum U-Boot-Kapitän aus. Dann bleib ich einfach für immer hier unten und muss Bambi nie begegnen. Und Violetta kommt mich einmal im Jahr besuchen. Sie steht ja anscheinend auf Fernbeziehungen. Papa legt mir seinen Arm um die Schulter und geht mit mir durch die Tür. Er scheint zu ahnen, dass ich furchtbare Angst vor dem habe, was nun kommt. Als nächstes passieren wir eine Schleuse. Hier riecht es immer noch nach Meerwasser und Algen. Der junge Japaner mit dem magischen Daumen, bei dem sich Mei untergehakt hat und auf den sie in einer Geschwindigkeit einredet, dass einem schwindelig wird, öffnet die nächste Tür. Wir betreten einen niedrigen, hell erleuchteten Gang. Hier sieht es aus wie in einem Raumschiff, denke ich. Alles ist glänzend weiß mit grauen Details, und ich sehe kein einziges Fenster. Wir laufen auf einem Gitter, das hinter der nächsten Tür durch einen glänzenden Linoleumboden ersetzt wird. Wieder keine Fenster. Keine Menschen. Wo sind wir hier? Links und rechts sehe ich Türen mit Schildern daran. *305 – Boiler Room, 306 – Pressure Eqzualization, 307 – Mr. Biggs Office.* Office ist durchgestrichen und ein Etikett neben das Schild geklebt, auf dem steht: *Broom Closet.* Ist das witzig gemeint? Der lange Gang fängt an, sich vor meinen Augen zu drehen. Papas Griff um meine Schulter wird fester. Wo ist Bambi? Ist sie vielleicht doch nicht hier? Warum hat sie uns nicht am U-Boot abgeholt? Meis Kumpel öffnet die nächste Tür. Ein Aufzug. Wir steigen ein und er drückt auf die drei. Es gibt laut Display fünf Stockwerke. Die Anzeige ist digital. Sowieso scheint die Technik hier völlig normal zu funktionieren. So wie bei uns zu Hause vor dem Blackout. Und vor Bambis Systemfehlern. Der Aufzug gleitet lautlos nach oben. Der Japaner drückt mit dem Finger gegen sein Ohr und sagt auf Englisch:

»We're coming up now. Is she ready?« Er kann mit seinem Finger sogar telefonieren. Wirklich beeindruckend. »She is ready for you guys.«

Wer ist bereit für uns? Bambi? Ich bin nicht bereit für Bambi. Ich bin absolut nicht bereit. *Fuck.* Die Tür öffnet sich, und wir steigen in einem weitläufigen Flur aus, auf dem tatsächlich vereinzelt ein paar Menschen zu sehen sind. Allesamt in den gleichen schwarzen Overalls. Manche haben Tablets in der Hand, auf denen sie rumtippen, andere tragen dampfende Tassen durch die Gegend. Ich habe das Gefühl, dass alle uns anstarren. Ich starre trotzig zurück. Irgendwann bleiben wir vor einer riesigen Tür mit zwei Flügeln stehen. Mei, ihr Kumpel und Tom treten zur Seite.

»Ihr könnt einfach reingehen. Sie erwartet euch«, sagt Tom und nickt uns zu. Er sieht aus, als wäre er ein bisschen traurig, dass Bambi nicht auch auf ihn wartet. Er kann gerne an meiner Stelle da rein. Absolut kein Problem. Papa berührt den Türsensor, und die beiden Flügeltüren öffnen sich. Ich wäre am liebsten weggerannt. Mein Herz schlägt mir bis zum Hals, mein Atem geht schnell und flach. Ich versuche zu zählen, während ich ein- und ausatme, kann mich aber einfach nicht konzentrieren. Meine Gedanken wirbeln um mich wie ein Tornado. Wäre ich doch verdammt noch mal niemals hergekommen! Hätte ich doch niemals in Ommas Kleiderschrank nach einem Koffer gesucht! Wenn ich nicht so verflucht neugierig gewesen wäre und in ihren alten Sachen herumgeschnüffelt hätte, dann wäre mir der Anblick von Bambis Rehgesicht erspart geblieben. Ich hätte meine Mama behalten dürfen und wäre niemals aus Berlin weggegangen.

Bambi hätte die Welt trotzdem lahmgelegt, und Violetta wäre gestorben.

Mein ganzer Körper zieht von der Tür weg. Papa nimmt meine Hand. Und dann sehe ich sie zum ersten Mal. Sie steht mit dem Rücken zu uns vor einer riesigen schwarzen Wand in einem schwach beleuchteten, runden Raum mit hohen Decken, in dem sich nichts als ein runder Tisch mit etwa zehn Stühlen befindet. Sie wendet den Kopf, als wir eintreten. Und da ist sie: Bambi. Meine Mutter.

Phase 10; Inkompatibel

Bambi lächelt, Papa lächelt, und ich kriege vor lauter Panik keine Luft mehr. Die Tür hinter uns schließt sich zischend. Es wird still in dem riesigen Raum. Mein ganzer Körper zittert unkontrolliert, und ich hoffe so sehr, dass Bambi es nicht bemerkt. Ich will nicht, dass sie sieht, wie sehr ich mich vor ihr fürchte.

Meine Mutter, die den gleichen schwarzen Overall trägt wie alle anderen auch, kommt mit schnellen Schritten über den spiegelglatten Boden auf uns zugelaufen und umarmt lachend meinen Vater, der sich absolut ohne Gegenwehr von ihr umarmen lässt. Nach allem, was Papa über Bambi gesagt hat, kommt mir diese überschwängliche Begrüßung mehr als heuchlerisch vor.

»Ben! Was ist denn mit deinem Gesicht passiert?« fragt Bambi besorgt, nachdem sie Papa eingehend betrachtet hat, und berührt mit ihren Fingern sein Auge.

»Nicht der Rede wert. Ist schon fast wieder verheilt«, lügt Papa. Was tun die da? *Das ist ja ekelhaft!*

Bambi schüttelt fassungslos den Kopf und drückt meinen Vater erneut an sich.

»Du hast dich überhaupt nicht verändert, Ben. Wie kann das sein?«

Mein Vater schmunzelt und scheint sich über das lahme Kompliment zu freuen. Er versichert, meine Mutter sähe auch noch genauso aus wie vor fünfzehn Jahren. Sie grinsen sich an und halten sich dabei an den Händen. *Ist das zu fassen?* Papa hat schon nach zweieinhalb Sekunden komplett die Kontrolle über sich verloren. Das kann ja heiter werden.

Während ich einen großen Schritt zur Seite trete, um mich möglichst deutlich von meinem Vater abzugrenzen, nehme ich zur Kenntnis, dass Bambi viel kleiner ist als Papa und ich. Und wir beide sind wirklich keine Riesen. Sie muss sich auf die Zehenspitzen stellen, um Papa zu umarmen. Ich frage mich, wie eine so kleine Frau ein so großes Arschloch sein kann. Als sie sich dann mir zuwendet, weiche ich erschrocken zurück. Ich lasse mich auf keinen Fall von ihr umarmen. Das kann sie vergessen!

»Ich freue mich so, dass du hier bist, Laser Blue. Wirklich.« Sie streckt vorsichtig die Hand nach mir aus, nachdem sie bemerkt hat, dass ich Papas Wiedersehensfreude ganz offensichtlich nicht teile. Ich ziehe meine Hand hastig weg, und damit zerfällt der freundliche Ausdruck in Bambis Gesicht. Enttäuscht sieht sie zu mir auf. Nur ganz kurz. Eine Sekunde, nicht länger. Sie hat sich schnell wieder im Griff. »Du siehst aus wie dein Vater. Ein Potlowski durch und durch.« Sie lächelt schwach. Ihre Stimme ist leise und zart. Freundlich.

»Nur die Augen, die hat er von dir. Ganz eindeutig«, ergänzt Papa liebevoll.

Ich kann nicht sprechen, mein Hals ist trocken und meine Zunge klebt an meinem Gaumen fest; also stehe ich einfach nur da und glotze sie stumm an. Selbst wenn ich gekonnt hätte, mir wäre spontan nichts eingefallen, das ich zu ihr sagen will. Bambi lässt von mir ab. Obwohl sie es sicher gerne vertuscht hätte, sehe ich in ihren schwarzen Augen, dass meine Reaktion – oder besser meine Nicht-Reaktion – sie verletzt. Ich bin sicher, sie hätte am liebsten einfach losgeheult.

Es macht mich wahnsinnig. Ihre Augen sind meine Augen. Ich habe das Gefühl, als blickte ich in einen verdammten Spiegel. Bambi ist meine Mutter und Ben Potlowski mein Vater. Jeder würde es sehen. Fassungslos begreife ich, dass ich hier mit meiner Mutter und meinem Vater stehe, mit einhundert Prozent meines Genpools, und ich fühle mich so fremd und so falsch wie noch nie in meinem ganzen Leben. *Das kann doch nicht richtig sein.*

»Wollt ihr euch nicht setzen«, fragt Bambi an meinen Vater gewandt. »Wir haben Kaffee und Tee da«, sie zeigt auf ein Tablett mit Kannen und Tassen. Ihre Hand zittert ein bisschen. Wahrscheinlich denkt sie, dass es keiner merkt.

Papa nickt und setzt sich brav auf einen der weich gepolsterten Stühle am runden Tisch. Bambis fucking Tafelrunde. Ich bleibe stehen und starre trotzig die enorme schwarze Wand vor uns an, die sich konisch geformt entlang des ganzen Raumes zieht. Eins muss ich Bambi lassen: Ihr Wohnzimmer ist wirklich beeindruckend. Wenn auch etwas düster und kahl. Ich sehe kein einziges Fenster hier drinnen.

Papa nickt mir aufmunternd entgegen. Ich schüttle stur den Kopf und bleibe mit verschränkten Armen stehen, wo ich bin. So weit kommt's noch. Ich werde mich auf keinen Fall an diesen Tisch setzen und mit Bambi Kaffee trinken. Ich starre trotzig vor mich hin und bilde mir ein, die Wand bewegt sich.

»Laser?«, fragt mein Vater. »Willst du dich nicht setzen, Junge?«

»Nein. Ich stehe lieber«, sage ich und bereue es sofort, denn meine Stimme zittert verräterisch. Ich sage besser nichts mehr.

Während ich weiterhin demonstrativ die Wand anschaue, bemerke ich, dass sich die schwarze Fläche wirklich bewegt. Nur ganz leicht. Ich kneife die Augen etwas zusammen. Was ist das denn? Ein Bildschirm? Ich gehe näher heran und berühre das Glas. Es ist kein Bildschirm. Bildschirme fühlen sich anders an. Das Glas ist kalt. Und dann kapier ich es. Das ist keine Wand. Es ist ein Fenster. Ein überdimensional großes Fenster. Und wir sind nicht am Nordpol oder in der Karibik. Wir sind immer noch unter Wasser! Wir sind nie aufgetaucht. Die geheime Basis von Bambis Organisation befindet sind *unter Wasser*. Mein Mund öffnet sich in Sprachlosigkeit. Das ist zu krass. Kein Wunder, dass nie jemand herausgefunden hat, wo die Organisation sich versteckt. Die haben wahrscheinlich immer nur *über Wasser* gesucht.

»Laser, kann ich dir irgendwie helfen? Möchtest du einen Schluck Wasser?« Bambi sieht erst mich und dann meinen Vater an. So als müsse Papa wissen, was mit ihrem merkwürdigen Sohn abgeht, den sie sich sicher ganz anders vorgestellt hat. Nicht so unkommunikativ und zurückweisend. »Bitte, setz dich doch«, sagt sie, lächelt wieder und legt ihre kleine Hand einladend auf die Sitzfläche des freien Stuhls. Ich bewege mich weiter auf das

Unterwasserfenster zu und ignoriere Bambi. Wie sie das wohl gebaut haben? Irgendwo im Ozean? So ganz im Geheimen.

»Der Kaffee ist wirklich gut. Komm schon, Junge. Ich bin mir sicher, deine Mutter hat uns einiges zu sagen.« Papa gibt sich echt Mühe, mich umzustimmen. Leider kennt mein Vater mich noch nicht besonders gut und scheint nicht zu wissen, dass das so bei mir nicht funktioniert. Ich habe keinen Bock auf diese scheiß Familienzusammenkunft. Diese beiden Menschen sind nicht meine Familie. Sie hatten irgendwann vor tausend Jahren mal Sex und haben mich dabei gemacht. Dann haben sie entschieden, verantwortungslose Idioten zu sein, und mich verlassen. Hier jetzt so eine Show abzuziehen, mit dem ganzen Umarmen und Hinsetzen und was trinken und so ... das können die beiden mal schön alleine machen. Ich bin raus.

Vorsichtig lege ich die Hand auf die Scheibe. Ich spüre, wie sie unter meinen Fingern vibriert. Ich schließe die Augen, und plötzlich habe ich das Gefühl, dass der ganze Raum schwingt. Wie diese Basis wohl von außen aussieht?

»Kann man unter Wasser Funksprüche absetzen?«, frage ich heiser, und das Glas beschlägt von meinem Atem.

Bambi guckt jetzt noch irritierter. Papa will was sagen, aber ich lasse ihn nicht zu Wort kommen. »Ich muss mich dringend in Port Hope melden.« Papa dreht sich um und betrachtet eingehend die schwarze Wand; allmählich dämmert es auch ihm.

»Wir sind unter Wasser? Die Basis befindet sich unter Wasser?«

Bambi nickt, geht aber nicht weiter darauf ein. Natürlich nicht. Sie wohnt ja schon seit Ewigkeiten hier unten. Für sie ist das nichts Besonderes. »Laser, ich würde mich gerne kurz mit euch unterhalten. Danach sprechen wir über Port Hope, ja?« Sie lächelt mir freundlich zu.

»Nein. Ich will mich nicht unterhalten. Ich will in Port Hope Bescheid geben, dass ich okay bin. Und dann will ich Violetta sehen.«

»Es ist nicht mal fünf Uhr morgens. Violetta schläft noch. Und ich glaube, auch in Port Hope wird um diese Uhrzeit niemand am

Funkgerät sitzen. Bitte, sei vernünftig. Setz dich. Lass uns reden. Danach sehen wir weiter.«

Ich schnaufe verärgert. Anscheinend ist mir jegliches Zeitgefühl verloren gegangen. Ich habe keine Ahnung, wie spät es ist. Alles, was ich weiß, ist, dass ich nicht länger hier in diesem Raum sein will. Nicht mit ihr. Und auch nicht mit meinem verweichlichten Vater, der Bambi gegenübersitzt und sie anschmachtet, als hätte er mit einem Schlag vergessen, wie böse sie ist.

»Laser«, seufzt mein Vater. »Nur ein paar Minuten. Setz dich. Des lieben Friedens willen.«

»Ich will mich verdammte Scheiße nicht hinsetzen! Kapiert ihr das nicht?«

»Schön. Dann bleib halt stehen.« Papa schüttelt verständnislos den Kopf und trinkt nervös einen Schluck aus seiner Tasse. »Das ist doch lächerlich.«

»Lächerlich? Weißt du, was lächerlich ist? Dass du es dir nach der ganzen Scheiße, die wir ihretwegen ertragen haben«, ich zeige mit dem Finger auf Bambi, »hier gemütlich machst und so tust, als wäre die Welt in Ordnung.«

»Laser, du gibst mir ja nicht einmal die Chance, dir alles zu erklären«, behauptet Bambi. Wieder streckt sie ihre Hand nach mir aus. Ich lehne mich mit dem Rücken gegen die Glaswand, verschränke die Arme vor der Brust und sehe ihr herausfordernd ins Gesicht.

»Vielleicht fängst du damit an, mir zu sagen, wo meine Mama und meine Geschwister sind,« fordere ich sie auf und genieße es zu sehen, wie sehr es sie verletzt, dass ich meine Tante nach wie vor so nenne.

»Sie sind in Sicherheit, Laser. Es geht ihnen gut.«

Mit einer so prompten Antwort habe nicht gerechnet. Das bringt mich ein wenig aus dem Konzept. Trotzdem fällt mir augenblicklich ein riesiger Stein vom Herzen. Es geht ihnen gut, Bambi weiß, wo sie sind.

»Du weißt also, wo Mama, Mercury und Blast sind, und du hast es nicht für nötig gehalten, mir das irgendwie mitzuteilen? Sag mal, geht's noch?« Ich bin mir sicher, sie hat mich im Unklaren gelassen, nur damit ich zu ihr auf ihre blöde Unterwasserbasis komme, um nachzufragen.

»Das ist alles nicht so einfach, wie du denkst«, setzt sie an, doch ich unterbreche sie. Was hat sie mir noch verschwiegen?

»Hast du Michael Kings Gamer Jay entführt?«, frage ich. Bambi blickt erst mich und dann meinen Vater irritiert an.

»Wen?«

»Laser, bitte. Das ist doch albern.« Er reibt sich mit der Handfläche übers Gesicht. Wahrscheinliche gehe ich ihm gerade so richtig fies auf die Nerven. Kann er sich schon mal dran gewöhnen. Er hat sich schließlich lange genug davor gedrückt, einen Sohn zu haben.

»Ich habe niemanden entführt«, verteidigt sich Bambi entrüstet, und ich glaube ihr.

»Wir müssen über so vieles sprechen, Laser. Hör mir zu. Bitte! Ich weiß, meine Entscheidungen müssen dir verrückt vorkommen.«

»Verrückt?«, frage ich und lache laut. »Deine Entscheidungen sind mir mega beschissen vorgekommen, und ich glaube, niemand kann nachvollziehen, wie man so scheiße und böse sein kann. Es traut sich nur keiner zuzugeben!« Ich sehe vorwurfsvoll zu Papa.

»Ich bin nicht böse!« Bambi klingt empört über diese Anschuldigung. Sie steht wütend auf und schiebt dabei ihren Stuhl geräuschvoll über den Fußboden. Aber genau wie mein Vater mir erzählt hat, wird Bambi nicht laut. Nicht so wie ich, der sich schon wieder aufregt und rumschreit. Obwohl ich ja eigentlich gar nichts sagen wollte. Das hat ja wunderbar geklappt. Ich drücke mich fester gegen die Scheibe und versuche, die abstrahlende Kälte in meinen erhitzten Körper zu saugen. Ich muss mich beruhigen.

»Du scheinst anscheinend noch immer nicht verstanden zu haben, wie die Welt funktioniert, in der du es dir so bequem gemacht hast, mein Sohn. Wenn du also so freundlich wärst, dich für einen Augenblick mit uns an diesen Tisch zu setzen, dann wäre es mir eine Freude, dir zu erklären, was mich dazu bewogen hat, die *Welt zu zerstören,* wie du so schön gesagt hast.« Ihr Ton wird zunehmend herablassend. Jetzt zeigt sie also ihr wahres Gesicht. Soll sie nur! Ich hab es ja die ganze Zeit geahnt.

»Du willst also allen Ernstes behaupten, dass du nicht böse bist? Hast du dir Papa mal genauer angesehen? Das ist deine Schuld!«

Jetzt mischt sich Papa ein. Er hat sich direkt auf Bambis Seite geschlagen. Dieser Verräter.

»Laser, jetzt mach aber mal einen Punkt, ja? Die Jungs, die das gemacht haben«, er deutet auf sein Auge, »die arbeiten nicht für deine Mutter. Die arbeiten für *MediaCon.*«

»Und warum? Weil sie dank Bambi arbeitslos sind und den ganzen Tag nur irgendwelche Pillen fressen und Leute beklauen.«

Meine Mutter lacht auf. Es klingt ein bisschen hysterisch.

»Was sollen das denn für Jobs gewesen sein, die ich diesen Irren angeblich weggenommen habe? Von einem Medienkonzern versklavt und ferngesteuert, haben sie sich wie die Gladiatoren in Rom zur Belustigung des Volks gegenseitig abgeschlachtet. Willst du das allen Ernstes als Arbeit bezeichnen?«

»Vielleicht hat ihnen das ja Spaß gemacht! Woher willst du das denn wissen? Du hast sie bestimmt nicht nach ihrer Meinung gefragt. Das machst du nämlich *verdammte Scheiße* nie!«, rufe ich und hätte am liebsten gegen irgendwas getreten. Hier gibt es aber nichts zum Treten. Nur den Tisch und die Stühle. Wahrscheinlich hat Bambi vorsichtshalber alles andere weggeräumt. Diese Frau macht mich so wütend.

Ich will doch nur das scheiß Funkgerät benutzen und dann Violetta sehen. Diese ganze Diskussion bringt mich keinen Schritt weiter. Das ist absolute Zeitverschwendung. Vielleicht sollte ich einfach gehen.

»So funktioniert also die Welt, wie du sie dir vorstellst, ja? Wenn keiner sich beschwert, ist es auch nicht so schlimm, dass grausame Dinge passieren.« Bambi verschränkt die Arme vor der Brust und beginnt, vor dem Tisch auf und ab zu gehen. »Solange keiner was sagt, werden einfach alle weiter ausgebeutet und kleingehalten. Das findest du okay?«

»Nein, das finde ich nicht okay. Es ist aber auch nicht okay, einfach auf alles und jeden zu scheißen und ohne Rücksicht auf Verluste die ganze Welt lahmzulegen. Wegen dir wäre Violetta fast gestorben. *Ich* wäre fast gestorben.«

»Manchmal muss man Opfer bringen«, zischt Bambi leise durch ihre zusammengebissenen Zähne. Sie bleibt mit dem Rücken zu uns stehen.

Das hat sie jetzt nicht wirklich gesagt? Ich bin sprachlos. Ich sehe meinen Vater an, der mit dieser Aussage auch nicht ganz einverstanden zu sein scheint, denn er blinzelt Bambi über seine Kaffeetasse hinweg schockiert an.

»So habe ich das nicht gemeint«, verteidigt sie sich schnell. »Ich meine *grundsätzlich*. Grundsätzlich muss man Opfer bringen, um etwas zu erreichen. Denkst du, es ist mir leicht gefallen, dich damals einfach in Berlin zurückzulassen?« Jetzt kommt sie auf mich zu. Ich kann nicht ausweichen. Hinter mir ist das Glas und dann der Ozean.

»Ich kann mir irgendwie nicht vorstellen, dass du besonders große Schwierigkeiten damit hattest. Jedenfalls klang es nicht so, als Papa mir davon erzählt hat.«

Mein Vater wird tatsächlich ein bisschen rot, als Bambi ihn vorwurfsvoll anfunkelt. Gut so. Ich kann es kaum ertragen, wie er hier sitzt und so tut, als würde sie ihn nicht ankotzen. Sollen die beiden sich ruhig auch ein bisschen streiten.

»Das reicht jetzt, Laser. Das führt doch alles zu nichts«, meint Bambi und lässt sich erschöpft auf halbem Weg zu mir wieder auf ihren Stuhl fallen. Sie reibt sich die Augen und seufzt. »Ich habe nicht erwartet, dass es leicht wird, euch nach all den Jahren wiederzusehen. Und es tut mir leid, dass ihr wegen mir in solche Schwierigkeiten geraten seid. So hatte ich das alles nicht geplant. Aber ich kann es nicht mehr rückgängig machen.«

»Wie wäre es denn, wenn du zur Abwechslung mal mit dem Planen aufhörst und einfach mal machst, was wir wollen? Ich weiß nicht, was genau Papa möchte, aber *ich* will nach Port Hope funken und Violetta sehen und nicht mit euch hier Kaffeekränzchen spielen.«

»Ich habe gemacht, was du wolltest! Ich habe alles riskiert, wofür die Organisation seit Jahren gearbeitet hat, weil mein eigener Sohn mich erpresst hat. Du hast mich vor der versammelten Mannschaft bloßgestellt, Laser. Ich habe mich wegen dir völlig irrational verhalten und eine Menge Leute verärgert!«

»Du hast dich also ausnahmsweise mal wie eine richtige Mutter verhalten, ja? Das muss wahnsinnig schwer für dich gewesen sein.«

Bambi saugt zischend Luft durch die Nase ein. Sie ballt die Hände zu Fäusten.

»Vielleicht ist es wirklich besser, wenn wir uns erst einmal ein bisschen ausruhen und später noch mal versuchen, uns zu unterhalten. Laser hat viel durchgemacht«, versucht mein Vater zu beschwichtigen. Bambi allerdings scheint für Diplomatie nicht mehr viel übrig zu haben und tut Papas Vorschlag mit einer hastigen Handbewegung ab.

»Nein, Ben. Wir klären das jetzt.« Sie wendet sich wieder mir zu. »Es war damit zu rechnen, Laser, dass du niemals verstehen würdest, dass ich das alles nur wegen dir getan habe. Dir zu liebe. Weil ich dich so sehr geliebt habe.«

»Wegen mir? Bist du jetzt völlig wahnsinnig geworden?« Ich kann nicht fassen, was sie da behauptet. Versucht sie jetzt auch noch, die Schuld auf mich abzuwälzen? Ich glaube mittlerweile, dass meine Mutter ernsthafte gesundheitliche Probleme hat. So ein Verhalten kann doch nicht normal sein.

»Weil ich eine bessere Welt für dich schaffen wollte! Weil ich dich so sehr geliebt habe, dass ich es nicht ertragen konnte, mir vorzustellen, dass du *so* leben musst. So wie ich und dein Vater. Ich wollte, dass du frei sein kannst! Dass du etwas Besseres sein kannst!« Bambi zischt die Worte durch ihre zusammengebissenen Zähne. Wahrscheinlich ist das ihre Waffe gegen das Lautwerden. Ihr Gesicht ist jetzt vor Zorn gerötet, und ihre Finger sind nach wie vor verkrampft. Obwohl ich weiß, dass es absolut bescheuert ist und niemandem hilft, kann ich es nicht lassen, sie weiter zu provozieren.

»Klar, ich verstehe. Und dann fängst du damit an, einfach komplett aus meinem Leben zu verschwinden. Nimmst meinen Vater mit und haust einfach ab. Ich höre ewig nichts mehr von dir, nur um dann zu erfahren, dass du nebenbei geplant hast, die ganze Welt zu zerstören. Ach ja, und vorher schickst du noch meine Freundin für deine Zwecke in die Wildnis zum Sterben! Das ist also deine Art, mir zu zeigen, dass du mich so sehr liebst? Ungewöhnlich, wirklich.«

»Du verstehst es einfach nicht. Aber gut, auch damit musste ich rechnen. Du hast viel zu lange mit *ihnen* zusammengelebt, als dass man von dir erwarten könnte, über den Tellerrand hinauszublicken.«

Ich bin entsetzt. Wie kann sie es wagen, in einem so abfälligen Ton über Mama und meine Familie zu sprechen. Mama hat sich wenigstens um mich gekümmert. Mama war wenigstens da und hat ihr Bestes gegeben, mir ein Zuhause zu geben. Vor meinen Augen taucht sie auf, wie sie in Ommas Wohnung neben mir auf dem Boden hockt und heult, weil sie mir sagen musste, dass Bambi meine richtige Mutter ist. *Aber das ist sie nicht. Für mich ist sie es nicht.* Ich hasse Bambi.

Ohne ein weiteres Wort stoße ich mich von der Glaswand ab, drehe mich um und gehe zur Tür. Ich werde dieses Gespräch beenden, sofort. Bambi kann mich mal. Ich gehe.

»Wo willst du hin?«, fragt sie mich. Papa steht auf, um mir hinterherzulaufen.

»Keine Ahnung. Egal, Hauptsache weg von dir.«

»Ich bin aber noch nicht fertig!«

»Das ist mir egal. Ich weiß, das bist du nicht gewohnt, Bambi. Sonst hängen sie alle immer an deinen Lippen und finden es total geil, von dir beachtet zu werden, nicht wahr? Mei und Tom zum Beispiel, die beiden wären sicher gerne deine Kinder. Weißt du was? Ich wünschte, du wärst *nicht* meine Mutter. Du hast mich einfach zurückgelassen, du hast alles, was ich liebe, kaputt gemacht und jetzt glaubst allen Ernstes mir und Mama die Schuld daran geben zu können. Das ist so was von erbärmlich. Ich kann mir diese Scheiße nicht mehr länger anhören.« Ich klatsche meine Handfläche auf den Türsensor. »Zum Kotzen«, spucke ich aus und trete aus dem Raum, kaum haben sich die Flügel zischend zur Seite geschoben. Papa und Bambi tun nichts, um mich aufzuhalten. Die Tür geht hinter mir wieder zu und ich seufze erleichtert, als ich endlich draußen bin. Ich blinzele gegen das helle Licht im weißen Flur, in dem nur Tom steht, ein Tablet in der Hand hält und mich irritiert ansieht.

»Seid ihr schon fertig?«

»Ich bin fertig.«

»Aber Bambi hat für dieses Gespräch mindestens zwei Stunden angesetzt.«

»Hat sie das, ja?« Ich schüttle ungläubig den Kopf. Das ist doch alles total krank. »Schön für sie. Kannst du mir sagen, wo ich Violettas Zimmer finde?«

»Äh …«, Tom sieht so aus, als wüsste er nicht so genau, ob er das kann oder nicht. Er sieht ängstlich zu Bambis Tür. Wahrscheinlich hat sie ihm genaue Befehle erteilt, und er weiß nicht, ob er gefeuert wird, wenn er mir sagt, wo Violetta wohnt, obwohl Bambi das in ihrem tollen Plan so nicht vorgesehen hat.

»Ich weiß nicht, ich …«, stammelt er unsicher.

»Weißt du was, Tom? Passt schon. Danke. Ich finde es alleine heraus.« Ich überlege kurz, sehe nach links den langen Gang entlang, sehe nach rechts den anderen langen Gang entlang und beschließe, meiner Intuition zu folgen und nach links zu laufen.

»Da lang geht es zu den Toiletten«, erklärt Tom kleinlaut.

Tolle Intuition, Laser. Zielsicher wie immer. Ich mache kehrt und stampfe genervt in die andere Richtung davon. Als ich außer Toms Sicht gelaufen bin, bleibe ich kurz stehen, um meinen aufgebrachten Atem wieder unter Kontrolle zu kriegen.

Das erste Treffen mit meiner Mutter ist so beschissen gelaufen, es hätte kaum schlimmer sein können. Wir hätten vielleicht noch eine Prügelei anzetteln oder uns gegenseitig mit heißem Tee übergießen können. Ich hätte zu allem Überfluss die riesige Unterwasserscheibe zerschlagen und die ganze Basis fluten können. Vielleicht hätte sie dann begriffen, wie sehr ich sie und ihre bekloppte Organisation verachte. Ich bin entsetzt darüber, dass sie absolut keine Einsicht gezeigt hat. Und wie selbstverständlich mein Vater das alles hingenommen hat. Ich habe gerade angefangen, meinen Papa irgendwie zu mögen. Mittlerweile finde ich ihn mindestens genauso scheiße wie Bambi.

Ich bleibe kurz stehen, atme tief ein und drücke mir die Handballen gegen die Augäpfel, bis ich Sterne sehe. Warum zur Hölle bin ich nur hergekommen? Und wie verdammt noch mal komme ich hier wieder weg? Ich befinde mich irgendwo inmitten des Ozeans, ohne zu wissen, wo genau auf diesem Planeten. Ohne fremde Hilfe werde ich die Basis der Organisation nie wieder verlassen können. Darüber nachzudenken führt nicht unbedingt dazu, meine erneut aufkeimende Panik niederzuringen. Ich muss Violetta finden. Egal, was zwischen uns ist, sie wird mich anhören. Mit Sicherheit. Sie schuldet mir einen Gefallen. Und wenn ich darauf bestehe, wird sie mir bestimmt irgendwie helfen können, von hier zu verschwinden. Ich schüttle meine kribbelnden Gliedmaßen, reiß mich so gut es geht zusammen und laufe weiter.

Auf dem Weg kommen mir nur wenige Menschen entgegen. Ihre Schritte hallen auf dem Gang wider. Der Boden glänzt genauso makellos wie die Wände. Ich fühle mich ein bisschen wie in unserem Fitnessstudio in Berlin. Es riecht auch so. Steril. Keimfrei. Hier gibt es bestimmt keine Kakerlaken in den Schubladen. Wo sollten die auch herkommen?

Es ist noch früh, hat Bambi gesagt. Diejenigen Organisationsmitglieder, denen ich begegne, sehen tatsächlich etwas übernächtigt oder noch total verschlafen aus. Sie alle sind in ihre Tablets versunken und beachten mich kaum. Schließlich sehe ich auf den ersten Blick aus wie sie. Am Ende des Gangs befindet sich ein weiterer Aufzug, aus dem gerade eine Gruppe Frauen herauskommt, die sich gutgelaunt über ihr bevorstehendes Frühstück in der Cafeteria unterhalten. Ich beschließe, sie anzusprechen.

»Hi!«, sage ich. Die drei verstummen.

»I am looking for Violetta Braunfels' room. Do you know where that is?«

»Yes we do«, sagt die eine und mustert mich abschätzend. Sie macht nicht den Eindruck, als würde sie es mir verraten wollen.

»Depends on who's asking«, mischt sich eine andere ein.

»I am Laser. Her ... boyfriend.«

Jetzt glotzen sie mich mit aufgerissenen Augen an. Na wundervoll. Anscheinend kennt hier jeder meinen Namen. Was Bambi ihnen wohl über mich erzählt hat? Ihr minderbemittelter Sohn aus der Platte in Berlin kommt zu Besuch. Superdumm, der Junge. Kein Plan von nichts. Total undankbar. Ein Pflegefall.

»She is not there. She works an early shift«, bemerkt die dritte Frau und nippt an ihrem Kaffeebecher, ohne den Blick von mir abzuwenden. Bambi hat mich also angelogen. Unfassbar. Violetta schläft gar nicht. Sie arbeitet. Ich werde nie wieder mit Bambi reden, beschließe ich. Kein Wort.

»She is working downstairs, isn't she? That's where she's been yesterday«, meint die erste wieder.

»I'll have a look.« Die mit dem Kaffeebecher tippt auf ihrem Tablet herum. Es dauert nicht lange und dann sagt sie: »Japp. Downstairs. Minus 3. Room 243.«

»How do I get there?«, frage ich nervös.

»Take the Elevator down to 0, go left into the next elevator and go further down to Minus 3. 243 has to be one of the rooms on the left. I don't know exactly where it is. We are not usually working in the machine rooms.«

Ich bedanke mich und drücke auf den Aufzugsensor. Die Türen gehen sofort wieder auf und ich steige ein. Die drei Frauen schlendern davon und blicken sich noch ein paarmal zu mir um, während sie ganz offensichtlich über mich sprechen. Ich fahre wie angeordnet auf 0. Hier war ich schon mal, glaube ich. Es ist der Gang mit den Gittern auf dem Boden. Hier unten riecht es nach Meer und Algen. Irgendwo hier muss unser U-Boot angedockt sein. Vielleicht gibt es ja mehrere solcher U-Boot-Parkplätze hier. Ich gehe nach links und bemerke, dass es immer wärmer wird, je weiter ich in die verzweigten Gänge vordringe. Hier unten scheint sich das Herz der Unterwasserbasis zu befinden. Es dröhnt und Metall vibriert, genau wie in Captain Sarahs U-Boot.

Ich gehe so lange, bis ich zu einem weiteren Aufzug gelange. Dieser sieht irgendwie ein bisschen rustikaler aus. Ich drücke den Knopf. Sofort ertönt ein Geräusch, das klingt, als würde jemand das Ding mit der Hand hochkurbeln. Es rumpelt und rattert, und die Gittertür vor mir springt auf, als der Metallkasten oben angekommen ist. Ein wirklich gutes Gefühl habe ich bei dieser altmodischen Klapperkiste ja nicht. Ich trete zögerlich ein und drücke auf – 3. Nicht weniger geräuschvoll seilt sich der gelb lackierte Käfig nach unten ab. Meine Knie zittern immer noch ein bisschen, stelle ich fest. Vielleicht weil ich immer noch aufgebracht und wütend auf meine Mutter bin. Vielleicht aber auch, weil ich aufgrund diverser nächtlicher Entführungen und der unschönen Familienzusammenkunft eben in den letzten Stunden kaum geistige Kapazität aufbringen konnte, um mich mit Violetta zu beschäftigen und damit, dass dieses Wiedersehen ebenfalls eine Katastrophe werden könnte. Meine Knie scheinen zu wissen, dass ich allen Grund habe, mir deswegen ebenfalls ein bisschen in die Hose zu machen. Ich schließe die Augen und versuche angestrengt, meinen aufgebrachten Herzschlag zu beruhigen. Es scheint mir unmöglich. Ich frage mich, ob Michael deswegen angefangen hat, die rosa Pillen in sich hineinzustopfen. Vielleicht kam er ohne die Dinger einfach nicht mehr klar. Ich bekomme eine Ahnung davon, wie sich das anfühlt.

Unsanft komm der Aufzug zum Stehen, und die Tür springt auf. Minus 3, sagt eine kratzige Computerstimme. Schwül heiße Luft strömt mir entgegen. Es ist laut. Was auch immer die Maschinen hier unten zu tun haben, sie verrichten ihre Arbeit in ohrenbetäubender Lautstärke. Die Decke ist niedrig. Über meinem Kopf ist kaum noch eine Handbreit Platz. Keine besonders angenehmen Arbeitsbedingungen hier unten, denke ich. Dann doch lieber mit Tablet und Kaffeebecher oben im schicken Hochglanzflur ganz in der Nähe von Bambis Unterwasserwohnzimmer arbeiten.

Ich überlege, ob ich nach Violetta rufen soll. Aber wahrscheinlich würde sie mich nicht hören. Also gehe ich so lange weiter, bis ich die erste Tür entdecke, die mit einem Warnschild gekennzeichnet ist. Darauf ist etwas zu sehen, dass aussieht wie eine explodierende Dynamitstange. Was das wohl bedeutet? Die werden doch hier unten keine Sprengkörper in die Luft jagen? Unsicher sehe ich mich nach einer Nummer um. Die nächste Tür ist es. Nummer 243. Da muss Violetta drin sein. Kein Warnschild an der Tür, kein Dynamit, keine Explosionen. *So weit, so gut.* Ich zögere einen Moment. Wie sie wohl reagieren wird? Ob sie sich freuen wird, mich zu sehen? Wahrscheinlich wird sie sich freuen. Alles andere wäre wirklich merkwürdig. Egal, was sie für mich empfindet, egal, warum sie sich nicht gemeldet hat: Jemanden, der einem das Leben gerettet hat, findet man nicht richtig kacke. Jetzt, nachdem ich Bambi kennengelernt habe, kann ich mir sogar vorstellen, dass Bambi Violetta einfach verboten hat, sich bei mir zu melden. Aus Prinzip. Weil sie böse ist.

Ich muss Violetta sehen. Sofort. Ich muss es wissen. Vielleicht hilft mir das, mit allem besser klarzukommen.

Vorsichtig drücke ich gegen die Tür. Sie ist verschlossen. Verdammt. *Warum?* Ich sehe eine rote Lampe an der Wand über dem Türrahmen hängen. Neben der Tür ist ein Schalter angebracht. Ich drücke. Ein ekelhaft schriller Ton erklingt, und der ganze Gang scheint zu vibrieren. Ich erschrecke mich so sehr, dass ich einen Satz nach hinten mache. Was war das? Das Licht springt von Rot auf Grün. Ich drücke noch mal gegen die Tür, und sie geht auf. Ist das eine Art Alarm? Damit die Leute drinnen wissen, wenn jemand reinkommt? Ich betrete einen schmalen Raum, der komplett von einem riesigen Tank ausgefüllt zu sein scheint. Von dem grauen Ungetüm gehen etliche Schläuche, Kabel und Rohre ab. Es ist heiß hier drinnen, und die Luft ist stickig. Die aufdringliche Geräuschkulisse verstummt schlagartig, als die schwere Eisentür krachend zurück in ihre Angeln fällt.

»Claude?«, fragt es von unten. Zwei Paar Beine schauen unter dem Tank hervor. Ein Lichtkegel deutet an, dass die Personen unter dem Tank Lampen bei sich tragen.

»Wir brauchen noch zehn Minuten. Diese Scheiße hier unten ist total verrostet. Man kommt kaum an die Schrauben ran«, spricht's und rutscht ächzend ein Stück nach links.

»Du meinst, *du* kommst nicht an die Schrauben ran. Kein Wunder bei deinen Wurstfingern.«

Violetta. Mein Herz setzt für einen Schlag aus.

»Vorsicht, Fräulein Braunfels, ich an deiner Stelle würde mir zweimal überlegen, ob es klug ist, die Hände zu beleidigen, die die Abdeckung halten, die du so achtlos abgerissen hast und die dir nun in dein hübsches Gesicht zu fallen droht.«

Richard. Richard Mouse. *Shit.*

»Ich habe die Dichtung nicht *achtlos* abgerissen. Ich habe dir das Leben gerettet! Claude, du hättest ihn sehen sollen! Rick hat sich auf das Rollbrett geschmissen wie ein Bobfahrer in den Eiskanal. Dabei hat er sich mit dem Kragen in einer Abdeckung verfangen und sich fast selbst erwürgt.«

Rick? Ernsthaft? Mir kommt die Kotze hoch.

»So ein Schwachsinn! Du übertreibst! Claude, lass dir nichts erzählen.« Der eine Fuß tritt nach dem andere Fuß. Der andere Fuß tritt zurück. »Aua!«

»Claude? Bist du noch da? Ich hab's gleich. Die Verbindung zum Sensor ist unterbrochen. Ich muss nur noch diese beiden Kabelenden hier zusammenlöten, dann kannst du die Kiste wieder einschalten.«

Ich beobachte wie erstarrt die Beine, die unter dem Tank hervorschauen. Violetta und Richard. Sie liegen unter dem Tank und löten.

Leider ergibt das alles für mich Sinn. Ich hatte recht: Er hat sie abgeholt, hergebracht, gesund gepflegt und sie in die ganze Technik hier in der Unterwasserstation eingearbeitet. Er ist ihr Ex-Lover, ihr Freund, ihr Mentor und ihr Retter. Jetzt verstehe ich, warum sie sich nicht gemeldet hat. Wahrscheinlich hatte sie Schiss, mir zu sagen, dass sie noch Gefühle für ihn hat. Dass sie lieber mit Richard unter irgendwelchen Tanks rumhängen will als mit mir – egal, wo. Ich kann vor meinem inneren Auge sehen, wie mein Herz zerbricht. Es kracht zusammen wie ein wackliger Hocker unter einem dicken Hintern. Wieso verdammt noch mal hatte ich ausgerechnet in dieser Sache recht? Ich hab doch sonst nie recht! Heute ist ein richtiger Scheißtag.

Wieder ertönt der ätzende Alarmton, und die Tür geht auf. Ich sehe mich nicht um. Ich bin viel zu entsetzt über die Tatsache, dass nicht nur Bambi scheiße und mein Vater ein feiger Schwächling, sondern dass auch Violetta eine fiese Betrügerin ist. Alle haben sich gegen mich verschworen. Ich kann nicht fassen, dass ich es wirklich fertiggebracht habe, mein Leben in Port Hope für diese Scheiße hier aufzugeben. Wie konnte ich nur so furchtbar dumm sein?

»Wer bist du denn?«, spricht mich jemand mit französischem Akzent an. Claude, vermute ich. »Dich habe ich hier noch nie gesehen.«

»Laser. Laser Blue Potlowski«, stelle ich mich vor. »Größter Vollidiot aller Zeiten«, setze ich seufzend hinzu und lasse die Schultern hängen.

Phase 11; Defragmentierung

»Laser?« Ein dumpfer Schlag gefolgt von einem jaulenden Fluch ertönt unter dem Tank, dann rollen sich zwei der vier Beine mitsamt eines Körpers darunter hervor. Violetta reibt sich mit schmerzverzerrtem Gesicht die Stirn und blinzelt aus verkniffenen Augen zu mir auf. Sie ist zerzaust, ihr Gesicht dreckverschmiert.

»Laser!«, keucht sie ungläubig, als sie sich vergewissert hat, dass ich es wirklich bin, und rappelt sich von ihrem Rollbrett auf. Bevor ich etwas sagen kann, fällt sie mir um den Hals. Sie stürzt sich auf mich und presst mir die Luft aus den Lungen, so fest drückt sie ihren Körper gegen meinen. Sie riecht nach Öl und nach Schweiß. Ich schließe die Augen und atme Violetta ein; hilflos erlegen, obwohl ich sie gerne von mir gestoßen hätte. *Betrügerin.* Meine Arme hängen wie gelähmt an mir runter.

Violetta löst sich von mir, tritt einen Schritt zurück und nimmt mein Gesicht in die ölverschmierten schwarzen Hände. Sie sieht mich ungläubig aus dunkel schimmernden Augen an. Ihre Haare sind kurz. Richtig kurz. Ich starre wie gebannt zurück und bin so traurig und enttäuscht über meinen Verlust, dass ich auf der Stelle losheulen könnte.

»Was ist los? Warum guckst du so komisch?«, fragt sie und legt den Kopf schief. »Doch nicht etwa wegen meiner Haare, oder? Findest du es so schlimm?«

Ich sehe über ihre Schulter hinweg, wie Richard unter dem Tank hervorkommt und sich in seiner vollen Größe aufrichtet. Er kann hier unten kaum stehen. Natürlich nicht – die richtig krassen Typen dieser Welt müssen hier unten im Keller den Kopf einziehen. Er fährt sich mit gespreizten Fingern durch sein dichtes graumeliertes Haar und klopft sich grinsend den Staub vom Overall.

»Mensch, Laser! Mit dir haben wir so früh noch gar nicht gerechnet. Gut, dass du da bist, Junge«, sagt er und streckt mir seine Hand hin. Genau wie Bambis Hand bleibt Richards riesige Pranke ungeschüttelt in der Luft stehen. Ich traktiere seine bekloppte Hand mit bösen Blicken und hoffe inständig, dass sie ihm auf der Stelle abfällt. Violetta klammert sich an meinen Arm und scheint nicht ganz zu begreifen, warum ich einfach nur herumstehe und nichts tue. Nach ein paar Sekunden zieht Richard die Hand wieder weg. Verlegen spricht er einfach weiter, um die peinliche Situation zu überspielen.

»Hat Bambi dich zu uns runtergeschickt? Sie hatte eigentlich zwei Stunden für euer Gespräch angesetzt.«

»Du wusstest, dass Laser heute kommt?«, fragt Violetta überrascht und klingt mit einem Mal nicht mehr so nett. Anscheinend weiß hier keiner so richtig, was der andere getan oder gesagt hat. Mir hat ja auch keiner Bescheid gesagt, dass Richard und Violetta im Keller der Unterwasserbasis miteinander löten. Hätte ich das nämlich vorher gewusst, hätte ich mir die Reise hierher sparen können.

Wahrscheinlich wäre ich trotzdem gekommen. Wegen Mama und meinen Geschwistern. Aber dann hätte ich mich auf diesen Scheiß hier mental vorbereiten können.

»Ich hatte Anweisungen, nichts zu sagen. Sorry, V«, weist Richard indessen jegliche Schuld von sich.

»Warum?«

»Ich schätze, Bambi wollte Laser einen Moment für sich haben. Keine Ahnung.«

»Sie hat gesagt, du schläfst«, bemerke ich grimmig.

Violetta schüttelt verständnislos den Kopf. Dann wendet sie sich mir zu. Ich starre immer noch Richard an, der deswegen tatsächlich etwas zu wanken scheint. Vielleicht kann ich ihn mit meinen Blicken töten.

»Äh ... ich will nicht stören, aber was ist mit dem Sensor?«

Claude. Klar. Der ist ja auch noch da.

»Violetta, lötest du noch fertig? Ich kann Laser so lange die Cafeteria zeigen«, schlägt Richard vor und versucht, dabei so auszusehen, als wäre er nicht gerade bei einer Lüge ertappt worden. »Er kann dort auf dich warten.«

»Du kannst die scheiß Kabel selbst zusammenlöten«, zischt Violetta und zieht mich am Arm Richtung Tür. Ich bin verwirrt. Richard auch. Und Claude erst.

»Es tut mir leid, V, aber du bist nach wie vor im Dienst. Ich weiß nicht, ob ich dich einfach so entlassen kann. Das müsste ich erst mit ...«,

Richard wird von Violettas Mittelfinger unterbrochen, den sie ihm entgegenstreckt. Dann haut sie gegen den Türknopf, der Alarm schrillt, sie zieht mich mit sich in den Flur und knallt dann die Tür hinter uns zu.

»Er ist manchmal so ein Arschloch«, brüllt sie mir entgegen.

Inmitten des wiederaufgeflammten Maschinenlärms und der schwülen Luft stehen Violetta und ich uns auf dem Gitterboden gegenüber. Ich vermeide es weiterhin, sie anzusehen. Gerade hält mich meine Wut noch über Wasser. Wenn ich meine Wut nicht mehr habe, ertrinke ich. Ich habe monatelang auf diesen Moment gewartet. Ich habe ihn mir jeden Abend vor dem Schlafengehen vorgestellt. Jetzt ist er da. Und es fühlt sich schlimm an.

Ich betrachte mit zusammengebissenen Zähnen die stählernen Quadrate unter meinen Füßen und beschwöre all meinen Hass herauf. Das klappt gut. So kann ich überleben. Hat mit Bambi auch geklappt.

»Laser, ich wusste nicht, dass du heute ankommst. Wirklich nicht. Wenn ich es gewusst hätte, dann wäre ich natürlich zum Landing Dock gekommen, um dich abzuholen. Es tut mir wirklich leid, so hatte ich mir das nicht vorgestellt.«

Das tut ihr leid? Dass sie mich nicht abgeholt hat? Die sind doch alle nicht mehr ganz dicht hier unten in Bambis HQ. Vielleicht liegt das am Wasserdruck oder am fehlenden Sonnenlicht.

»Hey«, sagt sie eindringlich und greift nach meiner Hand, als ich schon wieder nicht reagiere. »Was ist denn mit dir? Freust du dich nicht, mich zu sehen?«

Ich dachte, ich sei hier der Vollidiot und sie das Genie.

»Warum hast du dich nicht gemeldet?«, frage ich leise und lasse Violettas Hand los. Sie versteht mich nicht. Ich frage also noch mal. Diesmal schreie ich es ihr entgegen, und das tut verdammt gut. »Warum, verdammte Scheiße, hast du dich nicht bei mir gemeldet? Ich warte seit verfickten vier Monaten darauf, dass du dich bei mir meldest!«

»Warum ...«, ungläubig weicht sie einen Schritt zurück. »Aber ... Laser, du hast doch gesagt, du brauchst Zeit zum Nachdenken. Du hast gesagt, du würdest zur Basis kommen, sobald du bereit dazu seist. Ich dachte, du willst nicht, dass ich ...«

Ich habe das nicht gesagt. Richard hat es vorgeschlagen, und ich habe wohl nicht deutlich genug verneint. Oder gar nicht verneint.

»Ich habe jeden Tag an dich gedacht. Ich wollte mich melden, aber Rick hat gesagt, du hättest gemeint, du bräuchtest erst mal ein bisschen Abstand, weil ...« Sie hält inne und denkt kurz nach. Ich kriege Magenkrämpfe, wenn ich diesen Namen aus ihrem Mund höre. »Dieses blöde Arschloch«, zischt sie. »Du hast das gar nicht gesagt, stimmt's?«

Ich schüttle langsam den Kopf. Sicher hätte man etwas in der Art in mein deprimiertes Gefasel damals interpretieren können, allerdings nur mit viel Fantasie. Und Fantasie scheint Richard Mouse zu haben, jedenfalls, wenn es darum geht, Violetta von mir fernzuhalten.

»Ich habe ihm gesagt, dass *du* dich melden sollst, sobald es dir besser geht.« Das habe ich wirklich gesagt. Ich erinnere mich genau.

»Du hast also die ganze Zeit darauf gewartet, etwas von mir zu hören?«, fragt sie und sieht mit einem Mal aus, als könnte sie verstehen, warum ich so wütend bin.

»Ja. Das habe ich.«

»Wow! Danke, Richard.« Jetzt ist sie richtig sauer. Das höre ich. Finde ich grundsätzlich gut, trotzdem – ich traue mich noch immer nicht, den Blick zu heben. Da ist nämlich noch mehr. Es steckt alles irgendwo ganz tief in mir und brodelt.

»Komm mit«, befiehlt Violetta, greift meinen Arm und zieht mich den Gang entlang zu dem Aufzug, mit dem ich gekommen bin. »Richard hat sich verändert, seit er für Bambi arbeitet. Ich wollte es nicht wahrhaben. Aber er ist ein verdammter Arschkriecher geworden.«

Er war vorher schon scheiße. Doch das scheint sie nicht gemerkt zu haben.

»Er macht alles, was Bambi sagt, ohne mal fünf Minuten drüber nachzudenken.«

Da ist er nicht der Einzige. Sogar mein Papa macht ohne darüber nachzudenken, was Bambi sagt. Vielleicht ist das eine Art Virus. Eines, das das Gehirn angreift. Das Bambi-Virus.

Im Fahrstuhl stehen wir nebeneinander. Ich fixiere jetzt die Gittertür des Metallkastens. Violetta stößt mich mit ihrem Ellenbogen in die Seite.

»Laser Blue Potlowski, kannst du mich vielleicht mal angucken? Ich verstehe, dass du sauer bist, trotzdem! Wir haben uns vier Monate nicht gesehen! Du stehst da wie ein verdammter Eisklotz.«

Ich tue es. Ich sehe sie an.

Violettas Haare sind *richtig* kurz. Nur noch ein paar helle Strähnen am Oberkopf sind geblieben, die sie sich, nun, da ich sie wie gewünscht anschaue, etwas verlegen aus der Stirn streicht. Meine schönen langen Violetta-Haare. Unwillkürlich entweicht mir ein leises Seufzen.

»Ich habe die Farbe gehasst, die mir die vom Sender verpasst haben. Mir ist nichts anderes übrig geblieben, als alles abzuschneiden. Ich finde, so schlimm sieht es gar nicht aus.«

Nein. Es sieht nicht schlimm aus. Es ist egal, was sie mit ihren Haaren gemacht hat. Wenn ich sie ansehe, wird mir heiß und kalt gleichzeitig. Sie ist perfekt. Und sie ist hier – Violetta Braunfels steht direkt neben mir. Ich denke an ihren T-Shirt-Brief, den ich monatelang an meinem Körper getragen habe, um ihr nah zu sein. Weil ich sie so vermisst habe! Weil ich das Gefühl hatte, ohne sie bloß ein halber Mensch zu sein.

»Was du von mir gedacht haben musst«, flüstert sie kopfschüttelnd. »Du musst geglaubt haben, dass ich dich vergessen habe. Das stimmt aber nicht! Ich habe jeden Tag gehofft, irgendetwas von dir zu hören. Jeden Tag! Vor ein paar Tagen hat Bambi mir gesagt, dass Tom dich und deinen Vater in Toronto aufgesammelt hat. Ich wusste also, dass du irgendwann kommen würdest. Ich wusste nur nicht genau, wann.«

Der Aufzug kommt rumpelnd auf null an. Wir steigen aus.

»Und dann haben sie mir ausgerechnet heute die Frühschicht gegeben. Obwohl sie gewusst haben, dass ich seit Monaten auf dich warte. Dass Bambi so was macht, okay. Ihr traue ich das zu. Aber Rick? Unfassbar.«

Wenn sie ihn noch einmal so nennt, renne ich. Ich weiß zwar nicht so genau wohin – im schlimmsten Fall laufe ich zurück zum U-Boot. Den Weg dorthin finde ich sicher.

»Schläfst du mit diesem Arschloch?«, platzt es aus mir raus.

Violetta bleibt stehen.

»Was?«, fragt sie und klingt dabei ordentlich entrüstet und fast ein wenig beleidigt. Mir fällt ein Stein vom Herzen. Sie schläft *nicht* mit ihm.

Hoffentlich habe ich sie jetzt nicht auf dumme Gedanken gebracht.

»Laser, wie kommst du denn auf so einen Scheiß? Ich dachte eigentlich, du und ich, ich dachte, wir ...«

Sie spricht es nicht aus. Warum spricht sie es nicht aus? Ist es eine so abwegige Vorstellung, mit mir zusammen zu sein, dass sie es nicht laut sagen kann? Ich stampfe enttäuscht in den nächsten Aufzug rein. Ich will zu meinem U-Boot zurück. Ich will meine Ruhe und niemanden sehen.

»Laser! Was soll das? Warum verhältst du dich so bescheuert?« Sie rennt mir nach und hastet ebenfalls in den Aufzug. Ich stehe vor der Anzeigetafel und weiß nicht, was ich drücken soll. Violetta drückt auf 5. Der Aufzug setzt sich geräuschlos in Bewegung.

»Du hast gesagt, dass du mich liebst. Ich dachte, wir sind zusammen. Ich ... ich habe mir schon gedacht, dass es dir nicht gefallen hat, dass Richard mich hierher mitgenommen hat. Aber ich wäre gestorben in Port Hope.«

Wenn sie denkt, dass wir zusammen sind, und ich denke, dass wir zusammen sind – dann sind wir wohl irgendwie zusammen, oder? Das macht die ganze Sache aber nicht unbedingt leichter.

»Ich wusste nicht mal, ob du noch lebst«, behaupte ich vorwurfsvoll. Obwohl das nicht ganz stimmt. Irgendwie wusste ich immer, dass sie noch lebt. Betroffen sieht Violetta die Spitzen ihrer klobigen Stiefel an.

»Und ich dachte, dass du freiwillig niemals aus Port Hope weggehen würdest. Nach allem, was Richard mir gesagt hat, haben sie dich dort sehr herzlich empfangen.«

Im Vergleich zu allem, was ich in den letzten Tagen erlebt habe, erscheint mir die Einöde Port Hopes tatsächlich wie das Paradies. Wieder seufze ich, diesmal laut und eindringlich. Mir ist schwindelig. Ich kann nicht mehr. Im fünften Stock verlassen wir den Aufzug. Wir laufen einen langen Flur entlang, von dem linksseitig etliche Türen abgehen. Rechts zieht sich eine Scheibe den Gang entlang, genau wie in Bambis Unterwasserwohnzimmer. Wenn es hell wird, kann man sicher mehr vom Ozean sehen als das ewige Schwarz des frühen Morgens. Ich bleibe stehen und starre angestrengt hinaus. Müsste nicht bald die Sonne aufgehen?

»Das ist ziemlich cool, was?«, fragt Violetta vorsichtig und stellt sich neben mich. »Wenn es hell wird, kann man sogar ein bisschen was erkennen. Leider nicht viel. Wir sind sehr tief unten. Vor der Cafeteria sind Flutlichter außen an der Basis angebracht, da hat man einen besseren Blick. Manchmal schwimmen Wale vorbei.«

Wale? Krass. Plötzlich wünsche ich mir nichts sehnlicher, als einen Wal zu sehen. Ich weiß nicht genau, was mit mir los ist. Mein Kopf ist schon wieder völlig verdreht. Ich muss mich auf das Wesentliche konzentrieren.

»Weißt du, wo wir sind?«, frage ich.

Violetta schüttelt den Kopf.

»Nein.«

»Das ist doch alles Wahnsinn.«

»Komm, ich zeig dir mein Zimmer.« Sie fordert mich auf, ihr zu folgen. Ich tue es. Jetzt, wo ich weiß, dass wir zusammen sind, laufe ich fast ganz automatisch hinterher. Auf dem Weg kommt uns Tom entgegen. Kaum hat er uns gesehen, winkt er aufgeregt mit seinem Tablet.

»Violetta, Laser! Da seid ihr ja!«

»Tom?« Violetta klingt nicht sehr erfreut. »Hast du meinen Tracker aktiviert?«, fragt sie, greift in die Brusttasche ihres Overalls und zieht etwas daraus hervor, das aussieht wie ein Handy.

»Nein. Das war nicht nötig. Ich dachte mir schon, dass ich euch früher oder später hier finden werde.«

»Mmh«, macht Violetta missfällig.

»Ich habe Anweisungen, Laser in die Cafeteria zu bringen. Bambi will ihn der Crew beim Frühstück vorstellen. Du hast ja sowieso noch ein paar Stunden Schicht. Das passt doch ganz gut, oder?«

»Danke, nein«, sage ich. Violetta zuckt mit den Schultern, schiebt sich an Tom vorbei, und wir gehen weiter.

»Du hast gehört, was er gesagt hat«, stimmt sie mir zu, ohne sich umzudrehen.

»Leute, so geht das nicht«, seufzt Tom ungeduldig. »Violetta, du kannst nicht einfach früher Schluss machen. Das musst du ordnungsgemäß beantragen. Du weißt, wie es hier läuft.«

»Tom, glaubst du nicht, ich habe mir ein bisschen Erholung verdient? Nach dem ganzen Kack in Toronto?«

»Schon, aber ...«

»Und Violetta, ich glaube, sie hat in diesem Leben genug für Bambi und ihren bescheuerten Verein getan, findest du nicht?«

»Ja, ich denke nur ...«

»Gut. Dann richte meiner Mutter aus, sie soll uns verdammt noch mal in Ruhe lassen. Danke.«

Tom sagt nichts mehr. Und wir sehen uns auch nicht noch einmal um. Violetta bleibt nach ein paar Metern vor einer der vielen Türen stehen und gibt mit fliegenden Fingern einen PIN-Code in das Türschloss ein. Ich liebe es, wenn sie das tut; Sachen in Lichtgeschwindigkeit irgendwo reintippen. Aber ich hasse es, dass sie mit Richard lötet. Dass sie mit ihm rumhängt und dumme Witze macht, während ich und Papa uns von Tom entführen lassen müssen.

Wir betreten Violettas Quartier. Und wie erwartet ist es eng. Nicht so eng wie die Kajüte im U-Boot, aber definitiv kleiner als Papas Wohnklo in Toronto. Mei und sie haben ein Stockbett, zwei Spinde und einen schmalen Tisch, auf dem sich stapelweise Elektronikbauteile und dubiose Geräte stapeln. Es gibt kein Fenster. Violetta legt ihren Werkzeuggürtel ab und wirft ihn auf den Haufen.

»Schuhe aus!«, befiehlt sie, streift ihre Stiefel ab und stellt sie neben die Tür. Dann dreht sie sich zu mir um. »Mei hasst es, wenn jemand Schuhe im Zimmer trägt.«

»Wo ist Mei?«, frage ich und tue es ihr gleich. Darüber hat sie anscheinend noch gar nicht nachgedacht. Wieder holt sie das Handy aus ihrer Brusttasche, tippt kurz auf dem Bildschirm herum und legt das Gerät dann zu dem anderen Zeug auf dem Schreibtisch.

»Mei weiß Bescheid. Sie wird uns nicht stören.«

Ich stecke nervös die Hände in die Taschen des Overalls. Violetta öffnet die Tür zu dem kleinen Bad und wäscht sich die Hände und das Gesicht.

»Laser, ich kann mir vorstellen, dass du ziemlich fertig mit den Nerven bist.« Sie tupft sich die Wassertropfen mit einem Handtuch vom Gesicht, hängt es zurück und schließt dann die Badtür, um aufs Klo zu gehen. »Willst du, dass ich dir was zu essen besorge? Willst du einen Kaffee?«, ruft sie von drinnen. Ich höre die Klospülung.

»Keine Ahnung«, entgegne ich überfordert. Ich weiß auch nicht, was ich will. Ich gehe zum Schreibtisch und lasse meinen Blick über die Elektroteile schweifen, die aussehen, als hätte Violetta sie irgendwo aus der Wand gerissen. Sie kommt aus dem Bad. Weil ich nicht weiß, was ich sonst machen soll, und mir die Vorstellung gefällt, eine Tür hinter mir schließen zu können, gehe ich nach ihr pinkeln.

»Ich dachte, du hast es dir anders überlegt«, rufe ich vorwurfsvoll. »Ich hatte die ganze Zeit Angst davor, was mich erwartet, wenn ich herkomme. Und dann finde ich dich mit Richard, diesem Arschloch, unter irgendeinem bescheuerten Tank rumliegen, und wenn ich ehrlich bin, irgendwie hat mich das nicht mal gewundert. Er passt viel besser zu dir als ich. Als er nach Port Hope kam, um dich zu holen ... mit so jemandem, mit so einem Typen hatte ich nicht gerechnet, ich dachte er wäre alt. Warum hast du mir nicht gesagt, dass er eigentlich gar nicht so alt ist?« Mein Gott, was ich wieder für einen Scheiß erzähle. Kaum mache ich den Mund auf, kommt nur Mist raus. Wenigstens kann sie mich nicht sehen, während ich das sage. Ich wasche meine Hände, atme tief durch und gehe wieder raus.

Violetta empfängt mich mit einer komplett verständnislosen Miene.

»Laser, das ist echt total bescheuert«, bestätigt sie meine Gedanken und verschränkt die Arme vor der Brust. »Du bist eifersüchtig. Obwohl ich dir gesagt habe, dass du damit aufhören sollst. Richard und ich sind Freunde. Oder wir waren Freunde. Das weiß ich gerade noch nicht so genau.«

Ja, ich bin eifersüchtig. Und zwar so richtig. Ich hebe eine Metallspule vom Schreibtisch auf und balle meine Faust darum. Ihre Beteuerung beruhigt mich nicht im Geringsten. Die Wut lässt nicht nach. Ich drehe mich um, lehne mich gegen den Tisch, weil meine Knie wieder angefangen haben zu zittern und mich das noch mehr aufregt. Violetta mustert mich fragend, die Hände herausfordernd in die Hüften gestemmt.

»Okay Laser, anscheinend bist du trotz meiner absolut plausiblen Erklärung für unser Missverständnis noch immer unzufrieden und sauer auf mich. Was ist es noch? Was hält dich davon ab, mir endlich um den Hals zu fallen? Wie kann es sein, dass du es in den letzten zwanzig Minuten nicht geschafft hast, mir in die Augen zu sehen, und kaum einen geraden Satz herausgebracht hast? Ist es, weil ich mich nicht von dir verabschiedet habe, bevor ich zum Sender gefahren bin?«

Jetzt, wo sie es sagt. Ich erschrecke ein bisschen vor der Erkenntnis. Ihre Worte lösen von jetzt auf gleich eine neue Feuersbrunst in meinem Inneren aus. Das hatte ich völlig verdrängt.

»Ja«, presse ich hervor. Und plötzlich erinnere ich mich wieder an den Schmerz. Daran, wie ich in Violettas Bett aufgewacht bin und sie nicht mehr da war.

Sie seufzt. Nicht abwertend oder verständnislos. Sie seufzt, wie jemand, der weiß, dass er nun die gerechte Strafe für seine Sünden erfährt.

»Wenn ich dich geweckt hätte, dann hättest du mich gebeten, nicht zu gehen. Und wenn du mich gebeten hättest, nicht zu gehen ... dann ... dann wäre ich nicht gegangen.«

Ja, das wäre zur Abwechslung mal eine gute Entscheidung gewesen. Hätte mir einigen Ärger erspart.

»Wahrscheinlich ist es nicht nur das. Ich kann mir vorstellen, dass du es kacke findest, dass ich mich entschieden habe, hier für deine Mutter zu arbeiten, von der du nach wie vor nicht viel zu halten scheinst.«

Auch da hat sie recht. Ich merke, wie ich anfange zu wanken, weil ich mich irgendwie nicht mehr gut auf den Beinen halten kann. Mein Maß ist voll. Ich kann nicht mehr. Drei Monate Pause haben nicht ausgereicht. Ich war noch nicht bereit, mich schon wieder von einer Riesenscheiße in die nächste Riesenscheiße zu katapultieren. Meine Gefühle überwältigen mich. Sie sind zu viel. Auf einmal bin ich unendlich dankbar für den Tisch hinter mir, an dem ich mich abstützen kann.

»Laser, kein Mensch kommt damit klar, in so kurzer Zeit so viel Scheiße zu erleben. Es wird Tage dauern, das alles auszudiskutieren.«

Wahrscheinlich. In unserem Fall sicher mehrere Wochen. Oder Monate.

»Ich kann dir das alles erklären. Ich will dir alles erklären. Aber nicht jetzt.«

»Nicht jetzt?«, frage ich verwundert zurück.

»Nein. Nachdem ich so lange auf dich gewartet habe und du so viel Scheiße erlebt hast, sollten wir unsere Zeit vielleicht nicht mit Streiten verschwenden.«

»Was meinst du damit?«, frage ich, obwohl ich es eigentlich weiß. Ich sehe es in ihren Augen. Mein Magen krampft sich zusammen.

»So habe ich mir ein Wiedersehen mit dir nicht vorgestellt.« Sie kommt einen Schritt näher und positioniert sich vor mir. Sie hebt das Kinn und sieht mir direkt in die Augen. Ihr Körper streift meinen. So eine miese Gemeinheit.

»Wie hast du es dir denn vorgestellt?«

»Auf viele verschiedenen Arten und weisen. Aber so nicht.«

Auf viele verschiedene Arten und Weisen also. Ich schlucke. *Verdammt, Laser reiß dich zusammen!* Ich bin ja schlimmer als mein Vater.

»Ehrlich gesagt, habe *ich* fest damit gerechnet, dass wir streiten. Es gibt eine Menge Gründe, wegen denen ich mich mit dir streiten will. Die kann ich doch nicht einfach ignorieren und auf später verschieben. Ich finde, wir sollten das klären bevor wir irgendwas anderes machen.«

Violetta ist ganz offensichtlich anderer Meinung. Und sie hat schon einmal bekommen, was sie wollte, obwohl ich mich hartnäckig dagegen gesträubt habe. Wie um mir zu beweisen, dass sie ein solches Kunststück auch noch ein zweites Mal zustande bringt, legt sie ihre Hände auf meine Hände, die verkrampft Halt an der Tischkante suchen, und kommt noch näher. So nah, dass ihr Unterkörper gegen meinen drückt.

»Du brauchst eine Pause, Laser.«

»Du willst, dass wir eine Pause machen, miteinander ins Bett gehen und dann weiter streiten?« Ich bin ernsthaft irritiert. Macht man das so? Ist das eine gängige Beziehungspraxis? Ich kenne mich nicht aus, ich hatte noch nie eine Beziehung.

»Ja.«

»Das ist doch total bescheuert«, behaupte ich halbherzig. Meine untere Körperhälfte ist anderer Meinung. »Und wenn ich das nicht will? Habe ich überhaupt Mitspracherecht?«

»Klar. Du kannst jederzeit ablehnen.«

Ablehnen? Das ist doch ein Scherz.

Ihre Lippen berühren meine. Nur ganz zart; wie eine Frage. Mein Körper antwortet anders, als mein Kopf geantwortet hätte – wenn *er* denn gefragt worden wäre. Ich packe ihren Hinterkopf, fester als beabsichtigt, und küsse sie so hart, dass ich fürchten muss, sie zu ersticken. Zum ersten Mal in meinem Leben begreife ich, dass Lust und Wut nah miteinander verwandt sind. Ich kann wütend auf sie sein und ihr gleichzeitig die Kleider vom Leib reißen wollen. Und das will ich. Von einer auf die andere Sekunde; mehr als alles andere. Mehr als die verdammten Wale vor der Glasscheibe schwimmen sehen.

Violetta greift nach dem Reißverschluss meines Overalls, doch ich hindere sie daran. Ich halte ihren Arm fest. Ich habe Mitspracherecht. Ich bin nämlich stärker als sie. Wenn ich schon nicht entscheiden darf, ob wir streiten oder vögeln, dann will ich wenigstens bestimmen, *wie* wir vögeln. Erstaunt hält Violetta inne, als sie meinen festen Griff spürt, doch es scheint sie nicht zu stören. Im Gegenteil. Ihre Küsse werden noch drängender. Ihre Zunge schiebt sich fordernd in meinen Mund, während ich sie ausziehe. Alles geht so schnell, dass ich keine Zeit habe, mir Gedanken zu machen. Mein vorlautes, ewig schimpfendes Gehirn hat Pause. Genau, wie Violetta gesagt hat. Alles, was ich will, ist sie. Ich will in ihr sein. Jetzt sofort. Nichts anderes spielt mehr eine Rolle.

Ich zerre mit einer Hand an dem dicken Stoff des Einteilers, während ich sie mit der anderen Hand weiterhin davon abhalte, ins Geschehen einzugreifen. Nachdem ihr Overall, vom Gewicht ihrer Taschen und dem ganzen Kram darin nach unten gezogen, einfach auf den Boden fällt und ich ihr das graue Unterhemd über den Kopf gezogen habe, umfasse ich ihre Taille mit dem Arm und schiebe sie mit meinem Körper zum Bett.

»Welches Bett ist deins? Oben oder unten?«

»Unten«, sagt sie heiser.

Glücklicherweise. Kaum spürt sie das Metallgestell in den Kniekehlen, lässt Violetta sich fallen. Sie versucht, mich mit sich zu ziehen, doch ich widerstehe. Ich bleibe demonstrativ vor dem Bett stehen und betrachte sie. Die dunkelroten Narben auf ihren Rippen fallen mir sofort auf. Die Spuren der Bärenkrallen ziehen sich quer über ihren Oberkörper. Erschrocken sauge ich die Luft zwischen den Zähnen ein. Violetta erwidert meinen schockierten Blick trotzig. Wie um ihr zu beweisen, dass ich ihren Schmerz verstehe, ziehe ich mich ebenfalls aus. Die Bisse der gehörnten Katze haben meinen rechten Oberarm entstellt. Wir sind gleich. Als sie meine Narben sieht, entspannt sich ihr Körper. Sie greift nach mir, packt mich am Ausschnitt meines Unterhemds und zieht mich auf sich. Ich folge ihrem Drängen, küsse sie, ziehe mich aber kurz darauf wieder zurück und genieße es zu sehen, wie sehr sie das aufregt. Sie streift sich provokant das letzte bisschen Stoff vom Körper und liegt dann splitterfasernackt vor mir. Die ultimative Geheimwaffe.

Absolut hingerissen, sehe ich sie an. Vielleicht ist heute doch kein Scheißtag. Ich lege meine Hand zwischen ihre Brüste und fahre mit den Fingerspitzen über die weiche Haut, über die roten Spuren der Bärentatze bis zu ihrem Bauchnabel hinunter. Das hier entschädigt für alles. Egal, wie schlimm die letzten Tage und Wochen waren. Das hier – dafür würde ich den ganzen bekackten Trip noch einmal machen. Ohne mit der Wimper zu zucken.

»Was soll das, Laser Blue Potlowski? Wie lange willst du mich noch zappeln lassen?«, fragt sie schwer atmend und drängt sich mir entgegen.

Ich bin berauscht von meiner eigenen Selbstbeherrschung. Ich genieße die Kontrolle. Es ist lange her, dass ich mich so gefühlt habe.

»Du hast es nicht anders verdient, Violetta. Sei still und lass mich dich ansehen.«

Sie tut, was ich ihr sage. Sie ist still und beobachtet mich gebannt, während ich ihren Körper betrachte. So genau habe ich sie mir das letzte Mal gar nicht angesehen. Vielleicht, weil ich zu nervös war und mich nicht richtig getraut habe. Violetta erschauert unter meinen Händen, als ich sie an den Hüften packe und näher zu mir ziehe.

»Hast du es dir *so* vorgestellt?«, frage ich selbstbewusst.

Violetta lächelt. Das soll mir Antwort genug sein. Ihr Lächeln besänftigt mich, und ich beschließe, sie zu erlösen. Mich zu erlösen. Ich lasse zu, dass sie mich zu sich heranzieht, mir das Unterhemd über den Kopf streift und ihre Beine um mich schlingt. Ihre Haut ist heiß und glatt auf meiner, ihr Herz schlägt hart und schnell gegen meinen Brustkorb. Sie küsst mich hingebungsvoll, fast schon verzweifelt. Ich entscheide, dass es an der Zeit ist, das letzte Kleidungsstück loszuwerden, das zwischen uns steht. Violetta dankt es mir mit einem erleichterten Seufzen.

Wir funktionieren wie ein verdammtes Uhrwerk miteinander. Das war schon beim letzten Mal so. Wir fließen ineinander und miteinander – es scheint, als hätten wir nie etwas anderes getan. Ich drifte ab und vergesse alles um mich herum. Violetta Braunfels ist ein verdammtes Genie. Sie hatte recht. Das hier ist viel besser als Streiten. Das hier ist viel besser als *alles!*

Plötzlich klopft es an der Tür. Erschrocken halte ich inne. Violetta stöhnt genervt auf.

»Was?«, ruft sie.

»Äh ... Laser? Ich bin es, Papa«, spricht's von draußen. *Das darf doch wohl nicht wahr sein!*, denke ich. Violetta sieht mich fragend an. Er wird uns gehört haben. Je nachdem, wie lange er schon vor der Tür steht, wird er mitbekommen haben, was wir hier drinnen machen. Wieso zur Hölle geht er nicht einfach weg?

»Papa?« Meine Stimme klingt brüchig und schrill.

»Laser, ich wollte nur wissen, ob alles in Ordnung ist.«

»Alles in Ordnung, ja.« *Alles wäre nahezu perfekt, wenn du nicht hier vor der Tür herumstehen würdest.*

»Gut. Mein Quartier ist gleich nebenan ... falls was ist.«

Wieso ist sein Quartier gleich nebenan? Ich bringe Bambi um!

»Okay«, knurre ich.

Es dauert kurz, dann hören wir eine Tür ins Schloss fallen. Violetta nutzt meine kurzzeitige Verwirrung, dreht mich auf den Rücken, setzt sich rittlings auf mich und grinst dann von oben auf mich herab. *Verdammt.* Sie hat den Spieß umgedreht.

»Dann müssen wir eben leise sein«, beschließt sie lächelnd und macht ohne zu zögern da weiter, wo wir aufgehört haben. Das ist das Ende meiner Selbstbeherrschung. Jegliches Mitspracherecht, das ich mir in den letzten Minuten so hart erkämpft hatte, verpufft in einer Explosion aus Kapitulation und Kontrollverlust.

Phase 12; Datenaustausch

»Luke!«, keuche ich und schrecke aus meinem Dämmerschlaf auf. Violetta gibt einen verwunderten Laut von sich und stützt sich neben mir auf den Ellenbogen.

»Luke? Gibt es da etwas, das du mir sagen möchtest, Laser?«, fragt sie mit hochgezogenen Brauen.

Ich richte mich umständlich auf und reibe mir das Gesicht. Ich habe vergessen, mich zu melden. Mein Gott, auf mich ist wirklich kein Verlass.

»Luke ist mein Freund aus Port Hope«, erkläre ich, und mich überkommt ein furchtbar schlechtes Gewissen. »Er ist mit mir nach Toronto gegangen, um meinen Vater zu suchen. Nachdem Michael King uns in Papas Hausflur beinahe erschossen hat, ist Tom mit seinen bekloppten *MediaForce*-Kumpels gekommen und hat uns entführt. Luke ist bei Michael geblieben. Er denkt bestimmt, dass die mich umgebracht haben. Ich muss ihm unbedingt Bescheid geben, dass es mir gut geht, dass ich hier bin und in Sicherheit«, sprudelt es nur so aus mir heraus. Violetta sieht mich fragend an. Sie hat keine Ahnung, wovon ich rede. Schließlich haben wir seit meiner Ankunft kaum miteinander gesprochen. Was absolut ihre Schuld war. Ich wollte ja reden. Sie wollte lieber ... na ja, sie wollte ganz offensichtlich *nicht reden.*

»Ich habe total vergessen, dich zu fragen, ob du mir helfen kannst, einen Funkspruch abzusetzen«, beende ich meinen unkoordinierten Redeschwall seufzend.

»Michael King hat versucht, dich zu erschießen, und Tom hat dich entführt?«, fragt Violetta verwundert, ohne weiter auf meine Bitte einzugehen.

»Erzähl ich dir später. Kannst du mir helfen oder nicht?«

Jetzt grinst sie. Ihr typisches überhebliches Besserwissergrinsen.

»Natürlich kann ich dir helfen. Die Frage ist nur, wann deine Nachricht in Port Hope ankommt. Das kann ewig dauern.«

»Passt schon. Hauptsache, sie sagen Luke Bescheid, wenn er dort auftaucht.«

Violetta sieht sich um und seufzt dann schwermütig, als sie ihr Handy in weiter Ferne auf dem Stapel Elektrogeräte auf dem Schreibtisch liegen sieht. Sie schlägt die Decke zurück und steigt über mich drüber aus dem Bett. Ich sehe ihr nach. Ich habe immer noch nicht ganz begriffen, was hier vorgeht.

Seitdem ich Violetta Braunfels das erste Mal in meinem Fitnessstudio in Berlin gesehen habe, überfordert mich die Geschwindigkeit, in der sie denkt und handelt. Sie scheint in allem irgendwie immer einen Schritt weiter zu sein als ich. Kaum hatte ich Bambis verfluchte Unterwasserbasis betreten, lag ich gefühlt auch schon in ihrem Bett. Jetzt steht sie nackt vor mir, mit dem Hintern gegen die Schreibtischkante gelehnt, und drückt auf ihrem Handy herum, dessen schiere Existenz bereits tausend Fragen in meinem Kopf aufwirft, die ich eigentlich stellen müsste. Stattdessen sehe ich ihr fasziniert beim Tippen zu. Jeden Tag in Port Hope habe ich an Violetta gedacht. Ich habe sie mir so oft nackt vorgestellt, ich hätte einen ganzen Bildband zusammenstellen können, wenn ich mich getraut hätte zu malen, was ich vor meinem inneren Auge gesehen habe. Und jetzt steht sie vor mir. Ich kann den Blick nicht abwenden. Ich bin wie hypnotisiert. Sie bemerkt es, lächelt und kommt zurück zu mir ins Bett. Sie legt sich neben mich, lehnt ihren Kopf an meine Brust und browst durch ihre Nachrichten.

»Das Ding funktioniert nur hier unten, oder?«, frage ich.

»Ja. Es ist zu unsicher, oben Netzwerke offen zu lassen. Die von *MediaCon* sind schließlich nicht von gestern. Die finden jedes noch so kleine Schlupfloch. Wir nutzen hier unten eine Art Intranet.«

Violetta tippt auf einen Namen. *Joe/Comms.*

»Hey Joe, can you get a message out for me? I need you to get someone to send something to Port Hope. Is that possible?«

Joe ist hier unten also der Nachrichten-Typ. Und ganz so, wie man es von einem Nachrichten-Typen erwarten würde, schreibt Joe innerhalb von wenigen Sekunden zurück.

»Isn't bf was alrd here?«

Was ist denn ein *bf*?

»He is«, tippt Violetta. *»It's for him.«* Ich bin der bf? *Boyfriend*, vermute ich.

»I can try. I get back to you in a sec.«

»Thx.«

Violetta beugt sich über mich und lässt das Handy auf den Kleiderhaufen neben dem Bett fallen. Dann dreht sie sich zur Seite und legt ihren Arm um meinen Oberkörper.

»Das kann jetzt ein bisschen dauern. Es ist nicht so einfach, von hier unten zu kommunizieren. Der erste Kontakt läuft immer über Grönland. So viel habe ich schon mitbekommen. Ich glaube also, wir sind irgendwo im Norden.«

»Grönland? Wo zur Hölle ist das denn?«

Violetta schnalzt abfällig mit der Zunge.

»Mensch, Laser. Hast du in der Schule geschlafen?«, fragt sie. Was für eine blöde Frage. Als ob sie uns da beigebracht hätten, wo Grönland liegt. »Grönland ist eine riesige Insel zwischen dem Nordatlantik und dem Nordpolarmeer. Soweit ich weiß, gibt es eine unabhängige Siedlung dort. Eine ehemalige Forschungsstation. Ich schätze, dort sitzt Joes erster Kontakt. Oder er sitzt *nicht* am Funkgerät und tut stattdessen was anderes, deswegen dauert es manchmal so lange, Kontakt mit der Außenwelt aufzunehmen.«

»Grönland«, überlege ich. Ich versuche, mir ein Bild dazu vorzustellen. Ich sehe allerdings nur Schnee und Eis, denn etwas anderes fällt mir nicht ein, wenn ich Nordpolarmeer höre. »Nicht schon wieder Eis und Schnee«, seufze ich und drücke Violettas warmen Körper näher an meinen. Ich will nicht mehr frieren. Ich fühle mich gerade so wohl hier unter dieser perfekt temperierten Decke.

»Wie meinst du das?«, fragt Violetta.

»Ich dachte, wir sind vielleicht in der Karibik.«

»Oh nein. Auf keinen Fall. Das Karibische Meer ist komplett *MediaCon*-Territorium. Bambi hätte dort niemals eine Unterwasserstation bauen können. Die ganzen Piraten-Games und Erholungsgebiete. Das wäre sicher irgendwem aufgefallen.«

»Meine Mutter hat das hier gebaut?«, frage ich erstaunt. Das kann ich mir nicht vorstellen.

»Na ja, sie hat es nicht selbst gebaut. Aber sie hat die Basis geplant. Mit ein paar anderen Leuten zusammen. Ganz genau weiß ich es auch nicht. Die Leute hier reden nicht so gerne über ... ehrlich gesagt, reden sie über überhaupt nichts gerne. Alles streng geheim.«

»Wahrscheinlich hat meine Mutter Pinguinbabys für sich arbeiten lassen oder so – ich würde es ihr zutrauen.«

Violetta hebt den Kopf und sieht mich verständnislos an.

»Pinguine? Laser ... also wirklich.«

»Keine Ahnung! Gibt es denn keine Pinguine am Nordpol?«

»Wow«, Violetta schüttelt den Kopf und legt sich wieder hin. »Ich glaube, ich muss dir noch einiges erklären, mein Freund.«

Das klingt nicht nett. Wahrscheinlich gibt es keine Pinguine am Nordpol. Oder sie sind ausgestorben. Oder es gab sie noch nie, nur im Fernsehen. Verdammt. Es ist mir ein bisschen peinlich. Ich traue mich aber auch nicht, weiter nachzufragen, weil ich fürchte, mich noch mehr zu blamieren.

»Wieso hat Michael King auf dich geschossen?«, fragt Violetta dann erneut und befreit mich aus meiner misslichen Lage.

»Das ist eine lange Geschichte«, seufze ich. »Hast du ein paar Tage Zeit?«

Sie schnaubt gegen meinen Brustkorb und legt ihren Oberschenkel über meine Beine.

»Ich kann sicher ein paar Stunden entbehren, bevor ich meinen Sklavendienst wieder antreten muss.«

»Ich fürchte, Michael ist tablettensüchtig. Ich wusste gar nicht, dass es so etwas gibt – abhängig von Medikamenten zu sein. In Port Hope sagen sie, alle Metros sind medikamentensüchtig. Wir wüssten es nur nicht, weil sie uns das Zeug direkt ins Essen mischen.«

»In Port Hope scheinen ein paar schlaue Köpfe zu leben. Vielleicht fragst du sie bei nächster Gelegenheit mal nach den Pinguinen am Nordpol.« Violetta lacht fies. Ich ziehe sie an den Haaren. Also an den paar Strähnen, die lang genug sind, dass ich sie greifen kann. Sie quietscht und beißt mir in die Brust. Ich schreie empört auf. Es tut weh. Ihre Zähne hinterlassen einen roten Abdruck auf meiner Haut. Ich stelle verwundert fest, dass es mir irgendwie gefällt. Ich weiß nicht so recht, wie ich mit diesen ganzen merkwürdigen Gefühlen umgehen soll, die mich überkommen, seit Violetta in mein Leben getreten ist. Ich würde lügen, wenn ich behauptete, ich hätte mich vorher immer gut unter Kontrolle gehabt, aber mittlerweile scheinen meine Hormone die absolute Herrschaft in meinem Kopf übernommen zu haben. Ich weiß schon wieder überhaupt nicht, was ich gerade sagen wollte. Ihr Mund auf meiner Haut – das ist alles, was mein armseliges Gehirn noch als wichtig erachtet.

»Wie hast du ihn kennengelernt?«

Michael King. Ich weiß es wieder. Ein paar Synapsen scheinen doch noch intakt zu sein.

»Ich habe ihm seinen Chip rausoperiert. Auf dem Spielfeld. Einen Tag nachdem Blackout.«

»Krass. Das hättest du wohl vorher nicht zu träumen gewagt, oder?«

»Niemals«, antworte ich und muss lachen. Es erscheint mir immer noch total abwegig, selbst wenn ich nur darüber rede. »Aber Michael ist ganz anders, als ich ihn mir vorgestellt habe. Er ist ziemlich im Arsch und überhaupt nicht so … na ja cool und abgeklärt. Sein Gamer Jay wird seit dem Blackout vermisst. Er glaubt, Bambi habe ihn entführt.«

»Bambi? Niemals. Das würde sie niemals tun. Das ist nicht ihr Stil.«

»Das habe ich ihm auch gesagt. Er wollte mir aber nicht glauben. Er ist total ausgerastet. Er hat auf mich geschossen. Nein, eigentlich hat er in den Türrahmen neben meinem Kopf geschossen. Trotzdem. Der Schuss galt mir.«

»Und jetzt ist dieser Luke bei ihm? Hast du keine Angst, er könnte ihm etwas antun?«

»Nein. Michael und ich, wir sind Freunde. Ich weiß, das klingt bescheuert. Michael ist total hilflos da draußen, seit Bambi den Strom abgeschaltet hat. Es ist gut, dass Luke bei ihm ist. Luke weiß, wie man ohne den ganzen Metroscheiß klarkommt.«

»Metroscheiß?«, wiederholt Violetta lachend. »Und das aus deinem Mund.«

Ich weiß, was sie meint. Ich gehe aber nicht weiter darauf ein.

»Ich war in der Höhle, in der du deinen Chip entfernt hast«, berichte ich.

Sie richtet sich auf und sieht mich verwundert an.

»Ehrlich? Woher weißt du das?«

»Weil ich deinen Chip dort gefunden habe.«

Violetta scheint so erstaunt darüber, dass sie einen Moment gar nichts sagt und mich nur ansieht. Ob sie wohl gerade ausrechnet, wie hoch die Wahrscheinlichkeit ist, dass so etwas passiert?

»Das ist ... also, ich glaube ja nicht an so einen Scheiß – aber, das klingt fast wie ...«

Sie spricht nicht weiter.

»Schicksal?«, helfe ich nach.

Violetta antwortet nicht. Anscheinend widerstrebt es ihr, so etwas überhaupt in Erwägung zu ziehen.

»Mein Gamer wollte natürlich zum Start der Kampagne so nahe bei Michael King sein wie möglich. Er hat irgendwie herausgefunden, wo Michael starten würde, und wir haben uns ab Tag 1 in diese Richtung bewegt. Trotzdem, dass du ausgerechnet dort warst.«

»Ich habe auch die Frau gefunden, die du in Folkstone gerettet hast. Kimba.«

Violettas Augen werden noch größer.

»Laser, du warst in Folkstone? In diesem ekligen Puff?«

»Ja. Ich dachte du bist sie. Ich habe eine *MediaCon*-Mitarbeiterin dazu gebracht, mir die Locations der *Tip-Chars* zu verraten.

Kurz vor dem Blackout. Es waren nur noch zwei übrig. Kimba und noch eine andere Frau. Mittlerweile ist mir klar, warum dein Char zu diesem Zeitpunkt schon offline war. Du hattest längst keinen Chip mehr.«

»Ich habe meinen Chip selbst rausgeholt«, erklärt Violetta, und ihre Stimme wird auf einmal leise. Ich kann fühlen, dass wir uns einem Thema angenähert haben, dass ihr unangenehm ist. Trotzdem spricht sie weiter: »Ein paar Minuten vor Mitternacht hatte ich plötzlich Richards Stimme im Ohr. Er hat gesagt, er hätte die Verbindung zum *MediaCon*-Server unterbrochen. Ich hätte jetzt genau eine Minute, um meinen Chip zu entfernen. Wenn ich es nicht täte, dann würde ich sterben. Und zwar ziemlich unschön.«

Also war es wirklich Richard, der ihr geholfen hat. Verdammt.

»Ich habe ohne zu zögern mein Messer genommen und den Chip rausgeschnitten. Ich hätte mich damit komplett paralysieren können. Soweit habe ich gar nicht gedacht. Ich habe einfach geschnitten. Und dann ist der Strom ausgefallen.«

»Gut, dass du in der Höhle warst. So bist du wenigstens nicht in der ersten Nacht erfroren.«

»Das ist zu krass. Du bist mir also die ganze Zeit gefolgt, ohne es zu wissen. Ich hatte so ein verdammtes Glück, Laser. Ich kann es manchmal selbst nicht fassen.«

»Wir hatten beide Glück. Ich weiß nicht, auf wie viele verschiedene Arten ich fast gestorben wäre.«

»Was ist mit Kimba? Wo hast du sie hingebracht?«

»Sie ist in Port Hope. Sie haben sie abgeholt, nachdem wir dort angekommen sind. Kimba lebt. Aber ich glaube, ihr Gehirn hat sich nicht ganz erholt. Sie spricht nicht. Sie reagiert auch nicht wirklich, wenn man mit ihr redet.«

»Mmh«, macht Violetta. »Ja, wir haben echt ein scheiß Glück gehabt. Das hätte mir auch passieren können.«

»Erzähl mir von deiner Reise, Violetta«, bitte ich und berühre mit dem Finger die winzige Narbe in ihrem Nacken.

Violetta atmet tief ein.

»Laser, ehrlich gesagt … glaubst du, wir können damit noch etwas warten?«

»Wieso?«, frage ich.

Sie seufzt wieder.

»Ich kann nicht so gut darüber sprechen. Noch nicht. Ich glaube, mein Gehirn hat sich noch nicht ganz erholt. Diese ganzen Erinnerungen sind schwerer zu verarbeiten, als ich dachte.«

Was zur Hölle ist ihr da draußen passiert? Hatte ich recht? Hat der Franzose sie tatsächlich für irgendeinen Scheiß missbraucht, weil sie sich nicht wehren konnte?

»Was hat er dir angetan?«, frage ich aufgebracht.

»Er? Nein. Das ist es nicht. Mein Gamer war in Ordnung. Laser, bitte. Gib mir noch ein bisschen Zeit, ja? Ich erzähle es dir. Irgendwann.«

»Schön«, antworte ich pampig. Ich finde es eigentlich überhaupt nicht schön.

Violetta küsst mich.

»Danke«, haucht sie und schiebt mir zärtlich ihre Zunge in den Mund.

Das scheint wohl ihre Lösung für alles zu sein. Anscheinend glaubt sie, mich mit Sex ruhigstellen zu können. Dummerweise hat sie damit absolut recht. Es ist unfassbar. Wie schwach kann ein Mensch nur sein? Ich hoffe ehrlich, dieser Zustand wird irgendwann ein Ende haben.

Wir verbringen den ganzen Tag so. Ich verliere jegliches Zeitgefühl. Unsere Körper lösen sich kaum voneinander. Nie mehr als nötig, um zu atmen, zu trinken oder aufs Klo zu gehen. Zwischenzeitlich macht Violettas Handy Geräusche. Joe schreibt, er hätte Kontakt. Ich diktiere ihr eine Nachricht für Luke. Weil ich meinen Namen nicht sagen darf und seinen auch nicht, muss ich mir etwas einfallen lassen. *»The Millennium Falcon safely landed at the spaceport.«*

Violetta weiß nicht, was ein Millennium Falcon ist. Luke wird es sicher verstehen. Nachdem die Nachricht gesendet ist, fällt mir ein Stein vom Herzen. Violetta textet Mei und fragt, ob sie uns was zu essen bringen könnte. Und tatsächlich, eine halbe Stunde später klopft es an der Tür. Violetta öffnet vorsichtig einen Spalt.

»Gosh, it smells like Sex in here«, behauptet Mei und versucht, einen Blick ins Innere ihres Zimmers zu erhaschen. »You're not doing it in my bed, right?«

Ich werde rot. Violetta schnappt sich entrüstet die Box, die Mei in den Händen hält, bedankt sich und knallt ihrer Freundin die Tür vor der Nase zu. Sie kommt zurück zu mir ins Bett und öffnet den Behälter, der aussieht, als wäre er geradewegs aus der *Supplybox* gekommen.

Es gibt Brei. Ist wohl auch das gesündeste, was man hier unter Wasser bekommen kann. Violetta erklärt mir, dass sie fast alles aus Algen machen. Nachdem sie das gesagt hat, schmeckt der Brei nach Algen. Ich esse gerade so viel, dass ich keinen Hunger mehr habe.

Wenn wir nicht miteinander schlafen oder sonst wie mit unseren Körpern beschäftigt sind, die plötzlich den unangefochtenen Mittelpunkt des Universums darstellen, fragt Violetta mich aus. Und im Gegensatz zu ihr gebe ich bereitwillig Auskunft über alles, was sie wissen will. Obwohl wir Stunden so verbringen, habe ich im Nachhinein trotzdem das Gefühl, kaum etwas erzählt zu haben. Irgendwann ist es Abend, und mein Vater klopft wieder an die Tür. Ich versuche, ihn abzuwimmeln, aber er bittet mich, wenigstens ganz kurz rauszukommen. Genervt steige ich in meinen Overall und gehe zu ihm raus in den Flur. Ich verschränke abweisend die Arme vor der Brust und lehne mich gegen die Tür.

»Was?«, frage ich.

Papa mustert mich von oben bis unten mit einer Mischung aus Ärger und Belustigung. Der Ausdruck in seinen Augen wechselt sekündlich. Er schüttelt mit einem kleinen Lächeln um die Mundwinkel herum den Kopf und seufzt:

»Wer kann's euch verdenken?«

Ich weiß nicht, was er damit meint. Also antworte ich auch nicht.

»Morgen früh treffen wir uns noch mal mit deiner Mutter«, fährt er dann um einiges strenger fort. Anscheinend hat er sich genug über mich amüsiert.

»Tun wir das?«, frage ich provokant zurück.

»Ja, Laser – das tun wir. Ich und du. Wir sind hier schließlich zu Gast. Wir schulden deiner Mutter ein gewisses Maß an Höflichkeit. Egal, was vorher war.«

»Es ist mir sch...«, setze ich an, doch Papa schneidet mir mit einer Geste das Wort ab.

»Wir gehen. Und wir werden miteinander sprechen. Ist das klar? Junge, du bist erwachsen. Du führst seit Monaten das Leben eines Outlaws, gerätst in Schießereien, rennst allein und halb erfroren durch die kanadische Wildnis, verbringst Stunden mit deiner Freundin hinter verschlossenen Türen – man sollte doch von dir erwarten können, dass du dich für eine halbe Stunde zusammenreißen kannst und dich mit deiner verdammten Mutter unterhältst.«

Das sollte man erwarten können, da hat Papa recht. Nach dieser Predigt fühle ich mich aber plötzlich nicht mehr sehr erwachsen. Vor einer halben Stunde sah das noch ganz anders aus.

»Hier«, sagt Papa dann und drückt mir eine Papiertüte in die Hand.

»Was ist das?«, frage ich irritiert.

»Kekse.« Damit wendet er sich ab und geht eine Tür weiter zu seinem eigenen Quartier. »Und nehmt verdammt noch mal ein bisschen Rücksicht. Ich bin genau nebenan.«

Jetzt doch ein wenig verlegen, gehe ich zurück zu Violetta. Ich werfe ihr die Packung Kekse zu und ziehe meinen Overall wieder aus.

»Abendessen«, bemerkt sie freudig und reißt die Tüte auf.

»Bambi will sich morgen früh noch mal mit uns treffen. Mit Papa und mir«, berichte ich. »Ich gehe nicht hin.«

»Natürlich gehst du hin«, beschließt Violetta und holt einen großen goldbraunen Keks aus der Tüte. Sie beißt rein und schließt genussvoll die Augen. »Das ist köstlich. Du hast vielleicht ein Glück. Ich habe noch nie Kekse bekommen.«

»Wieso nicht?«, frage ich und greife ebenfalls in die Tüte.

»Wir sind unter Wasser, Laser. Es ist nicht so leicht, hier unten ein Getreidefeld anzulegen.«

»Schon klar, Frau Klugscheißer! Ich bin ja nicht total bescheuert«, knurre ich und beiße ab. Es ist ein Haferkeks. Solche gab es in Port Hope fast jeden Sonntag. »Bambi versucht also, mich mit Keksen zu bestechen?«

»Wahrscheinlich tut sie das. Geh hin, Laser, und hör dir an, was sie zu sagen hat.«

»Ich weiß, was sie mir sagen will. Sie will, dass ich vergesse, dass sie mich damals einfach bei meiner Tante gelassen hat, um die Zerstörung der Welt zu planen. Und sie will, dass ich mache, was sie sagt. So wie ihr alle hier immer macht, was sie sagt.«

»Glaubst du nicht, dass du Sache ein bisschen undifferenziert betrachtest?«, fragt mich Violetta und greift nach einem weiteren Keks.

»Kann sein. Mir egal.«

»Sie ist unsere einzige Hoffnung auf eine bessere Welt, Laser. Auch wenn sie als Mutter vielleicht nicht die beste war, Bambi ist alles, was wir haben.«

Ich verdrehe die Augen. Jetzt fängt Violetta auch noch an. Ich drehe ihr demonstrativ den Rücken zu und starre die Wand an.

»Bambi ist böse. Ich kann nicht verstehen, warum du hier für sie arbeitest. Wenn du mit eigenen Augen gesehen hättest, was da draußen los ist, dann würdest du nicht mehr so fröhlich ihre Kekse essen und ihre verdammten Kabel löten. Mit Richard«, setze ich unelegant nach. Ich bringe sie damit zum Lachen. Es ist ein wirklich *tolles* Gefühl, so ernst genommen zu werden.

»Es ist nicht ihre Schuld.«

»Doch!«, zische ich und drehe mich wieder um. Violetta sitzt neben mir, hat die Knie angezogen und die weiße Papiertüte darauf abgestellt. Sie hat Krümel an den Fingern und an den Mundwinkeln. »Natürlich ist es ihre Schuld.«

»Nein, ist es nicht.«

Wie kann sie das nur behaupten? Ich dachte, sie wäre ein Genie.

»Hör mal, Laser – ihre Mittel sind vielleicht etwas radikal. Aber sie hat den Menschen nicht die Luft zum Atmen genommen. Sie hat ihnen nicht das Wasser oder die Sonne gestohlen. Nur das Internet. Dass die da draußen jetzt komplett durchdrehen, ist die Schuld des Systems. Und sobald die Menschen das kapiert haben, kann es nur besser werden.«

»Sie kapieren es aber nicht! Die Metros wissen gar nichts! Die wissen nicht mal, dass man verschimmelte Erdbeeren nicht essen darf. Wie zur Hölle soll das denn besser werden?« Ich setze mich auch hin. Ich kann nicht so schlapp rumliegen, wenn ich recht habe.

»Bei dir hat es doch auch geklappt«, meint sie lächelnd und kaut weiter.

Das stimmt. Verdammt. Jetzt weiß ich nicht mehr, was ich sagen soll.

»Sie hat Tausende Menschenleben auf dem Gewissen!«, erinnere ich Violetta lautstark.

»Nein. *MediaCon* hat Tausende Menschenleben auf dem Gewissen.«

»Bambi hat den Strom abgeschaltet. Tausende *Gamechars* auf der Welt sind einfach tot umgefallen. Die Dragon Slayer Kampagne war schließlich nicht das einzige aktive Game zu dieser Zeit.«

»*MediaCon* hat ihnen die Chips eingesetzt. Jedem einzelnen *Gamechar* da draußen. Wir alle haben unterschrieben, dass uns bewusst ist, dass wir bei unserem Game jederzeit umkommen können. Die Tester der neuen Chipping-Technologie, die *Tip-Chars,* haben sogar noch krassere Sachen unterschrieben. Soll ich dir erzählen, was alles in meinem Vertrag drinstand? Nachdem ich dieses Dokument gelesen habe, Laser, habe ich den Glauben an die Menschheit verloren.«

»Ich verstehe nicht, wieso du Bambi verteidigst. Wirklich nicht.«

»Weil die Welt eben nicht schwarz und weiß ist.« Violetta legt die Kekse beiseite. Dann schmiegt sie sich wieder an mich. Ich will sie trotzig wegstoßen, aber ich kann nicht. Ich liebe sie.

»Es gibt nicht nur Gut und Böse auf der Welt. Vielleicht ist Bambis Weg nicht der beste Weg, die Welt zu retten. Vielleicht ist ihr Weg auch zum Scheitern verurteilt. Was weiß ich? Trotzdem hat sie es wenigstens versucht. Ich bin stolz darauf, ein Teil dieser Mission zu sein.«

Ich sauge geräuschvoll die abgestandene Luft in unserem winzigen Zimmer ein. Ich hätte so gerne ein Fenster geöffnet. Ich denke daran, wie ich in Port Hope abends manchmal spazieren gegangen bin. Van Gogh ist mir hinterhergelaufen, und wir haben beide die Ruhe genossen. Die Ruhe und die frische Luft. Was würde ich jetzt dafür geben, für ein paar Minuten aus dieser Hightech-Unterwasserstation verschwinden zu können, um mit meinem Pferd im Wald spazieren zu gehen?

»Was denkst du?«, fragt Violetta.

»Ich vermisse mein Pferd,« sage ich und angle nach der Kekstüte.

»Dein Pferd? Du hast ein Pferd? Das wird ja immer besser.«

»Wusstest du, dass man diesen Keksteig mit den Händen knetet?«

Violetta sieht mich entsetzt an. »Japp. So läuft das, wenn's keine Maschinen mehr gibt. Dann matschen fremde Leute mit den Händen in deinem Essen rum. Um man kann nie wissen, wo die ihre Hände vorher hatten.«

Violetta versucht, sich nicht anmerken zu lassen, wie eklig sie diesen Gedanken findet.

Am nächsten Morgen wache ich auf und stelle fest, dass ich seit sehr langer Zeit nicht mehr so gut geschlafen habe. Wenn ich ehrlich bin, kann ich mich nicht erinnern, jemals so gut geschlafen zu haben. Violetta ist nicht heimlich abgehauen wie das letzte Mal. Sie liegt in meinen Armen, ihren Rücken gegen meine Brust gedrückt, und schnarcht leise. Obwohl ich meine linke Hand nicht mehr spüre und mein Nacken durchzubrechen droht, fühle ich mich so glücklich und ausgeruht wie nie zuvor. Selbst der Gedanke an ein erneutes Stelldichein mit meiner Terroristen-Mutter kann mich nicht schrecken. Ich liege noch lange einfach still da, um Violetta nicht zu wecken, und starre in die Dunkelheit. Ich habe keine Ahnung wie spät es ist. Der Lichtschein, der unter der Tür hindurchschimmert, war die ganze Nacht da. Da ich aber seit

Kurzem Stimmen auf dem Flur höre, glaube ich, dass es Morgen sein muss. Irgendwann befreie ich vorsichtig meinen Arm und steige aus dem Bett. Ich schaue auf die Uhr. Violettas Handy zeigt an, dass es viertel vor 6 ist und dass sie zwölf Nachrichten hat. Elf davon sind von Richard. Eine von Joe/Comms.

Bevor ich auch nur eine Sekunde über die Konsequenzen nachgedacht habe, tippt mein Daumen auf den Briefumschlag auf dem Display. Mein Herzschlag beschleunigt sich. Wieso tue ich das? Ich lese die oberste Nachricht:

Denk an deine Neuroscans, V. Dr. Peterson hat gesagt, du sollst dich nicht aufregen.

Wer ist Dr. Peterson? Und warum sagt er, dass Violetta sich nicht aufregen soll? Ist sie krank? Ich tippe die nächste Nachricht an.

Es tut mir leid! Du musst mir glauben, ich hatte meine Gründe. Es war besser so – nicht nur für euch beide.

Was soll das denn heißen: *nicht nur für euch beide?* Violetta bewegt sich. Scheiße. Wenn sie mich jetzt hier mit ihrem Handy in der Hand stehen sieht, flippt sie sicher aus. Ich versuche hastig, die Nachrichten als ungelesen zu markieren, begreife aber das Menü des Postfachs nicht sofort. Dieses Gerät erscheint mir wahnsinnig altmodisch.

»Was machst du da?«, fragt Violetta verschlafen.

»Nichts. Ich ... äh ... hab nur auf die Uhr geschaut.« Ich finde den richtigen Befehl. Gott sein Dank! »Es ist noch früh. Schlaf weiter, ich geh duschen.«

Ich bewege meinen total zerzausten, klebrigen, verschwitzen Körper unter die Dusche. Das war knapp. Sofort meldet sich mein schlechtes Gewissen. Verärgert über mich selbst und meine verfluchte Unsicherheit, wasche die letzten 24 Stunden von mir ab. Im Gegensatz zum letzten Mal verspüre ich dabei keine Erleichterung, sondern Bedauern. Allerdings ist mir klar, dass ich anderen Menschen meinen durchzechten Schmuddelkörper in diesem Zustand nicht zumuten kann. Schon gar nicht meinen Eltern. Also schrubbe ich mich sauber, putze mir mit Violettas Zahnbürste ausgiebig die Zähne und gehe dann nur mit einem Handtuch um die Hüfte geschwungen aus dem Bad. In der Tür steht Mei. Erschrocken mache ich einen Satz nach hinten und pralle unsanft gegen die Badezimmertür. Mei kichert. Violetta sitzt im Bett und hält eine Tasse Kaffee in den Händen.

»Hey, Laser«, grüßt Mei. Ich nicke verlegen in ihre Richtung und sehe mich panisch nach meinen Klamotten um.

»Mei hat uns Kaffee gebracht.« Violetta deutet mit dem Kinn Richtung Schreibtisch. Dort steht eine weitere Tasse. Anscheinend für mich. Was hat die ganze Welt nur für einen Narren an diesem widerlichen Gebräu gefressen?

»Do you guys wanna come and get some breakfast?«, fragt Mei. Violetta sieht mich an, als würde sie diese Entscheidung von mir abhängig machen.

»Äh ... sure. Let me get dressed first«, antworte ich. Anziehen sollte schon noch drin sein, bevor ich der gaffenden Meute zum Fraß vorgeworfen werde.

»Fine. See you in a bit.« Mei zwinkert mir zu und verlässt den Raum.

»Sehr sexy, wie du gegen die Tür gestolpert bist«, neckt mich Violetta.

»Ha, ha.« Ich suche meine Shorts. Der ganze Fußboden liegt mit unseren Sachen voll. Als ich sie gefunden habe und anziehe, sieht Violetta mir über den Rand ihres Kaffeebechers hinweg zu.

»Laser: Ich sag dir jetzt was«, beschließt sie. »Aber wehe, du lässt dir das zu Kopf steigen, okay? Es ist nichts, worauf du dir was einbilden kannst oder so.«

Ich angle nach meinem Unterhemd und ziehe es mir über die noch feuchten Haare. Was wird das denn jetzt?

»Die letzten Monate in Port Hope haben dir wirklich gut getan. Du bist ...«, sie hält inne und nippt an ihrem Kaffee. »Du bist ziemlich heiß, Laser Blue Potlowski. Ich war gestern ehrlich gesagt etwas ... überrascht davon, wie sehr du dich verändert hast.«

Ein heißer Stich fährt mir durch den Magen. Wenn da jetzt nicht noch irgendeine fiese Pointe folgt, dann war das ganz offiziell das Netteste, was Violetta jemals zu mir gesagt hat.

»Offensichtlich fand ich dich auch vorher schon gut. Aber ich muss sagen, die ganze Schneeschipperei und die frische Luft …«, Violetta hält inne und mustert mich von oben bis unten. Plötzlich bin ich mir meines Körpers seltsam bewusst. Ich weiß selbst, dass ich mich verändert habe. Ich hätte nur nicht geglaubt, dass das auch jemand anderem auffallen würde. »Du siehst wirklich verdammt gut aus.«

Ich beschließe, nichts dazu zu sagen. Ich genieße das Gefühl, ausnahmsweise mal für *außergewöhnlich gut* befunden zu werden, und ziehe grinsend meinen Overall an. Violetta sieht fast ein bisschen enttäuscht darüber aus.

»Sogar das mit den Haaren finde ich irgendwie gut«, setzt sie nach und trinkt die Kaffeetasse mit einem Zug leer. Natürlich hat sie meine neuerworbene Körperbehaarung bemerkt. Ihr ist anscheinend gar nichts entgangen. Violetta steht aus dem Bett auf, stellt die Kaffeetasse beiseite und macht sich auf den Weg ins Bad. Ich fange sie ab, ziehe sie zu mir, packe sie fest am Hintern und küsse sie.

»Du bist auch gar nicht so scheiße«, befinde ich großmütig, und Violetta lacht.

Während Violetta duscht, durchsuche ich das Bett nach meinem Haargummi, da ich meine neu entdeckte Attraktivität nicht durch meine viel zu lang gewordenen Haare ruinieren möchte, die meine Mama mir unbedingt mal wieder schneiden müsste. Außerdem muss ich mich irgendwie davon abhalten, die anderen neun Nachrichten von Richard zu lesen. Ich finde den Haargummi zwischen Bettgestell und Matratze. Weil ich schon dabei bin, schüttle ich die Decke aus und falte sie ordentlich zusammen, so wie Matti es mir in Port Hope gezeigt hat. Ich ziehe das Laken glatt, richte mich auf und knalle mit dem Kopf hart gegen die Bettkante über mir. Weißes Licht blitzt vor meinen Augen auf.

»Fuck«, stöhne ich. Ich sehe erst Sterne und dann den unliebsamen roten Luftballon. Er platzt, und ich zucke zusammen. Verdammt, ich dachte, das dumme Ding wäre verschwunden. Ich schließe die Augen und presse beide Handflächen auf meinen Schädel. Mir wird schwindelig und ich setze mich. Der alte faltige

Arm erscheint vor meinem inneren Auge. Die Symbole tanzen in der Luft.

»Laser, alles in Ordnung?«, fragt Violetta, die aus der Dusche kommt.

»Ja. Nein. Ich habe mir den Kopf gestoßen und jetzt sehe ich rote Luftballons.«

»Luftballons?« Sie setzt sich neben mich und befühlt meinen Kopf. »Das gibt eine fette Beule. Ist mir auch schon hundert Mal passiert.«

»Geht gleich wieder«, stöhne ich. *»Dreieck, Kreis, 5, 8, Welle, Welle, Dreieck.«* Die Zahlen und Symbole tanzen über die faltige Haut. Sie verschwimmen und werden zu neuen Kombinationen. *7, 4, Kreis, Kreis, Welle, Welle.*

»Was redest du da?«, fragt Violetta und beginnt ebenfalls, sich anzuziehen.

»Ich sehe immer wieder diesen Luftballon. Er platzt. Und dann erscheint ein Arm. Er gehört irgendwie zu einem toten alten Mann. Auf den Arm sind Symbole und Zahlen tätowiert. Ich hab das seit ein paar Tagen. Seit ich aus Port Hope weg bin.« Als ich die Augen öffne, um zu überprüfen, ob sich immer noch alles dreht oder ob ich wieder gerade gucken kann, blicke ich in Violettas erstauntes Gesicht. Ihr Mund steht ein bisschen offen.

»Du siehst einen Luftballon und einen alten tätowierten Arm?«

»Ja. Manchmal. Meistens vor dem Einschlafen oder …« Ich will ihr nicht von Hans, Bertram und dem Vorfall im Wald berichten. Nicht, solange sie der Meinung ist, dass ich *ziemlich heiß* bin.

»Oder?« Violetta lässt sich nicht lumpen.

»Na ja, wenn mir schwindelig ist. Oder wenn ich ziemlich müde bin. Im U-Boot. Mir ging's nicht so gut, als das Ding abgetaucht ist.«

»Verstehe. Wann hast du den Luftballon denn zum ersten Mal gesehen?«, fragt sie. Wir ziehen uns die Schuhe an. Violetta steckt ihr Handy in die Brusttasche des Overalls, und wir verlassen den Raum hinaus in den Flur.

»Luke, ich und ein paar andere Leute aus Port Hope haben an unserer Abschiedsparty Magic Mushrooms gegessen. Ich wollte eigentlich nicht, aber ... egal. Lange Geschichte.«

»Magic Mushrooms?«, fragt sie. »Was ist das?«

Sie greift nach meiner Hand. Wir gehen zusammen den Gang entlang zum Aufzug.

»Das sind getrocknete Pilze. Man bekommt Halluzinationen davon.«

»Wieso will man denn freiwillig Halluzinationen bekommen?«

»Das weiß ich auch nicht so genau. Die Leute in Port Hope haben irgendwie Spaß daran. Die sind auch ständig bekifft. Nachdem ich die Pilze gegessen habe, habe ich diesen Luftballon gesehen. Ich war ein kleines Mädchen und hatte Lackschuhe mit Sonnenblumen drauf an. Es war total merkwürdig. So als würde ich eine Erinnerung sehen, die nicht mir gehört. Irgendwie gehen die Bilder nicht mehr weg. Hoffentlich haben diese bescheuerten Pilze nichts in meinem Gehirn zerstört.«

»Ja«, antwortet Violetta abwesend. Sie starrt den Aufzugknopf an, den sie mit den Fingern berührt hat.

»Glaubst du, das geht? Ich meine, glaubst du, dass bleibt jetzt für immer so?«

»Ich weiß es nicht. Klingt allerdings merkwürdig. Vielleicht solltest du mal zum Neurologen. Hier gibt es einen.«

Dr. Peterson. Plötzlich habe ich Angst, irgendwas könnte mit Violettas Gehirn nicht in Ordnung sein. So wie bei Kimba. Ihr Gehirn hat den plötzlichen Stromausfall nicht besonders gut vertragen.

Den Rest des Weges zur Cafeteria ist Violetta ungewohnt schweigsam. Irgendwas ist mit ihr. Und nachdem ich unerlaubterweise Richards Nachrichten gelesen habe, glaube ich zu wissen, dass es etwas mit ihrem neurologischen Befund zu tun haben muss. Vielleicht sieht sie auch Sachen, die gar nicht da sind. Ich wüsste gerne, wieso sie nicht darüber sprechen will. Allerdings weiß ich auch, dass es nichts bringt, sie zum Sprechen drängen zu wollen. Das hat in der Vergangenheit noch nie funktioniert. Und wahrscheinlich würde es jetzt auch nicht funktionieren. Sie wird es mir schon sagen, wenn es so weit ist. Hoffe ich zumindest.

Wir gehen Hand in Hand durch die Gänge der Unterwasserstation und werden dabei von jedem, der uns begegnet, unverhohlen angestarrt. Violetta scheint es nicht zu bemerken. Ich bin mir nicht ganz sicher, ob ich genervt sein oder mich über die ungewohnte Aufmerksamkeit freuen soll.

Irgendwann erreichen wir die Cafeteria. Einen großen runden Raum, so ähnlich wie Bambis Wohnzimmer, nur größer. Beim Eintreten stolpere ich beinahe über einen Putzroboter, der eine Pfütze auf dem Boden vor uns aufwischt. Ich habe ihn nicht gesehen, weil der Ausblick der sich mir eröffnet, so unfassbar beeindruckend ist. Fast kann ich nicht glauben, dass das, was ich sehe, echt ist. Die kleine runde Scheibe, die surrend über den Fußboden huscht, nimmt es mir nicht übel. Sie macht einfach weiter.

Die Cafeteria der Unterwasserstation ist zur Hälfte verglast. Auch die Decke. Ich fühle mich wie in einer übergroßen Murmel. Genau wie Violetta mir erzählt hat, sind draußen Flutlichter angebracht, die nicht nur die von hier aus sichtbaren Teile der Unterwasserstation, sondern auch den Meeresboden hell erleuchten. Endlich kann ich etwas sehen. Alles ist in grünliches Licht getaucht und spiegelt das Farbspektrum des Ozeans wider. Draußen schwimmen Taucher und Fische vorbei und wirbeln blubbernde Blasen auf, die vor den Fenstern aufsteigen. Ich glaube jedenfalls, dass es sich bei den kleineren schwimmenden Dingern um Fische handelt. Genau kann man es von meiner Position aus nicht erkennen, ich bin zu weit weg. Violetta zieht mich durch die Tischreihen, an den frühstückenden Leuten in Overalls vorbei, näher zum Glas.

»Hab ich nicht gesagt, dass das geil ist?«

Hat sie. Aber so krass habe ich es mir nicht vorgestellt.

Es sind Fische. Jetzt kann ich es sehen. Kleine Fische in großen dunklen Schwärmen, die glitzern, wenn sie am Licht vorbeischwimmen. Aus dem Meeresgrund ragen bewachsene Felsen, die schroff und bedrohlich wirken. Das Meer hier unten erinnert eher an eine gruselige Höhle als an die karibischen Korallenriffe, die ich aus meinem XP kenne. Als einer der Taucher Violetta und mich am Fenster entdeckt, winkt er.

»Sie warten die Anlage. Es gibt nicht viele Leute hier, die so gut tauchen können, dass sie für diesen Job geeignet sind. Also, es gibt schon ein paar gute Taucher, die sind aber nicht zwangsläufig Ingenieure oder Mechaniker. Ich habe auch schon überlegt, ob ich eine Tauchausbildung mache. Dazu müsste ich aber erst mal schwimmen lernen«, berichtet Violetta und winkt dem Taucher zurück. »Außerdem warte ich ja eher darauf, dass Bambi mich endlich mal an ihre Rechner lässt, anstatt mich immer nur irgendwas reparieren zu lassen. Wenn ich Taucher werde, dann mach ich sicherlich nie wieder was anderes als Reparieren.«

Ich höre staunend zu und beobachte, wie die Taucher ein paar Meter von uns weg an der Fassade der Basis schweißen. Ein grelles Licht leuchtet auf und verschwindet nach ein paar Sekunden wieder. »Da oben rechts sind übrigens die Quartiere. Auf der anderen Seite. Und dort sind die Gewächshäuser und die Algenbecken«, erklärt Violetta und zeigt nach unten. Die Basis ist wie ein U aufgebaut, und die Cafeteria befindet sich mitten in der Senke, sodass die beiden Arme des Headquarters links und rechts von uns zu sehen sind. Manche Teile des Gebäudes ragen aus dem Meeresgrund heraus, andere Teile stehen auf Stelzen. Anhand der Fensterreihen kann ich erkennen, dass die Basis meiner Mutter stellenweise sechs Stockwerke hoch ist. Um die Wände und Stelzen herum winden sich Rohre, dicke und dünne, die auf den ersten Blick wie die Arme eines riesigen Oktopus aussehen. Ich meine tatsächlich so etwas wie Saugnäpfe erkennen zu können, die die Rohre an der Außenfassade des Unterwassergebäudes festhalten.

»Was ist das?«, frage ich und deute auf die Tentakelrohre.

»Das ist eine Mutation. Ein Riesenoktopus.«

»Ernsthaft?« Ich komme aus dem Staunen gar nicht mehr raus.

»Ja. Aber sie ist inaktiv. Das Ding liegt um die Basis herum wie eine Rüstung. Ich glaube nicht, dass Bambi sie aktivieren kann. Ich meine, das Ding hat nicht mal einen Chip.«

Mit so etwas hätte ich hier nicht gerechnet. Absolut nicht. Ich bin äußerst beeindruckt. Bambis Headquarter ist wirklich ein technisches Meisterwerk. Ich könnte stundenlang hier stehen und beobachten, wie sich die meterhohen Algenstränge in der Strömung wiegen. Violetta erklärt aufgeregt weiter, zeigt auf Sachen und Fische und Taucher. Sie versucht, mir begreiflich zu machen, wie alles hier unten funktioniert. Es klingt als, warte sie seit vier Monaten darauf, genau das zu tun. »Es leben 84 Personen in der Unterwasserstation. Aktuell sind 73 davon anwesend. Der Rest ist auf Außenmission. Ich glaube, sie sind in Grönland und in Südamerika unterwegs. Wusstest du, dass es in Südamerika superviele unabhängige Siedlungen gibt?« Ich schüttle den Kopf. »Bambi verfügt über eine Flotte von zwölf U-Booten. Acht davon sind für den Kampfeinsatz gebaut.« Violetta holt kaum Luft beim Sprechen. Wir laufen vor dem Fenster hin und her und meine Freundin klärt mich so umfassend über die Funktionsweise dieser Station auf, dass ich danach das Gefühl habe, ich bin schon ewig hier.

Sie sagt, man könne mit allem, was man hier unten produziere, überleben, allerdings gibt es natürlich immer wieder Dinge, die man sich von oben besorgen müsste. Kekse zum Beispiel. Und Kaffee. Oder bestimmte Medikamente.

»Nicht jeder darf auf Außenmission. Der Standort der Basis ist so geheim, dass nur ein paar Organisationsmitglieder ihn kennen.« Ich lege die Hand an die Scheibe und schließe die Augen. Man kann die Vibration fühlen.

»Strom wird durch ein Strömungskraftwerk gewonnen. Man nutzt die Meeresströmung, um Rotorblätter anzutreiben. Du kannst die Anlage von hier aus nicht sehen. Sie ist auf der anderen Seite. Für manches nutzen sie auch Kraftstoff, der aus Algen hergestellt wird. Die U-Boote fahren damit. Weißt du, was man aus Algen alles machen kann? Das ist so faszinierend.« Violetta ist in ihre Element, ihre Stimme überschlägt sich fast vor Begeisterung. Sie berichtet von Verpackungen, Textilien und vielen anderen Dingen, die man aus Algen herstellen kann, während ich wie gebannt den Fischen zuschaue. Sie berichtet von Sauerstofftanks und Luftfiltern, die das ausgeatmete Kohlendioxid durch Gasgemische wieder in Sauerstoff umwandeln, und erzählt, dass sie hauptsächlich an diesen Tanks arbeitet. Ich hasse es zwar, muss aber dennoch zugeben, dass meine Mutter hier ganze Arbeit geleistet hat. Ich stelle mir vor, hier zu sitzen und das Meer zu malen. Die Lichter, die sich in den Luftblasen der Taucher brechen, die schimmernden Fischschwärme, die außerhalb der Beleuchtung wie eine schwarze bedrohliche Masse aussehen, und die durchscheinenden Quallen, die gemächlich an uns vorbeiziehen. Irgendwann hat Violetta fertig erklärt. Wir stehen jetzt einfach nur da und schauen raus. Ich bin wirklich sprachlos.

»Guys, are you coming or what?«, ruft es hinter uns einmal quer durch die ganze Cafeteria. Es ist Mei. Sie winkt uns mit einer übertrieben Geste zu, und Violetta stößt mich sanft an.

»Komm, die anderen warten schon. Du hast sicher noch genug Zeit, dir alles genau anzusehen.«

Ich folge ihr und nehme zum ersten Mal, seit wir die Cafeteria betreten haben wahr, dass der ganze Raum voller Menschen ist, die alle an langen Tischen sitzen und essen. Sie alle blicken auf, als ich an ihnen vorbeigehe. Sie nicken höflich, lachen mir zu oder gucken uns einfach nur neugierig hinterher. Direkt neben der Essensausgabe sitzen Mei, Tom, mein Vater und natürlich Richard. Violettas Hand schließt sich fester um meine, als sie ihn sieht. Ich interpretiere das als gutes Zeichen und nehme mir vor, ab jetzt erwachsener mit der ganzen Sache umzugehen. Ich straffe meinen Rücken und gehe lächelnd auf die Gruppe Menschen zu, die anscheinend schon auf uns gewartet hat.

»Morning«, sage ich und setze mich meinem Vater gegenüber. Violetta lässt sich neben mir nieder. Die anderen erwidern meinen Gruß. »Papa, das ist Violetta«, stelle ich ihm meine Freundin vor, weil Erwachsene das so machen.

Violetta streckt ihm ihre Hand entgegen.

»Hi«, sagt sie und lächelt meinen Papa an.

»Schön, dich kennenzulernen. Ich habe schon viel von dir gehört«, entgegnet Papa und nimmt ihre Hand. Violetta hält mit ernster Miene inne und fragt mit leicht besorgt klingender Stimme:

»Was? Laser hat von mir erzählt? Ich dachte, so ernst sei die ganze Sache zwischen uns gar nicht.«

Ich bin verwirrt. Was redet sie denn da? Auch Papa blinzelt überrascht. Einen Moment herrscht verlegene Stille am Tisch. Dann beginnt Papa schallend zu lachen. Violetta lacht auch. Mein Herz hat kurz aufgehört zu schlagen. Ich habe nicht damit gerechnet, dass sie ausgerechnet jetzt versucht, witzig zu sein. So etwas macht sie doch sonst nicht? Es hat aber funktioniert. Papa kriegt sich kaum noch ein vor Lachen.

»What did she say?«, fragt Mei, weil alle lachen und sie nicht weiß, warum. Tom erklärt es ihr. Wir frühstücken Algenbrei, der im Vergleich zu den Keksen von gestern Abend nach nichts schmeckt. Tom isst nichts; er sagt, er habe schon gefrühstückt. Mei lächelt wissend und klärt die anderen darüber auf, dass Tom mit seiner Freundin gefrühstückt habe. Seine Freundin, von der keiner weiß, wer sie ist. Mich wundert in dieser Hinsicht nichts mehr.

Papa erzählt mir, dass Bambi ihn gestern noch herumgeführt und ihm alles gezeigt habe. Er klingt vollkommen begeistert, und ich fürchte, ich habe ihn endgültig an die dunkle Seite der Macht verloren. Dieses dämliche Zitat aus Lukes Star-Wars-Filmen bringt mich dazu, Violetta nach der Nachricht von Joe zu fragen, die ich auf ihrem Handy gesehen habe. Wieso hab ich nicht *diese* Nachricht gelesen? Das müsste mich doch eigentlich viel mehr interessieren. Stattdessen benehme ich mich wie ein eifersüchtiger, liebeskranker Teenager und lese heimlich *die* Nachrichten, die mich nichts angehen. Seufzend erkenne ich an, dass ich ein eifersüchtiger, liebeskranker Teenager *bin* und deshalb wohl ein Anrecht darauf habe, dumme Sachen zu machen. Egal, für wie erwachsen mein Vater mich hält. Violetta zieht ihr Handy aus der Tasche und liest. Hoffentlich bemerkt sie nichts.

»Der erste Empfänger hat bestätigt. Wahrscheinlich geht die Nachricht noch über zwei oder drei Knoten, bevor sie in Port Hope ankommt.«

»Das kann Tage dauern«, bestätigt Richard ungefragt Violettas Vermutung. Am liebsten hätte ich ihm meine Breischüssel an den Kopf geworfen. Er soll einfach seine verdammte Schnauze halten und sich nicht einmischen. Statt ihn mit meinem Geschirr zu bewerfen, reagiere ich einfach nicht, esse weiter, ohne ihn eines Blickes zu würdigen, und lausche den begeisterten Ausführungen meines Vaters, der laut eigener Aussage noch nie an einem so faszinierenden Ort gewesen ist. Wenn er so redet, klingt er wie die Omma. Ich muss unwillkürlich grinsen. So funktioniert also Familie.

»Und diese Aussicht«, schwärmt Papa. »So etwas habe ich noch nie gesehen.«

»Ja, die Aussicht ist toll«, bestätige ich.

»Manchmal schwimmen Wale vorbei«, berichtet Richard und springt fröhlich auf den Begeisterungszug auf.

»Unglaublich«, schwärmt Papa.

»Hier ist mal ein Blauwal vorbeigeschwommen. Wir dachten alle, der haut mit seiner Schwanzflosse die Stahlpfosten um. Der war bestimmt 25 Meter lang.« Als wäre er tatsächlich in der Lage, 25 Meter mit seinem Körper darzustellen, breitet Richard die Arme aus, und mein Vater schüttelt beeindruckt den Kopf.

»Sicher? 25 Meter?«, frage ich nach und lasse meinen Löffel klappernd in die leere Schüssel fallen.

»Ja.« Richard scheint über diese Frage ziemlich irritiert. Er denkt kurz nach, so als sei er sich plötzlich doch nicht mehr so ganz sicher, ob das wirklich stimmt. »Wale können so lang werden. Sogar noch länger.«

»Ich meine nur. Du scheinst es mit der Wahrheit ja sonst auch nicht so genau zu nehmen.«

»Laser«, zischt Violetta neben mir und tritt mich unter dem Tisch.

»Was denn? Ist doch wahr. Er ist ein Lügner!«

Richard lacht. Es soll wohl belustigt und nachsichtig klingen, tatsächlich wirkt sein Gegacker aber eher verunsichert.

»What did he say?«, fragt Mei wieder. Niemand erklärt es ihr. Vielleicht sollte sie sich mal einen Translator besorgen.

»Leute, ich muss los. Die Pflicht ruft. V?« Richard sieht Violetta fragend an und steht auf.

»Ich komm gleich nach«, antwortet sie, ohne ihn anzusehen. Wieso kommt sie gleich nach? Wohin will sie denn? Ich will gerade ansetzen, mich zu beschweren, als Violetta mich schon wieder tritt. Sie sieht mich an, als würde sie mir gleich den Kopf abreißen. Also sage ich nichts mehr. Mein Vater verabschiedet sich freundlich von Richard (er ist so verdammt naiv), als dieser sein Tablett nimmt und den Tisch verlässt.

»Das ist mein Streit. Halt dich da raus«, zischt Violetta mir ins Ohr. Das stimmt so nicht ganz. Schließlich hat Richard *mir* die Worte im Mund herumgedreht. Ich weiß aber, dass es keinen Sinn ergibt, jetzt mit ihr darüber diskutieren zu wollen. Also schweige ich erst und wechsle dann das Thema, indem ich meinen Vater frage, um wie viel Uhr meine Mutter, die böse Königin, uns denn zu sich befohlen hat. Papa findet das nicht lustig. Die anderen am Tisch wohl auch nicht. Mei versteht mich weiterhin nicht, deshalb ist sie auch die Einzige, die noch lächelt. Irgendwie habe ich das Gefühl, das mit dem erwachsenen Verhalten funktioniert nicht so richtig. Seit ich Richard angeschnauzt habe, ist die Stimmung im Arsch.

»Sobald wir fertig sind. Also jetzt.«

»Ich muss sowieso los. Wie sehen uns später. Keine Angst, ich finde dich«, sagt Violetta, küsst mich schmatzend auf den Mund und steht auf. Sie geht mit Richard Mouse löten. Wundervoll. Wenn ich mir ins Gedächtnis rufe, was Violetta und ich gestern so alles gemacht haben, rückt die Löterei jedoch stark in den Hintergrund und verblasst in absoluter Bedeutungslosigkeit. Ich werde fast ein bisschen rot. Soll sie doch mit ihm löten. Solange es nur das ist …

Die Frühstücksgesellschaft löst sich auf, nachdem auch Violetta gegangen ist, und so machen Papa und ich uns auf den Weg zu Bambi.

Phase 13; Operationsverstärker

Tom hat es sich anscheinend zu seiner persönlichen Aufgabe gemacht, mit einem Tablet in der Hand, auf dem er unentwegt herumtippt, vor uns herzulaufen, egal, wohin wir gehen, als ob wir den Weg zu Bambis Wohnzimmer nicht alleine finden könnten. So wie es aussieht, muss jeder Besuch Königin Bambi angekündigt werden, bevor sie sich dazu herablässt, jemanden in ihren Gemächern zu empfangen. Und am liebsten erledigt Tom diesen Job. Jedes Mal, wenn er ihren Namen in den Mund nimmt, funkeln seine Augen. So was von erbärmlich!

Meine Laune sinkt mit jedem Schritt. Meinem Vater fällt das sofort auf, und ich glaube, er ärgert sich darüber, dass ich mich schon wieder ärgere, und so stampfen wir missmutig hinter Tom her, der fröhlich vor sich hinplappert und erzählt, dass er die nächsten Tage wieder zum Außendienst abkommandiert wird. Aber natürlich nicht nach Toronto. Wahrscheinlich müsse er nach Südamerika. Der Glückspilz. Ich würde gerne mit ihm tauschen. Er bleibt vor Bambis Tür stehen, tippt etwas in sein Display, wartet eine Sekunde und grinst uns dann zu.

»Ihr könnt rein.«

»Wie gnädig«, motze ich und gehe Papa hinterher.

Diesmal empfängt Bambi uns nicht mit Kaffee und Tee. Im Gegenteil. Ihr Wohnzimmer ist zum Büro umgebaut, wirkt nüchtern und sieht nicht mehr nach Kaffeekränzchen aus. Im Gegenteil. Bewundernd stelle ich fest, dass sich die riesige Glasscheibe des runden Raums zu einem Bildschirm transformieren lässt. Auf die schwarze Fläche ist eine riesige Weltkarte projiziert. Bambi sitzt an ihrem Tisch, hat eine XP-Brille auf und tippt auf einer unsichtbaren Tastatur. Als wir reinkommen, blickt sie nicht mal auf.

»Morgen«, sagt Papa. Bambi nickt.

Da mich dieses Mal niemand dazu drängt, fällt es mir sehr viel leichter, mich hinzusetzen. Bambi hat zwei Stühle direkt vor den Bildschirm gestellt, wahrscheinlich für Papa und mich. Der Stuhl neben ihr ist frei. Diesen Platz ziehe ich natürlich nicht in Erwägung. Ich bin ja nicht verrückt.

»Wir warten noch auf Vincent.«

»Auf wen?«, frage ich.

»Auf meinen Vize.«

Keine Ahnung, was das sein soll, ein Vize. Ich betrachte die Weltkarte. Sie ist grau und schwarz, und die Ländergrenzen sind rot eingezeichnet. Bei genauerem Hinsehen fällt mir auf, dass es sich nicht um die ursprünglichen Ländergrenzen der Welt handelt, sondern um *MediaCon*-Gebiete. Mittlerweile weiß ich, dass es ein paar vereinzelte Gebiete überall auf der Welt gibt, die unabhängig sind. Ich kann mir also denken, was die rotumrahmten Löcher bedeuten sollen. Eine solche Karte habe ich allerdings noch nie zuvor gesehen. Die Weltkarten, die ich in der Schule studiert habe, zeigten entweder die Ländergrenzen vor dem System oder die Welt, wie sie nach der Revolution in ihre Metropolen und thematisierten Gebiete neu eingegrenzt wurde.

Das Land Russland, das aufgrund seiner Größe auch aus dieser Karte heraussticht, ist meiner Generation eher als »Warzone« bekannt, da der Bereich rund um seine Metropolen Moskau und Sankt Petersburg als Schauplatz für alle möglichen Kampagnen und Dokumentationen über die beiden Weltkriege vor knapp zweihundert Jahren dient. Auf Bambis Karte allerdings klafft oben rechts ein riesiges Loch. So viel von Russland gehört nicht *MediaCon.* Auf meiner Schulweltkarte oder den gängigen Ansichten, die man schnell im Internet gefunden hat, ist dieser Teil meist einfach abgeschnitten worden. Ich kann mich nicht erinnern, dass ich mich je gefragt hätte, warum bei den neuen Karten ein Stück fehlt. Die alten Karten haben mich eh nicht interessiert. Ich sehe eine komplett rotumrahmte riesige Insel rechts neben Kanada. Das muss Grönland sein. Violetta hat gesagt, sie glaube, die Basis liege vor Grönland unter Wasser. Anscheinend ist Grönland komplett unabhängig von *MediaCon.* Ich frage mich, warum? Kann es sein, dass das Gebiet zu uninteressant für den Sender war? Zu kalt? Zu karg? Andererseits sind Gebiete, in denen es schneit und kalt ist, in der Regel für Wintersport-Games und bei Extremsportlern sehr beliebt. Ich sehe rote Umrandungen an der afrikanischen Küste, im Mittleren Osten und vereinzelt in Asien. Viele große Kreise in Südamerika. Ein paar in Kanada. Wahrscheinlich gehört auch Port Hope zu diesen Gebieten. Europa meine ich, gehört genau wie die ehemaligen Vereinigten Staaten komplett *MediaCon.* Ich kneife die Augen zusammen und erkenne doch die ein oder andere rote Stelle in Europa. Allerdings mehr in Richtung Osten.

»Weißt du, was das ist, Laser?«, fragt meine Mutter aus dem Nichts und reißt mich aus meinen Gedanken. Sie klingt, als gehe sie davon aus, dass ich es nicht weiß. Klar, sie hält mich ja für einen planlosen Metro-Trottel.

»Die roten Flächen sind unabhängige Gebiete«, antworte ich mit so wenig Interesse in der Stimme, wie ich zustande bringe. Meine Mutter schweigt kurz. Wahrscheinlich hat sie damit gerechnet, mich mit der Tatsache beeindrucken zu können, dass nicht die ganze Welt *MediaCon* gehört und Port Hope keine winzige Ausnahme darstellt. Das weiß ich alles schon. Wobei ich zugeben muss, dass ich nicht gedacht hätte, dass die Fläche der unabhängigen Gebiete doch so groß ist.

»Du hast recht. Die rot umrandeten Gebiete sind *frei.* Genau wie Port Hope wurden sie vom Versorgungssystem der neuen Weltordnung ausgeschlossen und existieren ausschließlich autark, ohne die Möglichkeit, sich mit anderen auszutauschen. Nicht alle freien Gebiete sind besiedelt. Manche haben es nicht geschafft, auf Dauer ohne das System zu überleben, andere Gebiete sind einfach so unwirtlich, dass man dort nicht leben kann. Und schon gar nicht ohne Versorgung von außen.«

»Was ist mit Grönland?«, frage ich und drehe mich zu meiner Mutter um. Sie hat die Brille abgenommen und betrachtet nun die Weltkarte, genau wie Papa und ich. Fragend hebt sie die Augenbrauen.

»Warum fragst du ausgerechnet nach Grönland?«

»Nur so«, lüge ich.

»Grönland ist eines dieser unwirtlichen Länder. Es gibt nicht mal Bäume auf Grönland. Das heißt, es gibt sie nicht mehr. Vor langer Zeit hat man einen Versuch gestartet, die Insel an der Küste zu bewalden. Der Versuch ist leider gescheitert.«

»Es gibt also keine Siedlung auf Grönland?«, frage ich weiter. Meine Mutter betrachtet mich weiterhin skeptisch.

»Doch. Eine. Eine ehemalige Forschungsstation.«

»Aha«, antworte ich.

»Was ich euch eigentlich zeigen wollte ...« Bevor sie aussprechen kann, öffnet sich die Tür und ein schlaksiger grauhaariger Kerl, der meine Mutter um gefühlt einen Kilometer überragt, betritt den Raum.

»Morning«, sagt er.

»Morning«, antwortet meine Mutter. »Das ist Vincent. Vincent ist mein Vize.«

Bambis Vize (ich weiß immer noch nicht, was das sein soll) setzt sich neben meine Mutter und steckt sich einen *AudioIn* ins Ohr. Wahrscheinlich einen Translator. Papa beäugt den älteren Herrn mit den grauen Haaren kritisch. Meine Güte, er wird doch nicht etwa eifersüchtig auf den Typen sein? Hat Papa auf der Fahrt im U-Boot hierher sein Gedächtnis verloren? Bambi öffnet eine schmale Schublade, die unter der Tischplatte ausfährt, und nimmt zwei weitere *Audios* heraus. Sie steht auf, tritt hinter uns und hält ihre Handfläche auf. Ich nehme mir eines der kleinen Silikonteile und stecke es mir ins Ohr.

»Also«, beginnt Bambi von Neuem. »Eigentlich wollte ich euch das hier zeigen.« Sie wischt mit der Hand durch die Luft und zoomt in die Karte hinein. Europa wird größer, dann Deutschland, und schlussendlich blicken wir auf den Bereich rund um die Metropole Berlin. Rechts oben, kurz vor der Grenze zu Polen, sehe ich einen roten Punkt. Eine Siedlung in der Nähe von Berlin?

»Das hier«, sagt meine Mutter und holt den Punkt jetzt ganz nah ran. »Das ist ein ehemaliger Atombunker. Laser, weißt du, was ein Atombunker ist?«

»Ja, ich weiß, was ein Atombunker ist«, antworte ich patzig und rolle die Augen. Mein Vater stößt mir seinen Ellenbogen in die Seite.

»Was denn?«, frage ich. »Sie denkt, ich bin total bescheuert!«

»Dieser Atombunker befindet sich im Besitz eines unserer Mitglieder. Wir haben ihn genutzt, um Angehörige aus Deutschland vor dem Blackout in Sicherheit zu bringen.«

Mein Herzschlag beschleunigt sich. Ich glaub, ich weiß, worauf sie hinaus will.

»Deine Tante Apolonia und ihre beiden Kinder befinden sich dort«, bestätigt Bambi meine Vermutung. Papa neben mir richtet sich etwas auf.

»Sie wurden dort aufgenommen und versorgt. Der Bunker ist natürlich nur mit einem begrenzten Kontingent an Verpflegung ausgestattet. Deine Tante und ihre Kinder können also nicht für immer dort bleiben.«

»Kannst du sie nicht herbringen lassen?«, frage ich meine Mutter.

»Nein.«

Natürlich nicht. Warum habe ich überhaupt gefragt.

»Was ist mit Port Hope?«

»Das ist alles nicht so einfach, wie du dir das vorstellst, Laser. Wir können nicht riskieren, die Kontrolle über die weltweiten Netzwerke zu verlieren, nur um drei Zivilisten von Deutschland nach Kanada zu fliegen.«

Ich frage mich, warum sie mir das alles überhaupt erzählt. Sie zeigt mir, wo Mama ist, um mir dann zu sagen, dass es keine Möglichkeit für mich gibt, sie zu mir zu bringen.

»Dann bring mich zu ihnen«, verlange ich. Obwohl ich keine Ahnung habe, was wir vier (bald 5) Potlowskis in Berlin machen sollen, wo die Zustände sicher nicht besser sind als in Toronto. Wir können ja schlecht von Berlin nach Kanada *laufen.*

»Wie lange könne sie noch in dem Atombunker bleiben?«, will Papa wissen. Mein Vorschlag erscheint ihm so abwegig, dass er nicht mal abwartet, bis Bambi darauf geantwortet hat.

»Ein paar Wochen. Sicherlich noch so lange, bis deine Cousine ihr Kind zur Welt gebracht hat. Aber ab einem gewissen Punkt werden sie den Bunker verlassen müssen. Und ich kann mir vorstellen, dass es dieser Tage nicht so einfach ist, sich durchzuschlagen. Schon gar nicht mit einem Säugling.«

Sie klingt böse. Böse und gehässig. Ich muss mich beherrschen, sie nicht wieder anzuschreien. Schließlich ist sie schuld, dass Mercury schwanger ist. Sie hat im System rumgepfuscht und Fehler verursacht. Papa, anscheinend ein begabter Hellseher, legt seine Hand auf meinen Arm, um mich zu beruhigen.

»Wie gesagt, bring mich zu ihnen. Ich kann ihnen helfen. Ich komm mittlerweile ganz gut klar da draußen«, knurre ich wütend.

»Das ziehe ich in Erwägung«, antwortet Bambi. Mein Vater fährt herum und protestiert, kaum hat meine Mutter ihren Satz beendet.

»Bist du wahnsinnig, Leelah?«

Ich bin verwirrt, dass sie meinen Vorschlag nicht direkt wieder abgelehnt hat, und weiß einen Moment gar nicht, was ich sagen soll.

»Unter einer Bedingung.«

Natürlich. Ihr Entgegenkommen hat natürlich einen Haken. Ich stöhne genervt und reibe mir die Augen. Der Tag hat so gut angefangen. Zehn Minuten im selben Raum wie Bambi, und ich habe das Gefühl, als hätte mich jemand verprügelt. Vielleicht hat der stumme Vize-Kerl deshalb so weißes Haar. Weil Bambi ihn in den Wahnsinn getrieben hat?

»Welche Bedingung?«, will ich wissen.

Bambi nickt Vincent zu. Vincent steht auf und zoomt die Karte mit den Händen wieder heraus, so weit, dass Europa im Zentrum des riesigen Bildschirms erscheint.

»Wie Sie sicherlich wissen ...«, beginnt die Stimme in meinem Ohr zu sprechen. Ich höre Vincent parallel Englisch reden. Das ist so irritierend; ich glaube, ich werde in Zukunft keinen Translator mehr benutzen. »... hat die Organisation in den letzten vier Monaten alle weltweiten Netzwerke übernommen und abgeschaltet, die unter der Kontrolle des *MediaCon*-Konzerns standen. Natürlich ist dieser Zustand keiner, der von den Regierungen der Länder oder den Profiteuren des Systems dauerhaft hingenommen werden kann. Sie arbeiten Tag und Nacht daran, neue Netzwerkverbindungen zu etablieren, was wir bislang durch unsere weltweiten Kontakte und Mitglieder verhindern konnten. Tausende von Menschen arbeiten von überall auf diesem Planeten daran, *MediaCon* so lange zu entmachten, wie die Menschheit braucht, um zu ihren Wurzeln zurückzufinden.«

»Was hat Laser damit zu tun?«, fragt mein Vater.

»Hör einfach zu, Ben«, befiehlt meine Mutter harsch, und mein Vater verstummt folgsam. *Ein Trauerspiel.*

»Unseren neusten Informationen zufolge ist es *MediaCon* allerdings gelungen, die Verbindung zu einem ihrer Satelliten wiederherzustellen. Das ermöglicht es ihnen, Daten untereinander auszutauschen. Dies könnte dazu führen, dass in kürzester Zeit mehr Netzwerkknoten reaktiviert werden. Bisher ist es uns von extern nicht gelungen, die Verbindung zu besagtem Satelliten zu unterbrechen.«

»Wir befürchten, eines unserer Mitglieder operiert gemeinsam mit *MediaCon* an diesem Datenaustausch. Die abgefangenen Codes weisen ganz klar unsere eigene Handschrift auf. Ohne direkten Zugang wird es uns wahrscheinlich nicht gelingen, *MediaCon* davon abzuhalten, erneut ans Netz zu gehen. Zum jetzigen Zeitpunkt würden sie im Falle einer Reaktivierung der Netzwerke von der Bevölkerung wohl als Helden gefeiert werden, die den Menschen die Normalität und den Wohlstand zurückgebracht haben. Alle unsere Bemühungen wären umsonst gewesen«, fügt meine Mutter hinzu.

»Und was soll ich jetzt dagegen machen?«, frage ich verständnislos. Ein kleiner Teil von mir hofft, dass es *MediaCon* gelingt, wieder ans Netz zu gehen. Damit wieder Ruhe einkehrt. Ich begreife allerdings schnell, dass dieser Gedanke irrsinnig ist. Für mich und meine Familie würde niemals Ruhe einkehren. Meine Mama, Mercury und Blast würden wahrscheinlich sofort eingesperrt. Oder Schlimmeres. Ich würde mich bis ans Ende meiner

Tage hier unter Wasser verstecken müssen und könnte – wenn überhaupt – mal in Grönland an die frische Luft. Und da gibt es nicht mal Bäume. Und keinen Luke. Und keinen Van Gogh.

»Wir haben die Signale des Satelliten auf einen Flugzeugträger im Ärmelkanal zurückgeführt«, fährt Vincent fort und zoomt nun in die Nordsee. Meine Frage übergeht er einfach. Bambis Vize ist wohl nicht an einem Dialog interessiert.

»Wir gehen von einer militärisch unterstützten Operation aus, da es sich bei dem Flugzeugträger um ein Kriegsschiff der französischen Marine handelt, das von drei kleineren Schiffen flankiert wird.«

»Warum jagt ihr das Ding nicht einfach in die Luft? Du schreckst doch sonst vor nichts zurück, Mutter.«

Vincent bedenkt mich mit einem tadelnden Blick. Ich weiß nicht, was ihn mehr stört: dass ich ihn ständig unterbreche oder dass ich schlecht über meine Mutter rede.

»Wir wissen mittlerweile, dass der Flugzeugträger nicht nur Militär an Bord hat, sondern auch einige Zivilisten.« Vincent zoomt so weit ins Bild, bis eine überraschend scharfe Aufnahme des Flugzeugträgers zu erkennen ist. An Deck stehen Leute. Leute in bunten Jacken und Bommelmützen. Das sieht ganz und gar nicht nach Militär aus. Bambi scheut sich also, Zivillisten in die Luft zu jagen. Das wundert mich.

»Es gibt also nur eine Möglichkeit, die Verbindung zum Satelliten abzuschneiden. Wir müssen *MediaCon* infiltrieren und uns vor Ort ins System hacken.«

»Und das soll *ich* für euch machen?«, frage ich kopfschüttelnd.

»Ja«, antwortet Bambi.

Ich lache schallend auf.

»Das ist doch nicht dein Ernst?«

»Doch. Das ist mein Ernst. Wenn du die Mission erfolgreich erledigt hast, fliege ich dich und deine *Familie,* wohin du willst. Bevor die Verbindung zum Satelliten nicht gekappt ist, ist jegliche Bewegung, egal wohin, absolut ausgeschlossen.«

Ich sehe meinen Vater an. Ihm steht der Mund offen. Ist sie denn jetzt völlig durchgedreht?

»Aber Leelah ...«, setzt Papa an. Meine Mutter schneidet ihm mit einer Handbewegung das Wort ab.

»Es gibt keine andere Möglichkeit. Laser ist der Einzige, der es machen kann.«

»Was?«, rufe ich aufgebracht. »Ich bin der Einzige in diesem Laden hier, der es *auf keinen Fall* machen kann! Ohne Violetta hätte ich es nicht mal geschafft, mich in ein Flugzeug einzuchecken.«

»Deshalb wird sie dich auch begleiten. Allerdings nicht vor Ort«, entgegnet meine Mutter. Vincent wischt mit der Hand durch die Luft, der Flugzeugträger verschwindet, und der Grundriss eines U-Boots taucht auf.

»Du bist der Einzige von uns, der glaubhaft vorgeben kann, die Seiten gewechselt zu haben. Die Führungsriege des Konzerns kennt deinen Namen. Sie wissen, was du getan hast. Dass du dich gegen meinen Willen auf das Spielfeld in Kanada geschlichen hast, um Violetta zu retten. Wenn du ihnen ein paar interne Informationen anbietest, stehen die Chancen nicht schlecht, dass sie dich an Bord lassen«, behauptet Bambi. Mein Vater scheint ihre Idee ausnahmsweise mal genauso scheiße zu finden wie ich.

»Und wenn sie ihn nicht reinlassen, sondern abknallen?«, fragt er.

»Das werden sie nicht.«

»Wie kannst du dir da sicher sein?«, will Papa aufgebracht wissen.

»Verflucht, Ben, ich weiß es eben! Sie werden ihn nicht abknallen.«

Vincent unterbricht meine Eltern und versucht, das Gespräch wieder in geordnete Bahnen zu lenken.

»Durch eine Echtzeitsynchronisation mit Frau Braunfels erreichen wir einen Zusammenschluss der nötigen Fertigkeiten, um diese Mission erfolgreich abzuschließen. Herr Potlowski Junior wird als ausführende Gewalt dieses Schiff über den Atlantik steuern und versuchen, an Bord der R-94 CDG zu gelangen, um dort mittels der Kenntnisse von Frau Braunfels den Datenverkehr zu blockieren.«

Echtzeitsynchronisation? Heißt das, sie wollen mir einen Chip in den Hals jagen, damit Violetta meinen Körper benutzen kann, um sich bei *MediaCon* zu Hause in deren einzige Netzwerkverbindung zu hacken? Wenn es nicht um mich und meinen Körper ginge, fände ich die Idee gar nicht so abwegig. Mega gefährlich, riskant, ein wenig größenwahnsinnig – aber nicht total abwegig. Leider geht es aber um meinen Körper, und deshalb schüttle ich bereits ablehnend den Kopf, bevor ich zu Ende gedacht habe. Papas Griff um meinen Arm wird stärker, so als wolle er mich vorsichtshalber schon mal festhalten.

»Leelah, das ist völlig absurd. Das kann nicht funktionieren. Wie kannst du unseren Sohn einer so großen Gefahr aussetzen wollen?«

»Unser Sohn scheint ein wirklich großes Talent dafür zu besitzen, sich auch ohne mein Zutun in Schwierigkeiten zu bringen. Es scheint mir nicht verwerflich, wenn er seinen Tatendrang ausnahmsweise zum Wohle der Gemeinschaft einsetzt.«

Wie das klingt! Mein Gott, ich muss Bambi gestern wirklich sehr verärgert haben. Sie ist eiskalt. Nicht, dass mir das irgendwie zusetzen würde oder so. Papa allerdings ist entsetzt über ihre Worte und will gerade wieder ansetzen und sich beschweren, als meine Mutter droht, ihn rauszuwerfen, wenn er weiterhin die Unterredung stört. Ich starre den Bildschirm an, auf dem jetzt wieder die Weltkarte und der Flugzeugträger mit seinen Begleitschiffen im Ärmelkanal zu sehen sind. Sie will mich mit Violetta synchronisieren. Sie will die Technik des Feindes verwenden, um ihre eigenen Ziele zu verwirklichen. Wenn Bambi nicht so unfassbar scheiße wäre, könnte ich wohl nicht anders, als sie für ihre Genialität zu bewundern. Hochintelligent und scheiße. Das ist leider eine ziemlich gefährliche Mischung.

»Und wenn ich Nein sage, dann bringst du meine Mama und meine Geschwister um?«, frage ich direkt heraus. Vincent schüttelt wieder missbilligend den Kopf. Ich bin aber auch ein hoffnungsloser Fall.

»Ich bringe sie nicht um, Laser!« Bambi setzt sich wieder auf ihren Platz und verschränkt die Arme vor der Brust. »Ich habe noch nie irgendjemanden umgebracht oder den Befehl dazu gegeben, jemanden umzubringen.«

Das sehe ich anders. Ich komme aber nicht dazu, ihr zu widersprechen.

»Ich kann ihnen nur nicht helfen, solange diese Verbindung zum Satelliten besteht. Wenn du dafür sorgst, dass wir wieder ungestört agieren können, sieht die Sache anders aus.«

»Ich verstehe. Eine gemeinnützige Erpressung. Schlau von dir.« Bambi schnalzt mit der Zunge.

»Das ist Wahnsinn, Leelah. Das schaffen die beiden nie im Leben. *MediaCon* hat wahrscheinlich eine ganze Armee auf dem Schiff positioniert«, gibt mein Vater zu bedenken. Er scheint mal wieder nicht viel Vertrauen in meine Fähigkeiten zu besitzen.

»Es gibt keine Armee mehr, Ben. Seit über fünfzig Jahren werden kaum noch Soldaten ausgebildet. Die wenigen, die es noch gibt, sind in den Metropolen eingesetzt, um dort die wütende Masse in Zaum zu halten. Das Schiff ist eine Arche, glaub mir, Ben. Ein Zufluchtsort für ein paar auserwählte Großstädter auf der Suche nach einer neuen Heimat«, beteuert Bambi. »Diese ganze militärische Aufmachung ist meiner Meinung nach nur Tarnung.«

»Wir müssen davon ausgehen, dass die Führungsspitze von *MediaCon* sich im Klaren darüber ist, dass wir ihr Vorankommen sabotieren werden. Sie rechnen höchstwahrscheinlich mit einem militärischen Schlag, und so haben sie ihr Schiff voll mit Zivilisten geladen, um uns davon abzuhalten, die CDG oder ihre Begleitschiffe anzugreifen. Sie wissen, dass die Organisation noch niemals mit Waffengewalt agiert hat und auch zukünftig nicht plant, davon Gebrauch zu machen«, erklärt Vince. Auch er hat sich wieder hingesetzt. Papa hat seinen Stuhl umgedreht, um die beiden besser sehen zu können.

»Das sind alles Vermutungen. Es könnte ganz anders ausgehen. Leelah, du setzt das Leben deines Sohnes aufs Spiel. Ist dir denn nichts mehr heilig? Kann das nicht jemand anderes übernehmen?«

»Ich glaube nicht, dass ihr mein Leben besonders heilig ist, Papa«, gebe ich zu bedenken. Sie ignorieren mich wieder. Vielleicht soll das eine Art Erziehungsmethode sein. Immer wenn ich was sage, das ihnen nicht gefällt, antworten sie nicht.

»Es gibt noch zwei andere Kombinationen, die infrage kämen. Allerdings sind die Paare wenig zufriedenstellend.«

»Drei Kombinationen«, korrigiert Vince.

»Entschuldige Vince, aber das sehe ich anders.«

»Dann sind sie eben nur wenig zufriedenstellend, diese zwei oder drei anderen Kombinationen. Dieser ganze Plan ist nicht zufriedenstellend. Ich dachte, du arbeitest mit den klügsten Köpfen des gesamten Planeten zusammen. Und dann fällt dir nichts Besseres ein, als unseren Sohn zu opfern? Schon wieder?«

»Es gibt keinen besseren Plan. Der Plan ist ausgezeichnet«, korrigiert Bambi. Ich bin geneigt, ihr zuzustimmen. »Wir können von hier aus auf alle Pläne des Schiffes zugreifen, auf Wärmebildkameras. Wir können das Deck des Schiffs und alle seine Bewegungen beobachten und verfolgen. Wir haben aktuell die Kontrolle über mehrere Satelliten und Drohnen. Die Ausgangslage ist nicht schlecht. Alles, was wir brauchen, ist ein gutes Team vor Ort. Das beste Team. Und das scheinen aktuell Laser und Violetta zu sein.«

Ich kann nicht anders, als mich von dieser Aussage geschmeichelt zu fühlen. Fast schon angewidert von mir selbst, will ich Bambi trotzdem widersprechen. Ich will nicht ihrer Meinung sein.

»Wer könnte stattdessen gehen? Es muss doch noch jemand anderen geben. Es gibt niemals nur eine einzige Möglichkeit«, behauptet Papa.

»Du und ich. Wir könnten unser Glück versuchen«, antwortet meine Mutter.

»Was?« Papa versteht die Welt nicht mehr.

Ich hätte beinahe laut aufgelacht.

»Ich habe die technischen Fähigkeiten, du ein halbwegs passendes Gesicht. Dir könnten sie einen Übertritt zum feindlichen Konzern ebenfalls abnehmen. Du hättest schließlich allen Grund, mich zu verraten. Ich fürchte allerdings, eine Synchronisation zwischen uns beiden würde nach all den Jahren kein befriedigendes Level mehr erzielen. Außerdem habe ich im Gegensatz zu Violetta keine Erfahrung, was die Steuerung von Spielfiguren betrifft. Ich würde wahrscheinlich zu lange brauchen, um die nötigen Kenntnisse zu erlangen.«

»Das ist doch lächerlich«, befindet mein Vater. »Ich bin viel zu alt für so einen Unsinn. Und ich glaube kaum, dass eine Synchronisation zwischen uns beiden überhaupt noch gelingen würde.« Kurz scheint meinem Vater doch wieder einzufallen, was Bambi ihm alles angetan hat. »Das wars? Mehr habt ihr nicht zu bieten? Muss unbedingt ein Potlowski auf die Schlachtbank geführt werden?«

»Nein. Es gibt noch die zweitbeste Variante. Schließlich muss ich damit rechnen, dass Laser den Auftrag nicht annehmen möchte.«

»Gut kalkuliert, Bambi. Du kennst mich besser, als ich dachte«, schnauze ich, rechne aber nicht mehr mit einer Reaktion. Scheiß Erziehungsmethoden.

»Wenn Laser es nicht macht, schicken wir Richard. Seine Familie ist ebenfalls im Berliner Atombunker untergebracht. Und«, Bambi lächelt mich an, »wir hatten bereits die Gelegenheit, eine mögliche Synchronisation mit Violetta zu simulieren. Das Endergebnis lag bei ungefähr zweiundfünfzig Prozent. Das ist eigentlich kein annehmbares Ergebnis. Wenn Laser sich weigert, haben wir allerdings keine andere Wahl, als es trotzdem zu versuchen.«

Mein Gehirn schaltet sich ab. Richard und Violetta? Synchronisiert? Gemeinsam im Auftrag für Bambi? Vereint unter der Flagge einer friedlichen Revolution? Ich kann mir nichts Schlimmeres vorstellen. Nichts. Mir wird schlecht. Bambi, du Miststück! Sie wusste ganz genau, dass sie mich damit kriegen würde. Sie wusste, dass ich lieber selbst gehen und all ihren Scheiß ertragen würde, als zuzulassen, dass Richard Mouse, dieser miese Scheißer, mit meiner Freundin eine Gehirnverschmelzung vollzieht.

»Das klingt doch vielversprechend!«, ruft mein Vater aus. »Soll doch dieser Richard es machen. Der scheint mir ein kompetenter

Typ zu sein. Und wenn seine Familie ebenfalls in Deutschland festsitzt, wird er allen Grund haben, sich Mühe zu gegen.«

Bambi lächelt mich immer noch an. Sie wartet seelenruhig. Sie weiß genau, was gleich kommt.

»Ich mache es«, knurre ich und starre ihr finster in die dunklen Augen. *Ich hasse dich.* Sie versteht mich. Bambi weiß, dass sie nichts tun kann, um mein Vertrauen oder meine Liebe zurückzuerlangen. Der Zug ist abgefahren. Sie weiß es, weil ich wie sie bin. Weil sie weiß, dass wir uns so festbeißen können, in dem, was wir wollen und was wir nicht wollen, dass niemand uns je wieder losreißen kann. Egal, wie sehr er auch ziehen mag. Gestern ist Bambi kläglich daran gescheitert, sich mit mir zu versöhnen. Heute hat sie sich ihre Ziele niedriger gesteckt. Realistischer. Sie wollte einfach nur gewinnen. Egal, um welchen Preis. Und verdammt noch mal, das ist ihr gelungen.

Phase 14; Scan

»Alles in Ordnung, Laser?«, fragt Doktor Peterson. Seine Stimme ertönt durch die schalldichten Kopfhörer mit integrierter Übersetzungsfunktion, die ich trage, damit ich während der Untersuchung nicht taub werde.

»Ja. Alles in Ordnung«, antworte ich mit zittriger Stimme, obwohl bei mir eigentlich überhaupt nichts in Ordnung ist. Ich liege in einer engen Röhre, mit meinem Kopf in einer Vorrichtung, die jegliche Bewegung verhindert, und lasse Aufnahmen von meinem Gehirn machen. Aufnahmen, die dazu dienen, herauszufinden, ob man mir bedenkenlos einen Chip ins Rückenmark implantieren kann, der es meiner Freundin ermöglichen soll, meinen Körper über eine drahtlose Netzwerkverbindung fernzusteuern, damit ich im Ärmelkanal einen Flugzeugträger infiltrieren kann. Klingt nach einem Game, dass ich unfassbar gerne mal zocken würde. Allerdings über meinen *NatureXP,* und zwar als Gamer – nicht als Spielfigur.

Doktor Peterson, Bambis Haus-und-Hof-Neurologe, hat absolutes Verständnis für meine Bedenken. Als ich ihn vor ein paar Tagen kennengelernt habe, hat er mich mit den Worten begrüßt: *Du bist ganz schön mutig, mein Junge. Mich würden keine zehn Pferde dazu kriegen, die Steuerung meines Körpers jemand anderem zu überlassen.*

Er hat gut reden. Als ob ich den Scheiß hier freiwillig über mich ergehen lassen würde. Und je länger ich darüber nachdenke, desto auswegloser erscheint mir die Lage. Mama, Mercury und Blast sitzen in Berlin fest. Bambi muss sie unbedingt herbringen lassen, bevor sie aus dem Bunker geworfen werden, indem sie Zuflucht vor den katastrophalen Zuständen in der Metropole gefunden haben. Wie könnte ich es Richard überlassen, für ihr

Wohlergehen zu sorgen? Richard hat sich in der Vergangenheit als nicht besonders ehrgeizig erwiesen, wenn es darum ging, anderen zu helfen. Er hat keinen Finger gerührt, um Violetta davon abzuhalten, ihr Leben für die bekloppte Organisation meiner Mutter zu opfern. Stattdessen sitzt er nur rum und labert dummes Zeug. Ich vertraue ihm nicht. Und nachdem auch Violetta nicht mehr ganz so gut auf ihn zusprechen ist, fürchte ich, eine Synchronisation zwischen den beiden würde sowieso scheitern, selbst wenn ich mich dazu überwinden könnte, es zuzulassen, dass sie die Mission als Team übernehmen. Es bleibt also mal wieder an mir hängen. Und ganz ehrlich: Dieses Mal fürchte ich mich tausend Mal mehr vor dem, was mich erwartet, als damals vor meinem Ausflug aufs kanadische Spielfeld. Ganz einfach, weil ich jetzt weiß, wie es sich anfühlt, tatsächlich in Lebensgefahr zu geraten. Auf dem Spielfeld hatte ich aber wenigstens die Kontrolle über meinen eigenen Körper.

»Laser, du musst ein bisschen runterkommen. Wir können den Test sonst nicht durchführen.« Dr. Peterson spricht langsam und beruhigend direkt in meinen Gehörgang. Er hat eigentlich eine ganz andere Stimme als diejenige, die in mein Ohr spricht. Trotzdem imitiert das Gerät seine Art, zu sprechen, seinen ruhigen Tonfall, recht präzise. Eigentlich spricht Dr. Peterson Dänisch. Er spricht auch sehr gut Englisch, allerdings hält er es für besser, wenn wir mit Translator kommunizierten, da es wichtig sei, dass ich wirklich alles verstehe. Das gleichförmige Dröhnen des Geräts, das Dr. Petersons Ansage begleitet, wird durch den Lärmschutz gefiltert und verschwimmt zu einem unauffälligen Rauschen.

»Ich gebe alles«, antworte ich tapfer und versuche, mich mit den Atemübungen zu beruhigen, die Papa mir im U-Boot gezeigt hat. Einatmen, bis vier zählen, ausatmen, bis vier zählen. Es ist schwer, gleichmäßig zu atmen, wenn einem das Herz bis in die Kehle schlägt. Dr. Peterson vermutet, ich leide unter Platzangst. Das hat er mir bereits diagnostiziert, als er mich bei unserem ersten Treffen in eine viel zu enge Kabine gesteckt hat, ähnlich der *BodyscanArea* bei uns zu Hause, die alle meine Vitaldaten erfassen sollte. Nachdem er die Glastür hinter mir geschlossen hatte, begann mein Herz zu rasen, als wäre ich gerade einen Marathon gelaufen. Ich hatte einen Schweißausbruch nach dem anderen und konnte mich kaum davon abhalten, die Glaswände einzuschlagen, um mich aus dem blöden Ding zu befreien. Dr. Peterson hat dann einfach die Tür aufgelassen und gesagt, das ginge schon irgendwie. Ich musste dann noch eine halbe Stunde auf dem Laufband rennen, komplett verkabelt, damit die Daten auch wirklich genau waren, in ein Röhrchen pusten und einen Sehtest machen. Mit Platzangst hat man also doppelt so viel Arbeit.

Dr. Peterson empfiehlt, ich soll die Augen schließen und mir vorstellen, irgendwo anders zu sein. Einfacher gesagt, als getan. Angestrengt denke ich mich zurück nach Port Hope. Ich visualisiere die Weite. Ich versuche, mir vorzustellen, wie es sich anfühlt, wenn man nicht eingesperrt ist. Das hilft wirklich ein bisschen. In Gedanken strecke ich die Arme aus und drehe mich im Kreis. Keine Wände. Keine Röhre.

»Sehr gut«, lobt mich Dr. Peterson, der anhand meiner Vitalwerte wohl genau sehen kann, dass ich ruhiger werde.

Einatmen, bis vier zählen, ausatmen, bis fünf zählen. Es funktioniert. Ich versuche, das Dröhnen auszublenden, denke nicht mehr an das viele Wasser über mir und unter mir und überall – ich denke an die Felder, an den See und daran, dass Matti mir versprochen hat, mir im Sommer Schwimmen beizubringen. Einatmen, bis vier zählen, ausatmen, bis sechs zählen. Das Dröhnen wird zum rauschenden Bach. Ich stehe mit nackten Füßen im eiskalten Wasser. Die Luft riecht nach Schnee.

»Wir können anfangen. Gut gemacht, Laser«, verkündet Dr. Peterson zuversichtlich und unterbricht meine Gedanken. »Öffne nun die Augen.«

Ich tue, was er sagt. Leider muss ich dazu wieder in die Realität zurückkehren. Ich trage eine XP-Brille. So eine wie Papa in seiner Wohnung in Toronto hat. Solange kein Bild auf meine Netzhaut projiziert wird, ist das Glas durchscheinend. Jetzt allerdings sehe ich eine Wüste. Rotes Gestein, brüchige Erde, tiefblauer Himmel. Nach wenigen Sekunden wechselt das Bild. Ich sehe einen Regenwurm. Es folgen Katzen, ein Wolkenkratzer, eine Frau, die ausdruckslos in die Kamera starrt, mit einem schmutzigen Kleinkind, das sie am Handgelenk festhält, ein blauer Eimer mit rotem Inhalt – irgendwas Ekligem, eine Spinne, Blut, das aus einem Schnitt im Finger tropft, eine nackte Frau, die breitbeinig auf einem Stuhl sitzt, ein leerer Tisch, eine Zitrone, ein Fluss, ein enthauptetes Huhn, ein langer Weg, dessen Ende nicht in Sicht ist, ein Holzblock, der in ungleichmäßige Teile zersägt ist, leblose Körper aufeinander gestapelt, irgendetwas Schuppiges unter einem Mikroskop, noch eine nackte Frau, diesmal mit angsterfülltem Gesicht und abwehrend erhobenen Händen, ein abgemagerter Hund, ein toter Hund, ein Eisberg, eine Pflanze mit Stacheln, aus der eine durchsichtige Flüssigkeit tropft, ein Bergsteiger, der einen anderen Bergsteiger am Arm gepackt hält, ein Gesicht mit zugeschwollenen Augen und einer blutigen Lippe und als Letztes ein kahler Baum.

Ich bin verwirrt.

»Danke, Laser«, höre ich Dr. Peterson sagen. »Dasselbe noch einmal«, kündigt er an, und es folgen weitere merkwürdige Bilder, die mich teilweise sehr verstören. Manche Bilder finde ich wirklich schön und würde sie gerne länger betrachten, gerade die vielen unterschiedlichen Landschaften, die mir präsentiert werden. Irgendwann werden die Darstellungen von Tönen begleitet, die manchmal gut klingen und manchmal so furchtbar, dass ich mir die Ohren zu halten will. Nach einer gefühlten Ewigkeit ist es endlich vorbei, und Dr. Peterson erlöst mich.

»Was sollte das? Warum haben Sie mir diese Bilder gezeigt?«, frage ich erschöpft. Ich fühle mich, als hätte ich tagelang nicht geschlafen.

»Um zu sehen, wie dein Gehirn darauf reagiert.«

»Wie hat es denn reagiert?«, will ich wissen. Dr. Peterson lacht.

»Auf eine bestimmte Art und Weise. Anders als mein Gehirn reagiert hätte.«

»Ist das gut oder schlecht?« Ich verstehe den Sinn nicht ganz. War das jetzt eine Art Gedankentest? Ich hoffe, mein Gehirn hat angemessen auf die ganzen schlimmen Sachen reagiert und ordentlich abgeschnitten. Nicht, dass sich doch noch herausstellt, dass ich total verrückt bin.

»Weder noch. Wir benutzen die Daten, um eine Synchronisation zwischen dir und Violetta zu simulieren.«

»Aber das hat Bambi doch schon gemacht. Jedenfalls hat sie das behauptet.«

»Das ist richtig. Allerdings sind alle Daten, die wir für die Simulation eurer Synchronisation verwendet haben, *vor* deinem Ausflug nach Kanada erhoben worden. Traumatische Erfahrungen können die Vernetzungen im Gehirn komplett durcheinanderbringen.«

Ich habe das Gefühl, als wäre mein Gehirn schon immer irgendwie durcheinander gewesen. Aber was weiß ich schon?

»Die Daten sind nicht nur veraltet, sie sind auch minderwertig und ungenau im Vergleich zu dem, was wir hier erheben können.«

Ich frage mich, woher sie überhaupt Gehirndaten von mir haben. Ich war vorher noch nie in so einer Röhre. Ob die *Bosca* in Berlin heimlich unsere Gehirne gefilmt hat? Und Bambi hat der *Bosca* die Daten geklaut?

»Wann wurden denn diese Daten von mir erhoben?«, frage ich und höre, wie naiv das klingt. Das Dröhnen schwillt wieder an.

»Schon dein ganzes Leben lang, Laser. Dein *Nature XP* hat jedes Mal, wenn du ihn benutzt hast, Spannungsveränderungen in deinem Gehirn gemessen und so ermittelt, mit welcher elektrischen Aktivität dein Gehirn auf bestimmte Ereignisse reagiert, die du virtuell erlebt hast. Dein Helm hat die Daten an *MediaCon* übermittelt, dadurch hatte der Sender immer ein umfassendes Bild über deine Präferenzen und Abneigungen. Sogar über deine unbewussten. Sie wissen Sachen über dich, die du selbst nicht weißt«, meinte Dr. Peterson kichernd. »Deine Mutter hat die gespeicherten Daten regelmäßig vom *MediaCon*-Server heruntergeladen, um zu sehen, ob mit dir alles in Ordnung ist. So konnten wir schon im Vorfeld ungefähr berechnen, wie gut eine Synchronisation mit dir und Violetta funktionieren würde.«

Etwas in der Art habe ich vermutet. Der *Nature XP* kann schließlich jede Sinnesempfindung simulieren. Klar kann er auch mein Gehirn lesen. Die Vorstellung, dass meine geheimsten Gedanken und Empfindungen direkt auf Bambis Schreibtisch gelandet sind, gefällt mir gar nicht. Ich spüre, wie mein Gesicht heiß wird. Ob sie wissen, was ich mir mit meinem XP alles angesehen habe? Wenn er es weiß, dann lässt sich Dr. Peterson nichts anmerken. Er erklärt mir die ganze Sache so, als würde sie mich überhaupt nicht betreffen. Er ist ruhig und nüchtern. Ich frage mich, wieso jemand wie er für meine Mutter arbeitet.

»*MediaCon* kann durch diese Technik nicht nur das perfekte Unterhaltungsangebot für jeden generieren, sie können jede psychische Auffälligkeit oder Persönlichkeitsstörung ihrer Kunden erkennen und direkt intervenieren. Sie mischen die passende Medikation direkt ins Essen oder vermeiden bestimmte Trigger-Reize für bestimmte Personen. Laser, zählst du bitte einmal bis zehn.«

Ich tue es.

»Und noch einmal auf Englisch.«

Folgsam zähle ich und frage mich, ob das System bei mir irgendwelche Auffälligkeiten erkannt und mich heimlich mit Medikamenten vollgepumpt hat. Vielleicht bin ich ja in Wirklichkeit ein Psychopath? Da ich das Bild des enthaupteten Huhns aber ziemlich eklig fand, schätze ich meine Chancen, ein Psychopath zu sein, recht gering ein.

»Wissen Sie, ob das System mir jemals Medikamente ins Essen gemischt hat?«

»Soweit wir wissen, wurdest du nicht mit Psychopharmaka behandelt. Allerdings gab es eine Zeit, in der deine Daten auffällig waren und man dich gezielt beobachtet hat.«

»Ernsthaft? Und das wissen *Sie*? Und ich weiß das nicht?«, frage ich entrüstet. Wie kann das sein? Dr. Peterson sitzt seit drei Jahren unter Wasser in Bambis Basis und weiß mehr über meine Gehirndaten als ich? Weil ich jeden Tag meinen XP benutzt habe? In was für einer bekloppten Welt leben wir eigentlich?

»Es war kurz nachdem du diesem Mädchen den Arm gebrochen hast und dieses Foto von dir bei *MediaCon U* aufgetaucht ist«, berichtet Dr. Peterson.

»Ach du Scheiße! Haben Sie das Foto gesehen?«, frage ich fassungslos. Wie peinlich ist das denn? Weiß Bambi das auch? Hat sie auch das Foto gesehen? Ich möchte auf der Stelle im Erdboden versinken.

»Ich habe es mir nicht genauer angesehen, keine Angst. Aber du hast nach diesem Vorfall deutlich geringere Gehirnaktivität gezeigt, und das System hätte dich auf eine depressive Verstimmung hin getestet und im Fall eines positiven Ergebnisses mit einer entsprechenden Medikation begonnen. Deine Mutter hat die Daten manipuliert, und wie wir sehen, hat sie recht behalten. Es war nicht nötig, dir Psychopharmaka zu verabreichen. Du hast dich auch von selbst wieder gefangen. Solche Episoden sind in deinem Alter normal. Gerade, wenn man von seiner Peergroup ausgegrenzt und abgelehnt wird. Allerdings sind die Computer von *MediaCon* darauf programmiert, unnötige Risiken zu vermeiden. Sie wären in deinem Fall wohl auf Nummer sicher gegangen und hätten dich vorsorglich behandelt.«

»Das ist ... wieso weiß ich denn so etwas nicht?«

»Ich schätze, du hast nie gefragt.«

»Nein, habe ich nicht«, gestehe ich etwas kleinlaut.

»Vielleicht ist dir aufgefallen, dass dir dein *Mediasystem* nach dem Unfall mit diesem Mädchen häufiger gewaltverherrlichende Inhalte angeboten hat?«

»Was? Keine Ahnung. Das ist lange her und ...« War das so? Ich habe das Gefühl, dass die meisten *Inhalte,* die mir in den letzten Jahren angeboten wurden, mit Gewalt zu tun hatten. Mit Gewalt und Sex. Alle haben das konsumiert. Das erscheint mir nicht außergewöhnlich.

»Sie wollten wissen, ob du vielleicht eine Gefahr für deine Mitmenschen darstellen könntest. Nachdem du dem armen Mädchen den Arm gebrochen hast.«

»Aber das habe ich doch nicht mit Absicht getan«, protestiere ich.

»Das galt es herauszufinden, mein Junge. So wie ich die Sache aber sehe, besteht kein Anlass, sich darüber Sorgen zu machen. Und anscheinend hat *MediaCon* das ebenfalls so gesehen. Andernfalls hätten sie dich sicherlich abgeholt und in eine entsprechende Institution gebracht. Und ich fürchte, dann hätte auch deine Mutter nicht mehr viel für dich tun können.«

Das ist wirklich zu krass. Ich muss an Mamas Mann Edwin denken, der auch einfach abgeholt wurde, weil man ihn für Bambis Verbrechen angeklagt hat.

All diese Informationen über mich sind da draußen. Oder sie waren es. Fast bin ich froh, dass Bambi das Internet abgeschaltet hat. Wer weiß, wer sich das furchtbare Foto von mir, wie ich nackt über Clementine Tischler hocke, sonst noch ansehen konnte.

»Laser, würdest du mir berichten, was du gestern *nicht* getan hast«, bittet mich Dr. Peterson und wechselt so abrupt das Thema, dass ich nicht ganz folgen kann.

»Was ich *nicht* getan habe? Äh … ich habe gestern nicht gut gegessen«, berichte ich. Dr. Peterson lacht wieder.

»Ich glaube, ich habe seit drei Jahren nicht mehr gut gegessen. Eine Frage noch Laser, dann hast du es geschafft: Was ist deine allererste Erinnerung?«

Sofort sehe ich das Bild von mir, als ich ein Jahr alt bin und glatzköpfig auf Papas Schultern sitze, sehe, wie wir durch die Wohnung hopsen und auf Bambi zugehen. Ich sehe mein lachendes Gesicht. Doch dann wird mir bewusst, dass das keine echte Erinnerung ist, sondern ein Video, das ich bei meiner Omma auf ihrem uralten Bilderrahmen entdeckt habe. Ich habe diesen Ausschnitt meines Lebens nur gesehen, kann mich aber nicht daran erinnern. Ich krame in meinem Gehirn nach eigenen Erinnerungen. Wie um mich zu ärgern, taucht der rote Luftballon auf. Ich sehe meine kleinen Lackschuhe und das Krankenhausbett mit dem alten Mann darin. Verdammt, das ist nicht meine Erinnerung. Das gehört nicht in meinen Kopf. Entschlossen denke ich an etwas anderes. Ich sehe den kleinen Blast, wie er über meinen XP stolpert und weint. Das ist lange her. Konzentriert denke ich weiter nach. Als ich fünf Jahre alt war, habe ich das »Kiddie Race« gewonnen. Ein digitales Wettrennen. Ich war besser als alle anderen Kinder in unserer Siedlung. Mama war sehr stolz auf mich. Blast durfte noch nicht mitmachen, weil sein Kopf zu klein für einen XP war. Er hat sich immer meinen XP aufgesetzt und sich damit hinter dem Sofa versteckt. Ich habe das gehasst und ihm den Helm immer wütend vom Kopf gerissen. Daraufhin hat Blast wieder geheult. Mir fällt auf, dass mein kleiner Bruder als kleines Kind viel geweint hat. Ich sehe Blasts Gesicht vor mir, wie dicke Tränen aus seinen großen blauen Augen kullern. Ich vermisse meinen Bruder. Mein Magen zieht sich schmerzhaft zusammen. Ich muss das hier durchziehen. Ich will meine Familie zurück.

»Danke, Laser. Das war's. Du bist fertig. Ich hol dich jetzt raus.«

Die Vorrichtung um meinen Kopf löst sich. Der gerade aufgekeimte Schmerz weicht der Erleichterung, die sich in mir ausbreitet, als ich meinen Kopf endlich wieder bewegen kann. Die Röhre über mir verschwindet, und ich blicke in Dr. Petersons faltiges Gesicht. Er lächelt freundlich auf mich herab, reicht mir seine Hand und hilft mir, mich aufzusetzen. Mir ist ein bisschen schwindelig. Er bedeutet mir, die Kopfhörer nicht abzusetzen. Er will wohl weiterhin übersetzt werden.

»Gute Arbeit, Junge«, lobt er mich. Ich mag Dr. Peterson. Er war mir auf Anhieb sympathisch. Das einzige Problem ist, dass seine alte, faltige Haut, genau wie bei meiner Omma damals, meinen Geruchssinn durcheinanderbringt. Ich rieche Tod und Verderben, wenn er in meiner Nähe ist. Das ärgert mich. Ich kann mir einfach nicht erklären, wieso meine Nase so ein Problem mit alten Leuten hat. Mittlerweile glaube ich, es könnte was mit dem alten Arm und dem Luftballon zu tun haben. Ich würde Dr. Peterson gerne danach fragen. Ich fürchte nur, dass er mich dann für völlig durchgeknallt hält und mich die Mission nicht machen lässt. Außerdem kann ich ihm ja nicht einfach so sagen, dass ich finde, er würde furchtbar stinken.

»Was passiert jetzt?«, lenke ich mich selbst ab und versuche, den Geruch auszublenden. Dr. Peterson reicht mir einen Becher Wasser, den ich in einem Zug austrinke.

»Jetzt vergleichen wir deine Daten mit Violettas Daten und berechnen eure aktuelle Synchronisationsfähigkeit.«

»Sie schauen also, ob Violettas Gehirn genauso wie meins auf die merkwürdigen Bilder reagiert hat?«

»Nein. Nicht ganz. Dieselben Reaktionen sind nicht nötig. Und sowieso sehr unwahrscheinlich. Schließlich hängen sie hauptsächlich mit den Erfahrungen zusammen, die ein Mensch im Laufe seines Lebens gemacht hat. Es gibt viele unterschiedliche Funktionen, die eine Reaktion im Gehirn abbilden. Zum Beispiel die Intensität der elektrischen Signale, die unser Gehirn zur Datenübertragung nutzt. Je stärker das Signal, desto stärker die Reaktion. Gibt es hier zu große Unterschiede zwischen dem Steuerungsmodul und dem Gerät, kann das eine Synchronisation erschweren.

»Sie meinen zwischen dem Gamer und der *Gamechar«*, frage ich nach, denn Dr. Petersons Wortwahl irritiert mich. *Steuerungsmodul* und *Gerät.*

»Wenn du es so willst, ja. Da es sich bei unserem Vorhaben aber nicht um ein Spiel zum Unterhaltungszweck handelt, widerstrebt es mir ehrlich gesagt, diese Bezeichnungen zu verwenden.« Dr. Peterson nimmt meinen leeren Wasserbecher entgegen und stellt ihn in das kleine Spülbecken neben seinem Schreibtisch. Dann lässt sich der dänische Neurologe mit dem schütteren Haarkranz, der sich wie ein weißer Heiligenschein um seinen Kopf zieht, auf seinem äußerst bequem aussehenden Bürostuhl nieder und seufzt genießerisch.

Obwohl sein Einwand sinnvoll klingt, möchte ich mich trotzdem selbst nur ungern als *Gerät* bezeichnen lassen.

»Na, dann lass uns mal sehen, was in deinem Gehirn so vor sich geht«, beschließt Dr. Peterson und setzt sich eine XP-Brille auf die Nase. Jetzt verstehe ich auch, warum die Leute in den Metropolen XP-Brillen tragen und keine Helme – weil *MediaCon* außerhalb der Siedlungen keinen Gehirnstrom messen darf. Die

Rechtslage ist in den Siedlungen anscheinend eine andere. Violetta hat gesagt, die Vorteile des Systems kosten dich deine Seele und die Menschen wüssten gar nicht, welche Rechte sie verlieren, wenn sie sich entscheiden, *MediaCon*-Kunde zu werden und Grundversorgung zu erhalten. Wahrscheinlich erklärt man sich auch bereit, seine Gehirnaktivitäten messen zu lassen und, wenn nötig ohne gefragt zu werden, mit Medikamenten vollgepumpt zu werden. Leider ist es für die meisten Menschen aber keine freiwillige Entscheidung mehr, Grundversorgung zu bekommen. Sie müssen es. Was soll man denn auch anderes machen, wenn man in der Siedlung geboren wird?

Dr. Peterson beginnt, die Hände vor sich in der Luft zu bewegen.

»Bist du ein Sänger, Laser?«

»Ein Sänger? Nein. Ich habe noch nie gesungen.« Ich weiß auch nicht, wie er jetzt darauf kommt. Ich stecke gedanklich immer noch im Mediensystem der Siedlungen.

»Mmh. Schade. Kannst du Klavier spielen? Oder ein anderes Instrument?«

Dr. Peterson scheint irgendwie eine falsche Vorstellung davon zu haben, wo ich herkomme. Ich habe in meinem Leben noch kein echtes Klavier gesehen. So etwas gibt's nicht in der Platte. Ich schüttle den Kopf. Mein Gegenüber denkt kurz nach, dann wischt er, tippt in die Luft, und auf einer gläsernen Projektionsfläche über seinem Schreibtisch erscheint eine Klaviertastatur.

»Das ist der Ton C«, sagt Dr. Peterson und deutet in die Luft. Die entsprechende Taste auf dem Klavier wird nach unten gedrückt, worauf ein Ton erklingt. Aha. Ein C also. Und was hat das mit mir und meinem Gehirn zu tun?

»Das ist ein D«, sagt Dr. Peterson, ohne auf meine Frage einzugehen, und drückt die Taste daneben. Ein anderer Ton erklingt. »Wenn ich die beiden Tasten gleichzeitig drücke, klingt das so.«

Es klingt nicht schön. Ich verziehe intuitiv das Gesicht.

»Hier hörst du ein E, Laser«, erklärt er weiter, und ich höre einen neuen Ton. »Spiele ich ein C und E zusammen, klingt das konsonant. Oder harmonisch.«

Es klingt wirklich gut. Die Töne passen gut zusammen. Es klingt wie ein ganz neuer Ton.

»Du weißt sicher noch aus der Schule, dass ein Ton durch Schwingungen entsteht und dass er umso höher klingt, je größer die Anzahl der Schwingungen ist?«

»Äh ... ja«, lüge ich. Ich habe absolut keine Ahnung, wovon er redet. Mir hat noch nie jemand erklärt, was ein Ton ist. Dr. Peterson kommt sicher nicht aus der Siedlung. Das macht es noch viel merkwürdiger, dass er hier unten für meine Mutter arbeitet. Ich denke an Richard. Der war Professor im inneren Ring Berlins und arbeitet auch für meine Mutter.

»Jeder Grundton schwingt gemeinsam mit seinen Obertönen. Das sind Vielfache der Grundfrequenz. Also doppelt so viele Schwingungen wie die Grundfrequenz oder dreimal so viele, viermal so viele und so weiter«, sagt er und spielt wieder Töne. Ich verstehe weiter nur Bahnhof und beschließe abzuwarten, ob ich am Ende wenigstens begreife, worauf er hinauswill. Vielleicht kann ich es mir so ersparen, ihm meine komplette Ahnungslosigkeit zu gestehen.

»Spielt man jetzt zwei Töne zusammen, dann entscheidet die Schnittmenge derselben Obertöne darüber, wie konsonant die Konstellation klingt, verstehst du?«

Nein. Absolut nicht. Dr. Peterson scheint es mir anzusehen. Er lächelt milde und denkt kurz nach. »Stell dir vor, du hast eine Mauer mit vielen bunten Steinreihen.«

Das kann ich mir vorstellen. Eine Mauer mit bunten Steinen. Läuft. Ich nicke.

»Der Grundton stellt die obere Reihe der Mauer mit 12 Steinen dar. Die Obertöne sind jeweils darunterliegende Reihen mit zwei Mal so vielen Steinen, also 24, oder drei mal so vielen, also 36 Steinen, und immer so weiter. Diese Reihen sind alle blau. Sie sind Vielfache von 12. Es gibt auch andere Grundtonreihen. Eine mit 16 Steinen zum Beispiel. Alle Vielfachen davon, also 32 oder 48 Steine, sind gelb. Eine Mauerreihe hat 48 Steine. Sie ist gelb und blau gefärbt, weil 48 ein Vielfaches von 12 und 16 ist. 48 ist das einzige gemeinsame Vielfache von 12 und 16 in unserer

Mauer. Demnach passen die gelben und die blauen Reihen nicht gut zusammen. Ein gemeinsamer Oberton ist zu wenig für einen harmonischen Klang. Verstehst du?«

Jetzt kapier ich es. Glaube ich. Es gelingt mir zwar immer noch nicht ganz, das auf die Klaviertöne zu übertragen, und ich verstehe erst recht nicht, was das jetzt mit Violettas und meiner Synchro zu tun haben soll – trotzdem fühle ich mich ein bisschen weniger dumm. Wenigstens weiß ich jetzt, dass gelbe und blaue Steine nicht gut zusammen in eine Mauer passen.

»Violetta und du, ihr stellt jeweils zwei verschiedene Grundtöne dar. Ich teste jetzt, wie viele eurer Obertöne aufeinanderliegen. Du bist eine Farbe, sie ist eine Farbe. Entscheidend ist, wie viele zweifarbige Mauersteinreihen eure Mauer hat. Je mehr das sind, desto stabiler ist die Synchronisation. Die Obertöne können Impulsstärken, Resilienzen, verschiedene Dimensionen des Intelligenzspektrums, aber auch Übertragungsgeschwindigkeiten, neuronale Aktivationsmuster oder die Höhe des Dopamin- oder Serotoninspiegels sein. Es gibt tausende Variablen, die eine Rolle spielen. Ich füttere den Computer mit möglichst vielen Daten, und er berechnet die wahrscheinliche Synchronisationsfähigkeit.«

»Ah. Ich glaube, ich habe es verstanden. Jedenfalls ein bisschen was«, lache ich verlegen.

Dr. Peterson wischt lächelnd durch die Luft, und das Klavier verschwindet. Er ruft meine Gehirnscans auf die Projektionsfläche. Mein Gehirn bewegt sich. Also nicht das Gehirn an sich, aber verschiedene Bereiche werden abwechselnd gelb und rot und blau und grün. Die Farben bilden komische Muster an verschiedenen Stellen. Ich steige von der Liege runter, auf der ich die letzte halbe Stunde verbracht habe, und ziehe meinen Overall wieder an. Mir ist kalt. Dr. Peterson, der konzentriert die Aufnahmen begutachtet, macht irgendwann ein verwundertes Geräusch, zieht die Brille ab, reinigt die Gläser an seinem Kittel und setzt sie dann wieder auf.

»Mmh«, macht er wieder. Es klingt überrascht.

Hoffentlich habe ich keinen Gehirntumor, denke ich, und setze mich auf den freien Stuhl ihm gegenüber.

»Laser, du hast noch nie für *MediaCon* gearbeitet, oder?«

»Was? Nein! Wieso?«

»Und dir wurde niemals ein Datenträger implantiert?«

»Nicht, dass ich wüsste«, antworte ich und greife unwillkürlich in meinen Nacken. Meine Haut ist glatt und unverletzt. *Noch.* »Warum?«

»Mmh«, macht Dr. Peterson zum dritten Mal und schafft es, mich damit komplett zu verunsichern. Das ist ja unerträglich! Was hat er denn? Ich starre auf die aktuell dargestellte Aufnahme meines Gehirns und erkenne keinen Unterschied zu den vorherigen Scans.

»Weißt du, was passiert, wenn du dich verletzt und Schmutz über die Wunde in deinen Körper eindringt?« Dr. Peterson vergrößert eines der Bilder, und ich erkenne einen dunkelroten Fleck am vorderen Rand meines Gehirns und einen zweiten direkt in der Mitte.

»Ja, die Wunde entzündet sich«, antworte ich prompt. Endlich weiß ich mal eine Antwort auf seine Fragen.

»Genau. Dein Körper versucht mit allen Mitteln, die feindlichen Bakterien loszuwerden, die mit dem Dreck in deine Wunde gelangen. Er reagiert mit hohem Fieber, schickt seine Abwehrtruppen und gibt alles, um den kritischen Befall zu eliminieren. Er versucht es so lange, bis er erfolgreich alle feindlichen Bakterien abgetötet oder anderweitig aus dem Körper entfernt hat oder bis er an den Folgen seiner Anstrengung verstirbt, weil die Bakterien letztendlich das Blut vergiften. Wir haben ein ähnliches Phänomen bei ehemaligen Geräteeinheiten oder fremdgesteuerten *MediaCon*-Spielfiguren beobachtet. Das Gehirn versucht, fremde Erinnerungen abzustoßen, die während der Synchronisation ins Gehirn eingedrungen sind. Wie einen Fremdkörper. Man erkennt dies an einer unnatürlich hohen Aktivierung von Hemm-Signalen, die an die Gedächtnisregionen und an die Bereiche, die für emotionale Bewertung zuständig sind, geschickt werden.«

Dr. Peterson zeigt auf die roten Stellen in meinem Gehirn. Ich denke an den Luftballon. Diese Bilder fühlen sich tatsächlich an wie Fremdkörper in meinem Kopf. Verdammt. Hat Dr. Peterson den Ballon und den Arm in meinem Gehirn entdeckt? Hat er meine Gedanken gelesen?

»Bei zu vielen übertragenen Eindrücken und Erinnerungen kann das Gehirn irgendwann nicht mehr genug Energie aufbringen, um die unerwünschten Einträge zu löschen und gleichzeitig normal weiter zu funktionieren. Es gibt Fälle, in denen die Gehirne der betroffenen Geräteeinheiten unter der Überbelastung dauerhaft geschädigt wurden.«

Wahrscheinlich ist es das, was mit Kimba Glue passiert ist, dämmert es mir plötzlich. Das ergibt absolut Sinn. Ihr Gehirn ist unter der ganzen Anstrengung kollabiert.

»Ist mein Gehirn geschädigt?«, frage ich besorgt.

»Nein. Nicht gravierend. Aber als du an deine früheste Kindheitserinnerung gedacht hast, hat dein Gehirn eine starke Abwehrreaktion gezeigt. Hier, siehst du?« Wieder deutet er mit dem Finger auf die dunkelroten Bereiche meines Gehirns. »Das sieht man selten in dieser Intensität. Die Bereiche färben sich rot, wenn die Hirnareale stark durchblutet werden und viel Sauerstoff verbraucht wird. Die Bereiche deines Hippocampus und deines Präfrontalkortex feuern auf diesem Bild viel stärker als auf allen anderen Bildern, die aufgenommen wurden, als du an deine Kindheit gedacht hast. Das deutet eigentlich auf eine fremde Erinnerung hin. Deshalb habe ich gefragt, ob du schon einmal gechippt wurdest.«

»Ich habe ... ich sehe seit ein paar Wochen diese Bilder«, gestehe ich etwas zögerlich. Es kommt mir komisch vor, es auszusprechen. Ich klinge wie ein Idiot. Dr. Petersons Augen verengen sich zu kleinen Schlitzen. Er scheint das sehr ernst zu nehmen.

»Was für Bilder?« Dr. Peterson zieht sich die Brille von der Nase und mustert mich mit einem Blick, der mir verrät, dass ihm meine Antwort nicht gefallen hat. Verdammt! Nicht, dass ich doch irgendwie verrückt bin. Ich muss mit Violetta synchronisiert werden und meine Familie retten. Ich lasse mir das von dem bescheuerten Luftballon in meinem Kopf nicht verderben.

»Äh ... ich sehe diesen Luftballon. Seit ich auf einer Party in Port Hope Pilze genommen habe, von denen man Halluzinationen bekommt.« Ich beschließe, es auf die Drogen zu schieben. Drogen machen schließlich alle möglichen komischen Sachen mit dem Gehirn.

»Magic Mushrooms? Wie kommst du denn dazu? Das macht doch seit Jahren keiner mehr«, meint Dr. Peterson, zieht skeptisch die Brauen hoch und setzt sich dann die Brille wieder auf. Ich zucke nur mit den Schultern. In Port Hope laufen die Dinge eben ein bisschen anders.

»Du hast diese *Bilder* im Rausch zum ersten Mal gesehen?«

»Ja.«

»Und früher noch nie?«

»Nein.« Ich überlege, ob ich ihm von dem toten Arm und den Symbolen erzählen soll. Ich kann das nicht sagen. Es klingt einfach zu absurd. Dr. Peterson fixiert mich eindringlich mit seinen kleinen faltigen Augen.

»Noch nie.«

»Mmh.« Dr. Peterson geht die Scans noch einmal durch. »Und du hast diesen Luftballon auch gesehen, als du an deine erste Erinnerung gedacht hast?« Er kratzt sich nachdenklich an der Schläfe.

»Ja. Kann sein. Er taucht oft einfach auf. Ich kann das nicht kontrollieren.«

Ich sehe auf dem Bildschirm, dass er einen Scan vergrößert und in den vorderen Teil meines Gehirns hineinzoomt. Ein kleiner Bereich ist tief rot gefärbt, fast schon braun. Dr. Peterson spult die Aufnahmen zurück, und die Färbung verschwindet. Er spult wieder vor: dunkelrote Färbung.

»Sogar der olfaktorische Cortex ist für einen kurzen Augenblick hyperaktiv. Das ist interessant. Sind die Bilder, die du siehst, von einem Geruch begleitet?«

»Äh …« Sogar das kann er sehen? Er kann sehen, dass ich Tod und Verderben rieche, wenn ich den Arm des toten alten Mannes sehe? Ich finde diese Technik wirklich gruselig. »Manchmal.«

»Na gut. Ich werde mich über die Wirkungsweise der halluzinogenen Pilze informieren. Es kann schon sein, dass du die Halluzination als Erinnerung abgespeichert hast und dein Gehirn sie behandelt, als sei es nicht deine eigene. Das wäre jedenfalls eine Erklärung für die neuronale Hyperaktivität.«

»Ich weiß wirklich nicht, woher das sonst kommen soll.«

»Ich werde mich wie gesagt eingehender damit beschäftigen. Ich gebe dir Bescheid, sobald ich etwas herausgefunden habe.«

Dr. Peterson versucht ein Lächeln, es gelingt ihm aber irgendwie nicht mehr so gut.

»Ist diese Erinnerung schlecht für Violetta und meine Synchro?«, will ich wissen. Seine Besorgnis verunsichert mich.

»Was? Nein«, antwortet er, und ich merke, dass er in Gedanken ganz woanders ist. »Im Gegenteil. Violetta leidet seit ihrer Synchronisation sehr stark unter dem Einfluss fremder Erinnerungen. Ihr Gehirn ist weitaus belasteter als deines.«

Irgendwie habe ich das Gefühl, als hätte Dr. Peterson mir das nicht sagen dürfen. Er scheint allerdings so eingenommen von meinen Gehirnscans, dass er so weit wohl nicht mehr gedacht hat.

»Für die Synchronisation ist es von Vorteil, wenn eure Gehirne ähnliche Stoffwechselprozesse aufweisen. Mach dir deshalb also keine Sorgen.«

Mache ich mir jetzt nicht mehr. Dank ihm sorge ich mich jetzt um Violettas Gehirn, und darüber, dass sie mit mir nicht über diese fremden Erinnerungen sprechen möchte, die sie im Kopf hat und unter denen sie laut Dr. Peterson *stark leidet.*

»Deine Mutter und ich arbeiten an einer Art Firewall für das Gehirn. Wir müssen zukünftig verhindern, dass ein solcher Austausch von Erinnerungen überhaupt stattfinden kann. Wir sind auf dem besten Weg, eine Lösung dafür zu finden. Danke, Laser, du hast wirklich gut mitgearbeitet. Noch ein paar Tage, dann können wir die Implantierung vornehmen. Du darfst jetzt gehen.

Wir sehen uns morgen wieder.« Er nickt mir zu, und ich wende mich zur Tür. Dr. Peterson zieht die Brille wieder auf und beginnt, auf seiner Schreibtischplatte zu tippen. Merkwürdig. Ich habe also tatsächlich eine fremde Erinnerung in meinem Gehirn. Eine, von der ich nicht weiß, wie sie dort hingekommen ist. Das macht mir Angst. Das kann eigentlich nicht sein. Die einzige Erklärung dafür ist, dass mein Gehirn unter dem Einfluss der komischen Pilze ernsthaft Schaden genommen hat. Oder ich bin einfach nur verrückt. Oder ich habe eine schwere Krankheit. Ich beschließe, Violetta damit zu konfrontieren. Schließlich leiden wir beide unter derselben Sache. Es erscheint mir nur sinnvoll, darüber zu sprechen, bevor wir uns nächste Woche synchronisieren. Wenn sie meint, dass die Bilder und der Geruch nicht schlimm sind, unsere Mission nicht gefährden, werde ich noch einmal zu Dr. Peterson gehen und ihm die ganze Wahrheit sagen – inklusive toter Menschen und schlechter Gerüche.

Phase 15; Überdeckungsmatrix

Mit einem superschlechten Gewissen verlasse ich Dr. Petersons Büro. Ich bin nicht sicher, ob es eine gute Entscheidung war, ihm das ganze Ausmaß meiner Gehirnbilder zu verschweigen. Sollte ich wirklich eine schwere Krankheit haben, dann wäre es doch sicherlich sinnvoll, sofort mit einer Behandlung anzufangen. Auf der anderen Seite kann ich mir im Moment absolut keine schweren Gehirnkrankheiten leisten. Ich muss einsatzfähig bleiben. Kurz frage ich mich, ob mein Gehirn vielleicht unbewusst versucht, Bambis Vorhaben zu sabotieren, und deshalb so komische Sachen macht. Seufzend berühre ich den Sensor, der den Aufzug ruft, und warte. Violetta verlässt sich auf mich. Das Wohl meiner Familie ist davon abhängig, dass ich die ganze Sache hier nicht verkacke. Ich muss mich zusammenreißen. Der Aufzug kommt, und ich steige ein.

Als ich Violetta eröffnet habe, was meine Mutter sich für uns hat einfallen lassen, war sie erst mal absolut dagegen. Ich bin direkt zu ihr gegangen, kaum hatte Bambi meinen Vater und mich aus der hoch offiziellen Unterredung entlassen, zu der sie uns genötigt hatte. Ich bin geradewegs in den Maschinenraum gegangen und habe Violetta dort gefunden. Da ich jetzt auch ein Handy habe, kann ich die Dienstpläne der Organisationsmitglieder einsehen und weiß jederzeit, wo wer sein sollte. Diesmal lag meine Freundin alleine unter ihrem Tank und hat irgendetwas zusammengelötet. Sie war nicht ganz so erfreut darüber, dass ich sie bei der Arbeit gestört habe. Ihre Gesichtszüge sind jedoch total entgleist, als ich ihr erzählt habe, was Bambi mit uns vorhat. Sie war sprachlos. Dann hat sie wie wild angefangen, auf Bambi zu schimpfen. Sie hat, ähnlich wie mein Vater, mit Entsetzen beklagt, wie man seinem eigenen Kind so etwas antun könne.

Als ich ihr letztendlich eröffnet habe, dass Richard und sie die Alternative seien, musste sie erst lachen und hat dann wütend ihren Schraubenzieher in die Ecke gefeuert. Mit diesem Scheißkerl würde sie nie wieder ein Wort wechseln. Darüber war ich wirklich sehr erfreut, auch wenn mir klar war, dass sie es doch irgendwann wieder tun würde. Früher oder später. Violetta hat mir erklärt, dass Richard wohl trotz der schlechten Synchrowerte ein passabler Kandidat sei, da er lange für *MediaCon* gearbeitet habe. Alle seine Forschungen seien vom Sender bezahlt worden, und er hätte regelmäßig Geräte für den Sender entwickelt. Richards Frau sei bis zuletzt bei *MediaCon* in der Aufnahmeleitung tätig gewesen. Laut Violetta wusste sie nicht, dass Richard im Geheimen für die Teta und somit für die Organisation gearbeitet hat. Irgendwann hat *MediaCon* Richard alle seine Fördergelder gestrichen, da sie vermuteten, er würde sich heimlich an den gelisteten Zahlungen bedienen. Was er durchaus getan hat. Er hat die Gelder direkt an Bambi weitergeleitet und sie laut Violetta häufig auch mit Geräten ausgestattet, die hier unten und auf Mission nützlich waren. Kurz nach dem Blackout ist Richard wohl mit ein paar anderen europäischen Unterorganisationsmitgliedern über den Seeweg zur Basis gelangt. Seine Frau und seine Kinder habe er vorher in diesen Bunker gebracht, in dem auch meine Familie Zuflucht gefunden hat. Violetta war also der Meinung, Richard könne es sicher fertigbringen, sich irgendwie wieder in die Ränge des Konzerns hineinzuschmuggeln, ohne zu großes Aufsehen zu riskieren. Mit der richtigen Taktik würden sie ihn bestimmt wieder in ihren Reihen aufnehmen. Außerdem sei er ein passabler Hacker. Nicht so gut wie sie selbst, meint Violetta, aber gut genug. Er könne das U-Boot wahrscheinlich sogar selbst steuern.

»Nicht so wie ich, der ich nicht mal in einem U-Boot sitzen kann, ohne eine Panikattacke zu bekommen. Dafür kann ich Autofahren. Und reiten!«, habe ich pikiert behauptet. Violetta hatte für meine neuerworbenen Fertigkeiten allerdings nur ein genervtes Augenrollen übrig.

»Laser, lass das. Das ist doch kein Wettbewerb.«

Natürlich teilte Violetta meine schlechte Meinung über Richards fehlendes Interesse an seinen Mitmenschen nicht unbedingt, allerdings war sie fest davon überzeugt, dass eine Synchronisation zwischen ihnen nicht mehr funktionieren würde. Ich hatte das Gefühl, in ihrer Stimme sogar so etwas wie Abneigung zu hören. So als fände sie den Gedanken unangenehm, sich mit ihm auf eine solch intime Art und Weise zu verbinden. Ich frage mich wieso. Schließlich waren die beiden mal zusammen. Und leider weiß ich von Violetta, dass sie durchaus auch intim miteinander geworden sind. Vielleicht findet sie es ja gerade deswegen komisch?

Wir haben lange darüber geredet. Violetta hat währenddessen weiter an dem Tank geschraubt und ein Argument nach dem anderen aufgezählt, das gegen uns als Starbesetzung in Bambis neuem Blockbuster spricht. Sie würde mit Bambi sprechen.

»Warum macht sie es nicht selbst?«, wollte Violetta wissen.

»Weil sie glaubt, dass Papa und sie keine anständige Synchro mehr hinbekommen.«

»Dann soll sie es mit Tom machen. Es glauben sowieso alle, dass die beiden zusammen sind.«

»Tom und meine Mutter? Ernsthaft?«

Violetta erzählt mir kurz, dass Mei gemeint hat, Tom würde im Schlaf reden. Er und Mei teilen sich im U-Boot eine Kabine.

»Vielleicht sind das ja nur Wunschträume«, habe ich erwidert, und Violetta hat nur die Schultern gezuckt.

Violetta ist direkt nach ihrer Schicht zu Bambi gegangen. Ohne Termin (Tom war entrüstet). Sie hat darauf bestanden, alleine zu gehen. Und als sie wieder aus Bambis Wohnzimmer rausgekommen ist, war sie plötzlich komplett anderer Meinung. So als hätte Bambi ihr eine Gehirnwäsche verpasst. Plötzlich war sie überzeugt davon, dass sie und ich tatsächlich die beste Kombi seien, die infrage kommt. Danach hatten wir nicht mehr viel Zeit, darüber zu sprechen, wieso sie auf einmal mit allem einverstanden war, was Bambi sich ausgedacht hat. Sie meinte, sie hätte einen Faktor nicht mit in die Gleichung einbezogen, deshalb wäre ihr das komplette Ausmaß der Mission anfangs nicht bewusst gewesen. Damit musste ich mich zufriedengeben.

Bambis Synchronisations-Boot-Camp, das für uns beide direkt am nächsten Tag losging und uns seitdem ununterbrochen auf Trab hält, lässt uns sowieso kaum Zeit für lange Gespräche. Violetta muss lernen, ein U-Boot zu steuern. Ich muss mich diversen Untersuchungen unterziehen und Sportprogramme absolvieren. Ich renne also seit Tagen auf dem Laufband herum und stemme Gewichte, während ich mit Sensoren verklebt oder an Kabel angeschlossen bin, damit Bambis Ärzte und Informatiker genaue Aufzeichnungen darüber erhalten, wie meine Muskeln funktionieren. In Bambis Basis unter dem Meer gibt es eine richtige Sporthalle. Sie ist nicht besonders groß, aber dafür wirklich gut ausgestattet. Sie testen, wie weit ich springen kann (erstaunlicherweise ziemlich weit), wie schnell ich laufen kann (ziemlich schnell, aber das wusste ich vorher schon), wie lange ich mein eigenes Körpergewicht tragen kann (lange genug), wie stark mein Griff ist (könnte stärker sein), sogar wie fest ich zubeißen kann (hat mich nicht sonderlich interessiert). Ich muss balancieren, schleichen, zielen, Schrauben drehen und Fäden in Nadeln einfädeln. Sogar während ich schlafe, überwachen sie meinen Körper, um wirklich alle relevanten Daten erfassen zu können. Die ersten Nächte ging das gar nicht, irgendwann habe ich mich aber an die Sensoren gewöhnt, die glücklicherweise drahtlos ihre Daten aufzeichnen. Dr. Peterson hat mir erklärt, dass sie wirklich alles über meinen Körper und seine Funktionen wissen müssen, um das bestmögliche Ergebnis zu erzielen. Manchmal frage ich mich, ob sie einen *Laser-Roboter* bauen wollen; einen willigeren Klon von mir, der Bambi weniger auf die Nerven geht.

Als Bedingung für meine Kooperation habe ich ein eigenes Zimmer für mich ausgehandelt. Bambi war erst nicht einverstanden. Wahrscheinlich aus Prinzip nicht. Sie ist nie mit irgendetwas einverstanden, das ich vorschlage. Sie wollte, dass ich bei Papa einziehe. So habe sie es geplant. Ich habe mich geweigert. Ich habe gemeint, dass sie ja bei Papa einziehen könne, nachdem die beiden sich ja jetzt wieder so gut verstehen. Interessanterweise war es Tom, der sich über meinen Vorschlag empört hat. Vielleicht hat Violetta recht, und die beiden sind wirklich ein Paar. Nach ein paar Minuten Diskussion hat Bambi nachgegeben. Ich bewohne also jetzt Toms Quartier, weil der die nächsten Wochen in Südamerika unterwegs ist (hat er vorgeschlagen). Natürlich hat Violetta ihr Zimmer direkt geräumt und ist zu mir gezogen, und so verbringen wir wenigstens die Nächte miteinander, wenn wir uns schon tagsüber kaum zu sehen bekommen. Und diese Nächte sind es, die mich einigermaßen bei geistiger Gesundheit halten.

Heute ist Violetta mit Mei verabredet. Mei, erste Offizierin in Captain Sarahs U-Boot, lernt mit Violetta die Steuerung des Unterwasserschiffs. Sie gehen regelmäßig in den U-Boot-Simulator, den Bambi angeschafft hat, um neue Kapitäne auszubilden. Anscheinend wollen sie morgen zum ersten Mal wirklich rausfahren, weswegen Violetta noch mal alle relevanten Funktionen mit ihr durchgehen wollte. Ich beschließe also, in Meis und Violettas Zimmer nach ihr zu suchen.

Während ich den Aufzug verlasse, kreisen meine Gedanken wieder um die rotgefärbte Fläche in meinem Gehirn. Ich verstehe nicht ganz, wie es sein kann, dass Violetta und ich dieselben Symptome aufweisen, obwohl wir komplett unterschiedliche Dinge erlebt haben. Ich verstehe auch nicht, warum sie mir nicht sagt, dass sie fremde Erinnerungen im Kopf hat. Ich frage mich, was der Franzose so Schlimmes erlebt haben kann, dass ihr seine Erinnerungen so zu schaffen machen.

Im Flur treffe ich ein paar Leute, deren Gesichter ich alle schon mal gesehen habe. Ich grüße und frage auf Englisch, wie es ihnen geht. Das machen hier alle so. Natürlich antworten auch alle immer, dass es ihnen gut gehe. Wenn überhaupt mal eine Beschwerde kommt, dann darüber, dass so viel zu tun ist. Übers Wetter kann man sich ja schlecht beschweren hier unten. Auch jetzt nicken mir alle lächelnd zu. Ich gestehe, das hebt die Stimmung schon ein bisschen. Violetta hat mir erklärt, dass man das Gehirn mit einem Lächeln ganz leicht austricksen kann. Wenn man viel lächelt, geht's einem automatisch besser.

An der Scheibe entlang laufe ich zu Meis Quartier. Es ist Tag, und so hat das Wasser neben mir eine dunkelgrüne Farbe. Man sieht die meterhohen Algenstränge als verwaschene Schatten in der trüben Umgebung. Die Oktopustentakel mit den Saugnäpfen sind von hier aus gut zu erkennen, da sie direkt unterhalb der Glasscheibe an der Fassade entlang festgesaugt sind. Ich habe noch nie gesehen, dass der Oktopus sich bewegt. Kann er ja auch gar nicht. Er hat keinen Chip. Trotzdem irgendwie gruselig das Ding. Mittlerweile finde ich die Aussicht hier unten nur noch deprimierend. Mir fehlt die Sonne.

»Du wusstest, was sie vorhat! Hör auf, mich anzulügen«, höre ich Violettas Stimme schon, als ich mich Meis Tür nähere. Die Tür ist einen Spalt geöffnet.

»Ich hatte keine Ahnung«, beteuert Richard. Ich sehe seinen Rücken und wie er abwehrend die Hände hebt. Erschrocken bleibe ich stehen. Als hätte er mich bemerkt, tritt er mit der Hacke gegen die Tür und schließt sie. »Du musst mir glauben, es ist nicht so, wie du denkst.«

Ich kann Richard gerade noch so verstehen. Ich überlege, ob ich mein Ohr gegen die Tür drücken soll, um besser hören zu können. Ich traue mich aber nicht. Was ist, wenn er rauskommt. Sie werden sofort wissen, dass ich gelauscht habe. Plötzlich kommt mir eine Idee. Ich gehe eine Tür weiter und gebe Papas Schlüsselcode in das Tastenfeld ein. Die Wände sind dünn wie Papier. In Papas Zimmer kann ich lauschen, ohne dass es jemand merkt. Ich trete ein. Zu meiner Verwunderung ist Papa da. Er liegt auf seiner Pritsche und hat ein Papierbuch in der Hand. Verwundert blickt er mir entgegen.

»Was machst du denn hier?«, fragt er. Ich lege verschwörerisch meine Finger an die Lippen und steige auf den Schreibtisch, der an der Wand steht, an der ich lauschen will.

»Laser?« Papa lässt das Buch sinken.

»Scht!«, mache ich und lege mein Ohr an die Wand.

»Du wusstest, dass sie ihn bevorzugen würde. Verarsch mich nicht, Richard. Ich bin nicht mehr so dumm und naiv wie früher. Du wolltest diese Mission. Unbedingt. Und du wolltest bessere

Synchronisationswerte zwischen uns. Natürlich wusstest du, dass unsere Werte nicht weiter steigen würden, wenn Laser und ich zusammen sind. Deshalb hast du behauptet, er wolle mich nicht sehen. Deshalb hast du mich davon abgehalten, mich bei ihm zu melden«, höre ich Violetta sagen. Ich muss nicht mal an der Wand horchen, sie spricht so laut, man hört sie auch so.

»Mir geht es überhaupt nicht um diese Mission, verdammt. Das habe ich dir schon tausend Mal gesagt. Der Grund, warum ich Bambi versucht habe, davon zu überzeugen, mir den Job zu geben, ist, weil ich den Jungen für gefährlich halte. Deshalb habe ich versucht, zu verhindern, dass er herkommt.« Ich bin gefährlich? Wieso? Ist er jetzt total verrückt geworden? Richard klingt angepisst. Ernsthaft angepisst.

»Lauschst du etwa?«, fragt Papa vom Bett aus und zieht die Augenbrauen hoch.

»Scht«, mache ich wieder. Papa schüttelt verständnislos den Kopf.

»Mach dich nicht lächerlich, Rick. Du hast Laser absichtlich von hier ferngehalten, weil du von der Mission wusstest und sie selbst fahren wolltest. Wenn du es wenigstens zugeben würdest, dann könnte ich dir deine Scheißaktion vielleicht verzeihen.«

»Violetta, wir kennen uns jetzt seit drei Jahren. In all dieser Zeit: Habe ich dich jemals angelogen? Ich weiß, ich habe viele Sachen gemacht, die vielleicht nicht ganz in Ordnung waren, das gebe ich gerne zu. Aber ich war immer ehrlich zu dir. Ich bitte dich also, mir zu vertrauen, wenn ich dir sage, dass ich nur dein Bestes im Sinn hatte. Nicht nur deins. Diese Sache geht uns alle an.«

»Dann sag mir wenigstens, warum du ihn für gefährlich hältst«, befiehlt Violetta.

»Weißt du was, es ist mir mittlerweile scheißegal, ob du mir verzeihst oder nicht. Ich kann es dir nicht sagen. Ich bin es auch leid, mich zu wiederholen. Es ist schlimm genug, dass ich diese ganze Scheiße hier allein ausbaden muss. Und es wäre wirklich toll, wenn du aufhören könntest, mich bei jeder Gelegenheit zu sabotieren. Glaub mir: Laser und du – ihr solltet euch auf keinen Fall synchronisieren lassen. Er ist nicht geeignet.«

»Ich bin seine Freundin«, zischt Violetta. »Ich habe ein Recht darauf, zu erfahren, was mit ihm nicht stimmt.«

Mein Vater, der mittlerweile genauso gebannt lauscht wie ich, furcht die Brauen und sieht mich skeptisch an. Er kann anscheinend nicht ganz glauben, dass Richard der Meinung ist, ich sei gefährlich. So gefährlich, dass er ernsthaft versucht hat, mich davon abzuhalten, zur Basis zu kommen. Leider ist mein Vater in Sachen Menschenkenntnis eher nicht so bewandert.

»Wenn du ihn gesehen hättest, Violetta.« Richard senkt dramatisch die Stimme. »Der Junge war absolut unzurechnungsfähig. Ein Wrack. Es war nur richtig, diese Hippies in Kanada mit der Traumabewältigung zu beauftragen. Er hatte absolut keine Kontrolle über sich. Und das macht ihn noch gefährlicher für uns. Ich schwöre dir, sobald ich kann, erzähle ich dir alles. Ich erkläre es dir haargenau. Nur jetzt gerade kann ich das noch nicht.«

Ich war also ein Wrack? Wut beginnt sich in meinem Inneren aufzutürmen, und das hauptsächlich, weil Richard Mouse recht hat. Ich war wirklich ein Wrack. In gewisser Weise bin ich es immer noch. Aber dieser Arsch hat verdammte Scheiße kein Recht, so über mich zu sprechen.

»Die alte Violetta hätte nicht auf Biegen und Brechen darauf bestanden, das Ding hier durchzuziehen. Du musst doch selbst wissen, dass das Ganze ein viel zu großes Risiko darstellt. Der Plan ist total irre. Und bitte glaube mir, dass Bambi sich diesen Unsinn überhaupt ausgedacht hat, bestätigt mich in allen meinen Vermutungen. Du musst mir glauben! Zieh die rosarote Brille ab, Violetta. Deine Brillanz hat sowieso schon unter diesem ganzen emotionalen Unsinn gelitten.«

»Das hat doch nichts mit Laser zu tun! Mein Gehirn ist verletzt. Eine Verletzung, die ich mir zugezogen habe, während ich für die Organisation gearbeitet habe. Für Bambi. Für *dich.* Dank Laser könnt ihr weiterhin von mir profitieren und mich direkt für den nächsten Job verpflichten. Dafür scheine ich wohl *brillant* genug zu sein.«

»Dieser Job ist eine Nummer zu hoch für euch. Egal, wie gut eure Synchronisationswerte sind. Ihr seid zu labil und unerfahren. Wir beide müssen es machen. Und wenn es so weit ist, dann gebe ich dir uneingeschränkte Sicht direkt in mein Gehirn. Dann wirst du es verstehen. Glaube mir!«

»Das kann ich nicht, Richard. Das ist alles einfach viel zu absurd. Bambi hat mich von ihrer Meinung überzeugt. Du und ich, wir sind Geschichte«, beschließt meine Freundin. »Ich vertrau dir nicht mehr.«

»Violetta, was soll das? Wir haben nie gestritten.« Richard sagt es so leise, dass ich ihn fast nicht mehr verstehe.

»Weil ich ohne nachzudenken alles geglaubt habe, was du gesagt hat.«

Richard seufzt.

»Laser, das scheint nicht für fremde Ohren bestimmt«, bemerkt mein Vater streng. »Vielleicht sollten wie einen Spaziergang machen, damit die beiden ihre Ruhe haben.«

Ich will nicht, dass sie ihre Ruhe haben. Schließlich reden sie über mich. Und ich finde, das geht mich definitiv etwas an. Ich mache also eine abweisende Geste und widme mich wieder den Stimmen hinter der Wand.

»Er verhält sich unmöglich«, beschwert Richard sich gerade. Wahrscheinlich über mich. »Natürlich ist er beleidigt. Das kann ich sogar verstehen. Wahrscheinlich hätte ich es auch nicht so toll gefunden, wenn meine Eltern mich als Kind einfach bei meiner Tante zurückgelassen hätten. Aber deshalb hier so ein Theater zu machen? Es geht schließlich nicht um ihn. Du hast das mal verstanden, Violetta. Du wusstest, dass man die Welt nicht einfach so retten kann. Nicht, ohne etwas dafür hergeben zu müssen. Und Laser scheint nicht einmal in der Lage zu sein, den Streit mit seiner Mutter zu begraben. Ich dachte, er wäre in Port Hope erwachsener geworden. Anscheinend ist er es nicht. Und du solltest dich von seinem peinlichen Gehabe nicht anstecken lassen.«

Als wüsste er, dass ich gleich irgendwas Dummes mache, steigt Papa aus dem Bett, kommt zum Schreibtisch und packt mich vorsichtshalber schon mal am Unterarm. Und tatsächlich wäre ich gerne aufgesprungen und rübergegangen, um Richard am Kragen seines Overalls aus Violettas Zimmer zu zerren.

»Wenn hier einer peinlich ist, dann du. Und jetzt verpiss dich. Ich rate dir, misch dich nie wieder in meine Beziehung ein. Ich gehe sonst zu Bambi und äußere meine begründeten Bedenken bezüglich deiner Loyalität. Ich bin mir sicher, dass es sie brennend interessiert, dass du dich kurz vor dem Blackout noch mit dieser Tussi vom Sender getroffen hast.«

»Violetta, mach keinen Scheiß! Du weißt, warum ich mich mit ihr getroffen habe.« Er zischt die Worte. Ich verstehe kaum noch etwas.

»Wer weiß, ob du mir die Wahrheit sagst. Wie gesagt, ich vertraue dir nicht mehr Richard. Und ich fürchte, Bambi wird es auch nicht mehr tun, wenn sie erfährt, was du getan hast.«

»Ich kann es nicht fassen. Wir waren mal ein Team, V. Wir waren Freunde. Was ist nur aus dir geworden. Du warst so viel besser als das!«

»Es ist besser, du gehst jetzt, Richard.«

Es dauert einen kurzen Moment, dann fällt die Tür ins Schloss. Richard ist weg. Ich schlucke schwer. Richard will unbedingt mit Violetta auf Mission gehen und hält mich für ungeeignet und sogar gefährlich?

Mein Vater lässt meinen Arm los.

»Und? Geht's dir jetzt besser?«, fragt er sarkastisch.

Ich ignoriere seine Frage. Natürlich geht es mir nicht besser. Im Gegenteil. Drüben quietscht das Bett. Die Tür geht wieder auf und fällt zu. Im Flur sind Schritte zu hören, und dann klopft es an Papas Tür. Ich reiße erschrocken die Augen auf. Fuck! Violetta. Ich springe auf und renne ins Bad.

»Vergiss es, Laser! Du glaubst doch nicht, dass ich jetzt auch noch so tue, als seist du nicht hier«, flüstert mein Vater und hebt abwehrend die Hände. Es klopft noch einmal.

»Papa, bitte!«, zische ich und schließe die Tür. Hoffentlich verrät er mich nicht. Wenn Violetta mich hier sieht, wird sie wissen, dass ich alles gehört habe.

»Hy«, höre ich Violetta sagen. »Weißt du zufällig, wo Laser ist?« Mein Herz schlägt dumpf gegen meinen Kehlkopf.

»Keine Ahnung. Er hatte einen Termin zum fMRT, glaube ich«, antwortet Papa. Er klingt total überzeugend. Ich hätte nicht gedacht, dass mein Vater so gut lügen kann, wenn es darauf ankommt.

»Ja, ich weiß. Der Termin müsste aber längst beendet sein. Ich erreiche ihn nicht. Er lässt ständig sein Handy überall liegen.«

Das stimmt. Ich habe mein Handy tatsächlich in Dr. Petersons Büro liegen lassen. Meine Hand klopft gegen eine leere Brusttasche, in der sich nichts befindet außer meinem Audio-In. Ich bin es nicht mehr gewohnt, an mein Handy zu denken.

»Wahrscheinlich ist er noch dort.«

»Ja. Wahrscheinlich. Danke«, sagt Violetta und geht. Ich atme erleichtert aus.

Ich öffne etwas verlegen die Tür. Papa hat die Arme vor der Brust verschränkt und blickt mir missmutig entgegen.

»Das mache ich nie wieder! Das ist doch lächerlich.«

»Es tut mir leid.«

»Laser, was soll das denn? Geh zu ihr und sag ihr, dass du ihr Gespräch gehört hast, und frag sie, was du wissen willst.«

»Das ist nicht so einfach. Sie will nicht über Richard reden und auch nicht darüber, warum sie ihre Meinung geändert hat, nachdem sie mit Bambi über die Mission gesprochen hat«, erkläre ich meinem Vater aufgebracht. »Sie lässt mir ja keine andere Wahl, als heimlich ihre Gespräche zu belauschen.« Das klingt schon blöd, während ich es sage. Findet Papa wohl auch. Er schnalzt mit der Zunge und verdreht die Augen.

»Sie wird sicher ihre Gründe habe. Vielleicht braucht sie noch ein bisschen Zeit. Hab etwas Geduld, mein Sohn.«

Genau. Weil ich ja so geduldig bin. Ich seufze inbrünstig. Papa hat recht. Ich muss ihr vertrauen.

»Und noch was: Ich finde, Richard hat recht. Deine Mutter ist wahnsinnig, dich auf diese Mission zu schicken. Wenn ich könnte, würde ich es euch verbieten. Richard und Violetta sind auch für mich die bessere Wahl. Ich kann nicht nachvollziehen, warum deine Mutter das anders sieht.«

»Du findest, Richard hat *recht?«* Ich bin empört.

»In dieser Hinsicht schon.«

»Toll. Danke, Papa.«

Ohne mich noch einmal umzusehen, verlasse ich das Quartier meines Vaters. Ich bin also ungeeignet und labil. Als ob ich das nicht selbst wissen würde. Trotzdem muss ich es machen. Wieder einmal hat mein Vater absolut kein Vertrauen in meine Fähigkeiten. Nur eines will mir nicht einleuchten: Warum sagt Richard, ich sei *gefährlich* für andere?

Ich hole Violetta vor Dr. Petersons Büro ein.

»Da bist du ja«, sagt sie, als sie mich durch den Flur auf sich zuhasten sieht.

»Hab mein Handy vergessen«, sage ich. Stimmt sogar.

»Das dachte ich mir.« Sie hat schlechte Laune. Ich erkenne das an ihrem Gesichtsausdruck. Das trifft sich gut, meine Laune ist ebenfalls im Arsch. Da hilft auch kein gespieltes Lächeln mehr. Mein Gehirn lässt sich heute nicht mehr verarschen. Violettas Mund ist verkniffen, und sie beißt die Zähne so fest aufeinander, dass sich ihr Kiefer bewegt.

»Alles okay?«, frage ich.

»Ja.«

Lügnerin.

Ich klopfe an Dr. Petersons Tür. Er öffnet von innen und hat mein Handy schon in der Hand. Lächelnd reicht er es mir.

»Bitte sehr. Hast du auf meinem Schreibtisch liegen lassen.«

Ich bedanke mich, stecke das Gerät in meine Brusttasche und wende mich dann wieder meiner Freundin zu, die missmutig den Fußboden anstarrt.

»Kaffee?«, frage ich. Sie nickt, ohne mich anzusehen. Ich nehme ihre Hand. Mir geht es besser, wenn ich sie berühre. Egal, wie schlecht meine Laune ist. Wir gehen in die Cafeteria und setzen uns ans Fenster. Trotz der faszinierenden Aussicht und ihres favorisierten Heißgetränks bessert sich Violettas Stimmung nicht. Ich weiß warum. Aber sie weiß nicht, dass ich weiß, warum sie so mürrisch guckt und nichts sagt. Und ich kann es ihr auch nicht sagen, weil sie sonst noch wütender werden würde. Und ich auch. Wir verbringen die nächste halbe Stunde schweigend.

»Laser, wir müssen reden«, sagt Violetta irgendwann. Ich zucke ein wenig zusammen, da ich in Gedanken bereits abgedriftet bin. Sie will reden? Jetzt doch? Schlagartig fühle ich mich wie der schlechteste Freund auf diesem Planeten. Mein Vater hatte recht. Ich hätte bloß abwarten müssen. All das Nachrichten-lesen und Gespräche-belauschen hätte gar nicht sein müssen.

»Joe hat mir vor ein paar Tagen geschrieben. Port Hope hat sich gemeldet. Luke ist nicht dort. Sie haben seit dem Tag eurer Entführung nichts mehr von ihm gehört.«

»Fuck«, zische ich. Das war jetzt nicht unbedingt das, was ich hören wollte. Wo zum Teufel stecken diese beiden Idioten? Ich kann mir kaum vorstellen, was Michael King davon abgehalten haben soll, Luke aus Toronto rauszubringen. Es war verdammt noch mal das Einzige, worum ich ihn gebeten hatte.

»Ich weiß, ich hätte dir das früher sagen sollen – aber ich wusste, dass du dir Sorgen machen würdest, und ich wollte nicht, dass das unsere Vorbereitungen stört. Es tut mir leid. Das war scheiße von mir.«

»Schon gut«, brumme ich. Ich fühle mich selbst so schuldig, dass ich mich gar nicht traue, sauer auf sie zu sein. Ich bin schließlich auch nicht besser. Violetta nimmt meine Hand und zieht sie zu sich. Sie legt meine Handfläche an ihre Wange und lächelt scheu. »Wir sollten versuchen, immer ehrlich miteinander zu sein, Laser.«

Ja, das sollten wir. Ich habe in dieser Hinsicht nicht einmal guten Willen gezeigt. Ich habe es direkt verkackt. Wahrscheinlich ist jetzt der einzige Zeitpunkt, meinen Arsch zu retten, ohne irgendwann als kompletter Feigling dazustehen. Ich atme geräuschvoll ein, genieße noch einmal das Gefühl von Violettas weicher Haut unter meiner Hand und wappne mich für einen Sturm aus Wut und Anschuldigungen.

»Ich habe Richard und dich belauscht. Ich war in Papas Zimmer und habe die ganze Zeit über mit dem Ohr an der Wand geklebt«, gestehe ich und versuche, meine Worte mit einem schiefen Grinsen etwas aufzuweichen. Violetta entfernt prompt meine Hand aus ihrem Gesicht, rutscht mit dem Stuhl einen halben Meter nach hinten und verschränkt die Arme vor der Brust.

»Bist du jetzt komplett durchgedreht?«, fragt sie und funkelt mich wütend an.

»Ich fürchte, ja.« Was soll ich anderes sagen? Anscheinend ist es so. Meine entwaffnende Ehrlichkeit bringt Violetta dazu, wenigstens die wütend angespannten Arme etwas zu lockern. Ich sehe, dass sie sich sogar ein kleines Lächeln verbeißen muss.

»Das ist noch nicht alles«, fahre ich fort und verstecke mein Gesicht im Ärmel meines Overalls. »Ich hab deine Nachrichten gelesen«, nuschle ich in den Stoff.

»Was?«

»Auf deinem Handy. Letztens.«

Sie haut mir gegen den Hinterkopf. Ich sehe es nicht kommen, weil ich mit dem Gesicht in meiner Armbeuge stecke.

»Aua.«

»Was soll der Scheiß?«, will Violetta wissen.

»Du willst ja nie mit mir reden«, antworte ich vorwurfsvoll. »Jedenfalls nicht über dich.«

»Ja und?«

»Anscheinend komm ich damit nicht so ganz klar.« Ich hole meinen Kopf wieder hervor und sehe sie an. Violetta schnaubt und schüttelt verständnislos den Kopf.

»Offensichtlich nicht. In Ordnung Laser, was willst du wissen? Und gleich vorneweg, ich beantworte keine dummen Fragen.«

Oh. Violettas Frage-Antwort-Spiel. Das kenne ich noch. Das letzte Mal, als wir es gespielt haben, waren wir nackt. Damals waren die Regeln auch noch strenger. Eine Frage, eine Antwort – so hieß es damals.

»Dr. Peterson sagt, dein Gehirn wurde während deiner Synchro mit dem Franzosen stark beschädigt.«

»Wieso hat er dir das gesagt? Das darf er gar nicht«, faucht Violetta wütend. Ich hebe beschwichtigend die Hand und versuche, ihren Arm zu berühren, aber sie zieht ihn sofort wieder weg.

»Er hat das nicht absichtlich gemacht. Es ist ihm aus Versehen rausgerutscht.«

»Trotzdem. Dem erzähle ich was, wenn ich ihn das nächste Mal sehe.«

»Violetta?«

»Ja. Ist ja gut. Am Anfang, als ich hier angekommen bin, haben sie mich in ein künstliches Koma versetzt. Nachdem ich wieder daraus erwacht bin, hatte ich … kurze Aussetzer.« Sie atmet tief ein. Ich sehe, wie sich ihre Augen mit Tränen füllen. Wütend wischt sich Violetta sofort über die Augen. »Es hat sich angefühlt, als wäre ich nicht mehr ich. Für ein paar Sekunden war ich er.«

Ich weiß sofort, was sie meint, kaum hat sie die Worte ausgesprochen. Manchmal, wenn ich den Luftballon vor meinem geistigen Auge sehe, bin ich ebenfalls das kleine Mädchen mit den Lackschuhen.

»Es kam wie aus dem Nichts. Ich konnte nichts dagegen tun. Mein Gehirn ist unter den fremden Erinnerungen jedes Mal kollabiert. Ich hatte mehrere epileptische Anfälle und bekomme seit Wochen Medikamente.«

»Und die Medikamente helfen?«

Sie nickt. Ein Schauer läuft über ihren Körper.

»Es hat eine Weile gedauert, aber mittlerweile bin ich eingestellt. Dr. Peterson meint, dass ich das Zeug wahrscheinlich für immer nehmen muss. Er weiß nicht, wie er mir sonst helfen kann. Er sagt, viele *Gamechars* haben dieses Problem.«

»Das hat er mir auch erklärt.«

»Mein Gehirn war immer das Beste an mir.« Jetzt schluchzt sie. Dieses Mal gelingt es Violetta nicht, ihre Tränen zurückzuhalten. »Und jetzt ist es kaputt.«

Ich stehe auf, gehe um den Tisch herum und nehme sie in meine Arme.

»Hör auf damit«, schimpft sie und macht einen halbherzigen Versuch, sich gegen meine tröstende Geste zu wehren. »Das ist albern. Deswegen wollte ich nicht darüber sprechen – weil ich jedes Mal heulen muss.«

»Passt schon. Ich heule auch wegen jedem Scheiß.«

»Ich aber nicht. Ich heule nicht wegen jedem Scheiß.« Sie schubst mich weg und wühlt in ihrer Tasche nach einem Tuch, um sich die Nase zu putzen.

»Violetta, dein Gehirn ist nach wie vor das beste Gehirn, das ich kenne.«

»Natürlich ist es das. Du bist ja auch noch nicht besonders viel rumgekommen.« Sie muss lachen. Ich auch. »Lass uns gehen, die glotzen uns alle schon an. Ich habe sowieso eine Verabredung mit Mei. Deinetwegen bin ich jetzt ganz durcheinander.«

Wir tragen unsere schmutzigen Tassen zur Geschirrablage.

»Warum, denkst du, hält Richard mich für gefährlich?«, frage ich im Gehen. Ich muss ihre Redebereitschaft ausnutzen.

»Ach, der!«, empört sie sich sofort. Es scheint, als sei sie froh, nicht mehr über die Sache mit ihrem Gehirn sprechen zu müssen. »Er will einfach nur im Mittelpunkt stehen und kann es nicht ertragen, dass Bambi dich und nicht ihn für die Mission ausgewählt hat. Jetzt lässt er sich allerlei dumme Sachen einfallen, um Bambi davon zu überzeugen, dass er und ich die bessere Wahl sind.«

»Und was hat es mit der Frau von *MediaCon* auf sich, mit der er sich getroffen hat?«

»Das kann ich dir nicht sagen.«

»Warum nicht?«

»Weil das Richards Geheimnis ist und nicht meins.«

»Aber ich bin dein Freund«, protestiere ich.

»Na und? Du würdest auch nicht wollen, dass ich deine Geheimnisse weitererzähle, oder?«

Nein. Würde ich nicht. Trotzdem habe ich das Gefühl, dass das etwas anderes ist. Ich hasse es, dass sie Richard trotz seiner Unehrlichkeit schützt. Meine Eifersucht versengt mich innerlich, wenn ich auch nur daran denke, dass es weiterhin etwas geben könnte, das Violetta und Richards verbindet. Im Grunde weiß ich, dass das albern ist, dass sie mich liebt und nicht ihn – trotzdem fühle ich es nicht. Alles, was ich fühle, sind Hass und Wut auf diesen furchtbaren Mann. Ich hasse Richard!

Den ganzen Tag über bin ich nicht mehr richtig bei der Sache. Ich denke abwechselnd an Violettas Geheimnis und Lukes Verschwinden. Sorge und Wut legen mein Gehirn vollkommen lahm. Leider fällt mein desolater Zustand den Computersystemen, mit denen ich nachmittags verbunden werde, sofort auf. Bambis Observationsteam ist verwundert. Sie fragen mich, ob ich krank sei. Ich bin nicht krank, ich bin verunsichert und sauer. *Also so wie immer,* sagt die Stimme in meinem Kopf.

Das Schlimmste ist, dass Richard im Grunde recht hat mit dem, was er heute Morgen in Violettas Zimmer behauptet hat. Eigentlich bin ich ungeeignet für so eine wichtige Mission. Ich kann mich einfach nicht zusammenreißen. Ich kann meine Gefühle und Gedanken nicht abschalten. Ich bin aufgebracht und unkonzentriert. Kein Wunder, dass Violetta ihm nicht widersprochen hat. Wahrscheinlich sieht sie es auch so. Vielleicht war es doch nicht so klug, mich aus Eifersucht in den Vordergrund zu drängen und die Mission anzunehmen. Ist es vielleicht das, was mich *gefährlich* macht? Bambi denkt wahrscheinlich, ich könnte mich zusammennehmen. Vielleicht denkt sie das, weil ich ihr Sohn bin und sie sich nicht vorstellen kann, dass der Apfel manchmal doch kilometerweit vom Stamm fällt.

Als ich schließlich bei einem kurzen Sprint stolpere und der Länge nach auf den glänzenden Linoleumboden klatsche, schicken sie mich auf mein Zimmer. Wir würden morgen weitermachen. Geknickt schlurfe ich zu meinem Quartier und lege mich ins Bett. Ich schlafe ein und wache erst auf, als sich Violetta spätabends zu mir aufs Bett setzt. Sie ist nicht mehr wütend und verheult. Im Gegenteil. Sie ist bester Laune und berichtet mir stolz, dass sie nun im Besitz eines U-Boot-Führerscheins sei. Natürlich hat sie nicht U-Boot-Führerschein gesagt, sondern irgendetwas anderes Kompliziertes. Sie erzählt mir von ihrem fehlerfreien Durchgang am Simulator und davon, dass sie morgen tatsächlich raus aufs offene Meer fahren würde. Sie ist aufgekratzt und hellwach. Von ihrem Erfolg elektrisiert, steigt sie auf allen vieren über mich und beugt sich zu mir herunter.

»Ich weiß jetzt auch, wo wir sind«, flüstert Violetta in mein Ohr, beißt in mein Ohrläppchen und zieht dabei den Reißverschluss meines Overalls auf. Ich ahne, wohin das führen soll. »Wir sind vor Grönland. Ich hatte recht.«

Wie immer, denke ich und lasse sie machen. Ich bin froh über die Ablenkung. Und froh darüber, etwas tun zu dürfen, worin ich anscheinend wirklich gut bin. Etwas, wobei ich mich nicht zusammenreißen oder kontrollieren muss. Ein paar Minuten später bin ich wieder versöhnt mit der Welt. Jedenfalls für heute. Violetta und ich schlafen ineinander verknotet ein.

In der Nacht träume ich schlecht und wache ständig auf. Mir ist heiß.

Dr. Peterson hat mir vor ein paar Tagen irgendwelche Transmitter gespritzt. Sie sollen meine Gehirnchemie auf die bevorstehende Synchronisation vorbereiten. Ich hab es wie immer nicht ganz verstanden. Violetta hat mir erklärt, dass auch sie solche Transmitter erhalten hat, die sie auf die Implantation des Mikrochips in ihr Rückenmark vorbereiten sollten; letztes Jahr, bevor wir nach Toronto geflogen sind. Sie hat mit Übelkeit auf die Injektion reagiert und das halbe Flugzeug vollgekotzt. Ich bekomme Hitzewallungen von dem Scheiß. Ich fange von jetzt auf gleich an zu schwitzen wie ein Schwein. Da ich bereits nackt bin, kann ich nichts mehr ausziehen. Ich schiebe Violetta von mir, deren nackte Haut an meinem verschwitzten Rücken festklebt, und stehe auf. Sie bemerkt es nicht. Ich stelle mich für ein paar Minuten unter die eiskalte Dusche und genieße die Erleichterung. Danach ziehe mich an und beschließe, spazieren zu gehen. Ich bin hellwach und fürchte, dass ich so schnell nicht wieder einschlafen werde. So leise ich kann, verlasse ich mein Quartier und trete hinaus auf den Flur. Es ist deutlich kühler hier draußen. Meine Schritte hallen leise auf den menschenleeren Gängen wider. Ich kann mein Spiegelbild in den weißen glänzenden Wandpaneelen sehen. Ich bin ein schwarzer verwaschener Fleck. Genauso fühle ich mich. Meine Beine tun weh von der ganzen Rennerei in der Sporthalle. Mein Kopf tut weh von der ganzen Grübelei. Ich fühle mich erschöpft. Jetzt schon, obwohl unsere Mission noch gar nicht begonnen hat. Ich laufe, ohne groß darüber nachzudenken, und lande automatisch wieder in der Cafeteria. Der einzige Ort hier unten, an dem ich wirklich gerne bin. Gut, ich bin auch sehr gerne mit Violetta im Bett. Aber ich glaube, dass liegt mehr an ihr als an den schmalen Pritschen mit den harten Matratzen.

Der hell erleuchtete Raum ist leer. Niemand ist hier. An der Wand hängt eine riesige digitale Anzeige, die nicht nur die Uhrzeit, sondern auch das Datum, den Wochentag, die Temperatur hier drinnen, im Wasser, über Wasser sowie Luftfeuchtigkeit und Sauerstoffsättigung anzeigt. Es ist viertel nach drei. Ich gehe auf die Scheibe zu, an der gerade ein Schwarm glitzernder Fische vorbeischwimmt. Taucher sehe ich keine. Die schlafen wahrscheinlich alle. Ich lege meine Stirn an das kühle Glas. Das tut gut. Ich werde überwältigt von dem Gefühl, einfach nur meine Ruhe haben zu wollen. Ich kann mich kaum noch daran erinnern, wie es sich angefühlt hat, mich nicht zu sorgen. Ohne die kleine Flamme, die permanent in meiner Magengegend brennt und die von einer auf die nächste Sekunde zu einem Inferno anschwillt und mich in Angst und Panik versetzt. Ich erinnere mich nicht mehr. Es gab eine Zeit, da war Liberty Koschwitz mein größtes Problem.

Ich stoße meine Stirn mit zusammengebissenen Zähnen gegen das Glas. Und dann noch mal. Ich weiß plötzlich nicht mehr, ob ich das alles schaffe. Eigentlich müsste ich nach Toronto zurück und nach Luke suchen. Meine Familie in Berlin braucht mich aber genauso dringend. Vielleicht sogar noch dringender. Schließlich haben sie keinen Michael King im Gepäck, der sie beschützt. Die Mission ist wichtiger, aber Richards Worte haben mich verunsichert. Meine eingeredete Zuversicht, mein ehrgeiziger Wille, die Aufgabe zu meistern, sie haben mich in den letzten Tagen erfolgreich geblendet. Nach dem, was ich heute Mittag unfreiwillig gehört habe, bröckelt die Fassade und reißt dunkle Löcher in meine Zuversicht. Dazu mischt sich die Angst, von der Synchronisation mit Violetta ebenfalls Schädigungen im Gehirn davonzutragen.

Ein Geräusch reißt mich aus meiner Trance. Ich drehe mich erschrocken um. Bambi steht am Kaffeeautomat. Sie stellt einen Becher unter den Ausguss und drückt auf einen Knopf. Die hat mir gerade noch gefehlt.

»Kannst du nicht schlafen?«, fragt sie quer durch den Raum. Ihre Stimme hallt geisterhaft von den gläsernen Wänden zurück. Ich schüttle nur den Kopf, ohne etwas zu sagen. Ich wollte alleine sein.

»Ah.« Sie nimmt den Becher aus der Maschine und kommt auf mich zu. Bambi geht mit großen Schritten. Wahrscheinlich, weil sie so klein ist. Ihre Bewegungen strahlen so viel Selbstbewusstsein aus, dass man sich in ihrer Gegenwart zwangsläufig unterlegen fühlt. Jedenfalls geht es mir so. Ihre sonst glatt gebürsteten, kinnlangen dunkelbraunen Haare sind verstrubbelt, und sie hat tiefe Augenringe. Das tut ihrer majestätischen Erscheinung allerdings keinen Abbruch.

»Das sind die Transmitter. Noch ein paar Tage, und du bist auf die Medikamente eingestellt. Dann kannst du sicher wieder schlafen«, erklärt Bambi und lässt sich wie eine Königin auf ihrem Thron vor mir auf einem Plastikstuhl nieder. »Und wenn nicht, dann kannst du dir Schlaftabletten verschreiben lassen. Sobald du das Implantat erhalten hast, können wir deinen Melatoninspiegel extern regeln.«

»So einfach ist das also, ja?«, frage ich. »Und was ist, wenn es nicht die blöden Transmitter sind, wegen denen ich nicht schlafen kann?«

Bambi hebt eine ihrer dichten schwarzen Augenbrauen und sieht mich über den Rand ihres Kaffeebechers skeptisch an.

»Den Schlaftabletten ist es egal, warum du nicht schlafen kannst, Laser.«

Sie hebt die Mundwinkel zu einem Lächeln.

Ha, ha. Sehr witzig.

»Ist es dir auch egal, warum ich nicht schlafen kann?«, frage ich meine Mutter voller Zorn und merke, wie die kleine Flamme in meinem Bauch zum Leben erwacht.

»Das kommt darauf an«, antwortet sie prompt, und die Lachfalten um ihre tiefbraunen Augen verschwinden so schnell, wie sie gekommen sind. »Wenn es sich dabei um die Sorgen und Nöte eines verwöhnten Teenagers aus der Metropole handelt, dann muss ich sagen, fällt es mir schwer, ernsthaftes Interesse dafür aufzubringen. Geht es aber um deine bevorstehende Mission und die damit verbundenen Schwierigkeiten, bin ich sicherlich bereit, mir deine Sorgen anzuhören, Laser.«

Ich weiß nicht, was ich darauf antworten soll. Allein, wie sie sich ausdrückt. Bambi macht mich wahnsinnig. Wahrscheinlich sollte ich einfach gehen. Wobei, nein. *Sie* sollte gehen. Ich war als Erster hier. Ich bin hergekommen, um mir in Ruhe Sorgen zu machen. Andererseits ist es ihre Basis. Ich hadere einen kurzen Moment mit mir.

»Ich glaube, die ganze Verantwortung, die vielen schweren Entscheidungen, die dauernde Gefahr, die viele Arbeit ...«, sie seufzt, »... haben mich hart und irgendwie unzugänglich gemacht. Ich hätte sicherlich eine passable Mutter für dich abgegeben. Stattdessen bin ich so etwas wie die Mutter für all diejenigen geworden, die sich eine bessere Welt wünschen und dafür kämpfen wollen. Wie du sicherlich schon bemerkt hast, nimmt mich diese Aufgabe vollkommen ein. Es kann sein, dass mich das über die Jahre abgestumpft hat. Ich kann aber gut verstehen, dass du dir wünschst, ich würde mich mehr für deine Sorgen interessieren. Schließlich bin ich deine Mutter.«

Diese ekelhafte Überheblichkeit. Mir kommt die Kotze hoch.

»Einen Scheiß wünsche ich mir. Es ist mir so was von scheißegal«, entgegne ich patzig, aber der Kloß in meinem Hals lässt mich spüren, dass das eine Lüge ist. Ich wünschte, ich würde es mir nicht wünschen. Doch irgendwie scheine ich einfach nicht imstande zu sein, meine Gefühle zu kontrollieren. Ich bin nicht hart und abgestumpft wie Bambi. Ich bin ein sentimentales Weichei. Und egal, wie viele Kilometer ich durch die kanadische Wildnis reite, ob ich mutierte Wölfe abschlachte oder in Port Hope Schnee schaufle, ich härte mich nicht ab. Im Gegenteil: Ich werde nur immer weicher und weicher. Alles, was ich habe, ist mein Panzer aus Wut.

»Warum hast du dann gefragt?«, entgegnet Bambi und streut Salz in meine Wunde.

»Keine Ahnung. Ist ja auch egal. Ich gehe jetzt. Ich wollte eigentlich alleine sein.«

Meine Mutter zuckt nur leicht mit den Schultern. Sie wendet den Kopf und sieht nun ebenfalls hinaus in die hell erleuchtete Unterwasserwelt. Ich frage mich, wann sie wohl das letzte Mal die Sonne gesehen hat. Natürlich bloß aus Interesse, nicht weil ich um ihr Wohlbefinden besorgt bin oder so.

»Ich glaube, Richard hat recht: Ich bin nicht der Richtige für die Flugzeugträger-Mission«, beschließe ich dann, obwohl ich mich eigentlich schon zum Gehen gewandt habe. Ich glaube, ich sage es hauptsächlich, um Bambi auf die Nerven zu gehen. Um ihr Probleme zu bereiten. Ich sage es ihr, damit sie sich auch Sorgen macht. »Ich will es unbedingt machen. Schon allein, weil ich ihm nicht vertraue. Aber wenn ich ganz ehrlich zu mir selbst bin, denke ich, du hast dich geirrt. Ich bin nicht die beste Wahl. Ich bin eine beschissene Wahl.«

Natürlich ist es erbärmlich, dass mich ausgerechnet Richard darauf bringen musste, aber daran kann ich jetzt auch nichts mehr ändern. Seine Worte sitzen mir im Nacken, seitdem er sie ausgesprochen hat. Und irgendwie fühlt es sich richtig an, sie zu sagen. Und Bambis Gesichtsausdruck entschädigt mich ein bisschen. Sie hasst es, dass ich einen Rückzieher machen will. Das wirft ihre Pläne durcheinander. Und Bambis Pläne sind hier unten heilig.

»Ich will nicht behaupten, dass ich mich nicht schon das ein oder andere Mal geirrt habe«, erwidert Bambi. Ich kommentiere ihr Eingeständnis mit einem gehässigen Lachen. Kindisch, ich weiß. Aber was soll ich machen? Es passiert einfach so. Ich kann nicht anders. Meine Mutter wartet, bis mein Lachen verstummt, und fährt erst dann mit ernster Miene fort. Natürlich komme ich mir dadurch noch blöder vor.

»In diesem Fall war es aber nicht meine Meinung, die mich veranlasst hat, dich für dich Mission auszuwählen, sondern die Meinung unseres Zentralrechners. Das habe ich auch Richard bereits mitgeteilt, als er mit seinem Anliegen zu mir kam. Wir haben eine Simulation gefahren, und das Ergebnis war eindeutig. Du und

Violetta – ihr seid das beste Team, das für diese Aufgabe infrage kommt.«

»Dann hat sich der Rechner eben geirrt«, merke ich an.

»Rechner irren sich nicht«, entgegnet Bambi.

»Natürlich tun sie das! Ich habe es einem Systemfehler zu verdanken, dass ich überhaupt hier bin.«

»Nein. Du hast es mir zu verdanken, dass du hier bist.« Meine Mutter verschränkt die Arme vor der Brust und lehnt sich in ihrem Stuhl zurück. »Ich habe *MediaCons*-Rechner manipuliert. Unseren Zentralrechner hat niemand manipuliert. Wir haben ihn lediglich mit Daten gefüttert. Das Ergebnis ist demnach unzweifelhaft. Es ist allerdings nachvollziehbar, dass du dich dieser Sache nicht gewachsen fühlst und dir nicht mehr sicher bist.«

Ist es das, ja? Eigentlich wollte ich ja gehen. Das ist auch *unzweifelhaft.* Was ist unzweifelhaft überhaupt für ein beklopptes Wort? Meine Beine weigern sich, sich von Bambi wegzubewegen. Ich starre auf sie hinunter, wie sie da sitzt mit ihrem Kaffeebecher und sich im Gegensatz zu mir in allem so verfickt sicher ist.

»Ob du es glaubst oder nicht, Laser. Ich kenne dich ziemlich gut. Ich weiß, wie du tickst«, behauptet sie.

»Ja, weil du dir schon seit Jahren die Daten meines XPs herunterlädst. Weil du unerlaubt in meinem Kopf herumspioniert hast.«

Wieder zuckt sie mit den schmalen Schultern, als handle es sich hierbei um eine zu vernachlässigende Kleinigkeit. Nicht der Rede wert.

»Ich bin nicht die Einzige, die Einsicht in dein neurologisches Profil hatte. Du hast *MediaCon* deine Daten freiwillig zu Verfügung gestellt. Sie konnten damit machen, was sie wollten. Jetzt ist es vielleicht ein bisschen zu spät, um sich darüber zu beklagen.«

»Ich habe gar nichts freiwillig getan. Ich hatte keine Ahnung. Woher hätte ich wissen sollen, dass sie mein Gehirn überwachen?«, frage ich empört.

»Violetta wusste es«, entgegnet meine Mutter und lächelt böse.

»Ja, sie ist auch ein Genie«, behaupte ich. Trotzdem weiß ich, dass sie irgendwie recht hat. Das ärgert mich noch viel mehr.

»Was ich eigentlich sagen wollte: Du bist eine höchst adaptive Persönlichkeit. Deine geistige Flexibilität ist deine größte Stärke. Aktuell mag es dir vielleicht unmöglich erscheinen, das zu tun, was wir von dir erwarten – aber ich bin mir sicher, sobald du dich *in* der Situation befindest, wirst du einen Weg finden, damit umzugehen. Das hast du bisher immer getan. Und obwohl ich deine Daten, seitdem du Berlin verlassen hast, nicht mehr einsehen konnte, so ist allein die Tatsache, dass du deinen kleinen Ausflug aufs *MediaCon*-Spielfeld unbeschadet überstanden hast, es fertiggebracht hast, dich in Port Hope einzuleben, deinen Vater in Toronto gefunden und es letztendlich bis zu unserer Basis geschafft hast, Beweis genug, dass du absolut geeignet bist, *MediaCons* Flugzeugträger zu infiltrieren. Um das zu erkennen, braucht es im Prinzip nicht mal eine Computersimulation.«

Ich bin etwas verunsichert über diese anerkennenden Worte. Ich glaube jedenfalls, dass meine Mutter es anerkennend gemeint hat. Sicher bin ich mir nicht. Ihr Tonfall ist nach wie vor sachlich und nüchtern. Als würde sie über den Motor eines Autos sprechen oder so.

»Deine Vitalwerte sind ebenfalls einwandfrei. Du bist gesund und hast einen leistungsfähigen Körper. Dr. Peterson ist überzeugt davon, dass du und Violetta ein perfektes *match* abgeben. Wir arbeiten Tag und Nacht, eure Mission so gut es geht vorzubereiten. Wir haben mittlerweile genug Daten sammeln können, um eine virtuelle Kopie des Flugzeugträgers und seiner Begleitschiffe zu erstellen. Wir planen alle deine Laufwege, jeden Handgriff, jede Zeile Code und jeden Up- und Download, den du mit Violettas Hilfe tätigen sollst. Das Einzige, was du tun musst, ist, die Besatzung der CDG davon zu überzeugen, dass du ernsthaft an einer Zusammenarbeit mit ihnen interessiert bist. Und da *MediaCon* sich aktuell in einer sehr prekären Lage befindet, werden sie über dein Angebot sicher nicht lange nachdenken. Das können sie sich gar nicht leisten.«

»Wieso sollten sie mir glauben, dass ich plötzlich die Seiten gewechselt habe?«, will ich wissen.

»Weil wir eine Aufzeichnung unserer allerersten Begegnung im Clubhaus der Teta 3 auf einen öffentlichen Server zum Download freigegeben haben. Wir haben es nach einem Hack aussehen lassen, damit niemand Verdacht schöpft. Sie wissen also jetzt, wie sehr du mich hasst. Jeder Mensch auf diesem Planeten, der irgendwie noch Zugriff zum Internet hat, weiß, wie sehr Bambis Sohn seine Mutter hasst.«

Als sie das sagt, werden die Züge um ihren Mund bitter. Nur ein winziges bisschen. Sie tarnt es rasch mit einem zynischen Lächeln. Ich möchte Genugtuung darüber empfinden. Stattdessen macht sich ein schaler Geschmack in meinem Mund breit, und der dicke Kloß in meinem Hals macht es mir schwer, zu schlucken.

»Gut so«, sage ich und versuche, ihrem durchdringenden Blick standzuhalten.

»Ich hoffe, du kannst jetzt besser schlafen. Gibt es sonst noch etwas, was du wissen möchtest?«, fragt sie und klingt jetzt wie Dr. Peterson, wenn er versucht, mir die Funktionsweise meines Gehirns zu erklären.

»Ja«, wieder schlüpfen die Worte einfach so aus meinem Mund. Ich hätte längst weg sein können. »Wann hast du dich geirrt?«

»Wie meinst du das?«, fragt Bambi, legt ihren zerzausten Kopf schief und blinzelt irritiert mit den langen Wimpern ihrer riesigen Rehaugen.

»Du hast gesagt, du hättest dich schon das ein oder andere Mal geirrt. Wann denn zum Beispiel?« Ich sollte mir den Mund zuhalten. Sie wird nicht sagen, was ich hören will. Auf keinen Fall wird sie sagen, dass es ein Fehler war, mich bei meiner Tante zurückzulassen. Warum frage ich überhaupt?

Bambi denkt einen Moment nach.

»Ich dachte einmal, man könne den Menschen vertrauen, die einem nahestehen. Das ist lange her. Ich musste schon sehr früh die schmerzliche Erfahrung machen, dass dieses Vertrauen wie ein Luftballon vor deinen Augen zerplatzen kann.«

Ich schrecke aufgrund ihrer Wortwahl zurück. Wieso ausgerechnet wie ein Luftballon?

»Oft sind die Menschen nicht das, was sie vorgeben zu sein. Wenn man Pech hat, erfährt man das erst, wenn es zu spät ist. Wenn diejenigen, von denen wir glauben, sie stünden uns am nächsten, einen verraten, dann ist es am bittersten.«

»Wer hat dich verraten?«, frage ich. Das Bild des toten Arms erscheint ganz automatisch vor meinem Auge. Ist es Bambis Erinnerung, die in meinem Kopf gelandet ist? Können sich Erinnerungen irgendwie genetisch übertragen? Kann man jemandem Erinnerungen in den Kopf einpflanzen?

»Das spielt jetzt auch keine Rolle mehr. Sei froh, Laser, wenigstens habe ich nie vorgegeben, jemand anderes zu sein, als ich bin. Du weißt genau, woran du bei mir bist. Das ist viel wert, glaube mir.«

»Wenn du meinst. Unter diesen Umständen wäre es vielleicht besser gewesen, du hättest mich einfach in Ruhe gelassen, mich bei meiner Mama und meinen Geschwistern bleiben lassen. Nachdem ich dich jetzt kennengelernt habe, kann ich mir irgendwie nicht mehr vorstellen, dass du mich aus Berlin weggeholt hast, um mich vor dem Blackout zu retten. Schließlich hast du auch keinen Finger gerührt, um Papa aus seinem Wohnklo rauszuholen. Und Papa scheinst du ja grundsätzlich ganz okay zu finden. Du kannst mir nicht erzählen, dass du nicht irgendeinen Plan verfolgt hast. Vielleicht sagst du mir ja doch nicht die ganze Wahrheit und tust so, als seist du meine besorgte Mutter, aber in Wirklichkeit benutzt du mich bloß.«

»Jemand in meiner Position muss vorausschauend denken«, behauptet Bambi. Ihr linkes Auge zuckt. Ihre Stimme verändert sich. Nur ein winziges bisschen. Irgendwie habe ich das Gefühl, ich habe sie verunsichert. Auch wenn ich mir beim besten Willen nicht vorstellen kann, dass das überhaupt möglich ist.

»Ich musste damit rechnen, dass *MediaCon* sich nicht kampflos ergeben würde. Und anhand deiner Daten erschien es mir bereits damals sinnvoll, dich in mein Team aufzunehmen. Wie gesagt, du bist eine höchst flexible Persönlichkeit, und ich war mich sicher, du würdest mir irgendwann nützlich werden.«

Sie lügt. Bambi lügt. Ganz eindeutig. Das kann nicht der Grund sein. Entweder sie ist doch sentimentaler, als sie zugeben will, und hat mich zu sich geholt, weil ein Teil von ihr es nicht ertragen hätte, mich in den Wirren des Aufstandes in den Metropolen zu verlieren, oder es hatte einen ganz anderen Grund. Einen, den sie mir nicht verraten will.

»Ich gehe jetzt«, sage ich und tatsächlich bewegen sich meine Füße.

»Tu das. Möchtest du, dass ich bei der Implantierung des Chips anwesend bin?«, fragt sie.

»Scheiße, nein!«, antworte ich entschlossen.

»Gut.« Sie wendet sich von mir ab, greift nach ihrem Kaffeebecher und beobachtet die Fische vor der Glasscheibe. Das fehlt mir gerade noch. Am liebsten will ich sie überhaupt nicht mehr sehen. Leider fürchte ich, dass sich das in den nächsten paar Tagen nicht verhindern lassen wird. Obwohl ich nach wie vor denke, dass es ein Fehler ist, ausgerechnet mich quer durch den Atlantik zu schicken, empfinde ich nach diesem Gespräch doch ein gewisses Hochgefühl bei dem Gedanken, dieses Unterwassergefängnis mit seinem kontrollsüchtigen Oberaufseher Bambi endlich wieder zu verlassen zu dürfen.

Phase 16; Synchronisation

»Bereit zur Übernahme?«, höre ich Dr. Petersons Stimme über einen Knopf in meinem Ohr.

»Das Interface ist bereit«, antwortet Kelly. Sie ist die oberste Informatik-Tante in Bambis Technikkader und dafür zuständig, dass die Schnittstelle zwischen meinem Körper und Violettas Steuerungsmodul einwandfrei funktioniert.

»Vitalwerte stabil. Puls und Atemfrequenz erhöht«, berichtet Luan. Er kontrolliert mein körperliches Befinden, das aktuell nicht unbedingt als zufriedenstellend bezeichnet werden kann. Es scheint allerdings nicht *so* beschissen zu sein, dass wir den ersten Test meines neuen Implantats abbrechen müssen. Leider.

»Gehirnwellen im Betazustand bei 23 Hertz. Erhöhte Alarmbereitschaft«, sagt Charlotte, die meine Gehirnaktivität beobachtet; außerdem kontrolliert sie die Signale, die von meinem Gehirn gesendet und von dem Chip in meinem Hals blockiert werden, sodass mein Körper nicht mehr länger darauf reagiert. Charlotte leistet so weit exzellente Arbeit und schätzt die Lage perfekt ein. Tatsächlich bin ich kurz davor, einfach abzuhauen. Mein Herz hämmert aufgeregt gegen meine bebende Brust.

Während des Tests kann ich das Team nicht sehen. Ich höre sie nur. Beziehungsweise ich höre die Übersetzung von dem, was sie sagen, in meinem Gehörgang. Mein Körper steht ganz alleine, frierend und nur mit Shorts bekleidet, mitten in der Sporthalle, übersät von Sensoren, Elektroden und anderen Messgeräten. Ich habe überall Gänsehaut und meine Zähne klappern. Eigentlich ist es gar nicht kalt hier drinnen. Wahrscheinlich friere ich vor Aufregung. Ich starre innerlich bebend geradeaus auf die weiße Fläche der Wand mir gegenüber und warte darauf, dass es jeden Moment losgeht. Bei dem Gedanken, dass ich in wenigen Minuten meinen eigenen Körper nicht mehr steuern kann, fangen auch noch meine Knie zu zittern an.

»Laser? Kannst du mich hören?« Es ist Violetta, die in mein Ohr spricht. Sie wird nicht übersetzt.

»Ja«, antworte ich.

»Bist du bereit?«, fragt sie.

»Fuck, nein«, zische ich.

»Sollen wir abbrechen?«

»Nein.« Ich seufze laut. Nicht wegen mir. Ich hoffe schon den ganzen Morgen, dass irgendwas mit der Technik schiefgeht. Dass irgendein Gerät ausfällt oder ein Buckelwal mit voller Wucht in die Basis schwimmt und alles kaputt macht. Leider ist bisher nichts dergleichen passiert, und es sieht auch nicht so aus, als würden Bambi und ihre Crew, die nur darauf warten, dass ich ihnen erlaube, die Kontrolle über meinen Körper an Violetta abzugeben, sich die Show durch irgendeine Lappalie verderben lassen. Sie arbeiten seit Wochen auf diesen Moment hin.

»Also?« Violetta klingt nicht drängend oder unfreundlich. Ich habe fast das Gefühl, als würde sie lächeln, während sie spricht. Sie sitzt in einem Steuerungs-Pod, einem überdimensionalen Ohrensessel, ausgestattet mit der krassesten Technik, drei Stockwerke über mir und scheint ebenfalls kaum erwarten zu können, dass es losgeht. Auch sie ist verkabelt und vollgeklebt mit Sensoren. Ihr Sessel ist ergonomisch geformt und so an ihren Körper angepasst, dass sie 24 Stunden am Stück darin sitzen kann (und das wird sie müssen), ohne dass es unbequem wird. Vor ihr ist eine ganze Batterie Module aufgebaut, die sie benutzen kann, um meinen Körper zu steuern. Jeder Gamer hat andere Präferenzen. Manche Gamer steuern ausschließlich mit ihren Gedanken, andere bevorzugen hybride Module, die zusätzlich analoge Steuerungstechniken wie Controller oder Joysticks einbinden. Violetta ist eine Gamerin der alten Schule. Sie hat mit ihrem XP schon analog gezockt und so wird sie auch mich größtenteils mit den Händen steuern, und nicht ausschließlich mit ihren Gedanken. Irgendwie beruhigt mich das. Ich weiß, dass man ihren Händen absolut vertrauen kann. Sie hat ruhige, zuverlässige, geschickte und außerdem sehr schöne Hände – Letzteres nutzt mir natürlich nicht viel, es kommt mir aber trotzdem in den Sinn. Außerdem ist sie eine verdammt gute Gamerin. Bei uns in der Platte hat sie fast jedes Leaderboard angeführt. Ich hätte es nicht besser treffen können.

»Gib mir noch ein paar Sekunden«, bitte ich sie trotzdem. Ich weiß, dass alle mich hören und sehen können. Die Sporthalle ist natürlich videoüberwacht. Sie sehen und hören alles, was ich sage und mache. Ungefähr dreißig Leute sind in diesen Call eingewählt. Was wir hier tun, betrifft fast jeden Mitarbeiter der Organisation. Niemand redet in Bambis Basis über etwas anderes, schon seit Tagen nicht mehr. Ich versuche mir trotzdem vorzustellen, dass Violetta und ich alleine sind.

»Kein Problem«, antwortet Violetta. »Lass dir Zeit.«

Ich atme tief ein und wieder aus. Ich schaffe das. Es ist in Ordnung. Sie wird mich nicht gegen die Wand oder in die Flugbahn einer Pistolenkugel rennen lassen. Sie liebt mich. Auch wenn sie mir das noch nie gesagt hat. Ich weiß, dass sie mich liebt. Sie zeigt es mir jeden Tag. Wenn ich einem Menschen auf der Welt vertrauen kann, dann ihr.

Als sie mir den Chip implantiert haben, hat Violetta meine Hand gehalten. Ich habe auf dem Bauch gelegen, eingespannt in eine Art Metallgestell, das dafür sorgte, dass ich mich nicht einen Millimeter bewegen konnte. Eine Narkose komme nicht infrage, hat Dr. Peterson erklärt. Sie müssten während des Vorgangs meine Reaktionen testen können, also bräuchten sie mich wach und bei vollem Bewusstsein. Das Gestell, das meinen Körper fest umschlossen und mir jegliche Bewegungsfreiheit genommen hat, erschien mir ein guter Vorgeschmack auf das, was mich erwarten würde, wenn Bambi den Chip erst einmal aktiviert hätte. Violetta hat die ganze Zeit über meine Hand gestreichelt. Auch die Hand war im Gestell verpackt, also konnte sie nur ein bisschen was von mir berühren, aber es hat gereicht, um mich so weit zu beruhigen, dass die Implantation ohne Komplikationen vollzogen werden konnte. Von der Prozedur habe ich nichts mitbekommen, da sie die Nervenenden rund um die Einstichstelle und die Halswirbelsäule betäubt haben.

Nachdem der Chip eingepflanzt war, erhielt ich durch das Metall-Skelett an den verschiedensten Stellen meines Körpers leichte Stromimpulse. Ich konnte sie überall spüren. Dann wurde das Skelett entfernt, und man testete meine Körperfunktionen. Alles lief optimal. Ich hatte keinerlei Einschränkungen. Mein Rückenmark war wie erwartet nicht beschädigt worden. Am Abend haben Violetta und ich die Körperfunktionen getestet, die Dr. Peterson und seine Crew nichts angehen, und auch in diesem Bereich haben wir ausschließlich gute Ergebnisse erzielt. Mir ging es also gut, obwohl ich mir seit diesem Vormittag des Fremdkörpers in meinem Nacken sehr bewusst bin. Ich weiß die ganze Zeit, dass er da ist. Ich bilde mir ein, die kleine Platine in meiner Halswirbelsäule spüren zu können. Violetta sagt, das gehe vorbei.

Jetzt allerdings geht es mir nicht mehr gut. Jetzt habe ich Angst. Und obwohl es Violetta ist, die mich steuern wird, habe ich das Gefühl, als könne ich die Kontrolle nicht abgeben. Violetta hat erzählt, dass es ihr genauso erging. Natürlich seien sie mit ihr damals nicht so rücksichtsvoll umgegangen wie mit mir jetzt. Während der Kampagne in Kanada hatte man gar keine Zeit, auf die Ängste und Sorgen der einzelnen *Chars* einzugehen. Alles lief eng getaktet, und Violettas Chip wurde einfach aktiviert, ohne dass man sie vorher gefragt hätte, ob sie bereit dazu sei. Sie sagt, es fühle sich merkwürdig an. Beängstigend, ja. Aber nicht unaushaltbar. Man müsse einfach den Kopf abschalten und sich entspannen. Dann könne man sich daran gewöhnen. Wieder einmal stelle ich fest, dass sie einfach viel gelassener ist als ich. Sie ist viel mutiger und entschlossener. Deshalb ist sie ja auch das *Steuerungsmodul* und ich nur das *Gerät* – wie Dr. Peterson zu sagen pflegt.

»Laser, wir machen einen ganz kurzen Testlauf. Nur 20 Sekunden. Danach deaktiviert sich die Verbindung automatisch. 20 Sekunden, Laser, das schaffst du!«, versucht Violetta, mich zu motivieren. 20 Sekunden. *20 fucking Sekunden.* Ich beiße die Zähne zusammen und balle die Fäuste. Ich schaffe das!

»Gut. Ich bin bereit. Leg los!«, befehle ich.

»In Ordnung.«

»Aktiviere in 3, 2, 1 – *läuft«,* klingt sich Kelly ein.

Erst spüre ich gar nichts. Dann spüre ich, dass ich nichts mehr spüre, und das entpuppt sich als die verdammt noch mal schlimmste Empfindung meines ganzen Lebens. Ich stehe und stehe doch nicht. Ich friere nicht mehr. Mir ist auch nicht heiß. Mir ist gar nichts mehr. Ich spüre meine Haut nicht. Keinen Luftzug, keine Temperatur, keine Gänsehaut. Ich spüre meinen Herzschlag nicht, ich spüre die Luft in meinen Lungen nicht, nicht den Kloß im Hals, nicht den Druck im Magen. Mein Körper ist tot. Mein Geist gerät darüber sofort in Aufruhr, und ich habe plötzlich Todesangst, aber mein Körper scheint nicht mehr darauf zu reagieren. Er reagiert auf nichts mehr. In Gedanken reiße ich mir die Sensoren von der Brust, während ich so schnell ich kann aus der Halle renne. In der Realität stehe ich einfach nur da und glotze die weiße Wand an, die vor meinen Augen zu verschwimmen beginnt.

»Stopp«, rufe ich. Schreien geht noch. Mein Mund ist nicht tot. »Schaltet das aus! Sofort!« Meine Stimme überschlägt sich. Keine Sekunde später komme ich zurück. Mein Körper kommt zurück, und mein Herz hämmert lauter denn je. Das Adrenalin schlägt wie ein Hammer in meine Glieder und erschüttert mich bis in die kleinste Zelle. Ich falle auf die Knie und ringe panisch nach Atem.

»Was ist passiert?«, fragt Violetta besorgt.

»Ich kann das nicht«, keuche ich. »Das ist zu krass. Ich kann das nicht«, stammle ich.

»Ich weiß, es fühlt sich erst mal schrecklich an. Aber glaube mir, nach ein paar Minuten gewöhnst du dich daran. Es wird besser, wenn du dich bewegst. Und ich reguliere deine Empfindungen nach 20 Sekunden wieder nach oben. Du schaffst das, Laser! Komm schon. 20 Sekunden. Du hast doch schon ganz andere Sachen erlebt.« Violetta gibt alles. Sie spricht ruhig und liebevoll in mein Ohr.

»Kannst du die Empfindungen nicht direkt angeschaltet lassen?«, frage ich.

»Nein. Wir müssen uns an den Ablauf des Testprogramms halten. Es sind nur ein paar Sekunden. Laser, ich bin bei dir. Nein, ich bin in dir«, kichert sie. »Wir kriegen das hin. Komm schon! Steh wieder auf!«

Ich wische mir mit der Hand übers Gesicht. Verdammt noch mal. Ich kann das nicht. Wie kann man sich nur freiwillig für so etwas hergeben? Wie hat Michael King es ertragen, sich dauerhaft in so einem Zustand zu befinden? Kein Wunder, dass der Typ völlig durchgeknallt ist. Wenn du Jahre lang durch die Gegend rennst und deinen eigenen Körper nicht mehr spürst – da muss man doch verrückt werden.

Obwohl sich alles in mir dagegen sträubt, tue ich, was Violetta sagt. Ich stehe wieder auf. 20 Sekunden. Nur 20 Sekunden, dann habe ich es geschafft. Ich werde Richard nicht die Genugtuung geben und schon beim allerersten Test versagen.

»Sorry. Ich hab mich erschreckt. Es geht wieder. Noch mal«, befehle ich und versuche, einigermaßen gefasst zu klingen. Richard hört natürlich auch zu.

»Okay. Entspann dich, Laser. Ich passe auf dich auf«, versichert Violetta.

»Aktiviere in 3-2-1 und *läuft!«* Kelly zählt den Countdown runter, dann überkommt mich erneut die Leere.

»Laser, versuche, ruhig zu atmen«, fordert mich Violetta auf, kaum ist der Chip aktiviert; wahrscheinlich möchte sie verhindern, dass ich erneut in Panik verfalle. »Bleib in deinem Kopf, Laser. Vergiss alles andere.« Es hilft, ihre Stimme zu hören. Und dann bewegt sich mein Bein. Ich keuche entsetzt und starre meinen Fuß an, der durch die Luft gleitet und einen Schritt macht. Egal, wie sehr ich versuche, meinen Fuß zu spüren, ich erreiche ihn nicht. Es gibt keine Verbindung mehr zwischen mir und meinem Fuß. Das ist absurd. Das ist so was von absolut unnatürlich, dass allein der Anblick mich in Todesangst versetzt. Ich kann nicht mehr atmen.

»Betazustand erreicht, 32 Hertz. Synchronisation fällt auf 63 %«, kommentiert Charlotte meine Panikattacke.

»Laser, bleib bei mir!«, bittet mich Violetta eindringlich.

Ich kriege keine Luft. Egal, wie sehr ich es versuche, die Luft kommt nicht in meinen Lungen an. Mir wird schwarz vor Augen.

»38 Hertz. Synchronisation fällt auf 58 %«, höre ich Kelly in weiter Ferne.

»Vitalwerte kritisch«, sagt Luan.

»Abbruch«, befiehlt Dr. Peterson. Kurz darauf falle ich einfach um. Alles um mich wird dunkel und meine Beine geben nach. Ich bin nur kurz weggetreten. Ich schwebe ein paar Sekunden neben mir, bevor ich mich selbst wieder wahrnehme, wie ich auf dem kalten Boden liege, Violettas Stimme im Ohr, die immer wieder meinen Namen sagt.

»Laser? Hörst du mich? Laser?«

»Ja«, krächze ich. Shit. Das gibt es doch nicht. Ich dachte, Bambis dummer Zentralrechner hat berechnet, dass ich total geeignet für diesen Scheiß hier bin. Wohl doch nicht. Ich denke daran, wie Richard voller Genugtuung in sich hineinlacht und sich über meine erbärmliche Performance freut.

»Geht's wieder?«, fragt Violetta.

»Ja.« Ich setze mich vorsichtig auf. Alles dreht sich. Mir ist kotzübel. Das muss Luan doch merken! Warum holt er mich nicht raus hier?

»Schaffst du noch einen Versuch?«, fragt sie.

»Ich weiß es nicht.« Ich würde am liebsten schreien, dass sie mich verfickt noch mal in Ruhe lassen sollen. Ich traue mich aber nicht. Ich will Violetta nicht enttäuschen.

»Laser, du darfst dich da nicht so reinsteigern. Dir kann nichts passieren. Wirklich nicht.«

»Ich weiß. Es ist nur ...«, ich unterbreche mich selbst. Wahrscheinlich ist keiner von ihnen an meinem Gejammer interessiert. »Keine Ahnung.«

»Laser«, höre ich plötzlich Bambis Stimme in meinem Ohr. »Du hältst den ganzen Verkehr auf. Bitte reiß dich zusammen und lass uns unsere Arbeit machen, ja?«

»Entschuldige bitte, Mutter. Es ist ja nur mein Körper, den ihr hier als Marionette benutzt.«

»Und wir sind alle wahnsinnig dankbar dafür, dass du uns deinen Körper freiwillig zur Verfügung stellst«, antwortet sie ironisch. »Und jetzt stell dich hin und versuche, ausnahmsweise mal keine Komplikationen zu produzieren.«

»Sag mal, geht's noch? Give me a fucking break!« Ich kämpfe mich in eine stehende Position. »Ich bin hier gerade fast ohnmächtig geworden.«

»Ja, das haben wir alle gesehen. Können wir jetzt weitermachen?«

»Fick dich, Bambi!« Soll sie ihre Scheiße doch alleine machen. »Richard, du kannst den Job haben. Ich bin raus.« Auf Beinen, die sich anfühlen wie Pudding, laufe ich auf den Ausgang der Sporthalle zu. Wie kann sie es wagen, so mit mir zu reden? Null Verständnis. Sie ist der beschissenste Chef auf der ganzen Welt. Wie kann es sein, dass sie hier unten verehrt wird wie ein Popstar, obwohl sie so scheiße gemein und asozial ist?

»Wäre es möglich, dass Laser und ich kurz alleine miteinander sprechen?«, fragt Violetta zögerlich in mein Ohr.

»Um den Prozess noch weiter in die Läge zu ziehen?«, entgegnet meine Mutter pampig.

»Hier gibt es nichts mehr weiter in die Länge zu ziehen. Ich kündige. Ich habe keinen Bock mehr. Ich mache mich hier doch nicht vor euch allen zum Affen, dafür, dass du mit mir redest, als wäre ich dein verdammter Sklave«, schimpfe ich im Gehen.

»Laser, ich fürchte, du begreifst den Ernst der Lage nicht. Du hast keine andere Wahl, als dich umzudrehen und zurückzugehen.«

»Doch, habe ich!«, rufe ich und berühre den Türsensor.

»Nein, hast du nicht. Wenn du nicht für mich arbeiten willst, kann ich nicht länger für die Sicherheit deiner Familie garantieren.« Für mich arbeiten? Ach ja? Vor ein paar Minuten sollte ich noch für all diejenigen arbeiten, die sich eine bessere Welt wünschen.

»Danke, Mutter, ich habe schon verstanden, dass du mich erpresst.«

»Ähm ... Bambi ...«, Violetta klingt, als sei es ihr unangenehm, uns zu unterbrechen. »Wenn du mich nur ganz kurz mit Laser alleine sprechen lassen würdest. Bitte.«

»Von mir aus.« Es knackt in meinem Ohr. Bambi ist weg.

»Ich glaube, wir haben uns alle eine kurze Pause verdient. Vielleicht geht ihr euch einen Kaffee holen oder euch kurz die Beine vertreten, ja?«, fragt Violetta, um alle Zuhörer dieser furchtbar peinlichen Konversation für ein paar Minuten aus dem Chat zu werfen. Es knackt noch ein paarmal, dann ist Ruhe in der Leitung. Ich bin mir sicher, Richard ist geblieben. Er hat sicher schon seine ultracoole Pilotenbrille auf die Nase gezogen und ist in Actionmontur auf dem Weg in die Sporthalle, um mit fliegender Frisur meinen Platz einzunehmen.

»Laser?«, fragt Violetta und holt mich zurück. Ich stehe immer noch vor der geöffneten Tür, die hinaus in den Flur führt.

»Ja.«

»Weißt du, wie lange ich die Sonne schon nicht mehr gesehen habe?«, fragt sie.

»Ich schätze ein paar Monate. Wieso?«

»Weil ich es so satt habe, hier unten den ganzen Tag an irgendwelchen Tanks herumzuschrauben.«

»Ernsthaft? Ich dachte, du liebst deinen Job hier.«

»Ja, das versuche ich mir einzureden. Denn eigentlich müsste es ja so sein, nicht wahr? Ich bin schließlich da angekommen, wo ich schon immer hinwollte. Leider fühlt es sich aber nicht an, als hätte ich mir meinen Traum erfüllt. Es fühlt sich scheiße an. Und jedes Mal, wenn ich dir gesagt habe, dass ich gerne hier bin, habe ich dich angelogen. Es tut mir leid.«

»Okay. Das ist ... schade.«

»Ja. Das ist wirklich schade. Ich denke, Bambi wird mich niemals an ihre Rechner lassen und mich für immer Scheiße zusammenlöten lassen. Ich habe mir das alles irgendwie anders vorgestellt. Leider gibt es für mich nicht wirklich eine Alternative. Nicht, solange *MediaCon* noch Machtfetzen in den Händen hält und alles gibt, um damit sein Imperium wieder aufzubauen. Unsere Mission hier ist meine einzige Hoffnung darauf, aus diesem schwimmenden Bunker wieder rauszukommen.«

»Ich soll es also für dich tun, ja?«, frage ich und ärgere mich. »Weil du damals eine falsche Entscheidung getroffen hast?«

Das ist ja alles schön und gut. Aber denkt auch irgendwann mal jemand an mich?

»Das ist der Grund, warum ich es mache. Warum ich mich nach all der Scheiße, die ich erlebt habe, noch mal auf so einen Mist einlasse. Und natürlich mache ich es wegen dir. Weil ich will, dass du glücklich bist. Und ich tue es, weil ich dich beschützen will. Ich habe nur irgendwie das Gefühl, dass du es nicht richtig willst.«

»Keine Ahnung, was du meinst. Für mich zählt nur meine Familie. Ich will Mama und meine Geschwister unbedingt retten. Aber anscheinend kann ich es nicht.«

»Doch, du kannst es. Aber wie gesagt, du scheinst es nicht genug zu wollen.«

»Ist das dein Ernst? Glaubst du, damit kannst du mich umstimmen?«

»Laser, solange sich dein Gehirn gegen den Zustand des Kontrollverlustes wehrt, werde ich dich nicht richtig steuern können.«

»Und was soll ich deiner Meinung nach dagegen tun? Es ist doch nur natürlich, dass mein Gehirn sich dagegen wehrt, von einem Steuerungsmodul ersetzt zu werden.«

»Du musst es *wollen,* Laser. Du musst wollen, dass ich die Kontrolle übernehme.«

Das wird ja immer besser. Ich reibe mir mit eiskalten Händen über mein erhitztes Gesicht.

»Violetta ... du kannst mir nicht erzählen, dass du *wolltest,* dass der Franzose die Kontrolle über deinen Körper übernimmt.«

»Doch«, antwortet sie, und mir wird schlagartig übel. Was ist das denn für eine kranke Scheiße? Kein Wunder, dass sie sich so lange gesträubt hat, mit mir über ihre Synchronisation zu sprechen.

»Ich wollte es. Ich habe mich danach gesehnt. Natürlich wünschte ich, es wäre nicht so. Keine schöne Erkenntnis, wie du dir sicher denken kannst.«

»Warum?« Ich klinge entsetzt, und wahrscheinlich sieht mein Gesicht aus, als hätte ich gerade in etwas furchtbar Ekliges gebissen. Ich kann nichts dagegen tun.

»Weil ich nicht wusste, was ich mit meinem verdammten Körper noch anfangen soll. Weil mir alles egal war. Weil ich keine Ahnung hatte, wofür ich noch leben soll. Ich dachte, wenn jemand anderes die Kontrolle übernimmt, dann würde alles wieder einen Sinn ergeben. Ich wollte keine eigenen Entscheidungen mehr treffen. Ich wollte keine Verantwortung mehr tragen. Als der Chip aktiviert wurde, war ich so erleichtert. Diese Taubheit hat sich gut für mich angefühlt. Es war mir egal, wo mein Gamer mich hinbringt und was er mit mir macht. Ich dachte, ich würde bald sterben. Also hat es keine Rolle mehr gespielt.«

»Violetta, es tut mir leid, aber das ist total krank.« *Ja, Laser, du bist wirklich sehr einfühlsam.* Genau so etwas sollte man sagen, wenn sich die Freundin ausnahmsweise mal freiwillig öffnet und über ihre Gefühle sprechen will.

»Das mag sein.«

»Und was soll ich jetzt machen? Den dringenden Wunsch entwickeln, mir die Pulsadern aufzuschneiden, damit ihr mich leichter steuern und kontrollieren könnt? Ich weiß nicht, ob das so einfach geht.«

»Nein, verdammt. Ich habe doch gesagt, es ist egal, warum du es willst. Du musst es einfach nur wollen. Und jetzt gerade willst du es ganz offensichtlich nicht. Du willst es so sehr nicht, dass sich jede Faser deines Körpers dagegen wehrt, von mir übernommen zu werden.«

»Wir können ja tauschen! Vielleicht möchtest du gerne in Unterhosen hier unten rumstehen und für Bambi querschnittsgelähmt spielen.«

»Nein. Auf keinen Fall.«

»Aber ich soll es machen?«

»Ja.«

Ich schüttle genervt den Kopf und gehe raus in den Flur. Das ist doch alles total daneben. Wie in einer schlechten Episode von *RealCity.* Sogar mein Kostüm passt ins Konzept. Der wütende Junge in Unterhosen, der sich partout weigert, von seiner Mutter und seiner Freundin als Spielfigur benutzt zu werden. *Der Arsch.* Die Zuschauer vor den Bildschirmen buhen mich aus und bewerfen mein Gesicht löffelweise mit Vitaminpampe.

»Bleib stehen, verdammt! Das bringt doch alles nichts. Laser, du musst endlich mal Verantwortung für das übernehmen, was du tust.«

»Ach?« Ich bleibe stehen. Aber nicht, weil sie mich dazu aufgefordert hat, sondern weil ich bestürzt bin über ihre Behauptung. »Ich dachte, das hätte ich längst getan, als ich aus Port Hope weggegangen bin, um meine Familie zu suchen. Ich hätte auch einfach dableiben können. Dann hättet ihr niemanden gehabt, der für euch den Deppen spielt. Doch, warte. Richard. Der hätte es machen können. Und wenn ich nicht aufgetaucht wäre, hättest du ihn sicherlich ohne Weiteres als Ersatz für mich akzeptiert.«

»Du bist gegangen, weil du die Unsicherheit nicht ausgehalten hast. Weil du ein schlechtes Gewissen hattest. Das ist ein Unterschied. Doch es spricht für dich. Du bist ein guter Mensch, Laser. Der beste, den ich kenne. Aber wenn du jetzt nicht handelst, dann wird es dir nie besser gehen. Du wirst immer irgendwie ein schlechtes Gewissen haben. Du hast es in der Hand. Das Einzige, was du tun musst, ist akzeptieren, dass es diesmal andere sind, die für dich entscheiden. Und in diesem Fall ist es das Beste, was dir passieren kann. Denn du allein könntest diese Mission niemals bestehen.«

»Als ob ich das nicht schon längst begriffen hätte. Das ändert trotzdem nichts daran, dass ich es nicht ertragen kann, meinen Körper nicht zu spüren.«

»Ich glaube ehrlich gesagt nicht, dass das der einzige Grund ist. Ich glaube, du kannst es nicht ertragen, für deine Mutter zu arbeiten. Du kannst es nicht ertragen, zu tun, was sie will.«

»Na und?«, blaffe ich Violetta an. Oh Mann. Sie hat meinen wunden Punkt getroffen.

»Du musst deine Wut gehen lassen. Sonst wird das nichts. Du musst ausnahmsweise wollen, was sie will. Du musst wollen, was ich will und alle anderen hier.«

»Ich will es doch, verdammt. Ich will nur nicht, dass Bambi mich behandelt, als wäre ich ihr beschissener Leibeigener. Als könnte sie mich einfach an- und ausschalten, wie irgendein verficktes Küchengerät.«

»So ist sie eben, Laser. Sie behandelt jeden so. Daran wirst du nichts ändern können. Egal, wie gemein du zu ihr bist.«

»Ich bin gemein zu ihr?«, frage ich und spüre, wie mein Gesicht vor Zorn rot anläuft. Jetzt ist mir nicht mehr kalt. Jetzt ist mir heiß. Jemand taucht im Flur vor der Sporthalle auf. Ein Typ mit Tablet. Als er mich sieht, zuckt er erschrocken zurück und macht auf dem Absatz kehrt.

»Laser«, sagt Violetta beschwichtigend. Ich überlege kurz, ob ich zu ihr hochfahre. Es ist wirklich total komisch, so zu streiten. Andererseits haben wir es noch nie geschafft, zu streiten, ohne dass wir mittendrin übereinander hergefallen sind. Also vielleicht ist es besser, dass wir uns gerade nicht sehen und anfassen können. »Laser, stell dir vor, du wärst an Silvester nicht losgezogen, um mich vom Spielfeld zu retten. Du hättest es dir niemals verzeihen können. Wenn wir das Ding hier nicht durchziehen, wird es dir für den Rest deines Lebens im Nacken sitzen.«

»Das ist was anderes. Damals wusste ich nicht, was mich erwartet.« Und es stimmt. Hätte ich vorher auch nur geahnt, was mich in der kanadischen Wildnis erwartet, was ich alles sehen würde, was ich ertragen müsste, ich hätte mich schlichtweg nicht getraut zu gehen. Ich wäre auch nicht nach Kanada geflogen. Ich wäre zu Hause geblieben und hätte nichts getan.

»Du bist von Port Hope nach Toronto gegangen, obwohl du wusstest, dass die ganze Welt im Arsch ist«, argumentiert Violetta.

»Da hatte ich Luke und Matti; jedenfalls dachte ich, ich hätte Matti, als ich los bin.« Ich gerate etwas ins Wanken. Denn tatsächlich wäre ich auch aus Port Hope weggegangen, wenn die beiden mich nicht begleitet hätten. Wahrscheinlich hätte ich mir vorher vor Angst in die Hosen gemacht, aber ich wäre gegangen. Und irgendwie ist der einzige Unterschied, dass ich meine Entscheidungen bisher immer selbst getroffen habe.

»Laser, das sind alles Ausreden. Und das weißt du.«

»Ich kann das nicht, Violetta. Echt nicht.« Ich seufze.

»Doch. Du kannst das. Vertrau mir. Scheiß auf Bambi, Laser. Wir machen das für uns. Dafür, dass wir danach frei sind und hingehen können, wohin wir wollen. Von mir aus gehen wir nach Port Hope. Ist mir egal, Hauptsache, wir müssen nicht länger in dieser Blechdose aushalten.«

»Woher weißt du, dass Bambi uns danach nicht noch mehr Missionen aufzwingt und uns für immer hier unten einsperrt?«

»Ich weiß es einfach, Laser. Vertrau mir, bitte.«

»So ein verfickter Scheißdreck!«, fluche ich verzweifelt und will in irgendeinem Loch versinken. Mein Körper aber hat sich bereits umgedreht und geht zurück zur Sporthalle. Scheiß auf Bambi. Scheiß auf alle. Im Prinzip geht es nur um mich und Violetta. Wir machen es für uns. Nur für uns. Ich bete diese Worte vor mich hin wie ein Mantra. Wenn man sein Gehirn mit einem Fake-Lächeln verarschen kann, vielleicht kann man es auch mit Fake-Gedanken verarschen.

»Wir schaffen das, Laser! Du weißt doch, ich bin verdammt gut in allem, was ich tue. Du könntest dir keinen besseren Gamer wünschen.«

Wir schaffen das. Scheiß auf Bambi. Scheiß auf alle. Ich gehe zurück in die Mitte des Raums. In meinem Ohr knackt es.

»Wir sind bereit für einen neuen Versuch«, beschließt Violetta.

Scheiß auf Bambi. Ich balle meine Hände zu Fäusten. Violetta ist der beste Gamer, den ich mir wünschen kann. Wenn das alles hier vorbei ist, gehen wir zusammen nach Port Hope. Mit Mama und dem Rest der Potlowskis. Ich muss meine biologische Mutter nie wiedersehen. Von mir aus soll sie hier unten ersaufen.

»Aktiviere in 3-2-1 – *läuft«,* sagt Kelly. Ich höre die Anspannung in ihrer Stimme. Sie glauben nicht mehr an mich. Sie haben Angst, dass alle Vorbereitungen, die ganzen Tests und die tagelange Planung für den Arsch sind, weil ich es anscheinend nicht hinkriege, mich zusammenzureißen und meine Angst zu überwinden. *Fickt euch!* Ich kriege das sehr wohl hin. Violetta und ich kriegen das hin. Und dann verschwinden wir von hier. Ich atme tief ein und ignoriere die scheinbare Abwesenheit meiner Lunge.

Ich schließe die Augen. Wenn ich die Augen schließe, merke ich nicht, dass ich laufe, ohne laufen zu wollen. Es fühlt sich an, als würde ich schweben. Ich spüre gar nichts. Ich stelle mir vor, dass ich schwimme. Ich stelle mir vor, ich bin mit Matti im See. Er bringt mir Schwimmen bei, so wie er es mir versprochen hat.

»Betazustand 24 Hertz. Synchronisation 86 %.« Charlotte klingt erstaunt.

»Puls leicht erhöht. Vitalwerte stabil.« Luan auch.

Ich schwebe durch das eiskalte Wasser. Mein Körper fühlt sich leicht an. Ich versuche, mir das Gefühl von Sonnenstrahlen auf der Haut vorzustellen. Plötzlich kehrt mein Herzschlag zurück. Schnell, aber leise. So als wäre mein Herz winzig klein. Von Sekunde zu Sekunde scheint es in mir zu wachsen und lauter zu werden. Dann wird mir kalt und heiß gleichzeitig. Meine Augenlider flattern, und zum Schluss spüre ich meine Füße wieder, die fest auf dem kalten Boden der Sporthalle stehen. Ich bin wieder da.

»Testlauf abgeschlossen«, berichtet Kelly. »Deaktiviere.«

»Gut gemacht«, lobt mich Violetta. »Das hast du verdammt gut gemacht, Laser Blue Potlowski.«

Es dauert keine zwei Minuten, und Luan kommt in die Halle. Er grinst bis über beide Ohren und irgendwie scheint er beim Laufen zu hüpfen. Es ist offensichtlich, dass er ebenfalls mit dem Ergebnis der ersten Chip-Aktivierung zufrieden ist. Er lobt mich ohne Unterlass und schüttet haufenweise Zahlen und Werte über mich aus, während er meinen Körper von dem ganzen Zeug befreit, mit dem sie mich zugeklebt haben. Kaum bin ich befreit und angezogen, verabschiede ich mich und verlasse eilig die Sporthalle. Luan ist etwas irritiert, denn eigentlich wollte er mich zum Debriefing in Bambis Unterwasserwohnzimmer mitnehmen. Ich habe andere Pläne. Entschlossen verlasse ich den riesigen Raum, in dem ich gerade zum ersten Mal meinen Körper verloren habe, und fahre drei Stockwerke hoch zu den Büros. Ich gehe geradewegs zum Gaming-Raum, reiße die Tür auf und erschrecke Violetta, die gerade dabei ist, aus ihrem Pod zu steigen.

»Laser? Was machst du denn hier? Ich wollte gerade runterkommen.«

Es ist dunkel hier drinnen. Düster. Violetta zieht sich gerade den letzten Sensor von der Stirn und legt den Aufkleber in eine Box auf der Steuerungskonsole, die sie sich wie einen Sicherheitsbügel von oben auf den Schoß ziehen kann. Sie schließt den Deckel der Metallbox. Ohne zu antworten, gehe ich auf sie zu, greife die Konsole und schiebe sie nach oben.

»Was soll das?«, fragt Violetta irritiert. Weiter kommt sie nicht. Ich packe ihre Schultern, drücke sie in den Sitz und presse meinen Mund auf ihren. Mir ist bewusst, dass ich zu fest drücke, und mir ist auch bewusst, dass ich schwerer bin als sie. Ich sollte das nicht machen. Trotzdem steige ich auf sie und belaste sie mit meinem gesamten Körpergewicht. Violetta erstarrt unter mir. Ich nehme ihre Handgelenke fest in die Hände und halte sie auf den Lehnen des Pods fest. Sie kann sich nicht mehr bewegen. Sie kann *gar nichts* mehr machen. Es dauert nur einen Moment, dann beginnt sie, meinen Kuss zu erwidern.

Sie hat es begriffen. Sie weiß, was ich jetzt brauche. Sie hat verstanden, dass ich das Ungleichgewicht zwischen uns sofort aufheben muss, bevor ich anfange, sie zu hassen für das, was sie gerade getan hat. Sie hat mir meinen Körper weggenommen. Jetzt will ich ihren haben. Unkontrolliert und ohne jegliches Feingefühl zerre ich an ihren Kleidern, mache Platz für mich. Ich werfe alles einfach weg. Vielleicht mache ich die Sachen auch kaputt, ich weiß es nicht, und es ist mir egal. *Aktiviere in 3-2-1,* denke ich zynisch, bevor ich in ihren Körper eindringe, wie sie vorher in meinen. Violetta beißt mir in die Schulter, aber ich nehme es kaum noch war. Ich bin in Rage. Ich sehe rot hinter meinen geschlossenen Lidern und schmecke Blut in meinem Mund. Ich fühle mich gut und schlecht gleichzeitig. Ich gehe vollkommen in meinen Gefühlen auf und halte nichts mehr zurück. Ich lasse alle meine beschissenen Gefühle schamlos an Violetta aus und mache sie für meine Schmerzen verantwortlich.

Als ich irgendwann keuchend über ihr zusammenbreche und ihren zitternden Körper unter mir spüre, beschließe ich, mich in Zukunft nie wieder so gehen zu lassen. Es musste sein. Dieses eine Mal musste es sein. Von jetzt an sind wir gleich.

»Es tut mir leid«, keuche ich zwischen ihren Hals und den ledernen Bezug des Gaming-Pods.

»Ich weiß«, entgegnet Violetta. Sie legt ihre Arme um mich und streichelt meinen Rücken. »Es ist schon gut. Ich kann's verstehen.«

»Ich liebe dich«, sage ich.

»Ich dich auch, Laser«, antwortet Violetta.

Phase 17; Trojaner

Nach 25 Stunden Fahrt tauchen vier rote Punkte auf dem schwarzen Display vor mir auf. Violetta bemerkt sie, bevor ich es tue. Das hat hauptsächlich damit zu tun, dass ich meine Augen während der gesamten Reise so selten wie möglich geöffnet habe, damit ich nicht sehen musste, wie Violetta meine Hände über die Armaturen hat fliegen lassen, um das Mini-U-Boot zu steuern, in dem ich seit gestern Morgen 7.30 Uhr sitze. Unsere Synchronisation lässt sich um einiges besser aushalten, wenn ich nicht sehe, was passiert. Und zum jetzigen Zeitpunkt ist es auch noch nicht zwingend notwendig, dass Violetta sich mit meiner Retina verbindet und durch meine Augen sieht, denn das U-Boot ist mit unzähligen Kameras ausgestattet. Sie ermöglichen ihr, auch so alles zu sehen, was sie sehen muss. Tatsächlich wäre es ohne Weiteres möglich gewesen, dass U-Boot von der Basis aus fernzusteuern. Da wir aber noch nicht eingespielt sind, nutzen wir das Hightech-Transportmittel, das meinen Körper unter Wasser in den Ärmelkanal befördern soll, um zu üben. Jedenfalls nutzt Violetta es zum Üben. Ich tue nichts weiter, als das unangenehme Gefühl, nicht mehr der alleinige Herr über meinen Körper zu sein, Stunde um Stunde auszuhalten. Ich habe einfach die Augen zugemacht und Violettas Stimme gelauscht, die jeden einzelnen ihrer oder besser gesagt meiner Handgriffe kommentiert hat. Ich wollte einfach nur nicht durchdrehen. Bisher ist mir das ganz gut gelungen.

Wir haben uns darauf geeinigt, dass sie die Synchronisation niemals komplett herunterfährt, damit sie (oder ich) im Notfall schneller reagieren kann. Natürlich würde es mir besser gehen, wenn ich wüsste, dass der dämliche Chip in meinem Hals ab und an einfach komplett deaktiviert wäre; meine Angst aber, hier unten gegen die Spitze eines Eisbergs zu fahren oder versehentlich mit einem Schwertwal zusammenzustoßen, ist größer. Demnach lasse ich sie in mir, auch wenn das U-Boot meistens auf Autopilot fährt.

Als Violetta mich nun auffordert, die Augen zu öffnen, und ich den großen roten Punkt und die drei kleinen roten Punkte auf der schwarzen Fläche vor mir blinken sehe, schießt eine Ladung Adrenalin durch meinen Körper; plötzlich bin ich hellwach. Das ist er: mein Flugzeugträger und seine Beschützerschiffe. Wir sind da.

»Du solltest Kontakt aufnehmen«, sagt Violetta. Meine Hand bewegt sich gezielt auf das Funkgerät zu. Da ich genau diese Bewegung von selbst machen wollte, fühlt es sich nicht schlimm an, sie mit anzusehen.

»Ich weiß nicht, was ich sagen soll«, stelle ich entsetzt fest, und mein Herz beginnt zu rasen. Ich spüre es. Violetta lässt meine körperlichen Empfindungen so weit nach oben geregelt, wie es geht, ohne dass es die Synchronisation stört. Ich fühle also die Reaktion meines Körpers, die Aufregung, die mich überkommt. Und das ist wichtig für mich. So kann ich es aushalten.

»Das sind wir doch hundert Mal durchgegangen, Laser.« Ich sehe sie vor meinem geistigen Auge, wie sie die Augen verdreht. Ich lächle.

»Was gibt's denn da zu grinsen?«, fragt sie, und ich fühle mich ertappt. Manchmal vergesse ich, dass sie mich die ganze Zeit über sehen kann.

»CDG, this is XS-01«, beginne ich in mein Funkgespräch zu sprechen. »My position is 50° north and 2° west. Please come in.« Wir haben es wirklich hundert Mal geübt. Violetta hat mir sofort meine Position auf dem Display eingeblendet, und ich musste nur ablesen. »I repeat, this is XS-01. I am in posession of important intelligence. Please come in.«

Bambis Plan ist nicht schlecht. Ich soll behaupten, zu wissen, wo die Basis der Organisation lokalisiert ist. Bambi und ihr Team haben mit der kleinen Siedlung in Grönland verhandelt, dass sie diese als Lockvogel benutzen dürfen, um *MediaCon* in die Irre zu führen. In den letzten Tagen vor meiner Abreise haben sie die Einwohner dieser Siedlung (10 Personen und einen Hund) vorübergehend zur Basis unter Wasser gebracht und die ehemalige Forschungsstation an der Küste Grönlands so präpariert, dass sie aussieht wie hastig verlassen. Ein paar Rechner mit relevanten Daten wurden in den Wohncontainern installiert, sodass die *MediaForce*-Einheiten, insofern sie welche zur Kontrolle schicken, auch etwas finden würden, was dafür spricht, dass die Organisation dort gewesen, aber – durch meine Desertation verängstigt – längst wieder geflohen ist. Meine Behauptung, Bambis Aufenthaltsort zu kennen, würde also ausreichend untermalt, um mir das Vertrauen der Besatzung des Flugzeugträgers zu sichern. Jedenfalls fürs Erste. Bambi war der Meinung, sie würden Drohnen schicken, um den Ort auszukundschaften, von dem ich behauptete, ihn gesehen zu haben, bevor sie tatsächlich Einheiten dorthin schicken würden. Echte Menschen, die für *MediaCon* arbeiteten, waren zu diesen Zeiten rar gesät, und solche, die sich im Notfall gegen einen Angriff der Organisationsmitglieder verteidigen konnten, gab es noch weniger. Laut Bambi und ihrem Vize, der wirklich bei jeder unserer Sitzungen dabeisaß, würde es ein paar Tage dauern, bis *MediaCon* sicher herausfinden könnte, dass ich nicht die Wahrheit sagte. So lange hätte ich Zeit, deren Netzwerke zu infiltrieren, sie abzuschalten und mich aus dem Staub zu machen. In der Theorie klang das alles ganz leicht. Nur leider bin ich mir sicher, dass es in der Praxis nicht so einfach werden wird. So läuft es schließlich nie. Nicht mal in Filmen.

»Ich stelle den Funkspruch auf *Repeat*«, kündigt Violetta an, und meine Hand tippt eine Tastenkombination. Auf dem kleinen Bildschirm links neben meinem Sitz sehe ich sie gähnen. Ihre Augen sind rotgerändert, und sie hat dunkle Augenringe. Violetta hat nicht geschlafen. Wir sind seit Stunden unterwegs. Anstatt sich selbst auszuruhen, hat sie mir befohlen zu schlafen. Das war natürlich leichter gesagt als getan. Schließlich muss man es erst mal schaffen, sich zu entspannen, wenn man weiß, dass jemand anderes währenddessen ungehindert im eigenen Kopf herumstöbern kann und man außerdem in einem winzigen U-Boot mitten im Atlantik herumschippert, das man eigentlich nicht steuern kann.

Die ganze Aufregung hat mich aber doch so müde gemacht, dass ich irgendwann eingeschlafen bin – wenn auch nur für ein paar Stunden. Violetta hingegen ist seit über dreißig Stunden wach. Ich sehe sie die meiste Zeit mit ihrem Kaffeebecher vor dem Gesicht. Hin und wieder kommt Mei und löst Violetta für ein paar Sekunden ab, wenn sie aufs Klo muss. Natürlich sind Mei und ich nicht synchronisiert, aber sollte in den zwei Minuten, in denen Violetta weg ist, etwas sein, könnte Mei mir wenigstens sagen, was ich tun soll. Natürlich ist bisher nichts passiert, denn diese modernen U-Boote steuern sich tatsächlich die meiste Zeit wie von selbst. Das Ding macht nicht mal großartig Lärm. Trotzdem ist es eng hier unter Wasser.

»Du musst dich unbedingt ausruhen. Du siehst ganz schön scheiße aus«, bemerke ich und zwinkere ihrem Gesicht auf dem Mini-Screen entgegen.

»Danke, du Arsch«, antwortet sie und gähnt noch mal. »Ich schlafe, wenn du an Bord bist und alles glatt gegangen ist.«

Ihr Gähnen ist ansteckend. Ich hebe die Arme, stütze meine Hände an der niedrigen Decke ab und strecke meinen Rücken durch. Obwohl ich mich wirklich vor dem fürchte, was mich auf der *Charles de Gaulle* erwartet, kann ich es andererseits kaum erwarten, endlich wieder aufrechtzustehen. Dieser winzig kleine Torpedo hat meine Platzangst fürs Erste auf die Spitze getrieben. Ich wollte eigentlich erst gar nicht einsteigen. Ich habe panisch angefangen zu lachen, als ich die XS zum ersten Mal gesehen habe, und wollte das Dock eigentlich direkt weder verlassen, als Bambi und Papa mich vor ein paar Tagen dort hingebracht haben, damit ich mich mit meinem neuen Gefährt vertraut machen konnte. Die XS-01 sollte eigentlich XXS-01 heißen, denn sie ist nicht viel größer als Papas Auto, mit dem ich im Winter aufs Spielfeld in Silent Lake gefahren bin. Ich kann darin weder aufrecht stehen, noch kann ich mich ausgestreckt hinlegen. Derart beengt, hunderte Meter unter dem Meeresspiegel, den Atlantik zu durchqueren – ich dachte, die wollen mich verarschen. Am Ende habe ich eingewilligt, dass Violetta die Aktivität meiner Amygdala herunterregelt, damit ich kein Cortisol mehr ausschütte und keine körperlichen Symptome erlebe, während wir abtauchen, und somit erst gar keine Panikattacke bekomme. Das hat tatsächlich funktioniert. Obwohl ich erst nicht einverstanden war, weil es mir irgendwie *falsch* vorkam, dass sie meine Gefühle manipuliert, war es am Ende wirklich effektiv. Ich habe nicht einmal was davon bemerkt. Ich hatte einfach nur keine Angst, als ich in die XS-01 eingestiegen bin. Ich war ganz ruhig und gelassen.

Trotzdem kam mir irgendwann der Gedanke, dass es schon irgendwie beängstigend ist, wie Violetta meine Gefühle einfach so verändern kann, ohne dass ich auch nur das Geringste davon mitbekomme. Sie könnte sonst was mit meinem Gehirn anstellen. Natürlich haben sich unsere Synchronisationswerte durch meine misstrauischen Gedanken verschlechtert. Violetta hat mir befohlen, mich unter Kontrolle zu kriegen; daraufhin habe ich ihr befohlen, sie soll aufhören, mir Sachen zu befehlen, was zu einem kurzen, aber heftigen Streit geführt hat, in dem Violetta und ich ein weiteres Mal Uneinigkeit darüber bewiesen haben, wer während dieser Mission die Befehlsgewalt hat und wer nicht. Wir haben über das *Intercom* gestritten, und jeder konnte uns dabei zuhören. Violetta hat sich am Ende entschuldigt. Obwohl ich weiß, dass sie das nur gemacht hat, um unser Wortgefecht zu beenden, habe ich nachgegeben und versucht, alle negativen Gedanken aus meinem Kopf zu verbannen. Wir sind den Testlauf mit dem U-Boot gefahren, und alles hat einwandfrei funktioniert.

»XS-01, this is Charles des Gaulle. We copy your message. Please come in«, höre ich den Funk über die kratzigen Lautsprecher des Cockpits.

»Laser!«, ruft Violetta und reißt die müden Augen auf.

»Ja, ich habe es gehört. Ich bin ja nicht taub.« Mein Herz schlägt wieder schneller. Ich greife zu dem Funkgerät und weiß für einen Moment nicht, ob ich es war oder Violetta. Vielleicht waren wir es beide gleichzeitig.

»CDG – I hear you«, antworte ich prompt und mit einem nervösen Zittern in der Stimme.

»What is your name und where do you come from?«, fragt es aus dem Funkgerät.

»My Name is Laser Blue Potlowski and I come from Greenland.«

Jetzt zählt es.

»Soll ich dein Adrenalin runterregeln?«, fragt Violetta.

»Nein. Ich brauch es. Ich kann sonst nicht richtig denken«, behaupte ich.

»Na ja«, wirft Violetta ein. »Eigentlich kannst du mit weniger Adrenalin besser denken.«

»Bitte lass mein Gehirn einfach in Ruhe, okay?«

»Ist ja gut. Ich will nur nicht, dass deine Angst die *Synchro* gefährdet.«

»Ich habe keine Angst. Ich bin nur nervös. Mein Gott, es geht mir auf die Nerven, dass jeder von euch glaubt, er müsse ständig meine Gefühle kommentieren und verändern.« Ich wäre so gerne mal wieder in Ruhe nervös. Oder wütend. Ohne dass Bambis Technikteam sofort darüber informiert wird und die Daten an Violettas Kontrollmodul weiterleitet, bei der dann irgendwelche Anzeigen ausschlagen und sie mich darauf hinweist, dass meine Gefühle die Synchronisation stören.

»Ich bin auch nervös, verdammt. Und je nervöser du bist, desto schlechter geht es mir hier. Tausende Kilometer weit weg von dir«, verteidigt sie sich und klingt verzweifelt.

»Vielleicht musst du mir auch ein bisschen mehr vertrauen«, sage ich, und mein Tonfall wird direkt beschwichtigend. Das liegt daran, dass ich in ihrem Gesicht erkenne, dass sie sich wirklich Sorgen um mich macht – und irgendwie rührt mich das.

»Du hast recht«, antwortet Violetta, gerade als das Funkgerät wieder losgeht.

»Please confirm: Your name is Laser Blue Potlowski and you are alone on board.«

»I confirm«, bestätige ich die Abfrage der CDG, die wahrscheinlich sehr verwundert darüber ist, dass ich mich freiwillig in ihre Hände begeben will. Der Sprecher befiehlt mir, ich solle das U-Boot in einen roten Kreis steuern, der auf meinem Navigationsbildschirm erscheint. Dort würden sie mein Schiff scannen. Violetta übernimmt ab jetzt wieder die Kontrolle. Obwohl sie aussieht wie ein Zombie ist ihr Blick plötzlich hellwach. Manchmal habe ich das Gefühl, sie ist ein Roboter. Ich hingegen schließe die Augen und lasse sie über meinen Körper verfügen. Es dauert nicht lange, und wir sind in den roten Kreis gefahren. Violetta drosselt die Geschwindigkeit, sodass die XS-01, umspült von den unterirdischen Strömungen des Ärmelkanals, langsam vor sich hintreibt.

»Wir müssen den Bildschirm jetzt ausmachen, Laser. Die Verbindungen müssen weitestgehend unterbrochen werden, damit die CDG sie nicht aufspüren kann. Ich schalte mich jetzt in deine Retina. Denk daran, dass du deinen Kopf ab jetzt nicht mehr zu schnell bewegen darfst, sonst kann ich nicht folgen.«

»Gut.« Ich öffne die Augen und sehe ihr Bild noch einmal an. Sie spitzt die Lippen und wirft mir einen imaginären Kuss zu. Obwohl das Ganze wahrscheinlich lässig und aufmunternd rüberkommen soll, kenne ich Violetta Braunfels mittlerweile gut genug, um die wenigen Signale zu lesen, die übrig bleiben, wenn sie versucht, ihre Angst zu überspielen. Und ich bin mir sicher, sie hat genauso viel Angst wie ich. Wahrscheinlich wünscht sie sich gerade sehnlichst, dass jemand kommen und an ihrer Amygdala rumfummeln würde. Der Bildschirm wird schwarz. Ab jetzt werde ich sie nicht mehr sehen können. Nur noch hören. Direkt in meinem Gehirn.

»Ready to scan«, verkündet die Stimme aus dem Funkgerät. Auf meinem Bildschirm taucht eine Leiste auf, die ich vorher noch nicht gesehen habe. Sie füllt sich langsam, und ich vermute, dass sie den Fortschritt der Überprüfung meines Schiffes anzeigt.

»Ich habe das Signal abgefangen. Sie scannen den Innenraum des Schiffs und die Fracht. Wahrscheinlich wollen sie wissen, ob du heimlich eine Armee mitgebracht hast oder bis an die Zähne bewaffnet bist«, erklärt mir Violetta.

»Diesmal habe ich nicht mal einen Schraubenzieher dabei«, bemerke ich sarkastisch und erinnere mich daran, wie ich damit auf diese aufgedonnerte *MediaCon*-Tussi losgegangen bin, um von ihr zu erfahren, wo Violetta ist.

»Die können mich also getrost reinlassen. Ich bin total ungefährlich.«

»Na ja, im Prinzip hast du eine ganze Armee dabei. Nur kann die niemand sehen.«

»XS-01, you're cleared. Get ready to surface«, sagt das Funkgerät.

»Zieh deinen Translator an«, erinnert mich Violetta. »Und versuch, ruhig zu bleiben.«

»Wehe, du spielst in meinem Gehirn rum«, warne ich sie eindringlich.

»Wenn du da oben durchdrehst, bleibt mir nichts anderes übrig«, stöhnt sie genervt.

»Ich werde schon nicht durchdrehen«, beteuere ich und beobachte meine Hände, wie sie Tasten drücken, Hebel betätigen, Ventile aufdrehen und schlussendlich in meine Brusttasche greifen, um den Translator rauszuholen. Ich hätte nie gedacht, dass das so gut funktioniert. Die Präzision, mit der Violetta mich steuert, ist beängstigend. Am Anfang wirkten die Bewegungen manchmal noch ungelenk und überzogen. Wir haben viel trainiert in den letzten Wochen. Eigentlich haben wir nicht viel anderes getan als zu trainieren und zu schlafen. Irgendwann lief es. Sie bewegt meinen Körper mittlerweile genauso gut wie ich. Dr. Peterson hat uns erklärt, dass bei einer guten Synchronisation eine Art Echo entsteht. Der Impuls, der von Violetta in den Chip gesendet wird, hallt in meinem Gehirn wider, und ich interpretiere die antizipierte Bewegung als von mir selbst initiiert. Das heißt, mein Gehirn glaubt, dass ich mir selbst ausgedacht habe, mich zu bewegen, und ich bewege mich selbst- und fremdgesteuert gleichzeitig. Ich habe es mittlerweile aufgegeben, Dr. Peterson folgen zu wollen. Egal, wie sehr er sich anstrengt, mir zu erklären, was da genau passiert – ich kapier es immer erst, wenn er mit mir spricht, als wäre ich fünf Jahre alt. Dr. Peterson behauptet, ich hätte ein kreatives Gehirn. Die meisten kreativen Gehirne täten sich schwer, solche abstrakten Dinge wie neuronale Verbindungen und Gehirnwellen zu verstehen. Ich solle mich also deshalb nicht schlecht fühlen. Im Vergleich zu meiner superschlauen

Freundin fühle ich mich leider sehr oft sehr minderbemittelt. Violetta hat jedes von Dr. Petersons Worten aufgesaugt wie ein Schwamm und mit leuchtenden Augen immer eine passende Frage parat gehabt, die er dann beeindruckt von ihrem Auffassungsvermögen mit Hingabe beantwortet hat, während mein *total kreatives* Gehirn vor lauter Überforderung fast geplatzt ist.

Wir steigen nach oben. Hauptsächlich kann man das daran erkennen, dass das Wasser, das ich durch die Frontscheibe des U-Boots sehe, immer heller wird. Die Nordsee ist braun, stelle ich etwas enttäuscht fest. Das Wasser ist so undurchsichtig, dass man bis auf ein paar Algenbüsche nichts erkennen kann. Trotzdem kann ich es kaum erwarten, gleich den Himmel zu sehen. Es ist jetzt über zwei Monate her, seit ich Toronto verlassen habe und unter Wasser getaucht bin. Mehr als zwei Monate ohne Sonnenlicht und frische Luft. Ich kann mich erinnern, dass es Zeiten gab, in denen ich ebenso viele Tage in unserer Wohnung in Berlin verbracht habe, ohne vor die Tür zu gehen. Solange ich meinen XP hatte, habe ich nichts vermisst. Die letzten Tage unter Wasser waren für mich wirklich eine Qual. Zwar war ich mit Violetta zusammen, das habe ich mir schließlich lange genug gewünscht und herbeigesehnt, und trotzdem: Kaum hat die Euphorie darüber nachgelassen, ist mir bewusst geworden, wie wenig ich es ertrage, an einem Ort gefangen zu sein, den ich nicht verlassen kann, ohne zu ersaufen. Ich kann also nicht anders, als mit komplett gemischten Gefühlen an die Oberfläche der Welt zurückzukehren. Ich bin voller Angst und verspüre gleichermaßen Erleichterung darüber, aus dem ewigen Ozean aufzutauchen, der mir absolut kein Zuhause geworden ist.

»Es haben sich drei Personen am Landungsdeck eingefunden, um dich zu empfangen. Zwei davon sind bewaffnet«, berichtet Violetta, die anscheinend Satellitenbilder des Flugzeugträgers empfangen hat. »Wir sind übrigens oben. Du kannst aussteigen. Oder soll ich aussteigen?«

»Nein, ich kann selbst aussteigen«, antworte ich, löse den Gurt, der mich in den letzten Stunden fest gegen den Sitz gedrückt hat, und stehe auf. Geduckt quetsche ich mich an den Schaltkonsolen vorbei und öffne die Luke über mir. Ich muss mehrere Hebel umlegen und Sicherungen lösen, bis die Klappe aufgeht. Violetta muss mir nicht helfen. Ich habe oft genug gesehen, wie sie es mit meinen Händen gemacht hat. Ich rieche das Meer sofort. Das Salz strömt in meine Nasenlöcher, kaum ist der erste Luftzug durch den Spalt in das Innere meiner Sardinenbüchse gedrungen. Ich kann es kaum erwarten. Ich will Luft atmen. Richtige Luft atmen. Ich stoße die Klappe mit der Hand auf, ziehe die kurze Leiter runter, die über gerade mal drei Sprossen verfügt, und steige mit dem Fuß auf die unterste Stufe. Habe ich alles? Ich sehe mich um. Ich habe nichts mitgenommen. Seit ich die Wohnung meines Vaters gezwungenermaßen verlassen musste, besitze ich nichts mehr. Der Gedanke an Papas Wohnung erinnert mich an Luke. Luke, von dem niemand weiß, wo er ist. Luke, der nicht in Port Hope angekommen ist. Ich frage mich zum tausendsten Mal, ob er mir wohl jemals verzeihen wird, dass ich ihn im Stich gelassen habe.

»Laser?«, fragt Violetta, die sich wohl wundert, warum ich nicht weitergehe.

»Alles gut«, beschwichtige ich und klettere dem grauen Himmel entgegen, aus dem es Abermillionen winzig kleine Tropfen regnet. Die erste Windböe, die mein Gesicht trifft, droht mich umzuwerfen. Sie klatscht einen Schwall Meerwasser, vermischt mit Regenwasser, gegen meinen ungeschützten Körper. Kaum habe ich meinen Oberkörper aus der Luke gestreckt, ist mein Overall durchnässt. Die Kälte trifft mich genauso hart wie der Anblick des riesigen schwimmenden Kastens aus Stahl und Beton, den ich sehe, sobald ich mir das Wasser aus dem Gesicht gewischt habe. Er ragt gefühlt kilometerhoch aus dem Wasser heraus und erscheint mir so unrealistisch groß, dass ich kurz nicht glauben kann, dass das echt ist. Die drei Personen, die auf einer Plattform in Höhe des Meeresspiegels stehen, wirken wie Spielzeugfiguren vor dem Flugzeugträger. Eiskaltes Wasser kommt von überall, und das trübe Wetter lässt die Charles de Gaulle noch grauer und bedrohlicher wirken, als sie sowieso schon ist. Es ist Juni, verdammt. Warum verdammt noch mal ist es dann hier so kalt? Ich sauge die Luft ein, die so klar und echt ist, dass ich Angst habe, meine Lungen könnten vor Überforderung platzen. Jemand wirft ein Seil vom Landungsdeck, und ich zucke erschrocken zusammen. Es dauert kurz, bis ich begreife, warum sie das dicke schwarze Tau nach mir geworfen haben. Ich muss anlegen. Bevor ich aber dazu komme, etwas zu tun, schaltet sich Violetta ein. Wahrscheinlich war ich ihr zu langsam. Ich steige die Leiter rauf, klettere aufs Dach der XS-01 und greife nach dem Seil. Das U-Boot schwankt in den Wogen, die uns in regelmäßigen Abständen in die Höhe heben. Mein Gleichgewicht ist gut, obwohl die Oberfläche des kleinen U-Boots glitschig ist. Violetta hat meinen Körper unter Kontrolle. Sie verknotet das Seil an der dafür vorgesehenen Stelle, und die CDG zieht mich und mein Boot näher an sich heran. Ich sehe mich überwältigt um. Schließlich bleibt mein Blick am Horizont hängen. Ich kann nichts erkennen. Nur Nebel und Meer. Der feine Sprühregen benetzt mein Gesicht. Plötzlich fühle ich mich hellwach und lebendig. Möwen fliegen kreischend über meinen Kopf hinweg, um ganz oben auf der Reling des Flugzeugträgers zu landen. Ich zittere vor Kälte und starre in die diesige Ferne. Was da wohl ist? Frankreich? England? In mir breitet sich ein fast vergessenes Glücksgefühl aus. Freiheit.

»Laser, dreh dich um«, befiehlt Violetta. »Die dämlichen Möwen interessieren mich nicht. Ich muss sehen, wer da an Deck steht.«

Natürlich. Hastig wende ich mich um. Wäre sowieso nötig gewesen, denn sie legen jetzt eine Planke zu mir rüber. Ich halte mich am Seil fest und betrete vorsichtig das Gitter. In zwei Schritten bin ich drüben und klettere, von zwei starken Armen gestützt, an Bord der Charles de Gaulle.

»Laura McMillon«, sagt Violetta. Ich blicke in das blasse Gesicht einer dunkelhaarigen Frau, die mir mit verschränkten Armen gegenübersteht und mich äußerst skeptisch mustert. »Brownies Sekretärin.«

Irgendwo habe ich diese Frau schon einmal gesehen. Sie kommt mir bekannt vor. Die beiden Typen, die zu den Armen gehören, die mich eben noch gestützt haben, verfestigen nun ihren Griff.

Rasch wird mir bewusst, dass sie mich jetzt festhalten und nicht vorhaben, mich so schnell wieder loszulassen.

»Laser Blue Potlowski«, stellt Laura McMillon nüchtern fest, ohne das makellos weiße Gesicht zu verziehen, das nicht die geringsten Anzeichen von Poren oder Unreinheiten aufweist. Ich habe keine Ahnung, was sie denkt. »So eine Überraschung.« Klang das gerade sarkastisch? »Mit dir hat hier sicher keiner gerechnet.«

»Wahrscheinlich nicht«, entgegne ich und versuche, mir mein Unwohlsein nicht anmerken zu lassen. Der Regen sprüht weiterhin in mein Gesicht, und meine Haare, die an meiner Haut kleben und mir die Sicht versperren, kitzeln in meiner Nase. Lauras Bodyguards halten meine Arme fest gepackt, und so versuche ich, mir mein Sichtfeld mit der Schulter frei zu reiben.

»Du hast gesagt, du hast Informationen für uns.« Wieder stellt Laura fest, anstatt zu fragen. Sie sieht aus, als könne ihr der Regen nichts anhaben. Auch sie wird nass, aber an ihr scheint die Feuchtigkeit einfach abzuperlen, so als wäre sie aus Wachs. Ihre tiefschwarzen Haare sind streng nach hinten gebunden; sie trägt einen eng geschnittenen hellgrauen Hosenanzug, der aussieht wie Funktionskleidung. Wahrscheinlich macht ihr der Regen deshalb nichts aus. Eine große durchscheinende Brille schützt ihre Augen vor den Tropfen, die wie aus einer Dusche auf uns runterregnen. Das merkwürdigste Detail an ihrem sonst so strengen Aufzug ist ein breites Lederhalsband, das aussieht, als gehöre es einem Hund. Ich frage mich, wann das in den Metropolen Mode geworden ist. Und plötzlich fällt mir ein, wo ich sie schon einmal gesehen habe. Sie saß unter der Glaskuppel. Mit Michael King, seinem Gamer und Brownie Junior damals auf der Party im *MediaCon Prime Hotel,* bei der ich die verrücktesten Klamotten, Accessoires und Katzenschwänze zu Gesicht bekommen hatte. Obwohl ich es eigentlich nicht finden will und wirklich versuche, mich dagegen zu wehren, kann ich nichts daran ändern: Laura McMillon ist verdammt heiß; ich ertappe mich sogar bei der Frage, wie sich ihre perfekte Haut wohl unter meinen Fingern anfühlen würde? Brownies Sekretärin ist groß, schlank, und ihr Blick ist so durchdringend, dass ich fürchte, sie hat mich bereits enttarnt, obwohl ich noch gar nicht wirklich was gesagt habe. Es ist lange her, dass ich eine Frau wie Laura gesehen habe. Eine, deren Alter unmöglich zu schätzen ist. Eine Frau ohne offensichtliche Makel, eine, die weder riecht noch schwitzt und dazu den perfekten Körper zu besitzen scheint.

»Hör auf, die Alte anzuglotzen, und antworte gefälligst!«, zischt es wütend in mein Ohr. Mist. Violetta hat meine Gedanken gelesen.

»Ja ... äh ... ich komme aus Grönland. Dort befindet sich die Basis der Organisation. Ich dachte, das interessiert euch vielleicht«, sage ich und ärgere mich darüber, dass mein Auftritt wie immer alles andere als souverän ausfällt.

Laura hebt eine ihrer perfekt geschwungenen dunklen Augenbrauen, die sich wie feine Pinselstriche von ihrer weißen Haut abheben, und sieht auf mich herab. Auf ihren kilometerhohen Absätzen, mit denen sie fest und ohne zu wackeln auf dem klitschnassen Boden des Landungsdecks steht, ist sie ein ganzes Stück größer als ich.

»Bringt ihn rein«, befiehlt sie harsch, dreht sich um und geht davon. Während die beiden Bodyguards mich unsanft zum Laufen antreiben, bleibt mein Blick an Lauras Hinterteil hängen. Sie steigt mühelos die unzählige Stufen hoch, die seitlich am Schiff nach oben führen.

»Das ist nicht dein Ernst, oder?«, fragt es in mein Ohr. »Konzentrier dich, verflucht noch mal!«

Was soll ich denn machen? Das ist nur natürlich. Ich kann nichts dafür. Ich hole tief Luft, sauge die feuchte salzige Brise tief in mein Inneres und bemühe mich, meine Umgebung zu observieren, anstatt wie ein Neandertaler die langen Beine der Frau zu begaffen, die erstaunlich sicher in ihren Selbstmordschuhen vor uns her stöckelt. Auf etwa halber Höhe verlassen wir die Treppe, biegen rechts ab und gelangen durch eine verriegelte Stahltür ins Innere des schwimmenden Giganten.

Da meine Kleidung keine Funktionen besitzt und nicht von selbst trocknet, fange ich unwillkürlich an, vor Kälte zu zittern;

der Stoff meines Overalls ist vom Regen und der Gischt komplett getränkt, und die Nässe kriecht nun in meine Knochen. Violetta könnte meine Kälteempfindlichkeit nach unten regeln, aber sie tut es nicht. Wahrscheinlich, weil sie angepisst ist und mich für meine Gafferei bestrafen will.

»Hier rein«, sagt Laura und deutet auf eine Tür, die rechts von dem in kaltes Licht getauchten Gang abgeht. »Durchsucht ihn vorher.«

Einer der beiden Typen schubst mich gegen die Wand. Dann fängt er an, mich mit seinen riesigen Pranken abzutasten. Ich will mich instinktiv wehren, tue es aber nicht, weil ich mir sicher bin, es würde mir nicht gut bekommen. Bodyguard Nummer zwei steht nämlich bereit, um jegliche Ausschreitungen meinerseits im Keim zu ersticken.

»Er ist sauber«, sagt der Typ und hört auf, mich zu begrapschen. Ich höre durch mein rechtes Ohr, dass auch er Englisch spricht, allerdings mit einem starken Akzent.

»Geh und durchsuch sein Schiff. Und zwar gründlich. Wenn es sauber ist, fahr es in die Schleuse.« Laura öffnet die nächste Tür, und wir gehen weiter in einen winzigen Besprechungsraum, der eher aussieht wie ein Verhörraum. Bodyguard Nummer zwei schubst mich rein, drückt mich an den Schultern auf den Sitz und fesselt dann meine Hände mit Handschellen an den Tisch. Dafür gibt es tatsächlich eine Vorrichtung auf der metallenen Tischplatte. Da es sich bei der CDG und ihren Begleitschiffen um einen Teil der französischen Marine handelte, bevor *MediaCon* den schwimmenden Bunker und die Kriegsschiffe erstanden hat, ist es irgendwie sinnvoll, dass es hier einen solchen Raum gibt. Wahrscheinlich gibt es nicht nur *einen* Verhörraum hier unten. Laura nickt dem Typen zu, der daraufhin den Raum verlässt und die Tür hinter sich schließt.

Sie schweigt, während ihre blauen Augen auf mir ruhen und die Iris sich leicht hin und her bewegt. Es fühlt sich irgendwie komisch an, so angesehen zu werden. Ich betrachte das merkwürdige Halsband, das sie trägt. Das grobe, leicht abgewetzte Leder passt so gar nicht zu ihrem ordentlichen Aufzug, der ihr fast schon eine unmenschliche Aura verleiht. Auf dem glänzenden Anhänger, der an einem goldenen Ring befestigt ist, kann ich eine Gravur erkennen. Leider kann ich nicht entziffern, um was es sich dabei handelt, denn Laura umfasst den Anhänger mit der Hand, als hätte sie bemerkt, dass ich darauf starre. Weiterhin scheint sie aber durch mich hindurchzusehen, als sei ich gar nicht da. Dann dämmert es mir plötzlich. Laura liest. Sie trägt eine Augmented Reality Brille.

»Ihre Brille ist eine *AR-Brille«*, bestätigt Violetta in mein Ohr.

»Ach was«, antworte ich patzig. Laura blickt fragend auf. *Fuck.* Keine fünf Minuten an Bord, und schon habe ich den ersten Fehler gemacht.

»Äh«, sage ich. »Mir ist nur gerade eingefallen, woher ich dich kenne«, versuche ich mich zu retten.

»Wir kennen uns?«, fragt sie in einem mehr als herablassenden Ton. »Ich wüsste nicht woher.« Laura McMillon ist ein arrogantes Miststück. Ihr Ausdruck spricht Bände. Sie weiß, woher ich komme, und nichts graut ihr mehr, als mit jemandem wie mir in Verbindung gebracht zu werden. Egal, wer meine Mutter ist.

»Ich habe dich auf der *MediaCon*-Party in Toronto gesehen. Im Prime Hotel.«

»Ah«, macht Laura. Ohne mich weiter zu beachten, starrt sie in ihre Brillengläser. Ich versuche, meine Handgelenke so in den Metallschellen zu drehen, dass sie mir nicht in die Haut schneiden. Der Typ hat die Handschellen viel zu fest zugedrückt. Mein Gesicht juckt von den salzigen Haarsträhnen, die immer noch auf meiner Haut kleben, und mir ist so scheiße kalt, dass meine Zähne aufeinanderschlagen. Laura ignoriert mich. Violetta ignoriert mich ebenfalls.

Nach einer weiteren gefühlten Ewigkeit, in der nichts passiert, niemand etwas sagt und die CDG sich kaum merklich unter meinem Hintern auf und ab bewegt, zieht Laura die Brille irgendwann ab, legt sie neben sich auf die Metalltischplatte und schenkt mir ihre Aufmerksamkeit.

Ihr scheint nicht zu gefallen, was sie sieht. Im Gegenteil. Ich habe das Gefühl, als würde sie mich gerade zum ersten Mal *wirk-*

lich ansehen und jetzt erst das ganze Ausmaß meiner Unzulänglichkeit begreifen. Ihr Mund verzieht sich ein klein wenig.

»Deine Mutter hat dir nicht mal was richtiges zu Anziehen mitgegeben?«, fragt sie.

»Offensichtlich nicht«, antworte ich weiterhin tropfnass und frierend.

Laura schnalzt herablassend mit der Zunge. Sie zieht eine Schublade auf ihrer Seite des Tisches auf, holt einen schwarzen kleinen Koffer daraus hervor und öffnet ihn. In dem Koffer befinden sich eine Elektrode und zwei Bänder. Sie nimmt die Elektrode, steht auf und beugt sich über den Tisch, um mir den Sensor an die Schläfe zu kleben. *KJ.* Das ist in den Anhänger graviert. Laura drückt die Elektrode unnötig fest gegen meinen Kopf.

»Was ist das?«, frage ich.

»Ein Polygraph«, antwortet Laura knapp und legt mir eines der Bänder um mein Handgelenk direkt über dem Bügel der Handschelle. Ich betrachte ihre langen, schwarz lackierten Fingernägel, die über meine Haut kratzen. Laura geht nicht besonders sanft vor. Ihre Hände zittern. Sie hat Schwierigkeiten, den Verschluss des Sensors zu schließen. Es macht irgendwie den Eindruck, als sehe sie nicht richtig.

»Verdammt noch mal«, zischt sie wütend, legt das Band zur Seite, schüttelt die Hände aus und versucht es noch einmal. Diesmal klappt es. Sie verschließt das Band, ebenso wie das an meinem Ringfinger derselben Hand. »Das ist ein Lügendetektor. Du hast sicherlich schon einmal davon gehört.«

Mir wird schlecht. Ich kann keinen Lügendetektortest bestehen. Ich bin ein miserabler Lügner. Mein Herz beginnt jetzt schon zu rasen, obwohl Laura mich noch gar nichts gefragt hat. Anscheinend sieht man mir das Herzrasen sogar im Gesicht an, denn Brownies Sekretärin lächelt mich wissend an, als sie sich zurück auf ihren Stuhl setzt und die langen schlanken Finger ineinander verschränkt.

»Dann wollen wir mal«, beschließt sie und zieht ihre AR-Brille wieder auf. Von *wollen* ist hier absolut keine Rede. Wie zur Hölle kam Bambi noch mal darauf, mich für diesen beschissenen Job auszusuchen?

»Dein Name ist Laser Blue Potlowski?«, fragt sie.

»Äh … ja«, stammle ich. Ich habe das Gefühl, als wäre das bereits eine Lüge. Ich bin mir für einen winzigen Augenblick nicht sicher, ob ich wirklich so heiße.

»Wie alt bist du?«

»Achtzehn.«

»Süß«, befindet Laura sarkastisch, und ich sehe, wie das letzte bisschen Respekt vor mir aus ihrem Blick verschwindet.

»Du hast gesagt, du hast Informationen für uns, die den Aufenthaltsort deiner Mutter betreffen?«

»Ja«, sage ich und erwarte, dass Lauras AR-Brille jeden Augenblick zu blinken oder zu schreien anfängt. Die Brille schreit nicht. Und mein Herzschlag hat sich etwas beruhigt. Ich spüre meinen Puls zwar weiterhin in meiner Halsschlagader, doch der Blutschwall, der sich eigentlich in meine Wangen ergießen müsste – so wie immer, wenn ich versuche, die Unwahrheit zu sagen –, bleibt aus. Laura spricht ungerührt weiter.

»Dann schieß mal los, Schätzchen«, fordert sie mich auf. »Erzähl mir, was du weißt.«

»Ich komme direkt von ihrer Basis. Sie sind an der Küste Grönlands stationiert. Wenn du eine Karte für mich hast, kann ich dir zeigen, wo genau.«

»Aha. Und wie kommst du dazu, uns über diesen Umstand zu informieren?«

»Wie meinst du das?«, frage ich provokant. Es geht. Mir wird klar, dass Violetta meine Vitalwerte manipuliert. Sie fälscht den Lügendetektortest. Natürlich tut sie das. Ich beruhige mich auf der Stelle.

»So, wie ich es sage. Wie kommst du dazu, deine eigene Mutter zu verraten? Dir wird klar sein, was das für Konsequenzen hat. Wenn du die Wahrheit sagst, bedeutet das ihr Todesurteil.«

Ich sehe Laura in die eiskalten Augen und richte mich ein bisschen auf.

»Wenn mich das kümmern würde, wäre ich nicht hier. Alles, was ich will, ist mein altes Leben zurück.« Ich bin beeindruckt über die Sicherheit, mit der ich die Worte ausspreche. Für einen kurzen Moment habe ich das Gefühl, als könnten sie tatsächlich wahr sein. Wieder zucken Lauras Mundwinkel.

»Verständlich.«

»Meine Familie ist in Berlin. Dorthin will ich zurück. Zu meiner Tante und meinen Geschwistern. Wenn ihr für unsere Sicherheit garantieren könnt, verrate ich euch im Gegenzug alles, was ich über Bambi und die Organisation weiß.«

Laura nickt.

»Wie großmütig von dir.« Sie zieht die Brille wieder ab und steht auf, um mir die Sensoren abzunehmen. Nachdem sie die Elektrode von meiner Schläfe entfernt hat, streicht sie mir die Haarsträhnen hinter die Ohren, die mir auf die Nerven gehen, seit dem ich die XS-01 verlassen habe. Als sie mich berührt, stellen sich meine Nackenhaare auf, und ich bekomme eine Gänsehaut.

»Ich weiß nicht so genau, wie das sein kann, aber das Gerät zeigt an, dass du die Wahrheit sagst. Das ist wirklich merkwürdig, denn ich bin mir sicher, dass du lügst, und eigentlich irre ich mich nie.«

Toll. Noch so eine, die sich *nie* irrt. Ich wünschte, *ich* könnte so etwas mal mit so viel Selbstbewusstsein behaupten. Ich irre mich *ständig!*

»Es gibt immer ein erstes Mal«, antworte ich und zucke betont gelassen mit den Schultern. Laura öffnet die Handschellen mit ihrem Fingerabdruck. Sofort befreie ich meine schmerzenden Gelenke daraus. Anscheinend habe ich den Lügendetektortest bestanden. Dank Violetta.

»Bash«, ruft Laura. Die Tür öffnet sich, und der Bodyguard streckt seine Glatze herein. »Bring Laser nach unten. Sorg dafür, dass er was Anständiges zum Anziehen bekommt.«

Der Typ namens Bash nickt.

»Ich hole dich in einer Stunde und bring dich zum Chef. Solange kannst du dich aufwärmen.« Laura setzt die Brille wieder auf und verlässt ohne ein Wort des Abschieds den Raum. Ich glaube, die erste Hürde habe ich überwunden. Die Meinung des Geräts zählt hier auf dem Schiff wohl mehr als die von Laura McMillon. Wie vorauszusehen, hätte ich es ohne Violettas Hilfe jedoch nie geschafft, den Test zu betrügen.

Bash bedeutet mir, ihm zu folgen. Mir die Handgelenke reibend gehe ich hinter ihm her, weiter ins Innere des Flugzeugträgers. Wir laufen einen schmalen Gang entlang, bis wir einen Aufzug erreichen. Das Schiff schwankt ganz leicht unter meinen Füßen, fast unmerklich, es fühlt sich an, als wäre ich ein bisschen betrunken. Wir fahren ein Stockwerk nach unten. Die Tür öffnet sich, und sofort sieht alles ganz anders aus. Der Flur ist mit einem dicken Teppich ausgelegt, die Wände sind mit dunklen Holzpaneelen verkleidet. Hier unten sieht es aus wie auf der Titanic. Irgendwie habe ich das Gefühl, dass das Absicht sein soll. Schicke Leuchter tauchen den endlos langen Flur in warmes Licht, und obwohl ich immer noch friere, ist mir plötzlich irgendwie weniger kalt. Bash führt mich zu einer Tür, öffnet sie und teilt mir mit, dass ich hier drinnen warten könne, bis Laura mich abholt. Ich solle ja nicht versuchen, abzuhauen, er würde Wache halten.

Die Kabine ist im Vergleich zu den Quartieren in der Basis riesig. Ein geräumiges Zimmer mit einem recht großen Fenster, gegen das der stetige Regen prasselt, erstreckt sich vor mir und empfängt mich mit einladender Wärme. Die Aufmachung entspricht der des Flurs. Ich bin mir immer sicherer, dass die Designer hier das Gefühl einer Fahrt auf der berühmten Titanic vermitteln wollten, die vor knapp 200 Jahren irgendwo im Atlantik untergegangen ist. Das Himmelbett, umrahmt von schweren Vorhängen, ist episch. Mich überkommt der dringende Wunsch, mich einfach dort hineinzulegen und zu schlafen.

»Vergiss es«, bemerkt Violetta in mein Ohr. »Zieh dich um, du holst dir sonst noch eine Lungenentzündung.«

»Ja doch.« Ich sehe einen Schrank, gehe darauf zu und öffne ihn. »Diese Laura hat mir kein Wort geglaubt. Obwohl ich den Lügendetektortest bestanden habe.« Ich flüstere, damit Lauras Bodyguard mich nicht hört.

»Natürlich hat sie dir kein Wort geglaubt. Sie hat die ganze Zeit über Informationen über dich ausgelesen. Ich habe mich in ihre Brille gehackt.«

»Hat sie das?«, frage ich in das Innere des Kleiderschranks und ziehe wahllos Kleidungsstücke daraus hervor. Es hängen hauptsächlich Frauenkleider darin. Wem dieser Schrank wohl gehört? Neben all den bunten Kostümen finde ich tatsächlich eine normale Hose und einen Pullover. Ich ziehe den durchnässten Overall aus und entledige mich meiner Unterwäsche, die ebenfalls klamm an meinem Körper klebt.

»Ja, das hat sie. Und wärst du nicht so sehr damit beschäftigt gewesen, ihren Arsch anzuglotzen, hättest du es vielleicht gemerkt.«

Ich gehe ins Bad und finde dort zu meinem absoluten Erstaunen eine Badewanne vor.

»Ha!«, rufe ich aus, stürme darauf zu und drehe den Wasserhahn auf, aus dem augenblicklich heißes Wasser geräuschvoll in die Wanne plätschert.

»Glaubst du nicht, du hast Besseres zu tun, als jetzt ein heißes Bad zu nehmen?«, fragt Violetta.

»Du hast selbst gesagt, ich hol mir eine Lungenentzündung.«

Violetta entgegnet nichts weiter. Wie um mich zu ärgern, steuert sie meinen Körper aus dem Bad raus und zurück in das geräumige Schlafzimmer.

»Hey, was soll das? Hör auf damit!«, protestiere ich.

»Siehst du, da oben in der Ecke?«, fragt sie.

»Was denn?« Ich gehe ohne mein Zutun näher ran. Violetta lässt mich den antiken Nachttisch neben dem Bett in die Ecke des Raumes schieben, dann klettere ich darauf. Ich greife nach oben und untersuche die Holzpaneele, mit denen die Decke verkleidet ist.

»Wenn du mir einfach sagen würdest, was ich suche, dann kann ich das auch selbst. Es bedarf schließlich nicht deines Genies, um auf einen beschissenen Schrank zu steigen.« Ich bin sauer. Ich will nicht, dass sie mich steuert, ohne vorher zu fragen.

»Da. Eine Kamera«, sagt Violetta und mein Finger zeigt in die Richtung, in die ich gucken soll.

»Shit. Angeschlossen?«

»Japp.«

»Und jetzt?«, frage ich und bemerke erst jetzt, dass ich *splitternackt* auf einem Nachttisch balanciere und in den Wandpaneelen herumpople. Ob Laura mich jetzt gerade dabei beobachtet?

»Nichts. Jetzt steigst du wieder runter und gehst in die Badewanne. Am besten, du antwortest mir nicht mehr. Es könnte komisch aussehen, wenn du die ganze Zeit mit dir selbst sprichst.«

Unzufrieden brummend, steuere ich mich selbst zurück auf den Fußboden und schiebe das Schränkchen zurück. Wie angekündigt, kann ich das ganz alleine, ohne Violettas Hilfe.

Die frei stehende altmodische Badewanne mit den kleinen goldenen Füßchen ist mittlerweile vollgelaufen, und ich steige in das heiße Wasser hinein. Genießerisch seufzend lehne ich mich zurück und verschränke die Arme hinter dem Kopf.

»Das ist verdammt noch mal das Beste, was ich seit verdammt langer Zeit gemacht habe«, behaupte ich provokant, scheinbar zu mir selbst, damit es nicht ganz so komisch rüberkommt.

»Ach ja?«, antwortet Violetta prompt. Ich grinse verschlagen und lasse die Frage im Raum stehen. Mit geschlossenen Augen liege ich da und nehme wahr, wie die Wärme langsam zurück in meine Glieder strömt. Ich weiß, ich hab nicht viel Zeit, bevor der Terror auf dem Flugzeugträger weitergeht, aber wenn ich eins gelernt habe in den letzten Monaten, dann ist es, gute Sachen zu genießen; meistens halten die guten Sachen nämlich nur kurz, und in der Regel folgt auf jeden Moment des Friedens eine mittelschwere Katastrophe.

»Ach Scheiße«, flucht Violetta ein paar Minuten später in mein Ohr und bestätigt meine Theorie. »Ein Mikro in der Wand! Das war vorher noch nicht da! Sie muss es eben erst installiert haben.«

In der Wand? Ich setze mich auf und sehe mich um.

»Sie sitzt direkt nebenan. Was? Haben wir ein Wärmebild?«

Violetta spricht nicht mit mir. Sie meint jemanden anders. Sie hat wahrscheinlich vor lauter Aufregung ihre unzähligen Knöpfe und Schalter durcheinandergebracht.

»Wie lange sitzt sie da schon?«

Ich stehe auf und trockne mich ab. Bei dem Terror in meinem Ohr kann ich nicht länger entspannt in der Wanne sitzen. Ich steige in die Funktionskleidung, die mir ein bisschen zu eng ist und die ich per Knopfdruck weiten muss, und binde mir vor dem beschlagenen Spiegel die nassen Haare zusammen. Natürlich wäre es nicht sehr vorteilhaft, wenn Laura meine Konversation mit Violetta angehört hätte. Ich überlege, wie ich mich irgendwie rausreden kann.

»Der Raum ist auf der anderen Seite, Laser. Wenn wir Glück haben, ist die Aufnahme zu leise, um von einem Translator übersetzt zu werden. Trotzdem: Halt ab jetzt am besten die Klappe.«

Ich antworte nicht, hole meine durchnässten Sneaker aus dem Nebenraum und beginne, sie trocken zu föhnen. Dabei sitze ich auf dem geschlossenen Toilettendeckel, so weit wie möglich von der verschlossenen Badezimmertür entfernt.

»Wenn sie extra wegen mir ein Mikrofon durch die Wand gesteckt hat, um mich zu belauschen, dann muss sie wohl die Vermutung haben, dass ich mit jemandem in Kontakt stehe«, flüstere ich in meinen Schuh. Keine Chance, dass das jemand außer Violetta gehört hat. Und sie hört schließlich alles, was ich sage.

»Das zeigt nur, dass sie nicht ganz so dämlich ist wie der Rest ihrer Kollegen. Ich sehe gerade, sie recherchiert Vitaldaten von Polygraphie-Untersuchungen. Scheiße. Die Frau ist gut.« Violetta klingt gleichermaßen verärgert und beeindruckt.

»Wird sie den Schwindel bemerken?«, frage ich ins Innere meines mittlerweile linken Turnschuhs.

»Natürlich nicht!«, empört sich Violetta. »Glaubst du, ich hab dir einfach so irgendwelche Vitaldaten angedichtet, ohne vorher relevante Statistiken anzusehen? Denkst du, ich bin bescheuert?«

Unwillkürlich muss ich grinsen. Natürlich denke ich das nicht. Die meiste Zeit habe ich nichts als Bewunderung für Violetta übrig. Zwischenzeitlich möchte sie hin und wieder erwürgen, aber dieser Zustand hält selten länger als ein paar Minuten an. Ich halte das für eine vielversprechende Zukunftsperspektive. Ich stelle sie mir vor, wie sie sich in Rage tippt, zielstrebig Regler regelt und sich in jedes verdammte Gerät hackt, das sich in meinem unmittelbaren Umkreis befindet. Ich kann nicht anders, als das wahnsinnig sexy zu finden. Laura McMillons makelloser *Reality-Channel*-Körper scheint mir dagegen plötzlich vollkommen uninteressant. Ich scheine einen sehr speziellen Geschmack zu haben.

»Sie hat aufgegeben«, berichtet Violetta nicht ohne Stolz in ihrer Stimme. »Okay, Laser. Ich glaube, Laura kommt dich jetzt holen. Sie hat alles ausgeschaltet.«

Ich föhne ungerührt weiter meinen Schuh. Schließlich soll Laura nicht wissen, dass ich weiß, dass sie gleich vor meiner Tür auftauchen wird. Ich greife in meinen Schuh hinein und stelle fest, dass die Sohle noch immer feucht ist. Obwohl der Föhn alles gibt, reichen ein paar Minuten Trocknen wohl nicht aus. Als Laura McMillon und ihr Bodyguard einige Minuten später plötzlich neben mir im Bad stehen, erschrecke ich mich tatsächlich und freue mich direkt danach über diese reflexartige Reaktion, da Laura mir nun wohl nicht mehr andichten kann, ich sei auf ihre Ankunft vorbereitet gewesen.

»Was machst du da?«, fragt sie und sieht mich wieder mit diesem verächtlichen Ausdruck in ihrem Gesicht an. So müssen sich die Kakerlaken in Mattis Geschirrschublade gefühlt haben, wenn ich sie morgens zufällig dort entdeckt und angeekelt betrachtet habe.

»Ich föhne meinen Schuh«, weise ich sie auf das Offensichtliche hin.

»Das sehe ich.« Wahrscheinlich kann sie sich gar nicht mehr vorstellen, dass es Schuhe gibt, die nicht automatisch trocknen, wenn sie nass sind, oder die – besser noch – gar nicht erst nass werden. Ich beschließe, nicht weiter darauf einzugehen. Ich steige barfuß in meine Sneaker, die sich anfühlen, als hätte jemand reingeschwitzt, und stehe von der Klobrille auf.

»Gehen wir?«, frage ich betont lässig. Laura nickt. Wir verlassen nebeneinander den Raum und gehen zurück in den langen Flur.

»Bash meint, du hättest mit dir selbst gesprochen. Ist das eine schlechte Angewohnheit von dir, oder müssen wir uns Sorgen um deine geistige Gesundheit machen?«, fragt Laura. Glücklicherweise bin ich vorbereitet.

»Du kannst dir sicherlich vorstellen, dass es mich nicht unbedingt gefreut hat, festzustellen, dass ihr mich videoüberwacht, nachdem ich mich vor laufender Kamera ausgezogen habe. Es könnte sein, dass ich mich daraufhin etwas aufgeregt habe.«

Laura lächelt wissend.

»Willst du wissen, was ich denke?«, fragt sie. Ich nicke beiläufig. Unsere Schultern stoßen aneinander, da der Gang eigentlich zu schmal ist, um nebeneinander herzugehen. »Ich glaube, du bist ein Spion und stehst permanent in Kontakt mit deiner Mutter.«

»Das würde ich an deiner Stelle auch glauben«, kontere ich. Ich fühle mich irgendwie besser, wenn ich die Wahrheit sagen kann. Wieder lächelt Laura.

»Ich habe alle verfügbaren Kräfte darauf angesetzt, meine Theorie zu beweisen. Es könnte sein, dass ich dich in ein paar Minuten schon entlarven kann.«

»Sie blufft«, sagt Violetta in mein Ohr. »Sie hat gar keine Kräfte, die ihr unterstehen. Sie will dich nur verunsichern.«

»Du solltest besser hoffen, dass ich die Wahrheit sage. Zum Wohle deines Arbeitgebers. Wenn ihr es richtig anstellt, könnte dieser Unsinn in ein paar Tagen schon vorbei sein.«

»Wir werden sehen«, entgegnet Laura, und wir steigen wieder in den Aufzug. Diesmal fahren wir drei Stockwerke nach oben. Mir fällt auf, dass ich bisher noch niemand anderen gesehen habe außer Laura und Bash. Die Flure der CDG sind menschenleer. Oben angekommen höre ich aber Stimmen, noch bevor sich die Tür des Aufzugs öffnet.

»Willkommen an Bord der Charles de Gaulle, Laser Blue«, bemerkt Laura zynisch und führt mich in einen übergroßen, komplett verglasten Saal, der mich sofort wieder daran erinnert, wie dekadent die Gesellschaft lebt, der ich vor ein paar Monaten entkommen bin. Kaum trete ich aus dem Aufzug, verstummen die Menschen, die in grellen Klamotten mit bunten Haaren und auffälligen Frisuren in kleinen Grüppchen stehen oder sitzen und sich bis jetzt aufgeregt unterhalten haben.

Lauras Absätze klappern auf dem Parkettboden des Saals, während sie die Menge teilt und zielstrebig auf eine riesige Flügeltür zusteuert, hinter der sich wohl ihr Boss befindet, zu dem ich gebracht werden soll. Die Leute starren mich aus ihren weißen Gesichtern an, die weder Alter noch Laune verraten; lediglich ihre aufgerissenen Augen deuten darauf hin, dass sie eine Ahnung davon haben, wer ich bin. Ich versuche, niemanden direkt anzusehen. Die Aufmerksamkeit ist mir peinlich. Bash geht direkt hinter mir und sorgt dafür, dass ich nicht langsamer werde. Laura bleibt vor der Tür stehen und betätigt eine Art Sprechanlage, in die sie verkündet, dass *der Junge* jetzt da sei. Dann stößt sie einen der beiden Flügel auf, bleibt davor stehen und bedeutet mir einzutreten. Zögerlich gehe ich hinein.

Ich betrete eine Art Büro, das genauso altmodisch eingerichtet ist wie die Titanic-Flure im unteren Deck. Der Raum ist im Vergleich zu dem riesigen verglasten Saal davor winzig. Ein massiver Schreibtisch steht mitten im Zimmer, davor ein paar Sessel mit Samtbezug und so ein Globus, in dessen Inneren sich eine Bar befindet. Das kenne ich aus Lukes alten Filmen. An der Wand hängen historische Gemälde, die absolut nicht aussehen, als wären sie billige Kopien. Wie immer nimmt mich der Anblick der kolossalen Bilder, die von wuchtigen goldenen Rahmen eingefasst sind, absolut gefangen, und ich betrachte eingehend die dunklen Schiffe auf blauer See, bevor ich die schmale Gestalt bemerke, die am Fenster steht und hinaus in den Regen sieht.

»Gnädiger Herr«, bemerkt Laura in mein linkes Ohr. *Sir* sagt sie in meinem rechten, und ich wundere mich mal wieder über die merkwürdigen Übersetzungen, die die Translatoren hin und wieder zustande bringen.

Der Mann dreht sich um. Eben noch amüsiert über die Ansprache bin ich plötzlich wie erschlagen, als ich in das Gesicht sehe, das kaum älter scheint als mein eigenes. Seine Haut ist blass, fast durchscheinend und die Wangen wirken leicht eingefallen. Ich kenne diesen Mann. Es dauert einen Moment, bis ich begreife, dass es Jay Morrison ist, dem ich gegenüberstehe. Michael Kings verschollener Gamer.

Phase 18; on hold

»Ist das Jay Morrison? Brownie Juniors Cousin?«, fragt Violetta erstaunt in meinen Gehörgang und fügt hastig hinzu, dass ich natürlich nicht auf ihre Frage antworten soll. Könnte ich eh nicht. Ich bin viel zu perplex. Das kann doch nicht sein? Wenn er hier der Chef ist, wie kommt es dann, dass Michael denkt, er sei von meiner Mutter entführt worden?

»Du bist also Bambis Sohn, ja?«, fragt Jay Morrison. Seine Stimme klingt zerbrechlich und passt hervorragend zu seinem Erscheinungsbild. Er trägt einen weißen Anzug aus glänzendem Nylonstoff, der locker über seine langen dünnen Gliedmaßen fällt. Alles wirkt Ton in Ton mit den hellblonden, fast schon weißen Haaren.

»Ja. Ich bin Laser.«

Jay nickt nur.

»Deine Mutter schickt dich, um unsere Netzwerkverbindungen zu kappen, habe ich recht?«

Wundervoll. Bisher ist es uns nicht gelungen, auch nur eine Person an Bord dieses Schiffes zu täuschen. Außer den Lügendetektortest, der war aber ganz offensichtlich nicht voreingenommen.

»Eigentlich wollte ich euch verraten, wo meine Mutter sich aufhält, damit ihr losziehen und sie festnehmen könnt. Aber wenn hier keiner Interesse daran hat, die meistgesuchte Terroristin auf diesem Planeten in die Finger zu bekommen, meinetwegen. Ich kann mir gerne eure Netzwerkverbindungen ansehen. Allerdings habe ich keine Ahnung, was ich machen muss, um sie auszuschalten«, erwidere ich und gebe alles, um möglichst sarkastisch rüberzukommen, obwohl ich merke, wie eine Welle Panik beginnt, sich in meinem Inneren aufzutürmen. Violetta ist zur

Stelle. Sie weiß, dass es jetzt darauf ankommt, dass ich cool bleibe. Jay findet meinen schnippischen Kommentar wohl nicht lustig. Er schüttelt missfällig den Kopf und verschränkt die Arme vor der Brust.

»Wer soll dir das denn glauben, Junge?«

»Der Lügendetektor«, behaupte ich. Und das stimmt sogar.

»Ich habe die Daten überprüft. Sie sehen sauber aus. Ich kann mir nicht vorstellen, wie er das gemacht haben könnte«, erklärt Laura.

»Ich schon«, entgegnet Jay. »Vor ein paar Jahren haben Michael und ich eine kurze Kampagne in London gezockt. *Mission Impossible.* Teil der *unmöglichen Mission* war es, die korrupte Regierung zu infiltrieren, um an sensible Daten zu gelangen. Natürlich wurde Michael gleich mehreren Verhören und Tests unterzogen, um sicherzustellen, dass er nicht für den Feind spioniert. Auch er hat den Lügendetektortest bestanden. Natürlich nur mit meiner Hilfe.«

Mein Herz rutscht mir in die Hose. Shit! Wir hatten nicht mal den Hauch einer Chance, hier etwas zu reißen. Wie kann es sein, dass Bambi damit nicht gerechnet hat? Ich warte darauf, dass Violetta etwas sagt, aber in meinem Ohr bleibt es still. Wahrscheinlich beraten sie sich in der Basis gerade wie wild und tüfteln irgendeinen Plan aus, der mir den Arsch retten soll.

»Daran habe ich noch gar nicht gedacht«, gesteht Laura etwas beschämt. »Glauben Sie wirklich, Bambi würde so etwas machen? Ihre eigenen Leute chippen?«

»Ihr glaubt, ich sei gechippt?«, frage ich und bemühe mich, total verwundert und entsetzt zu klingen.

»So wie ich Bambi einschätze, würde sie alles tun, um uns endgültig aus dem Weg zu räumen. Und dass sie nicht viel für ihren Sohn übrig hat, wissen wir, seitdem dieses Video in unserem Netzwerk aufgetaucht ist. Also Laser Blue Potlowski, möchtest du gestehen? Oder sollen wir nach deinem Chip suchen?«

»Ich ... äh«, sage ich und warte auf Violetta.

»Laser, verwickle ihn in ein Gespräch!«, befiehlt Violetta.

»Ich würde mir nie im Leben so ein Ding in den Körper implantieren lassen. Ich bin doch nicht wahnsinnig! Ihr solltet lieber nicht in meinem Rückenmark nach einem Chip suchen, am Ende macht ihr etwas kaputt, und ich kann euch gar nichts mehr verraten«, versuche ich, meine Position irgendwie zu verbessern. Jay lächelt nur mitleidig und geht einen Schritt auf den mächtigen Schreibtisch zu, der irgendwie nicht ganz zu seiner schmalen unauffälligen Person passen will.

»Dann holen wir uns die Informationen eben direkt aus deinem Gehirn. Laser, es war nicht sehr schlau von dir, herzukommen. Ganz ehrlich, ich kann mir nicht vorstellen, warum deine Mutter dich in so eine Lage gebracht haben könnte. Sie muss doch wissen, dass wir auf so einen unsinnigen Bluff nicht hereinfallen. Wenn dir also etwas an deinem Leben liegt, dann solltest du jetzt besser anfangen, die Wahrheit zu sagen.«

Irgendwie habe ich das Gefühl, die Situation läuft komplett aus dem Ruder. Da Violetta aber irgendwie vergessen hat, meine Vitalwerte weiterhin zu regeln, schießt mir dieser Gedanke zwar in den Sinn, mein Körper reagiert aber nicht wirklich darauf. Ich weiß, ich sollte jetzt Angst haben, ich habe aber keine. Ich stehe in Jay Morrisons Büro, der mir gerade damit gedroht hat, sich alles, was er wissen will, direkt aus meinem Gehirn zu stehlen, und hinter mir türmt sich Bash auf, Lauras Bodyguard, der aussieht, als könne er mir mit einem Schlag den Schädel zertrümmern. Zu allem Überfluss befinde ich mich mitten auf dem Meer, könnte also nicht mal abhauen, selbst wenn ich es irgendwie schaffen würde, dem Koloss zu entkommen. Doch! Ich kann. Ich kann versuchen, zurück in mein U-Boot zu flüchten. Die XS-01 ist verdammt schnell. *Violetta, tu was!,* denke ich. Wenn ich jetzt losrenne, habe ich wenigstens noch den Moment der Überraschung auf meiner Seite. Aber von Bambis Basis kommt weiterhin keine Reaktion.

»Vielleicht wollte Bambi mich loswerden«, überlege ich laut. Wollte sie das? Kann es sein, dass meine Mutter mich absichtlich auf diese ausweglose Mission geschickt hat, um mich loszuwerden?

»Das hätte sie sicher auch anders haben können.«

»Mein Herr«, unterbricht Laura. »Ich bekomme gerade die Information, dass das U-Boot clean ist. Sie haben nichts Ungewöhnliches sicherstellen können.«

Jay nickt nur beiläufig. Wahrscheinlich hat er gar nicht damit gerechnet, dass seine Leute etwas finden würden.

»Ich habe es Laura schon gesagt: Ich will mein altes Leben zurück. Ich will zu meiner Familie nach Berlin und dort nichts weiter als meine Ruhe haben.«

Jay lacht freudlos auf. Er lehnt sich gegen die Tischkante und verschränkt die Arme vor der Brust.

»Wenn dir dein altes Leben so gefallen hat, wieso hast du dich dann unerlaubt in ein Flugzeug eingecheckt und bist nach Kanada geflogen?«

»Um Michael zu sehen«, entgegne ich und hoffe, durch die Erwähnung dieses Namens irgendwie ein bisschen Sympathie in Jay zu wecken. Leider bleibt sein Gesicht starr und unzugänglich. Egal, was ich sage. Er wird mir nicht glauben. Und wenn Violetta nicht langsam mal mit einer Idee um die Ecke kommt, war's das hier für mich. Kaum habe ich den Gedanken zu Ende gedacht, passiert etwas. Ich drehe mich schwungvoll um und schlage Bash mit der geballten Faust ins Gesicht. Erschrocken sehe ich ihn zurücktaumeln und gegen die Flügeltür prallen. Laura schreit wütend auf. Bash zögert kurz, wahrscheinlich weil er ein paar Sekunden braucht, um zu begreifen, was gerade passiert ist; rasch fängt er sich aber wieder, holt aus und schlägt zurück. Ich ducke mich unter seiner Faust weg, drehe mich gleichzeitig mit ausgestrecktem linkem Bein und trete dem glatzköpfigen Hünen in die Kniekehlen. Damit hat er nicht gerechnet. Ich habe auch nicht damit gerechnet. Ich habe keine Ahnung, was ich als Nächstes tun werde. Hoffentlich bringe ich niemanden um, verdammte Scheiße!

»Keine Gegenwehr jetzt!«, befiehlt Violetta. Ich beobachte mich selbst, wie ich auf Bash zugehe, der verzweifelt die Arme hochreißt und versucht, wieder auf die Füße zu kommen.

Eine Waffe klickt, ich springe zur Seite. Der Schuss ist laut, aber das scheint mich weder zu stören noch in irgendeiner Form von meinem Ziel abzulenken. Wieder wirble ich herum und trete Laura die Pistole aus der Hand. Bash ist wieder aufgestanden. Er zieht nun ebenfalls seine Waffe. Bevor er aber dazu kommt, auf mich zu schießen, habe ich sein Handgelenk gepackt und verdrehe es, bis er aufschreit und die Pistole fallen lässt. Ich trete die Pistole in die Ecke. Bash schlägt nach mir. Ich weiche aus und stoße ihn gegen die Wand, sodass der ganze Raum wackelt. Meine Faust drischt in sein Gesicht. Laura ist in der Zwischenzeit zu ihrer Waffe gelaufen, doch ich stoße sie unsanft zur Seite und komme ihr zuvor. Dann wende ich mich wieder Bash zu. Ich kann meinen eigenen Bewegungen nicht mehr folgen. Von dem Echo, das sich zwischenzeitlich zwischen mir und Violetta an Bord des Mini-U-Boots eingestellt hatte, ist nichts mehr zu spüren. Alles geht so wahnsinnig schnell, es kommt mir vor, als sei ich bloß Zuschauer meiner eigenen Stuntshow. Ich wirble durch den Raum und bevor ich weiß, wie mir geschieht, habe ich beide Pistolen in der Hand, Lauras und Bashs. Kaum haben meine Augen erfasst, um was für eine Art Pistolen es sich handelt, strecke ich beide Arme aus und ziele damit auf meine beiden Widersacher. Laura funkelt mich wütend an und hebt nur widerwillig die Arme.

»Sag ihr, dass sie dich zurück zum U-Boot bringen soll«, befiehlt Violetta in mein Ohr. Ich tue es.

»Wer ist dein Gamer, Laser?«, fragt Jay, der die ganze Szene beobachtet hat, ohne sich auch nur einen Millimeter vom Fleck zu rühren. Ich frage mich, warum er so gelassen ist.

»Das geht dich einen Scheiß an, Jay«, antworte ich patzig. Ich atme schwer, mein Brustkorb hebt und senkt sich. Trotzdem fühle ich mich ruhig und fokussiert. Mein Arm zittert nicht mal, obwohl ich mich eben einmal durch Jays komplettes Büro geprügelt habe.

Ich sehe Laura über den Lauf der Pistole in meiner rechten Hand an und weiß, dass ich sie genau dort treffen würde, wo Violetta hinzielt. Unsere Synchronisation ist perfekt. Ich gehe auf

Laura zu und packe sie am Arm. Meine Hand schließt sich fest um ihren Knochen, sie stöhnt schmerzerfüllt auf. Violetta übertreibt. So fest müsste ich nicht zupacken. Ich versuche, meinen Griff zu lockern, aber sie lässt mich nicht. Ich habe keine Kontrolle mehr.

»Bambi, wenn du mich hören kannst«, sagt Jay in ruhigem Ton und kommt mir vor, als würde ihn meine Aktion weder überraschen noch verunsichern, »Ich frage mich wirklich, was du mit diesem Unsinn erreichen willst. Wieso zur Hölle bringst du deinen Sohn in eine solche Situation? Du glaubst doch nicht ernsthaft, dass ich ihn nach dieser Aktion am Leben lassen kann.« Sein Tonfall hat sich nicht verändert, obwohl ich hier scheinbar die Kontrolle über die Situation gewonnen habe. Wenn ich ihn so reden höre, fühlt es sich aber nicht so an, als hätte ich die Überhand gewonnen. Ich schiebe Laura vor mir her durch die Flügeltür, von der die Metros kreischend wegspringen, kaum haben sie gesehen, dass ich eine Waffe auf Laura gerichtet halte. Im Gehen wende ich noch einmal den Kopf, das einzige Körperteil, über das ich noch selbstständig verfügen kann, und rufe Jay zu: »Michael ist übrigens am Leben, falls es dich interessiert. Er sucht dich überall! Vielleicht solltest du dich mal bei ihm melden. Vielleicht hörst du dann auf, so ein miesgelauntes Arschloch zu sein.«

Kaum habe ich das ausgesprochen, passiert etwas Merkwürdiges. Ich sehe, wie Jay etwas aus seiner Schreibtischschublade zieht. Eine Art silberne Kugel. Es geht zu schnell, ich kann nicht genau erkennen, was es ist. Er schnippt die Kugel mit dem Daumen auf, so wie die Leute früher ihre Feuerzeuge. Jay blickt erschrocken auf, als er vernimmt, was ich ihm soeben mitgeteilt habe. Dadurch fällt die Bewegung, mit der er die Kugel nach mir wirft, weniger flüssig aus, als sie vielleicht sollte, und das Ding landet mit einem dumpfen Schlag ein paar Schritte von mir entfernt auf dem Parkett. Ich sehe ein rotes Licht blinken, höre einen hohen Piepton, und dann nähert sich mein Gesicht in rasender Geschwindigkeit dem Fußboden. Es wird dunkler um mich herum. Grau. Ich pralle mit dem linken Ohr auf und spüre weder Schmerz noch Druck. Ich höre nur schlechter. Ich sehe die Kugel, wie sie aus meinem Sichtfeld rollt, und bemerke, dass ich ihr mit den Augen nicht mehr länger folgen kann. Die Stimmen der Menschen um mich herum schwellen an. Laura schreit, sie sollen sich beruhigen und Platz machen. Ich sehe ihren glänzenden schwarzen Stöckelschuh vor mir. Direkt vor meiner Nase. Wenn sie jetzt stolpert, tritt sie mir damit direkt ins Gesicht. Mir fällt auf, dass Laura Englisch spricht. Ich höre nur ihre echte Stimme, keine Übersetzung mehr. Mein Translator ist aus. Laura kniet sich vor mich, greift nach der Kugel und tut etwas damit. Ich kann nicht erkennen, was. Dann steht sie wieder auf. Ich sehe die Pistole in ihrer Hand. Mir dämmert, was geschehen ist. Die Kugel hat mich ausgeschaltet. Wahrscheinlich eine Art EMP-Bombe. Ein starker elektromagnetischer Impuls, der um mich herum den Strom abgeschaltet hat.

Ich liege auf dem Boden und bin genauso tot wie Michael damals in der Hütte, in der ich ihn gefunden habe. Eigentlich müsste ich jetzt Panik bekommen, schließlich bin ich gefangen in meinem eigenen Körper, der nicht mehr auf mich reagiert. Ich atme, ich höre und ich starre geradeaus, sonst tue ich nichts. Ich fühle nichts, obwohl mein Kopf voll von angstmachenden Gedanken ist.

»Bring him to Sebastian«, befiehlt Jay. »And don't hurt him. I need him alive«, fügt er hinzu. Ich sehe Füße. Große Füße in schwarzen Stiefeln, deren Schritte ich schon gehört habe, bevor ich sie sah. Mein Körper wird in die Luft gehoben. Mein Kopf kippt nach rechts weg. Ich sehe den Boden, wie er unter mir vorbeifliegt, viele bunte Schuhspitzen und manchmal ein porenloses Gesicht mit greller Schminke. Dann wird es grau. Sie tragen mich die Treppe runter durch einen grauen Flur. Ich kann sie keuchen und ächzen hören. Es ist nicht leicht, jemanden zu tragen, der schlaff ist wie ein Sack. Wo zur Hölle ist Violetta? Kann sie mich nicht wieder einschalten? Ich fürchte, der Chip in meinem Hals ist genauso tot wie die Lampen an der Wand. Überall, wo ich hinkomme, verschwindet der Strom und kehrt erst wieder zurück, wenn ich weg bin. Anscheinend hat Laura mir die Bombe in die Hosentasche gesteckt. Sie bringen mich in einen hellen Raum, in dem bereits ein neues Paar Schuhe auf mich wartet. Das Licht beginnt zu flackern, als sie mich reinbringen. Es geht aus. Sofort werden Taschenlampen eingeschaltet. Ich sehe Sneaker in Weiß. Sie legen meinen Körper auf etwas drauf und drehen mich dann um. Mein Gesicht landet in einem Loch, und ich starre nun den Fußboden an, der im Licht der Taschenlampen kaum noch zu sehen ist.

»What happend?«, fragt eine Männerstimme. Einer der Stiefeltypen antwortet. Er sagt, Mr. Morrison hätte eine *Blobb* nach mir geworfen und ich wäre darauf hin ausgeschaltet worden und einfach umgefallen. Während der Kerl von meinem Fußende aus spricht, höre ich den Besitzer der weißen Turnschuhe mit Dingen hantieren, die metallisch klappern. Schubladen werden geöffnet und wieder geschlossen.

»Well, I cant't work without light, can I?«, antwortet er auf den Bericht, und plötzlich treten seine Schuhe in mein Sichtfeld. Es dauert ein paar Sekunden, dann wird die Welt um mich herum schwarz. Peng! Der rote Ballon zerplatzt geräuschvoll. Bevor ich auch nur einen Gedanken dazu fassen kann, wache ich aber schon wieder auf. Was war das denn? Sekundenschlaf?

»Ja, das Implantat wurde erfolgreich entfernt. Möchten Sie, dass ich einen Zugang stehen lasse, Mr. Jones?«, fragt es in mein Ohr. Der Translator funktioniert wieder. *Mr. Jones?* Habe ich mich verhört? Ich öffne die Augen, der Fußboden ist hell. Mir ist schwindelig. Die Tatsache, dass ich meine Augen öffnen kann, verleitet mich zu der Annahme, dass ich auch andere Körperteile bewegen können müsste. Zaghaft versuche ich es. Irgendwie scheine ich keine Kraft zu haben. Ich fühle mich merkwürdig benommen. Frustriert stelle ich fest, dass meine Arme und Beine gefesselt sind und ich sie zwar ansteuern, aber trotzdem nicht bewegen kann. Der Chip scheint entfernt worden zu sein. Und kaum habe ich diesen Gedanken zu Ende gedacht, spüre ich auch, wie sich mein Herzschlag beschleunigt und meine Furcht geräuschvoll und panisch widerspiegelt. Ich spüre den Druck auf meinen Lungen, meine keuchenden Atemzüge und meine Fingerknöchel, die so wehtun, dass ich glaube, ich habe mir etwas gebrochen, als ich Bash eine reingehauen habe. Ich spüre, dass jemand meinen Körper festhält. Dieser jemand drückt mich mit aller Kraft auf eine gepolsterte Unterlage. Spucke tropft aus meinem Mund auf die Schuhe des Fremden

»Ja, habe ich verstanden.« Der Mann legt etwas zur Seite und geht dann durch den Raum. »Ihr könnt ihn hochbringen«, weist er an, allerdings sehr leise, so als würde er jemand anderen nicht beim Sprechen unterbrechen wollen. Wahrscheinlich telefoniert er.

Hände greifen nach mir und drehen mich um. Ich blinzle in die grelle Lampe über mir.

»Wahrscheinlich nicht. Trotzdem: Man kann nie wissen, und sie war schließlich dumm genug, ihn hierherzuschicken.« Ich sehe nun in das Gesicht eines Mannes mit pechschwarzem Haar und olivfarbener Haut, der seinen Zeigefinger auf sein Ohr drückt und abwesend in die Luft starrt. »Natürlich. Man kann nie wissen. Dann lassen wir alles so, wie es ist. Der Zugang steht und kann jederzeit angesteuert werden.« Ich drehe den Kopf. Was für ein Zugang? An meinen Füßen steht der zweite Bodyguard, der, den Laura auf mein Schiff geschickt hat, um es zu durchsuchen. Er lehnt sich mit aller Kraft gegen meine Schienbeine. »Danke, mein Herr. Ihnen auch noch einen schönen Abend.« Der Typ nimmt den Finger vom Ohr. Ich komme nicht umhin zu bemerken, dass er wirklich unfassbar hübsch ist. Natürlich ist er genauso gemacht wie jeder andere Passagier auf diesem Schiff, und trotzdem wirkt die Perfektion seines Gesichts natürlich und weniger aufgesetzt. Er hat so glänzendes, dichtes schwarzes Haar – er sieht aus wie gemalt.

»Dreht in unbedingt auf die Seite. Sein Kreislauf ist noch instabil. Wir wollen ja nicht, dass er sich an seiner eigenen Kotze verschluckt und erstickt, nicht wahr?« Er spricht mit dem Bodyguard zu meinen Füßen, greift dann nach einer Pinzette und nimmt damit den Chip auf, den er mir soeben aus dem Hals operiert hat. Er begutachtet das winzige Ding mit leicht zusammengekniffenen Augen. »Ich frage mich, wo Bambi den herhat.« Wieder richtet er die Frage nicht direkt an mich. Es klingt, als würde er mit sich selbst reden. Der Aufpasser an meinem Fußende packt mich an den Schultern und zieht mich hoch. Er wirft mich über seine massive Schulter wie einen Sack Kartoffeln. Plötzlich kopfüber hängend spüre ich tatsächlich, wie mein Magen beginnt, gegen diese unangenehme Position zu rebellieren.

Wir gehen denselben Weg zurück, den wir auch gekommen sind. Allerdings fahren wir diesmal Aufzug. Da ich die EMP-Bombe nicht mehr bei mir trage, funktioniert auch der Strom wieder. Ich vermute, der Mann in den weißen Turnschuhen hat mich unter Narkose gesetzt, bevor er den *Blobb,* wie sie die Kugel genannt haben, die Jay nach mir geworfen hat, deaktiviert hat. Wahrscheinlich wurde die Verbindung zur Basis während der Narkose wiederhergestellt; allerdings glaube ich nicht, dass Violetta etwas gegen meinen Tiefschlaf hatte ausrichten können.

Mir kommt nicht ein einziges Mal in den Sinn, mich gegen den unfreiwilligen Transport zu wehren. Mir ist schwindelig und übel. Die Fesseln sitzen so stramm um meine Armgelenke und Fußknöchel, selbst wenn ich es irgendwie schaffen könnte, mich von der Schulter des Bodyguards zu winden, ich würde einfach auf den Boden fallen und dort liegen bleiben. Diese Aussicht gefällt mir noch weniger, als hier abtransportiert zu werden. Also tue ich nichts und warte, bis er mich in dem Zimmer, in dem ich kürzlich noch in der Badewanne gelegen habe, aufs Bett wirft und mich wie angeordnet auf die Seite dreht. Dann geht er, ohne auch nur ein Wort zu mir gesagt zu haben. Ich schließe die Augen und kämpfe die Übelkeit nieder. So sehr ich diesen dämlichen Chip in meinem Hals gehasst habe, jetzt gerade käme es mir wirklich gelegen, wenn Violetta an meinen Empfindungen herumregeln könnte. Jetzt, wo ich hier liege, spüre ich die Konsequenzen der Prügelei, die ich angezettelt habe. Meine Arme und Hände schmerzen wahnsinnig. Ich wünschte, Violetta würde mir etwas ins Ohr sagen, von mir auch etwas Gemeines. So etwas Ähnliches wie: *Das hast du ja super hingekriegt, Laser Blue Potlowski. Der Plan ist phänomenal gescheitert.*

Zu meiner Verteidigung muss ich sagen, dass ich nur teilweise schuld an diesem Desaster bin. Vermutlich war mein Auftritt nicht der überzeugendste, das ist wahr. Doch Jay Morrison schien von Anfang an gewusst zu haben, dass ich gechippt bin und niemals vorhatte, ihnen irgendwelche wichtigen Informationen zu verraten. Ich frage mich, warum er sich da so sicher war. Es kann nicht nur daran gelegen haben, dass Laura gesehen hat, wie ich mit Violetta gesprochen habe. Während ich mir die Situation, in der ich mich befinde, immer wieder durch den Kopf gehen lasse, wird es draußen dunkel. Ich drehe mich von rechts nach links, um irgendwie den Schmerzen in meinen Schultern zu entfliehen, die durch die strammen Fesseln um meine Handgelenke verursacht werden. Das Grau vor meinem Fenster geht langsam in ein tiefes Schwarz über.

Verdammt. Ich stöhne laut und verzweifelt auf. In welche Scheiße habe ich mich jetzt schon wieder reingeritten. Was hat Jay mit mir vor? Ob er seine Drohung wahr macht und in meinem Gehirn nach Informationen sucht, die ihm nutzen, um die Organisation meiner Mutter zu stürzen? Wird er mich wirklich umbringen?

Irgendwann höre ich den Türsensor piepsen und das Schloss knacken. Die Tür öffnet sich. Ich setze mich erschrocken auf. Jay Morrison klatscht in die Hände, und die Wandleuchter im Kerzendesign flackern in warmem Licht auf. Er hat keinen Bodyguard mitgebracht. Ich stelle in meinem aktuellen Zustand auch keine wirkliche Bedrohung dar. Jay schließt die Tür hinter sich, geht zu dem Schreibtisch, der am Fenster steht, und zieht den samtbezogenen Stuhl mit den verzierten Beinen hervor. Er setzt sich und schlägt die langen Beine übereinander.

»Wo ist Michael?«, fragt er und sieht mich durchdringend an. Seine blassblauen Augen leuchten förmlich, und für einen Augenblick lässt sich erahnen, dass in diesem schwachen Körper vielleicht doch ein gewisses Temperament schlummert.

»Wieso sollte ich mir die Mühe machen und es dir sagen, wenn du dir am Ende doch einfach aus meinem Kopf herausholen kannst, was du wissen willst?« Meine Stimme klingt brüchig. Mein Hals ist trocken. Ich habe Durst.

»Ganz einfach, eine solche Prozedur ist unmenschlich und brutal. Und ich würde gerne darauf verzichten.« Er verschränkt die Hände und legt sie auf sein Knie.

»Michael und ich sind Freunde«, behaupte ich. Jay hebt die Augenbrauen. Anscheinend kann er sich das nicht vorstellen. Er kennt schließlich unsere Geschichte nicht.

»Es bringt dir nichts, mich weiter anzulügen, Laser.« Das Leuchten verlischt. Wahrscheinlich denkt Jay, dass ich bloß behauptet habe, Michael sei am Leben, um meinen Arsch zu retten. Mit der wahnwitzigen Behauptung, ich und Michael seien Freunde, habe ich meine Glaubwürdigkeit in Jays Augen wohl verspielt.

»Er denkt, dass du von der Organisation entführt wurdest. Er macht sich solche Sorgen um dich, dass er fast schon den Verstand verloren hat. Wie kann es sein, dass du hier auf diesem riesigen Dampfer in der Nordsee herumschipperst und Michael nicht einmal weiß, dass du noch lebst? Was ist das denn für ein Arschloch-Move?«, frage ich und merke, wie mich meine eigenen Worte wütend machen. Michael hat auf mich geschossen wegen diesem Blödmann.

»Michael ist tot!«, ruft Jay und springt auf.

»Nein. Er ist nicht tot. Er lebt. Und weißt du auch, warum?« Eigentlich will ich es nicht sagen. Ich will mich nicht in diese Position bringen. Und trotzdem sage ich es. Wahrscheinlich aus reiner Verzweiflung: »Weil ich ihm das Leben gerettet habe.«

Jay steht vor mir und mustert mich. Er weiß nicht, ob er mir glauben soll. Er will mir glauben. Aber irgendwie scheint das, was ich sage, ihm so abwegig vorzukommen, dass er es nicht glauben *kann*. Er dreht sich um und geht zum Fenster. Da es dort nichts zu sehen gibt außer Dunkelheit, dreht er wieder um und kommt zurück zu dem Bett, in dem ich halb sitze, halb liege. Ich wünschte, ich könnte dieses Gespräch in einer würdevolleren Haltung führen.

»Es gab keine Überlebenden nach dem Blackout. Das ganze Spielfeld wurde abgesucht. Sie haben niemanden gefunden, der diese Katastrophe überlebt hat. Michael war irgendwo unter den

Schneemassen begraben. Sie haben nicht mal seine Leiche gefunden.«

Ich blinzle erstaunt in Jays Gesicht, das voller Bitterkeit und Überzeugung Tatsachen vorbringt, die so nicht wahr sind. Wer hat ihm diesen Unsinn erzählt?

»Das stimmt nicht. Es gab einige Körper, die den Blackout überlebt haben. Nur ist niemand gekommen, um nach ihnen zu suchen.«

»Woher willst du das wissen?«, herrscht mich Jay an.

»Weil ich dort war!« keife ich zurück. »Ich bin kurz nach dem Blackout aufs Spielfeld gelaufen, um nach meiner Freundin zu suchen. Ich war fünf Tage dort, bevor ich sie gefunden habe und von Bewohnern der unabhängigen Siedlung Port Hope gerettet wurde. Während dieser ganzen Zeit habe ich nicht einen Hubschrauber am Himmel gesehen. Ich habe überhaupt niemanden gesehen. Auch in den Wochen danach nicht. Der Fleischhaufen, der mal euer verfickter super Drache war, verwest seit Monaten im Wald vor sich hin.«

»Und du behauptest, Michael war einer von denen, die den Blackout überlebt haben? Und du hast ihn gefunden?«

»Ganz genau. Und als ich ihn gefunden habe, befand er sich ungefähr in derselben Lage wie die, in die du mich vor ein paar Stunden gebracht hast. Er saß bewegungslos in einer Hütte und war dazu verdammt, die Tür anzustarren. Ich habe ihm seinen Chip mit einem Messer herausgeschnitten.«

Jay mustert mich ungläubig. Seine hervorstehenden Kieferknochen mahlen unablässig, sein Gesicht sieht dadurch noch mehr aus wie ein Totenschädel.

»Wir haben die Nacht miteinander verbracht«, fahre ich fort, und mein Gegenüber reißt erschrocken die Augen auf. Er weicht einen Schritt vor mir zurück. »Nein. Nicht so«, erkläre ich hastig. »Wir haben zusammen in dieser Hütte übernachtet. Er wollte einen Weg zurück in die Stadt finden. Er wollte zurück zu dir. Ich hatte die Hoffnung, dass er mir helfen würde, meine Freundin zu finden. Hat er aber nicht. Unsere Wege haben sich am nächsten Tag schon wieder getrennt.« Während ich an diese Nacht denke, die wir zwar nicht im klassischen Sinne miteinander verbracht haben, die aber trotzdem ein unsichtbares Band zwischen uns geknüpft hat, überkommt mich fast so etwas wie ein schlechtes Gewissen. Wir haben uns so sehr gebraucht in dieser Nacht, wie es zwischen zwei Menschen nur möglich ist. Ohne Michael King und sein *Medikit,* ohne seinen wärmenden Körper und die Waffe, die er mir gegeben hat, hätte ich meine Reise auf keinen Fall überlebt. Nicht nur ich habe ihm das Leben gerettet, er hat auch meins gerettet. Gleich zweimal. Und obwohl er in Toronto auf mich geschossen und sich aufgeführt hat wie das größte Arschloch, weiß ich jetzt, dass ich ihm längst verziehen habe. Wenn es Violetta wäre, von der ich noch immer nicht wüsste, wo sie ist und ob sie noch lebt, hätte ich wahrscheinlich genauso überreagiert.

»Und wo ist er jetzt?«, fragt Jay. Das Leuchten ist zurück. Anscheinend hat er sich entschieden, mir zu glauben. Die Hoffnung hat letztendlich obsiegt.

»Das erzähle ich dir, wenn du mir diese dämlichen Fesseln abmachst«, versuche ich mein Glück. Jay zieht verwundert die unsichtbaren Augenbrauen hoch.

»Du glaubst, du könntest hier irgendwelche Forderungen stellen?«

»Wie ich dir bereits gesagt habe, Michael ist mein Freund. Ich würde niemals etwas tun, das ihm schadet. Auch nicht seinen wahnsinnigen *Boyfriend* erwürgen, selbst wenn ich mir gerade nichts Besseres vorstellen kann.« Dass ich mich körperlich nach wie vor nicht in der Lage fühle, jemanden zu erwürgen, verschweige ich ihm wohlweislich. Jay schweigt einen Moment. Er denkt nach.

»Schön.« Er steht auf und tritt hinter mich ans Bett. Er berührt meine Fesseln, und sie springen auf. Meine Arme schnellen nach vorn wie ein überspannter Gummi. Ich stöhne vor Erleichterung auf.

»Wenn ich jetzt noch ein Glas Wasser haben dürfte?«, frage ich mit einem falschen Lächeln im Gesicht. Jay geht ins Bad und kommt mit einem Glas Wasser zurück. Er hat Leitungswasser in den Zahnputzbecher laufen lassen. Besser wird es wohl nicht werden. Ich stürze die lauwarme Flüssigkeit gierig hinunter und spüre sofort, wie es mir besser geht. Mein Mund war so trocken, dass mir die Zunge stellenweise am Gaumen festgeklebt ist.

»Also?«, fragt Jay, der wohl eine Belohnung für sein großzügiges Verhalten erwartet. Er steht jetzt neben der Tür. Wahrscheinlich will er schnell abhauen können, wenn ich mich doch umentscheide und ihn angreife.

»Als ich ihn zum letzten Mal gesehen habe, wohnte Michael im Haus deiner Agentin Tina. Zusammen mit ihren Stiefkindern Hans und Bertram.«

Die Erwähnung dieser Namen provoziert einen Ruck durch Jays mageren Körper. Das war der Beweis, den er gebraucht hat. Wenn ich mir diese ganze Geschichte nur ausgedacht hätte, woher hätte ich wissen sollen, dass seine Agentin Tina heißt, in Toronto lebt und zwei Kinder hat, die so komische deutsche Namen haben.

»Mein Kumpel Luke und ich waren in Toronto unterwegs, als wir angegriffen wurden. Michael hat uns mit zu sich nach Hause genommen. Er war in einem ziemlich beschissenen Zustand. Er nimmt diese Pillen. Keine Ahnung. Er sah scheiße aus und hat sich scheiße verhalten. Er denkt, Bambi hat dich entführt. Er war richtig paranoid. Wenn ich du wäre, würde ich mich schnellstens mit ihm in Verbindung setzen, bevor er irgendwann so viele Pillen auf einmal schluckt, dass er nicht mehr aufwacht.«

»Wann hast du ihn das letzte Mal gesehen?«, will Jay wissen.

Ich denke nach. Irgendwie ist mein Zeitgefühl in den letzten Wochen komplett durcheinander geraten.

»Vor ungefähr zehn Wochen.«

»Ich fasse es nicht«, seufzt Jay. Ich sehe es hinter seiner Stirn arbeiten. Für ihn scheint die Nachricht, dass Michael noch lebt, wirklich unglaublich zu sein. Ich vermute, er wurde gezielt falsch informiert. Aber von wem? Seinem Cousin Brownie Junior? Und warum scheint *MediaCon* daran gelegen zu sein, Jay und Michael auseinanderzubringen? »Wenn du mich anlügst, Laser«, droht er, unterlässt es aber, die genauen Konsequenzen anzukündigen.

Vielleicht kann er sich nicht vorstellen, dass jemand so böse sein könnte, eine solche Geschichte zu erfinden. Ich umklammere immer noch den Zahnputzbecher mit den Fingern, froh, das Glas aus freiem Willen und bei vollem Bewusstsein halten zu können. Als Jay sich mir ein weiteres Mal nähert, um meine Fußfesseln zu lösen, sehe ich, dass seine Augen verdächtig gerötet sind. Wahrscheinlich verkneift er sich seine Tränen der Erleichterung, um sich vor mir keine Blöße zu geben. Was ist, wenn Michael nicht mehr in Toronto ist? Wenn sie versucht haben, nach Port Hope zu gelangen, und es nicht geschafft haben? Ich kann Jay nicht von Tom und der Scheinentführung erzählen. Nicht, solange ich noch die Möglichkeit habe, zu schweigen. Vielleicht kann ich Bambi und ihrer Crew so die Möglichkeit geben, von der Unterwasserbasis zu verschwinden, bevor Jay mir deren Standort aus dem Gehirn herausoperiert oder mich so lange foltern lässt, bis ich es ihm ohne operativen Eingriff verrate. Allerdings scheint er mir nicht der Typ für solche Schweinereien zu sein. Laura McMillon hingegen schon. Ich fürchte, sie gehört zu der Sorte Mensch, die allein die Vorstellung, einen anderen Menschen zu quälen, so geil macht, dass sie wahrscheinlich schon ungeduldig vor meiner Zimmertür sitzt und es kaum erwarten kann, mich endlich in die Finger zu kriegen.

»Tina hat dieses Raumschiff in ihrer Wohnung aufgehängt. Einen *Millennium Falcon* aus diesen uralten Star-Wars-Filmen. Luke liebt diese Filme und ist fast ohnmächtig geworden, als er das Plastikmodel gesehen hat. Michael hat es ihm geschenkt«, berichte ich Jay. Die Fußfesseln springen auf, und ich kann meine Beine wieder bewegen. Michaels Gamer erinnert sich an das Ding. Ich denke, damit konnte ich ihn davon überzeugen, dass ich wirklich dort war in Tinas Wohnung.

»Du wirst diesen Raum nicht verlassen«, befiehlt Jay. »Hast du gehört?«

»Ich wüsste nicht, wohin ich gehen sollte. Ich kann nicht schwimmen. Und ich schätze, mein U-Boot habt ihr längst hinter verschlossenen Türen geparkt.«

Jay zieht unfein die Nase hoch, wischt sich mit dem Ärmel über die feuchten Augen und strafft dann den Rücken, bevor er mein Zimmer verlässt. Nicht mal der Ansatz eines Lächelns taucht auf seinem Gesicht auf. Ich höre, wie die Tür von außen verschlossen wird. Stimmen murmeln draußen, und ich bin mir sicher, Jay postiert Wachen vor meiner Tür. Nachdem seine Schritte verklungen sind, stehe ich auf und gehe ins Bad. Als hätte mein Körper nur darauf gewartet, endlich den ganzen Dreck loszuwerden, übergebe ich mich schmerzvoll in die Kloschüssel. Ich bin nur froh, dass ich es geschafft habe, mich so lange zurückzuhalten. Ich spüle mir ausgiebig den Mund aus und wasche mein erhitztes Gesicht mit kaltem Wasser. Trotzdem bin ich lange Zeit nicht in der Lage, einen klaren Gedanken zu fassen. Ich tigere unruhig durch meinen Luxuskäfig vom Bad zum Fenster und wieder zurück. Ich überlege, ob ich die Überwachungskamera abkleben soll, sehe aber irgendwie keinen Sinn darin. Ich werde sowieso nicht fliehen können. Ohne Violetta als meinen Gamer habe ich keine Chance, die Bodyguards zu überwältigen. Und selbst wenn es mir gelingen könnte, das kleine Fenster zu öffnen und ins Meer zu springen – das wäre reiner Selbstmord. Was auch immer Jay Morrison also mit mir vorhat, ich werde darauf warten müssen und dann entscheiden, was zu tun ist. Mit Kopfschmerzen setze ich mich irgendwann auf die Bettkante des enormen Himmelbetts und stütze mein Gesicht in meine Handflächen. Ich muss schlafen. Ich kann mir zwar nicht vorstellen, wie das funktionieren soll, so aufgekratzt, wie ich bin; allerdings spüre ich sehr deutlich, dass ich ohne ein paar Stunden Ruhe demnächst überhaupt nicht mehr werde denken können. Ich streife also die Schuhe von meinen Füßen, kicke sie in die Ecke und krieche unter die flauschige Decke. Die Matratze ist so weich, dass ich mich wie auf Wolken fühle. Ja, die Metros haben hier nicht an Luxus gespart. Obwohl ich immer noch nicht ganz verstehe, wieso ein Flugzeugträger, also im Prinzip ein Kriegsschiff, ausgestattet ist wie eine moderne Version der Titanic. Das ergibt doch irgendwie keinen Sinn. Über diese Frage schlafe ich ein. Es geht ganz schnell. Und ich wache auch nicht auf. Obwohl ich das befürchtet habe. Ich dachte, ich würde bei jedem kleinen Geräusch auffahren und somit die ganze Nacht unruhig zwischen Wach und Schlaf hin und her pendeln. Tatsächlich schlafe ich aber einfach durch bis zum Morgen.

Als ich die Augen wieder öffne, ist es draußen hell. Meine Kopfschmerzen sind verschwunden, und bis auf einen Bärenhunger habe ich keine Unzulänglichkeiten zu verkünden. Bevor ich aber etwas zu essen bekomme, vergehen noch ein paar Stunden. Ich versuche, irgendwie die Zeit totzuschlagen. Ich durchwühle den Kleiderschrank, finde aber keine besseren Klamotten, als diejenigen, die ich sowieso schon trage; ich bade (schon wieder), föhne mir die Haare und benutze Gel aus dem Spender, um mir tatsächlich mal wieder eine Frisur zu machen (das habe ich seit Ewigkeiten nicht mehr getan), finde dann aber, dass ich damit aussehe wie ein Metro, und frage mich, ob Luke mich auslachen würde, wenn er mich so sehen könnte. Also verstrubble ich meine Haare wieder und begnüge mich damit, mir die dunkelblonden Strähnen irgendwie aus dem Gesicht zu binden. Ich finde in den Schränken noch mehr Kosmetikartikel. Zahnbürsten, Nagelfeilen, Cremes, Duschhauben, Enthaarungscreme (ich überlege kurz, ob ich sie benutzen soll, entscheide mich aber dagegen) und Glitzersteine zum Aufkleben, die wohl derjenige hier hat liegenlassen, dem auch die Klamotten im Schrank gehören. Ich durchwühle den Schreibtisch und finde nichts. Die Schubladen sind leer. Irgendwann klopft es, und die Tür wird geöffnet. Ich zucke erschrocken zusammen. Bash, dessen Gesicht ziemlich zugeschwollen aussieht, stellt ein Tablett auf den Boden, schiebt es mit dem Fuß in den Raum hinein und schließ die Tür wieder, ohne auch nur ein Wort zu sagen. Ich esse die Vitaminpampe in dreißig Sekunden leer und stelle danach frustriert fest, dass ich immer noch Hunger habe.

Der Tag vergeht wie in Zeitlupe. Ich weiß absolut nicht, womit ich mich beschäftigen soll. Ich habe das dringende Bedürfnis mich abzulenken. Meine Sorge um Violetta und Papa wächst ins Unermessliche. Mein armer Vater. Er hat geheult, als ich weggefahren bin. Vor allen Leuten hat er Bambi angeschrien, dass er es bereue, sich jemals mit ihr eingelassen zu haben. Meiner Mutter war das super peinlich. Ich fand es rührend. Trotzdem fürchte ich nun, mein Papa könnte durchdrehen unten in der Basis, jetzt, da sie den Kontakt zu mir verloren haben.

Ich blicke aus dem Fenster und sehe nichts außer braunem Wasser. Die Sonne scheint draußen, und der Himmel ist blau. Hin und wieder fliegt eine Möwe vorbei. Das war's. Ich richte das Bett, dann mache ich Liegestütze und Klimmzüge, weil ich beim Bettmachen feststelle, dass das Gestell so massiv ist, dass man sich dranhängen kann. Angespornt von der Bewegung, die in den letzten Monaten ein Teil von mir geworden ist, funktioniere ich alle Möbel zu Sportgeräten um. Ich höre erst auf, mich zu verausgaben, als Bash irgendwann wieder ein Tablett bringt. Er sieht mich verwundert an, wie ich so komplett verschwitzt vor ihm stehe, total außer Atem. Ich esse wieder, dann bade ich (ich kriege einfach nicht genug), ich ziehe mich um (definitiv ein Frauenpullover) und werfe meine verschwitzen Klamotten mit Duschgel in die Wanne. So kann man nämlich Wäsche waschen. Das macht Matti immer so. Ich hänge die Sachen über den Rand der Wanne zum Trocknen auf. Irgendwann wird es wieder dunkel. Wie lange will Jay mich hier festhalten? Will er, dass ich vor Langeweile sterbe?

Das Abendessen kommt. Ich sage Bash, dass es mir leidtut, dass ich ihn verprügelt habe. Er zeigt mir seinen Mittelfinger und geht. Ich steige wieder ins Bett. Ich bin so aufgedreht, dass ich glaube, nie wieder schlafen zu können. Ich denke darüber nach, wieso Bambi mich auf eine so offensichtlich aussichtslose Mission geschickt hat. Jay ist nicht auf mein Täuschungsmanöver hereingefallen; nicht eine Sekunde hat er geglaubt, dass ich bin, wer ich zu sein vorgebe. Es hat fast schon den Eindruck gemacht, als hätte er es tatsächlich gewusst. Als hätte ihm jemand gesagt, dass ich kommen würde. Ich schrecke aus den Kissen hoch. Gibt es einen Verräter in der Organisation? Sofort denke ich an Richard. Natürlich tue ich das. Ich schimpfe mich selbst einen emotionalen Idioten. Dann fällt mir das Gespräch wieder ein, das ich belauscht habe. Richard hat ein Geheimnis. Violetta weiß davon, aber sie würde niemals die Organisation verraten. Wenn Jay gewarnt wurde, von jemandem aus Bambis Crew, dann würde es doch nur naheliegen, dass dieser jemand auch die Position der Basis verraten würde. Oder dieser jemand kennt die Location nicht. Schließlich wissen nur ein paar Besatzungsmitglieder der Unterwasserbasis, wo sich diese befindet. Ich beginne zu überlegen, was *MediaCon* von mir will. Warum hält Jay mich hier in diesem Zimmer gefangen und hat sich bisher nicht die Mühe gemacht, mich zu meiner Mutter und ihrer Organisation zu befragen?

Meine Geduld wird weiterhin auf die Probe gestellt. Ich verbringe die nächsten drei Tage auf meinem Zimmer. Glücklicherweise finde ich irgendwann heraus, dass die weiße Wand links neben der Eingangstür eine Projektionsfläche für einen Beamer darstellt, der im Bettgestell verbaut ist (habe ich bei meinen Klimmzügen entdeckt). Das Gerät lässt sich über Sprachsteuerung einschalten. Dass ich da nicht vorher draufgekommen bin. All die Zeit ohne Medienkonsum hat mich irgendwie vergessen lassen, solche Funktionen für selbstverständlich zu nehmen. Natürlich hat das *MediaSystem* auf diesem Schiff keine Verbindung mehr zu den Servern, und so kann ich nur abspielen, was gespeichert ist. Aber das reicht, um zu verhindern, dass ich in meinem Zimmer durchdrehe. Ich sehe mir alte Kampagnen von Michael an und schüttle die ganze Zeit über fasziniert und ungläubig den Kopf darüber, dass ich diesen Mann kenne. Und nicht nur das: Derjenige, der ihn durch die Wüste steuert, hält mich auf diesem Boot gefangen, ohne mir verraten zu wollen warum. Mein Leben ist so verdammt komisch geworden. Was wohl Bullet und Danger, meine Freunde aus der Platte, dazu sagen würden?

Nachts kann ich mir jetzt einen Sternenhimmel an die Decke projizieren und Grillenzirpen anschalten, um die Stille zu übertönen. Auf meinem Stockwerk scheinen keine anderen Passagiere untergebracht zu sein. Ich höre nie irgendwen, außer die Wachen vor der Tür, und die weigern sich standhaft, mit mir zu sprechen. Irgendwann mal, nach fünf Tagen in absoluter Einsamkeit, in der ich hauptsächlich geschlafen und Wiederholungen kanadischer *RealCity*-Episoden geschaut habe, höre ich etwas Ungewöhnliches. Es klingt nach Hubschrauberrotoren. Ich springe auf und laufe zum Fenster. Natürlich kann ich nichts sehen. Wobei, wenn mich nicht alles täuscht, zeichnet sich eine sehr feine Landlinie am Horizont ab. Was ist das? England? Das Wummern wird immer lauter. Irgendwann verstummt das Geräusch. Ich haste zu Tür und lege mein Ohr daran. Ob die Wachen was dazu sagen? Nichts. Sie schweigen sich an, wie immer. Wer kommt da? Hat Jay jemanden beauftragt, mich abzuholen? Will er es jemand anderem überlassen, mir Informationen zu entreißen, weil er es nicht übers Herz bringt? Mein Herz beginnt, aufgeregt zu schlagen. Oder wusste Jay längst, wo Bambi sich versteckt, und hat jemanden geschickt, die Basis zu zerstören? Mein Magen krampft sich zusammen, wenn ich daran denke, dass Violetta dabei ertrunken sein könnte. Sofort verdränge ich diesen Gedanken. Bambi wird sie alle an Land gebracht haben. Violetta ist in Sicherheit. Ich stehe vor der Tür und warte. Minuten vergehen. Etliche Minuten. Irgendwann gehe ich zurück zum Bett. Vielleicht hat das Ganze gar nichts mit mir zu tun? Vielleicht kommen neue Passagiere an Bord. Metros, die es irgendwie geschafft haben, ihre Ärsche hierher zu retten. Ich lasse mich auf den Rücken sinken und starre den dunkelblauen Betthimmel an. Dann geht die Tür auf, und Bash stößt einen großen schwarzen Haufen ins Zimmer. Der Haufen protestiert wütend gegen diese bekackte Behandlung und besteht darauf, dass Bash seine Wichsgriffel von ihm nehmen soll, sonst würde er ihm, verdammte Scheiße, die Fresse einschlagen. Bash verschließt mit einem lauten Knall die Kabinentür und schließt sie von außen ab. Der schwarze Haufen entfaltet sich hastig und flucht nun in Richtung der verschlossenen Tür. Er wirft etwas dagegen, dass aussieht wie mein alter Rucksack. Ich kann kaum glauben, was ich sehe: Vor mir steht Luke.

Phase 19; format C:

»Jaysis bloody hell.« Luke hat seine leuchtend grünen Koboldaugen weit aufgerissen und sieht mich an, als könnte er nicht glauben, was er sieht. »You're alive, man! Thank god, you made it!« Er fällt mir um den Hals und schlägt mir so fest auf den Rücken, dass ich fürchte, blaue Flecken davonzutragen. Er packt mich an den Schultern, stößt mich ruckartig von sich, mustert mich fassungslos, nur um mich dann wieder an sich zu drücken und immer wieder zu beteuern, dass er es nicht glauben könne, dass ich noch lebe. Tatsächlich merke ich in diesem Moment, dass ich nicht eine Sekunde ernsthaft daran gezweifelt habe, dass *er* noch lebt. Ich habe nur nicht damit gerechnet, ihn so schnell wiederzusehen. Und schon gar nicht damit, dass er plötzlich hier in meinem Zimmer auftaucht.

»Is Michael with you?«, frage ich in Lukes Hemdkragen, der riecht, als hätte Luke seit Wochen die Kleider nicht mehr gewechselt. Bei näherer Betrachtung stelle ich fest, dass er wieder seine Lederkluft trägt, die er aus Port Hope mitgebracht hat. Er hat wohl nicht zugelassen, dass Michael die Sachen, wie angedroht, in den Müll wirft.

»Ja. Er ist hier«, antwortet Luke auf Deutsch. »Laser, wusstest du, das seine Boyfriend Jay auf diese Schiff ist?«

Ich nicke.

»That's fucking unbelievable. Ich war *absolutely sure,* diese Jay ist tot. Und du? Wir dachten, du bist irgendwo in Toronto bei *MediaCon. But your are here! In the middle of fucking nowhere on the biggest fucking ship I've ever seen.«* Luke überschlägt sich fast beim Reden.

»Wie seid ihr hergekommen?«, will ich wissen.

»With this Helicopter thingy. Aber sie haben uns die ganze Flug über eine Scheißdreck gesagt. Michael wollte sie alle aus die Hubschrauber rausschmeißen. Er war *so angry.* Dann sind wir hier gelandet, und diese dünne Typ steht oben an die Deck von diese komische Flugzeug-Schiff, und als Michael ihn gesehen hat, *you wouldn't believe it, man,* Michael hat geheult wie eine kleine Mädchen. Ich dachte, er ist jetzt komplett *crazy* geworden, aber dann ist Michael aus die Hubschrauber gesprungen und auf diese Typ drauf, ich dachte, er will ihn umbringen, aber eine Sekunde später haben sie sich gekusst. Ich dachte, *what the fuck,* und dann hab ich verstanden, *that's fucking Jay!«*

Luke wechselt aufgeregt zwischen seinen beiden Muttersprachen hin und her, sodass sich ein wirres Gemisch aus Worten ergibt. Ich habe es so sehr vermisst, dass ich ihn am liebsten ebenfalls geküsst hätte, einfach weil ich so scheiß froh bin, ihn zu sehen. Allerdings glaube ich kaum, dass Luke für eine solche Liebesbekundung Verständnis hätte, also belasse ich es bei dem fetten Grinsen auf meinem Gesicht, gegen das ich mich sowieso nicht wehren kann.

»What's so funny, dude?«, fragt er.

»Ich bin so froh, dass du hier bist«, antworte ich.

»Laser, I was so worried about you! I broke the fucking Falcon because of you!«, schimpft er mit ausgestrecktem Zeigefinger.

»Das tut mir leid. Ich habe versucht, euch in Port Hope zu erreichen, aber da wart ihr nicht«, sage ich entschuldigend. Obwohl ich weiß, dass ich eigentlich nichts falsch gemacht habe.

»Michael wollte dich und deine Vater retten. Wir haben tagelang versucht, herauszufinden, wo diese *motherfucker* euch hingebracht haben. Deswegen sind wir nicht zurück nach Hause. Ich wollte bleiben und helfen. *And then fucking hell broke loose!«*

Luke seufzt laut. Er zieht seinen Ledermantel aus und wirft ihn auf den Fußboden. Zum ersten Mal, seit Bash ihn zu mir reingeworfen hat, sieht er sich im Raum um und nickt anerkennend.

»Nicht schlecht für eine Gefängnis«, beschließt er und setzt sich aufs Bett. Ich hole ihm einen Zahnputzbecher Wasser aus dem Bad. Er trinkt das Glas in großen Schlucken aus.

»What happened?«, frage ich und setze mich neben ihn. Es tut so verdammt gut, ihn hier zu sehen. Ich bin so erleichtert, dass ich heulen könnte. Erst jetzt, wo die Last, nicht zu wissen, wo er steckt, von meinen Schultern fällt, spüre ich, wie schwer sie gewesen ist.

»The Gangs turned against each other«, beginnt Luke und starrt in sein Glas. »Sie sind mitten in der Nacht in Michaels Apartment eingebrochen. Diese Männer von Stich. *You know, the guy who sent those silly buggers to rob your dad. They tried to kill all of us.* Aber Hans hat die eine in den *fucking* Kopf geschossen, und die Rest ist abgehauen. Danach war nur noch die Hölle in Toronto. Es war wie Krieg, Laser. Michael hat alle seine Dealer zusammengebracht, und sie wollten kämpfen gegen die anderen Dealer. Er hat gesagt, dass ich die *Messanger* sein soll, weil ich kann schnell rennen und mich gut verstecken. *I fucking hated it. These people are bonkers. I don't even know why they fought each other in the first place.* Die sind so dumm, Laser. Schlimmer als die *Captain* in die *Greenhouses.* Wenn sie einfach zusammenarbeiten würden, dann könnten sie viel mehr Sachen tauschen. Stattdessen bringen sie sich gegenseitig um.«

Ich nicke bestätigend.

»So stupid. *And it was the worst job ever.* Aber ich hatte keine andere Wahl, oder? Ich musste Nachrichten von die eine Teil der Stadt in die andere bringen und ich war vorher noch nie in diese dumme Stadt gewesen. Ich hab mich die ganze Zeit nur verlaufen.«

»Was waren das für Nachrichten?«, frage ich nach. Luke schüttelt fassungslos den Kopf.

»Strategic stuff. Wo haben die Leute von Stich ihre Drogen gelagert, mit wem von die *factories* tauschen sie immer, wo lagern sie ihre Waffen und so. Alles, was sie über Stich und seine Gang herausgefunden haben. But Laser, *that whole thing was so mental.* Michael konnte mir nicht mal erklären, warum sie uberhaupt angefangen haben mit die *war.* Alles hat sich irgendwie nicht echt angefuhlt. *They didn't really mean it, you know?«*

Ich nicke wieder. Ich kann mir sehr gut vorstellen, was Luke meint. Wie als hätten sie ein Game gezockt. Die kurze Zeit, die ich mit Michael und den beiden Jungs in Toronto verbracht habe, hat mir gezeigt, dass die ehemaligen Gamer und Spielfiguren so festgefahren in ihren Routinen sind, dass sie einfach da weitermachen, wo sie aufgehört haben.

»Michael hat die Krieg gewonnen. Er wurde *Captain* von die *MediaForce.* Aber die sind auch gar keine richtige Polizei, weißt du? *Just* irgendwelche *stupid fuckers,* die denken, sie sind der *shit.* Es gibt diese eine Typ, er heißt Kitty Jones.«

Bei diesem Namen klingeln meine Alarmglocken. Kitty Jones schon wieder. Sein Name ist in den letzten Tagen ein paarmal zu oft gefallen, als dass man sich keine Sorgen machen müsste.

»Laut Tom hat Kitty Jones das Kommando in ganz Kanada übernommen.«

»Who's Tom?«, fragt Luke.

»The guy who kidnapped us. Ach ja, und wahrscheinlich der Freund meiner Mutter.«

Luke sieht mich entsetzt an.

»What?«

»Erzähl ich dir gleich. Wenn du fertig bist.«

»Also diese Jones Guy kommt manchmal in die Stadt und gibt Befehle für die Metropolizei. Als diese Kitty Jones gesehen hat, dass Michael die Boss geworden ist, war er nicht sehr *happy.* Er hat gesagt, Michael sei nicht der Richtige für diese Job. Er hat gesagt, er habe zu viel Scheiße erlebt und müsse besser *relaxen* und nicht kämpfen gegen die *crazy people* in Toronto. Jemand anderes müsse Boss sein. Dann hat er Michael und mich in eine große Haus am Rand von die Stadt gebracht und gesagt, wir sollen dort bleiben, bis alles vorbei ist. Er hat Michael diese rosa Pillen gegeben und ist wieder abgehauen. In diese *house* waren wir ein paar Tage, bevor die Hubschrauber kam, um uns abzuholen. Wir dachten, dieser Kitty Jones hat die Hubschrauber geschickt. Aber es war Jay.«

»Ich habe Jay gesagt, dass Michael noch lebt. Er wusste nichts davon. Er dachte, niemand auf dem Spielfeld habe den Blackout überlebt.«

»Und Michael dachte, Jay wurde entführt. Dabei arbeitet er für *MediaCon.«*

»Eigentlich kein Wunder. Seinem Cousin gehört der Laden.«

Luke steht vom Bett auf und sucht einen Platz, wo er das Glas abstellen kann. Er entscheidet sich für den Schreibtisch.

»Wieso hat der *Boyfriend* von deine *Mum* dich entführt? Und wie bist du hierhergekommen?«, fragt er und sieht mit zusammengekniffenen Augen aus dem Fenster.

»Mit einem U-Boot.«

»Alone?«

Ich berichte ihm von Tom, der sich unter die Metropolizisten geschmuggelt hat, und davon, dass es sich bei unserer Entführung gar nicht wirklich um eine richtige Entführung gehandelt hat. Luke fällt aus allen Wolken.

»What? They fucking scared me to death«, schimpft er entrüstet. *»What is it with your mother? Is she mental or what?«*

»Das war nicht ihre Idee. Tom wusste nicht, wie er Papa und mir sonst helfen sollte. Er hat den Funk abgehört und zufällig davon erfahren, dass wir in der Stadt sind.«

Luke runzelt skeptisch die Stirn.

»That can't be true. They don't have a radio in town. Sonst hätte ich ja nicht diese dumme Nachrichten durch die Gegend tragen müssen.«

»Aber wie hätte er denn sonst deine Nachricht nach Port Hope abfangen können?«

Luke zuckt nur mit den Schultern.

»I don't know, man.«

Etwas irritiert über Lukes Einwand fahre ich fort und berichte von der furchtbaren Autofahrt und davon, dass wir irgendwann an einem Hafen angekommen sind und von dort aus in ein U-Boot verfrachtet und zu meiner Mutter in ihre Unterwasserbasis gebracht wurden. Während ich spreche, fällt mir auf, dass Tom Papa und mir erklärt hat, er habe vorgegeben uns zu Kitty Jones

Haus zu bringen, das ganz in der Nähe von der Stelle war, an der Captain Sarahs U-Boot auf uns gewartet hat. Kann das ein Zufall sein? Steckt Tom mit Kitty Jones unter einer Decke?

»She lives under water?«, fragt Luke ungläubig, aber ich bin irgendwie nicht mehr ganz bei der Sache. In meinem Kopf gehe ich jedes Wort durch, das Tom zu mir gesagt hat.

»Fuck. Ich glaube, ich weiß wer mich verraten hat«, sage ich schließlich völlig aus dem Zusammenhang gegriffen. Luke sieht mich verwirrt an.

»Jay wusste, dass ich komme und dass ich versuchen werde, ihre Netzwerke lahmzulegen. Ich glaube sogar, er weiß bereits, wo die Basis versteckt ist. Kitty Jones wird es ihm längst gesagt haben. Vielleicht plant er bereits einen Angriff, und Tom hat sich rechtzeitig von dort verpisst. Die einzige Frage ist nur, warum Jay die Basis nicht längst angegriffen hat. Worauf wartet er noch?«

»What?« Luke kann mir nicht folgen. Natürlich nicht. Ich spucke bloß Informationsfetzen aus, weil ich während des Sprechens angestrengt nachdenke und versuche, diese neuen Informationen zu einem schlüssigen Bild zusammenzusetzen. So wird das nichts. Ich muss versuchen, Luke alles der Reihe nach zu erklären. Also berichte ich ihm von den letzten Wochen, von Bambis Plan, von dem Implantat und davon, dass Violetta mich gesteuert hat.

»*I don't believe you, man*«, beschließt Luke absolut fassungslos über meine Geschichte. Ich beteuere, dass ich ihm die Wahrheit sage, und zeige ihm die Einstichstelle an meinem Nacken.

»She fucking controlled your body?«

»Ich hab dir doch schon tausend Mal erklärt, wie das funktioniert.«

»Ja, aber ich dachte nicht, dass du so dumm bist und so eine *crazy* Scheiße auch machst.«

»Alter, meine Familie sitzt in Berlin fest und wird demnächst aus ihrem Bunker raus auf die Straße gesetzt. Was sollte ich denn machen? Ich hatte keine andere Chance, irgendwie in ihre Nähe zu kommen.«

Luke überlegt einen Moment. Wahrscheinlich fällt ihm dazu auch nichts Besseres ein. Ich beende meine Geschichte, indem ich von dem *Blobb* erzähle, den Jay nach mir geworfen hat, und von dem jungen Arzt mit den weißen Sneakern, der mir den Chip wieder rausoperiert hat.

»Seitdem sitze ich hier in diesem Zimmer fest. Jay wollte alles über Michael wissen, und wahrscheinlich hat er direkt nach unserem Gespräch vor ein paar Tagen seine Leute nach Toronto geschickt, um Michael zu suchen.«

Luke nickt.

»Ich bin mir sicher, Michael kommt gleich, um uns abzuholen. *He's not gonna let him keep us prisoned. Not after what happened in Toronto.*«

Als hätte er die Zukunft vorausgesehen, wird – kaum hat Luke ausgesprochen –, die Tür aufgeschlossen, und Laura kommt herein. Als Luke sie sieht, versteift sich sein Körper, und seine Augen werden groß. Sie ist wirklich eine Erscheinung. Es fehlt nur noch, dass sie leuchtet. Und jetzt, da ich weiß, dass Violetta nicht mehr einfach so in mein Gehirn gucken kann, fällt es mir noch deutlicher auf. Aber irgendetwas stimmt nicht mit ihr. Laura McMillon hat etwas in ihrem Blick, das mir Bauchschmerzen bereitet. Ihre Bewegungen wirken seltsam. Ich kann es nicht definieren, aber wenn man genau hinschaut, sieht es aus, als würde sie vibrieren. Luke scheint das nicht zu bemerken, wer kann's ihm verdenken? Ihr attraktives Äußeres lenkt perfekt von den kleinen Schwächen ab. Seltsamerweise empfinde ich nichts als Abneigung. So als hätte sie eine ansteckende Krankheit. Sie ist komisch. Laura sieht verdammt noch mal genauso aus wie vor fünf Tagen, das ist doch nicht normal. Sie trägt denselben Hosenanzug, dieselbe Frisur und nach wie vor das derbe Hundehalsband, das sich unpassend von ihrem makellosen Äußeren abhebt.

»You're expected on deck«, sagt sie und wirkt dabei, als könne sie kaum glauben, dass Jay ihr tatsächlich befohlen hat, uns rauszulassen. »After your little performance the other day, I wouldn't let you roam free, you little shit.« Damit meint sie mich. Und irgendwie fühlt es sich gut an, zu wissen, dass es mir gelungen ist, sie nachhaltig zu verärgern. »Lucky for you nobody asks for my opinion. So go ahead and get your sorry asses up«, zischt Laura und hält uns die Tür auf. Ich muss erst meine Schuhe anziehen und meinen Translator suchen. Luke kann nicht aufhören, Laura anzustarren, auch wenn aus ihrem schönen Mund bisher ausschließlich unschöne Worte gekommen sind. Er scheint sie gar nicht gehört zu haben.

Ich finde meinen Ohrenstöpsel im Bad. Hastig setze ich ihn ein, gehe zurück und muss Luke förmlich aus der Tür treten und hinter mir her schleifen, weil er ohne meine Hilfe anscheinend keinen Fuß mehr vor den anderen setzen kann.

»Who is she?«, fragt Luke in mein Ohr. Der Translator übersetzt. Ich überlege, ob ich ihn doch lieber herausnehmen soll. Lukes Deutsch-Englisch-Gemisch könnte das Gerät überfordern.

»Sie ist rauchend heiß.«

»Sie ist dein größter Albtraum, Mann. Außerdem könnte sie so alt sein wie Oma Helene in Port Hope, man sieht es ihr nur nicht an«, flüstere ich ihm zu.

Luke verzieht das Gesicht.

»Auf keinen blutigen verfickten Fall«, übersetzt der Translator. Ich seufze. Laura läuft ein paar Schritte vor uns. Zwei Wachen gehen hinter uns. Sie haben Maschinenpistolen umhängen. Ich frage mich, wo die plötzlich herkommen.

Laura steigt vor uns in den Aufzug, und Luke stolpert über die Schwelle. Ich verdrehe verständnislos die Augen. Zusammengepfercht in dem engen Kasten, fahren wir hoch und steigen an Deck des Flugzeugträgers wieder aus. Draußen ist es windig, aber warm. Das Gefühl der Sonnenstrahlen auf meiner Haut ist unbeschreiblich. Ich bekomme sofort eine Gänsehaut am ganzen Körper. Ich kann mich nicht erinnern, wann ich das letzte Mal in so grellem Sonnenlicht stand. Ich lege die Hand schützend über meine Augen, weil ich kaum etwas sehen kann.

»Oh mein Gott! Junge!«, ruft es mit viel Bass in der tiefen Stimme quer über das ganze Schiff und landet etwas entfremdet, aber dennoch erkennbar in meinem Gehörgang. Bevor ich mich versehe, umschlingen mich zwei lange, viel zu muskulöse Arme und ziehen mich gegen eine breite stahlharte Brust. Michael King. *Er* riecht gut. Besser als Luke.

»Es tut mir so leid, Laser. Ich hatte ja keine Ahnung«, beteuert Michael immer wieder in meinen Scheitel, während er mich so fest umarmt, dass ich kaum noch Luft kriege. Ich weiß, es ist albern, aber seine Entschuldigung bedeutet mir viel. Und seine Umarmung tut gut. Ich fühle mich sicherer, jetzt, da er bei mir ist.

»Wie geht es deinem Vater?«, fragt er.

»Gut. Also es ging ihm nicht so gut, als ich ihn das letzte Mal gesehen habe – aber das lag an etwas anderem.«

Michael nickt. Er lässt mich gehen. Nach einer eingehenden Musterung meiner Person nickt er zufrieden. Wahrscheinlich musste er sich noch einmal vergewissern, dass ich wirklich wohlauf bin und man mir an Bord der CDG kein Haar gekrümmt hat.

Jay steht etwas abseits und beobachtet Michael und mein Wiedersehen mit skeptischem Blick. Jetzt, da ich ihn zum ersten Mal wirklich bewusst neben Michael stehen sehe, wirkt er noch dünner, noch blasser und noch abgeklärter. Michael klopft auch Luke auf die Schulter und schiebt uns beide auf Jay zu. Erst im Kontrast zu seinem Gamer fällt mir auf, wie leicht es ist, Michaels Gefühle von seinem markanten Gesicht abzulesen. Jays Gesicht hingegen ist eine gefrorene Maske. Michael freut sich wirklich, mich zu sehen. Und er freut sich, mir seinen Freund vorzustellen. Seine Euphorie ist ansteckend. Fast hätte ich für einen Augenblick vergessen, warum wir hier sind. Laura McMillon und ihre Fußsoldaten folgen uns, positionieren sich neben ihrem Boss und erinnern mich daran, dass das hier kein netter Plausch unter Freunden wird, sondern dass ich nach wie vor ein Gefangener bin. Jay steht an der Reling auf dem Deck der CDG, deren Fläche so groß ist, dass man eine Kleinstadt darauf hätte bauen können. Er sieht aus, als würde er beim nächsten Windstoß einfach wegfliegen. Die grelle Sonne hat seine fast schon unnatürlich helle Haut rosa gefärbt. Michael legt fürsorglich seinen Arm um ihn und zieht ihn an sich.

»Das ist er, Baby. Laser Blue. Er hat mir das Leben gerettet«, stellt er mich offiziell vor, obwohl ich hier bereits seit mehreren Tagen unfreiwillig zu Gast bin. »Und Luke. Er ist Ire, genau wie ich. Aus Limerick. Wir haben uns in Toronto kennengelernt.

Nachdem Laser und sein Vater entführt wurden, sollte ich ihn eigentlich nach Hause bringen. Leider sind uns diese miesen Wichser von der anderen Seite der Stadt in die Quere gekommen.«

Jays Augen verengen sich zu schmalen Schlitzen, und seine Mundwinkel verziehen sich etwas nach oben, wobei ich nicht glaube, dass das ein Lächeln werden soll. Er kann einfach nicht gut in die Sonne gucken.

»Lasst uns in die Orangerie gehen«, schlägt Jay vor und befreit sich aus Michaels Umarmung. »Das Mittagsessen ist bereits serviert.« Er zieht Michael mit sich. Luke und ich gehen einfach hinterher, weil wir nicht so genau wissen, was wir sonst machen sollen. Laura und ihr Bataillon bilden das Schlusslicht.

»Was ist denn eine Orangerie?«, fragt Luke. Ich weiß es auch nicht. Dann sehe ich aber, dass wir auf ein in den Boden eingelassenes Glasdach zugehen. Die Orangerie wird der große helle Raum sein, in dem die ganzen Metros rumgestanden sind und mich begafft haben, als ich Jay das erste Mal vorgeführt wurde. Von Deck aus führt eine Wendeltreppe hinunter und in das Glashaus hinein. Es ist seitlich in den Rumpf des Schiffes eingelassen, sodass auch die Front durchscheinend ist. Während wir das Deck überqueren, starre ich sehnsuchtsvoll über das grau-blaue Wasser in der Hoffnung, Land zu erkennen. Die dünne Landlinie aber, die ich von meinem Fenster aus gesehen habe, ist wieder verschwunden. Zwei der drei kleinen Begleitschiffe der CDG flankieren den Flugzeugträger links und rechts, das dritte vermute ich dahinter, kann es aber nicht sehen, da mir die Brücke des Schiffs und der Sendeturm den Blick versperren. Wir gehen an drei kleinen Flugzeugen vorbei, die auf dem ausladenden Deck parken und wohl auf ihren nächsten Einsatz warten. Auch der Hubschrauber, mit dem Luke und Michael hergekommen sind, steht an Deck. Luke scheint für all das kein Auge zu haben. Er schaut die ganze Zeit über die Schulter und starrt Laura an. Wahrscheinlich hat ihn mein Kommentar bezüglich ihres potenziellen Alters verunsichert, und er versucht nun, Anzeichen dafür in ihrem Gesicht zu sehen. Ich stoße ihn in die Seite und zische, dass er damit aufhören soll.

Wir steigen die Treppe runter und betreten die Orangerie. Diesmal ist der Saal leer. Keine Metros, keine bunten Kleider und Frisuren. Ein langer Tisch ist in der Mitte des Raums aufgebaut, und ein paar Kellner in historischen Uniformen tragen silberne Tabletts durch die Gegend.

»Schick«, bemerkt Luke, der sich skeptisch umsieht. Wahrscheinlich begreift er nicht ganz, wieso man das Innere eines hochmodernen Kriegsschiffs so altmodisch gestaltet, wenn man doch die Möglichkeiten hat, den krassesten Hightech-Schnickschnack einzubauen. Er kann sich wahrscheinlich nicht vorstellen, dass die meisten der Menschen, die hier zu Gast sind, ihr Leben lang nichts anderes als den krassesten Hightech-Schnickschnack gesehen haben und dieser Welt ab und an entfliehen wollen. Jay lässt sich seinen mit Samt bezogenen Stuhl an der Tafel vorziehen, setzt sich, und Michael tut es ihm gleich. Jay deutet auf die zwei freien Plätze gegenüber von Michael und fordert uns auf, uns ebenfalls zu setzen. Laura nimmt neben Michael Platz. Die beiden Bewaffneten bleiben stehen. Sie lassen uns nicht aus den Augen.

Ich streiche fasziniert über den Stoff der blütenweißen Tischdecke. Die Teller sind aus Porzellan. Das Besteck ist aus Silber. In der Unterwasserbasis wurden alle Essensutensilien aus Algen hergestellt und haben sich angefühlt wie eine Art Kunststoff, den man nach dem Essen direkt weggeworfen hat, damit er wieder zu neuen Essensutensilien verarbeitet werden konnte. In Port Hope war das Geschirr entweder alt und abgesplittert, aus Holz geschnitzt oder von Mardi getöpfert. Die Perfektion der Teller und Gläser, die im Sonnenlicht glänzen und funkeln, spricht meinen Sinn für Ästhetik absolut an. Ich berühre die verzierten Kristallgläser vorsichtig mit den Fingerspitzen und schrecke zurück, als einer der Kellner Wasser hineingießt.

»Das sind Originale«, bemerkt Jay, der mir mein Interesse wohl angesehen hat, und faltet die Hände vor sich wie zum Gebet. »Sie stammen aus dem Jahr 1912 aus derselben Charge, mit der auch die Titanic beliefert wurde.«

»Na dann solltest du sie besser nicht runterwerfen, Junge«, lacht Michael und trinkt einen Schluck.

Luke legt die Hände in den Schoß und sieht aus, als würde er jetzt lieber nichts mehr anfassen.

»Das ist nicht witzig, Michael. Von diesen Gläsern gibt es nur noch neun Stück auf der ganzen Welt«, entgegnet Jay und sieht Michael missfällig an. Michael legt lächelnd seine riesige Pranke in Jays Nacken und zieht dessen Gesicht zu sich. Er küsst ihn schmatzend auf den Mund und meint, er solle nicht immer so ernst sein. Das sei nicht gut für die Gesundheit. Jay, dem Michaels öffentliche Zuneigungsbekundungen anscheinend unangenehm sind, schiebt ihn von sich und beschließt, dass es Wichtigeres zu besprechen gebe als seinen angeblich fehlenden Sinn für Humor. Michael zuckt die Schultern.

»Wenn du meinst.« Er leert etwas pikiert dreinschauend das filigrane Kristallglas. In seinen Händen wirkt es so zerbrechlich, dass ich fürchte, es könnte allein durch Michaels Berührung kaputtgehen. Wie um sich für seine abweisende Haltung zu entschuldigen, legt Jay seine Hand auf Michaels, als er das Wort an mich und Luke richtet. Michael scheint zufrieden damit.

»Laser, Michael hat mir seine Geschichte erzählt. Du hast ihm das Leben gerettet, und dafür möchte ich dir danken. Aus mir unerfindlichen Gründen wurde ich fälschlicherweise über Michaels Tod unterrichtet; deshalb habe ich es nicht für nötig gehalten, nach ihm suchen zu lassen. Wenn du nicht gewesen wärst, hätte ich ihn wahrscheinlich nie wieder gesehen.«

Michael lächelt verklärt zu ihm rüber. Die Kellner servieren kleine Teller mit roten Kugeln, gelbem Brei und grünen Streifen.

Luke mustert skeptisch, was da vor ihm abgestellt wurde, und sieht mich fragend an.

»Kann man das essen?«, fragt er.

Ich nicke.

»Obwohl ich dir sehr dankbar bin, wirst du dir denken können, dass ich dich nicht einfach so wieder gehen lassen kann«, fährt Jay fort und nimmt die Hand von Michaels, um nach seiner Gabel zu greifen. »Ich wünschte, ich könnte es. Leider hängt zu viel davon ab. Trotzdem möchte ich dir einen Handel vorschlagen. Und ich würde mir wirklich wünschen, dass wir uns einig werden.« Er pikt in einen grünen Streifen und steckt ihn sich in den Mund. Während er langsam kaut, legt er die Gabel auf dem Tellerrand ab. Luke neben mir probiert skeptisch und beschließt nach dem ersten Bissen, dass der Brei nach gar nichts schmecken würde. Ich habe keinen Hunger. Im Gegenteil. Mein Magen fühlt sich wie zugeschnürt an.

»Ich weiß seit einigen Wochen, wo sich deine Mutter und ihre Organisation versteckt halten. Ein Kerl Namens Tom hat Kontakt mit mir aufgenommen und um Zusammenarbeit gebeten.«

»Tom, du Scheißtyp«, zische ich fassungslos. Ich hatte also recht. In diesem Moment wünschte ich, es wäre Richard gewesen. Das könnte ich wesentlich einfacher verkraften. Wahrscheinlich hätte es sich sogar richtig gut angefühlt.

»Dieser Tom wollte seine Informationen anscheinend erst an Kitty Jones weitergeben, aber sie sind sich wohl über den Preis nicht einig geworden.«

Ich bin ernsthaft schockiert. Tom hat Bambi also gleich zweimal verraten? Wenn er tatsächlich mit ihr zusammen war, dann muss er sie mehr gehasst haben als ich.

»Dieser Tom hat uns nicht nur die genaue Location der Unterwasserbasis verraten, sondern uns darüber unterrichtet, dass Bambi über ein ganzes Arsenal an Waffen verfügt. Unter anderem über eine gechippte Mutation aus einer *MediaCon*-Kampagne, die für nächstes Jahr geplant war.«

»Der Krake«, bestätige ich. »Aber er ist nicht gechippt.«

»Laut Tom ist er es. Und zwar haben sie ihm den Chip des Drachens eingesetzt, der auf dem Spielfeld in Kanada abgestürzt ist.«

Ich stutze. Richard hat den Chip des Drachens mitgenommen. Hat Bambi ihn wirklich dem Kraken eingepflanzt? Warum? Will sie ihn benutzen?

»Du wusstest nichts davon?«, fragt Jay und nimmt seine Gabel wieder auf.

»Die Kugeln schmecken auch nach nichts«, grummelt Luke neben mir.

»Nein.«

Jay hebt verwundert die Augenbrauen.

»Jedenfalls verfügt Bambi über dieses Waffenarsenal, und wir haben uns bisher nicht in der Lage gesehen, dem etwas entgegenzusetzen. Nicht, ohne ferngesteuerte Waffen zu benutzen, die wir aufgrund der nach wie vor fehlenden Netzwerkverbindungen nicht steuern können. Noch nicht.«

»Ich wusste nicht mal, dass Bambi über Waffen verfügt. Ich dachte bisher, die Organisation lehnt es ab, die Menschheit mit Waffengewalt zu bekehren. Meine Mutter macht eigentlich einen ganz friedlichen Eindruck. Jedenfalls auf den ersten Blick.«

»Sie hat der ganzen Welt den verdammten Strom abgeschaltet. Ich weiß nicht, wie viele Millionen Menschen dabei umgekommen sind«, entgegnet Michael entrüstet.

»Na ja, man stirbt eigentlich nicht an abgeschaltetem Strom«, sagt Luke und verzieht das Gesicht, während er auf einem grünen Streifen herumkaut.

»Mich hat es fast umgebracht«, behauptet Michael.

»Weil du einen Chip im Hals stecken hattest, der dich ferngesteuert hat.«

»Jedenfalls glaube ich nicht, dass meine Mutter vorhat, ihr Waffenarsenal zu benutzen, um irgendetwas damit in die Luft zu jagen«, sage ich schnell, bevor Luke sich hier um Kopf und Kragen redet. »Jedenfalls nicht, wenn Zivilisten vor Ort sind. Das hat sie mir sogar selbst gesagt.« Stimmt nicht. Das hat Vince gesagt. Meine Mutter hat zu diesem Thema geschwiegen.

»Wie dem auch sei«, entgegnet Jay. »Dieser Tom behauptet, die Waffen seien mit einem Code gesichert, den niemand kennt, außer dir, Laser.«

»Was?«, frage ich und muss fast lachen, so absurd erscheint mir diese Behauptung. Warum erzählt Tom so was? Will er mich umbringen? Das hätte er auch früher haben können.

»Er sagt, die Waffen der Organisation seien allesamt nutzlos, solange man den Generalcode nicht kennt, um den Zugang freizuschalten.«

»Davon weiß ich nichts«, erwidere ich. Michael sieht unsicher zwischen mir und Jay hin und her.

»Bambi hätte dich von Tom aus der Stadt holen lassen, damit du ihr den Code verrätst. Sie plant, die CDG in die Luft zu jagen. Da sie das bisher noch nicht gemacht hat, gehe ich davon aus, dass du ihr den Code nicht gesagt hast. Es ist wichtig Laser, dass du uns über deine genauen Beweggründe aufklärst. Sonst kann ich dir nicht helfen.«

Ich bin perplex. Luke mustert mich von der Seite und merkt sofort, dass ich keine Ahnung habe, wovon Jay da spricht.

»Ich ... äh«, stammle ich und überlege angestrengt, was ich sagen kann und was nicht. »Ich sollte die Netzwerkverbindung kappen. Das ist alles. Mehr weiß ich nicht.«

»Das ist doch lächerlich«, behauptet Laura und knallt ihre Faust auf die Tischplatte. Das Geschirr klappert, und Jay hält instinktiv sein Glas fest.

»Laura!«, schnauzt er sie an.

»Es ist doch wahr!«, verteidigt sie ihren Ausbruch. »Er lügt, seitdem er hier aufgetaucht ist.«

»Laser, du musst uns sagen, was du weißt. Wenn du dich entschließen könntest, mit Jay zusammenzuarbeiten, kann er versuchen, so viele Leute wie möglich zu retten.«

»Ich weiß aber nichts von einem Code. Ich habe meine Mutter vor ein paar Wochen das erste Mal in meinem Leben gesehen. Ich wusste bis vor ein paar Monaten nicht mal, dass sie meine Mutter *ist.* Woher soll ich denn den fucking Code für ihr Waffenarsenal wissen?«

Tatsächlich bringt diese Aussage den Tisch für einen Moment zum Schweigen. Luke schiebt den Teller ein Stück von sich weg.

»Was ist mit dieser Violetta?«, fragt Laura dann und funkelt mich bösartig an. »Vielleicht hat sie ihm den Code aus dem Kopf geholt. Schließlich ist das Mädchen eine berüchtigte Hackerin. Sie hat sich als *Char* in die Kampagne geschmuggelt und geholfen, den Strom abzuschalten.«

»Violetta kennt genauso wenig Bambis Waffencode wie ich«, behaupte ich und versuche, so selbstsicher zu klingen, wie ich kann. Ich will nicht, dass sie weiter von Violetta spricht.

»Wie gesagt, wenn Bambi den Code kennen würde, dann hätte sie uns schon längst angegriffen«, gibt Michael zu bedenken.

»Wenn du dich weigerst, mit uns zusammenzuarbeiten, machst du alles nur noch schlimmer, Laser. Wir können versuchen, das Ganze ohne Gewalt zu regeln, oder aber das komplette Headquarter deiner Leute in die Luft jagen, sobald die Netzwerkverbindung wieder steht. Wenn du uns den Code verrätst, haben wir ein Druckmittel und können Bambi zur Kapitulation zwingen. Ich werde veranlassen, die Basis evakuieren zu lassen. Deine Freundin ist dort, habe ich recht? Und dein Vater?«, fragt Jay.

Ich antworte ihm nicht. Mit verschränkten Armen sehe ich Jay in die blassblauen Augen. Ich habe keine Ahnung, was ich sagen soll.

»Er weiß es nicht, Mann«, sagt Luke neben mir. »Er kennt diesen Code nicht. Wenn er es wüsste, würde er es sagen. Das Letzte, was Laser will, ist, dass irgendjemand draufgeht.«

Luke fasst meine Gefühlslage perfekt zusammen. Trotzdem scheinen Jay, Michael und Laura damit nicht zufrieden zu sein. Sie sehen mich so eindringlich an, dass ich mich ausgezogen und durchlöchert fühle. Diese ganze Situation ist gleich zweimal aus dem Ruder gelaufen.

»Ich denke, das ist der Grund, warum Laser Bambi den Code nicht verraten hat. Weil er nicht will, dass jemand zu Schaden kommt. Das sieht ihm ähnlich«, sagt schließlich Michael und lächelt mich mitfühlend an. »Ich schätze, niemand außer dir kennt den Code. Aber ich versichere dir, Jay wird sich alle Mühe geben, den Schaden so gering wie möglich zu halten. Er wird diesen Leuten die Chance bieten, sich zu ergeben. Er wird den Code ausschließlich als Druckmittel nutzen, um Bambi zum Aufgeben zu bewegen, nicht wahr, Baby?«

Jay nickt abwesend, während er mich weiterhin anstarrt, als könne er alleine mit der Macht seiner Gedanken an diesen dummen Code gelangen. Michael fährt fort und versucht entschlossen, mich zum Reden zu motivieren. »Vielleicht siehst du deinen Vater und dein Mädchen in ein paar Tagen schon wieder, Laser. Der Hubschrauber steht oben an Deck. Jay kann ihn jederzeit losschicken, um die beiden abzuholen.«

Jetzt sieht Jay zu Michael, und sein Blick verrät, dass ein solches Angebot nicht abgesprochen war. Michael begegnet Jays Skepsis mit Zuversicht und nickt in meine Richtung, so als sei er sich sicher, mich damit überzeugt zu haben.

Ich hole tief Luft und falte die Hände vor meinem unangetasteten Teller.

»Leute, es bringt nichts, weiter auf mich einzureden. Ich habe absolut keine Ahnung, wovon ihr redet. Ich kenne diesen Code nicht.«

»Sag ich doch«, fügt Luke an. Unschlüssig zieht er seinen Teller wieder zu sich heran und gibt dem ungewohnten Essen eine weitere Chance. Ich schätze, er hat Hunger und soeben verstanden, dass er nichts anderes bekommen wird.

»Herr Morrison, ich denke, es ist Zeit, die Nettigkeiten sein zu lassen. Wenn der Junge nicht kooperieren will, dann müssen wir andere Maßnahmen ergreifen, um diesen Terroristen Einhalt zu gebieten«, fordert Laura und tupft sich mit einer Serviette den Mund ab. Mir fällt auf, dass ihre Lippen danach immer noch genauso rot sind wie vorher.

»Ich weiß dein Engagement zu schätzen, Laura. Allerdings obliegt diese Entscheidung allein mir. Und ich weigere mich, dem Jungen Gewalt anzutun, der meinem Verlobten das Leben gerettet hat.«

Verlobter? Das hat mir Michael gar nicht erzählt. Wahrscheinlich war er einfach zu traurig, als wir uns kennengelernt haben, und später zu vollgedröhnt.

»Untersteh dich, Laura. Wenn du dem Jungen auch nur ein Haar krümmst«, droht ihr nun auch Michael, aber Laura winkt ab. Sie steht auf. Die Stuhlbeine rutschen geräuschvoll über das Parkett.

»Das ist deine letzte Chance, Laser: Spuck den verfickten Code aus, oder ich hole ihn mir.«

»Laura!«, ruft Jay, wütend über ihren Ungehorsam, doch sie zieht ohne jegliche Gefühlsregung ihre Pistole aus dem Holster und schießt ihrem Boss in die Schulter. Der Knall wirft Luke und mich vor Schreck zurück und wir kippen fast mit unseren Stühlen um. Michael fährt auf und geht auf Laura zu, um nach der Waffe zu greifen. Mit der linken schnappt er sich eines der Silbertabletts auf dem Tisch und wirft dabei die Kristallkaraffe mit Wasser um. Laura schießt wieder, doch Michael fängt die Kugel mit dem Tablett ab. Sie flucht. Die beiden Bodyguards legen ihre Maschinenpistolen an. Aber anstatt Laura McMillon damit zu bedrohen, brüllen sie Michael an, er solle sich auf den Boden legen. Michael ist absolut verwirrt über diese Reaktion, und auch ich glotze nur mit offenem Mund zu den beiden bewaffneten Männern, die doch eigentlich hier sind, um Jay zu beschützen.

»Der Junge«, befiehlt Laura, während sie den Lauf ihrer Pistole weiterhin auf Michael gerichtet hält. Bash grinst mir schief entgegen und kommt mit vorgehaltener Waffe auf mich zu.

»Los, steh auf«, befiehlt er.

»Was soll das?«, fragt Luke entsetzt. Er tut mir aufrichtig leid – das wäre dann schon die dritte Schießerei, in die ich ihn verwickelt habe. Mittlerweile hätte ich wirklich Verständnis dafür, wenn er mir die Freundschaft kündigen würde.

»Wenn dein dämlicher Freund hier denkt, er könnte uns alle mit seinem Gehabe verarschen, hat er sich getäuscht. Bash, bring ihn runter. Wir kriegen diesen verfickten Code und jagen diese Terroristen-Schlampe mitsamt ihrer Taucherglocke in die Luft.«

Michael steht mit erhobenen Händen vor dem anderen Bodyguard und sieht besorgt zwischen mir und Jay hin und her.

»Michael, heb Jay auf und trag ihn zusammen mit diesem Hippie hier in Lasers Kabine. Bash, Bob, ihr passt auf, dass sie so lange da drin bleiben, bis ich den Code habe. Habt ihr verstanden?« Bob nickt. Er bedeutet Michael mit der Spitze der Maschinenpistole, Jay vom Fußboden hochzuheben. Was dann passiert, bekomme ich nicht mehr mit. Laura drückt mir den Lauf ihrer Pistole gegen die Schläfe.

»Gehen wir?«, fragt sie.

»Ich kenne diesen Code nicht! Du kannst in meinem Gehirn rumsuchen, solange du willst, du wirst ihn nicht finden.«

»Das werden wir ja sehen. Steh auf!« Sie stößt mich vom Stuhl. Ich kann mich gerade noch irgendwie auffangen. Luke greift nach mir, will mich von ihr wegziehen, doch Laura schießt erneut, und die Kugel streift Lukes Hand. Er schreit auf und wirft sich auf den Boden.

»Du tust besser, was ich sage, Laser, sonst schieß ich deinem Freund das nächste Mal in seinen zotteligen Kopf. Und jetzt beweg dich. Los!«

Ich kann nicht mehr denken. Ich gehe durch die Orangerie und den Eingang, den wir das letzte Mal genommen haben. Laura eskortiert mich. Bash bleibt mit Bob, Michael, Luke und dem verletzten Jay zurück. Ich laufe wie auf Glasscherben und kann kaum das Gleichgewicht halten, obwohl ich nur geradeaus gehen muss. Laura drückt die Waffe zwischen meine Schulterblätter und schiebt mich ungeduldig vor sich her.

»Wenn du dich wehrst, gebe ich Bob und Bash Anweisung, deine Freunde einen nach dem anderen umzulegen, kapiert?« Laura deutet auf ihr Ohr. »Ich kann jederzeit Kontakt zu den beiden aufnehmen. Du bist also besser schön brav und machst, was ich dir sage.«

Ich würde im Traum nicht daran denken, ihr zu widersprechen. Ich zweifle nicht eine Sekunde daran, dass sie ihre Drohung wahr machen würde. Laura McMillon packt mich im Nacken wie einen ungezogenen Hund, stößt mich in den Aufzug, und wir fahren zwei Stockwerke nach unten. Wie sie wohl reagieren wird, wenn sie feststellt, dass sich in meinem Gehirn kein Code befindet, den laut meiner Mutter nur ich wissen kann. Ich hoffe, dass sie uns dann einfach gehen lässt. Dass das absolut lächerlich ist, weiß ich im Grunde, und die Hoffnung, der ich mich für die kurze Zeit einer Aufzugfahrt hingebe, stirbt, kaum dass wir unten angelangt sind. Der Gang kommt mir bekannt vor. Ich schätze, Laura bringt mich zu dem hübschen Mann mit den weißen Turnschuhen. Der Kerl scheint sich mit Chips und Gehirnen auszukennen. Vor seiner Tür halten wir an. Ich wünsche mir Dr. Peterson zurück, der mir wenigstens immer erklärt hat, was er tun würde, bevor er es mir angetan hat. Dieser eingebildete Arsch hinter der Stahltür, die von außen übrigens absolut nicht nach Titanic, sondern nach Kriegsschiff aussieht, hat es bisher nicht mal für nötig halten, überhaupt das Wort an mich zu richten. Laura betätigt den Sensor und stößt mich unsanft in den weißen Saal, der aus stehender Position ganz klar als Operationssaal zu identifizieren ist. Ein OP mit mehreren gläsernen Bildschirmen und merkwürdigen Geräten, die aber alle Ähnlichkeit haben mit dem Zeug, das auch Bambis Neurologe in seiner Unterwasserpraxis herumstehen hat. Der junge Arzt, der kaum älter zu sein scheint als ich, sitzt mit übereinandergeschlagenen Beinen auf einem rollenden Hocker mitten im Raum und hat eine AR-Brille auf.

»Da ist wohl jemand ungeduldig geworden?«, flötet er Laura entgegen und nimmt die Brille vom Gesicht. »Wie hast du Jay davon überzeugt, dass er dir den Jungen überlässt?«

»Sie hat ihn erschossen«, antworte ich für Laura, ohne großartig darüber nachzudenken. Wahrscheinlich will ich ihr einfach nur eine reinwürgen.

»Du hast was?«, fragt der Arzt, und in seinen Augen erkenne ich, dass ihn das nicht kalt lässt.

»Mein Gott, hör auf zu heulen, Sebastian. Er ist nicht tot. Ich habe daneben geschossen.«

»Sie hat ihn in die Schulter getroffen. Er könnte verbluten«, rede ich ungefragt weiter.

»Halt die Schnauze, Junge«, herrscht mich Laura an. Ihre Hand legt sich erneut in meinen Nacken, und diesmal bohrt sie ihre spitzen Nägel in meine Haut.

»Meinst du nicht, das war etwas radikal?«, fragt Sebastian, zieht seine AR-Brille aus und steht auf. Er schiebt den Rollhocker mit der Spitze seiner weißen Turnschuhe zur Seite und bedeutet Laura, dass die Liege hinter ihm jetzt frei ist für den neuen Patienten.

»Wahrscheinlich wird er es überleben. Vor allem, was interessiert es dich denn noch? Jetzt, wo Michael zurück ist, wird er dich sowieso nicht mehr ranlassen.«

Sebastian zuckt scheinbar gleichgültig die Achseln.

»Im Gegensatz zu dir habe ich ein Herz, Laura. Na ja, wenigstens so etwas Ähnliches. Und jetzt bring den Jungen her, damit wir anfangen können.«

Laura stößt mich auf die Liege zu. Alles in mir weigert sich, mich daraufzulegen.

»Mach schon«, zischt Laura und stößt mich vorwärts. »Denk an deinen haarigen kleinen Freund aus der Wildnis. Er wird als Erstes dran glauben, wenn du dich weiterhin so anstellst.«

Ich füge mich und lege mich auf die Liege. Sie ist hart und kalt; sofort fängt mein Körper an zu zittern.

»Wer?«, fragt Sebastian belustigt und schaltet die Monitore an.

»Hast du nicht gesehen, wen Michael uns da mitgebracht hat? Einen dieser ungewaschenen Kerle aus dem Wald in Kanada. Diese Hinterwäldler, die seit Jahren in sogenannten ›unabhängigen‹ Siedlungen hausen.« Laura betont das Wort unabhängig in gehässiger Weise.

»Ich war noch nicht oben, seit sie angekommen sind«, erklärt Sebastian und beginnt damit, mir Elektroden an die Schläfen und Arme zu kleben. Laura setzt sich neben mich auf die Liege. Sie lächelt boshaft auf mich herunter.

»Und ich dachte schon, es sei das höchste der Gefühle, mich mit diesem Abschaum aus der Siedlung abzugeben.« Mit ihrem Zeigefinger schiebt Laura zärtlich eine Haarsträhne aus meinem Gesicht.

»Er soll sein Hemd ausziehen«, erklärt Sebastian. Ich bin vor lauter Angst und Wut ganz starr. Mein Atem geht stoßweise; ich bin so angespannt, dass ich fürchte, mich nicht mehr bewegen zu können, selbst wenn ich es wollte.

»Wenn Mr. Jones wüsste, mit welchem Gesocks Jay Morrison sich gerade eben an einen Tisch gesetzt hat, er hätte ihn sicherlich auch erschossen«, überlegt Laura und schiebt mit ihren eiskalten Händen mein Shirt hoch. Sie leckt sich erwartungsvoll über die perfekt geschwungenen Lippen. Ich erschauere angeekelt und schlage ihre Hand weg.

»Halt still!«, befiehlt sie.

»Ich kann mich selbst ausziehen«, protestiere ich, weil ich ihren schwarz lackierten Fingernägeln entkommen will. Die Art, wie sie mich ansieht, verursacht mir Übelkeit. Wie kann sie mich in einem Atemzug als Abschaum bezeichnen und mich im nächsten Moment so anfassen? Und dann auch noch vor diesem Arzt, der aber kaum desinteressierter an Lauras perversem Schauspiel sein könnte. Er stellt in aller Seelenruhe seine Geräte ein und hat nur Augen für die Monitore.

Hastig ziehe ich das langärmlige Funktionshirt über den Kopf und werfe es trotzig auf den Boden. Laura mustert mich mit einer Mischung aus Herablassung und Begierde. Letzteres nimmt überhand, als sie die Narben auf meinem linken Arm entdeckt. Sie sagt nichts, aber es blitzt aufgeregt in ihren Augen. Mit der rechten Hand drückt sie mich zurück auf die Liege. Sebastian kommt mit einer Handvoll Elektroden näher und klebt sie mir auf die linke Brust, unter der Brustwarze entlang bis unter die Achselhöhle. Die letzte klebt er auf die rechte Brust. Dabei blickt er mir nicht ein einziges Mal ins Gesicht. Laura hingegen verfolgt die Prozedur aufmerksam. Kaum ist Sebastian fertig, überprüft sie noch einmal den einwandfreien Sitz der Aufkleber und streicht dann scheinbar beiläufig über die roten Striemen auf meinem Arm. Sie lässt ihre Hand dort ganz selbstverständlich liegen, während sie das Wort an Sebastian richtet.

»Hast du was aus dem IT-Department gehört? Wenn wir den Code haben, können wir dann direkt angreifen, oder stört dieser dämliche Satellit immer noch den Knoten?« Ihre Finger brennen wie Feuer auf meiner Haut. Ich will, dass sie aufhört, mich anzufassen. Laura hingegen scheint sich in keiner Weise an meiner offensichtlichen Abneigung zu stören, und so langsam befürchte ich, genau darin liegt der Reiz für sie. Es gefällt ihr, dass ich sie abstoßend finde.

Sebastian hat keine Ahnung, was mit dem Satellit und der Netzwerkverbindung los ist. Damit kenne er sich nicht aus. Er sagt, ich müsse mich jetzt hinsetzen. Und wieder sagt er es zu Laura, die mich an den Schultern nach oben zieht.

»Ich habe einen Zugang zu seinem Rückenmark stehen lassen. Ich setze jetzt eine Elektrode in diesen Zugang ein. Er muss stillhalten, hörst du, Laura?«

»Leg deinen Kopf auf meine Schulter«, befiehlt Laura und rutscht noch ein Stück näher an mich heran. Ich kann mir nichts Widerwärtigeres vorstellen. Ich sehe ihr ins Gesicht, während Sebastian seine behandschuhten Hände in meinen Nacken legt. Lauras Boshaftigkeit scheint ihr plötzlich aus all ihren unsichtbaren Poren zu tropfen. Sie ist diese perfekte Hülle mit dem verdorbenen Kern. Sie sieht meine Angst, meinen Hass und meine Abscheu. All das scheint sie noch mehr anzustacheln. Sie fährt mit den Fingern durch mein Haar, streift mit den Nägeln meine Kopfhaut und umschließt dann fest meinen Hinterkopf. Sie drückt meine Stirn gegen ihre Schulter und hält mich dort so fest, dass ich den Kopf nicht mehr bewegen kann. Sie ist ungewöhnlich stark, bemerke ich voller Furcht. Ich schließe die Augen und halte die Luft an. Ich will sie nicht riechen. Sebastian hantiert für einige Sekunden an meinem Nacken; dann verkündet er, dass er fertig sei und dass wir jetzt loslegen könnten. Laura zieht mich an den Haaren von ihrer Schulter weg. Ich verziehe schmerzerfüllt das Gesicht.

»Dann wollen wir mal«, beschließt sie und grinst. »Laser Blue ist schon ganz aufgeregt. Siehst du, wie schnell sein Herz schlägt?« Sie stößt mich von sich und drückt meinen Oberkörper zurück auf die Liege.

Auf den Monitoren sind meine Vitaldaten aufgetaucht. Mein Herz schlägt tatsächlich schnell und irgendwie völlig aus dem Takt. Kein Wunder. Ich sehne mich nach einer Ohnmacht. Auf dem Bildschirm taucht mein Gehirn auf. Es sieht so ähnlich aus wie auf Dr. Petersons MRT-Scans. Ich sehe viele rote Stellen, die über die Fläche tanzen und sich sekündlich dunkler verfärben.

»Er hat Angst«, erklärt Sebastian.

»Ich weiß. Ich rieche es.« Laura legt ihre Hand jetzt auf meinen Bauch, und ihr Ellenbogen ruht auf meiner Leiste. Unwillkürlich spanne ich die Bauchmuskeln an, wie um die Auflagefläche ihrer

Finger so weit es geht zu verkleinern. Ein Lächeln umspielt ihre Lippen, dann krallt sie ihre spitzen Nägel in mein Fleisch.

Sebastian rümpft bloß die Nase bei der Erwähnung meines Körpergeruchs; allmählich scheint er ein wenig genervt von Lauras Spielchen.

»Wonach suchen wir?«, fragt er und zoomt mit einer Handbewegung in mein Gehirn hinein.

»Nach einem Code.« Laura hat nur Augen für mich. Ich wende mein Gesicht ab und starre trotzig auf den Bildschirm und mein aufgewühltes Gehirn, das ganze Farbfeuerwerke auf den Monitor schießt.

»Laura!« Sebastian schnipst mit den Fingern in der Luft. »Kannst du dich bitte für einen Moment konzentrieren, ja? Ich kann nicht irgendeinen verfickten Code in seinem Gehirn suchen. Ich brauche einen Anhaltspunkt.«

Seufzend wendet Laura sich ab und sieht nun auch den Bildschirm an.

»Mr. Jones hat gesagt, er glaubt, dass es sich um eine induzierte Erinnerung handeln könnte. So viel hat er aus diesem Tom bereits rausbekommen. Für einen Verräter scheint der Typ wenig gesprächig.«

Das klingt nicht gut. Wenn ich Lauras Worte richtig interpretiere, befindet sich Tom in Kitty Jones' Gewalt. Ich wünschte, mich würde das kalt lassen. Verräter hin oder her, Kitty Jones Gesellschaft würde ich meinem ärgsten Feind nicht an den Hals wünschen. Sebastian nickt Lauras Erklärung ab. Die Umstände scheinen ihn ganz offensichtlich nicht zu interessieren.

»Danke. Damit kann ich etwas anfangen. Und jetzt hör auf, an ihm herumzufummeln, er ist sowieso schon aufgebracht genug. Ich kann keine induzierten Erinnerungen aufspüren, wenn sein Gehirn so hyperaktiv ist. Vielleicht ist es besser, wenn du den Raum verlässt.«

Laura blinzelt Sebastian enttäuscht entgegen.

»Warum? Wir haben doch gerade so viel Spaß miteinander.«

»Du hast Spaß mit ihm. Er hat ganz offensichtlich keinen mit dir.«

Laura steht enttäuscht von der Liege auf. Nicht ohne noch einmal unauffällig mit der Handkante über meinen Schritt zu streifen. Ich zucke zusammen, als hätte ich einen Stromschlag bekommen. Sie lacht amüsiert auf und geht dann auf ihren viel zu hohen Schuhen geräuschvoll zur Tür.

»Ich werde nachsehen, ob Bash und Bob die Situation weiterhin unter Kontrolle haben. Melde dich, wenn du etwas gefunden hast.« Bevor Laura geht, zwinkert sie mir noch einmal lasziv zu, und mir kommt die Kotze hoch. Kaum ist sie weg, erscheint mir die Situation schon wesentlich weniger bedrohlich, obwohl ich keine Ahnung habe, was dieser Sebastian mit mir vorhat und ob ich die Prozedur unbeschadet überstehen kann, ohne zu enden wie Kimba Glue, deren Gehirn einmal durch den Fleischwolf gedreht wurde.

»Ich habe übrigens keine Ahnung, was dieser Code sein soll«, erkläre ich zum gefühlt hundertsten Mal, aber Sebastian ignoriert mich einfach. Er sieht sich meinen Scan an und nimmt zufrieden zur Kenntnis, dass das Farbfeuerwerk in meinem Kopf langsam abflacht. Er steht auf, holt einen Injektor vom Sideboard und kommt damit auf mich zu.

»Was ist das?«, frage ich und will den Arm wegziehen; Sebastian hat allerdings schon zugestochen. Es tut nicht weh. Nur die Einstichstelle wird kalt. Was hat er mir da gespritzt und warum? Ich überlege, ob ich ihn irgendwie überwältigen könnte. Wenn ich es schaffe, ihn sofort außer Gefecht zu setzen, kann er keinen Alarm schlagen. Leider scheint Sebastian mit so etwas gerechnet zu haben. Meine Glieder werden schwer. Wahrscheinlich hat er mir eine Art Beruhigungsmittel gespritzt. Ich warte darauf wegzutreten. Zwar werde ich ein wenig benebelt und fühle mich wie kurz vor dem Einschlafen, mein Blick bleibt aber auf dem Monitor haften, und ich kann live miterleben, wie mein Gehirn auf die Drogen reagiert. Ich fühle mich wie damals in Toronto, als ich das Wasser getrunken habe, das mit Beruhigungsmitteln versehen war. Die roten Spitzen in meinem Gehirn werden heller, das Blau kälter, und mein Herzschlag beruhigt sich. Die Angst verfliegt. Ich liege teilnahmslos auf dem Rücken und harre der Dinge.

Sebastian lehnt sich in seinem Sessel zurück und verschränkt die Arme hinter dem Kopf. Er beobachtet konzentriert den Monitor. Es scheint nicht viel zu passieren. Meine Kraft reicht gerade so aus, um zwischen meinem Gehirn und dem attraktiven Mann in Weiß hin und her zu blicken. Ich bin völlig fasziniert von seinen Zügen, die aussehen wie gemalt. Ich würde ihn gerne malen. Im Profil. Sein Profil ist wirklich faszinierend. In Gedanken nehme ich ein Stück Kohle in die Hand und fahre damit Sebastians Profil entlang. Was Jay Morrison wohl an sich hat, dass er es schafft, so charismatische Männer wie Michael und Sebastian für sich zu gewinnen? Wenn ich auf Männer stehen würde, glaube ich nicht, dass mir jemand wie Jay überhaupt aufgefallen wäre. Ich zeichne Sebastians Lippen. Er hat diese Mulde unter der Nase, die von den Lippenbögen der Oberlippe gebildet wird. Ich habe keine Ahnung, wie man das nennt. Ich drücke zu fest auf, und das Stück Kohle in meiner Hand bricht ab. Sebastian zuckt leicht zusammen. Hat er es gehört? Merkwürdig. Ich dachte, ich halluziniere. Auf das Knacken der Kohle folgt ganz selbstverständlich das Platzen des roten Luftballons. Der vertraut widerliche Geruch von verwesendem Fleisch steigt in meine Nase. Fuck. Wenn der feine Herr Doktor schon Probleme mit meinem Angstschweiß hat, wie wird er erst reagieren, wenn er das hier riecht? Sebastian grinst und zoomt in mein Gehirn. Die Tür geht auf, und Laura kommt zurück. *Nein,* denke ich. *Bitte nicht Laura!*

»Du kommst genau richtig«, verkündet Sebastian.

»So schnell?«, fragt Laura und begutachtet den Monitor.

»Induzierte Erinnerungen lassen sich triggern. Ich hab ihn mit einer Mischung aus Beruhigungsmitteln und Clozapin abgeschossen. Und kaum war er ordentlich weggetreten, sind diese Muster hier aufgetaucht.« Er deutet auf den altbekannten roten Fleck in meinem Gehirn, den auch Dr. Peterson schon entdeckt hat.

»Ich habe keine Ahnung, was du meinst. Kann ich die Erinnerung sehen?«, fragt Laura.

»Ja. Gleich. Ich muss sie erst rausholen.«

Rausholen? Die Erinnerung? Wie soll das gehen?

»Ist diese Erinnerung irgendwie mit seiner Mutter verbunden? Kannst du das sehen?«

»Das kann sein«, antwortet Sebastian und steht von seinem Sessel auf. »Frag ihn noch mal nach ihr«, fordert er Laura auf. *Frag mich doch selbst, du Arschloch!*, schreit es in meinem Kopf. Nein, es schreit nicht. Es singt. Ganz merkwürdige Melodie.

»Laser, Schatz, wie war das noch mal, als du deine Mami öffentlich bezichtigt hast, die ganze Welt zerstört zu haben? Was genau hast du damals zu ihr gesagt? Ich erinnere mich nicht mehr an den genauen Wortlaut.«

»Ich werde jedem erzählen, dass du es warst, der die Welt zerstört hat«, wiederhole ich folgsam, was ich damals zu meiner Mutter gesagt habe.

»Jackpot«, ruft Sebastian. »An dieser Erinnerung hängt eine Menge Zeug. Und die induzierte Erinnerung scheint ebenfalls damit verbunden zu sein. Das Ganze sieht für mich eher nach einer unterbewussten Ebene aus, aber das soll uns egal sein.«

»Schön. Ich will all diese Bilder sehen. Hol sie raus, Sebastian.«

»Alle? Warum?«

»Weil ich so viel wie möglich über diese Schlampe wissen muss. Und anscheinend steckt einiges über sie in seinem Gehirn.«

»Ich dachte, Mr. Jones will ihre Unterwasserstation mithilfe des Codes in die Luft jagen. Ich denke nicht, dass von Bambi viel übrig bleiben wird, was uns gefährlich werden kann.« Sebastian schaltet ein weiteres Gerät ein, das sich direkt über meinem Kopf befindet. Laura setzt sich wieder zu mir auf die Liege.

»Glaubst du wirklich, sie ist noch dort? Nachdem der Kontakt zu ihrem Sohn abgebrochen ist, wird sie sich wohl gedacht haben, dass wir vorhaben, diesen beschissenen Schlüssel aus seinem Hirn zu operieren. Sie wird den ganzen Laden evakuiert haben und mittlerweile versuchen, sich irgendwo auf Grönland zu verstecken.«

»Wahrscheinlich hast du recht. Also gut. Ich kann aber nicht garantieren, dass er diese Prozedur unbeschadet übersteht. Das ist ein schwerwiegender Eingriff. Es ist nicht ganz leicht, an der richtigen Stelle … abzuscheiden.«

»Was soll ich sagen«, meint Laura und lächelt mitleidig auf mich herab. Jetzt, wo ich keine Angst mehr vor ihr habe, hat sie wohl das Interesse verloren. »Der Zweck heiligt die Mittel.«

»Vielleicht hört er auf, sich gegen deine Annäherungsversuche zu wehren, wenn ich mit ihm fertig bin.«

Sebastian tippt etwas auf einer unsichtbaren Tastatur.

»Wenn er sich nicht mehr wehren kann, macht es keinen Spaß.«

Ich kann mich nicht wehren. Ich bin viel zu müde. Ich kann bloß hier liegen und zuhören. Ich sehe einen Lichtblitz vor meinen Augen und höre einen peitschenden Schlag.

»Oh shit«, flucht Sebastian.

»Was?«

»Was zur Hölle ist das?«

Wieder knallt es in meinem Kopf.

»Eine verfickte Firewall! Sie hat ihm eine Firewall in den Kopf gebaut! Das ist doch nicht zu glauben!«

Ich habe eine Firewall in meinem Kopf? Das ist … das ist gut, glaube ich.

»Und jetzt?«, fragt Laura nervös.

»Jetzt muss ich die ganze verdammte Festplatte löschen und die Daten später extern wiederherstellen. Das kann Tage dauern.«

»Mr. Jones wird begeistert sein.«

»Wenn ich alles lösche, war's das mit ihm. Bist du sicher, dass Mr. Jones damit einverstanden ist?«

»Wie ich bereits sagte, der Zweck heiligt die Mittel.«

»Willst du ihn nicht vorher fragen?«

»Das ist nicht nötig.«

Sebastian zuckt die Schultern. Er tippt wieder. Diesmal schlägt es nicht in mein Gehirn. Auf dem Monitor erscheint plötzlich ein Bild. Ich sehe mich selbst als Baby auf Papas Schultern sitzen. Dann sehe ich Bambi. Sie lächelt. Sie ist wunderschön und sie strahlt.

»Ich kann den Löschvorgang visualisieren. Allerdings verschwinden die Bilder, sobald sie aus seinem Gedächtnis entfernt wurden. Du kannst sie erst in Ruhe durchsehen, wenn ich sie wiederhergestellt habe.«

»Vielleicht haben wir Glück und sehen den Code im Schnelldurchlauf.«

»Vielleicht. Ich kann versuchen, im richtigen Moment einen Screenshot zu machen. Allerdings ist die Auflösung der Bilder wirklich miserabel. Wenn du brauchbare Daten haben willst, musst du dich eine paar Tage gedulden.«

Bambi streckt die Arme nach mir aus und hebt mich von den Schultern meines Vaters. Das Merkwürdige ist, dass ich mich eine Sekunde später nicht mehr erinnern kann, wann ich dieses Bild zum ersten Mal gesehen habe.

»Ich habe sie mir ganz anders vorgestellt«, stellt Laura enttäuscht fest, als sie die Bilder meiner Mutter über den Bildschirm flimmern sieht. »Und sie scheint dich ja doch irgendwie ganz gern gehabt zu haben, Laser. Komisch, wann das wohl aufgehört hat?«

Bambi erscheint als Reh im Clubhaus der Teta 3. Violettas Avatar liegt auf dem Sofa und träumt. Ich bin wütend und schreie das feige Karnickel Tutzi an. Bambi steht mit dem Rücken zu Papa und mir in ihrem Unterwasserwohnzimmer und dreht sich lächelnd um, als wir hereinkommen. Bambi ist wütend. Bambi ist traurig. Bambi lächelt. Bambi trinkt aus ihrem Kaffeebecher. Minutenlang sehe ich sie in allen möglichen Momenten auf dem Bildschirm, den Laura und Sebastian ebenso gebannt anstarren wie ich. Die Bilder fliegen in atemberaubender Geschwindigkeit über das Glas. Bambi verabschiedet sich von mir, als ich in die XS-01 einsteige, um *MediaCons* Flugzeugträger zu infiltrieren. Sie drückt ihren zierlichen Körper an mich, lässt nicht zu, dass ich mich wehre. Sie umarmt mich, stellt sich auf die Zehenspitzen und küsst mich auf die Wange. Sie sagt, dass sie stolz auf mich ist. Ich höre ihre Stimme in meinem Kopf. Ich befreie mich hastig von ihrem Körper und stampfe zornig davon. Als ich mich noch einmal umdrehe, sehe ich bloß eine dunkelhaarige Frau, deren schwarze Augen sich mit Tränen füllen, als sie zum Abschied die Hand hebt. Sie kommt mir bekannt vor. Ich habe das Gefühl, als hätte ich sie schon einmal gesehen. Warum habe ich Bilder von ihr in meinem Kopf. Kenne ich sie? Meine Blicke wandern zu ihren Schuhen. Sie trägt Lackschuhe mit glitzernden kleinen gelben Sonnenblumen darauf.

»Das ist die induzierte Erinnerung«, kommentiert Sebastian das merkwürdige Bild. Ein Luftballon taucht auf dem Bildschirm auf. Ein langer rot lackierter Fingernagel bohrt sich in das Gummi, und der Ballon zerplatzt.

»Ich habe dir doch gesagt, du sollst das Ding nicht mit reinnehmen«, sagt eine Stimme. Neben dem Mädchen steht eine dunkelhaarige Frau in Jeans und weißer Bluse. Sie trägt lange goldene Ohrringe und eine Uhr. »Wir sind hier in einem Krankenhaus und nicht auf dem Jahrmarkt.« Das Mädchen mit den Lackschuhen begutachtet traurig die verschrumpelten Fetzen, die einmal der große pralle Ballon gewesen waren. Die Frau zieht das Mädchen am Armgelenk mit sich und tritt mit dem Stiefel auf die Gummireste. Das Mädchen geht in einen düsteren Raum, in dem die Fenster mit braunen Jalousien verhangen sind, und plötzlich bemerkt es den Geruch. Es riecht so, wie wenn etwas im Kühlschrank schlecht geworden ist.

»Dein Großvater möchte sich von dir verabschieden, Schatz«, sagt die Frau. »Beeil dich, hier drinnen stinkt es erbärmlich.« Ich begreife nicht ganz, wieso dieser Film auf dem Monitor vor mir abgespielt wird. Ich dachte, darauf sind meine Erinnerungen zu sehen. Aber vielleicht irre ich mich auch. Das Mädchen geht zögerlich auf das Bettgestell zu, in dem ein sehr alter Mann liegt. Vom Bettgestellt hängt ein schlaffer Arm mit runzliger Haut herab. Die Frau nimmt den Arm und legt ihn vorsichtig auf die Brust des Alten. Er ist an etliche Schläuche und Kabel angeschlossen. Ich frage mich, wie der Typ sich in diesem Zustand von dem Mädchen verabschieden will.

»Was soll das, Sebastian?«, fragt Laura. »Ich weiß nicht, was das ist, aber wir suchen einen Code, keine rührseligen Krankenhausszenen.«

»Das ist die induzierte Erinnerung. Du hast gesagt, ich soll danach suchen – hier ist sie.«

Das Mädchen klettert jetzt zu dem alten Mann ins Bett. Sie kuschelt sich an seine Schulter und legt ihre kleine Hand auf seine Brust.

»Ich hab dich lieb, Opa«, sagt sie. Natürlich erwidert der Mann nichts. Er kann nicht sprechen, er hat einen Schlauch in seinem Hals stecken.

»Vielleicht sagt der Junge die Wahrheit, und der blöde Code befindet sich gar nicht in seinem Kopf.«

»Warum sonst sollte Bambi eine Firewall in sein Gehirn gebaut haben?«, fragt Sebastian. Wer zur Hölle ist Bambi, und wieso hat sie eine Firewall in mein Gehirn gebaut?

»Keine Ahnung. Ich werde sie fragen, wenn ich sie das nächste Mal sehe«, erwidert Laura ironisch. Meine Augenlider werden immer schwerer. Ich kann die Augen kaum noch offen halten. Das kleine Mädchen hält mittlerweile die Hand ihres Großvaters. Der Geruch stört sie nicht mehr. Sie schmiegt ihren kleinen Körper gegen seinen und sie weiß, dass es das letzte Mal sein wird, dass sie ihn sieht.

»Das reicht jetzt, Leelah. Großvater muss sich weiter ausruhen«, sagt die Frau in Jeans und weißer Bluse. Das Mädchen löst sich unwillig von dem alten Mann. Ihr Blick fällt auf seinen tätowierten Arm. Die Farbe ist verblasst, und mit den Jahren sind auch die feinen Linien verschwommen, die einmal ein verworrenes Muster aus Symbolen gebildet hatten.

»Auf Wiedersehen, Großvater«, flüstert das Mädchen in das Ohr des Alten. Ob er wohl gespürt hat, dass sie da war? Ob er ihre Worte gehört hat?

»Screenshot!«, ruft plötzlich Laura. Erschrocken fährt Sebastian zusammen und tippt hastig mit dem Finger auf seinen Oberschenkel. »Da war's! Das ist der Code!«

»Was?«

»Das Tattoo!«

Ich verstehe nur Bahnhof. Welcher Code? Und wer ist dieses Kind? Ich beschließe, dass es besser für mich ist, jetzt die Augen zu schließen. Vielleicht schaffe ich es, an Violetta zu denken. Ich sehe ein Bild von ihr, bevor meine Lider zufallen. Ich sehe sie, wie sie inmitten der verschneiten Wildnis zusammengerollt im Flügel des Drachen liegt, den ich nach langer Suche endlich gefunden habe.

»Hast du den verdammten Screenshot?«, fragt Laura aufgeregt.

»Ja. Man sieht den Arm allerdings nur verschwommen. Es würde mich wundern, wenn du damit etwas anfangen könntest. Ich leite dir die Aufnahme weiter. Du solltest Mr. Jones darüber informieren, was passiert ist.«

»Das ist nicht nötig, er weiß es bereits. Ich gehe direkt ins Labor und versuche, das Bild zu vergrößern.«

»Es wird noch ein paar Stunden dauern, bis ich alles leer geräumt habe. Du könntest außerdem mal nach Jay sehen. Ich bin mir sicher, er würde sich über ein wenig Zuwendung deinerseits freuen.«

»Das habe ich bereits. Es geht ihm den Umständen entsprechend gut. Ich habe ihm ein Aspirin gegeben.«

»Wie überaus freundlich von dir.«

Ich ziehe Violettas Körper näher an meinen. Sie ist heiß und hat Fieber. Ich muss schlafen. Meine Arme und Beine werden schwer wie Blei. Mein Atem geht ruhig und tief. Ich drifte davon – und ehrlich gesagt, fühlt es sich gar nicht so schlecht an.

»Na schön«, ich komme später wieder. Wenn noch etwas ist, melde dich bei mir.« Ich spüre, wie Laura neben mir aufsteht und mit klackernden Absätzen den Raum durchschreitet. Die Tür öffnet sich, dann schließt sie sich wieder. Es wird still hier drinnen. Ich höre nur noch das leise Surren der Maschinen und das Knarzen des Ledersessels, wenn Sebastian sich darin bewegt. Ich habe vergessen, warum ich hier bin. Angestrengt versuche ich, mich daran zu erinnern. Es will mir nicht einfallen. Am Ende erscheint es mir auch gar nicht mehr so wichtig. Ich lasse mich im Strom meiner Erinnerungen treiben und fließe warm und vollkommen entspannt durch die vielen Bilder und Gefühle, die, wie von irgendetwas Unsichtbarem angezogen, aus mir rauszulaufen scheinen. Erst als ich ein Geräusch höre, als würde jemand gegen eine Scheibe schlagen, komme ich wieder halbwegs zu mir.

»Was zur Hölle?«, höre ich Sebastian rufen. Dann scheppert es so laut, dass ich die Augen aufreiße. Luke kommt mit den Füßen vorwärts durch das kleine Fenster geflogen und landet unsanft und von Scherben umgeben auf Sebastians Schreibtisch.

Phase 20; Destabilisierung

Sebastian weicht erschrocken zurück. Er greift an sein Ohr, doch Luke ist schneller. Mit seinen schweren Lederstiefeln tritt er dem Arzt ins Gesicht, sodass Sebastian gegen die Wand geschleudert wird, bevor er etwas sagen kann. Ich beobachte erstaunt, wie Luke sich auf den Mann in Weiß stürzt und so lange mit der Faust auf ihn einprügelt, bis er sich irgendwann nicht mehr rührt. Erst dann lässt er von ihm ab und hastet zu mir. Ich sehe sein Gesicht direkt über mir.

»Ist alles okay, Laser? Geht's dir gut?«

Ich antworte nicht. Ich weiß nicht, was ich sagen soll. Luke begutachtet mich panisch. Er reißt mir die Elektroden vom Körper. Ein Warnsignal ertönt. Luke schaltet alle Geräte aus, die einen sichtbaren Schalter haben. Das Surren verstummt. Und doch will der Strom nicht versiegen. Irgendwie fließen die Gedanken weiter aus mir raus. Ich kann sie nicht festhalten.

»Was haben sie mit dir gemacht? Stehst du unter Drogen?«

Das ist es! Ich stehe unter Drogen. Ich nicke vorsichtig. Luke flucht. Er zieht mich an den Schultern hoch.

»Wo sind deine Klamotten?«

Ich weiß es nicht.

»Ficken! Da steckt was in deinem Hals! Es leuchtet! Ficken, ficken, ficken! Soll ich das rausholen?«

»Ja«, krächze ich. Ich glaube, das wäre besser. Ich weiß nicht genau, wieso ich das denke, aber es erscheint mir nicht richtig, irgendwas im Hals stecken zu haben. Luke rennt hektisch durch die Praxis und sucht ein passendes Werkzeug. Ich habe keine Ahnung, was das sein könnte. Irgendwann findet er eine lange Pinzette und kommt damit auf mich zu.

»Scheiße! Und wenn ich dich umbringe?«, fragt er, und ich sehe den Angstschweiß auf seiner Stirn. Ich zucke müde mit den Achseln. Was weiß ich? Was bleibt ihm anderes übrig, als es zu versuchen?

Dann tritt er hinter mich. Ich spüre, wie er mir seine eiskalte Hand auf die Schulter legt. Plötzlich hört der Strom auf. Der Fluss wird zum See.

Ich möchte schlafen. Einfach nur schlafen.

»Ich hab's«, ruft Luke euphorisch. »Da hat ein kleines Stäbchen in einem winzigen Loch in deinem Nacken gesteckt. Es ging ganz leicht raus. Los, wir müssen abhauen.«

Luke versucht, mich zum Aufstehen zu motivieren. Er sammelt mein Shirt vom Boden auf und reicht es mir. Ich habe absolut keine Kraft, mich anzuziehen, geschweige denn aufzustehen. Ich halte das Stück Stoff in der Hand und starre Luke an, der aufgekratzt nach einem Holzknüppel greift, mit dem er Minuten zuvor die Fensterscheibe eingeschlagen hat.

»Komm schon, Mann. Wir müssen Michael befreien.«

Das überfordert mich maßlos.

»Laser! Wir haben Hilfe bekommen. Violetta hat sich bei uns gemeldet. Sie sind auf dem Weg hierher!«

Violetta? Hierher? Aber wie zur Hölle kann das sein?

»Los komm schon, du Idiot! Steh auf!« Er zerrt an meinem Arm, und ich versuche, mich aufrecht hinzustellen. Meine Beine sind wackelig und fühlen sich an, als wären sie aus Gummi. Langsam ziehe ich mir das Shirt über den Kopf; es dauert einen Moment, bis meine Arme den Weg durch die Ärmel gefunden haben.

»Verfickte Scheiße«, flucht Luke, dem aufzufallen scheint, dass ich in meinen Zustand zu kaum etwas zu gebrauchen bin. Es tut mir furchtbar leid, aber ich habe mir die Spritze schließlich nicht selbst gegeben. Weil ich glaube, gehört zu haben, Violetta sei auf dem Weg hierher, versuche ich, meinen Körper auf die Tür zuzubewegen. Luke geht mit dem Knüppel in der Hand voran. Er berührt den Türsensor, aber die Tür geht nicht auf. Abgeschlossen.

»Hier kommen nur Laura und Sebastian rein und raus«, erkläre ich und habe das Gefühl, so langsam zu sprechen, dass ich den

Weg der Worte aus meinem Mund hinaus genauestens verfolgen kann. Luke handelt schon, da bin ich immer noch fasziniert vom Klang meiner eigenen Stimme. Er rennt zu Sebastians Schreibtisch, greift nach den Fußknöcheln des hübschen Arztes (gerade ist er nicht mehr so hübsch, sein Gesicht sieht ziemlich übel aus) und zieht ihn unter dem Tisch hervor. Er schleift seinen Körper zur Tür. Sebastian stöhnt schmerzerfüllt auf. Luke flucht wieder. Er nimmt Sebastians Hand, zerrt sie in die Luft und schlägt damit gegen den Türsensor. Das Licht wird grün, die Tür geht auf. Luke steckt seinen Kopf durch den Türspalt.

»Die Luft ist rein. Los, raus«, zischt er, und wir gehen raus auf den Flur. Draußen sucht er mit den Augen den Gang ab. Ich versuche, seinem Blick zu folgen, bin aber nicht schnell genug. Irgendwann beginnt er auf der Stelle auf und ab zu springen und fuchtelt mit den Armen. Was soll das? Was macht er da? Kann es sein, dass ich mir das alles nur einbilde? Dass ich mich eigentlich immer noch auf der Liege im OP befinde? Mein Kopf tut weh. Ich berühre mit den Fingern meine Schläfen.

»Komm schon, Mädchen! Hier bin ich!«, ruft er, und sein Gehopse wird immer eindringlicher. Irgendwann klickt das Türschloss hinter mir. Ich zucke zusammen.

»Geht doch!« Luke rückt seinen Ledermantel am Kragen zurecht und bedeutet mir, ihm zu folgen. Ich reagiere nicht gleich, also nimmt Luke genervt meine Hand und zieht mich hinter sich her durch den unschönen Flur aus beigem Stahl mit dem grauen abgetretenen Teppich. Er sieht immer wieder an die Decke, und irgendwann begreift sogar mein Matschgehirn, dass es die Überwachungskameras sind, nach denen er schaut. Wir halten an, die Kamera blinkt, wir gehen weiter. Wir halten an, die Kamera blinkt, wir steigen in den Aufzug. Hier lehne ich mich gegen die Wand und schließe für einen Moment die Augen. Mir geht's immer beschissener. Mein Kreislauf kommt absolut nicht mit der ganzen Lauferei klar. Kalter Schweiß klebt an meinem Rücken, und die Kopfschmerzen werden immer schlimmer.

»Hör zu, Mann. Wenn wir jetzt aussteigen, bleibst du beim Aufzug, okay? Bleib einfach stehen und warte, bis ich wiederkomme.« Luke klingt leicht panisch. Weil mir sein Vorschlag aber sehr gelegen kommt, nicke ich nur schwach. Ich hoffe, was auch immer hier gerade passiert, ist bald vorbei. Wir kommen im zweiten Stock an. Auf diesem Flur war mein Zimmer. Der Flur sieht hübsch aus. Nicht so hässlich und kriegsschiffmäßig wie unten. Wir steigen aus. Luke stellt sich vor die Überwachungskamera, die den Bereich vor dem Aufzug aufzeichnet, und wartet auf das rote Blinklicht. Nichts blinkt, er wartet.

»Was tust du?«, frage ich und lasse mich an der Wand entlang Richtung Boden rutschen. Die letzten zwanzig Zentimeter plumpse ich unelegant in den weichen Teppich.

»Ich warte darauf, dass Violetta den Flur freigibt«, erklärt Luke. Mein Herz macht einen Satz. Violetta. »Sie hat sich in das Intranet des Schiffs gehackt und kontrolliert die Schlösser und Kameras. Wenn die Kamera blinkt, ist die Luft rein.«

Meine Freundin ist so unglaublich schlau. Erleichtert seufze ich, denn ich bin mir sicher, wenn Violetta ihre Finger im Spiel hat, dann haben wir eine gute Chance, hier heil wieder rauszukommen. Wie um meine Gedanken zu bestätigen, blinkt die kleine Leuchtdiode, fast so, als würde sie uns zuzwinkern. Luke setzt sich mit seinem Knüppel bewaffnet in Bewegung. Nach ein paar Sekunden höre ich ein merkwürdiges Zischen und dann laute Schreie. Mein Kopf möchte gerne aufspringen und wegrennen, mein Körper allerdings lehnt schlapp gegen die verzierten Holztafeln des Titanic-Flurs und macht keine Anstalten, sich zu bewegen. Die Schreie werden zu Flüchen und die Stimmen immer lauter. Irgendwann steht Bash vor mir. Er ist triefnass und wirkt ein bisschen orientierungslos. Erst als er mich bemerkt, wie ich da auf dem Boden herumhänge, wird sein Blick scharf, und er legt sofort seine MP an und zielt auf mich. Bob kommt nun ebenfalls den Gang entlanggehastet und wäre fast in Bash hineingerannt, der mit seinem massigen Kreuz den ganzen Gang blockiert.

Bash legt den Zeigefinger ans Ohr.

»Du weißt, dass der Junge im zweiten Stock vor dem Aufzug herumliegt?«

Stille.

»Okay. Nein.«

Bash telefoniert mit Laura. Ganz sicher. Scheiße.

»Nein, die Sprinkleranlage ist angegangen. Keine Ahnung.«

Auf einmal sehe ich einen Schatten. Etwas zischt durch die Luft und knallt gegen Bobs Kopf. Bob fällt um. Bash schreit auf, sein Körper fährt herum, und plötzlich steht er Michael King gegenüber, der ihm die Maschinenpistole aus den Händen tritt. Sie fliegt auf den Boden. Michael holt aus und schlägt Bash die Faust ins Gesicht. Bash wankt einen Schritt zurück, fängt sich aber sofort wieder. Das Licht geht aus. Für einen kurzen Moment ist es stockdunkel. Vielleicht bin ich auch einfach eingeschlafen, ich weiß es nicht.

»What the fuck?«, schreit Bash. Es tut einen weiteren Schlag. Diesmal schreit Michael auf. Dann gehen die Lampen im Flur wieder an, allerdings nicht alle und auch nur halb so hell wie vorher. Michael blutet an der Stirn. Bash hat die Fäuste gehoben, bereit, sich gegen einen weiteren Angriff des ehemaligen Actionhelden zu verteidigen. Michael holt aus, trifft aber nur Bashs Arm, den er zum richtigen Zeitpunkt gehoben hat. Bob bewegt sich. Gebannt starre ich seinen Körper an und sehe, wie er mit den Händen nach dem Gewehr tastet. Doch dann tritt ihn etwas, und das Gewehr wird aufgehoben.

»Michael, I got it!«, ruft Luke. Michael duckt sich unter Bashs nächstem Schlag weg und geht dann zur Seite, sodass Bash sehen kann, dass Luke Bobs Waffe aufgehoben hat. Sofort hebt er die Hände. Michael greift nach Bashs MP, die er ihm zuvor aus der Hand getreten hat.

»Good job, kiddo. Now tie him up.« Luke holt Handschellen aus seiner Manteltasche. Wo hat er die denn her? Michael befiehlt Bash, sich umzudrehen und die Hände auf den Rücken zu legen. Mir fällt plötzlich auf, dass ich Michaels echte Stimme höre und dass er nicht mehr übersetzt wird. Mein Translator ist aus. Das bedeutet, die Intranetverbindung ist getrennt. Michael befestigt die Handschellen an den Gelenken des Bodyguards und schubst ihn mit dem Gesicht gegen die Wand. Er lehnt sich so gegen ihn, dass Bash sich nicht mehr bewegen kann. Luke hat in der Zwischenzeit den anderen umgedreht und ihn ebenfalls gefesselt.

»What now?«, fragt Luke und sieht Michael erwartungsvoll an. Lukes Wangen sind vor lauter Aufregung gerötet, seine Hände zittern. Michael sieht nach oben zur Überwachungskamera.

»I go and get Jay. You watch him!«, befiehlt Michael. Luke nickt. Michael rennt den Gang zurück in die Richtung, aus der sie gekommen sind. Luke drückt Bash den Lauf des Gewehrs in den Rücken. Ich weiß ja nicht, ob er es fertigbringen würde, tatsächlich abzudrücken, falls Bash abhauen wollte. Glücklicherweise dauert es nicht lange, und Michael kommt mit Jay auf dem Arm zurück. Jay ist nicht bei Bewusstsein. Ein bisschen freue ich mich, dass ich jetzt nicht mehr der Nutzloseste in unserem Team bin.

»She hasn't sent the signal yet«, berichtet Luke. »What do we do?«

»We wait. She has to clear the elevator«, antwortet Michael und lehnt sich schnaufend gegen die Wand. Jay scheint trotz seiner mageren Erscheinung doch nicht so leicht zu sein. Seine Schulter ist verbunden. Man kann aber sehen, dass er noch blutet und der rote Fleck auf dem weißen Stoff immer größer wird.

»What's taking her so long?«, fragt Luke verzweifelt.

Ich überlege. Ich weiß, warum Violetta sich nicht meldet. Der Plan, auf ihr Signal zu warten, ist schlecht. Leider kann ich nicht ganz begreifen wieso. Ich konzentriere mich so gut ich kann. Violetta soll den Fahrstuhl freigeben. Aber sie kann den Fahrstuhl nicht freigeben. Das Intranet funktioniert nicht mehr. Und Laura ist auf dem Weg zu uns. Bash hat mit ihr telefoniert. Ich öffne den Mund.

»I don't know.« Michael rückt Jays Körper auf seinem Arm zurecht. Er schwitzt. Sein Blick schweift durch den Flur und bleibt an mir hängen. Er lächelt freundlich und mitfühlend. Wahrscheinlich hat Luke ihm gesagt, dass sie mich mit irgendeinem Zeug abgeschossen haben, das mich sehr langsam und müde macht. Gerade schweifen meine Gedanken wieder ab, als ein kleiner Ruck mich durchfährt. Ich wollte etwas sagen! Ich muss ihnen sagen, dass die Intranetverbindung getrennt wurde.

»There ... is ... no ... connection«, sage ich. Meine Stimme klingt leise und unendlich müde. Sie hören mich nicht. Luke und Michael diskutieren darüber, was sie mit Bash und Bob machen sollen. Ich versuche es noch einmal. Ich muss lauter reden. Es ist so verdammt schwer.

»Luke!«, rufe ich. Ich klinge wie eine sterbende Krähe. »Luke!«

Diesmal hören sie mich.

»What?«, fragt Luke genervt.

»There ... is ... no ... intranet ... connection«, sage ich. Wow. Das war hart. Luke sieht Michael an, und beide überlegen kurz, was das bedeuten könnte.

»Fuck«, begreifen sie dann fast gleichzeitig.

»What now?«, fragt Luke.

»We just go«, beschließt Michael.

»What about Bob?«, fragt Luke.

»Leave him.«

Luke befiehlt Bash, sich zu bewegen. Ich muss aufstehen und mit ihnen mitgehen. Ich erhebe mich ganz langsam und folge der Truppe. Der Aufzug ist tot. Es gibt keinen Strom mehr. Nur noch Notstrom. Ich tippe ja auf Laura. Ich würde diese Erkenntnis gerne mit meinen beiden Mitstreitern teilen. Ich fürchte nur, bis ich den Satz über die Lippen gebracht habe, sind wir alle an Altersschwäche gestorben.

»We take the stairs.« Michael geht mit Jay voran. Dann komme ich. Dann Bash und ganz hinten geht Luke, der mit der Maschinenpistole dafür sorgt, dass Bash keinen Fluchtversuch macht. Lauras Bodyguard schaut grimmig geradeaus und hat bisher noch kein einziges Wort gesagt. Kaum sind wir im ersten Stock angekommen, hat unsere Einsamkeit ein Ende. Weil Michael die Hände voll hat, öffne ich die Tür des Treppenhauses und betrete als Erster den Flur. Er ist voll von bunten Metros, die wie grelle Neonlampen in der eleganten Atmosphäre des antiquierten Titanic-Flurs flimmern und das einheitlich stilvolle Bild stören. Sie alle sehen verängstigt aus und wirken aufgekratzt. Der Strom ist weg, nur noch ein paar schwache Lampen sorgen für Licht. Die Türen zu ihren Kabinen sind offen, und sie stehen auf dem Flur herum und tuscheln angstvoll miteinander. Sobald sie mich sehen, verstummen sie. Als Michael vorsichtig mit Jay auf dem Arm durch die Tür tritt, geht ein Raunen durch die Menge. Als Bash – gefolgt von Luke mit der Maschinenpistole – auf der Bildfläche erscheint, fangen sie an zu schreien und rennen voller Panik auf ihre Zimmer. Nur eine Frau bleibt stehen. Sie trägt ein eng geschnittenes knallrotes Kleid. Voller Entsetzen betrachtet sie Michael, der den bewusstlosen Jay auf seinem Arm durch den Flur trägt. Sie atmet geräuschvoll ein und schlägt die Hand vor den grell geschminkten Mund.

»Oh my god, Michael«, keucht sie. »Is he dead?«

»No, he is not. You should go to your room, Tina. I'll talk to you later.«

Tina. Mein Gehirn arbeitet ganz langsam. Tina. Jays Agentin. Die Stiefmutter von Hans und Bertram.

Eine Hand greift nach Tina und zieht sie in eine der vielen Kabinen, die sich hier unten aneinanderreihen. Eine Tür nach der anderen schlägt vor unserer Nase zu. Das geht mir zu schnell. Es sieht aus, als würden die Leute bunte Schlieren hinter sich herziehen. Ich stehe einfach nur da und versuche, die Bilder und Farben irgendwie einzuordnen.

»Move!«, ruft Michael von hinten. Shit. Ja. Ich gehe weiter. Ich muss laufen. Meine Schritte fühlen sich schon etwas leichter an. Ich habe die Hoffnung, dass die Droge langsam aufhört zu wirken. Wir gehen bis ans Ende des Gangs, dann sagt Michael, ich solle links die Treppe hoch. Das tue ich, und wir landen an Deck. Ein erfrischender Wind schlägt mir entgegen, als ich die Glastür öffne, die nach draußen führt. Das tut so unglaublich gut. Wenn ich jetzt noch ein Glas Wasser bekommen könnte. Wieder stehe ich ungünstig, und Michael drängt mich von hinten dazu, den Weg freizugeben. Er steuert zielstrebig auf den Hubschrauber zu, der vor ein paar Stunden an Deck gelandet ist. Das Ding ist braun und sieht aus wie eine Wurst mit zwei Rotoren. Leider steht Laura vor dem Helikopter. Und leider hat sie irgendwo noch zwei weitere Bodyguards aufgetrieben. Wahrscheinlich von den Kriegsschiffen nebenan ausgeliehen.

»Stop right there you stupid idiots«, ruft sie gegen den Wind. Ich bekomme eine Gänsehaut am ganzen Körper. Lauras Stimme tut mir in den Ohren weh. Michael sagt, sie solle sich verpissen und uns in den Heli lassen. Laura lacht und fragt ihn, warum sie das tun sollte. Luke ruft, dass er Bash erschießen würde, wenn sie uns nicht gehen ließe. Daraufhin lacht Laura noch lauter, richtet ihre Pistole auf Bash und schießt ihm in den Kopf. Diesmal trifft sie. Der bullige Typ, der die letzten Minuten folgsam mit uns mitgelaufen ist, bricht vor Lukes Füßen auf dem Boden zusammen, ohne einen Laut von sich zu geben.

»As if I care«, ruft sie gegen den Wind. Luke erstarrt. Er lässt die Maschinenpistole sinken, weil er, wie ich glaube, nicht mehr so genau weiß, was er damit noch tun soll. Michael flucht, und Laura kommt mit den beiden schwer bewaffneten Ersatzbodyguards auf uns zu. Sie greifen nach Luke und mir und zwingen uns ins Innere des Hubschraubers. Dort fesseln sie uns mit Kabelbindern an die Sitze. Auch Michael zerren sie hinein, wobei dieser sich doch etwas heftiger zu wehren versucht. Als Letztes werfen sie den bewusstlosen Jay auf den Boden vor uns und fesseln auch ihn, obwohl das total unnötig ist.

»Watch them until I come back. We're leaving soon«, befiehlt Laura und betont jedes der beiden Worte eindringlich. Die beiden Typen wirken entschlossen. Schließlich haben sie gesehen, dass Laura nicht eine Sekunde gezögert hat, Bash abzuknallen, weil dieser seinen Job nicht richtig gemacht hat. Dann stöckelt sie davon. Auf halbem Weg bleibt sie noch mal stehen, dreht sich um.

»By the way«, ruft sie. »I've got the Code.«

Welchen Code? Ich habe keine Ahnung, wovon sie redet.

Phase 21; Dekomprimierung

»Laser! Wach auf, verdammt noch mal! Jetzt ist nicht der richtige Zeitpunkt, um zu schlafen!«, zischt Luke in meinen Gehörgang und stößt mich mit seinem Körper an.

»Was?«, frage ich und schrecke aus dem Schlaf.

»Ich sagte, du sollst verfickt noch mal aufhören zu schlafen.« Er klingt wütend und er spricht akzentfreies Deutsch.

»Die Intranetverbindung ist wieder da«, sage ich.

»Woher weißt du das? Spürst du neuerdings irgendwelche Schwingungen oder so was?«

»Mein Translator.«

»Ah! Natürlich.« Luke greift sich an den Kopf. »Diese Dinger! Michael und ich haben unsere ausgezogen, nachdem diese Typen uns in deiner Kabine eingesperrt haben. Deshalb wusstest du vorhin, dass Laura die Verbindung getrennt hat, dieses schlaue Miststück!« Ich höre keinerlei Bewunderung mehr in Lukes Stimme. Und ich glaube, nachdem Laura Bash in den Kopf geschossen hat, findet er sie nicht mehr heiß.

»Wie geht's dir, Junge?«, fragt Michael, der mir gegenübersitzt.

»Besser«, behaupte ich. Ich überprüfe meine Aussage und stelle fest, mir geht es wirklich besser. »Wie lange habe ich geschlafen?«

»Keine Ahnung, eine Stunde oder so.«

»Tut mir leid«, entschuldige ich mich. Nicht sehr heldenhaft von mir.

»Du kannst ja nichts dafür. Laura hat den Code, hat sie gesagt. Stimmt das?«, fragt Luke.

»Ich weiß nicht, von was für einem Code sie spricht. Ich kann mich an kaum etwas erinnern. Sie haben irgendetwas mit meinem Gehirn gemacht. Sie wollten etwas löschen. Mehr weiß ich nicht mehr.«

»Das klingt nicht gut«, sagt Michael. Er guckt immer wieder sorgenvoll auf den Fußboden, auf dem Jay liegt. Dieser sieht tatsächlich noch blasser aus als sonst. Ich hätte nicht gedacht, dass das möglich ist. »Verdammte Scheiße«, flucht Michael und reißt an seinen Fesseln. Er zerrt mit aller Kraft an den Kabelbindern, erreicht aber nichts weiter, als dass sie noch fester in seine Haut schneiden und blutige Striemen hinterlassen.

»Was ist mit Violetta?«, frage ich, weil mir plötzlich einfällt, dass sie behauptet haben, sie sei auf dem Weg. Hoffentlich habe ich mir das nicht nur eingebildet.

»Sie hat mit dem Licht der Überwachungskamera gemorst!«, berichtet Luke beeindruckt. »Ein paar Minuten, nachdem sie uns in deine Kabine gesperrt haben, hat Michael gesehen, dass das kleine Licht an der Kamera blinkt. Irgendwann habe ich erkannt, dass die Kamera in Morsecode geblinkt hat. Sie hat ihren Namen gesendet. Als wir Violetta zu verstehen gegeben haben, dass wir ihre Nachricht empfangen haben, hat sie berichtet, dass sie auf dem Weg hierher seien und dass sie sich ins Intranet gehackt hat. Wir sollten abhauen und versuchen, zum Hubschrauber zu gelangen. Sie würde uns den Weg frei machen. Dann hat sie mir gesagt, du seist im OP ein Stockwerk unter uns und acht Fenster nach rechts. Also hat Michael das Bettgestell zertrümmert, mir ein Stück Holz in die Hand gedrückt und mich aus dem Fenster klettern lassen. Ich bin am Schiff entlang bis zu dir runtergeklettert, habe das Fenster von außen eingeschlagen und dich rausgeholt.«

»Oh, wow«, sage ich tief beeindruckt. Von ihm und von Violetta. Es geht doch nichts über ein kompetentes Team, wenn man selbst zu nichts nutze ist.

»Eigentlich sollten wir mit dem Helikopter längst auf und davon sein, wenn die dumme Schlampe nicht dazwischengefunkt hätte.«

»Bash hat mit ihr telefoniert, kurz bevor der Strom ausgefallen ist. Er hat ihr von der Sprinkleranlage erzählt. Sie hat sich wahrscheinlich gedacht, dass jemand die Geräte fremdsteuert«, erkläre ich.

»Der Plan war von Anfang an nicht besonders gut«, findet Michael. »Aber wir hatten wohl keine andere Wahl. Wenigstens konnten wir verhindern, dass diese beiden Sadisten dich in Gemüse verwandelt haben.«

»Was ist mit Violetta? Und habt ihr etwas von meinem Vater gehört?«, frage ich. »Wo sind sie?«

»Das wissen wir nicht, Mann«, entgegnet Luke.

»Aber ihr habt doch mit ihr gesprochen. Warum habt ihr nicht gefragt?«

Michael und Luke sehen sich kopfschüttelnd an.

»Hast du eine Ahnung, wie lange es gedauert hat, diesen Plan über Morsecode zu entwickeln? Ungefähr drei Stunden. Violetta hat Anweisungen gegeben, und Michael und ich haben unsere Daumen in die Kamera gehalten, wenn wir den Morsecode entschlüsselt hatten. Das war's.«

Ich verstehe und blicke reumütig auf den Boden zu Jay, der flach atmet und so aussieht, als würde er dringend einen Arzt benötigen. Von meinen Blicken angestachelt, beginnt Michael von Neuem, sich in seinem Sitz zu winden.

»Sie hat doch nicht wirklich vor, ihn sterben zu lassen?«, frage ich. »Jay ist doch ihr Boss.«

»Laura McMillon arbeitet für Kitty Jones, nicht für Jay, da bin ich mir mittlerweile sicher. Dieser Bastard will Jay sein Erbe streitig machen. Er hat Laura hierhergeschickt, um Jay zu beobachten«, behauptet Michael grimmig.

»Brownie Junior ist tot?«, frage ich verwundert. Michael nickt.

»Er hatte einen Herzinfarkt in der Nacht des Blackouts. Jay hat den Konzern geerbt. Kitty Jones war darüber so angepisst, dass er seit Monaten im Geheimen gegen Jay intrigiert. Alles hat damit angefangen, dass er ihm kurz nach dem Blackout geraten hat, Kanada zu verlassen, da es sein könnte, dass er zum Ziel der Terroristen würde. Nun, da ihm *MediaCon* gehöre, sei er nicht mehr sicher. Er hat Jay praktisch in ein Flugzeug gesetzt und hierhergebracht. Zusammen mit den wichtigsten Mitarbeitern des Senders und ein paar Leuten aus dem Parlament. Er hat ihnen geraten, hier zu warten, bis alles vorbei sei. Sie müssten sich vor Spionen der Organisation fürchten und seien auf hoher See am sichersten. Und während Jay hier auf dem Schiff versucht hat, eine funktionierende Internetverbindung herzustellen, hat Kitty Jones begonnen, die Metropolen in Kanada und der USA zu kontrollieren. Er hat behauptet, Jay sei von der Organisation entführt worden, um die Metropolizisten und freiwilligen Schläger zu motivieren, mögliche Anhänger Bambis zu jagen und zu eliminieren. Jay hat er erzählt, es gäbe keine Überlebenden auf dem Spielfeld, um ihn davon abzuhalten, zurückzufliegen und nach mir zu suchen. Kaum hat Jay es geschafft, den ersten Satelliten anzusteuern, um den ersten Knoten wieder zu aktivieren, hat Kitty Jones Laura McMillon geschickt, angeblich, um ihn zu beschützen. Wahrscheinlich hat sie aber die ganze Zeit über für Kitty Jones spioniert. Er ist auf dem besten Weg, *MediaCon* zu übernehmen. Um deine Frage zu beantworten, Junge«, seufzt Michael, »sie wird Jay sterben lassen, ohne mit der Wimper zu zucken. Und jetzt, da sie auch noch den Code besitzt, um die Basis deiner Mutter in die Luft zu jagen, ist keiner von uns mehr von Nutzen für sie.«

»Ficken«, kommentiert Luke Michaels Befürchtungen in mein Ohr. Ich kann nicht anders und muss über die fortwährende Unfähigkeit des Translators schmunzeln. In Galgenhumor war ich schon immer gut.

»Was machen wir jetzt?«, frage ich und überspiele meine unpassende Heiterkeit.

»Wir müssen diese Fesseln loswerden.«

»Das könnt ihr vergessen!«, brüllt der Typ draußen.

»Hast du eigentlich eine Ahnung, wer das da drinnen ist?«, fragt plötzlich eine weibliche Stimme. »Das ist Michael King. *Der* Michael King.«

Michael stutzt und versucht, sich so weit vorzulehnen, dass er sehen kann, mit wem der Typ draußen am Quatschen ist.

»Tina?«

»Ja, ich weiß verdammt noch mal, wer da drin ist. Ich bin ja nicht blind. Und jetzt verpiss dich, Schätzchen.«

»Wie kannst du es fertigbringen, jemanden wie ihn gefangen zu halten? Er ist ein Idol. Ein Held. Jeder, der es wagt, ihm etwas anzutun, kann keiner von den Guten sein. Wie kannst du nur für diese Frau arbeiten, wenn sie Michael King und Jay Morrison in einem Helikopter gefangen hält?«

»Ich habe meine Befehle«, entgegnet er ruppig.

»Dann sind deine Befehle scheiß Befehle. Da unten auf dem Boden liegt der CEO von *MediaCon.* Er ist der Cousin von Brownie. Er ist dein Boss. Nicht diese Laura. Laura war Brownies Sekretärin. Nichts weiter. Was du tust, ist absolut nicht rechtens. Dieses Schiff und dieser Helikopter gehören *MediaCon.* Nicht Laura McMillon oder Kitty Jones. Du musst Michael King und Jay Morrison freilassen«, befiehlt die Frau, die mittlerweile in unser Blickfeld gerückt ist. Sie hat sich in grellroten Nylonstoff gequetscht und sieht aus wie eine glänzende Chilischote; ihren Kopf ziert ein grüner Sonnenhut, dessen Krempe so überdimensional groß ist, dass man von ihrem Gesicht nichts sieht. Ich meine, es ist die Frau, die Michael vorhin im Flur angesprochen hat. Tina. Jays Agentin.

»Ich sag's jetzt zum letzten Mal: Mach, dass du wegkommst!«

»Was sonst? Erschießt du mich? Du würdest es wirklich wagen, mich zu erschießen, du erbärmlicher Hund? Wer bist du? Du bist niemand! Wahrscheinlich haben sie dich aus den Siedlungen rausgekratzt, und du würdest alles tun, um dich für verdammte fünf Minuten wichtig zu fühlen. Aber ich werde nicht zulassen, dass du Michael King etwas antust. Oder Jay Morrison. Die beiden sind wahre Helden unserer Generation. Ein Vorbild für unsere Kinder. Und nur, weil diese dämliche Schlampe sich bei Kitty Jones einschleimen will, hat sie noch lange nicht das Recht, das Ansehen dieser beiden Männer in den Dreck zu ziehen!«

Der Bodyguard seufzt entnervt. Der andere schweigt betreten.

»Ich zähle bis drei«, droht Tinas Gesprächspartner, doch sie starrt ihm weiterhin entschlossen ins Gesicht.

»Eins«, weiter kommt er nicht. Sie schleudert ihm ihre funkelnde Handtasche ins Gesicht.

»Hey!«

Tina drängt sich an ihm vorbei und steigt etwas ungelenk in ihrem viel zu engen Kleid in den Helikopter. »Schieß nur auf mich, du dummer Affe. Ich schwöre dir, meine Familie wird dich in Stücke reißen. Du hast absolut keine Ahnung, mit wem du es hier zu tun hast. Diese Laura McMillon wird dich nicht beschützen können, wenn du es wagst, mir etwas anzutun.«

Die Stimme von besagter Laura McMillon ertönt in diesem Moment aus den Lautsprechern, die an Deck angebracht sind. »Startet die Jets«, befiehlt sie. »An alle Einheiten, wir werden angegriffen.«

Der Bodyguard, der gerade die Frau im roten Kleid aus dem Helikopter zerren wollte, hält inne und sieht sich an Deck um. Plötzlich kommen mehrere Menschen aus der Glastür gelaufen, die ins Innere des Schiffes führt. Eine Alarmsirene ertönt. Es dauert nur ein paar Sekunden, bis die Sirenen der drei Kriegsschiffe antworten.

»Was zum Ficken?«, fragt Michael.

»Warte, ich befreie dich«, sagt Tina und fummelt an Michaels Kabelbinder herum. Luke und mich würdigt sie keines Blickes.

»In meinem Gürtel ist ein Messer«, sagt Michael.

Ehrfürchtig betastet die Frau Michaels Schoß, bis sie irgendwann ein Messer hervorzieht.

»Was soll das? Ich habe dir doch gesagt, du sollst die Gefangenen in Ruhe lassen«, ruft der Bodyguard, der draußen steht und nicht genau weiß, was er machen soll. Immer mehr Leute stürmen aufs Deck und machen sich bereit für einen Angriff. Er traut sich aber auch nicht, die Frau im roten Kleid zu erschießen. Seinem Zögern haben wir es am Ende zu verdanken, dass Tina Michael mit dem Messer befreien kann und der sich umgehend auf den Bodyguard stürzt, der zwar seine Waffe abfeuert, aber nur das Dach des Helis trifft. Der andere Bodyguard ist abgelenkt, weil neben seinem Ohr plötzlich der erste Kampfjet startet und solch einen Höllenlärm veranstaltet, dass er sich erschrocken die Ohren zuhält. Kaum ist er wieder bei der Sache, schlägt Michael ihm den Schaft des Gewehrs gegen den Kopf, das er dem anderen eine Sekunde vorher abgenommen hat. Tina jubelt erfreut. Sie steht mit dem Messer neben mir, kommt aber nicht auf die Idee, mich oder Luke loszumachen. Es ist, als würde sie uns überhaupt nicht sehen. Der nächste Jet startet. Es ist so laut, dass ich die Schultern so weit hochziehe, wie ich nur kann, um irgendwie meine Ohren zu schützen. Michael nimmt Jays Agentin das Messer ab und schneidet mich und Luke los. Dann kümmert er sich um Jay.

»Wir müssen so schnell es geht von hier verschwinden!«, ruft er gegen den Lärm. Er hebt Jay vom Boden auf und legt ihn quer auf die Sitze. Er schnallt den leblosen Körper fest und versichert sich, dass er nicht herunterfallen kann. »Ich fliege uns hier raus.«

»Was ist mit Violetta?«, will ich angsterfüllt wissen. Sie ist auf dem Weg hierher.

»Laser, ich weiß es nicht. Alles, was ich weiß, ist, dass Jay einen Arzt braucht. Wenn es stimmt, was Laura sagt, und deine Mutter die Schiffe angreift, dann sind wir hier nicht sicher. Wir müssen hier weg.«

»Aber...«, setze ich an, doch Michael schneidet mir das Wort ab. »Du kannst gerne aussteigen und hierbleiben. Ich würde es dir allerdings nicht raten, Junge.«

Ich bin hin- und hergerissen. Ich sehe Luke an. Er streckt den Kopf aus dem Helikopter und sieht in den Himmel. Die Jets sind weg. Auf dem Deck herrscht trotzdem weiterhin reger Betrieb. Noch beachtet uns keiner. Wenn wir abhauen wollen, dann jetzt.

»Entscheide dich schnell«, fordert Luke.

»Wir bleiben hier«, beschließe ich, bevor ich auch nur eine Sekunde länger darüber nachdenke. Ich stehe auf und springe zusammen mit Luke aus dem Heli. Michael schüttelt verständnislos den Kopf. Ich habe es schon wieder getan. Schon wieder entscheide ich mich für Violetta und gegen meine eigene Sicherheit. Er schlägt mir noch einmal kräftig auf die Schulter und schließt dann ohne ein Wort des Abschieds die Tür. Tina hat keine Anstalten gemacht, den Hubschrauber zu verlassen, also nimmt Michael sie einfach mit. Wahrscheinlich hat auch sie keine große Lust, auf dem Flugzeugträger abzuwarten, bis die CDG unter ihrem Hintern explodiert. Kurz darauf starten die Rotoren. Luke und ich sehen zu, dass wir Land gewinnen. Wir rennen los und verstecken uns hinter einem Container. Gerade noch rechtzeitig. Denn kaum bemerken die Menschen an Deck, dass der Heli sich unerlaubt immer weiter vom Deck der CDG wegbewegt, kommt Laura von der Brücke gestürmt und schreit, sie sollen ihn vom Himmel schießen. Ich halte die Luft an. Hoffentlich ist Michael schneller. Er steigt immer höher. Die ersten Schüsse fallen. Mein Herz setzt aus.

»Komm schon, Michael«, zische ich. Luke starrt genauso gebannt wie ich in den Himmel.

Funken schlagen vom Metallgehäuse der braunen Propellerwurst. Sie macht einen Schlenker nach rechts und fliegt davon. Michael hat es geschafft. Gerade, als er außer Reichweite geflogen ist, feuert eines der Kriegsschiffe eine Rakete ab. Ein paar Sekunden zu spät. Michael ist schon zu weit weg und kann dem Geschoss ausweichen. Es explodiert einige hundert Meter über unseren Köpfen. Laura schreit wütend auf und tritt mit aller Kraft gegen den leblosen Körper des Bodyguards, der auf uns aufpassen sollte. Der Kerl fliegt tatsächlich ein paar Zentimeter durch die Luft. So stark sieht Laura gar nicht aus.

»Sie denkt, dass wir auch abgehauen sind«, flüstert Luke neben mir. »Sie weiß nicht, dass wir noch hier sind.«

Das stimmt. Und das können wir uns absolut zum Vorteil machen. Wenn wir uns versteckt halten, könnten wir unbemerkt bleiben, bis Violetta hier ankommt. Und dann? Was dann? Ich habe keine Ahnung. Und gerade ist es mir auch egal. Laura brüllt Befehle. Sie will, dass einer der Jets umdreht und Michael hinterherfliegt. Mit dem Finger am Ohr stöckelt sie hin und her und gestikuliert wild mit der anderen Hand.

»Wir müssen uns verstecken«, beschließe ich.

»Wo?«, will Luke wissen. Ich denke nach. Aber bevor ich zu einem Entschluss komme, tut es einen gewaltigen Schlag, und eine Rakete schlägt in die linke Seite des Brückengebäudes. Metallteile fliegen durch die Luft, Metros schreien, und die Alarmsirenen der Begleitschiffe beginnen erneut zu jaulen. Luke und ich drücken uns eng gegen die Wand des Containers und halten schützend unsere Hände über den Kopf. Eine zweite Rakete schlägt in die rechte Seite der Brücke, und das komplette Gebäude stürzt in sich zusammen.

»What the fuck is she doing? Doesn't Bambi know you're *on* this ship?«, fragt Luke.

Der Translator ist wieder aus. Wahrscheinlich haben sich die Router des Flugzeugträgers in dem Brückengebäude befunden, das mittlerweile stinkend vor sich hin raucht. Ich schüttle nur ungläubig den Kopf, ziehe den *AudioIn* aus meinem Ohr und werfe ihn endgültig ins Meer.

»Wir mussen irgendwohin, wo wir in Sicherheit sind«, drängt Luke. »*Come on, Laser!*«

»Ich habe keine Ahnung, wo das sein soll. Wenn sie weiterhin Raketen auf das Schiff werfen, sind wir nirgendwo mehr in Sicherheit.«

Raketen starten zischend vom Deck der CDG. Luke und ich verfolgen ihre Flugbahn mit den Augen. Nur ein paar Meter über uns explodieren sie. Ich vermute, sie schießen Drohnen ab, denn es regnet kleine Metall- und Plastikteile vom Himmel.

»Lass uns ganz nach unten zum Landungsdeck gehen. Dort bin ich an Bord gekommen. Wenn Violetta hier auftaucht, können wir von dort vielleicht in ihr U-Boot steigen und abhauen.«

Luke nickt. Aber ich sehe deutlich die Zweifel in seinem Gesicht. *Wenn* Violetta hier auftaucht. Wir krabbeln aus unserer Deckung und rennen an der Reling entlang zu der Treppe, die zum unteren Landungsdeck der CDG führt. Laura bemerkt uns nicht, da sie weiterhin mit dem Finger am Ohr Befehle durch die Gegend schreit und immer mehr Raketen abfeuern lässt, die weitere Drohnen vom Himmel holen. Donnernde Kanonenschläge der Kriegsschiffe, die uns einkreisen wie ein Schutzwall, stimmen in die Verteidigung mit ein. Bei jedem Schlag habe ich das Gefühl, zu vibrieren. Ich renne hastig die Treppe runter, als Luke plötzlich meinen Namen schreit und mit dem Finger aufs Meer deutet. Ich drehe um und renne wieder nach oben, um zu sehen, was er mir zeigen will. Graue Schatten schwimmen nahe an der Wasseroberfläche, direkt auf das kleinere der Kriegsschiffe zu. Kurz bevor sie mit dem Schiff kollidieren, drehen sie ab und bewegen sich seitwärts von uns weg. Die U-Boote tauchen fast gleichzeitig auf und feuern auf das Kriegsschiff, das unter den Einschlägen und Explosionen erzittert. Luke und ich gehen hinter der Reling in Deckung. Es ist so laut, dass meine Ohren pfeifen.

»Wir müssen runter!«, brülle ich Luke zu und nehme seinen Arm. Er versteht, und wir krabbeln im Schutz der Reling zurück zur Treppe. Geduckt hasten wir die vielen Stufen hinunter und dem Meeresspiegel entgegen. Die CDG hat mittlerweile begonnen, auf die U-Boote zu feuern, die allerdings wieder abgetaucht sind. Jedenfalls kann ich sie nicht mehr sehen. Über unseren Köpfen ertönt eine Art Surren. Ich fürchte, eine neue Welle Drohnen hat den Flugzeugträger erreicht. Zwar bin ich irgendwie dankbar für die Ablenkung, denn dadurch hat Laura McMillon keine Kapazitäten, sich mit mir oder Luke zu beschäftigen; trotzdem fürchte ich, die Drohnen könnten uns oder Teile der CDG treffen, auf denen wir uns aktuell befinden. Wir rennen auf das Landungsdeck und sehen uns panisch nach den U-Booten um. Wir befinden uns nun fast auf Höhe des Wassers. Wellen klatschen gegen Stahl und Beton, der Boden unter unseren Füßen ist nass.

»Siehst du was?«, schreie ich gegen den Lärm der Drohnen und Raketen an, gegen die Einschläge und Erschütterungen, die bei jedem Treffer durch den mächtigen Flugzeugträger gehen. Selbst dieser schwimmende Koloss wird irgendwann untergehen.

»Yes!«, schreit Luke und deutet mit dem Finger auf einen grauen Turm, der aus den uns umgebenden dunklen Wellen ragt. Der Turm kommt auf uns zu. Kann das Violetta sein? Erneut starten etliche Raketen über unseren Köpfen. Ich sehe einen dunklen Schatten aus dem Turm klettern. Was soll das? Das U-Boot ist viel zu weit weg. Mindestens dreißig Meter. Der Schatten springt ins Wasser, und keine zwei Sekunden später wird das Unterwasserboot von einer Rakete getroffen.

»Violetta!«, brülle ich erschrocken, obwohl ich gar nicht weiß, ob sie das war. *Nein.* Das stimmt nicht. Ich weiß, dass sie das war. Ich bin mir so sicher, wie ich mir noch nie bei irgendetwas sicher gewesen bin. Ich muss Violetta retten. Sie kann nicht schwimmen. Bevor ich weiß, wie mir geschieht, habe ich schon meine Schuhe ausgezogen und bin drauf und dran, ins Meer zu springen. Ehe ich diese unfassbare Dummheit aber begehen kann, stößt mich etwas zur Seite und wirft mich um. Luke.

»Are you crazy, you stupid moron?«, fragt Luke, rennt auf Strümpfen und ohne Mantel an mir vorbei und hechtet mit einem Kopfsprung in die Nordsee. Er fliegt durch die Luft und taucht etliche Meter später ins Wasser ein. Ich sehe mit angehaltenem Atem dabei zu, wie er mit kraftvollen Zügen das Wasser durchpflügt und so schnell wie möglich in die Richtung schwimmt, in der Violetta ins Wasser gesprungen ist. *Ich kann auch nicht schwimmen,* fällt mir ein. *Ich wäre verdammt noch mal einfach ersoffen, ich elender Volltrottel.* Dieser Sebastian hat irgendetwas mit meinem Gedächtnis gemacht. Ich bin mir sicher. Mir fallen Dinge nicht mehr ein. Ich habe zum Beispiel keine Ahnung, wer diese Leute sind, die hier gerade die CDG beschießen. Ich weiß nicht, mit wem Violetta hergekommen ist und warum. Ich hoffe, die Erinnerungen kommen irgendwann wieder. Mein Hirn fühlt sich an wie ein löchriges Sieb.

Luke taucht jetzt unter. Mein Herz hämmert wie wahnsinnig gegen meine Brust. Ich höre nichts mehr. Die Einschläge verblassen zu dumpfen Lauten. Hoffentlich findet er sie. Hoffentlich ist sie nicht untergegangen. Hoffentlich ist sie nicht ertrunken. Luke taucht auf. Ich sehe nur seinen schwarzen Kopf. Für eine Sekunde, dann taucht er wieder unter. *Verdammt.* Ich kann das nicht. Ich kann sie nicht verlieren. Das würde auch überhaupt keinen Sinn ergeben. Das würde ja bedeuten, dass all meine Bemühungen umsonst gewesen sind. So kann die Welt einfach nicht funktionieren. Das wäre so dermaßen unfair. Ich balle die Hände zu Fäusten. *Komm schon, Mann!* Mein ganzer Körper zittert vor Anspannung. *Bitte! Ich gucke alle verdammten Star-Wars-Filme mit dir. Jeden Tag! Wenn du es schaffst, sie zu retten, dann baue ich dir mit meinen eigenen Händen dieses dumme Raumschiff nach, das du wegen mir kaputt gemacht hast. Ich verspreche es.*

Luke taucht wieder auf. Und diesmal erscheint ein zweiter Kopf neben ihm. Meine Knie geben nach. Ich falle auf alle viere in die

Pfütze, in der ich gestanden habe, und atme prustend die ganze Luft aus, die ich vor lauter Angst angehalten habe. Luke schwimmt nun wesentlich langsamer auf den Wellen und zieht jemanden hinter sich her. Es dauert ewig, bis sie die Landungsbrücke erreichen. Je näher sie kommen, desto klarer wird, dass es sich um Violettas Körper handelt, den Luke mit einem Arm umklammert hält. Sie bewegt sich nicht. Scheiße. Warum bewegt sie sich nicht?

»Lebt sie?«, schreie ich gegen den Wind. Während Luke paddelt und keucht und um sein Leben schwimmt, findet er tatsächlich eine Sekunde, um mir einen nach oben gestreckten Daumen zu zeigen. *Danke. Danke. Danke.*

Kaum hat er die CDG erreicht, krallt sich Lukes Hand in die Stahlkante einen Meter über ihm. Violetta hängt regungslos in seinem Arm. Ich sehe nur ihren nassen Kopf.

»You have to pull her up«, keucht Luke. Sofort lege ich mich auf den Bauch und greife nach unten. Luke schiebt Violetta so in Position, dass ich nach ihr greifen kann. Es ist nicht leicht, aber gemeinsam schaffen wir es, sie an Bord zu holen. Ich ziehe, und Luke schiebt. Irgendwann liegt sie auf mir. Keuchend umklammere ich ihren nassen, tropfenden Körper. Luke stemmt sich an der Kante hoch und krabbelt zu uns. Er packt Violetta an den Schultern und zieht sie von mir runter. Dann legt er sein Ohr an ihre Nase. Er faltet die Hände unter ihrer Brust und beginnt, rhythmisch gegen ihren Rippenbogen zu drücken. Nach ein paarmal Drücken hält er ihr die Nase zu und pustet Luft in ihren Mund. *Wiederbelebung*, erkenne ich. Luke versucht, Violetta *wiederzubeleben.* Was hätte ich nur ohne ihn getan? Ich wäre wie ein Irrer ins Wasser gesprungen und gemeinsam mit meiner Freundin in der Nordsee ertrunken. Ich fühle mich so unfassbar nutzlos.

Violetta hustet plötzlich und spuckt einen Schwall Wasser aus. Sie atmet panisch ein und reißt die Augen auf.

»Thank good«, keucht Luke erleichtert und steckt vollkommen außer Puste den Kopf zwischen die Knie.

»Violetta?«, frage ich und beuge mich über sie. »Kannst du mich hören?«

In diesem Moment schlägt eine Rakete auf dem Oberdeck über uns ein. Stahlteile und Betonbrocken fliegen durch die Luft. Einer davon kracht nur ein paar Meter neben uns in den Boden, und das ganze Schiff kippt gefährlich weit nach rechts.

»Wir müssen hier weg«, keucht Violetta.

»Oh mein Gott, du lebst!« Ich ziehe sie an mich und küsse ihr klatschnasses Gesicht. »Luke, your're the shit man!« Ich strecke den Arm nach ihm aus und haue auf sein Knie. Er hebt nur keuchend die Hand. Wahrscheinlich braucht er selbst noch ein paar Sekunden, um wieder klarzukommen.

»Wohin gehen wir? Hast du einen Plan?«, frage ich hoffnungsvoll an Violetta gewandt, die immer noch hustet und Wasser ausspuckt.

»Nein.«

»Shit«, fluche ich und lasse meinen Kopf resigniert gegen ihre bebende Brust sinken. Sie hustet und spuckt. Natürlich hat Violetta keinen Plan. Sie ist gerade voller Panik ins Meer gesprungen, obwohl sie nicht schwimmen kann. Ich schätze nicht, dass sie geplant hat, dass die Rakete ihr U-Boot in die Luft sprengt.

»Was ist mit deine kleine U-Boot?«, fragt Luke schwer atmend zwischen seinen tropfnassen Beinen hervor. »Die muss doch irgendwo sein? Können wir nicht die nehmen, um von diese fucking schwimmende Riesending runterzukommen?«

Die XS-01. Luke hat recht. Sie muss noch irgendwo sein. Laura hat befohlen, das Boot in die Schleuse zu fahren, nachdem ich ausgestiegen bin.

»Ich weiß ...«, bringt Violetta unter einem neuen Hustenanfall schwerfällig hervor. »Ich weiß, wo die XS ist.«

»How?« Luke hebt erstaunt den Kopf. Seine Locken kleben ihm am Kopf und im Gesicht fest; er sieht ein bisschen aus wie ein nasser Hund.

»Ich hab ...«, wieder hustet Violetta und kann kaum sprechen. Sie kämpft sich auf die Ellenbogen, dreht sich zur Seite und würgt noch mehr Wasser hervor.

»Sie kennt die Baupläne des Schiffes«, erkläre ich hastig und stehe auf. Violetta nickt nur unter einem weiteren bebenden Hustenanfall.

»Und sie hat die fucking Plan auswendig gelernt, oder was?«, will Luke wissen.

»Ja, Mann. Und jetzt lass uns gehen.«

»Crazy shit«, kommentiert Luke.

»Kannst du aufstehen?«, frage ich und helfe Violetta in eine sitzende Position. Sie nickt, stemmt sich hoch, fällt aber sofort wieder zurück.

»Okay, ich trage dich«, beschließe ich. »Luke, hilf ihr auf meinen Rücken.« Gemeinsam schaffen wir es, Violetta auf meinen Rücken zu setzen, und ich trage sie Huckepack übers Landungsdeck, um meine Schuhe einzusammeln. Luke zieht Mantel und Schuhe wieder an und sieht sich nach einem Weg um, der ins Innere des Schiffs führt.

»Wir müssen durch die Tür da«, krächzt Violetta in mein Ohr. Es gibt nur eine Tür. Eine beigefarbene Metalltür. Durch eine erneute Salve aus den Flakgeschützen der CDG angetrieben, die versuchen, noch mehr Drohnen vom Himmel zu holen, gehen wir zurück ins Innere des Schiffs.

»Es ist nicht weit. Wir sind fast ganz unten.« Violetta schafft es gerade so, sich an mir festzuhalten. Sie hustet ununterbrochen in mein Ohr. Da ich mich bis vor fünf Minuten wie der schlimmste Versager auf diesem Planeten gefühlt habe, erlebe ich nun, da ich auch mal etwas Sinnvolles zum Geschehen beitragen kann, ein absolutes Energiehoch. Mit sicheren Schritten trage ich meine Freundin so schnell ich kann durch die Gänge des Flugzeugträgers. Wir treffen keine Menschenseele, was mich nicht wundert, denn die komplette Besatzung ist oben an Deck oder bereits auf dem Weg in eines der kleineren Schiffe, die sicherlich versuchen werden, Zivilisten in Sicherheit zu bringen. Die CDG ist dem Tod geweiht. Jedes Mal, wenn oben ein Geschoss einschlägt, gibt es eine so heftige Erschütterung im Inneren, dass Luke und mir die Beine schlackern. Es wird nicht mehr lange dauern, bis sich das stark beschädigte Schiff nicht mehr über Wasser halten kann.

»Die Treppe runter«, befiehlt Violetta heiser.

Luke öffnet die Tür ins Treppenhaus, und wir hasten zwei Stockwerke runter.

»Hier sind die Landungsdocks für U-Boote.«

Es war wirklich nicht weit. Wir öffnen eine große schwere Tür und gelangen in einen sehr schmalen Flur, der mit Gittern ausgelegt ist. Der Gitterfußboden erinnert mich an irgendetwas. Ich habe so etwas schon einmal gesehen.

»Es gibt nur drei Docks, die infrage kommen.« Violetta deutet schwach auf die erste Tür. »Lass mich runter, Laser. Es geht wieder.« Ich tue, was sie sagt. Violetta hält sich an meinem Arm fest, kneift kurz die Augen zu, als würde sie Sterne sehen, und steuert dann zielstrebig auf das erste Dock zu, dessen Tür natürlich verschlossen ist, da sich ja Wasser dahinter befindet. Violetta sieht sich einen kleinen Bildschirm an, der an der Schleuse angebracht ist. Sie schüttelt den Kopf und geht an meinem Arm zur nächsten Schleuse. Meine Freundin ist furchtbar blass; sie zittert und friert wahrscheinlich ganz erbärmlich in ihrem komplett durchtränkten Overall. Vor der zweiten Tür betrachtet sie ebenfalls die Anzeige und nickt dann seufzend.

»Hier ist sie.«

Violetta tippt auf dem Bildschirm und gibt den Befehl, das Wasser in der Schleuse so weit abzupumpen, dass wir sie betreten können.

»Das dauert nicht lang. Fünf Minuten«, erklärt sie und lässt sich erschöpft auf den Boden fallen. »Fuck. Mir ist schwindelig.«

»What the fuck is wrong with that Bambi-Person? Why is she attacking the ship her son is on?«, fragt Luke empört, kaum hat er sich neben Violetta auf den Boden gesetzt. Bambi. Schon wieder dieser Name. Wer ist Bambi und wie kommt es, dass ihr Sohn hier auf dem Schiff ist? Ich kann mich nicht erinnern, und das macht mich wahnsinnig.

»Sie attackiert dieses Schiff nicht«, bringt Violetta schwächlich hervor. »Laura McMillon tut es.«

»Was?«, fragen Luke und ich unisono in zwei Sprachen.

»Sie hat die Waffen der Organisation freigeschaltet, und anstatt die Basis anzugreifen, hat sie alle Drohnen und U-Boote genau hierhergesteuert und angefangen, ihre eigenen Schiffe zu beschießen. Warum, weiß nur der Teufel.«

Ich bin sprachlos. Luke zieht seine dichten schwarzen Brauen zusammen und denkt angestrengt einen Moment nach.

»Ich glaub, ich weiß warum. Wenn Laura für diese Kitty Jones arbeitet und diese Kitty Jones die Boss von *MediaCon* werden will, dann ist es *fucking genius,* einfach alle Leute umzubringen, die deine *competition* für die *Job* sind, oder nicht? Und alle Leute, die für *MediaCon* in *Canada* gearbeitet haben, and *some of the Parlament guys* sind hier auf diese Schiff. Deshalb war sie so *angry,* dass Michael und Jay abgehauen sind.«

Luke hat recht. Das ergibt Sinn. Und Kitty Jones kann am Ende sogar behaupten, diese Organisation hätte alle umgebracht.

»Luke hat recht«, bestätigt nun auch Violetta. Sie legt ihren Kopf gegen mein Knie und schließt kurz die Augen. Ich beobachte nervös die Anzeige der Schleuse, die uns über den Vorgang des Abpumpens informiert. Es geht sehr langsam voran.

»Warum wehren sie sich nicht dagegen, dass Laura ihre Waffen benutzt?«, frage ich.

»Weil Bambi ihren eigenen verfickten scheiß Code nicht kennt«, knurrt Violetta.

»Wie kann sie so etwas Wichtiges vergessen?«, will Luke wissen.

»Sie hat ihn nicht vergessen. Er wurde ihr aus dem Gedächtnis entfernt.«

»*Jaysis bloody eejits.* Diese Leute sind doch alle nicht mehr ganz dicht. *Why the hell* bin ich nicht einfach zu Hause geblieben?«, fragt Luke ungläubig. Ich habe es aufgegeben, mich das zu fragen. Über was ich mich allerdings zu wundern beginne, ist Violettas Aussage, sie hätten dieser Bambi etwas aus dem Gedächtnis geschnitten. Als ich das höre, bin ich mir fast sicher, dass dieser Sebastian das auch mit mir gemacht hat. So fühlt es sich jedenfalls an, all diese Dinge zu hören und irgendwie nicht ganz zu wissen, was gemeint ist.

»Ist Lasers *dad with you?*«, fragt Luke weiter.

Papa! Jetzt fällt mir mein Papa wieder ein. Wo ist mein Papa?

»Ja. Aber er war nicht in meinem U-Boot.« Ich seufze erleichtert, und Violetta berührt mit ihrer Hand mitfühlend mein Schienbein. »Ich war alleine. Als ich euch auf dem Landungsdeck gesehen habe, bin ich aus der Gruppe raus und auf euch zugefahren, anstatt wie die anderen abzutauchen. Leider haben sie mich entdeckt und sofort auf mich geschossen.«

»Wie hast du uns gesehen? Hattest du eine Fernrohr oder so?«

»Nein. Ein Satellitenbild.«

»Oh.« Sie schweigen einen Moment. Ich fixiere immer noch wie ein Irrer die Anzeige der Schleuse. Der Balken ist fast voll. »I am Luke, by the way.«

»Violetta. Freut mich, dich kennenzulernen. Danke, dass du mich aus dem Wasser geholt hast.« Violetta und Luke geben einander die Hand. In diesem Moment schaltet das Display von Rot auf Grün. Das Wasser ist abgepumpt. Ächzend kämpft sich Violetta hoch. Ich helfe ihr auf die Füße. Sie gibt den Befehl, die Schleuse zu öffnen. Zischend geht die Tür auf, und wir gehen rein. Die Tür schließt sich automatisch, kaum sind wir alle drin. Eine zweite Tür verschließt das Dock. Violetta öffnet auch diese, und wir kommen in einen schwülwarmen Raum, in dem das Wasser noch von der Decke tropft. Vor uns sehe ich den Rücken der XS im Wasserbecken, das viel zu groß zu sein scheint für das winzige Ding. Wir drei sind eigentlich auch zu groß und zu viele. Trotzdem werden wir uns wohl irgendwie hineinquetschen müssen. Hat die XS überhaupt genug Sauerstoff für drei Leute? Wir steigen über ein Gitter und erreichen so die Luke, die Violetta mit ein paar Handgriffen öffnet.

»Sie kann mit so eine Ding fahren, oder?«, fragt Luke, und ich sehe ihm an, dass es ihm nicht wirklich behagt, in die XS-01 einzusteigen. Kann ich absolut nachvollziehen. Leider hat er keine andere Wahl.

»Ja, kann sie.« Ich schiebe ihn vor mir her und lasse ihn nach Violetta einsteigen. Es dauert einen Moment, bis Violetta die kleine Leiter runtergestiegen ist und sich hingesetzt hat. Vorher ist kein Platz für Luke.

»I don't know, man«, jammert mein irischer Kumpel. »Ich dachte, so eine *submarine* ist größer.«

»Japp. Ist es normalerweise auch.«

Violetta hat sich mittlerweile auf dem Pilotensitz eingerichtet. Ich stoße Luke sanft an, und er steigt unzufrieden dreinblickend nach unten. Plötzlich geht die Tür der Schleuse zischend auf.

»Fat chance, you little shit«, höre ich eine Stimme, die mir einen unangenehmen Schauer über den Rücken laufen lässt. Laura McMillon tritt ein und hält ihre Pistole auf mich gerichtet. Mein Herzschlag setzt aus. Ohne nachzudenken schließe ich den Deckel der XS und versiegle ihn. Luke und Violetta sollen nicht rauskommen. Auf keinen Fall. »Did you really think I let you steal my getaway car?«

Dass es sich bei ihrem Fluchtfahrzeug nicht um ein Auto, sondern um ein U-Boot handelt, scheint aktuell vernachlässigbar, also verbessere ich sie nicht, sondern stehe regungslos mit erhobenen Händen gegen die Luke der XS-01 gedrückt und beobachte, wie Laura in ihren High Heels über das Gitter balanciert.

»You're going to abandon your own ship? Don't you think that's a cowards move?«, frage ich tapfer. Obwohl ich mir schon denken kann, dass es mir nicht besonders gut bekommen wird, Laura als Feigling zu bezeichnen, der das sinkende Schiff verlässt. Sie lacht bloß gehässig und verzieht ihren rot geschminkten Mund zu einem perfekten Lächeln; zusammen mit dem funkelnden Hass in ihren Augen wirkt es unfassbar beängstigend. Mir wird übel. Ich weiß nicht wieso, aber ich habe eine scheiß Angst vor dieser Frau.

»You think I care about this ship? Listen, you little fuck, I don't care about a single soul on that vessel. In fact I want them dead. All of them. And what I don't need is someone alive to tell the fucking tale.« Laura berichtet bereitwillig davon, dass sie es überhaupt nicht cool fand, dass es Michael, Jay und meinem Freund aus der Wildnis gelungen ist, von der CDG zu fliehen. Sie hatte eigentlich gehofft, dass Jay und Michael möglichst medienwirksam während des Raketenangriffs in Stücke gerissen würden. Sobald die Satellitenaufnahmen davon von der ganzen Welt gestreamt würden, könnten alle sehen, wie Bambi den Chef von *MediaCon* und seinen berühmten Verlobten in die Luft gejagt hat. Mitsamt ein paar hundert Zivilisten. Ich könne aber sicher sein, dass sie die drei finden und erledigen würde. Dann eben nicht medienwirksam, aber letztendlich würde es keinen mehr geben, der behaupten könne, dass sie Morrisons Befehle verweigert habe.

Doch. Mich. Und die Art, wie sie das alles erzählt, während sie langsam mit extrem präzisen Schritten über die Planke aufs Deck der XS-01 schreitet, lässt mich vermuten, dass auch ich nicht überleben werde, um irgendwem zu erzählen, dass Kitty Jones mithilfe dieser furchtbaren Frau gerade *MediaCon* übernimmt und gleichzeitig die feindliche Organisation mit ihren eigenen Waffen schlägt. Leider ist Kitty Jones' Plan ziemlich genial. Und alles nur, weil dieser bekloppte Tom Bambis Geheimnisse ausgeplaudert hat. Ich zucke unter meinen eigenen Gedanken zusammen. Tom. Bambi. Ich schaffe es nicht, Bilder zu diesen Namen vor meinem inneren Auge heraufzubeschwören. Es sind nur Namen. Namen und Informationen.

Die Mündung von Lauras Pistole berührt kühl meine Stirn. Sie legt den Kopf schief und lächelt.

»You already figured that I have to kill you too, don't you?«

Ja. So schlau bin ich dann doch noch. Was mich aber viel mehr beunruhigt, ist die Tatsache, dass Violetta und Luke in der XS-01 sitzen, und wenn ich tot bin, wird Laura über meine Leiche hinweg in das kleine U-Boot einsteigen, um damit abzuhauen. Spätestens dann kommt heraus, dass ich gar nicht alleine hier unten bin. Ich frage mich, ob es für die beiden irgendeine Möglichkeit gibt, sie zu überwältigen. Ich hoffe so sehr, dass Violetta jetzt gerade ihren superschlauen Kopf zum Rauchen bringt und sich irgendetwas überlegt. Sie könnten einfach abhauen. Die Luke ist verschlossen. Sie müssten bloß die Schleuse öffnen und verschwinden.

»What about I don't kill you?«, fragt Laura und lässt den Lauf ihrer Waffe zärtlich meine Wange hinabgleiten. Sie kommt einen Schritt näher und steht nun so dicht vor mir, dass unsere Körper sich berühren. Wenn sie die Schuhe ausziehen würde, wäre sie genauso groß wie ich. Mein Herz schlägt so laut, dass ich fürchte, Laura kann es durch meine Brust hindurch spüren. »I could take you with me, what do you think? Would you like that?«

Nein. Das Letzte, was ich will, ist, mit ihr mitgehen. Egal, wohin. Dann soll sie mich lieber erschießen. »I am sure you could be of some use.«

Ich kriege eine Gänsehaut am ganzen Körper. Alles in mir drängt, sie wegzustoßen. Die Angst vor der Pistole lässt mich jedoch absolut bewegungslos verharren. Das kalte Metall der Pistolenmündung berührt meine Lippen. Lauras Knie schiebt sich zwischen meine Beine. »Maybe I take your body. I am sure you don't mind. You already gave it to someone once. Why not doing it again?« Ihre linke Hand legt sich in meinen Nacken, und sie bohrt einen ihrer spitzgefeilten Nägel in den Zugang in meinem Hals, in dem vor ein paar Stunden noch dieses kleine Stäbchen gesteckt hat, das mir die Erinnerungen aus dem Kopf saugte.

»I'd rather have you shoot me«, knurre ich und schmecke das Metall auf meinen Lippen. Laura lacht.

»I know, honey. And that makes it even more special.«

»Fuck you, Laura.« Ich schließe die Augen, weil ich sie nicht mehr sehen will. Ich werde mich einfach weigern, mitzugehen, so lange, bis sie mir vor lauter Wut eine Kugel in den Kopf jagt. »Go ahead, put a bullet in my head.«

»I don't know why but I am really passioned about you. The first time I saw you, I knew you were special. You remember that day?«, fragt Laura. Glücklicherweise ist mein Gehirn noch so weit in der Lage, sich an Ereignisse zu erinnern, die vor ein paar Tagen stattgefunden haben. Obwohl, in diesem Fall hätte ich es wirklich nicht schlimm gefunden, wenn meine erste Begegnung mit Laura McMillon aus meinem Gedächtnis verschwunden wäre. Ich frage mich einen Moment, ob sie vielleicht die Party im *MediaCon*-Prime meint. Dort habe *ich* sie nämlich das erste Mal gesehen. Allerdings glaube ich kaum, dass Laura mich unter ihrer Glaskuppel damals überhaupt wahrgenommen hat. »You left so suddenly. You didn't even say goodbye. Kitty and I were looking everywhere for you.«

Das verwirrt mich. Kitty Jones war doch gar nicht dabei, als Laura mich verhört und an den Lügendetektor angeschlossen hat. Oder doch?

Laura kommt noch näher, auch wenn ich nicht gedacht hätte, dass das möglich ist. Mein Rücken drückt gegen die U-Boot-Klappe, die wie ein kleiner Schornstein aus dem Wasserbecken der Schleuse ragt.

»Maybe I give you to Kitty as a present. She'll like that. Kitty loves presents. And when she's done with you ...«, weiter kommt Laura nicht. Während ich mich noch darüber wundere, warum Laura Kitty Jones als »sie« bezeichnet, hört Laura einfach auf zu sprechen. Ihr Körper erstarrt, ihr Kopf verbleibt gegen meine Wange gedrückt, ihre Lippen ruhen an meinem Ohr. Es dauert nicht lange, nur eine Sekunde, vielleicht zwei. Dann zuckt Laura zurück.

»Fuck!«, brüllt sie. »What the hell is this bitch doing?«

Und bevor sich diese Frage aufklärt, passieren so viele Dinge gleichzeitig, dass ich kaum hinterherkomme. Erst mal flammt ein wahnsinniger Lärm auf. Die Explosionen und Einschläge folgen immer kürzer aufeinander, und ich habe das Gefühl, sie kommen näher, obwohl wir ganz unten auf dem Schiff sind, praktisch schon unter Wasser. Laura legt ihren Finger ans Ohr und brüllt, sie sollen das verdammte Vieh in die Luft jagen. Während sie das tut, bewegt sich mein Köper auf dem Gitter plötzlich seitwärts. Erst nur langsam, und dann kippt das Schiff. Ich versuche, mich irgendwie an der Luke des U-Boots festzuhalten, doch ich greife in die Luft, falle und lande im Wasserbecken der Schleuse. Mein Köper taucht vollständig ein. Eigentlich wäre mir eine Kugel in den Kopf lieber gewesen, als hier elendig in der Schleuse eines Flugzeugträgers zu ersaufen. Das Gewicht meiner Kleider und Schuhe zieht mich nach unten. Ich strample, paddle in höchster Panik und schaffe es so irgendwie, kurz meinen Kopf über Wasser zu strecken; bevor ich allerdings genügend Luft eingesaugt habe, um meinen Körper zufriedenzustellen, tauche ich wieder unter. Das war's. Ich schaffe es nicht. Matti hat immer gesagt, es ist gefährlich, wenn ein Mensch, der am Wasser wohnt, nicht schwimmen kann. Alle Kinder in Port Hope lernen schwimmen. Ich habe nichts gelernt als Kind. Jedenfalls nichts Wichtiges. Matti hat auch gesagt, wenn man ins Wasser fällt und nicht schwimmen kann, muss man unbedingt versuchen, ruhig zu bleiben. Wenn man Panik bekommt, hat man keine Chance. Er hat gut reden. Es scheint mir, als hätte ich gar keinen Einfluss auf die Panik. Ich strample und zapple ganz automatisch. Während mir all diese Gedanken durch den Kopf schießen und ich fest davon überzeugt bin, dass mein Leben gleich zu Ende ist, packen mich Arme und ziehen mich hoch. Gierig saugen meine Lungen Sauerstoff ein.

»You're not gonna die on me, you little shit«, zischt Laura in mein Ohr. Verflucht. Nicht sie! Weil ich eigentlich gar nicht sterben will, kralle ich mich an dem Gitter fest und ziehe mich daran hoch, sobald es in meiner Reichweite ist. Wieder kippt das Schiff, aber diesmal klammere ich mich mit aller Kraft fest. Ich spüre, wie die Motoren der XS-01 anspringen. Laura bemerkt es auch und sieht mich erst irritiert und dann mit zornig funkelnden Augen an.

»Who is in there?«, fragt sie. Ich antworte nicht, sondern hole aus und schlage ihr meine geballte Faust so fest ins Gesicht, dass ich fürchten muss, sie explodiert. Weder meine Faust noch Laura explodieren, aber sie guckt überrascht und ihre Nase blutet. Mit wütendem Geschrei geht sie auf mich los. Wenigstens hat sie im Wasser ihre Pistole verloren. Ich balanciere auf dem rutschigen Gitter und versuche, nicht wieder ins Becken zu fallen. Laura packt mich an den Schultern und stößt mich um, sodass ich rücklings auf dem feuchten Metall lande. Ihre Hände schließen sich um meinen Hals. Ihr Blut tropft in mein Gesicht. Ich packe ihre Handgelenke und versuche, ihren Griff zu lösen. Es gelingt mir nicht. Ich kriege keine Luft. Sie zerquetscht meine Luftröhre. Fuck.

Ich habe noch einen letzten Gedanken. Eine Idee. Ich denke daran, wie Kitty Jones mich angesehen hat, als wir uns auf dieser ekelhaften Party begegnet sind. Wie er mich seiner Frau vorgestellt hat, die bekloppterweise genauso heißt wie er. Wie begeistert er mir von seinen neuen Implantaten erzählt hat. Welche, die einen Menschen komplett ausschalten und zur absolut willenlosen Marionette einer anderen Person machen können. Mit meiner allerletzten Kraft nehme ich die rechte Hand von Lauras Handgelenk, packe ihr Lederhalsband und ziehe. Ihre Augen werden groß. Das Ding löst sich nicht. Es sitzt fest. Lauras Griff lockert sich, ich kriege wieder Luft. Sie schlägt meine Hand weg. Plötzlich sehe ich einen Schatten über uns. Etwas Rotes saust auf Lauras Hinterkopf, es gibt ein dumpfes Geräusch, und sie bricht über mir zusammen.

»Stupid bitch«, knurrt Luke und umklammert einen Feuerlöscher. Bevor ich aufstehen kann, muss ich Lauras Körper von meinem herunterziehen. Sie fängt schon wieder an, sich zu bewegen. Sie zuckt und stöhnt.

»Das Halsband!«, keuche ich unter ihr. Ich taste an ihrem Hals nach einem Verschluss. Mit zitternden Fingern versuche ich, ihn zu öffnen. Luke hilft mir. Kaum ist das Ding offen, ziehe ich daran, und keine Sekunde später wird Lauras Körper wieder schlaff. Diesmal richtig.

»Hilf mir«, bitte ich Luke. Er zieht Lauras Körper an den Füßen von mir runter. Die Pritsche ist zu schmal, um sie seitlich von mir runterzurollen. Es tut einen Schlag, und die Decke über uns erzittert.

»Come on!«, ruft Luke. Ich nicke und kämpfe mich auf die Beine. Ich blicke zu Laura, die wie tot auf dem Metallsteg liegt und jeden Moment ins Wasser zu fallen droht, da sich das Schiff wieder zur Seite neigt.

»Kommt ihr jetzt vielleicht mal?«, schreit Violetta, die ihren Kopf aus der XS gestreckt hat, um uns zur Eile anzutreiben. Wir hasten zur U-Boot-Klappe. Luke klettert rein.

»Warte«, sage ich dann und komme mir so dumm vor. Aber ich kann nicht anders. »Wir müssen sie mitnehmen.«

»Wen? Laura?«, fragt Luke.

»Ja.«

»Are you out of your fucking mind? Why the hell would you take her? She tried to kill us!«

»Nein. Sie hat nicht versucht, uns umzubringen. Kitty Jones hat versucht, uns umzubringen.«

»Aber sie hat seine scheiß Befehle befolgt.«

»Nicht freiwillig. Bitte, Luke – vertrau mir. Ich erklär dir gleich alles.«

Ich bin schon zurückgelaufen und habe Lauras Fußknöchel gepackt. Luke muss ihre Arme nehmen. Mein irischer Kumpel zögert allerdings noch. Lauras Augen sind geöffnet, sie starrt die vibrierende Decke an.

»Bitte! Luke, vertrau mir. Sie ist gechippt.«

Seufzend greift Luke nach Lauras Armen. Mit letzter Kraftanstrengung schaffen wir es, ihren leblosen Körper in das winzige U-Boot zu manövrieren. Als Violetta bemerkt, was da zu ihr runtergelassen wird, fängt sie lautstark an, sich zu beschweren und mich und Luke zu beschimpfen. Weil aber in diesem Moment ein riesiges Loch in die Decke gesprengt wird, reden wir nicht weiter über Laura, die unseren Sauerstoffvorrat um ein Viertel reduzieren wird. Ich schließe die Luke von innen, und Violetta beginnt sofort damit, die XS aus der Schleuse und raus aus der CDG zu manövrieren. Im Inneren des U-Bootes ist es so eng, dass Luke, Laura und ich hinter Violettas Sitz kaum Platz haben. Luke und ich quetschen uns nebeneinander. Laura liegt auf uns, weiterhin mit starrem Blick. Ihr schwarzes Haar hat sich aus der strengen Frisur gelöst und klebt nass auf ihrer schneeweißen Haut. Ihre Füße sind nackt. Laura hat ihre High Heels verloren. Wahrscheinlich im Wasser. Ihr Atem geht so flach, dass man ihn kaum spürt. Ich weiß ganz genau, wie sie sich fühlt, weiß, wie es ist, ein Gefangener in seinem eigenen Körper zu sein. Und obwohl mir bewusst ist, dass Laura McMillon absolut keine Schuld trifft, komme ich nicht umhin, diesen kurzen Moment der Rache zu genießen. Ich sitze in eine Ecke gequetscht, direkt neben der Chemietoilette und den Rettungswesten, Lauras Oberkörper an meinen gelehnt, und schließe die Augen. Violetta steuert fluchend das U-Boot. Luke fragt ununterbrochen, ob wir schon aus dem Schiff raus sind. Irgendwann sagt Violetta ja, und Luke seufzt laut. Sie taucht weiter ab. Immer weiter. Und dann sagt sie, dass wir genau noch fünf Minuten haben, bevor uns hier unten die Luft ausgeht.

Phase 22; Endphase

»Lass mich das machen«, befiehlt Violetta und löst den Gurt, mit dem sie an den Pilotensitz der XS-01 festgeschnallt ist.

»Warum?«, frage ich empört.

»Weil ich die geschickteren Finger habe.«

»Ich mach das nicht zum ersten Mal.«

»Schon klar. Und glücklicherweise hat dein erstes Opfer die Operation überlebt. Wobei Michael King seitdem auch nicht mehr ganz dicht im Kopf zu sein scheint.«

»Violetta, bleib sitzen! Ich kann das selbst. Hier hinten ist überhaupt kein Platz mehr für dich.«

»Du bringst sie um!«, keift meine Freundin und schaut mich unzufrieden an.

»Guys«, stöhnt Luke genervt. *»So what?* Dann bringt er sie halt um. Und damit wir nicht alle hier drin sterben, solltest du lieber versuchen, uns so weit wie möglich von diese *fucking* Schiffe wegzubringen.«

Da hat Luke recht.

»Schön.« Violetta schnallt sich wieder an und schaltet den Autopiloten ab. Eigentlich sieht es ihr nicht ähnlich, so ein Theater zu veranstalten. Normalerweise hat sie keine Schwierigkeiten damit, Prioritäten zu setzen, wenn es um ihre Aufgaben geht.

Ich drehe Lauras Körper vorsichtig um. Ihr Implantat ist gut zu sehen. Die Haut darum ist eingerissen und blutet ein bisschen. Wahrscheinlich weil das Halsband damit verbunden war und ich so fest daran gezogen habe, dass die Einstichstelle verletzt wurde.

»Haben wir ein Messer oder so?«, frage ich.

»Nein, aber einen Verbandskasten mit Desinfektionsmitteln, sterilen Tüchern und einer Pinzette«, faucht Violetta vom Vordersitz. »Vielleicht die bessere Wahl, meinst du nicht, du Vollprofi?«

Luke schnaubt belustigt.

»Unter deinem Hintern ist eine Klappe, Luke. Da müsste er drin sein«, ergänzt Violetta.

Luke positioniert sich umständlich um, lässt Lauras Beine auf den Boden gleiten und sucht nach einer Klappe im Boden. Er findet sie und holt eine Plastikkiste darunter hervor. Er reicht mir eine Pinzette und Desinfektionsmittel. Während ich die Einstichstelle an Lauras Nacken desinfiziere, inspiziert Luke den Verbandskasten und steckt sich alles, was er für nützlich hält, in die Taschen seines Mantels.

»Seit wann kennst du dich eigentlich so gut mit Medikamenten aus? Ihr habt doch nicht mal Aspirin in Port Hope«, frage ich, während ich tupfe.

»Wegen die Buch, mit die ich lesen gelernt habe. *American Drug Index.*«

»Ernsthaft?«, kichert Violetta vom Vordersitz.

»Yes. Es war die einzige Buch, die ich als Kind lesen wollte.«

Ich finde das auch irgendwie witzig. Das ist so, als hätte ich mit einem Kochbuch lesen gelernt.

»Was war mit ihre Halsband, Laser? *She passed out the moment you took it*«, fragt Luke und beobachtet, wie ich vorsichtig mit der Spitze der Pinzette versuche, die kleine Platine zu fassen, die in dem Zugang in Lauras Rückenmark steckt.

»Ich weiß es nicht ganz genau, aber ich glaube, das Ding hat sie irgendwie mit Strom versorgt. Obwohl der Strom auf dem Schiff ständig ausgefallen ist und die Verbindung zum Intranet und zum Satelliten mehrmals unterbrochen wurde, ist die Netzwerkverbindung zu Kitty Jones die ganze Zeit über stabil geblieben«, vermute ich.

»Ich schätze, das Halsband hat als eine Art EMP-Härtung funktioniert. Es hat den Chip vor den Impulsen geschützt, die den Strom ausgeschaltet haben. Und wahrscheinlich hat Kitty Jones' neue Technologie eine eigene Verbindung zu dem Satelliten, den er benutzt, um seine Netzwerke zu reaktivieren. Laura hat komplett unabhängig vom System funktioniert.«

»Sie ist also eine Art *robot?*«, will Luke wissen.

»Nein.«

»Ja.«

Violetta und ich antworten gleichzeitig. Ich sage ja, sie sagt nein. Wir sehen uns kurz an.

»Diese neuen Chips schalten das komplette Bewusstsein ab. Kitty Jones hat ihren Körper übernommen, als wäre es seiner. Sie war mehr eine Maschine als ein Mensch.«

»Woher willst du das wissen? Du kennst sie doch gar nicht. Vielleicht hat sie sich freiwillig zur Verfügung gestellt. Vielleicht wollte sie Kitty Jones' Sklavin sein«, argumentiert Violetta,

»Ich glaube nicht«, flüstere ich konzentriert und ziehe das winzige Metallplättchen, das ich endlich mit den spitzen Enden der Pinzette zu fassen bekommen habe, aus Lauras Rückenmark heraus. Sie seufzt, als das Metall ihren Körper verlässt. Dann fällt sie in eine Ohnmacht. Ob sie daraus wieder aufwachen wird, ist vollkommen unklar.

»Wir müssen auftauchen. Die Zeit ist gleich um.« Violetta drückt ein paar Knöpfe. Ein nervender Piepton weist uns darauf hin, dass der Sauerstoff in der XS knapp wird. Das U-Boot steigt nach oben. Das Wasser um uns wird heller. Eine halbe Minute später sagt Violetta, dass ich die Luke öffnen kann. Wir sind an der Oberfläche. Ich lege Lauras Kopf auf eine Rettungsweste, stehe auf und greife über meinen Kopf, um den Zugang nach draußen freizumachen. Kaum habe ich die Verriegelung gelöst, kann ich den Lärm hören. Es ist noch nicht vorbei. Ich ziehe die Leiter nach unten und steige die Sprossen hoch, um hinaussehen zu können. Was ich in der Ferne erblicke, lässt mich erstarren.

Plötzlich verstehe ich, was unten in der Schleuse vor sich gegangen ist und warum wir dort unten von links nach rechts geschleudert wurden, als wären wir Murmeln im Bauch eines Wals. Ich sehe einen riesigen Oktopus mit Tentakeln so lang, dass er den Drachen, den ich letztes Jahr in Kanada im Schnee gefunden habe, komplett in den Schatten stellt. Die Tentakel schlagen auf die CDG ein, die an mehreren Stellen raucht und deren Heck bereits in den Wellen versunken ist. Eines der Kriegsschiffe, ich vermute das mit den geflüchteten Metros, hat sich ein Stück vom Kampfgeschehen entfernt; es sieht aber aus, als würden die Drohnen, die überall am Himmel herumfliegen, den flüchtenden Dampfer beschießen. Der Riesenkrake schlägt nach den Drohnen und wirft mit U-Booten nach dem Flugzeugträger, die donnernd explodieren und Löcher in den Stahl schlagen. Ich weiß, dass das eigentlich keinen Sinn ergibt, aber es sieht aus, als würde das riesige graue Ungetüm versuchen, das fliehende Schiff mit den Zivilisten zu beschützen.

»Oh fuck! Papa!«, schluchze ich von der plötzlichen Erkenntnis überfallen, dass sich mein Vater wohl in einem der U-Boote befinden muss, die der Oktopus eines nach dem anderen gegen den Flugzeugträger wirft. Violetta schiebt sich neben mich. Wir passen gerade so nebeneinander in die Öffnung der Luke. Mit offenem Mund starrt sie die Szene an, die sich vor uns abspielt und aussieht, als würde sie demnächst zur Primetime auf dem *ActionChannel* laufen.

»Scheiße«, zischt sie und legt ihre Arme um mich. »Oh, Laser. Es tut mir so leid. Ich wünschte, dein Vater wäre in Grönland geblieben. Aber er wollte unbedingt mitkommen, um dich zu retten. Wir haben alle versucht, es ihm auszureden. Er wollte einfach nicht hören.«

Wundervoll. Mein Vater, der Feigling. Da hat er einmal in seinem Leben Mut bewiesen, und so kriegt er es gedankt. Ich wische mir mit dem Handrücken über das Gesicht. Das hat mein Papa nicht verdient. Und ich habe das auch nicht verdient. Kitty Jones, dieser verfluchte Wichser! Ich bringe ihn um. Violetta drückt ihr Gesicht in meine Halsbeuge.

»Könnt ihr mal nicht so hier rumstehen und die Loch verstopfen? *I wanna watch too*«, ruft Luke von unten. Umständlich klettern Violetta und ich auf den Rücken des U-Boots, der fast vollständig mit Wasser bedeckt ist, bevor Luke sich ebenfalls nach draußen vorarbeiten kann.

»Besser einer von euch zieht die an. Ich kann euch nicht beide aus die Wasser holen, wenn ihr rausfallt.«

»Wieso hast du das vorhin nicht gemacht«, frage ich Violetta vorwurfsvoll. Sie zieht angriffslustig die Augenbrauen zum Nasenrücken und behauptet, dass wohl niemand daran denkt, noch schnell seine Schwimmweste im Regal zu suchen, wenn man mit Raketen beschossen wird.

»Wenn man nicht schwimmen kann schon. Du hättest die Weste die ganze Zeit über tragen sollen, dafür ist sie doch da«, schimpfe ich. Violetta stößt mich an der Schulter an und sagt, dass ich aufhören soll, sie so anzuscheißen. Ich hätte ja auch keine Schwimmweste getragen.

»*Jaysis bloody hell*«, ruft Luke aus, als er sieht, wie der Riesenkrake nun mit seinem massiven Körper gegen den Flugzeugträger stößt und ihn dabei fast umkippt. Ihm fallen fast die Augen raus. »What is this shit?«

Es ist nur noch ein U-Boot übrig, das fest in einen Tentakel des Giganten gewickelt ist. Von Weitem sieht es ein bisschen aus, als halte der Krake eine Zigarre. Ob das vielleicht das U-Boot ist, in dem sich mein Vater befindet, frage ich mich, und sofort schießen mir wieder Tränen in die Augen. Was kann ich tun? Können wir überhaupt irgendetwas tun? Wir treiben hier auf dem offenen Meer, und wenn wir Glück haben, bemerkt uns keiner.

Die CDG versinkt immer weiter im Wasser. Das dritte Kriegsschiff brennt lichterloh, und der Oktopus schlägt eine Drohne nach der anderen mit voller Wucht in die Flammen.

»What the fuck is happening here?« Luke ist so gebannt, er kriegt die Kinnlade gar nicht mehr zu.

»Kitty Jones is happening«, antworte ich knurrend. Luke sieht mich an und bemerkt sofort, dass etwas mit mir nicht stimmt. Dann begreift er es wohl selbst.

»Oh no! Your dad«, stöhnt er entsetzt und streckt seine Hand nach mir aus. Er klettert aus der Luke raus und setzt sich neben mich. »Laser, I am so sorry.« Wie die Hühner auf der Stange hocken wir drei auf dem schmalen Rücken der XS, mit nassen Hintern und den Füßen im Wasser. Violetta trägt die Schwimmweste, damit sie nicht ertrinkt, sollte eine Welle uns von unserer kleinen Insel herunterspülen. Wahrscheinlich hat sie sie nur freiwillig angezogen, weil sie mich nicht noch zusätzlich verärgern wollte. Es ist sowieso schon alles beschissen genug. Luke tätschelt immer wieder mein Bein, während er auf Kitty Jones flucht und nicht fassen kann, warum mir immer so schlimme Sachen passieren.

Vor uns am Horizont geht die Sonne langsam unter. Der Riesenkrake scheint den Kampf auf dem Meer ganz offensichtlich zu gewinnen. Obwohl Laura, beziehungsweise Kitty Jones, gesagt hat, dass er keine Überlebenden gebrauchen kann, die weitererzählen können, was passiert ist, sieht es so aus, als würde der Kraken das Schiff mit den Metros ziehen lassen. Warum tut er das? Kann es sein, dass Kitty Jones vielleicht gar nicht mehr die Kontrolle über das Monster hat? Ich teile meine Gedanken mit Luke und Violetta, und beide können genauso wenig begreifen, was hier gespielt wird.

»Kitty Jones will nicht riskieren, dass die Öffentlichkeit jemals erfährt, wer für diese Katastrophe hier verantwortlich ist. Wenn er die Mitarbeiter des Senders am Leben lässt, wird er niemals einfach so *MediaCon* übernehmen können.«

»Maybe its Jay? Or Michael?«, fragt Luke. »Vielleicht haben sie irgendwie die *giant octopus* übernommen und kämpfen mit die Schiffe, gegen die Befehle von Kitty Jones?«

»Wir wissen ja nicht mal, ob die beiden noch leben«, seufze ich.

»Laser, ich muss dir was sagen«, gesteht Violetta irgendwann kleinlaut und legt ihren Kopf an meine Schulter. Ich bin gar nicht richtig bei der Sache. Zu sehr nimmt mich der Anblick der Mutation gefangen, die im Abendrot die verbleibenden Reste der schwimmenden Stahlungetüme vernichtet, *MediaCons* einzige Hoffnung auf einen Neustart der Welt, wie wir sie kennen. Und alles nur wegen einem einzigen Psychopathen, der es geschafft hat, irgendetwas aus meinem Gehirn herauszuholen, das den Einsatz dieses Monsters überhaupt erst möglich gemacht hat.

»I go and check on Laura«, bemerkt Luke, weil er wohl das Gefühl hat, dass Violetta und ich allein sein wollen. Weit kann er nicht gehen. Wahrscheinlich versteht er unten im Boot trotzdem jedes Wort. Tropfend steigt er die Leiter runter ins Innere der XS-01.

»Vielleicht sollten wir uns die nassen Sachen ausziehen. Das kann nicht gesund sein«, überlege ich. Bisher hat die Junisonne unsere nassen Körper gewärmt. Jetzt, wo sie nur noch ein glühend roter Ball in der Ferne ist, lässt ihre Kraft rasch nach, und ich fange an zu frieren.

»Ich wusste von dem Code in deinem Kopf. Bambi hat mich beauftragt, ihn rauszuholen«, gesteht meine Freundin und blickt mich angsterfüllt aus großen Augen an. »Nur deswegen habe ich die Mission angenommen.«

Ich weiß nicht genau, wie ich reagieren soll. So, wie sie aussieht, handelt es sich bei dieser Offenbarung um eine große Sache. Leider habe ich weder eine Ahnung, worum es sich bei diesem Code handelt, noch weiß ich, wer diese Bambi-Person ist, von der alle reden. Ich seufze laut und nehme ihre Hand. Wenigstens weiß ich noch, wer sie ist und dass ich sie liebe. Und dass es mir egal ist, was sie wusste und was nicht. Ich bin einfach nur froh, dass sie lebt und dass wir hier mit nassen Hintern zusammen auf dem schaukelnden U-Boot-Dach sitzen. Ich habe heute schon so viel verloren; ich glaube, ich könnte ihr alles verzeihen, nur um sie nicht auch noch zu verlieren.

»Violetta, ich habe keine Ahnung, was Laura und dieser ekelhafte Doktor mit meinem Gehirn gemacht haben. Ich weiß nicht, wovon du redest. Ich hatte irgendeinen Code in meinem Kopf. Aber ich weiß nicht, wie er lautet, wie er in meinen Kopf kam und vor allem weiß ich nicht, wer Bambi ist und was sie mit dieser ganzen Scheiße hier zu tun hat.«

Violettas Blick ändert sich schlagartig von reumütig zu komplett verwirrt. Ich glaube, sie hat mit wirklich jeder Reaktion meinerseits gerechnet, mit dieser aber ganz offensichtlich nicht.

»Du weißt nicht mehr, wer Bambi ist?«, fragt sie, und ich meine zu erkennen, dass sie sogar in Erwägung zieht, dass ich sie gerade verarschen will. Lukes Kopf kommt aus der Luke geschossen.

»He doesn't know who Bambi is?«, fragt er und sieht genauso irritiert aus wie meine Freundin.

»Laser, Bambi ist deine Mutter. Wie kann es sein, dass du sie einfach vergessen hast?«

»Meine Mutter?«, rufe ich und lache laut auf. »Meine Mutter heißt nicht Bambi. Sie heißt Apolonia Potlowski und befindet sich mit meinen Geschwistern Mercury und Blast in einem Atombunker irgendwo an der polnischen Grenze«, erkläre ich und kann nicht ganz verstehen, wieso Violetta etwas anderes behauptet.

»Ja, aber ... weißt du auch, wie deine Familie dort hingekommen ist?«, fragt Violetta und drückt fest meine Hand. Ich denke nach. Es gab einen Stromausfall. Ich war in Kanada und habe Violetta gerettet. Port Hope. Toronto. Michael King, U-Boot. Leer. Ich versuche es noch einmal. Mei, Tom (der Verräter), Captain Sarah, Papa, eine Unterwasserbasis ... eine Unterwasserbasis! ... leer. *Shit.* Es fehlt was. Da fehlt etwas, das merke ich, ich weiß nur nicht was. Wer hat Mama und meine Geschwister in diesen Bunker gebracht?

»Nein«, gestehe ich entsetzt. »Ich habe keine Ahnung, wer sie da hingebracht hat.«

»Weißt du, wessen U-Boote der Krake gerade versenkt hat und wem die Drohnen gehören, die den Flugzeugträger angegriffen haben?«

»Den Feinden von *MediaCon* und Laura McMillon, würde ich schätzen.«

»That's not possible, is it?«, fragt Luke an Violetta gerichtet, deren Stirn nachdenklich in Falten gelegt ist.

»Was haben Laura und dieser Arzt mit dir gemacht? An was kannst du dich erinnern?«

»Sie wollten etwas aus meinem Kopf herausholen. Ich weiß nicht mehr was. Ich schätze, es war dieser Code. Sie haben mir eine Art Stäbchen in den Zugang in meinem Hals gesteckt, und plötzlich habe ich meine Erinnerungen auf einem Bildschirm vor mir gesehen.« Ich strenge mich an und versuche, die ganze Prozedur vor meinem inneren Auge zu visualisieren. »Sie wollten alles löschen, weil ...«

»Wegen der Firewall?«

»Ja! Genau! Sie haben gesagt, ich hätte eine Firewall im Gehirn, und sie würden alles löschen müssen, um es dann irgendwo anders wiederherzustellen.«

»Fuck«, seufzt Violetta.

»What did they do?«, will Luke wissen.

»Sie haben die Erinnerungen aus seinem Kopf gelöscht. Das ist permanent. Die kommen nicht wieder.«

»Das heißt, Laser weiß nicht mehr, wer seine eigene Mutter ist?«

»Nein.«

»Doch!«, protestiere ich. »Das weiß ich sehr wohl!«

Dann erzählt mir Violetta eine unglaubliche Geschichte, von einer Frau namens Bambi, die mich angeblich zur Welt gebracht hat, nur um dann mit meinem Vater (an den ich mich sehr gut erinnere) nach Kanada abzuhauen. Sie wollte eine Organisation finden, die es sich zum Ziel gesetzt hat, die digitale Diktatur zu stürzen, die seit Jahren die Welt beherrscht. Mich hätten sie bei meiner Tante zurückgelassen und mich glauben lassen, meine Tante sei meine Mutter.

»Bullshit!«, rufe ich aus und lasse Violettas Hand los. »So etwas macht doch keine richtige Mutter. Und wenn doch, dann ist es mir scheißegal, ob ich sie vergessen habe oder nicht.«

Violettas Mundwinkel zucken. Dann nickt sie wissend.

»Ja. Vielleicht ist es nicht das Schlechteste für dich, dass du sie vergessen hast.«

Schon wieder laufen mir Tränen übers Gesicht. Verdammt. Wütend wische ich sie weg. Was soll das denn jetzt?

»You people«, ruft Luke und deutet mit seinem ausgestreckten Zeigefinger auf Violetta und mich. »You are so fucking crazy. Deleting other peoples memories and stuff. Controlling their bodies. You are so creepy. And you keep saying that we are the weird ones. That's ridiculous!« Er steigt zurück in die XS und kommt fürs erste nicht mehr raus.

Ich reibe mir mit der Handfläche übers Gesicht, wische den Schmerz weg und versuche, diese unglaublichen Informationen irgendwie in das Sinngeflecht meiner eigenen Gedanken einzuordnen. Das Merkwürdige ist, dass ich das Gefühl habe, mich daran erinnern zu können, dass meine Mama gar nicht meine richtige Mama ist. Diese Erkenntnis ist es nicht, die mich so traurig macht. Jetzt, wo mein Papa tot ist und meine Mama gar nicht meine richtige Mama, habe ich irgendwie das Gefühl, alleine zu sein. Eine Waise. Wie Luke. Das macht mich fertig.

»Dieser Code, Laser, dabei handelt es sich um eine Erinnerung deiner Mutter, also eine von Bambis Erinnerungen, die sie dir damals, als du ein Baby warst, in den Kopf implantiert hat«, erklärt Violetta und holt mich zurück ins Hier und Jetzt.

»Was?« Das wird ja immer schlimmer.

Violetta seufzt. »Ich weiß. Das ist total krank. Sie hat ihren *Nature XP* so umgebaut, dass er ihre Gedanken und Erinnerungen aufzeichnen konnte. Ich denke, sie hat diese Erinnerung dann in deinen Kopf gepflanzt, indem sie dafür gesorgt hat, dass du sie immer wieder erlebst. Weil du noch so klein warst, bist du aufgewachsen und dachtest, es sei deine eigene Erinnerung. Bei dem Code handelt es sich um eine Botschaft in einer Art Geheimsprache, die Bambis Großvater entwickelt hat. Ihr Großvater war wohl der Gründer der politischen Partei, die später zur Organisation wurde. Sie hat es mir nicht sehr ausführlich erklärt.«

»Warum hat sie es dir *überhaupt* erklärt?«, will ich wissen.

»Dazu komme ich gleich. Lass mich alles von vorn erzählen. Es ist sowieso schon schwer zu kapieren, auch wenn man über ein vollständiges Gedächtnis verfügt. Als Bambi die Organisation in ihrer jetzigen Form als Anführerin übernommen hat, das war so ungefähr vor zehn Jahren, wurden diese Zeichen zum Universalcode für alle Arten von Waffen, die der Gruppe gehörten. Anfangs waren das nicht viele; irgendwann aber verfügten Bambi und ihre Leute über ein ansehnliches Arsenal, wie das Schauspiel hier mehr als deutlich macht.« Sie deutet auf die rauchenden Schiffe und den Oktopus, der mittlerweile mit seinem ganzen massigen Körper auf der CDG draufhängt und sie mit seinem Gewicht immer weiter unter Wasser drückt. Die Szenerie vor uns ist zu einer schwarzen Silhouette im Abendrot geworden.

»Die Gruppe hat irgendwann beschlossen, dass der Code gefährlich ist. Jemand könnte austicken und irgendwas in die Luft jagen, ohne dass alle ihre Zustimmung gegeben haben. Also haben sie Bambi und jeder anderen Person, die darüber Bescheid wusste, den Code aus dem Kopf geholt. Der Code würde erst wiederhergestellt werden können, wenn alle Mitglieder ihre Zustimmung dazu geben. Was die Organisationsmitglieder nicht wussten, Bambi hatte ein Back-up: dich.«

Ich bin entsetzt und angeekelt. Ich war ein Back-up für diese irre Person, die meine Mutter sein soll? Bambi hat mir einen Code für ihr Waffenarsenal ins Gehirn gepflanzt, damit sie es heimlich benutzen kann, ohne dass ihre Mitstreiter davon wissen? Was soll das? Ich will das nicht! Und woher zum Teufel weiß Violetta davon?

»Hat Dr. Peterson mir den Code aus dem Gehirn geholt, als er mich für unsere Synchro vorbereitet hat?«, frage ich. Der Name fällt mir ganz plötzlich ein, und mit ihm sein Büro, die Röhre und mein Gehirn auf dem gläsernen Bildschirm. Ich hatte eine *induzierte* Erinnerung im Gehirn. Jetzt verstehe ich auch, wie das sein kann.

»Nein. Niemand hat dir den Code aus dem Gehirn geholt. Doch – Laura hat es schlussendlich getan. Und mit diesem Code hat sie die Waffen der Organisation aktiviert und sorgt gerade dafür, dass genau das passiert, was niemand wollte. Ich will nicht wissen, wie viele Leute auf der CDG heute draufgegangen sind. Nicht nur die«, Violetta schüttelt entsetzt den Kopf. »Und irgendwie habe ich das Gefühl, dass ich dafür verantwortlich bin.«

»Das verstehe ich nicht«, beschwere ich mich.

»Ich weiß, das ist alles verdammt kompliziert. Lass mich ausreden, ja? Gleich wird es klarer. Erinnerst du dich an Richard?«

»Ja«, knurre ich. Oh wie gerne hätte ich Richard vergessen. Wieso zur Hölle redet sie denn jetzt von Richard?

»Er hat diesen Kraken gebaut.«

Wieder taucht Lukes schwarzer Lockenkopf auf und starrt uns aus riesigen Augen fassungslos an.

»That silly metro guy built a giant monster like *this?* You must be kidding!«

Dafür, dass er uns angeblich etwas mehr Privatsphäre gewähren wollte, scheint Luke unten im U-Boot einiges mitzubekommen und sehr erpicht darauf zu sein, uns alle zwei Minuten seine Meinung mitzuteilen. Violetta nimmt es ihm nicht übel.

»Jap. Richard ist ziemlich gut in dem, was er tut. Es ist ein brillanter Ingenieur. Als er letztes Jahr bei Bambis Organisation angeheuert hat, musste er irgendwie ihr Vertrauen gewinnen, schließlich wurden seine Forschungen jahrelang von *MediaCon* gefördert, vom Feind höchstpersönlich. Er hat Bambi den Zugang zur Fernsteuerung des Kraken gegeben, und Bambi hat das Ding heimlich aus dem karibischen Meer an die Küste von Grönland geholt. Es sollte die Basis vor möglichen Angriffen beschützen. Dir sind seine Tentakel aufgefallen, als du das erste Mal in der Cafeteria unten in der Basis warst, erinnerst du dich? Das Riesending hat sich wie ein Panzer um das Unterwassergebäude gelegt.«

Ich erinnere mich daran. Gut. Anscheinend scheint alles, was nicht mit Bambi oder diesem komischen Code zu tun hat, langsam in mein Gedächtnis zurückzukehren.

»Aber du hast gesagt, der Kraken sei nicht gechippt.«

»War er auch nicht. Weil niemand einen passenden Chip hatte, um das Ding zum Leben zu erwecken.«

»Doch! Richard hatte einen Chip. Er hat ihn aus dem Drachen rausgeholt, als er dich aus Port Hope abgeholt hat«, wende ich ein. Violetta nickt.

»Das hat er Bambi aber nicht gesagt. Jedenfalls hatte er es noch nicht, als ich die Basis verlassen habe.«

Mir fällt noch etwas anderes ein. »Hast du nicht gedroht, Bambi irgendeins von Richards Geheimnissen zu verraten?«

»Das stimmt. Einer meiner weniger brillanten Momente. Richard hat der ehemaligen Kollegin seiner Frau bei *MediaCon* den Kill-Code für den Kraken ausgehändigt. Dafür hat sie seine Familie geschützt. Davon wusste Bambi auch nichts. Theoretisch kann man das Ungeheuer mit diesem Kill-Code jederzeit ausschalten, egal, wer es kontrolliert und was für einen Chip es implantiert hat. Es ist eine Art Selbstzerstörung, für den Notfall. Ein Notaus sozusagen. Richard konnte Bambi natürlich nicht sagen, dass *MediaCon* über den Kill…«

»Richard kennt diesen Code«, knurre ich. »Warum schaltet er den Kraken nicht einfach ab?«

»Ich schätze, er wird gerade Himmel und Hölle in Bewegung setzen, um genau das zu tun.«

»Er sollte sich etwas beeilen.«

»Jetzt werd mal nicht unfair, Laser.«

»Wieso hat er Bambi nicht erzählt, dass er den passenden Chip für den Kraken auf dem Spielfeld gefunden hat?« Mich überkommt der dringende Wunsch, diese ganzen Fragen und Informationen, die auf mich niederprasseln, in mein Notizbuch zu schreiben. Vielleicht sogar alles aufzumalen, um es irgendwie zu sortieren und festzuhalten. Leider befindet sich mein rotes Notizbuch in meinem alten Rucksack an Bord der CDG. Ich frage mich gerade, ob ich das Buch und all die Zeichnungen je wiedersehen werde. Wahrscheinlich nicht.

»Ich kann nur vermuten, warum Richard es nicht erzählt hat. Zum einen, weil *MediaCon* den Kill-Code kennt und den Kraken, wenn er gechippt gewesen wäre, jederzeit als Waffe gegen die Basis hätte einsetzen können; und zum anderen, weil er Bambi – wie ich glaube – nicht wirklich vertraut hat. Er hatte das Gefühl, der Krake gehöre nicht in ihre Hände.«

»Da hat er ausnahmsweise mal recht gehabt«, befinde ich trotzig.

Violetta zieht nur die Brauen hoch und fährt fort.

»Nach dem Blackout hat Richard sich mit Bambi darüber unterhalten, was passieren würde, wenn irgendwann mal die Netzwerke der Basis zusammenbrechen würden, was in Zeiten wie diesen ja durchaus mal passieren kann. Dann käme keiner mehr an diesen Code ran, der die Waffen aktiviert. Richard wollte wissen, ob Bambi es nicht zu riskant findet, die komplette Schutzvorrichtung der Basis ohne Back-up laufen zu lassen. Da hat Bambi ihm gestanden, dass sie sehr wohl ein Back-up besitze. Natürlich hat sie ihm nicht verraten, worum es sich bei dieser Sicherungskopie handelt. Ich glaube, das hat ihn noch einmal darin bestätigt, ihr nichts von dem Chip zu erzählen. Richard wusste, wozu sein Krake fähig war, und er hatte furchtbare Angst davor, dass sie irgendwann durchdrehen und den Kraken unkontrolliert aktivieren würde. Ich weiß nicht genau wie, aber scheinbar hat Richard etwas später herausgefunden, dass du das Back-up bist. Und von da an hat er es sich als sein persönliches Ziel gesetzt, dich möglichst fern von der Basis zu halten. Nachdem Bambi von ihren Mitgliedern keine Zustimmung erhalten hat, die Reaktivierung der Netzwerkknoten im Ärmelkanal mit Waffengewalt zu verhindern, hat sie plötzlich nach dir geschickt. Und Richard konnte sich denken, warum. Also hat er dafür gesorgt, dass ich dich nicht kontaktiere, und er hat dich dazu gebracht, dass du möglichst lange wartest, ehe du zur Basis kommst – oder noch besser gar nicht kommst. Deshalb hat er gesagt, du seist gefährlich. Was in diesem Zusammenhang ja tatsächlich gestimmt hat.«

Ich könnte kotzen. Richard Mouse, der Held der Nation. Ich will es einfach nicht glauben, aber anscheinend waren Richards Intentionen keineswegs egoistisch. Im Gegenteil. Er wollte einfach nur verhindern, dass der Schlüssel zum Schloss der Tür gebracht wird, die auf keinen Fall geöffnet werden sollte. Und dafür hat er es sogar riskiert, sich Violetta zum Feind zu machen.

»Als du uns belauscht hast, damals in Meis und meinem Zimmer. Da wussten Richard und ich beide von dem Code in deinem Kopf. Wenn wir ehrlich miteinander gewesen wären, dann hätten wir diese Katastrophe hier vielleicht verhindern können.«

»Diese Katastrophe«, seufze ich. »Aber ich bin mir sicher, stattdessen wäre irgendeine andere Scheiße passiert.«

»Wahrscheinlich. Denn es gab ja noch Tom, und der hat ebenfalls seinen Teil beigetragen.«

Tom. Der Verräter. Ich erinnere mich jetzt auch endlich wieder an sein Gesicht.

»Ich denke nicht, dass du davon gewusst hast – na ja, jetzt ist es auch nicht mehr so wichtig, aber Tom und deine Mutter – also Bambi – sind seit mehreren Jahren ein Paar.«

Das löst keinerlei Gefühlsregung in mir aus. Ich denke mir nur, dass es dieser furchtbaren Frau recht geschieht, dass jemand, den sie wohl irgendwie mochte, sie so arglistig verraten hat. Und das hat dieser Tom ja ganz offensichtlich. Schließlich hat er Kitty Jones und Jay Morrison alle ihre Pläne verraten. Was er wohl dafür bekommen hat? Ich meine, mich erinnern zu können, irgendjemand habe gesagt, Kitty Jones hätte ihn geschnappt und verhört.

»Richard und ich gehen davon aus, dass auch er wusste, dass der Code für Bambis Waffen in deinem Kopf ist. Ob Bambi ihm das erzählt hat, oder ob er es sich irgendwie zusammengereimt hat, keine Ahnung. Und wahrscheinlich werden wir ihn auch nicht mehr danach fragen können. Jedenfalls glauben wir, dass Bambi Tom geschickt hat, dich zu holen, weil sie den Code benutzen wollte, um in Eigenregie die *MediaCon*-Schiffe zu attackieren und die Netzwerkknoten abzuschalten.«

»Tom hat es Kitty Jones erzählt, und der hat den perfiden Plan ausgeheckt, mit den Waffen des Feindes die letzten Reste von *MediaCon* zu zerstören, alle Zeugen im Meer zu versenken, um dann in Ruhe den Laden zu übernehmen.«

»Ganz genau.«

»Aber warum hat Tom mich dann nicht direkt zu Kitty Jones geschleppt? Wieso hat er mich erst zur Basis gebracht und riskiert, dass Bambi den Code vor Kitty Jones bekommt?«

»Weil er herausgefunden hat, dass Kitty Jones gegen den Sender arbeitet und seine eigenen kranken Ziele verfolgt. Wahrscheinlich wollte Tom damit nichts zu tun haben. Also hat er sich an Jay gewandt, den er wohl für die bessere Alternative gehalten hat.«

»Ich glaube, Kitty Jones hat Tom doch noch in die Finger bekommen. Ich habe Laura und Sebastian darüber reden hören, glaube ich.«

»Es würde mich nicht wundern. Dieser Freak lässt sich bestimmt nicht so gerne ans Bein pissen.«

»Aber bei all diesen Verwirrungen, Violetta, ich versteh immer noch nicht, was *du* damit zu tun hast«, merke ich an.

»Dazu komme ich jetzt. Und ich bitte dich, geh nicht zu hart mit mir ins Gericht. Im Prinzip wollte ich die ganze Zeit einfach nur mit dir abhauen, irgendwohin, wo wir unsere Ruhe haben. Leider ist das Ganze gründlich schiefgelaufen.«

»Ja, das wäre geil gewesen«, seufze ich matt. Ich weiß nicht, ob wir überhaupt noch eine Chance haben, an so einen Ort zu gelangen, oder ob wir ab jetzt einfach im Arsch sind. Wenn ich mich so umsehe, deutet alles darauf hin.

»Bambi hat mir den Auftrag erteilt, den Code während unserer Synchronisation aus deinem Kopf zu holen. Ohne dass du es mitbekommst natürlich. Die Mission, dich hierherzuschicken, um die Netzwerke zu kappen, war für sie nur ein Vorwand. Sie musste dich dazu kriegen, dir freiwillig einen Chip implantieren zu lassen, um an die Erinnerung zu gelangen, die sie haben wollte. Bambi hat nie geglaubt, dass wir es schaffen, unbemerkt die CDG zu infiltrieren, um die Netzwerke abzuschalten. Sie wollte nichts weiter als den Code, um die Waffen zu aktivieren. Für sie gab es keine friedliche Lösung. Sie hat mir versprochen, wenn ich ihr den Code besorge, lässt sie mich gehen. Ich bekomme ein U-Boot und kann damit machen, was ich will. Ich habe eingewilligt. Mir war scheißegal, wozu sie den Code braucht. Ich wollte nur weg. Ich wollte mit dir nach Berlin, um deine Familie zu suchen.«

»Bambi ist im Grunde also nicht besser als Kitty Jones, ja?«

»Nein. Ist sie nicht. Nicht wirklich. Und ich hätte niemals in diesen furchtbaren Plan einwilligen dürfen. Ich hätte dir davon erzählen müssen. Dann wärst du auf keinen Fall hergekommen, und niemand hätte diesen beschissenen Code aus deinem Kopf geholt.«

Ich stöhne verzweifelt auf.

»Du scheinst mich wohl immer noch für einen Vollidioten zu halten, Violetta.«

»Who can blame her?«, ruft es von unten.

»Halt die Schnauze, Luke. Das ist nicht witzig!«, entgegne ich.

»Es tut mir leid. Du warst so … wütend und traurig die ganze Zeit. Ich dachte, wenn ich dir von all dem erzähle, bricht es dir endgültig das Herz. Ich wollte dich einfach nur wegbringen. Ich wollte, dass es dir gut geht.«

»Ja. Danke. Mir geht's trotzdem nicht gut.«

»Ich weiß.

»Was ist passiert? Warum hast du den Code am Ende doch nicht rausgeholt?«

»Ich konnte nicht. Es wäre ein zu großer Vertrauensbruch gewesen. Du warst sowieso schon total gereizt und gedemütigt wegen dieser ganzen Kontrollgeschichte. Ich dachte, wenn ich jetzt noch unerlaubt in deinem Gehirn nach einer Erinnerung herumsuche, die mich nichts angeht, wirst du mir das vielleicht niemals verzeihen, wenn du es herausfindest.«

Sie hat recht. Wahrscheinlich hätte ich es ihr nicht verzeihen können.

»Ich konnte ja nicht wissen, dass bereits die gesamte Führungsriege von *MediaCon* darüber unterrichtet wurde, dass du kommst und den Code dabei hast, der es ihnen ermöglicht, unsere Waffen zu kontrollieren. Unsere *Synchro* lief so gut, dass ich davon überzeugt war, wir könnten es schaffen, uns in die Netzwerke zu hacken. Ich wollte Bambi beweisen, dass sie im Unrecht ist. Ich wollte, dass sie sieht, dass du doch etwas drauf hast. Ich habe behauptet, ich finde diese Erinnerung nicht. Und bevor sie mich dazu bringen konnte, es noch einmal zu versuchen, war unsere Verbindung weg und meine Chance vertan.«

Sie seufzt und sieht wehmütig aufs Meer hinaus. Ihre Intentionen waren wirklich nobel. Leider hat Violetta dieses Mal eine falsche Entscheidung getroffen. Sie wollte mich beschützen, und das rechne ich ihr hoch an. Sie hat am Ende doch an mich geglaubt.

»Bambi hat sofort die Basis evakuiert, als die Verbindung abgebrochen ist. Sie wollte mich nach Grönland bringen, aber ich habe darauf bestanden, zu dir zu fahren. Ich wollte mein U-Boot trotzdem, auch wenn ich den Code nicht hatte. Ich wollte dich rausholen, bevor sie dir etwas antun konnten. Bambi hat mich ohne Weiteres gehen lassen. Ich schätze, sie war dankbar, dass ich mich bereit erklärt habe, die Verantwortung für dich zu übernehmen, und dass sie es nicht selbst machen musste. Dein Vater wollte ebenfalls mit. Die beiden haben sich furchtbar in die Haare gekriegt. Vor allen Leuten. Bambi hat sich geweigert, die Organisation im Stich zu lassen. Sie wollte in Grönland bleiben und sich auf einen möglichen Angriff vorbereiten. Am Ende ist dein Vater mit Mei und Sarah gefahren, die beiden haben sich freiwillig bereit erklärt, ihn zu begleiten. Der Rest der Organisation ist an Land und in Sicherheit gebracht worden. Luke und Michael haben dir bestimmt erzählt, dass ich es geschafft habe, mich in die Gerätesteuerung der CDG zu hacken, sobald ich nah genug an euch dran war. Leider hat diese dämliche Laura mir einen Strich durch die Rechnung gemacht.«

»But you were awesome, love!«, ruft es aus dem Inneren der XS. Ich spähe hinunter. Drinnen sind mittlerweile die Lichter angeschaltet, und es leuchtet hell aus der Luke heraus. Mein irischer Kumpel trägt nur noch Shorts und versucht gerade, seine nassen Klamotten irgendwo im U-Boot zum Trocknen aufzuhängen. Laura hat er mit seinem Mantel zugedeckt. Irgendwie scheint er unsere Lage weitaus besser einzuschätzen als ich, wenn er in diesem Moment noch daran denkt, die Wäsche aufzuhängen. Mir ist ebenfalls kalt, und ich sehne mich danach, die klammen Sachen auszuziehen. Ich ziehe Violetta näher an mich heran. Sie scheint erleichtert, dass ich nicht böse auf sie bin. Ich bin schon irgendwie böse. In erster Linie bin ich jedoch traurig und fühle mich allein. Und sie ist die Einzige, die ich noch habe. Und Luke natürlich, aber Luke gehört zu einem anderen Leben. Er ist meine neue Familie.

»Irgendwann habe ich auf dem Bildschirm gesehen, dass Bambis komplette U-Boot-Flotte mich und Sarahs 42-F einzuholen begann. Das war merkwürdig, da die Boote ja eigentlich vor Grönland liegen sollten, wo sie die Organisationsmitglieder abgesetzt hatten. Sarah und ich haben versucht, Kontakt aufzunehmen, aber niemand hat auf unsere Kommunikationsanfragen reagiert. Niemand war an Bord der Schiffe. Da war mir klar, dass *MediaCon* den Code in die Finger bekommen hat und die Boote ferngesteuert waren. Sarah und ich sind zur Sicherheit mit den gekaperten U-Booten in Formation gefahren. Wir dachten, so fallen wir weniger auf. Ich bin mit der XS-02 gekommen, genau wie die XS-01 ist sie nicht bewaffnet. Ich bin in letzter Sekunde aus der Formation ausgebrochen und wollte versuchen, euch von Bord der CDG zu holen. Ich habe euch auf dem Satellitenbild gesehen – und na ja, den Rest der Geschichte kennst du. Sie haben mein U-Boot abgeschossen, kaum haben sie bemerkt, dass ich nicht zu den anderen gehöre. Mir ist nichts anderes übrig geblieben, als ins Wasser zu springen und zu hoffen, dass mich jemand rausholt.«

»Nichts zu danken, gern geschehen!«, ruft Luke von unten.

Wir schweigen kurz. Das war viel. Eine verdammt lange Geschichte. Wenigstens habe ich jetzt eine grobe Vorstellung davon, was genau hier passiert ist.

»Und jetzt?«, frage ich, und mir entweicht ein Seufzer, der ganz tief aus meinem Inneren zu kommen scheint. Das abgebrannte Kriegsschiff vor uns ist zur Hälfte gesunken, die rauchenden Feuer sind zu einem schwachen Leuchten zusammengefallen. Das Schiff mit den Metros an Bord kommt immer weiter auf uns zu, während die XS langsam auf den Wellen schaukelt und immer wieder neues Meerwasser über Violetta und meinen Schoß schwappen lässt.

»Wir sollten versuchen, irgendwie an Bord dieses Schiffs zu kommen, oder nicht?«, meint Violetta.

»Und wenn sie uns gefangen nehmen, sobald wir oben angekommen sind? Letztendlich sind das alles Mitarbeiter von *Media-Con.* Wahrscheinlich wissen die noch gar nicht, dass sie eigentlich von Kitty Jones und nicht von Bambi angegriffen wurden. Die glauben es uns bestimmt nicht, wenn wir ihnen erzählen, dass wir im Prinzip auf ihrer Seite sind. Ich habe die Erfahrung gemacht, dass die Metros nicht unbedingt gut auf Leute wie uns zu sprechen sind.«

»Außerdem wissen wir nicht, ob die *Oktopus* die Metro-Schiff wirklich beschutzt hat oder ob er gleich auch noch auf diese losgeht. Vielleicht bleiben wir lieber hier und hoffen, dass wir morgen fruh irgendwo an die Küste landen und aussteigen konnen«, schlägt Luke vor und klettert wieder zu uns hoch. Nur mit Shorts bekleidet kommt er zurück aufs Deck, bleibt aber stehen, weil er wohl fürchtet, dass sein Hintern gleich wieder nass wird, wenn er sich neben uns setzt. Es ist fast dunkel; trotzdem bemerke ich, wie Violetta unauffällig zu ihm hoch schielt. Dass dieser Blödmann sich immer so in den Mittelpunkt stellen muss.

Der Krake hat die CDG nun endgültig versenkt. Sein Körper ragt als riesenhafter schwarzer Schatten aus dem Wasser. Er bewegt sich nicht mehr. Ob es das wohl war? Oder hat Richard aus Grönland den Kill-Code benutzt? Allerdings hat Violetta gesagt, es sei ein Selbstzerstörungscode. Wir hätten es sicher mitbekommen.

»Wir müssen uns schnell entscheiden. Wenn wir Glück haben, hat uns noch keiner bemerkt.« Das Kriegsschiff kommt näher; vielleicht bleibt uns noch eine Viertelstunde, bevor es uns erreicht.

»Was ist mit Laura?«, frage ich. »Sie braucht einen Arzt.«

»Ich werde diese Entscheidung sicher nicht von Laura McMillon abhängig machen«, entgegnet Violetta patzig.

»Also ich habe genug von diese bekloppte Metros. Genug für meine ganze Leben. Ich sage, wir bleiben hier.«

»Kannst du die XS nicht auch über Wasser steuern?«, frage ich Violetta.

»Doch. Kann ich. Ich weiß nicht, ob ich eine Netzwerkverbindung zustande bringe, jetzt wo die CDG und der Zentralrechner von *MediaCon* im Meer versenkt sind, aber ich kann sie auch manuell navigieren. Ich habe zwar keine Ahnung, wohin ich sie steuern soll, doch ein bisschen Energie sollte noch übrig sein. Wenn Luke unten die Festbeleuchtung abschaltet, sogar noch ein bisschen mehr«, fügt sie hinzu.

»Was ist mit Laura?«, frage ich noch mal mit mehr Nachdruck. Luke und Violetta reagieren nicht. Es ist ihnen egal. Schnaubend stehe ich auf. Ich steige über Violettas Beine, schiebe mich an Lukes nackter Brust vorbei und klettere die Leiter runter ins U-Boot. Laura liegt auf der Seite, den Kopf auf den Verbandskasten gelegt und mit Lukes Mantel zugedeckt. Ich gehe vor ihr in die Hocke und lausche an ihrer Nase. Sie atmet noch. Ich denke an Kimba

Glue. Auch sie war tagelang ohnmächtig. Nachdem sie irgendwann aufgewacht ist, mussten wir feststellen, dass sie weder sprechen noch laufen konnte. Ich frage mich, ob es einem Neurologen wie Dr. Peterson oder diesem Sebastian gelingen könnte, Lauras Gehirn zu retten. Um das herauszufinden, würden wir sie an Bord des Metro-Schiffes bringen müssen.

Ich berühre Lauras Handgelenk, um ihren Puls zu fühlen. Sie ist eiskalt.

»Luke, Mann! Warum hast du ihr nicht die nassen Klamotten ausgezogen? Sie ist eiskalt!«

»Because she is not wearing any underwear«, erklärt Luke. Das ist doch nicht sein Ernst? Dann lässt er sie lieber erfrieren? *Diese verklemmten Hinterwäldler*, denke ich wütend. Ich drehe Laura auf den Rücken und öffne den Verschluss ihrer Jacke, die sich ebenfalls klamm und feucht unter meinen Fingern anfühlt. Laura trägt tatsächlich nichts unter ihrer nicht mehr funktionsfähigen Funktionsklamotte. Ihre Haut ist schneeweiß, fast schon bläulich und genau wie ihr Handgelenk viel zu kalt, als dass es gesund sein könnte.

»Geh weg, ich mach das«, sagt dann Violetta, die förmlich durch die Luke gesprungen kommt und mich von Laura fortstößt. »Vielleicht will sie nicht, dass du sie nackt siehst. Geh hoch zu Luke.«

Ich glaube ja nicht, dass es Violetta wirklich interessiert, was Laura will. Ich denke, *sie* will nicht, dass *ich* Laura nackt sehe. Ich verdrehe die Augen, lasse mich zur Seite drängen und klettere wieder nach oben.

»Ich bin dafür, die Metros um Hilfe zu bitten«, schlage ich vor.

»Ich nicht«, ruft Violetta.

»Me neither man«, sagt Luke. »2 zu 1. Wir werden eine andere Möglichkeit finden mussen, Laura zu helfen.«

Diese bekloppten Demokraten wieder. Bevor wir aber dazu kommen, unseren Plan weiter auszufeilen, hören wir ein Dröhnen in der Ferne. Lichter tauchen am Himmel über uns auf, und mir wird klar, Lauras Kampfflugzeuge sind zurück. Das Dröhnen schwillt zu einem unerträglichen Lärm an. Kaum haben wir verstanden, was hier vor sich geht, schießen die Flugzeuge auf das Kriegsschiff mit den Metros drauf. Fuck. Kitty Jones ist wohl doch noch nicht fertig mit *MediaCon*.

»Shit!«, ruft Luke. »Wir müssen in Deckung.« Wir klettern ins Innere der XS, wo Violetta Laura gerade die Hose ausgezogen hat. Rasch legt sie Lukes Mantel über den nackten Körper und setzt sich auf den Pilotensitz des kleinen U-Boots.

»Lasst uns abhauen.«

Ich verschließe die Luke über meinem Kopf. Ich versiegle sie nicht, denn wir haben keinen Sauerstoff mehr in den Tanks. Wir können so nicht untertauchen, aber wenigstens versuchen, uns vom erneut aufflammenden Kampfgeschehen zu entfernen. Violetta schaltet die Lichter aus. Die Jets sollen uns im Wasser auf keinen Fall leuchten sehen. Sie lässt die Motoren des U-Boots an und fährt rückwärts. Ich und Luke hocken uns umständlich zusammengepfercht zu Laura auf den Boden. Es wird sofort unangenehm schwül. Unsere feuchten Klamotten und Haare, gepaart mit der ganzen Luft, die wir ausatmen, und dem Wasser, dass permanent durch die nur halb verschlossene Luke in das kleine Boot tropft, verwandelt sich unser kleines Gefängnis sekundenschnell in ein Feuchtbiotop. Plötzlich erwischt uns eine Welle, und die XS wird unter Wasser gedrückt. Ein Schwall Meerwasser spritzt durch die Luftlöcher ins Innere und durchtränkt mich erneut.

»Was war das?«, frage ich panisch.

»Keine Ahnung«, sagt Violetta und zerrt panisch an dem Steuerungshebel. Sie macht nicht gerade den Eindruck, als hätte sie die Situation unter Kontrolle. Nachdem wir wieder aufgetaucht sind, hören wir sofort wieder den Lärm der Jets, die wie ein gewaltiger Tornado über unseren Köpfen kreisen. Dann explodiert etwas. Wieder werden wir zur Seite geschleudert. Diesmal ist die Wucht so groß, dass wir aus dem Wasser katapultiert werden und durch die Luft fliegen. Durch die Frontscheibe der XS sehen wir den Körper des Riesenkraken, dessen Tentakel uns aus dem Wasser geholt hat. Viele Meter weiter schlagen wir auf der Wasseroberfläche auf, dabei werden unsere Körper durch das U-

Boot geschleudert. Ich schlage mit dem Kopf gegen eine Kante, Luke fällt auf mich drauf und Laura über uns drüber. Nur Violetta, die angeschnallt war, bleibt auf ihrem Sitz.

»Fuck, fuck, fuck«, kreischt sie. Ich betaste meinen schmerzenden Kopf und spüre Blut. Shit.

Das Dröhnen wird leiser. Die Jets müssen wenden und nachladen, ehe sie einen weiteren Angriff auf das Schiff fliegen können. In der kurzen Stille hören wir plötzlich Hubschrauberrotoren, die immer näher kommen.

»Laser, can you hear me?«, rauscht es plötzlich durch die Funkanlage der XS-01.

»Wer zur Hölle ist das?«, fragt Violetta und reißt das Funkgerät an sich.

»Das ist Michael!«, rufe ich; ich habe seine Stimme sofort erkannt. Der Helikopter kommt näher.

»We hear you«, brüllt Violetta ins Funkgerät.

»Come out, I'll get you!«, ruft Michael.

Ich hieve mich in die Höhe und öffne mit zittrigen Fingern die Luke nach draußen. Die Rotorenblätter befinden sich direkt über uns. Grelle Scheinwerfer scheinen auf uns herab und aufgewirbeltes weißes Wasser spritzt mir entgegen. Mir wird schwindelig.

»You're bleeding, man«, bemerkt Luke besorgt. Er kämpft sich unter Lauras regungslosem Körper hervor und scheint zu überlegen, wie wir sie nach oben bekommen.

»We're coming!«, antwortet Violetta ins Funkgerät und schnallt sich ab. »Zieh ihr den Mantel an«, befiehlt sie Luke und steigt über beide drüber. Sie bedeutet mir, die Leiter hochzuklettern und den Weg frei zu machen. Ich steige dem klatschenden Wasser entgegen, das unser kleines U-Boot wild auf den Wellen hin und her bewegt. Vom Helikopter über uns wird eine Art Strickleiter heruntergelassen.

»Laura zuerst!«, rufe ich dem Lärm entgegen. Violetta nickt.

»Luke, bring Kabelbinder mit hoch. Aus der Werkzeugkiste.«

Ich steige die Leiter wieder runter und packe mir Laura, die jetzt in Lukes Mantel gehüllt ist. Mit einem angestrengten Stöhnen stemme ich meine Schulter in ihren Bauch, kämpfe mich auf die Füße und komme zum Stehen. Ganz vorsichtig klettere ich die Leiter hoch. Die Strickleiter hat es mittlerweile bis zu uns runter geschafft. Violetta zieht die Sprossen über den Rücken der XS, und ich lege Laura darauf. Dann greift Violetta sich die Kabelbinder, die Luke ihr von unten reicht und wickelt die Strickleiter um Lauras Körper. Sie verbindet die unterste Sprosse per Kabelbinder mit dem Seil, und es entsteht eine Art Schlaufe, in der Laura nach oben gezogen werden kann.

»Jetzt du«, sage ich und drücke kurz Violettas Hand. Sie nickt und beginnt, die wackelige Leiter zum Helikopter hochzusteigen. Luke folgt ihr. Als Letztes gehe ich. Die Wellen schlagen immer höher um uns, je tiefer der Helikopter fliegt. Plötzlich werden am Horizont Lichter sichtbar. Die Jets kommen zurück. Scheiße. Ich bin mir sicher, sie werden uns nicht einfach ignorieren. Das Dröhnen wird so laut, dass es den Helikopter übertönt und überall in meinem Körper widerhallt. Ich hätte nicht gedacht, dass das möglich ist. Mein Herz zieht sich zusammen. Wir müssen schneller klettern. Die Lichter kommen näher. Sie schießen auf das Schiff. Der Riesenkrake richtet sich zu seiner vollen Größe auf, und ich sehe, wie er mit den Tentakeln nach den Jets schlägt. Er trifft eines der Flugzeuge, dessen Wucht dem Kraken das lange Körperteil einfach abreißt. Das kleine Flugzeug gerät aus seiner Flugbahn und wird ins Meer geschleudert. Der Krake erreicht nicht alle Jets. Einige Schüsse treffen das Metro-Schiff; Explosionen erhellen die Dunkelheit, die sich über den Ärmelkanal gelegt hat. Die Jets sausen über unsere Köpfe hinweg und verschwinden in der Dunkelheit. Sie werden zurückkommen, das ist sicher. Und jetzt wissen sie, dass wir da sind. Ich blicke nach oben. Violetta ist angekommen, und eine Hand zieht sie ins Innere des Helis. Erleichtert klettere ich weiter. Wir haben es fast geschafft. Luke ist der Nächste. Und dann, nach weiteren gefühlt tausend wackeligen Sprossen, packt auch mich eine Hand, die mich an Bord zieht. Jetzt fehlt nur noch Laura. Ohne genau zu registrieren, wo ich bin und was passiert, lege mich auf den Bauch und strecke den Kopf aus dem Heli. Langsam ziehen wir die Strickleiter hoch. Lauras Körper schwingt mit den Bewegungen des Helis hin und her. Ich habe Angst, dass sie aus der Schlaufe fällt. Das Ganze geht viel zu langsam. Der Riesenkraken bewegt sich an uns vorbei, zielsicher in die Richtung, aus der die Kampfflugzeuge gleich wieder auftauchen werden. Fast sieht es so aus, als wollte er uns den Rücken freihalten. Ich kann immer noch nicht ganz verstehen, wieso sich das Vieh so merkwürdig verhält. Wer auch immer das Ding gerade steuert, es ist sicherlich nicht Kitty Jones. Ich höre Violetta hinter mir überrascht aufschreien.

»Was macht ihr denn hier?«, fragt sie. »Oh mein Gott, Laser! Sieh doch!«

Ich kann gerade nicht hinsehen. Laura kommt immer näher. Ich greife nach ihr, kaum ist sie in Reichweite, und ziehe sie an Bord des Helis. Als sie endlich drin ist und die Tür geschlossen wird, fällt mir ein riesiger Stein vom Herzen. Wenigstens eine unschuldige Person konnte ich retten. Wenigstens eine.

»Laser!«, ruft eine vertraute Stimme. Ich sehe vom Boden des Helis auf, der jetzt scharf einlenkt, um die Richtung zu ändern. Im fahlen Licht des Innenraums erkenne ich meinen Vater.

»Papa?«, frage ich ungläubig. »Ich dachte, du bist tot.«

»Nein, mein Junge. Ich bin nicht tot. Und du glücklicherweise auch nicht.«

Ich bin zu erschöpft, um aufzustehen. Papa schnallt sich ab und lässt sich runter zu mir und Laura auf den Boden fallen, um mich zu umarmen. Es tut so gut, ihn zu spüren.

»Ihr hattet mal wieder mehr Glück als Verstand«, bemerkt eine weitere bekannte Stimme, deren überheblicher Klang bei mir sofort alle Alarmglocken läuten lässt. Es ist Richard Mouse, und er hat meine Freundin im Arm. Luke, der nach wie vor nichts als Unterhosen trägt, lässt sich in einen der Sessel fallen und reibt sich das Gesicht.

»Why the hell did you bring that bitch, kiddo?«, ruft Michael vom Pilotensitz und sieht sich kurz zu uns um.

»It wasn't her fault«, rufe ich ihm entgegen, doch Michael hört mir schon gar nicht mehr zu. Die Jets sind zurück. Jetzt kämpfe ich mich doch hoch, um aus dem Fenster sehen zu können. Der Krake hat sich ihnen in den Weg gestellt und schleudert wild seine Tentakel. Angeleuchtet von den Scheinwerfern der Flugzeuge hält das Monster noch immer das eine kleine U-Boot fest, das aussieht wie eine Zigarre.

»What is she doing, man?«, brüllt Michael vom Vordersitz. Der Krake schwingt das kleine U-Boot über seinen Kopf und dann, in dem Moment, in dem sich die verbleibenden Jets direkt über ihm befinden, gibt es eine riesige Explosion. So mächtig, das der Heli von der Druckwelle durch die Luft geschleudert wird und ich die Hitze der Flammen durch das Panzerglas des Hubschraubers an meinem Gesicht fühlen kann. Ich werde nach hinten geworfen, falle mit Richard und Violetta auf die Sitzreihe. Mein Vater fliegt über den Boden und prallt auf der anderen Seite des Fluggeräts gegen die Wand.

»They're gone!«, ruft Michael nach ein paar Sekunden. »She fucking did it. They're gone.« Er stabilisiert den Helikopter, dann fliegen wir davon. Ich rapple mich auf, haste zurück auf die andere Seite, um rausschauen zu können, und sehe brennende Teile auf dem schwarzen Wasser treiben. Das Schiff mit den Metros an Bord ist weitestgehend unversehrt geblieben. Der Krake ist verschwunden, ebenso wie die Kampfflugzeuge.

»Was zur Hölle war das?«, fragt Violetta und rappelt sich ebenfalls auf.

»Das war Bambi«, erklärt Richard. »Und sie hat uns allen verdammt noch mal den Arsch gerettet.«

Phase 23; Fehlerprotokoll

Nachdem ich so lange darauf gewartet habe, fühlt sich der Frieden, der sich ganz langsam in mir ausbreitet, noch viel wohliger und wärmer an, als ich gehofft hatte. Ich habe gar nicht gewusst, wie angespannt ich die ganze Zeit über war. Seit Monaten. Gefühlt seit dem Tag, an dem ich meinen *Heepsi* mit einer illegalen Software upgedatet habe, um unerlaubt nach Kanada zu fliegen. Seit diesem Tag ist mein Leben komplett aus den Fugen geraten. Ich hatte harte Momente, Momente, in denen ich sicher war, sterben zu müssen. Ich habe Angst, Panik und so viel Wut erlebt wie andere nicht in zwei Leben. Zwischenzeitlich war ich euphorisiert und auch manchmal glücklich; aber ich war nie entspannt. Nicht eine Sekunde. Umso deutlicher nehme ich die Leichtigkeit wahr, mit der mein Körper auf der warmen, weichen Wiese liegt, umgeben von tausenden Grashalmen, die meine nackten Arme und Fußknöchel umspielen. Das erste Mal seit über einem halben Jahr bin ich ohne Sorgen.

»Du bist so still«, stellt Violetta fest. Sie liegt in meinem Arm, hat ihren Kopf auf meine Brust gelegt, und die weiß gebleichten Spitzen ihrer Haare kitzeln in meiner Nase.

»Ich habe gerade darüber nachgedacht, dass ich das erste Mal seit sehr langer Zeit zufrieden bin. Ich schätze, ich bin es nicht mehr gewohnt, mir über nichts Sorgen machen zu müssen.«

»Du findest schon was Neues«, meint Violetta lachend und rupft Grashalme aus, die sie dann über meinen Arm streut.

»Wieso sollte ich? Ich fühle mich viel besser so.«

»Das ist halt dein Ding. So bist du. Ich bin auch gerade sehr froh, mir nicht über irgendein verrücktes, total waghalsiges Projekt Gedanken machen zu müssen, für das ich meine komplette Zeit und geistige Kapazität opfern werde – aber keine Angst, es wird kommen! Und dann werde ich es an mich reißen und mich mal wieder so richtig darin verbeißen.«

»Das klingt nach tollen Aussichten für uns. Danke, Violetta, jetzt habe ich doch wieder was, worüber ich mir Sorgen machen kann. Das ging schneller als gedacht.«

Jetzt lacht sie laut. Sie stemmt sich auf den Ellenbogen, beugt sich über mich und küsst mich. Sie küsst mich liebevoll. Das tut sie nicht oft. Sie ist nicht der Typ für so was. Wenn Violetta mich küsst, dann meistens, weil sie eindeutige Absichten hat. Ansonsten ist sie zu beschäftigt. Immer. Sie ist immer mit irgendetwas beschäftigt. Und im Grunde gefällt mir das. Die wenigen Momente aber, in denen ich das Gefühl habe, dass sie gerade nur an mich denkt und an sonst nichts, bedeuten mir wirklich viel. Ich genieße ihre Zuneigungsbekundung und streichle ihren Hinterkopf, der sich wieder weich und nicht mehr so stoppelig anfühlt wie noch vor ein paar Wochen.

»Get a room!«, kommentiert eine Stimme aus der Entfernung unseren Kuss, und Violetta lässt kopfschüttelnd von mir ab. »You're disgusting!«

Auch ich richte mich auf und blicke über meine Schulter. Luke balanciert auf den Felsen der Steilküste herum, als ginge es vor ihm nicht zweihundert Meter in die Tiefe. Seine schwarzen Locken werden vom stetigen Wind in alle Richtungen geweht, und wie immer sieht er in seinem langen schwarzen Ledermantel aus, als käme er aus einer anderen Zeit.

»Dreh dich doch einfach in die andere Richtung, wenn du uns so eklig findest. Es zwingt dich ja keiner, uns zuzusehen.«

»It's like an accident, you know. Weirdly fascinating«, ruft Luke. Er bleibt stehen, geht in die Hocke und wühlt zwischen den Steinen in der Erde.

»Ich verstehe immer noch nicht, wie du das eben gemeint hast«, widme ich mich wieder meiner Freundin, die sich zurück ins Gras gelegt hat.

»Ach Laser, nimm doch nicht immer alles so ernst. Du bist eben ein sehr emotionaler Typ. Ich bin mir sicher, dass es immer etwas in deinem Leben geben wird, worüber du dir Sorgen machst. Und das ist absolut okay. Ich finde es sogar äußerst beruhigend zu wissen, dass es wenigstens einen Menschen auf der Welt gibt, der sich Sorgen um mich macht, wenn ich mich mal wieder total vergesse.«

»Du findest, ich bin ein emotionaler Typ?« Das ist irgendwie das Einzige, was ich aus all diesen Sätzen mitgenommen habe. Violetta wirft ein Gänseblümchen nach mir.

»Guys! I think I found a fossil!« Luke kommt zu uns über die Wiese gerannt. Ich finde ja, er ist ein bisschen überdreht, seitdem wir vor einer Woche mit dem Heli auf einem verlassenen Flughafengelände gelandet sind und Michael King ihm verkündet hat, dass wir in Irland sind, genauer gesagt in Farranfore im County Kerry. Ich glaube, Luke hat diese Information viele Minuten lang nicht richtig verarbeiten können. Er ist aus der fliegenden Wurst mit den zwei Propellern gesprungen. Es war mitten in der Nacht, und wir haben nicht viel mehr gesehen als den winzigen hell beleuchteten Flughafen, der irgendwie sehr rustikal wirkte und nicht mal in Port Hope besonders aufgefallen wäre. Der Typ, der uns in abgetragenen Klamotten entgegenkam und ebenfalls aussah, als wäre er ein Aussiedler, klang genau wie Luke, als er uns willkommen hieß und in das Gebäude geführt hat. Trotzdem stand mein irischer Kumpel die ganze Zeit total neben sich. Wahrscheinlich hatte das nicht nur damit zu tun, dass wir letztendlich in der Heimat seiner Eltern gelandet sind, sondern auch mit dem ganzen Scheiß, der vorher passiert ist. Wir haben im Flughafen übernachtet, auf harten Bänken und mit alten Decken zugedeckt. Michael und der Ire in der Holzfällerkluft haben Laura mit dem Auto in dasselbe Krankenhaus gebracht, in dem auch Jay behandelt wurde, und den Rest von uns erst am nächsten Morgen abgeholt.

Auf der langen Autofahrt nach Limerick (ja, die Stadt gibt es noch) hat Luke wie gebannt aus dem Fenster gestarrt und den Anblick der grünen Insel eingesaugt, als wäre in seinem Inneren die ganze Zeit ein Vakuum gewesen. Ich glaube, in diesem Moment hat er es kapiert. Zum Leidwesen aller beteiligten Personen hat Luke sein sowieso schon enorm hohes Energiepensum von jetzt auf gleich verdreifacht, sodass er es seit unserer Ankunft kaum schafft, mal für fünf Minuten die Klappe zu halten oder einfach mal nichts zu tun. Er hat sofort am nächsten Tag gefragt, ob wir den alten Jeep des Holzfällers haben dürfen (der übrigens Daniel heißt), und seitdem sind wir ununterbrochen irgendwohin unterwegs. Luke fährt den alten Geländewagen, als hätte er sein Leben lang nichts anderes getan, und steuert das Ding souverän über die mit Schlaglöchern übersäten Landstraßen. Sie führen durch die grünen Hügel, vorbei an eingefallenen niedrigen Mauern, alten verlassenen Villen und jeder Menge Kühe, die überall herumstehen und anscheinend niemandem wirklich gehören. Violetta und ich fahren meistens mit. Richard und mein Vater, deren Energielevel offensichtlich viel niedriger angelegt sind, hängen lieber den ganzen Tag im Sender rum, begutachten die Technik und basteln an den Rechnern und Geräten herum. Sie haben bisher wenig Interesse gezeigt, uns zu begleiten. Ich habe mich wirklich darüber gewundert, dass Violetta nicht auch die Gesellschaft von Kabeln, Platinen, Chips und Bildschirmen vorgezogen hat und stattdessen mit Luke und mir die irische Natur erkundet. Das sieht ihr eigentlich gar nicht ähnlich. Mittlerweile glaube ich aber, dass auch sie einfach mal eine Pause braucht. Und vor allem glaube ich, dass sie gerne mit uns zusammen ist. Und dieser Gedanke gefällt mir wirklich gut.

»Das ist irgendwie wie Urlaub«, hat sie letztens gemeint. Keiner von uns war je im Urlaub gewesen, aber ich stelle mir vor, dass es ungefähr so sein muss.

Luke hockt sich neben Violetta ins Gras und hält ihr einen Gesteinsbrocken vor die Nase. Seitdem sie da ist, fragt er mich nichts mehr. Egal, was er auf dem Herzen hat, egal, was ihn interessiert, er wendet sich jedes Mal vertrauensvoll an sie. Wenn ich nicht wüsste, dass er damit absolut recht hat, wäre ich fast ein bisschen beleidigt.

»Ist das eine *fossil*?«, fragt er. Violetta kneift die Augen zusammen und betrachtet den hellbraunen Brocken.

»Du musst dran lecken, um es herauszufinden.«

»You're kidding?«

»No. I am not. Leg dir den Stein auf die Zunge. Wenn er sich an deiner Zunge festsaugt, könnte es ein Fossil sein. Wenn nicht, ist es nur ein Stein.«

Luke überlegt einen Moment, ob Violetta ihn verarscht oder nicht. Da ich meine Freundin kenne, weiß ich, dass sie eigentlich nicht der Typ ist, der andere verarscht. Doch für Luke klingt die ganze Sache wohl so abwegig, dass er kurz darüber nachdenkt. Dann streckt er vorsichtig die Zungenspitze raus und tupft den Gesteinsbrocken darauf. Er tupft noch mal, lässt ihn auf der Zunge liegen. Dann verzieht er das Gesicht.

»It's just a fucking stone«, beschließt er und wirft das Ding über die Klippe. Violetta und ich brechen in Lachen aus.

Luke steht auf und setzt seine Erkundungstour fort. Heute sind wir an den *Cliffs of Moher.* Laut Luke, der den armen Daniel stundenlang gelöchert hat, waren diese Klippen jahrelang die beliebteste Sehenswürdigkeit der Gegend. Nachdem *MediaCon* die grüne Insel weitestgehend aufgekauft hatte, um hier Golfturniere spielen zu lassen und irgendwelche Schnulzen für den *Reality-Channel* zu drehen, verkam dieses wunderschöne Fleckchen Erde zu einem sogenannten *Suicide Spot,* der eigentlich nur genutzt wurde, wenn depressive, lebensmüde Seriendarsteller sich möglichst medienwirksam das Leben nehmen wollten. Nachdem es verboten wurde, so etwas im Fernsehen zu zeigen, kam keiner mehr hierher. *MediaCon* verlagerte seinen Sitz in die Metropole Dublin, wo immer bessere Golfplätze für die Games gebaut wurden, und der Zweitsitz des Senders in Limerick verkam allmählich zu einem verlassenen Außenposten. Bis auf Daniel und ein paar andere ehemalige *MediaCon*-Mitarbeiter ist niemand hier geblieben. Es gibt noch ein Krankenhaus in Limerick, in dem aber nur ein einziger Arzt arbeitet. Zum Glück. Denn ohne diesen Arzt hätte Jay seine Verletzung sicher nicht überlebt. Michael ist mit dem Heli genau wie wir auf dem ehemaligen Gelände des Flughafens Kerry gelandet und hat dort Daniel angetroffen, der sofort bereit war zu helfen. Gemeinsam mit Tina hat er Jay ins Krankenhaus gebracht, während Michael sofort zurückgeflogen ist, um Luke und mich zu suchen. Als er über die Küste zurück zur CDG fliegen wollte, hat er Richard, Papa, Mei und Sarah entdeckt, die es mit ihrem U-Boot ebenfalls zur Küste geschafft hatten. Er hat sie eingesammelt und mitgenommen. Als er meinen Vater erkannt hatte, bekam er sofort ein schlechtes Gewissen – wegen allem, was in Toronto zwischen uns passiert ist. Papa hat erzählt, dass der Riesenkrake, der die ganze Zeit über von Bambi gesteuert wurde, die Sub 42-F mit seinen Tentakeln aus der Formation gehoben und aus dem Kampfgeschehen herausgeworfen hat. Sarah hat das Schiff dann auf manuell geschaltet, sodass Kitty Jones keinen Zugang mehr zu den Waffen hatte, und sie sind abgehauen.

Sarah und Mei sind sofort am nächsten Tag mit dem U-Boot zurück Richtung Grönland gefahren. Sie hätten Richard gerne mitgenommen, der aber wollte sich erst das ehemalige *MediaCon*-Gebäude ansehen und die dortige Technik sichten. Mir hat es überhaupt nicht gefallen, dass er bleiben wollte. Letztendlich verhält er sich aber ganz okay und verbringt viel mehr Zeit mit meinem Vater als mit uns. Vor ein paar Tagen ist er mit dem Heli nach Berlin geflogen, um seine Familie abzuholen. Natürlich hat er versprochen, auch nach Mama und meinen Geschwistern zu sehen. Bisher haben wir aber noch nichts von ihm gehört.

Michael King verbringt die meiste Zeit im Krankenhaus. Er sitzt an Jays Bett und wacht über dessen Gesundheit. Und auch um Laura sorgt er sich. Als ich ihm erklärt habe, dass Laura die ganze Zeit über gechippt war und von Kitty Jones kontrolliert wurde, ist ihm einiges klar geworden. Er hat gesagt, sie wäre nicht immer so eine *bitch* gewesen. Eigentlich hatte er sie immer gerne gemocht. Leider hat Laura bisher noch keine wirklichen Fortschritte gemacht. Genau wie Kimba Glue ist sie zwar nach ein paar Tagen aufgewacht, aber sie reagiert auf niemanden. Manchmal frage ich mich, ob ich ihr überhaupt einen Gefallen damit getan habe, dass ich sie gerettet habe. Vielleicht wäre sie lieber gestorben.

»Somebody is coming«, ruft Luke, der auf einem kleinen Mäuerchen steht und in Richtung des kleinen Turms blickt, der halb verfallen an die Klippen grenzt und vor ein paar Jahren sicherlich ganz cool aussah. Violetta und ich setzen uns auf. Ich blinzele in die Sonne, die warm und weich auf uns runterscheint, und kann drei Gestalten erkennen, die auf uns zukommen. Eine davon löst sich aus der Gruppe und fängt an zu rennen. Ein kleiner bunter Punkt, der immer näher kommt – und dann erkenne ich ihn. Es ist mein Bruder Blast. Ein Blitz durchzuckt mich. Ich bin schon aufgesprungen, da habe ich den Gedanken noch nicht zu Ende gedacht.

»Laser!«, ruft er und winkt. Ich renne auch. Ich ziehe an Luke vorbei, springe über die Mauer und laufe meinem kleinen Bruder entgegen. Wir prallen aufeinander wie zwei Geschosse und drücken uns so fest, dass für kurze Zeit an atmen nicht mehr zu denken ist. Blast ist fast so groß wie ich. Wie kann man denn in sechs Monaten so viel wachsen? Ich schiebe ihn von mir und mustere ihn grinsend. Sonst hat er sich nicht verändert. Kein bisschen. Seine Haare sind verstrubbelt, weil er wohl schon seit Monaten keine Geltube mehr gesehen hat, und ich erkenne, dass die wirren Zotteln wohl ein Vermächtnis der Familie Potlowski sind. Ich wuschle ihm über den Kopf und umarme ihn schließlich noch einmal.

»Alter, ich hab dich so vermisst«, beteuere ich.

»Ich dich auch. Und ich hätte nicht gedacht, dass ich das mal sage.«

Über Blasts Kopf hinweg sehe ich Mama und Mercury. Mercury hat ein Baby auf dem Arm. Sie ist ziemlich rund und geht schwerfällig. Ich löse mich von meinem kleinen Bruder und gehe auf meine Mutter zu, die sich kaum noch einzukriegen scheint vor lauter Schluchzen. Sie streckt die Arme nach mir aus und sagt immer wieder »Mein Baby, mein Baby«, während die Tränen hemmungslos über ihr Gesicht laufen. Mein Herz wird weich, meine Beine auch. Ich sinke in Mamas Arme wie ein gefällter Baum.

»Ich hab mir solche Sorgen gemacht. Wie konntest du einfach abhauen, du verrückter Junge?«, fragt sie schluchzend in mein Ohr. Ich kann gar nicht antworten, weil ich jetzt mitheule. Es tut mir so leid, dass ich ihr das alles angetan habe. Dass ich sie alleine gelassen habe. Egal, wie erwachsen ich mich neuerdings fühle, wie frei und unabhängig, jetzt gerade bin ich so froh, dass meine Mama hier ist. Ich fühle mich vollständig. Endlich, nach all den Monaten, fühle ich mich ohne Sorgen und komplett.

»Du siehst ganz anders aus«, stellt meine Mama fest.

»Ja, er sieht voll gut aus«, bemerkt Mercury. Ich löse mich von Mama und widme mich meiner Schwester und dem winzigen Ding, das sie in eine Decke gewickelt auf dem Arm trägt. Ich küsse Mercury auf die Wange. Das hab ich noch nie gemacht. Jetzt erscheint es mir mehr als angemessen. Auch sie sieht ganz anders aus, auch wenn ich nicht unbedingt behaupten kann, dass sich ihr körperlicher Zustand verbessert hat. Ihre Haare sind natürlich ordentlich geschnitten, wahrscheinlich dank Mama, aber die orangene Farbe ist ausgewaschen und das Potlowski-Straßenköterblond wächst am Ansatz raus. Ihre Haut ist schlecht, sie hat Pickel, und tatsächlich wirkt sie wie aufgeblasen.

»Darf ich vorstellen: deine Nichte. Oder nein. Deine Cousine? Mama, was ist sie denn jetzt genau?«

»Großcousine«, schnieft Mama. Sie hat Schluckauf vor lauter Heulen.

»Sie ist meine Nichte«, beschließe ich, weil ich das so fühle. Das winzige Ding auf Mercurys Arm sieht nett aus. Das hat es definitiv nicht von meiner Schwester geerbt.

»Sie heißt Nadine. Wie die Omma«, erklärt Blast.

»Cool. Das würde der Omma bestimmt gefallen.«

Meine Mutter verliert sich im nächsten Anfall von Schluckauf und Schluchzen und beteuert immer wieder, wie glücklich sie sei, dass wir alle wieder zusammen sind. Ich bin auch glücklich, in einem Ausmaß, das ich mir niemals hätte träumen lassen.

»Willst du sie mal halten?«, fragt Mercury.

»Oh. Danke. Lieber nicht. Später vielleicht«, stammle ich. Das Baby verunsichert mich. Es ist so winzig. Und es hat Falten. Es sieht wirklich ein bisschen aus wie die Omma.

»Und das ist deine Freundin?«, fragt Mama und wischt sich mit dem Ärmel ihres grellpinken Shirts über die Nase. Ich drehe mich erschrocken um. Luke und Violetta stehen hinter mir. Beide sehen etwas verunsichert aus.

»Oh. Fuck. Ja.« Ich nehme Violettas Hand und ziehe sie näher zu mir. »Das ist Violetta. Und das ist Luke. Mein bester Freund.«

Luke hebt die Hand, und Violetta lächelt nervös. Meine Mama tut etwas wirklich Merkwürdiges. Sie nimmt Violetta in den Arm. Und Mama nimmt nie irgendwen in den Arm, der nicht zur Familie gehört. Eigentlich kann sie niemanden leiden außer uns. Als wäre das nicht schon komisch genug, lässt Violetta sich ohne Widerstand von meiner Mutter drücken; als sie sich voneinander lösen, hat Violetta ebenfalls Tränen in den Augen.

»Can you please tell her to leave *me* alone?«, zischt Luke in mein Ohr. Ich muss lachen. Blast gibt Luke die Hand. Mercury auch. Luke sagt was Nettes über das Baby und irgendwas darüber, dass meine Schwester eine strahlende Aura hat, so wie die meisten Frauen, die gerade ein Kind bekommen haben. Was labert er denn da? Wahrscheinlich hat Billie so was mal gesagt, und er plappert es jetzt nach. Mercury scheint es zu gefallen. Sie verkündet, dass sie das schon öfter gehört habe, seit Nadine auf der Welt sei.

»Wie seid ihr hergekommen?«, frage ich.

»Richard hat uns gefahren. Ein sehr netter Typ.«

Tatsächlich steht Richard einige Meter entfernt vor einem glänzenden Bus und wartet. Wo hat er die Kiste denn plötzlich aufgetrieben?

»Er hat uns aus dem Bunker geholt und hergeflogen. Er kann einen Helikopter steuern, wusstest du das?«, fragt Blast beeindruckt. Ich nicke nur.

»Seine Frau und seine beiden Töchter haben mit uns zusammengelebt. Er hat sie auch mitgebracht.« Das erleichtert mich irgendwie ein bisschen. Obwohl ich mittlerweile wirklich wissen sollte, dass Richard für mich keine Bedrohung darstellt. Egal, wie cool er ist.

Bevor wir zurück nach Limerick fahren, schauen sich Mama und meine Geschwister die Cliffs an. Wir spazieren noch eine Weile an den Klippen entlang und bewundern das gewaltige Naturspektakel. Anscheinend waren die Potlowskis in letzter Zeit nicht oft an der frischen Luft. Sie sind alle drei so weiß, dass ich fürchte, das bisschen Sonne könnte sie verbrennen. Nach einer Viertelstunde dränge ich sie zurück in Richards Bus. Blast will mit uns fahren. Luke hat nichts dagegen, und so redet mein kleiner Bruder unentwegt auf mich ein, während wir die holprige Landstraße zurück nach Limerick zum Sender fahren, in dem wir seit einer Woche wohnen.

»Richard hat gesagt, du kennst Michael King. Er hat gesagt, du hast ihm das Leben gerettet«, beginnt er aufgeregt das Kreuzverhör und zwingt mich, meine ganze verdammte Odyssee noch einmal für ihn aufzurollen. Blast ist so dermaßen beeindruckt, dass ich vor lauter brüderlichem Stolz immer weiter aushole und tatsächlich eine geschlagene Stunde ausführlich und leidenschaftlich von unserem Abenteuer berichte. Violetta hat den Kopf gegen die Scheibe gelehnt und schläft. Sie lächelt im Schlaf. Luke fährt und ist ausnahmsweise mal still. Blasts Energiepensum übersteigt seins sogar noch um Längen. Als wir am Sender ankommen, bin ich glücklich. So glücklich wie schon lange nicht mehr. Es gibt nichts, was ich noch bräuchte, nichts, was mir fehlt. Alles ist gut.

Am Abend sitzen wir alle zusammen um einen großen Tisch, der aus mehreren zusammengeschobenen kleinen Tischen besteht. Danny hat gekocht. Er ist es nicht gewohnt, für so viele Leute zu kochen, also hat er sich – pragmatisch, wie er ist – für Irish Stew entschieden. Mit Fleisch. Die meisten Menschen an unserer Tafel sind den Verzehr von totem Tier nicht gewohnt und sehen deshalb etwas verhalten auf ihre Teller hinab. Der erste, der probiert, ist mein Bruder. Die restlichen zehn Großstädter folgen seinem mutigen Beispiel. Danny und Luke können das Problem nicht ganz verstehen. Richards und meine Familie haben im Bunker ausschließlich abgepackten Vitaminbrei bekommen, und auch Violetta, Tina und mein Vater sind es nicht gewohnt, etwas zu essen, das frisch zubereitet wurde. Michael King hat wohl irgendwann aufgehört, sich darüber Gedanken zu machen, was er isst, denn er hat bereits seinen halben Teller gelehrt, bevor der Rest mit dem Essen begonnen hat.

»Das ist gar nicht schlecht«, befindet Richards Frau Matilde, und ihr Mann übersetzt das Kompliment auf Englisch, da Danny, der Koch, kein Deutsch versteht. Die anderen stimmen ein. Sofort wird es wieder laut am Tisch. Alle reden durcheinander auf Deutsch und Englisch. Papa und Mama erzählen mit großen Gesten von allem, was sie erlebt haben, während ich versuche, Richards älterer Tochter Glimmer zu erklären, wieso meine Eltern Geschwister sind und wieso das in deren Fall nicht mal eklig ist. Blast himmelt Michael King an, der geschmeichelt von so viel Aufmerksamkeit folgsam von seinen alten Kampagnen berichtet; Luke übersetzt das Gesagte geduldig für meinen Bruder. Meine Schwester und Matilde scheinen sich im Bunker angefreundet zu haben; sie tauschen sich über das Baby aus und darüber, wie schwierig es ist, sich ohne das Versorgungssystem um einen Säugling zu kümmern. Jays Agentin Tina macht einen etwas irritierten Eindruck, da sie die Zusammenkunft so vieler unterschiedlicher Menschen aus unterschiedlichen gesellschaftlichen Schichten noch immer nicht ganz verkraftet hat. Immerhin beteiligt sie sich hier und da höflich an den Gesprächen und isst zögerlich den derben Eintopf.

Die Einzige, die nichts sagt, ist Violetta. Und ich weiß auch warum. Sie hat Schuldgefühle. Richards Frau Matilde weiß nicht, dass ihr Mann vor gar nicht so langer Zeit ein Verhältnis mit Violetta hatte. Und entgegen Richards Beteuerungen, seine Ehe sei gescheitert, scheint Matilde das überhaupt nicht so zu sehen. Die große schlanke Blondine macht einen sehr glücklichen Eindruck und genießt es, wieder mit ihrem Mann vereint zu sein. Von Eheproblemen ist an unserem Tisch nichts zu spüren. Und weil das so ist, bringt Violetta vor lauter schlechtem Gewissen kaum einen Bissen herunter. Ich finde ja, das geschieht ihr recht. Richard sieht auch nicht besser aus. Jedes Mal, wenn Matilde Richards Hand nimmt, ihn für irgendwas lobt oder ihn einfach nur verliebt anschaut, schrumpft er auf seinem Sitz zusammen und schielt betroffen zu Violetta rüber, die schweigsam in ihrem Eintopf herumrührt. Sollen sie sich ruhig ein bisschen schämen.

»Ehrlich gesagt habe ich noch nicht ganz verstanden, was es mit Bambi und diesem Riesenkraken auf sich hatte. Richard hat versucht, es uns zu erklären, leider habe ich die Zusammenhänge noch immer nicht ganz begriffen«, gesteht meine Mama etwas beschämt und wischt sich den Mund an einem Stofftuch ab.

»Das ist verständlich«, beschwichtigt mein Vater. »Ich glaube, wir hatten es alle schwer zu verstehen, was draußen auf dem Meer passiert ist.«

»Vielleicht könnt ihr es noch einmal von vorn erklären. Der Reihe nach«, bittet Matilde. »Ich habe, ehrlich gesagt, auch nur die Hälfte verstanden.«

»Na schön. Alles hat damit angefangen, dass Bambi einen Code in Lasers Gehirn gepflanzt hat, als er noch klein war. Wir vermuten, sie hat es mittels ihres *NatureXP* gemacht«, beginnt Richard zu erzählen.

Darüber schüttelt meine Mutter entsetzt den Kopf. Ich glaube, diese Tatsache hat sie von allem, was sie bisher gehört hat, am meisten schockiert. Nicht nur, dass Bambi so etwas gemacht hat, sondern dass die Helme tatsächlich über eine solche Funktion verfügen können.

»Dieser Code diente dazu, das Waffenarsenal der Organisation zu aktivieren. *MediaCon* hat an Bord der CDG versucht, deaktivierte Netzwerkknoten zu reaktivieren, und Bambi wollte das verhindern, indem sie die Schiffe mithilfe bewaffneter U-Boote zerstört. Da sich aber Zivilisten, zum größten Teil *MediaCon*-Mitarbeiter an Bord des Flugzeugträgers befanden …«

»Ja, ich zum Beispiel!«, wirft Tina ein. Richard nickt und fährt fort: »Tina zum Beispiel. Deshalb haben die anderen Mitglieder der Organisation gegen den Einsatz von Waffen gestimmt und Bambis Plan vereitelt. Bambi wollte keinen erneuten Aufstieg des Senders riskieren und hat entgegen des Votums Laser zur Basis beordert, um den Code aus seinem Kopf zu holen und den Angriff im Alleingang zu fahren. Um ihren Plan zu tarnen, hat sie Laser und Violetta miteinander synchronisiert und Laser – unter dem Vorwand, die CDG infiltrieren zu wollen – in den Ärmelkanal geschickt. Während der Synchro sollte Violetta Laser den Code entnehmen.«

»Was ich nicht gemacht habe«, stellt Violetta klar. Ich küsse sie dankbar auf die Stirn.

»Was Bambi nicht wusste: Ihr Lebensgefährte Tom hat erst für Kitty Jones und dann für *MediaCon* spioniert und Bambis Pläne direkt an Jay verraten. Jay wusste also, warum Laser an Bord der CDG gekommen war«, berichtet nun mein Vater weiter.

»I don't know what you were saying but Jay did mean well. He is a good guy and he would have never hurt the boy«, verteidigt Michael seinen Verlobten. Luke übersetzt, was mein Vater gerade gesagt hat, und Michael nickt.

»Jay hat mittels eines EMP-Impulses den Chip in Lasers Rückenmark deaktiviert und die *Synchro* zwischen ihm und Violetta unterbrochen.«

»Während Jay seine Leute nach Kanada geschickt hat, um Luke und Michael abzuholen, hat Bambi beschlossen, die Basis zu evakuieren. Violetta ist mit einem XS U-Boot Richtung England gefahren, um Laser zu befreien. Bernd und ich konnten auf keinen Fall zulassen, dass sie alleine geht, also haben wir uns eine Crew gesucht und sind ebenfalls Richtung Europa aufgebrochen«, berichtet Richard. »Vorher habe ich Bambi den Chip für den Kraken ausgehändigt. Ich war der Meinung, wir könnten ein bisschen Verteidigung gut gebrauchen.«

»Und Leelah hat keinen Finger gerührt, um ihren Sohn zu retten?«, fragt Mama bestürzt. »Ich kann das nicht verstehen. Das ist doch ein Instinkt. Selbst Mercury hat den!«

»Was soll das denn heißen?«, beschwert sich meine Schwester.

»Sie wollte ihre Leute in Sicherheit wissen. Außerdem hat sie wahrscheinlich geahnt, dass *MediaCon* versuchen würde, an den Code in Lasers Gehirn zu kommen«, verteidigt mein Vater Bambi.

»Sie ging also erst mal nach Grönland. Die Angst davor, dass *MediaCon* die Kontrolle über ihre Waffen übernehmen könnte, hat sie wohl dazu gebracht, den Laden ihrem Vize zu überlassen und ebenfalls in ein U-Boot zusteigen. Wir vermuten, dass sie sich vorher eine Bombe gebaut hat. Anders können wir uns die Explosion nicht erklären, die sie auf dem Meer verursacht hat. Sie hat den Sprengkörper höchstwahrscheinlich an Bord genommen und ist aufgebrochen, um zurück zur Basis zu fahren und den Kraken zu aktivieren. Leider sind unsere U-Boote wenig später von Kitty Jones, der mit Laura McMillons Körper synchronisiert war, übernommen worden, und unsere Torpedos, Drohnen und Raketen haben wie von selbst angefangen, die CDG und ihre Begleitschiffe anzugreifen. Alle Waffen bis auf Bambis Bombe. Sie hat meinen Kraken von der Basis gelöst und ist mit ihm ebenfalls zur CDG aufgebrochen. Das wusste ich zu diesem Zeitpunkt natürlich noch nicht. Das Ding kann verflucht schnell schwimmen und ist fast zeitgleich mit uns im Ärmelkanal aufgetaucht.«

»Warum hast du nicht den Kill-Code benutzt und das Ding einfach ausgeschaltet?«, fragt Violetta an Richard gerichtet. Das ist das erste Mal heute, dass sie überhaupt was zu ihm sagt.

»Bambi hat es mir verboten. Sie hat sich mit dem Kraken synchronisiert. Das war absolut wahnsinnig von ihr. So war das nie vorgesehen. Der Krake wird über ein externes Steuerungsmodul gelenkt, nicht durch ein menschliches Gehirn. Selbst wenn sie sich am Ende nicht selbst in die Luft gejagt hätte, glaube ich nicht, dass sie diese *Synchro* unbeschadet überstanden hätte.«

»Wieso konnte sie das Interface überhaupt ansteuern?«, fragt Violetta.

»Sie hat den Kill-Code umgeschrieben und den Hauptleiter umgelenkt. Sie hat das alles von ihrem U-Boot aus gemacht. Dann hat sie sich in den Chip des Kraken gehackt und sich mit seinem Algorithmus synchronisiert«, erklärt Richard.

Wir können den beiden nicht mehr folgen. Violetta stellt Richard weitere technische Fragen über das Monster und darüber, was genau Bambi gemacht hat, um trotz des fehlenden Codes die Kontrolle darüber zu erlangen. Nach ein paar Minuten unterbricht mein Vater den hoch komplizierten IT-Vortrag und erklärt, dass Bambi versucht habe, wenigsten das Schiff mit den geflohenen *MediaCon*-Mitarbeitern zu beschützen. »Weil sie wahrscheinlich geglaubt hat, dass du an Bord bist. Und dann, als nur noch die Jets übrig waren und das Begleitschiff weit genug entfernt war, hat sie den Kraken und die Kampfflugzeuge in die Luft gejagt. Sie selbst saß die ganze Zeit in dem U-Boot, das der Kraken festgehalten hatte.«

»Sie hat Laser am Ende also doch das Leben gerettet. Und dir, Ben. Und den ganzen *MediaCon*-Mitarbeitern«, seufzt meine Mama und stützt das Kinn in die Hände. »Das hätte ich nicht erwartet.«

»Ich auch nicht. Wenn du sie gesehen hättest, Lonia. Sie war noch schlimmer als damals.«

»Vielleicht hat sie eingesehen, dass die Organisation ohne sie besser dran ist. Schließlich war sie drauf und dran gewesen, ihre Leute zu verraten. Wenn ihr mich fragt, sie hat genau das Richtige getan. Man wird sie in guter Erinnerung behalten«, schließt Richard, und alle nicken. Alle außer Papa. Ich weiß, dass er über Bambis Tod wirklich betroffen ist. Ich fürchte, er hat sie die ganze Zeit über geliebt und geglaubt, dass sie irgendwann wieder zusammenkommen. Ja, auch er ist eher ein *emotionaler* Typ, wie Violetta heute Mittag gesagt hat. Meine Schale ist allerdings härter als seine. Ich habe es wohl irgendwie geschafft, mir einen Panzer zuzulegen. Wahrscheinlich bin ich deshalb so oft wütend, meine Wut ist mein Panzer.

»Das Schlimmste ist ...«, beginnt Papa und faltet die Hände vor sich auf der Tischplatte. »Leelah hat das für Laser gemacht. Das erste Mal hat sie für ihren Sohn ein Opfer gebracht. Ein richtiges Opfer. Und dann kann der Junge sich nicht mal mehr daran erinnern, dass sie seine Mutter ist.« Diese Tatsache treibt meinem Vater die Tränen in die Augen. Mama streichelt seinen Oberarm. Von außen betrachtet ist das bestimmt eine ziemlich tragische Gesichte. Aus meiner Perspektive ist es aber eben nur das: eine Geschichte. Ich weiß nichts mehr über Bambi. Auch nachdem Mama mir von dem Tag berichtet hat, an dem sie mir gebeichtet hat, dass sie eigentlich nur meine Tante ist, konnte ich mich an nichts erinnern. Bambi ist aus meinem Kopf gelöscht. Ihr Opfer bedeutet mir nichts.

»Wir wissen es, Ben. Und Richard weiß es. Und Violetta. Lasst uns auf Leelah trinken, ja? Leelah Potlowski, die versucht hat, die Welt zu verbessern. Die mit all ihrer Kraft gegen ihre Unterdrücker gekämpft hat, die sich nach Freiheit und Gleichheit gesehnt hat und die am Ende sogar dafür gestorben ist. Prost!« Meine

Mama hebt ihr Wasserglas, und alle anderen tun es ihr nach. Auch Michael. Luke übersetzt schnell. Michael nickt und sagt Cheers, obwohl Bambi sicher nicht zu seinen besten Freunden gezählt hat.

»Prost«, sage ich und bedanke mich in Gedanken bei Bambi für ihre Großmütigkeit. Ohne sie hätten wir es sicherlich nicht geschafft.

Später, als Violetta und ich unter unserer kratzigen Decke auf dem Schlafsofa im Schnittraum des *MediaCon*-Gebäudes liegen und Luke unter uns auf dem Fußboden leise schnarcht, sprechen wir flüsternd über unsere Zukunft. Violetta will in Berlin bleiben und mit Richard den regionalen Sender übernehmen. Sie ist der Meinung, dass sie es gemeinsam schaffen könnten, die Zustände in der Stadt zu verbessern. Richard hat gute Kontakte zu Bambis Vize Vincent. Er hat vor, die Netzwerke in Deutschland wieder hochzufahren und einen anderen Ansatz der Revolution zu versuchen. Davon hat er den ganzen Abend erzählt. Und leider muss ich zugeben, dass seine Ideen gar nicht so beschissen sind. Wir Potlowskis könnten zurück in unsere alte Wohnung und uns sicherlich irgendwie nützlich machen. Obwohl das Ganze Sinn ergibt, stellt sich bei mir kein gutes Gefühl ein bei dem Gedanken, nach Berlin zurückzugehen.

»Was willst *du* denn?«, flüstert Violetta. »Du hast noch nicht einmal gesagt, was du vorhast.«

»Weil ich es nicht weiß«, flüstere ich zurück.

»Okay. Wenn es dir egal ist, dann lass mich entscheiden«, schlägt Violetta vor, klingt dabei aber irgendwie ein bisschen patzig.

»Es ist mir nicht egal, Violetta. Ich weiß nur im Moment noch nicht, was genau ich mit meinem Leben anfangen will. Schließlich war ich noch nie in der Position, mich so etwas überhaupt fragen zu müssen.«

»Du musst dich aber bald entscheiden. Wir können nicht ewig hier herumhängen und auf Daniels Sofa schlafen.«

»Ich weiß.«

»Richard bricht morgen auf. Wir könnten direkt mitfliegen. Ich denke, deine Familie wird nichts dagegen haben.«

Meine Mama hat mir ganz klar zu verstehen gegeben, dass sie hingehen, wo ich hingehe. Sie sagt, es sei ihr egal. Ich wüsste es besser. Solange sie nicht mehr zurück in diesen dunkeln Bunker müsse, sei ihr alles recht.

»Ich weiß nicht«, seufze ich in Violettas Nacken. »Was ist mit Luke?«

»Keine Ahnung. Er wird wahrscheinlich zurück nach Kanada gehen. Mit Michael und Jay.«

»Violetta«, beginne ich. »Kannst du mir noch ein paar Tage Zeit geben?«

»Schön.«

»Sag das nicht so.«

»Wie soll ich es denn sonst sagen?«

»Weniger angepisst. Wenn du deine Entscheidung schon getroffen hast, wieso fragst du dann überhaupt, was ich will?«

»Guys!«, schnauzt Luke plötzlich und unterbricht unser hektisches Streitgespräch. Er richtet sich auf und sieht in unsere Richtung. Genau kann ich es nicht erkennen, es ist dunkel. »He want's to go to Port Hope, Violetta«, beginnt er, und ich setze an, ihn zu unterbrechen. Ich will nicht, dass er für mich spricht. Weil ich aber anscheinend keine gute Arbeit in dieser Hinsicht geleistet habe, lässt Luke mich nicht zu Wort kommen und fährt fort. »*He doesn't care about all that revolutionary crap*, auf die du so scharf bist. *He hates Richard, because you slept with that guy and he hates the thought of you working together with him* jede fucking Tag. *But he loves you so much that he would do it anyways.* So, bitte, kannst du einfach mal machen, was er will? In *canada* gibt's bestimmt auch eine *revolution and you can work together with Michael or Jay. They are gay so Laser doesn't have to be jealous all the time. Am I right?*«

»Äh …«, sage ich. Leider hat Luke das alles ziemlich genau auf den Punkt gebracht. Mir selbst ist all das bisher leider nicht über die Lippen gekommen. Ich weiß auch nicht genau, wieso. Vielleicht hatte ich Angst, dass Violetta es nicht versteht und nicht mitkommen will.

»Laser?« Luke stößt mich am Bein an.

»Ja. Ja, so ungefähr.«

Violetta schweigt einen Moment. Mein Herz klopft nervös. Hoffentlich hört sie es nicht. Meine Güte, dass Luke mich immer in so blöde Situationen bringen muss.

»Schön. Dann gehen wir eben nach Port Hope. Was soll's? Danke, Luke. Du bist ein wirklich guter *translator.* Laser und ich sollten dich in Zukunft häufiger benutzen.«

Luke schnalzt nur mit der Zunge und rollt sich wieder in seinen Schlafsack ein.

»Und wehe, ihr macht *make-up sex.* Ich ersticke euch mit meine Kissen.«

Wir tun nichts dergleichen. Wir schlafen einfach ein. Kurz bevor ich abdrifte und anfange zu träumen, sehe ich Port Hope. Ich sehe mich dort zusammen mit Violetta und meiner Familie. Ich sehe mich auf Van Gogh durch die Wälder reiten. Mir wird warm, und ich beginne zu schweben. Ein Blitz zerschlägt die Dunkelheit. Vor meinem geistigen Auge taucht plötzlich ein Warnhinweis auf.

Passworteingabe blockiert. Zugriff verweigert.

Ich erstarre. Was zur Hölle war das denn?

Eine mächtige Medienfirma und ein Held wider Willen

*Cover- und Preisänderungen vorbehalten

Jana Maria Lüpke

Laser Blue 1.0 – Fehler im System

Dystopischer Roman

Piper Taschenbuch, 392 Seiten
€ 10,00 [D], € 10,30 [A]*
ISBN 978-3-492-50445-4

2089 – eine technisch hoch entwickelte Welt, die durchorganisiert und an die Bedürfnisse der Bewohner angepasst ist. Hier lebt Laser Blue ein Leben voller medialer Zerstreuung und ohne lästige Verantwortung. Doch dann wird er in einen virtuellen Krieg einer Organisation gegen Staat und Medienkonzerne hineingezogen. An der Front: Violetta – ein Mädchen, in das Laser sich versehentlich verliebt hat. Bei dem Versuch, ihr Leben zu retten, wird Lasers Realität zum gefährlichen Computerspiel.

PIPER

Leseproben, E-Books und mehr unter www.piper.de